DALE BROWN
Lautlose Jagd

Buch

Ein neuer Koreakrieg wird ausgelöst, in dessen Verlauf Südkorea in den Besitz zweier nordkoreanischer thermonuklearer Schwerkraftbomben gelangt. Überraschend ergibt sich das nordkoreanische Militär, und der Geburt der Vereinigten Republik von Korea steht nichts mehr im Weg. Aber der neue Staat ist auch die neueste Nuklearmacht der Erde. Und weigert sich, Tausende von eroberten nuklearen, chemischen und biologischen Waffen zu vernichten, die er als wirksames Verteidigungsmittel gegen die Bedrohung durch China im Norden ansieht. Korea schwört sich, für niemanden mehr die Marionette zu spielen und will, um seine Souveränität zu verteidigen, gegen den Rat der Schutzmacht USA sogar China die Stirn bieten und die Flucht nach vorne antreten. So eskaliert ein Konflikt, der sich zum Dritten Weltkrieg auszuweiten droht. Da greift der altgediente Navigator-Bombardier und Brigadegeneral der U.S. Air Force Patrick McLanahan mit einer Gruppe junger Piloten-Heißsporne ins Geschehen ein. Sie bringen die neue fliegende EB-1-Megafortress mit ihrer sensationellen Laser-Radar-Navigationseinrichtung und einer neuartigen Plasma-Waffe zum Einsatz und versuchen so, das Vereinigte Korea vor dem chinesischen Angriff zu schützen und den Ausbruch des Dritten Weltkriegs in letzter Sekunde zu verhindern.

Autor

Dale Brown wurde 1956 in Buffalo, New York, geboren und nahm bereits Flugstunden, bevor er seinen Führerschein machte. Er studierte an der Penn State University und schlug dann eine Laufbahn in der US Air Force ein. Seit 1986 widmet er sich in erster Linie dem Schreiben. Dale Brown lebt in Nevada, wo er sich oft mit seiner eigenen Maschine in die Luft erhebt.

Von Dale Brown bereits erschienen:

Höllenfracht. Roman (9636), Die Silberne Festung. Roman (9928), Antares. Roman (41060), Flug in die Nacht. Roman (41163), Der Tag des Falken. Roman (44113), Stählerne Schatten. Roman (43988), Nachtflug zur Hölle. Roman (35293), Der Schattenpilot. Roman (35477)

DALE BROWN

Lautlose Jagd

Roman

Ins Deutsche übertragen
von Wulf Bergner

BLANVALET

Die Originalausgabe erschien unter dem Titel
»Battle Born«
1999 bei Bantam Books/Random House, Inc., New York

Umwelthinweis:
Alle bedruckten Materialien dieses Taschenbuches
sind chlorfrei und umweltschonend.

Blanvalet Taschenbücher erscheinen im Goldmann Verlag,
einem Unternehmen der Verlagsgruppe Random House GmbH.

Deutsche Erstveröffentlichung 4/2002

Umschlaggestaltung: Design Team München
Umschlagfoto: Ifa-Bilderteam/TPL
Satz: Uhl + Massopust, Aalen
Druck und Bindung: GGP Media, Pößneck
Verlagsnummer: 35477
Redaktion: Sabine Wiermann
VB · Herstellung: Heidrun Nawrot
Printed in Germany
ISBN 3-442-35477-3
www.blanvalet-verlag.de

1 3 5 7 9 10 8 6 4 2

Dieser Roman ist allen Männern und Frauen gewidmet, die in den Streitkräften der Vereinigten Staaten von Amerika dienen, und ganz besonders den Bomberbesatzungen der U.S. Air Force. Während ich dies schreibe, sind alle schweren Bomberstreitkräfte unseres Landes erstmals seit dem Vietnamkrieg im selben Konflikt im Einsatz – über dem Balkan. Mehr mit weniger zu erreichen, scheint jetzt unsere Spezialität zu sein, aber das ist ein Auftrag und eine Pflicht, die sie mit äußerstem Stolz und größter Professionalität ausführen.

Diese Erzählung ist auch den Familien aller gewidmet, die in den Streitkräften dienen. Ohne ihre Liebe und Unterstützung wären die besten Soldaten der Welt und die wirkungsvollsten Waffensysteme der Welt nicht mehr als leere Hülsen.

Anmerkung des Verfassers

Dieses Buch ist ein Roman. Obwohl einige Namen, Organisationen und Situationen aus der realen Welt verwendet werden, um die Authentizität der Handlung zu stärken, wären irgendwelche Ähnlichkeiten mit real existierenden Personen, Einheiten oder Situationen rein zufällig, und alle Charaktere sind reine Fantasieprodukte des Verfassers. Bitte besuchen Sie meine Homepage *www.megafortress.com,* um weitere Informationen über *Lautlose Jagd* und zukünftige Buchprojekte zu erhalten.

Personen der Handlung

Vereinigte Staaten

Kevin Martindale, Präsident der Vereinigten Staaten
Ellen Christine Whiting, US-Vizepräsidentin
Corrie Law, Leiterin der Secret-Service-Gruppe zum Schutz der Vizepräsidentin
Philip Freeman, General, Nationaler Sicherheitsberater
Robert Plank, CIA-Direktor
Jeffrey Hartman, Außenminister
Jerrod Hale, Stabschef des Weißen Hauses
Arthur Chastain, Verteidigungsminister
Stuart L. Mortonson, Luftwaffenminister
George Balboa, Admiral, Vorsitzender der Vereinten Stabschefs
Victor Hayes, General, Chef des Führungsstabs der U.S. Air Force
William Allen, Admiral, Oberbefehlshaber, U.S. Pacific Command

Terrill Samson, Generalleutnant, USAF, Kommandeur, High Technology Aerospace Weapons Center, Elliott AFB, Groom Lake, Nevada
Patrick S. McLanahan, Brigadegeneral, USAF
David Luger, Oberstleutnant, USAF
Hal Briggs, Oberstleutnant, USAF
Nancy Cheshire, Oberstleutnant, USAF,
Adam Bretoff, General, Chef des Verwaltungsamts, Nevada National Guard
Rebecca Catherine Furness, Oberstleutnant, NVANG, 111 BMS/CC
John K. Long, Oberstleutnant, NVANG, 111 BMS/DO
Rinc Seaver, Major, NVANG, 111 BMS/DN

Annie Dewey, Hauptmann, NVANG, Kopilotin
Chris Bowler, Master Sergeant; NVANG, Wartungschef

Republik Korea (Südkorea)

Kwon Ki-chae, Präsident der Republik Korea
Lee Kyong-sik, Ministerpräsident
Kang No-myong, Außenminister
Kim Kun-mo, General a.D., Verteidigungsminister
Am Ki-sok, General, Chef des Generalstabs
Lee Ung-pae, Direktor des Amts für Nationale Sicherheitsplanung
Park Yom, Generalleutnant, Chef des Generalstabs der südkoreanischen Luftwaffe
Pak Chung-chu, ehemals Erster Vizepräsident Nordkoreas, jetzt Übergangs-Vizepräsident Gesamtkoreas

Demokratische Volksrepublik Korea (Nordkorea)

Kim Jong-il, Präsident der Volksrepublik Nordkorea
Pak Chung-chu, Erster Vizepräsident
Kim Ung-tae, Vizemarschall, Kommandeur der Artilleriestreitkräfte
Cho Myong-nok, Generalleutnant, Chef des Generalstabs der Luftwaffe der koreanischen Volksarmee
Kong Hwan-li, Hauptmann, Chef einer Raketenbatterie
Kim Yong-ku, Leutnant, Kongs Gehilfe

Volksrepublik China

Jiang Zemin, Staatspräsident der Volksrepublik China
Chi Haotian, Verteidigungsminister
Chin Zi-hong, General, Chef des Generalstabs der Volksbefreiungsarmee (VBA)

Qian Qichian, Außenminister
Xu Zhengsheng, stellvertretender Kultursekretär der chinesischen Botschaft, Pjöngjang,
Zhou Chang-li, Botschafter in den Vereinigten Staaten

Gemeinschaft Unabhängiger Staaten (GUS)

Jewgeni Maksimowitsch Primakow, Präsident Russlands
Dmitrij Antonowitsch Aksenenko, stellvertretender Außenminister

Republik Japan

Kazumi Nagai, japanischer Ministerpräsident
Ota Amari, Außenminister

Tatsächlich veröffentlichte Pressemeldungen

Ein in die Enge getriebenes Pjöngjang könnte um sich schlagen, warnen USA
21. Mai 1997, Manila (Reuters)

Der Oberbefehlshaber der US-Streitkräfte im Pazifik warnte am Mittwoch davor, das unter einer Hungersnot leidende Nordkorea in die Enge zu treiben, weil dies einen Überfall auf seinen südlichen Nachbarn provozieren könnte, der hohe Verluste an Menschenleben mit sich bringen würde.

Admiral Joseph Prucher sagte, das ganze Ausmaß der Hungersnot im Norden bleibe ungeklärt, aber Washingtons unmittelbare Sorge gelte der Tatsache, dass Pjöngjang »nach wie vor beträchtliche Fähigkeiten zu Militärschlägen besitze«.

»Sollten sie [die Nordkoreaner] versuchen, einen Großangriff durchzuführen, würden sie zurückgeschlagen, aber wegen der militärischen Schlagkraft, die Nordkorea weiterhin besitzt, würde trotzdem eine sehr schwierige Situation mit hohen Verlusten an Menschenleben entstehen«, sagte er …

RIMPAC wird Spannungen nur verstärken
6. Juni 1998, Pjöngjang (KCNA – Korean Central News Agency, staatliche Nachrichtenagentur der Demokratischen Volksrepublik Korea)

Wie gemeldet wird, sollen im Pazifik ab Anfang Juni unter der Bezeichnung RIMPAC einen Monat lang gemeinsame Militärmanöver von Einheiten der Vereinigten Staaten, Japans, Südkoreas usw. stattfinden.

... Das jetzige südkoreanische Regime, das sich als »Regierung des Volkes« bezeichnet, ist wild zur Konfrontation und zu Kriegsvorbereitungen gegen die Landsleute im Norden entschlossen. Unter dem Vorwand, »die feindliche Provokation eines begrenzten Kriegs« abzuwehren, hat es schon häufig Militärübungen angesetzt, bei denen eine Invasion des Nordens simuliert wurde.

Die Manöverteilnahme der südkoreanischen Marionetten, die durch Nord-Süd-Konfrontation und Kriegsvorbereitungen die Lage auf der koreanischen Halbinsel verschärfen, verfolgt ganz offensichtlich das Ziel, im Bunde mit Außenstehenden im Norden einzufallen ...

Südkorea sichert dem Norden Milchlieferungen zu
22. Juli 1998, Washington Post

Südkorea, das über kürzliche Spionagevorstöße nordkoreanischer Agenten hinwegsieht, schickt 781 Tonnen Milchpulver, um dem hungernden Norden zu helfen.

Nordkorea baut möglicherweise Atomfabrik; Aktivitäten erregen Besorgnis wegen möglicher Waffenproduktion
18. August 1998, Washington Post

Amerikanische Geheimdienste befürchten, etwa 15 000 nordkoreanische Arbeiter seien dabei, eine riesige unterirdische Atomfabrik zu erbauen. Die mutmaßlichen Aktivitäten würden gegen ein Abkommen verstoßen, in dem Pjöngjang sich verpflichtet hat, die Entwicklung eigener Atomwaffen einzustellen, um als Gegenleistung massive US-Wirtschaftshilfe zu erhalten. Das Weiße Haus wollte die Angelegenheit nicht offiziell kommentieren, sondern stellte nur fest, Nordkorea halte sich an das 1994 geschlossene Abkommen und die weitere Entwicklung werde aufmerksam beobachtet.

Kongressmitarbeiter berichten von zahlreichen Hungertoten in Nordkorea
20. August 1998, Washington Post

Über 800 000 Nordkoreaner sterben an Unterernährung oder mit Hunger zusammenhängenden Krankheiten. Nach einer einwöchigen Informationsreise durch Nordkorea sagte eine Gruppe von Kongressmitarbeitern beider Parteien, das Land befinde sich in miserabler Verfassung, und die Lage könne sich nur noch weiter verschlimmern.

Pjöngjangs Rakete »stürzt vor Küste Alaskas ins Meer«
17. September 1998, South China Morning Post

Der nordkoreanische Raketenversuch hätte beinahe Alaska erreicht. Ein Teil der Rakete flog rund 6000 Kilometer weit und stürzte kurz vor der Küste Alaskas in den Pazifik.

Nordkorea bildet angeblich Piloten für Kamikaze-Einsätze aus
20. September 1998, Baltimore Sun

Für den Fall eines Kriegsausbruchs auf der geteilten Halbinsel bildet Nordkorea angeblich rund 140 Piloten für Kamikaze-Einsätze gegen wichtige südkoreanische Ziele aus.

Nordkoreanischer Spitzenpolitiker sagt, Krieg rücke immer noch näher
1. Oktober 1998, Pacific Stars & Stripes

In einer Rede vor der UN-Vollversammlung hat der nordkoreanische Vizeaußenminister Choe Su Hon gesagt, wegen der fortbestehenden Teilung der Halbinsel rücke ein weiterer Koreakrieg »immer noch näher«. Choe sagte, eine Wiedervereinigung würde diese Gefahr beseitigen, bezeichnete aber die US-Militärpräsenz in Südkorea als Haupthindernis dafür.

Experte drängt auf Raketenabwehr
22. Oktober 1998, Pacific Stars & Stripes

Der amerikanische Militärstratege William Taylor hat davor gewarnt, dass Japan, Südkorea und die USA Raketenangriffen von Schurkenstaaten wie Nordkorea »völlig schutzlos« ausgesetzt wären. Er empfahl Washington, Tokio und Seoul dringend, der Planung von Raketenabwehrsystemen höchste Priorität einzuräumen.

Pentagon: Nuklearwaffen modernisieren, damit Abschreckung glaubwürdig bleibt
4. Dezember 1998, Washington Times

Eine hochkarätige Arbeitsgruppe des Pentagons drängt die Regierung Clinton, die US-Nuklearwaffen angesichts des riesigen Arsenals Russlands und der wachsenden strategischen Fähigkeiten Chinas in den kommenden Jahrzehnten qualitativ zu verbessern. Die Arbeitsgruppe Defense Science Board kritisiert in ihrem Bericht die Eckpfeiler der US-Abrüstungspolitik, darunter das Verbot von Atomversuchen, das Vertrauen auf Abrüstungsvereinbarungen und die Überwachung der Fähigkeit anderer Staaten, Atomsprengköpfe herzustellen. Zu den wichtigsten Erkenntnissen gehört, dass das Pentagon über keinen Planungsmechanismus für langfristige Nuklearwaffenprogramme verfügt.

Gemeinsame »Psychokrieg«-Einheit mit Amerikanern
15. Januar 1999, South China Morning Post

Amerikanische und südkoreanische Militärs haben vereinbart, gemeinsam eine Einheit für Psychologische Kriegsführung aufzubauen, die im Kriegsfall versuchen soll, nordkoreanische Zivilisten auf die Seite des Südens zu bringen.

Porträt einer Hungersnot: Nach China geflüchtete hungernde Nordkoreaner schildern ein allmählich sterbendes Land

12. Februar 1999, Washington Post

Nordkoreanische Flüchtlinge schleppen sich mit letzter Kraft durch Schnee und bittere Kälte, um in China Zuflucht zu finden. Die Menschen, die ihren persönlichen Exodus überleben, erzählen grausige Geschichten aus einem allmählich sterbenden Land, in dem die Hungersnot ein ständiger Alptraum ist ... Trotz anders lautender Behauptungen internationaler Hilfsorganisationen erreichen die von verschiedenen Organisationen gesammelten und nach Nordkorea geschickten Hilfsgüter die kleinen Leute im Allgemeinen nicht. Die meisten Lebensmittel und Medikamente werden an Familien von Funktionären der Arbeiterpartei und das Militär verteilt ...

Prolog

Über dem Norden Nevadas
(April 2000)

»Jetzt geht's los, Leute!«, rief der B-1B-Pilot über die Bordsprechanlage. »Wir fliegen ins Tieffluggebiet der Quallen ein. Heute will ich ein paar Leute in den Hintern treten! Wir werden ihnen zeigen, wer die Asse sind! An diesem Wegpunkt will ich ein paar Sekunden rausschinden, Long Dong. Dreißig Knoten weniger Fahrt müssten genügen. Ich will reichlich Platz für Ausweichbewegungen, wenn sie über uns herfallen. Gehe mit der Leistung zurück, um einige Sekunden Zeitpolster zu haben. Heute will ich ein paar Ziele platt machen!« Er zog seine Leistungshebel zurück, bis die Zeit über dem Ziel der im Flugplan vorgesehenen Zeit über dem Ziel entsprach. Dann nahm er sie noch etwas weiter zurück, bis sie ein Zeitpolster von gut 20 bis 30 Sekunden hatten.

»Sieht gut aus, Rodeo«, bestätigte der Offensive Systems Officer (OSO – Offizier für Angriffswaffen) der B-1B. Er verglich die im Flugplan angegebene Zeit über dem Ziel mit der Zeit-zum-Ziel-Anzeige auf seinem Display. Hatten sie an diesem Wegpunkt etwas Verspätung, konnten sie zum Bombenabwurf, bei dem die meisten Gefahren lauerten, schneller anfliegen. Sie rechneten selbstverständlich damit, im Anflug von Abfangjägern angegriffen zu werden, was bedeutete, dass sie versuchen mussten, durch wilde Ausweichmanöver zu »überleben«.

Während der Pilot die Geschwindigkeit seines eigenen Flugzeugs verringerte, beugte er sich auf dem Schleudersitz nach vorn, um nach seinem Rottenflieger zu sehen: eine zweite B-1B, die in lockerer Formation rechts von ihm flog. Die B1-B »Bone« (nur wenige benutzten ihren offiziellen Namen »Lancer«) kämpfte selten allein. War ein einzelner Überschallbomber B1-B eine vernichtende Waffe, waren zwei-, dreifach schwieriger zu bekämpfen. Und sie würden alle Vorteile nutzen müssen, um diesen Kampf zu gewinnen.

Gewiss, dies war nur eine Übung, nicht wirklich ein Kampf auf Leben und Tod. Aber alle an Bord der B-1B verhielten sich, als sei dies der Ernstfall. Wie jemand irgendwann einmal gesagt hatte: »Je mehr man im Manöver schwitzt, desto weniger blutet man im Einsatz.« Außerdem war ein »Abschuss« – vor allem durch die U.S. Navy – nach dem Selbstverständnis aller Besatzungen schwerer Bomber der U.S. Air Force fast so schlimm wie wirklich abgeschossen zu werden.

Die Naval Air Station Fallon beherbergte das Navy Strike and Air Warfare Center und seit neuestem auch die »TOP GUN« Fighter Combat School. Alle Besatzungen von bordgestützten Jägern und Jagdbombern mussten in Fallon ihre Fähigkeiten im Luftkampf und bei Angriffen auf Bodenziele beweisen, bevor sie auf Flugzeugträgern eingesetzt wurden. Das Übungsgebiet Navy Fallon Target Range umfasste über 25 000 Quadratkilometer eines einsamen Gebiets im Norden Nevadas östlich von Reno; Teile des dortigen Luftraums waren für andere Flugzeuge vom Boden bis in unbegrenzte Höhe gesperrt, damit die Besatzungen Bombenangriffe, Schießen auf Bodenziele und Luftkampf üben konnten. Im Übungsgebiet aufgestellte leistungsfähige Fernsehkameras zeichneten den Angriff jeder Bomberbesatzung auf, und Überwachungsinstrumente an Bord jeder Maschine sendeten Telemetriedaten an Bodenkontrollstellen, sodass sich bei Besprechungen nach dem Einsatz der Verlauf von Luftkämpfen sehr genau rekonstruieren ließ.

Da die U.S. Navy Wert darauf legte, sich mit möglichst vielen »Gegnern« zu messen, wurde die U.S. Air Force oft ins Übungsgebiet Navy Fallon eingeladen. Für die USAF-Bomberbesatzungen gab es nichts Spannenderes, als die Abwehr der Navy zu durchbrechen und ein paar Ziele im Revier der »Quallen« zu bombardieren.

Mit der Verlegung der B-1B nach Reno hatte zwischen Air Force und Navy ein heftiger Konkurrenzkampf darüber begonnen, wer die besten Militärflieger Nordnevadas waren. Heute würde der Wettstreit noch erbitterter ausgetragen werden, weil die übenden B-1B zur 111th »Aces High« Bomb Squadron der Nevada Air National Guard gehörten, die auf dem Reno-Tahoe International Airport stationiert war, der an der Interstate 80 nur wenige Meilen westlich von Navy Fallon lag. Die 111. Bomberstaffel gehörte zu den nur drei Staffeln der Air National Guard, die die schlanke, tödliche B-1B Lancer flogen. Bei dieser Übung konnte viel Ansehen gewonnen oder verloren werden.

»Freigabe für Übungsbereich einholen, Mad Dog«, verlangte der Pilot.

»Roger«, sagte der Kopilot. Er meldete sich auf der nur ihnen bekannten »Schiedsrichterfrequenz«: »Fallon Range Control, Fallon Range Control, Aces Two-One Zweierrotte, Anflug über Austin One Blue, erbitte Freigabe für Übungsbereich.«

»Aces Two-One, hier Navy Fallon Range-Aufsicht«, kam als Antwort. »Aces Two-One frei zum heißen Einflug in Navy Fallon Ranges R-4804, R-4812 und R-4810, Strecken und Höhen Austin One MOA, Gabbs North MOA und Ranch MOA, Mindesthöhe Summer, Höhenmesser zwo-neun-neun-acht. Bleiben Sie auf dieser Frequenz, hören Sie die Wachfrequenz ab.«

»Two-One, Freigabe für -04, -10, -12, Austin One, Gabbs North und Ranch, zwo-neun-neun-acht, heißer Anflug mit Mindesthöhe Summer, bestätigen«, sagte der Kopilot.

»Zwo«, bestätigte der Pilot der zweiten B-1B. Je weniger der Rottenflieger sagte, desto besser.

Über die Bordsprechanlage kündigte der B-1B-Kopilot an: »Frei zum heißen Anflug, Mindesthöhe Summer.«

»Okay, dann wollen wir uns ein paar Quallen braten!«, rief der Pilot. Er bekam keine Antwort. Seine Besatzung war damit beschäftigt, sich auf den Einsatz vorzubereiten.

Die beiden Systemoperatoren – der OSO und der DSO – saßen in ihren Schleudersitzen hinter den Piloten in einem kleinen Abteil unmittelbar über der Einstiegsluke. Wie seine Bezeichnung sagte, war der OSO für die Waffen- und Angriffssysteme des Bombers zuständig. Der Defensive Systems Officer (DSO – Offizier für Abwehrsysteme) hatte die Aufgabe, Bedrohungen zu melden, sobald sie auftraten, die Reaktion der Systeme auf Radarwarnungen zu überwachen und die Abwehr manuell zu übernehmen, falls die Computer ausfielen.

Aus ihren Kopfhörern kam ein langsames, fast verspieltes *diedel... diedel... diedel...* »E-Band-Frühwarnradar, Leute«, meldete der DSO. »Böse Kerle suchen uns. Noch kein Höhenfinder. Wird Zeit, dass wir runtergehen.«

»Verstanden«, antwortete der Pilot. Auf der Einsatzfrequenz sagte er: »Trapper, Abstand halten. Maximal acht Meilen.«

»Roger, Rodeo«, bestätigte der Pilot der zweiten B-1B und drehte etwas nach rechts ab, um den Abstand zwischen ihnen zu vergrößern. Obwohl beide Bomber dieselben Ziele angreifen würden, würden sie mit mindestens 30 Sekunden Abstand auf leicht unterschiedlichen Kursen anfliegen. Das würde die »feindliche« Luftabwehr hoffentlich verwirren und ihr ihre Aufgabe erschweren. Die beiden Maschinen benutzten auch ihr Navigationssystem TACAN, um den Abstand zwischen sich zu überwachen, und hatten Notverfahren für den Fall festgelegt, dass sie sich auf unter drei Meilen annäherten, ohne einander in Sicht zu haben. »Wir sehen uns auf dem Treppchen.«

»Radarhöhenmesser auf AUTO, Markierung bei 830, Automatikabschaltung Radarhöhenmesser aktiviert«, meldete der Kopilot über die Bordsprechanlage. »Beide TFR-Kanäle auf tausend und engste Radien eingestellt. Tragflächen voll gepfeilt. Kommandoanlage auf NAV, Wahlschalter für Anstellwinkel in Terrainfolgemodus, Kopilot.«

»Eingestellt, Pilot.« Der B-1B-Pilot betätigte die Schalter bereits, bevor der Kopilot die einzelnen Schritte vorlas. Die Anzeigebalken auf seinem VSD (Vertical Situation Display) neigten sich um 20 Grad nach unten. »Sinkflug zwanzig Grad. Jetzt geht's los!« Als er den Schalter TERFLW der Flugkommandoanlage betätigte, um den Terrainfolgemodus einzuschalten, stürzte der Bomber B-1B der Felswüste unter ihnen entgegen wie ein Adler, der auf seine Beute herabstößt. Im automatischen TERFLW-Sinkflug raste der fast 180 Tonnen schwere Bomber dem Erdboden mit über 75 Metern in der Sekunde entgegen.

»Mindestsicherheitshöhe neuntausend«, meldete der OSO. »Erwarte LARA-Signal.« Im nächsten Augenblick erfasste der Radarhöhenmesser für niedrige Höhen das Gelände unter ihnen. Da der Bomber jetzt genau wusste, wo der Erdboden lag, sank er noch schneller. Schmutz, Staub, ein Stück Isoliermaterial und eine lose Flugplanseite schwebten wegen der im Sturzflug plötzlich negativen Beschleunigung durchs Cockpit. Der OSO hatte das Gefühl, sein Frühstück werde bald folgen, und zog seine Gurte fester.

Plötzlich rief der DSO: »Bandit bei elf Uhr, dreißig Meilen, kommt rasch näher! Sieht wie 'ne Hornet aus!«

»Scheiße!«, fluchte der Pilot. Er hatte gehofft, sie würden länger unentdeckt bleiben. »Festhalten, Crew.« Mit seinem behandschuhten rechten Zeigefinger betätigte er den Hebel am Steuerknüppel bis zur ersten Sperre, dann ließ er die B-1B nach links rollen, bis sie fast auf der Tragflächenkante stand. Der plötzliche Verlust des Auftriebs, den der schlanke Rumpf sonst erzeugte, ließ den Bomber noch schneller stürzen.

»Zwanzig durch!«, rief der DSO einige Sekunden später, nachdem er sich bei angelegter Atemmaske die Nase zugehalten und hineingeblasen hatte, um den Druck in seinen Ohren zu vermindern. »Fünfzehn durch! Los, Sonny, wir müssen runter! Leg sie auf den Rücken!« Der Pilot ging nicht in den Rückenflug über, aber er stellte den Bomber ganz auf die Tragflächenkante, sodass er wie ein Blitzstrahl vom Himmel zuckte.

Nur wenige Sekunden bevor sie am Erdboden zerschellt wäre, beendete der Pilot ihren Sturzflug mit einem Ruck am Steuerknüppel. Der große, aber sehr wendige Bomber richtete sich mit der Geschwindigkeit und Beweglichkeit eines Jägers auf und ging in weniger als 1000 Fuß über Grund in die Normalfluglage über. Sein Multimodus-Radar AN/ASQ-164 stellte auf den VSD der Piloten ein zehn Meilen weit reichendes Profil des vor ihnen liegenden Geländes dar. In 6000 Fuß durchstieß die B-1B eine Wolkenschicht… unter ihnen lagen hohes Bergland und der mit Schnee bedeckte Dixie Peak, der fast die Frontscheibe ausfüllte. »Verdammt!«, rief der Pilot, indem er den Bomber in eine Linkskurve legte, um den Dixie zu umfliegen. »Ich kann Sturzflüge über Bergen nicht leiden!«

»Vielleicht hat dieser Kumulogranit den Quallenpiloten abgeschreckt, der hinter uns her war«, stellte der OSO fest. »Soll er doch versuchen, uns jetzt zu jagen, wo er den Dixie direkt vor der Nase hat!«

Nachdem der Talboden nun deutlich zu sehen war, verlief der restliche Abstieg glatt. Das Offensive Radar System tastete das Gelände vor und beidseitig der Maschine elektronisch ab, maß die Breite und Höhe des gesamten Terrains und gab dem Autopiloten Steuerbefehle, damit der Bomber Hindernisse in der eingestellten Höhe überflog. Die Piloten wählten zuerst TF 1000, überprüften rasch die Funktion der beiden unabhängig voneinander arbeitenden TFR-Kanäle und gingen dann stufenweise auf die Mindesthöhe TF 200 hinunter. Außerdem stellten sie den Modus »engste Radien« ein, sodass die B-1B Hindernisse steiler übersprang und sich den Geländekonturen noch besser anpasste.

Da sie jetzt frei von Wolken waren und den Boden in Sicht hatten, schaltete der Pilot nach kurzer Beobachtung des Terrainfolgesystems den Autopiloten aus und steuerte den riesigen Bomber im Konturenflug selbst. Statt den Steuerknüppel zu umfassen, bewegte er ihn zwischen beiden Handflächen und schlängelte sich so zwischen Geländeformationen durch, während das TERFLW-System selbstständig die Sicherheitsmindesthöhe einhielt. Stur in gerader Linie weiterzufliegen, hätte es den Verteidigern erleichtert, sie aufzuspüren. Sich zwischen Geländeformationen hindurchzuschlängeln, während das TERFLW die B-1B auf Mindesthöhe hielt, war die beste und sicherste Taktik. »Wo ist der Bandit, D.?«, fragte der Pilot laut.

»Bei vier Uhr, fünfundzwanzig Meilen«, meldete der DSO. »Er hat uns nicht erfasst… Augenblick, er hat uns! Rechts wegkurven, neuer Kurs zwo-vier-null!«

»Aces, rechts einkurven!«, befahl der Pilot auf der Einsatzfrequenz. Dann zog er die B-1B in einer steilen Sechziggradkurve nach rechts, um ihren Kurs um 90 Grad zu ändern und hinter den Dixie Peak zu gelangen. Das Angriffsradar der meisten modernen Jäger wie der F-15, F/A-18 und F-22 war ein Pulsdopplerradar, das Ziele aufgrund ihrer Relativgeschwindigkeit erfasste. Drehte man in einem Winkel von 90 Grad zur Flugbahn des Jägers ab, entsprach die Relativgeschwindigkeit der Eigengeschwindigkeit des Jägers, dessen Radarcomputer das Ziel dann als Geländeformation analysierte und als Festziel unterdrückte. Das Einkurven komplizierte auch die Angriffsgeometrie des Jägers und gab dem Bomber eine Chance, sich hinter Geländeformationen zu verstecken. Nur 200 Fuß über der Wüste raste die B-1B mit fast 1000 Stundenkilometern dahin.

»Den Banditen haben wir abgeschüttelt«, meldete der DSO. »Er ist irgendwo bei fünf Uhr.«

»Roger«, sagte der Pilot. Er wusste, dass sie den Dixie Peak zwischen sich und den Jäger gebracht hatten; je länger er dort blieb, desto näher kamen sie ihrem Ziel, bevor sie erneut angegriffen wurden.

»Frei zum AP, Pilot«, rief der OSO. »Linkskurve, dann ursprünglichen Kurs halten.« Während der Pilot eine Linkskurve in Richtung Ziel flog, machte er sich nochmals ein Bild von der Luftraumsituation.

Die Ausgangslage war für ihn und seine Besetzung ziemlich ungünstig, aber diese von der Navy veranstalteten Luftkampfübungen waren im Allgemeinen ziemlich einseitig. Die Austin One MOA (Military Operating Area) fungierte als »Trichter« zu den drei Sperrgebieten, in denen Übungsziele mit scharfer Munition angegriffen wurden. In Austin One konnten die Abfangjäger der Navy bei der Verfolgung eines Bombers bis auf seine Mindesthöhe heruntergehen. Auch in den Sperrgebieten ging die Verfolgung weiter, aber die Jäger mussten mindestens 1000 Fuß hoch bleiben, um nicht durch Bombendetonationen gefährdet zu werden. Die Ranch MOA im äußersten Westen diente als »Entflechtungszone«, in der Bomber und Jäger den Kampf abbrechen und die vorgeschriebene Höhenstaffelung einhalten mussten, während die Bomber auf Gegenkurs gingen. Danach mussten die Bomber wieder die Sperrgebiete durchfliegen und ihre restlichen Bomben werfen, bevor sie den Übungskomplex verlassen durften.

Da die Marineflieger das alles natürlich wussten, brauchten sie nur in Austin One in Bodennähe zu warten, bis der Bomber in die Sperrgebiete einflog. So hatten die Jäger etwas weniger Zeit für ihr Abfangmanöver, bevor die Bomben geworfen wurden, aber dafür konnten sie fast sicher mit einem Abschuss rechnen. Der erste Jäger, auf den sie heute gestoßen waren, war vermutlich ein junger Pilot bei einer seiner ersten Abfangübungen, der gehofft hatte, den Bomber in größerer Höhe frühzeitig abschießen zu können.

Nun, so leicht war die B-1B Lancer nicht vom Himmel zu holen. Sie war fast so wendig wie ein Abfangjäger, sie war ebenso schnell und hatte nur den halben Radarquerschnitt. Im Tiefstflug konnte kein Jäger der Welt mit der B-1B mithalten – wenn er sich überhaupt traute, so tief hinunterzugehen.

Als der Pilot den Hebel am Steuerknüppel losließ, flog der Bomber eine verhältnismäßig sanfte Dreißiggradkurve zum AP, dem Ausgangspunkt des Zielanflugs. Ein Blick auf die TACAN-Anzeige: die zweite B-1B hielt sechs Meilen Abstand – genau richtig, ungefähr 30 Sekunden entfernt. »Eins ist zwo NAP vom AP«, funkte er auf der Einsatzfrequenz.

»Verstanden«, bestätigte der Rottenflieger. »Wir sind bei sieben NAP im Direktanflug.«

»Bandit bei sieben Uhr, noch keine Entfernung«, meldete der DSO.

»Kurs halten«, verlangte der OSO. »Ich brauche die Ausgangshöhe und eine Peilung.«

»Entfernung neun Meilen, fünf Uhr!«, rief der DSO. »Ich glaube, er hat uns erfasst. Rechts einkurven, neuer Kurs drei-null-null!«

»Hab meine Ausgangshöhe, Jungs«, sagte der OSO über die Bordsprechanlage. »Frei zum Einkurven!« Der Pilot legte die Maschine in eine scharfe Rechtskurve. Länger als einige Sekunden geradeaus zu fliegen, wenn Jäger in der Nähe waren, war für einen Bomber tödlich. Andererseits brauchten die Bombencomputer genaue Höhenangaben, um den Auslösepunkt berechnen zu können, und der OSO musste einen bestimmten Punkt überfliegen, der meistens mit dem Ausgangspunkt des Zielanflugs identisch war, um den Höhenmesser zu eichen. Dafür gab es entlang der Strecke mehrere Eichpunkte, aber der vor Beginn des Zielanflugs war der wichtigste.

»Keine Anzeige mehr!«, meldete der DSO. Der Jäger hatte sein Radar ausgeschaltet, weil er wusste, dass er dann vom Radarwarner des Bombers verschwinden würde. »Vielleicht hat er uns in Sicht!«

»ADF null-drei-null, Pilot!«, verlangte der OSO. Der Pilot kurvte scharf links ein, um auf die Anfluglinie zum Ziel zurückzukehren. Durch seine Rückkehr auf den ursprünglichen Kurs erleichterte er dem OSO die Radarortung des Ziels.

Sowie der Pilot wieder in den Geradeausflug überging, begann der OSO mit der Zielsuche. Das erste Ziel tauchte wie erwartet genau unter seinem Fadenkreuz auf. »Hab ich dich, du Miststück!«, krähte er. »Pilot, zwanzig Grad rechts, dann nehme ich eine Peilung.« Als der Pilot den neuen Kurs hielt, bewegte der DSO sein Fadenkreuz auf das Zielsymbol, drückte zweimal den linken Knopf seines Radarkontrollers und klickte dann den Knopf darüber an.

Die kontrastreiche, mit synthetischer Apertur erzeugte Darstellung auf seinem Display erinnerte an ein Schwarzweißfoto. Das verblüffend deutliche Bild zeigte ihm die Umrisse eines großen Sattelschleppers. »Jungs, ich habe einen riesigen Sattelschlepper – sieht wie ein Transporter für Scud-Raketen aus.« Er schob das Fadenkreuz genau übers Bild. »Klar zum Zielanflug! Den machen wir platt! Wir sind sieben Sekunden zu spät dran. Pilot, ich brauche zwanzig Knoten mehr.« Der Pilot schob die Leitungshebel ein winziges Stück weiter nach vorn – sie rasten bereits mit fast zehn Meilen in der Minute aufs Ziel zu. »Ziel zwanzig Sekunden.«

»Bandit vier Uhr, zwanzig Meilen, abnehmend!«, rief der DSO. »Rechtskurve!«

Der Pilot riss den Steuerknüppel nach rechts …

»Nein! Ziel fünfzehn! Geradeausflug!«, verlangte der OSO. »Anflug fortsetzen!«

Plötzlich hörten alle ein schnelleres *diedel diedel diedel,* das nun nicht mehr verspielt klang. »SA-6 gestartet!«, meldete der DSO aufgeregt. Das SA-6 war ein in der Sowjetunion entwickeltes und weltweit exportiertes mobiles Fla-Raketensystem mit mittlerer Reichweite. Seine Mobilität, seine Höchstgeschwindigkeit von fast Mach 3 und seine Einsatzfähigkeit bei jedem Wetter und in allen Höhen machten es zu einer tödlichen Waffe. Das SA-6 schoss eine Salve von drei Fla-Raketen ab, denen man praktisch nicht ausweichen konnte. »Drei Uhr, im Wirkungsbereich! Störsender aktiviert!«

Im selben Augenblick stiegen drei dünne weiße Rauchspuren in den Himmel auf und kamen auf die B-1B zugerast, während der Warnton in den Kopfhörern der Besatzung zu einem höheren, noch schnelleren *diedeldiedeldiedel* wurde. »Rauchende SAMs!«, rief der Kopilot. Rauchende SAMs waren kleine Papiermaché-Raketen, die dem Bomber selbst nicht gefährlich werden konnten, aber einen Fla-Raketenstart simulierten. Sie bedeuteten, dass die Besatzung bei der Aufgabe versagt hatte, ihren Bomber zu schützen.

»Simulierter SA-6-Start!«, meldete der DSO. »Steuersignal gestört! Düppel, Düppel!« Aus Behältern auf der Rückenflosse der B-1B wurden Wolken von dünnen Stanniolstreifen ausgestoßen, die ein Radarziel bildeten, das einige hundert Mal größer als die 180 Tonnen schwere Maschine war.

»Kurs halten!«, verlangte der OSO. »Ziel zehn! Öffne Bombenklappen!«

Der Kopilot beobachtete, wie eine der simulierten SAMs direkt über sie hinwegging. Mitten zwischen die Augen, sagte er sich – wäre das eine echte Fla-Rakete gewesen, wären sie jetzt Hackfleisch. Und er hätte die todbringende Rakete vom Start weg auf sich zurasen gesehen.

»Achtung ... fertig, *jetzt!* Wurf!«, rief der OSO. Aus der hinteren Bombenkammer wurde eine Schüttbombe geworfen. Der Behälter detonierte im genau richtigen Augenblick und überschüttete das Zielgebiet mit einem Hagel von kleinen Bombenkörpern. Der Sattelschlepper verschwand in einer Rauchwolke.

»Bombenklappen geschlossen!«, meldete der OSO. »Frei zum Manövrieren!«

»Sofort Rechtskurve!«, verlangte der DSO. Der Pilot kurvte steil nach rechts weg und hielt den Steuerknüppel gezogen, bis die Überziehwarnung ertönte, bevor er wieder etwas nachdrückte. Der DSO stieß weitere Düppelwolken aus, die das »feindliche« Radar täuschten und die B-1B entkommen ließen.

»Von hier aus hat der Angriff gut ausgesehen, Piloten!«, stellte der OSO befriedigt fest. »Was habt ihr von dort oben gesehen?«

»Eine SAM, die Hackfleisch aus uns gemacht hat!«, knurrte der Kopilot. »Die hätte uns voll erwischt!«

»Ich hab die Steuersignale gestört!«, protestierte der DSO. »Diese Lenkwaffe hätte uns nie ...«

»Okay, dann haben sie uns optisch anvisiert oder einfach bloß Glück gehabt«, sagte der Pilot. »Aber sie haben uns erwischt. Wäre eine dieser rauchenden SAMs echt gewesen, hätte sie uns zerlegt. Denk nicht mehr daran, Long Dong. Nimm dir das nächste Ziel vor. Diese Ganoven von der Navy spielen sowieso nicht fair.«

»Scheiße!«, fluchte der OSO unter seiner Atemmaske. Ein perfekter Zielanflug, ein perfekter Bombenwurf... und das Ergebnis ihrer harten Arbeit war null. Er hackte wütend auf seiner Tastatur herum, um die Koordinaten des nächsten Ziels einzugeben. »Kurs zum nächsten Zielkomplex ist gut, Pilot. Diesmal machen wir eine Scud-Stellung platt.«

»Was gibt's dort an Luftabwehr?«, fragte der Kopilot.

»SA-3, SA-6 und Zeus 23«, antwortete der DSO.

»Okay. Denkt nicht mehr daran, Jungs«, sagte der Pilot. »Keine Fehler mehr. Diesmal treten wir sie in den Hintern.«

»Ich habe eine weitere SA-6 und eine SA-3«, meldete der DSO. »Die SA-6 ist bei neun Uhr, aber wir verlassen ihren Wirkungsbereich. Die SA-3 ist bei ein Uhr.«

»Wo sind die Jäger?«, fragte der Pilot.

»Nirgends zu sehen«, antwortete der DSO.

»Vollkreis zur Beobachtung«, kündigte der Pilot an. »Pass mit auf die Höhe auf, Ko.« Er legte die B-1B in eine Linkskurve und bemühte sich, durch die Seitenfenster den Luftraum hinter ihnen nach Jägern abzusuchen. Nach einem Viertelkreis zog er die Maschine noch steiler herum. »Ich hab sie«, erklärte er dem Kopiloten. »Sieh zu, ob du die verdammten ...«

»Aces!«, hörten sie plötzlich auf ihrer Einsatzfrequenz. Das war ihr Rottenflieger, der sich irgendwo fünf Meilen hinter ihnen befand. »Bandit von vorn! Er hat's auf euch abgesehen, glaub ich! Seht ihr ihn?«

Die beiden Piloten starrten angestrengt nach vorn. »Hab ihn!«, rief der Kopilot plötzlich. »Zwo Uhr hoch! Er stößt auf uns runter! So erwischt er uns!«

Der Pilot fluchte laut, legte den Bomber in eine steile Rechtskurve, drückte die Leistungshebel bis zum Anschlag nach vorn, zog den Entriegelungshebel der Anstellwinkelsperre und ließ die B-1B steil in den Himmel hinaufrasen.

»Hey, was machst du, Rodeo?«, fragte der Kopilot laut.

»Ich halte frontal auf den Banditen zu!«

»Bist du *verrückt?*«

»Einem Jäger, der aus der Nähe mit Bordwaffen oder Raketen angreifen will, begegnet man am besten frontal«, stellte der Pilot fest. »Ich lasse nicht zu, dass dieser Navy-Ganove in aller Ruhe zum Schuss kommt!«

Beide Piloten konnten den auf sie herabstoßenden Jäger deutlich erkennen. Der Angreifer war eine F/A-18 Hornet von Navy oder Marinekorps, ein bordgestützter Jagdbomber, der auch als Jäger gefährlich war. In ihrem steilen Steigflug befand der Bug der B-1B sich 30 Grad über dem Horizont, sodass die Piloten nur blauen Himmel und den herabstoßenden Jäger sahen.

Das steile Hochziehen ließ die Maschine rasch Fahrt verlieren. »Fahrt!«, rief der Kopilot – vorläufig nur als Warnung, nicht als Ermahnung. Der Flugzeugkommandant hatte weiterhin den Befehl, auch wenn er höchst unorthodox zu handeln schien.

»Verstanden«, bestätigte der Pilot. Er drückte die Leistungshebel in Nachbrennerstellung nach vorn. »Los, du verdammte Qualle. Du kommst nicht mehr zum Schuss. Die Entfernung ist schon viel zu gering. Brich deinen Angriff ab!«

»Wir müssen wieder runter, Pilot«, drängte der OSO. »Wir liegen nicht mehr im Zeitplan!«

»*Runter* mit der Nase, Pilot«, sagte der Kopilot warnend.

»Uns kriegst du nicht, Kumpel«, murmelte der Pilot, als könne der Pilot der F/A-18 ihn hören.

Als der OSO sein Radardisplay auf Luft-zu-Luft umschaltete, erfasste das ORS sofort den Jäger. »Entfernung drei Meilen, abnehmend!«, rief er. »Annäherungsgeschwindigkeit tausend Knoten! Das sieht nicht gut aus!«

»Fahrt!«, warnte der Kopilot erneut. Ihr Treibstoffverbrauch lag jetzt bei unglaublichen 135 Kilogramm in der *Sekunde,* aber die B-1B stieg weiterhin.

»Pilot, wir sind außerhalb des Zeitplans und dreitausend Fuß hoch!«, meldete der OSO. »Wir sind innerhalb der Einmeilenblase!« Aus Sicherheitsgründen durfte im Übungsgebiet Navy Fallon kein Pilot in die unsichtbare »Blase« mit einer Meile Durchmesser einfliegen, die alle teilnehmenden Maschinen umgab. »Die Übungsbestimmungen …«

»Schnauze!«, knurrte der Pilot. »Wir haben noch drei Sekunden!« Ein Verstoß gegen die Übungsbestimmungen konnte alle Beteiligten ernstlich gefährden – und er verstieß gegen eine Bestimmung nach der anderen. »So schnell sieht uns niemand. *Er* muss seinen Angriff abbrechen.«

»*Runter* mit der Nase, verdammt noch mal!«, verlangte der Kopilot.

Unmittelbar bevor der Kopilot seinen Steuerknüppel nach vorn drücken und versuchen wollte, sich gegen den Piloten durchzusetzen, kurvte der Jäger steil nach rechts weg. Sie hatten fast 300 Knoten Fahrt verloren – und wofür? Den Angriff des Jägers hatten sie vereitelt, aber dafür befanden sie sich jetzt im Wirkungsbereich jeder Fla-Raketenstellung in 30 Meilen Umkreis.

»Ha! Wohin so eilig, du Flasche?«, rief der Pilot triumphierend. Er atmete schwer, als habe er gerade einen Hundertmeterspurt hinter sich. »Behalt ihn im Auge, Ko«, keuchte er.

»Wir sind in bester Position, Leute«, sagte der OSO. »Unser nächstes Ziel ist ein Zeus-23. Wir bleiben hoch und machen ihn platt. Geradeausflug!«

»Wo ist der Jäger jetzt?«, fragte der Pilot.

»Elf Uhr, in Richtung zehn Uhr unterwegs, weit über uns«, antwortete der Kopilot.

»Zeus 23 bei zwölf Uhr«, meldete der DSO. Der wirkliche »Zeus-23« oder ZSU-23/4 war ein russischer Fla-Panzer mit vier Radar gesteuerten 23-mm-Maschinenkanonen, die den Himmel bis zu zwei Meilen weit mit Tausenden von Geschossen füllen konnten – absolut tödlich für jedes Flugzeug.

»Das ist unser Ziel, Crew«, stellte der OSO fest. Er nahm den ihrem ursprünglichen Zielgebiet am nächstliegenden Zeus-23 ins Fadenkreuz. »Steilkurve links, fünfundvierzig Grad.« Als der Pilot wieder in den Geradeausflug überging, erfasste der OSO das Ziel mit seinem Radar. »Erfasst! Kurs zum Ziel ist gut. Vollschub, Rodeo!« Der Pilot drückte die Leistungshebel in Nachbrennerstellung. Sekunden später durchbrachen sie die Schallmauer.

»Bandit jetzt bei neun Uhr, zehn Meilen, abnehmend!«

»Achtung … Bombe los!«, rief der OSO laut. Die Schüttbombe CBU-87 erzielte einen Volltreffer.

»Zeus-23 sendet weiter«, stellte der DSO fest.

»*Was?*«, fragte der OSO empört. »Dieser Anflug war große Klasse! Leicht rechts versetzt, aber fast ein Volltreffer: Die Quallen verarschen uns, Jungs! Das war ein …«

»Vergiss es, Long Dong«, unterbrach der Pilot ihn. »Wo bleibt mein Kurs?«

Der OSO rief das letzte Ziel im dritten Übungsgebiet auf. »Kurs ist gut«, sagte er. »Einzelne Scud ER auf Transporter mit Startrampe, dazu ein Funkwagen. Soll irgendwo zwischen den Hügeln getarnt stehen. Dafür gibt's die Höchstpunktzahl, Jungs – mehr als für die beiden vorigen Ziele zusammen. Etwas höher, Pilot, damit ich das Zielgebiet einsehen kann.«

»Radarwarner Fehlanzeige«, meldete der DSO sofort.

Warum der OSO etwas mehr Höhe brauchte, war sofort klar. Die Piloten konnten nur einige Meilen weit sehen, und unter solchen Umständen war die nutzbare Radarreichweite noch geringer. Außerdem hatten sie einige Sekunden Verspätung, und ihre höhere Geschwindigkeit bedeutete, dass weniger Zeit zur Zielerfassung blieb. »Ich gehe mal kurz hoch«, sagte der Pilot. Er stellte als Höhenbegrenzung TF 1000 ein, worauf der Bomber sofort steil stieg.

»Ich hab … nichts«, berichtete der OSO. Unter seinem Fadenkreuz lag ein großer schwarzer Bereich. Aus dem Zielgebiet kamen noch keine Radarechos. Sein zögernder Tonfall brachte die Piloten noch mehr auf. »ADF-Kurs eins-drei-fünf, Piloten. Frei zum Tiefergehen.«

Der Pilot ließ den Entriegelungshebel der Anstellwinkelsperre los, und die B-1B setzte ihre Achterbahnfahrt in nur 200 Fuß über der verschwommen unter ihnen vorbeizischenden Wüste fort. »Hast du das Ziel?«, fragte er.

»Noch nicht«, antwortete der OSO. »Bleiben wir tief, kommen die Ziele der Radarvoraussage nach erst bei vier NAP in Sicht – um sie früher zu sehen, müssten wir auf zweitausend raufgehen. Am besten halten wir den errechneten Kurs und gehen später noch mal hoch, damit ich das Ziel besser …«

»Bandit!«, unterbrach der DSO ihn. »Acht Uhr, fünfzehn Meilen, abnehmend! Könnte eine F-14 sein! Steilkurve links, dreißig!«

»Dann ist mein Blick in den Canyon weg!«, wandte der OSO ein. Aber der Pilot legte die Maschine in eine steile Linkskurve, die er erst beendete, als ihr Kurs den des Jägers kreuzte. »Möglichst schnell auf Gegenkurs!«, verlangte der OSO. »Ich brauche einen letzten Blick in diesen Canyon!«

»Frei zum Umkehren!«, sagte der DSO nur wenige Sekunden später. Der Pilot legte die B-1B in eine Rechtskurve. »Störsender aktiviert! Der Bandit scheint uns nicht gesehen zu haben. Er ist bei neun Uhr, neun Meilen.«

»Jetzt noch mal höher«, verlangte der OSO.

»Negativ!«, widersprach der DSO. »Dabei heben wir uns vom Horizont ab! Sieht uns der Jäger, hat er uns!«

»Aber ich brauche die Höhe!«, rief der OSO. »Hier unten ist die Sicht beschissen!«

»Steigen wir, sieht er uns!«, protestierte der Pilot.

»Okay, Kurs halten!«, knurrte der OSO. »Vielleicht klappt's mit dem Ziel später.« Er wusste, dass ihm vor dem Bombenwurf nur wenige Sekunden bleiben würden, in denen er das Ziel mit seinem Radar erfassen musste.

Tatsächlich sah er bei der Annäherung ans Ziel auf seinem digitalen Radarschirm nur eine weiß gesprenkelte dunkelgrüne Fläche. Geländeformationen vor ihnen deckten sämtliche Bodenechos ab. Auf dem MTA-Display war kein einziges bewegliches Ziel zu erkennen.

»Ziel zwanzig«, meldete der OSO. »Steilkurve links, dreißig. Ich brauche tausend Fuß, Pilot, und ich brauche sie *sofort!*«

»Okay«, sagte der Pilot. »Du hast ungefähr fünf Sekunden Zeit.« Er stellte als Höhenbegrenzung TF 1000 ein und ließ die Maschine steigen. »Hast du das Ziel, Long Dong?«

Ihr kurzes Steigen war ein voller Erfolg. Das Fadenkreuz lag auf einem einzelnen Radarecho am Südausgang des Canyons. Kurz bevor der Pilot wieder in den Sinkflug überging, bekam der OSO das letzte Ziel auf seinen Bildschirm. »Ich hab's! Kurs ist gut!«, sagte er. Verdammt, das war knapp gewesen! Sein Fadenkreuz lag auf einem länglichen schmalen Ziel, das teilweise verdeckt war. In der Vergrößerung zeigte das Radarbild eindeutig einen fahrenden Scud-Transporter, der zugleich als Startrampe dienen würde. Ein kleines, bewegliches Ziel – dafür gab es die Höchstpunktzahl, wenn sie es trafen. »Den machen wir platt! Ziel fünfzehn! Zehn… Bombenklappen offen… fünf… Bombe los!« Die Piloten konnten das Ziel sehen: einen weißen Sattelschlepper mit einer Ladung aus alten Kanalrohren, die so gebündelt waren, dass sie etwa wie eine Lenkwaffe Scud aussahen. »Bombenklappen geschlossen…«

»Volltreffer!«, rief der Kopilot triumphierend. »Der ist erledigt!«

»Rechtskurve zu zwo-vier-drei«, verlangte der OSO.

Aber als sie übers Zielgebiet und dann über den Südausgang des Canyons rasten, stiegen um sie herum zahlreiche rauchende SAMs auf. »Ich habe überall SA-3, SA-6, SA-8 und Flak!«, rief der DSO. *»Linkskurve! Steil links weg!«*

Die B-1B rollte so plötzlich nach links, dass der OSO mit dem Kopf an die rechte Rumpfseite schlug. Im nächsten Augenblick wurde er nach vorn geworfen, als der Bomber an Fahrt verlor. Er stieß einen Schmerzensschrei aus und sah nur noch Sterne.

Der Pilot legte die Maschine in eine Fünfundvierziggradkurve, zog den Steuerknüppel zurück, bis 2,5 g erreicht waren – wobei sich ihr Körpergewicht fast verdreifachte – und brachte dann die Leistungshebel in Leerlaufstellung, damit die B-1B weiter Fahrt verlor, bis sie langsam genug war, um sehr enge Kurven fliegen zu können.

»Los, Rodeo, einkurven!«, rief der OSO. »Fahr die Bremsklappen aus! Geh auf neunzig Grad!«

»Mehr als fünfundvierzig Grad sind nicht zulässig…«

»Die schießen uns ab, wenn du nicht schnellstens die Kurve kriegst, Pilot!«, sagte der OSO. »Fahr die Bremsklappen aus! Du hast Sichtflugbedingungen. Geh auf neunzig Grad!«

»Achtung, Bremsklappen!«, rief der Pilot. Er schaltete die Automatik ab und fuhr die Bremsklappen aus, damit die Maschine noch schneller Fahrt verlor. Bei diesem Notmanöver, das den Bomber möglichst schnell aus dem Bereich der feindlichen Luftabwehr bringen sollte, wurde die B-1B auf eine Geschwindigkeit abgebremst, bei der sie engere Kurven fliegen konnte, ohne deshalb normalerweise an Steuerfähigkeit zu verlieren.

»SA-8! Zeus-23! Acht Uhr, im Wirkungsbereich!« Das ECM-

System stieß rasend schnell Düppel und Leuchtfackeln aus, aber diese Abwehrmaßnahmen kamen zu spät. Der Himmel war plötzlich voller weißer Rauchstreifen, als Dutzende von rauchigen SAMs wie Hornissen um sie herumflitzten. Mehrere der kleinen Papiermaché-Raketen trafen den Bomber, konnten aber keinen Schaden anrichten – sie wogen weniger als zwei Pfund und waren zerbrechlich wie Spielzeug.

Der Pilot hielt den Steuerknüppel bei 2,5 g, bis die Eigengeschwindigkeit des Bombers auf das vorgesehene Minimum zurückgegangen war; dann schob er seine Leistungshebel ruckartig in Nachbrennerstellung nach vorn. Das Manöver gelang. Als er die Nachbrenner einschaltete, befand sich die B-1B praktisch auf Gegenkurs. Er drückte den Steuerknüppel nach rechts, um in die Normalfluglage zurückzukehren, und betätigte den Bremsklappenschalter, um die Bremsklappen einzufahren, damit die Maschine die verlorene Fahrt aufholen konnte …

… aber der Bomber kehrte nicht in die Normalfluglage zurück, sondern blieb in seinem steilen Kurvenflug. »Verdammt! Verdammt, verdammt!«, rief der Pilot immer wieder. »Was ist hier los?« Ein andauernder, tiefer Warnton signalisierte, dass das Terrainfolgesystem ausgefallen war. In diesem Fall zog das System die B-1B automatisch mit 3 g hoch, damit der Bomber nicht mit Geländehindernissen kollidierte – aber in dieser Fluglage würde das Hochziehen mit einem Aufschlag enden, wenn die Piloten nicht rasch eingriffen. »*Scheiße*, was geht hier vor?«, rief der Pilot. »Die Maschine reagiert nicht! Mad Dog, übernimm du sie. Ich glaube, meine Steuerung ist ausgefallen!«

»Bug runter! Fahrt!«, warnte der Kopilot, als er hastig nach seinem Steuerknüppel griff. Er versuchte ihn zu bewegen, aber der Bomber reagierte nicht darauf. Er kontrollierte die Anzeigen auf der Mittelkonsole. »Bremsklappen einfahren! Spoiler sind noch draußen!« Der Pilot betätigte seinen Schalter, aber dadurch änderte sich nichts. »Überprüf meine Automatikabschaltung!«, verlangte er.

Der Kopilot streckte seine linke Hand nach der Mittelkonsole aus und überprüfte die Schalter. »Spoilerautomatik in Normalstellung«, meldete er. »Scheiße, was ist hier los?«

Der OSO spürte deutlich, dass die Maschine zu sinken begann – als ob der Bomber sich in dem schwammigen Flugzustand kurz vor dem Überziehen befände. Zugleich gierte er nach links, als habe der Pilot die Leistung der linken Triebwerke zurückgenommen. »Nicht weiterkurven! Nicht weiterkurven!«, rief er in sein Mikrofon. »TF ausgefallen! Pilot, hast du die Maschine in der Hand? Höhe!«

Aber der Pilot hatte den Bomber nicht mehr in der Hand. Er sah die Nadel seines Höhenmessers schneller und schneller nach links kreisen. Gleichzeitig fühlte er sich gewichtslos, spürte seinen Körper im Gurtzeug hängen. Die Maschine würde abstürzen. Scheiße! Scheiße!

Er hatte keine andere Wahl mehr, und ohne Vorwarnung griff der Pilot mit beiden Händen nach dem Abzuggriff seines Schleudersitzes, schloss die Augen und zog den Griff herunter.

Die oberen Luken über den Sitzen aller Besatzungsmitglieder wurden weggesprengt, dann brach ein brüllender Orkan herein, der eine Wolke aus Staub und Kleinteilen in die hintere Kabine trieb, bevor im nächsten Augenblick die Treibladung zündete, die den Piloten mit seinem Sitz aus dem Cockpit schoss. Ein schwerer Schlag, der ihn fast ohnmächtig werden ließ, traf seine rechte Schulter, und er spürte, wie er sich mehrmals überschlug, als er in die Wirbelschleppe der Maschine geriet.

Das Letzte, woran er sich erinnerte, war der Anblick der schlanken, gefährlich wirkenden B-1B, die unter ihm hinwegglitt: weiter deutlich nach links hängend, aber mit leicht hochgerecktem Bug wie im Steigflug. Die Schmerzen in seiner zerschmetterten Schulter waren fast unerträglich. Dann sah er plötzlich einen gewaltigen Feuerball, eine riesige Feuerwolke so groß wie die Berge in der Umgebung seines Hauses in Reno …

… und er sah zwei Schleudersitze, die mit erst teilweise entfalteten Fallschirmen direkt in diese höllische Feuerwand hineinflogen.

Sekunden später spürte er einen starken Schlag gegen Rücken und Hinterkopf … dann wurde es dunkel um ihn.

Luftwaffenstützpunkt Wonju, Südkorea (zur gleichen Zeit)

Auf dem Luftwaffenstützpunkt Wonju war in den letzten Monaten mindestens einmal pro Tag Alarm gegeben worden, deshalb hielten die südkoreanischen Flugzeugbesatzungen das nächtliche Heulen der Alarmsirenen für eine Routineübung. Sie rannten zu ihren Maschinen und machten ihre Jäger erstaunlich ruhig und gelassen startbereit.

Als nördlichster Luftwaffenstützpunkt Südkoreas – keine 50 Kilometer südlich der Entmilitarisierten Zone und etwa 150 Kilometer von der nordkoreanischen Hauptstadt Pjöngjang entfernt – würde Wonju immer zu den ersten Einrichtungen gehören, die auf Vorstöße nordkoreanischer Invasoren reagieren mussten. In Wonju waren verschiedene Flugzeugtypen stationiert. Das Rückgrat der dortigen Luftverteidigungskräfte bildete die F-16K, ein in Südkorea von Samsung in Lizenz gebauter US-Abfangjäger. Da diese Jäger einen feindlichen Großangriff abwehren sollten, trugen sie nur einen Zusatztank unter dem Rumpf, waren dafür aber mit zwei radargesteuerten Jagdraketen AIM-120 AMRAAM (Advanced Medium-range Air-to-Air Missile), acht AIM-9M Sidewinder mit Infrarotsuchkopf und 500 Schuss für ihre 20-mm-Maschinenkanonen bewaffnet. Auf dem Stützpunkt Wonju standen Tag und Nacht mindestens zwölf F-16K in Alarmbereitschaft.

Zu den dort stationierten Flugzeugmustern gehörten auch französische Mirage F1, amerikanische Jäger F-5 zur Abwehr von Tagangriffen – die nordkoreanische Luftwaffe war kaum für Nachtangriffe ausgerüstet – und amerikanische Jäger und Jagdbomber F-4E Phantom. Die ständig in Alarmbereitschaft stehenden zwölf F-4E trugen Spreng- und »Feuersturm«-Brandbomben, mit denen Tiefflugangriffe auf wichtige nordkoreanische Ziele durchgeführt werden sollten, falls es zur erwarteten – und nach Ansicht vieler unvermeidlichen – Invasion aus dem Norden kam.

Als die Sirenen heulten, rannten alle Alarmbesatzungen zu ihren Jägern und Jagdbombern, ließen die Triebwerke an und blieben auf der Einsatzfrequenz hörbereit. Obwohl auf dem Stützpunkt erhöhte Alarmbereitschaft herrschte, startete keine Maschine. Ein »Alarmstart« hätte binnen weniger Minuten eine unkontrollierbare militärische Eskalation zwischen Nord und Süd auslösen können. Da ihre Triebwerke schon liefen, konnten sämtliche Flugzeuge in weniger als zwei Minuten in der Luft sein. Starteten alle 15 Sekunden drei Maschinen von der Hauptstartbahn und den beiden Rollwegen, konnten allein über diesem Stützpunkt 24 Flugzeuge in kürzerer Zeit am Himmel sein, als ein schneller Angreifer brauchte, um 40 Kilometer weit zu fliegen.

Die Besatzungen hörten den Funk ab und warteten. War dies die Invasion? Stand der große Showdown zwischen den Kommunisten und dem Süden unmittelbar bevor?

»Unidentifiziertes Flugzeug auf Südkurs, Peilung drei-viernull von Wonju, sechzig Kilometer, auf diesem Kurs und mit dieser Geschwindigkeit riskieren Sie, die Entmilitarisierte Zone zu durchfliegen«, sagte ein Controller der südkoreanischen Luftverteidigung warnend. »Dies ist die letzte Warnung! Fliegen Sie in gesperrten Luftraum ein, wird auf Sie geschossen. Unidentifiziertes Flugzeug, drehen Sie sofort nach Norden ab, sonst wird auf Sie geschossen.« Gleichzeitig flammten auf der Anzeigetafel vor den startbereiten Maschinen zwei grüne Lichter auf: die Startfreigabe für die beiden ersten F-16K.

Gleich nach dem Start meldete der Pilot der Führungsmaschine sich auf der Wachfrequenz des Controllers, die auch sein Rottenflieger eingestellt hatte. »Leitstelle Saphir, Rotte Tiger durchsteigt dreitausend, kommen.«

»Zwo«, sagte sein Rottenflieger knapp.

»Rotte Tiger, Leitstelle Saphir, höre Sie fünf«, antwortete der Controller. »Wechseln Sie auf Blau sieben.«

»Rotte Tiger wechselt auf Blau sieben.« Nachdem der Rottenflieger den Wechsel mit »Zwo« bestätigt hatte, stellten beide Piloten einen HAVE-QUICK-Kanal ein, der durch häufige zufällige Frequenzwechsel nahezu abhörsicher war. »Saphir, Rotte Tiger durchsteigt viertausend, kommen.«

»Zwo.«

»Rotte Tiger, hier Leitstelle Saphir, höre Sie fünf«, bestätigte der Controller, dessen Stimme jetzt wegen der computergesteuerten Frequenzwechsel leicht verzerrt klang. »Geben Sie Standort von Solar aus an.«

Der Pilot der ersten F-16 stellte sein Navigationssystem auf den Wegpunkt Solar ein; da ihre Standortmeldungen sich jetzt auf einen imaginären Punkt bezogen, konnte niemand ihre Position mithören. »Tiger null-sechs-drei Grad und drei-drei Kilometer von Solar.«

»Verstanden, Tiger. Kurs zwo-neun-fünf, Höhe Basis plus eins-vier.« Die für diesen Tag festgelegte Basishöhe betrug 10 000 Fuß, daher begannen die F-16 auf 24 000 Fuß zu steigen. Als sie einige Minuten später bis auf weniger als 30 Kilometer an die Entmilitarisierte Zone herangekommen waren, sagte der Controller: »Linear.«

Der erste F-16-Pilot schaltete sein Angriffsradar APG-66 ein, das sekundenschnell ein Ziel direkt vor ihm erfasste. »Rotte Tiger Kontakt, Ziel bei zwo-neun-sieben, Entfernung fünf-eins, tief, Geschwindigkeit sechs-null-null.«

»Tiger, das ist euer Ziel«, bestätigte der Controller.

Das Pulsdopplerradar APG-66 der F-16 konnte mehrere Ziele gleichzeitig verfolgen, aber um ganz sicherzugehen, brach der südkoreanische Pilot den Kontakt ab und ließ sein Radar nochmals den Himmel absuchen. Keine weiteren Ziele. Ein einzelner Eindringling aus dem Norden? Die Nordkoreaner flogen selten allein. Mehrere Eindringlinge in enger Formation? Die Nordkoreaner, die schon tagsüber keine guten Formationsflieger waren, flogen nur selten nachts – und erst recht nicht in Formation.

Aber der südkoreanische Pilot hatte gelernt, sich nie auf solche Annahmen zu verlassen. Es war besser, vorsichtshalber von mehreren Angreifern auszugehen. »Rotte Tiger, taktische Position, Ausführung.«

»Zwo.« Die zweite F-16 verließ ihren Platz rechts neben der Führungsmaschine, vergrößerte den seitlichen Abstand auf 100 Meter und stieg 50 Meter höher. So behielt ihr Pilot den Führenden auch nachts in Sicht und konnte zugleich rasch und beweglich reagieren, falls die taktische Lage sich änderte. Der nordkoreanische Pilot würde nun zwei Ziele auf dem Radarschirm sehen – wenn er sich die Mühe machte, sein Radar einzuschalten. Bisher gab der Radarwarner keinen Piepser von sich, was bedeutete, dass der Eindringling sein Angriffsradar nicht benutzte. Die modernen Jäger J-7 und MiG-29, die Nordkorea von China gekauft hatte, hatten IR-Sensoren und waren mit Jagdraketen mit Infrarotsuchköpfen bewaffnet, sodass sie im Nahbereich kein Radar brauchten, aber trotzdem war es merkwürdig, dass ein Eindringling blind auf feindliches Gebiet vorstieß, ohne sein Radar zu benutzen.

Das Ziel überflog die Entmilitarisierte Zone, ohne Kurs, Geschwindigkeit oder Höhe im Geringsten zu verändern. Damit hatten die Kommunisten durch einen offen kriegerischen Akt den fragilen Waffenstillstand zwischen Nord und Süd gebrochen.

Der zweite Koreakrieg war im Gange.

Für den südkoreanischen Piloten war dies nicht nur eine Kriegshandlung, sondern ein Akt der Barbarei. Die beiden Staaten bemühten sich seit Jahren um einen Friedensschluss, dem später die Wiedervereinigung folgen sollte. Heimliche nordkoreanische Kommandounternehmen und zu Propagandazwecken inszenierte »Grenzzwischenfälle«, die Südkorea zu gewalttätigen Reaktionen provozieren sollten, waren schlimm genug. Aber dies war ohne Zweifel ein Luftangriff.

Das Verhältnis der beiden koreanischen Staaten war von gegenseitigem Misstrauen geprägt. Südkorea wurde vorgeworfen, es rüste durch Kauf oder Lizenzbau amerikanischer Jäger, Kriegsschiffe, Luftabwehrsysteme, Radargeräte und High-Tech-Lenkwaffen für eine Invasion auf. Nordkorea wurde vorgeworfen, es spioniere weiterhin ständig im Süden und bringe verbesserte Trägerraketen in Stellung, um Seoul mit ABC-Waffen angreifen zu können. Jedermann war sich darüber im Klaren, dass das Wettrüsten zwischen den beiden Staaten aufhören musste, aber keine der beiden Seiten wollte den ersten konkreten Schritt zu seiner Beendigung tun.

Beide Staaten versuchten »Trippelschritte« in Richtung Frieden. Der Norden erklärte sich bereit, die Brutreaktoren seiner Atomkraftwerke durch Leichtwasserreaktoren zu ersetzen, die kein waffenfähiges Plutonium erzeugten. Der Westen sagte großzügige Finanzhilfe für Ölkäufe zu, damit Nordkorea nicht in Versuchung kam, von feindlichen Nahoststaaten wie dem Iran Erdöl gegen Waffen zu kaufen. Der Süden verzichtete auf Manöver mit amerikanischen und japanischen Einheiten, zog Fla-Lenkwaffen Patriot und Rapier von der Entmilitarisierten Zone ab und verringerte die US-Truppen auf weniger als 10 000 Mann. Aber das gegenseitige Misstrauen blieb.

Der südkoreanische Pilot wünschte sich nichts mehr als die Wiedervereinigung der gesamten Halbinsel – unter koreanischer, nicht fremder Flagge. Seit den Besetzungen durch die Chinesen und die Japaner war das der Traum aller Koreaner. Aber was er sich wünschte, spielte im Augenblick keine Rolle. Im Augenblick wurde seine Heimat angegriffen, und es war seine heilige Pflicht, sie zu verteidigen.

Er warf einen Blick auf die mit Klettband an seinem linken Oberschenkel befestigte Verschlüsselungskarte. Obwohl der Controller und die Piloten eine abhörsichere Frequenz benutzten und ihre Identität bereits überprüft hatten, begann jetzt eine kritische Phase dieses Einsatzes. Sorgfältige Koordination und Verifizierung waren unerlässlich. Mit Hilfe der Karte, die alle zwölf Stunden ausgewechselt wurde, war es möglich, alle erteilten Befehle zu identifizieren und festzustellen, ob sie von der richtigen Stelle kamen. »Leitstelle Saphir, hier Tiger eins, bestätigen Sie Tango-Alpha, kommen.«

»Saphir bestätigt Alpha.«

»Bestätigung empfangen und verifiziert. Tiger eins bittet um endgültige Anweisungen fürs Abfangen.«

»Warten Sie, Tiger«, antwortete der Controller. Die Pause dauerte nicht lange. »Tiger eins, Sie erhalten den Auftrag, an das Ziel heranzufliegen und zu versuchen, es visuell zu identifizieren. Ist es ein feindliches Flugzeug oder ist eine Identifizierung nicht möglich, versuchen Sie, es zur Landung auf einem Militär- oder Zivilflugplatz der Kategorie Charlie, Delta, Echo oder Foxtrott zu zwingen. Reagiert die einfliegende Maschine nicht oder nähert sich dem Luftraum Bravo, haben Sie Erlaubnis, das Flugzeug abzuschießen.« Danach las der Controller die aktuelle Datum-Zeit-Gruppe und den Bestätigungscode vor, die mit der Verschlüsselungskarte übereinstimmten.

Der F-16-Pilot rief die Koordinaten des nächsten Luftraums

Bravo auf, der in diesem Fall Seoul einschloss. Sie befanden sich nur etwa 80 Kilometer nördlich der Pufferzone mit 50 Kilometern Durchmesser, von der die südkoreanische Hauptstadt umgeben war. Bei ihrer gegenwärtigen Geschwindigkeit blieben dem Piloten nur ungefähr sieben Minuten Zeit, um den kommunistischen Eindringling zum Abdrehen oder zur Landung zu zwingen, bevor er ihn abschießen musste.

Zuerst versuchte er es über Funk. Auf Koreanisch, dann in stockendem Chinesisch funkte er: »Unidentifiziertes Flugzeug hundertfünfundzwanzig Kilometer nordöstlich von Seoul, hier spricht der Pilot eines Abfangjägers der Luftwaffe der Republik Korea. Sie befinden sich in einem Sperrgebiet. Ich habe Sie in Sicht und bin darauf vorbereitet, Sie abzuschießen, wenn Sie nicht sofort auf Gegenkurs gehen. Ich warne Sie: Gehen Sie sofort auf Gegenkurs!« Keine Reaktion. Er wiederholte seinen Anruf auf den internationalen UHF-, VHF- und HF-Notfrequenzen und auf einigen bekannten nordkoreanischen Jägerfrequenzen, ohne eine Reaktion feststellen zu können.

Der F-16-Pilot und sein Rottenflieger, der ihm notfalls Feuerschutz geben würde, brauchten zwei Minuten, um sich neben das feindliche Flugzeug zu setzen. Zum Glück flog dort keine Angriffsformation, sondern nur eine einzelne Maschine. Der Eindringling war leicht anzusteuern, weil er mit eingeschalteten Positions- und Warnlichtern flog – und zur Verblüffung des südkoreanischen Piloten noch immer mit ausgefahrenem Fahrwerk und Spaltklappen in Startstellung! Kaum zu glauben, aber er war damit Hunderte von Kilometern weit geflogen. So verbrauchte er Unmengen Treibstoff, und bei über 300 Knoten Eigengeschwindigkeit wurden Fahrwerk und Klappen vermutlich bis zur Bruchgrenze beansprucht. In die linke Rumpfseite der F-16K der südkoreanischen Luftwaffe war ein starker Halogenscheinwerfer eingebaut, den der Pilot einschaltete, sobald er nahe genug heran war, um die Umrisse der anderen Maschine erkennen zu können.

»Saphir, hier Tiger eins, habe das feindliche Flugzeug in Sicht«, meldete der südkoreanische Pilot auf der abhörsicheren HAVE-QUICK-Frequenz. »Es scheint ein Jagdbomber A-5 Qian zu sein.« Die A-5 war ein Jagdbomber aus chinesischer Produktion, ein 30

Jahre alter Nachbau des veralteten sowjetischen Jagdbombers Suchoi Su-7, der das Rückgrat der nordkoreanischen Luftwaffe bildete. »Konfiguration wie folgt: Einsitzer, ein Triebwerk, zylinderförmiger Rumpf mit kurzen Pfeilflügeln, großem Lufteinlass am Bug und kleinem Radarbug im Lufteinlass. Seitlich am Rumpf sehe ich das Hoheitsabzeichen der Volksrepublik Nordkorea, das Seitenleitwerk trägt die Buchstaben CH und die Zahl eins-eins-vier.«

Das »CH« war die Kennung des nordkoreanischen Jabo-Stützpunkts Ch'ongjin, auf dem große Mengen von chemischen Waffen und vielleicht auch Kernwaffen lagerten.

»Die A-5 trägt drei Außenlasten: einen Zusatztank unter dem Rumpf und je einen Zusatztank unter den Tragflächen.« Er richtete seinen Suchscheinwerfer auf die Außenlasten, holte erschrocken tief Luft und sprach mühsam beherrscht weiter. »Verbesserung, Saphir, Verbesserung. Unter den Tragflächen hängen keine Zusatztanks, ich wiederhole, *keine* Zusatztanks. Das scheinen Bomben, ich wiederhole, *Bomben* zu sein. Die Bombe unter der rechten Tragfläche trägt in der Mitte vier purpurrote Ringe.«

Das war die denkbar schlimmste Meldung. Die purpurroten Ringe, eine Standardmarkierung beim rotchinesischen und dem ehemaligen sowjetischen Militär, aus dessen Arsenal Nordkoreas Waffen stammten, kennzeichneten Atombomben. Dies waren Bomben des alten Typs Ji-214, die als Zusatztanks getarnt waren – Chinesen und Sowjets hatten sie manchmal sogar außerhalb von Sicherheitsbereichen gelagert, damit westliche Bildauswerter glauben sollten, sie seien keine Kernwaffen. Aber die Sprengkraft jedes dieser »Zusatztanks« entsprach 600 Kilotonnen TNT – mehr als genug, um Seoul oder jede andere Großstadt der Welt zu zerstören. Da sie als unzuverlässig galten, wurden sie paarweise abgeworfen; detonierte die erste Bombe, ging auch die zweite in ihrem Feuerball auf.

Danach herrschte gespanntes Schweigen, bis der Controller sich wieder meldete: »Tiger eins, hier Saphir, Sie erhalten Befehl, mit allen Mitteln zu versuchen, den Eindringling von Luftraum Bravo abzudrängen.« Der F-16-Pilot hörte die Stimme des Controllers vor Angst zittern. »Sie müssen verhindern, dass die feindliche Maschine näher als fünfzig Kilometer an den Luftraum

Bravo herankommt, aber Sie dürfen sie nur abschießen, wenn alle anderen Mittel erfolglos bleiben.« Das war einleuchtend: Schoss der Pilot die A-5 mit einer Jagdrakete ab, würde die Detonation radioaktives Material verstreuen – oder schlimmstenfalls die Atombomben zünden und großflächige Zerstörungen bewirken. Diese primitiven Bomben waren nicht mit der zahlreichen Sicherheitseinrichtungen westlicher Kernwaffen ausgestattet: Sie sollten detonieren, statt sich unter bestimmten Umständen selbst zu sichern.

»Tiger eins verstanden«, bestätigte der Pilot. »Zwo, verstanden?«

»Zwo verstanden«, antwortete sein Rottenflieger sofort. Da der Sicherheitsradius jetzt auf 50 Kilometer erweitert worden war, blieben ihnen weniger als drei Minuten Zeit, um diesen Eindringling auf Gegenkurs zu bringen.

Der F-16-Pilot richtete den Scheinwerfer aus weniger als 50 Metern Entfernung auf das Cockpit der A-5. Was er dort sah, schockierte ihn erneut: der nordkoreanische Pilot trug nicht mal einen Helm! Er schien ohne Ausrüstung einfach in die Maschine geklettert und losgeflogen zu sein. Erstaunlich, aber immerhin eine Erklärung dafür, dass er die gefunkten Warnungen nicht gehört hatte.

Der nordkoreanische Pilot hob eine Hand, um seine Augen vor dem grellen Scheinwerferlicht zu schützen … und drehte von der F-16 ab. Das war gut, denn so führte sein Kurs nicht mehr direkt über die Hauptstadt. Der F-16-Pilot setzte sich wieder neben die A-5 und leuchtete erneut ins Cockpit; auch diesmal drehte die A-5 ab. Sie flog jetzt fast auf Südostkurs von Seoul weg. Diesmal setzte der F-16-Pilot sich etwas höher neben den nordkoreanischen Jagdbomber. Als die A-5 tiefer ging und abdrehte, konnte er beobachten, dass der Nordkoreaner offenbar laut schreiend in seine Richtung gestikulierte, während er seine Augen vor dem grellen Scheinwerferlicht zu schützen versuchte.

Der F-16-Pilot rief die nächsten Flugplätze der Kategorie Echo auf und fand den außer Dienst gestellten Militärflugplatz Hongch'on, der keine 50 Kilometer entfernt war. Der Flugplatz lag in einem dünn besiedelten Gebiet; die nächste Kleinstadt war gut 20

Kilometer entfernt. Für die Suche nach einer besseren Alternative blieb keine Zeit.

Der Nordkoreaner war seltsam hartnäckig, was der F-16-Pilot ausnutzen konnte: Ließ er der A-5 mehr Platz, versuchte der kommunistische Pilot, nach rechts in Richtung Seoul zu steuern; bedrängte er ihn dagegen, drehte der andere Pilot nach links ab. Überstieg er ihn, ging der Kommunist tiefer; blieb er auf gleicher Höhe, versuchte der A-5-Pilot, seine frühere Höhe wieder zu erreichen, oder hielt seine Höhe.

»Leitstelle Saphir, hier Tiger eins, dirigiere den feindlichen Jabo nach Hongch'on und versuche, ihn dort zur Landung zu zwingen. Setzen Sie Sicherheitskräfte und ein Bombenräumkommando in Marsch. Voraussichtliche Ankunft in fünfzehn Minuten.«

Nach etwas über 20 Minuten waren sie über Hongch'on. Die von mehreren Lastwagen beleuchtete Landebahn war gut zu erkennen, aber den widerstrebenden nordkoreanischen Piloten dazu zu veranlassen, auf der 2700 Meter langen Bahn aufzusetzen, war unerwartet schwierig. Er schien endlich zu verstehen, wozu die F-16 ihn zwingen wollte, und drehte immer wieder von der Landebahn ab. Schließlich setzte die zweite F-16 sich links so neben ihn, dass die A-5 eingeklemmt war. Aber als Tiger eins ihn tiefer und in Richtung Landebahnmittellinie drängen wollte, zog der Nordkoreaner seine Maschine scharf nach links und rammte die rechte Tragflächenspitze der zweiten F-16.

»Scheiße! Er hat mich gerammt! Tiger zwo schert aus!«, rief der zweite F-16-Pilot über Funk, als er von dem nordkoreanischen Jagdbomber wegstieg. »Tiger eins, meine rechte Flügelspitze und Waffenstation zehn sind beschädigt. Steige weiter, durchsteige fünftausend.«

»Ist deine Maschine weiter steuerbar?«, fragte der erste F-16-Pilot. »Brauchst du Begleitung?«

»Negativ«, antwortete Tiger zwei. »Ich spüre leichte Vibrationen und habe etwas Fahrt verloren, aber ich sehe keine Warnleuchten und die Steuerwirkung scheint normal zu sein. Ich habe alle meine Waffen gesperrt und gesichert. Sämtliche Waffenstationen außer Nummer zehn sind weiter im grünen Bereich. Ich bin dabei, meinen rechten Aufhängepunkt zu kontrollieren …«

Der erste F-16-Pilot wusste, dass sein Rottenflieger seine Taschenlampe aus dem Overall angelte, damit er die Flächenspitze begutachten konnte. »Ich habe meine Waffe Nummer zehn verloren. Die rechte Flächenspitze ist ziemlich schwer beschädigt, aber die Tragfläche scheint in Ordnung zu sein.«

»Gut!«, sagte Tiger eins erleichtert. »Bleib in zehntausend Fuß über uns, bis dieser Einsatz vorbei ist, dann begleite ich dich zum Stützpunkt zurück.« Er wusste, dass sein Rottenflieger noch für über eine Stunde Treibstoff hatte. Mehr als genug.

Der Eindringling versuchte wieder, nach Seoul abzudrehen. Der F-16-Pilot setzte sich rechts neben ihn und gab einen Feuerstoß aus seiner 20-mm-Maschinenkanone ab. Das aufblitzende Mündungsfeuer ließ den Nordkoreaner erschrocken zusammenzucken, und er drehte genau wie zuvor wieder nach links ab. Tiger eins wartete ab, bis die A-5 fast genau Kurs auf Hongch'on hatte. Dann zog er seinen Leistungshebel etwas zurück, ließ sich 100 Meter hinter den Jagdbomber zurückfallen, korrigierte mit etwas Seitenruder links und traf das Heck der A-5 mit einem weiteren kurzen Feuerstoß, wobei er darauf achtete, nicht unter die Tragflächen zu zielen, wo die Kernwaffen hingen.

Die 20-mm-Geschosse durchsiebten das Leitwerk des Jagdbombers. Mehrere gingen in die Schubdüse des Triebwerks, und der F-16-Pilot sah Funken sprühen, bevor das Triebwerk in Brand geriet. Die wegen des ausgefahrenen Fahrgestells und der ausgefahrenen Klappen ohnehin geringe Eigengeschwindigkeit der A-5 ging weiter zurück, als ihr Triebwerk langsam versagte. Der Jagdbomber fiel wie ein Stein.

Obwohl der nordkoreanische Pilot unter geistiger Umnachtung zu leiden schien, was die Tatsache bewies, dass er ohne persönliche Ausrüstung losgeflogen war, machten sein fliegerischer Instinkt und seine Ausbildung sich bemerkbar, als die A-5 abzustürzen drohte. Der Triebwerksbrand wurde gelöscht, und der Pilot drückte nach, um Fahrt aufzuholen, während er die Landebahn in Hongch'on ansteuerte. Unglaublicherweise wäre es ihm fast noch gelungen, den Flugplatz zu erreichen. Die Maschine befand sich mit leicht erhobenem Bug im Landeanflug, als sie etwa drei Kilometer vor der Landebahn aufschlug und durch den Moorboden in der Umgebung des Flugplatzes pflügte. Der F-16-Pilot, der sie möglichst lange in Sicht zu behalten versuchte, beobachtete entsetzt, wie sie sich in dem weichen Boden auf den Kopf stellte und dann mehrmals überschlug. Dabei wurden die Bomben und der Zusatztank abgerissen. Wo sie letztlich landeten, konnte er nicht erkennen.

Als der südkoreanische Pilot von Hongch'on wegstieg, war er dem Schicksal dafür dankbar, dass sein eigener Zielflugplatz weit, weit von hier entfernt lag.

Die örtliche Polizei räumte das Dorf Hongch'on rasch und effektiv, und Soldaten aus dem hastig alarmierten Standort Jongsan sperrten die Absturzstelle im Umkreis von 20 Kilometern ab. Den Dorfältesten wurde lediglich mitgeteilt, in der Nähe sei ein Militärflugzeug abgestürzt, und das genügte ihnen als Erklärung. Glücklicherweise war der Wind in dieser Nacht nur schwach, sodass die Behörden mit keinen weiteren Evakuierungen rechneten, bevor die aufgehende Sonne wieder Turbulenzen erzeugte.

Das durch militärische Sachverständige für Kernwaffen verstärkte Bombenräumkommando näherte sich der Absturzstelle langsam und vorsichtig. Überall waren teilweise noch schwelende Flugzeugtrümmer verstreut, aber radioaktive Strahlung war nirgends festzustellen. Die Brände waren vermutlich so klein, weil die A-5 nur noch sehr wenig Treibstoff an Bord gehabt hatte – eben genug für einen selbstmörderischen Flug über Seoul, um ihre todbringende Fracht abzuladen. Explosionen schien es keine gegeben zu haben.

Das Wrack des Jagdbombers wurde in einer Lage aufgefunden, die seiner ursprünglichen Flugrichtung fast entgegengesetzt war. Die Maschine war überraschend wenig beschädigt – ein Beweis für ihre sehr robuste Konstruktion. Der leere Zusatztank unter dem Rumpf war plattgedrückt, die Cockpithaube war zersplittert... und die beiden Atombomben waren nirgends zu sehen.

Während Suchtrupps nach allen Richtungen ausschwärmten, wurde der tödlich verunglückte Pilot aus dem Cockpit gezogen. Der Nordkoreaner hatte schwere Kopfverletzungen erlitten. Er trug eine dunkelbraune Fliegerkombi mit Kragen und Ärmelbündchen aus Lammwolle, die für die Luftwaffe des Nordens typisch war, aber ansonsten fehlte jegliche persönliche Ausrüstung: Der Tote hatte nicht nur keinen Helm, sondern auch keine Handschuhe, keine Überlebensausrüstung, nicht einmal Fliegerstiefel. Wie er den fast einstündigen Flug in dem eiskalten Cockpit überstanden hatte, konnte sich niemand recht vorstellen. Seine Fliegerkombi trug kein Namensschild. Einige der anderen Aufnäher, darunter sein Pilotenabzeichen und die Flagge der Demokratischen Volksrepublik Nordkorea, waren teilweise abgerissen. Er musste im letzten Augenblick versucht haben, seine Identität oder sein Herkunftsland zu tarnen – oder er hatte sich ihrer geschämt.

Das unglaublichste Bild bot jedoch der Körper des Piloten. Er bestand nur aus Haut und Knochen, wog wahrscheinlich keine 50 Kilogramm. Seine Brust war eingesunken, die Rippen zeichneten sich erschreckend deutlich ab, und seine Haut war straff über die Knochen gespannt. Er sah wie ein KZ-Überlebender aus und war so abgemagert, dass die Spurensicherer vermuteten, er habe seit Wochen keine richtige Mahlzeit mehr bekommen. Der Tote wurde vom Absturzort zur Obduktion weggebracht.

Nicht einmal eine Stunde später entdeckten die Suchtrupps rasch nacheinander die Atombomben. Durch einen glücklichen Zufall war keine von ihnen zerstört. Der Mantel einer Bombe wies einen Riss auf, aus dem aber keine Radioaktivität austrat, und die basketballgroße Kugel aus spaltbarem Material war intakt. Die zweite Bombe war bis auf ihr abgerissenes Leitwerk und einige Beulen und Kratzer praktisch unbeschädigt. Die Bomben wurden sorgfältig in Bleibehältern verstaut und zu weiteren Untersuchungen abtransportiert.

Jetzt verfügte Südkorea über seine beiden ersten Atomwaffen. Ohne dass es selbst oder der Rest der Welt schon etwas davon ahnte, würde das kleine Land nie mehr wie früher sein.

1

Unterausschuss für Militärtechnik
Streitkräfteausschuss des Senats,
Rayburn Building, Washington, D.C.
[Mehrere Wochen später]

»Ich hatte gehofft, wir würden in meinem Leben nicht wieder vor dieser Frage stehen«, sagte der Vorsitzende des Streitkräfteausschusses des Senats ernst. »Aber nun ist's doch so weit. Anscheinend kommt der Teufel zum Fest, und wir können nur hoffen, dass er uns nicht zum Tanz auffordert.«

Der offizielle Teil der an diesem Vormittag stattfindenden nichtöffentlichen Anhörung war vorbei; die Wissenschaftler und Controller hatten ihre Grafiken wieder mitgenommen und waren gegangen, sodass nur die Ausschussmitglieder, ihre engsten Mitarbeiter und einige Generale zurückblieben. Dies war die Debatte im Rahmen der Anhörung: eine freimütige Diskussion ohne Tabus, bei der die Generale die letzte Möglichkeit hatten, ihre Argumente vorzubringen. Dieser inoffizielle Gedankenaustausch war ungezwungener als die formelle Anhörung und gab allen Beteiligten Gelegenheit, ihre Frustrationen und Meinungen loszuwerden.

»Ich glaube, Senator«, antwortete General Victor G. Hayes, Chef des Führungsstabs der Luftwaffe, »dass uns nichts anderes übrig bleibt, als mit diesem Teufel zu tanzen. Die Frage ist nur, ob wir's schaffen, ihn daran zu hindern, die Bowle umzuwerfen – oder zündet er den ganzen Saal an, wenn wir nicht bald etwas unternehmen?«

»Wollen Sie die Angriffe auf Taiwan und (
einer umgeworfenen Bowle vergleichen, Ger
Ausschussmitglied.

General Hayes schüttelte den Kopf und ließ das Lächeln von seinem Gesicht verschwinden. Er wusste, dass es ein Fehler gewesen wäre, mit den Ausschussmitgliedern ungezwungen oder kumpelhaft umgehen zu wollen, auch wenn sie sich manchmal sehr freimütig und schlicht gaben.

Dies war das erste Mal, dass Victor »Jester« Hayes vor irgendeinem Ausschuss von Repräsentantenhaus oder Senat ausgesagt hatte. Obwohl das Pentagon »Seminare zur Schulung des Charmes« veranstaltete, um hohe Offiziere für den Umgang mit Reportern, Politikern und Zivilisten unter verschiedenen Umständen – auch bei Anhörungen im US-Kongress – auszubilden, war es völlig unmöglich, jemanden auf eine Tortur dieser Art vorzubereiten. Er fühlte sich in dieser Umgebung höchst unwohl und war besorgt, man könnte ihm das anmerken. Sehr deutlich anmerken.

Neben Hayes saß Admiral George Balboa, der Vorsitzende der Vereinten Stabschefs. Auch die übrigen Mitglieder der Vereinten Stabschefs – General William Marshall, Chef des Generalstabs des Heeres, Admiral Wayne Connor, Chef der Operationsabteilung der Kriegsmarine und General Peter Traherne, Kommandant des Marinekorps – saßen mit ihren engsten Mitarbeitern am Tisch gegenüber dem Unterausschuss. Aus den Augenwinkeln heraus konnte Hayes auf einigen Gesichtern kaum verhohlene Belustigung erkennen. Vor allem Balboa schien sich darüber zu amüsieren, dass Hayes vor dem Unterausschuss in Verlegenheit geraten war.

Zum Teufel mit der ganzen Bande, sagte Hayes sich energisch. Ich bin Jagdflieger. Ich bin für Luftkämpfe ausgebildet. Diese Senatoren mögen einflussreiche Volksvertreter sein, aber sie haben keine Ahnung, wie man richtig kämpft. Benimm dich, wie du bist! Zeig ihnen, was du hast. Und was Balboa betraf … nun, der war ein heimtückischer Kerl, das wusste jeder. Er war praktisch machtlos und verdankte sein Verbleiben im Amt, obwohl er seinem Oberbefehlshaber öffentlich in den Rücken fiel, nur einflussreichen Oppositionspolitikern, die ihre schützende Hand über ihn hielten.

»Entschuldigen Sie, Senator, wenn ich versucht habe, den apokalyptischen Tonfall dieser Debatte etwas zu entschärfen«, antwortete Hayes. »Nach zwei Tagen geheimer Erläuterungen zu einigen der neuen ›schwarzen‹ Waffenprogramme, die wir aus dem Luftwaffenhaushalt finanzieren wollen, dachte ich, eine kleine Pause sei willkommen. Aber ich versichere Ihnen, dass dies eine sehr ernste Angelegenheit ist. Die Zukunft unserer Luftwaffe und sogar das Schicksal unserer Streitkräfte und der gesamten Nation werden in den nächsten Jahren von der Entscheidung abhängen, die hier und heute getroffen wird.

Ich sehe die Raketenangriffe auf Taiwan und Guam durch die Volksrepublik China als einen Bruch dreißigjähriger Abrüstungsbemühungen und als Warnung für die Streitkräfte der Vereinigten Staaten, dass wir sofort mit dem Aufbau eines gestaffelten Raketenabwehrsystems beginnen müssen. Wir haben in den siebziger Jahren freiwillig auf die Entwicklung einer Raketenabwehr verzichtet, weil wir glaubten, die Nichtweiterverbreitung von Atomwaffen werde zum Frieden führen. Angesichts neuerlicher Aggression, Wiederbewaffnung, Terrorismus und der Verbreitung kleiner, im Schwarzhandel erhältlicher Massenvernichtungswaffen bleibt uns meiner Überzeugung nach nichts anderes übrig, als unsere Verteidigungskräfte wieder zu stärken. Die Ansicht, unsere Fähigkeit zu Präzisionsangriffen mit konventionellen Waffen mache Jahrzehnte Nuklearkriegsstrategie und -technologie überflüssig, gehört der Geschichte an.«

»Das scheint leider zu stimmen«, sagte ein Ausschussmitglied bedauernd. »Ich persönlich bin über diese Vergeudung von Zeit, Geld und Ressourcen verblüfft und verärgert. Wir haben Hunderte von Milliarden Dollar für diese neuen ›intelligenten‹ Waffen ausgegeben – und jetzt sagen Sie, sie könnten uns nicht schützen?«

»Ich sage, dass sich die Spielregeln ändern, Senator«, antwortete General Hayes ernst, »und dass wir uns mit ihnen ändern müssen.

Wir haben auf unsere Abwehrfähigkeit verzichtet, weil wir starke Streitkräfte, darunter auch Abschreckungsverbände mit Atomwaffen, unterhalten haben. Dann haben wir diese Verbände aufgelöst, weil die Bedrohung durch andere Supermächte abnahm. Gegenwärtig lebt sie wieder auf, aber wir besitzen weder

Verteidigungs- noch Abschreckungskräfte. So sind wir bestenfalls durch Kritik und schlimmstenfalls durch Angriffe verwundbar. Die von China inszenierten Zwischenfälle sind das beste Beispiel dafür.«

»Alles schön und gut, General, aber die angeforderten Haushaltsmittel sind astronomisch hoch , und der von Ihnen vorgeschlagene Weg erinnert mich an die nuklearen Alptraumzeiten von Eisenhower, Kennedy und Reagan«, fuhr der Senator fort, während er in dem Zahlenwerk blätterte. »Sie verlangen weitere Milliarden Dollar für schreckliche Waffensysteme wie Laser zur Raketenabwehr, im Weltraum stationierte Laser und diese so genannten Plasmafeld-Waffen. Was geht hier vor, General? Sucht die Luftwaffe so verzweifelt eine neue Aufgabe, dass sie sogar bereit ist, zur Doktrin der ›gegenseitig gesicherten Vernichtung‹ des Kalten Kriegs zurückzukehren?«

»Gentlemen, ich habe Verteidigungsminister Chastain und Luftwaffenminister Mortonson nicht um Haushaltsmittel für die Entwicklung neuer Waffen gebeten, um den Kongress zu schockieren oder wachzurütteln, sondern weil ich der festen Überzeugung bin, dass wir schon längst über diese Art der Kriegsführung hätten nachdenken müssen«, fuhr General Hayes fort. »Chinas Kernwaffenangriffe auf Taiwan, sein vermutlicher Terrorangriff auf unseren Flugzeugträger USS *Independence* im Hafen Yokusuka und sein schockierender, unprovozierter und verlustreicher Überfall auf Guam, bei dem die Anderson Air Force Base vor drei Jahren durch Raketen mit Kernsprengköpfen praktisch ausradiert wurde, sollten den Vereinigten Staaten als Warnung dienen.«

»Gewiss«, stimmte ein anderer Senator zu. »Aber ich fasse sie eher als Warnung auf, vom glitschigen Rand des Abgrunds zurückzuweichen. Wollen wir wirklich ein weiteres atomares Wettrüsten einläuten?«

Ganz Amerika scheint verdrängt zu haben, was sich vor nur drei Jahren ereignet hat, dachte Hayes grimmig. Unmittelbar vor den Feiern zum »Wiedervereinigungstag« hatte die Volksrepublik China im Jahr 1997 Taiwan, das soeben seine Unabhängigkeit vom Festland erklärt hatte, mit kleineren Kernwaffen angegriffen. Mehrere Militärstützpunkte auf Taiwan waren zerstört worden, über 50 000 Menschen hatten ihr Leben verloren. Gleichzeitig hatte eine Atomexplosion im Hafen Yokusuka vor Tokio mehrere US-Kriegsschiffe versenkt – darunter den zur Außerdienststellung vorgesehenen Flugzeugträger USS *Independence*. Für diesen Terroranschlag wurde China verantwortlich gemacht, aber der wahre Schuldige war niemals eindeutig identifiziert worden. Und als die USA versucht hatten, weitere Angriffe der Volksrepublik auf Taiwan zu verhindern, hatte China eine Atomrakete auf die Insel Guam abgeschossen und damit zwei wichtige US-Stützpunkte im Pazifik ausgeschaltet.

Die Nachwirkungen des schicksalsträchtigen Sommers 1997 waren noch immer zu spüren. Japan hatte alle US-Stützpunkte auf seinem Boden geschlossen und US-Kriegsschiffen erst vor kurzem wieder beschränkten Zugang zu seinen Häfen gewährt – nur zur Verproviantierung, und damit die Besatzung Landgang erhalten konnte, wobei die Schiffe auf der Reede liegen mussten und in japanischen Gewässern keine Waffen und Munition an Bord nehmen durften. Auch Südkorea gestattete nur Verproviantierung und Landgang; die Übernahme von Waffen und Munition innerhalb der Fünfmeilenzone war ebenso verboten wie die Benutzung südkoreanischer Häfen für Manöverzwecke. Das galt für fast alle Häfen im westlichen Pazifik. Die amerikanische Marinepräsenz in diesem Seegebiet war inzwischen gleich null.

Und Amerikas Reaktion auf Chinas Angriffe bestand aus … Schweigen. Außer durch von Air Force und Navy aufgebotene massive Luftstreitkräfte zur Verteidigung Taiwans, denen es gelang, die rotchinesische Luftwaffe weitgehend zu vernichten, und einzelne, aber höchst wirkungsvolle Luftangriffe im Inneren Chinas, die weithin taiwanesischen Jagdbombern und US-Tarnkappenbombern zugeschrieben wurden, hatte Amerika nicht zurückgeschlagen. Letztlich brachte nur der Druck der Weltöffentlichkeit China zur Aufgabe seines Vorhabens, Taiwan in seinen Einflussbereich zurückzuholen.

»Mir macht der Kurs Sorgen, den Russland, Japan und Nordkorea seit der Wirtschaftskrise in Asien und dem Balkankonflikt steuern«, fuhr Hayes fort. »Russland scheint sich wieder in der Hand von Hardlinern und Neokommunisten zu befinden. In

Nordkorea hat das Militär bei Unruhen, die durch Hunger ausgelöst wurden, Tausende von Zivilisten erschossen, die auf der Suche nach etwas Essbarem waren. Japan hat mitgeholfen, uns aus dem Pazifik zu verdrängen, und setzt seine Aufrüstung fort, die offensichtlich dazu dienen soll, das Vertrauen der Bevölkerung in ihre Regierung zu stärken. Ich glaube nicht, dass die Vereinigten Staaten für diese Rückkehr des Gespensts des Kalten Krieges verantwortlich sind, aber wir müssen darauf vorbereitet sein, damit umzugehen.«

»Auch wir sind alle wegen dieser Ereignisse besorgt und betroffen, General«, stellte der Senator fest, »und stimmen mit dem Präsidenten überein, dass wir uns besser auf radikale Veränderungen des politischen Klimas vorbereiten müssen. Aber diese … diese Aufrüstung mit hochwirksamen Waffen, für deren Beschaffung Sie plädieren, scheint mir eine Überreaktion zu sein. Was Sie vorschlagen, geht weit über das hinaus, was wir für eine angemessene Reaktion auf die Ereignisse in aller Welt halten.«

General Hayes schluckte trocken. Hier war weit mehr Überzeugungsarbeit zu leisten, als er erwartet hatte. Während die Welt zu einem unbehaglichen, von Misstrauen geprägten Frieden zurückkehrte, wurde Präsident Martindale von vielen Seiten wegen seiner Untätigkeit scharf kritisiert. Obwohl Chinas Expansionsbestrebungen durchkreuzt und ein nuklearer Schlagabtausch vermieden worden war, wollten viele Amerikaner, dass irgendjemand einen höheren Preis für die Hunderttausende zahlte, die auf Taiwan, an Bord der vier im Hafen Yokosuka versenkten US-Kriegsschiffe und auf Guam ihr Leben verloren hatten. Der als Falke geltende Präsident wurde von den Medien scharf kritisiert, weil er die Hauptstadt während der Angriffe auf Taiwan an Bord der *Air Force One* verlassen und die Militärmacht, für deren Ausbau er sich in seiner gesamten politischen Laufbahn in Washington eingesetzt hatte, nur zu einem geringen Teil eingesetzt hatte.

Niemand konnte genau sagen, was Martindale hätte tun sollen, aber jedermann war der Überzeugung, er hätte *mehr* tun müssen.

»Was wäre eine ›angemessene Reaktion‹ auf diese Angriffe, Senator?«, fragte General Hayes. »Die Volksrepublik China hat Taiwan und Guam mit Kernwaffen verwüstet, wobei Hunderttausende umgekommen sind. Wir haben darauf mit der heimlichen Zerstörung ihrer restlichen ICBM-Silos geantwortet. Obwohl diese Angriffe große Schäden verursacht und China daran gehindert haben, die Vereinigten Staaten erneut anzugreifen, besitzt die Volksrepublik immer noch zahlreiche Kernwaffen und stellt nach wie vor eine Bedrohung dar. In diesem Fall haben unsere besten konventionellen Waffen versagt.«

General Marshall, der Chef des Generalstabs des Heeres, ergriff das Wort, um Hayes beizupflichten. »Ich mache mir Sorgen wegen anderer Schurkenstaaten, die auf die Idee kommen könnten, uns mit ABC-Waffen anzugreifen«, warf er ein. »Nach Geheimdienstberichten hat Nordkorea von China auf dem Umweg über Pakistan im Tausch gegen seine Raketentechnologie Atomsprengköpfe geliefert bekommen. Kombiniert man sie mit den neuen Langstreckenraketen und den als Kernwaffenträgern geeigneten Flugzeugen dieses Landes, könnte Nordkorea in einigen Jahren – vielleicht schon früher – einen nuklearen Erstschlag führen. Der Irak, Syrien und selbst Japan könnten als nächste Staaten so weit sein.«

»Die Frage lautet, Gentlemen: Was werden die Vereinigten Staaten tun, wenn sie neuerlich von einem dieser Schurkenstaaten angegriffen werden?«, stellte General Hayes fest. »Unsere Überlegenheit im Bereich konventioneller Waffen hat China offenbar nicht abschrecken können – und sie würde ein kleineres Land erst recht nicht abschrecken. Sollen wir mit strategischen Kernwaffen zurückschlagen? Kein amerikanischer Präsident würde es wagen, ihren Einsatz zu befehlen, wenn nicht die Existenz der gesamten Vereinigten Staaten auf dem Spiel stünde.

Heißt das, dass wir nichts tun würden, wie die Welt im Fall China annimmt? Das wäre die sicherste Methode. Aber wir würden schwach und unentschlossen erscheinen, und ich glaube, dass dieser Eindruck dazu führen würde, dass unsere Verbündeten uns für halbherzig und unsere Feinde uns für leicht verwundbar halten würden. Japan und Südkorea, die sich von uns im Stich gelassen fühlen, fordern eine Neuverhandlung der bestehenden Verteidigungsverträge, die es ihnen ermöglichen soll, die eigenen Streitkräfte erheblich zu verstärken. Wie Sie alle wissen, gestattet

Japan unseren Kriegsschiffen keine Nutzung seiner Häfen mehr und hat vor kurzem für mehrere Milliarden Dollar russische Abfangjäger MiG-29 gekauft, weil es fürchtet, in Zukunft keine amerikanischen Jets mehr zu erhalten.

Was die Luftwaffe betrifft«, fuhr Hayes fort, »ist die Antwort kostspielig und politisch riskant, aber absolut eindeutig. Wir müssen sofort ein gestaffeltes Abwehrsystem gegen Flugzeuge, Satelliten und ballistische Raketen aufbauen und wieder rasch verfügbare schwere Einsatzkräfte mit interkontinentaler Reichweite schaffen. Die Eckpfeiler des Fünfjahresplans, für den wir um Ihre Zustimmung bitten, sind der Flugzeuglaser, der schnellstens eingeführt werden sollte, und zusätzliche Mittel für das im Weltraum stationierte Laserverteidigungssystem.«

»Ich schlage vor, dass wir uns gleich über die einzelnen Programme und ihren gegenwärtigen Stand informieren lassen, Gentlemen«, sagte der Vorsitzende des Unterausschusses. Die Ausschussmitglieder beugten sich leicht nach vorn, denn nun würden die Funken fliegen. »Ich möchte mit der Navy anfangen. Admiral Connor, Sie haben das Wort.«

»Danke, Sir«, sagte Connor. »Die Marine hat ihre Systeme zur Luftverteidigung und Raketenabwehr in den letzten Jahren stetig weiterentwickelt und ist in der Lage, mit Unterstützung des Kongresses das fortschrittlichste, mobilste und flexibelste Raketenabwehrsystem der Welt zu installieren. Das System Aegis Modell eins ist gegenwärtig im Einsatz und hat sich als brauchbare Waffe gegen ballistische Raketen erwiesen, aber das Aegis Modell zwei, das aus bereits verfügbaren Komponenten besteht, wird seine Wirksamkeit ums Zehnfache erhöhen. Aegis Modell drei wird das wirksamste bordgestützte System zur Luftverteidigung und Raketenabwehr sein, das die Flotte und große Gebiete der Vereinigten Staaten und ihrer Verbündeten verteidigen kann. Bei der Entwicklung beider Systeme liegen wir exakt im Zeit- und Kostenplan.«

»General Hayes?«

»Die Luftwaffe arbeitet weiter an Entwicklung und Einführung des Flugzeuglasers, des einzigen amerikanischen Luftverteidigungssystems, das ballistische Raketen schon in der Startphase, statt erst mitten im Flug oder beim Wiedereintritt bekämpfen kann«, sagte Hayes. »Dieser an Bord einer Boeing 747 montierte Laser kann im Krisenfall rasch verlegt werden, ist in weniger als vierundzwanzig Stunden an jedem Punkt der Erde einsatzbereit und gibt dem Oberbefehlshaber auf dem jeweiligen Kriegsschauplatz eine effektive Waffe zur Abwehr beliebig vieler anfliegender Raketen in die Hand.«

»Bis wann ist der Flugzeuglaser einsatzbereit, General?«, fragte ein Senator.

»Werden die angeforderten Haushaltsmittel bewilligt, sind die ersten drei Flugzeuge bis zum Jahr 2005 und das gesamte System bis zum Jahr 2007 im Einsatz.«

Hayes sah, wie mehrere Ausschussmitglieder die Köpfe schüttelten – das war viel länger, als ihnen bei der Einführung des Programms in Aussicht gestellt worden war. »Aber Patriot und Aegis Modell eins sind schon einsatzbereit, nicht wahr?«, fragte der Senator weiter. »Wann kann Aegis Modell zwei zum Einsatz kommen?«

»In zwei Jahren, Sir«, antwortete Admiral Balboa stolz. »Modifikationen der bereits vorhandenen Lenkwaffe Standard, Verbesserungen des Radarsystems Aegis ... das alles stärkt die Verteidigung der Flotte und steigert ihre Fähigkeit zur Raketenabwehr.«

»Sehr gut«, sagte der Vorsitzende. »General Marshall?«

»Die Führungsrolle bei der Entwicklung einer effektiven Raketenabwehr hat stets bei der U.S. Army gelegen und wird auch in Zukunft bei ihr liegen«, begann Marshall. »Unsere Version PAC-3 der Fla-Lenkwaffe Patriot ist das einzige im Kampf erprobte System zur Raketenabwehr, das gegenwärtig im Einsatz ist. Unsere verbesserte Patriot, das Tactical High Altitude Air Defense oder THAAD-System, für größere Einsatzhöhen wird planmäßig weiterentwickelt und soll in drei Jahren voll einsatzbereit sein, wenn wir die beantragten Haushaltsmittel ohne Abstriche bewilligt erhalten.«

»Aber soviel ich gehört habe«, wandte ein Senator ein, »hängt die Leistung der Waffe im Augenblick vom Einsatz einer so genannten Baby-Atombombe ab. Ist das richtig, General Marshall?«

»Nein. Dieser Ausdruck ist unzutreffend. Der Plasmafeld-Gefechtskopf ist *keine* Kernwaffe, Senator«, stellte Marshall fest.

»Dabei handelt es sich um einen neuartigen Sprengkopf, der Effektivität und Wirkung aller taktischen und strategischen Raketenabwehrsysteme …«

»Entschuldigen Sie, General, aber das klingt sehr widersprüchlich, finde ich«, unterbrach ihn der Senator. »Wären Sie so freundlich, uns zu erklären, wie diese Waffe funktioniert, ohne Verschleierungsversuche?«

»Plasmafeld-Waffen sind die nächste Generation hochexplosiver Sprengköpfe, Senator – kleine, leichte, aber sehr effektive Sprengköpfe für Lenkwaffen zur Raketenabwehr, Fla-Lenkwaffen und Marschflugkörper«, sagte Marshall. »Sie sind keine ›Baby-Atombomben‹, und ich befürchte, diese Charakterisierung könnte verhindern, dass wir unser Arsenal um eine viel versprechende futuristische Waffe erweitern. Ich bin weder Physiker noch Ingenieur, aber ich kenne das Verfahren und seine Anwendung gut genug, um es dem Ausschuss erläutern zu können:

Vereinfacht gesagt ist Plasma ionisiertes Gas – eine Wolke aus geladenen Teilchen, im Allgemeinen Atome ohne Elektronen, deren Ladung somit ungleich oder dynamisch ist. Plasma ist die häufigste Materieform des Universums; von den Physikern weiß ich, dass es neunundneunzig Prozent der bekannten Materie ausmacht. Weil das Gas im Gegensatz zu Luft oder Wasser nicht aus Atomen oder Molekülen, sondern aus geladenen Teilchen besteht, die Ionen heißen, besitzt es einzigartige Eigenschaften. Wir haben noch keine rechte Möglichkeit gefunden, es zu speichern, aber wir verstehen uns darauf, es zu formen – im Prinzip lässt Plasma sich programmieren. Wir können seine Größe, Form, Masse und Interaktion mit anderen Materialien beeinflussen.

Plasmafeld-Waffen bringen zusätzliche Flexibilität, indem sie kleineren Waffen und Trägersystemen mehr Schlagkraft verleihen, bis wir die Treffsicherheit unserer Lenkwaffen so weit erhöht haben, dass wir kleinere Sprengköpfe verwenden können«, fuhr Marshall fort. »Das System funktioniert mit einer kleinen Kernspaltung, die jedoch keine Sprengwirkung, sondern nur Strahlung erzeugen soll, um …«

»Kernspaltung wie bei einer *Atombombenexplosion?*«, fragte ein Senator ungläubig.

»Eine schnelle, aber kontrolliert ablaufende Kernspaltung wie in einem Atomkraftwerk, die keine Explosion, sondern nur Wärme erzeugt«, antwortete Marshall. »Wir bringen spaltbares Material zusammen, um eine Kernspaltung in Gang zu setzen, aber unser Ziel ist keine Kettenreaktion, die zu seiner Explosion führt. Uns geht es nur um die intensive Radioaktivität, die für sehr kurze Zeit – einige Millisekunden lang – entsteht, bevor die Reaktion zum Stillstand kommt. Diese Radioaktivität wird entlang eines Magnetfelds konzentriert und trifft auf ein erbsengroßes Stück spaltbares Material. Dadurch werden Ionen – positiv und negativ geladene Teilchen – von den Atomen abgespalten und erzeugen eine als Plasma bezeichnete Energieblase. Da dieser Vorgang ohne Explosion abläuft, können wir den Durchmesser dieser Blase sehr genau bestimmen und sie beispielsweise ein paar Meter oder so groß wie einen ganzen Straßenblock werden lassen.

Der Plasmafeld-Effekt hat zwei bemerkenswerte Eigenschaften«, fuhr Marshall fort. »Erstens wird kaum Strahlung freigesetzt, weil die Kernspaltung schon nach einigen Millisekunden wieder beendet ist. Hier gibt es keine Kettenreaktion, die eine riesige Explosion auslöst, radioaktive Partikel freisetzt und unvorstellbare Hitze erzeugt. Die Sprengkraft dieser Waffe ist um ein Vielfaches geringer als die einer Kernwaffe, und die von ihr freigesetzte Strahlung ist überproportional geringer.

Die zweite Eigenschaft ist, dass die Plasmareaktion nicht außerhalb des durch die Explosion erzeugten Felds – der Blase – ablaufen kann«, erläuterte der General. »Das nennt man den Debye-Effekt. Im Prinzip zehrt das Plasmafeld sich im Augenblick seiner Entstehung auf; es stirbt sozusagen bei seiner Geburt. Da seine Größe sich präzise bestimmen lässt, wird Plasma kommerziell bei der Herstellung von Mikrochips und für Abbildungen auf Plasmabildschirmen benutzt. Außerhalb des Plasmafelds gibt es keinen Überdruck und nur sehr wenig Strahlung oder Erwärmung. Bei seiner Entstehung tritt keine Druckwelle auf. Das Plasmafeld entwickelt sich einfach bis zu seiner bestimmten Größe und hört dann zu wachsen auf. Die Waffe ist nicht einmal sehr laut, wenn sie losgeht.«

»Sie macht keinen Krach?«, fragte ein Senator erstaunt.

»Etwas schon, aber viel weniger, als man von einem kleinen Kernsprengsatz erwarten würde«, antwortete Marshall. »Sehen Sie, die Waffe detoniert nicht im herkömmlichen Sinn; sie verwandelt Materie nicht in Energie und sich ausdehnende Gase; sie komprimiert die Luft in ihrer Umgebung nicht. Sie verwandelt Materie – feste, flüssige oder gasförmige – nur in Plasma, das lediglich eine andere Erscheinungsform von Materie ist. Wie Sie wissen, ist nichts zu hören, wenn Eis zu Flüssigkeit oder Flüssigkeit zu Gas wird.«

»Aber es muss doch Wärme, Licht, Feuer, Strahlung, all dieses Zeug geben!«, wandte ein Senator ein. »Ist das Ganze nicht eine ziemlich gewaltsame Reaktion? Uns macht Sorgen, wie die internationale Gemeinschaft und das amerikanische Volk denken werden, wenn unser Militär solche Waffen in Form von Bomben und Raketen einsetzt. Wie können wir ihre Verwendung erklären, General?«

»Wir neigen dazu, die Veränderung von Eigenschaften, die Materie besitzt, für einen gewaltsamen Prozess zu halten, Senator«, erläuterte Marshall geduldig, »aber in Wirklichkeit ist er das nicht. Friert ein Teich zu, ist das kein gewaltsamer Vorgang. Physikalisch gesehen handelt es sich dabei lediglich um einen Energietransfer – die Wassermoleküle geben bei niedrigeren Temperaturen Energie ab, bewegen sich langsamer als zuvor und bilden so einen festen Körper. Wasser kocht, wenn es sich in Gas verwandelt, aber auch das ist kein gewalttätiger Prozess, sondern lediglich eine Frage des Druckunterschieds – das zu Gas gewordene Wasser steigt in eine Zone niedrigeren Drucks auf, wenn seine Moleküle durch Energiezufuhr getrennt werden. Ebenso sieht's beim Plasmafeld aus: Materie wird durch Energieabsorption in eine andere Form überführt.«

»Sie stellen das so verdammt friedlich, so *natürlich* hin wie eine aufblühende Blume oder einen Sonnenaufgang«, warf ein Senator sarkastisch ein. »Wir reden hier über eine tödliche Waffe, General, das wollen wir nicht vergessen.« Er machte eine kurze Pause, dann fragte er: »Was passiert mit der Materie, mit den festen Körpern … hol's der Teufel, Sie wissen schon, mit den Gebäuden, mit den *Menschen,* die in den Wirkungsbereich dieser Waffe geraten? Was wird aus ihnen? Wohin ... nun, wohin *verschwinden* sie?«

»Sie werden schlicht und einfach zu Plasma«, antwortete General Marshall. »Das Plasmafeld nimmt Materie auf, absorbiert Energie und verwandelt sie in ionisiertes Gas. Das Zielobjekt ... nun, das Zielobjekt ist dann einfach nicht mehr da, zumindest nicht in einer Form, die unsere Sinne wahrnehmen können.«

»Sie meinen ... *verdampft*«, stellte ein anderes Ausschussmitglied fest.

Marshall reagierte nicht sofort. Dann nickte er gelassen, sah dem Senator offen ins Gesicht und bestätigte: »Ja, Sir, verdampft. Das Zielobjekt verwandelt sich in eine Wolke aus ionisiertem Gas, deren Masse zwar der ursprünglichen Masse entspricht, die aber nur aus einer Ansammlung von geladenen Teilchen besteht.«

Der Ausschuss quittierte diese Mitteilung mit entsetztem Schweigen. Seine Mitglieder sahen sich nicht einmal an – sie starrten Marshall und die übrigen Chefs der Teilstreitkräfte nur sprachlos an, bis der Vorsitzende schließlich sagte: »Das ist unglaublich, General, völlig unglaublich. Und Sie schlagen tatsächlich vor, diese Waffe zu entwickeln? Sie wollen, dass unser Ausschuss zusätzliche Haushaltsmittel bereitstellt, damit die Streitkräfte diese ... diese Plasmafeld-Waffe auf eine Rakete setzen können? Das erscheint mir ungeheuer gefährlich.«

»Eine Eigenschaft, die ich noch nicht erwähnt habe, Sir«, fuhr Marshall fort, »ist die Tatsache, dass die Plasmafeld-Waffe in größeren Höhen wirksamer ist, weil das Feld sich bei abnehmendem Luftdruck ausdehnt. Deshalb ist sie gut für Luftverteidigung, Raketenabwehr oder Satellitenbekämpfung und weniger gut für Einsätze gegen Land- und Seeziele geeignet. Auch aus diesem Grund wollen Heer und Marine sie für ihre boden- und bordgestützten Raketenabwehrsysteme verwenden. Der größere Wirkungsbereich gibt uns die Möglichkeit, Bahnverfolgungs- und Abfangsysteme zu verwenden, die weniger präzise und daher preiswerter sind.«

»Wirklich unglaublich!«, sagte der Vorsitzende sichtlich betroffen. »Eine Waffe, die Tausende fast lautlos töten kann und trotzdem klein genug ist, um in einen Koffer zu passen.« Er sah von einem Mitglied des Unterausschusses zum anderen und schüttelte den Kopf. »Ich persönlich habe nicht die Absicht, diesen Weg zu beschreiten, bevor mehr Tatsachen auf dem Tisch liegen. Ich denke, wir sollten diese Diskussion auf später vertagen, bis uns wissenschaftliche Untersuchungen über diese neue Technologie vorliegen.«

Damit ist elegant ausgedrückt, sagte sich General Hayes grimmig, dass der Ausschuss nicht weiter über dieses Thema nachdenken will. Alle Ausschussmitglieder schienen dieser Meinung zu sein, denn es gab keine Einwände, keine weiteren Wortmeldungen. Hayes war zutiefst betroffen. Der Ausschuss schien wortlos abgestimmt und eine einstimmige Entscheidung getroffen zu haben. Keine Mittel für die Plasmafeld-Waffe, was vermutlich das Ende des THAAD-Programms des Heeres und vielleicht auch der Raketenabwehrsysteme Aegis Modell zwei und drei der Navy bedeutete.

Als der Vorsitzende im Begriff zu sein schien, die Sitzung zu schließen, meldete sich plötzlich eine neue Stimme. »Entschuldigung, Herr Vorsitzender. Darf ich ein paar Worte an den Ausschuss richten?«

Die Vereinten Stabschefs sahen zu Generalleutnant Terrill Samson aus dem Führungsstab der Luftwaffe hinüber. »General Samson hat das Wort«, entschied der Ausschussvorsitzende. »Bitte fassen Sie sich kurz, General.«

»Danke, Sir«, sagte Samson. Terrill Samson, ein schwarzer Hüne, den seine Freunde als »Earthmover« kannten, war vom Schulabbrecher über die Mannschaftslaufbahn in der Air Force zum Dreisternegeneral aufgestiegen; gegenwärtig war er Kommandeur des High Technology Aerospace Weapons Center (HAWC), einer geheimen Entwicklungs- und Erprobungsstelle in einem als Dreamland bekannten Wüstengebiet in der südlichen Mitte Nevadas. »Bei der Erprobung der fürs THAAD-System vorgesehenen Plasmafeld-Technologie hat meine Gruppe mit der Army zusammengearbeitet, Senator. Die Air Force hat eine Zwischenlösung für eine Raketenabwehr, die das THAAD-System verbessert und schon bald eingesetzt werden kann, bis in fünf bis zehn Jahren der Flugzeuglaser einsatzbereit ist. Wir nennen das Programm Lancelot. Mit einem Teil der zusätzlich beantragten Mittel wollten wir in den kommenden Wochen Lancelot im Einsatz erproben.«

»Lancelot?« Der Ausschussvorsitzende blätterte in einem Register, dann wandte er sich an einen Mitarbeiter, der in einem anderen Ordner blätterte. »Ich finde hier nichts über ein Projekt Lancelot, General Samson.«

»Die Firma Sky Masters Inc., ein US-Rüstungsunternehmen, hat Lancelot in Zusammenarbeit mit meinen Ingenieuren auf der Elliott Air Force Base entwickelt und gebaut«, erklärte Samson ihm. »Nichts für ungut, General Marshall, aber wir haben gesehen, wie langsam die Programme THAAD und Aegis Modell zwei vorankamen, und wollten unseren Beitrag zur Lösung der Schwierigkeiten leisten. Wir haben handelsübliche Komponenten verwendet und das Projekt durch Einsparungen bei anderen Programmen und unseren Betriebskosten finanziert.«

»Sie haben diese Waffe ohne eigens dafür bereit gestellte Haushaltsmittel entwickelt, meinen Sie?«, fragte ein Senator. »Und jetzt wollen Sie sie erproben, aber Sie haben kein Geld mehr und können sie ohne Einwilligung des Pentagons ohnehin nicht testen, stimmt's?«

»Das wär's in aller Kürze, Sir«, bestätigte Samson.

»Interessant«, meinte der Senator. Er sah zu General Hayes hinüber, dem sichtlich unbehaglich zu Mute war, und fragte ihn: »General Hayes, was wissen Sie über dieses Projekt Lancelot?«

Hayes holte tief Luft, atmete langsam aus und antwortete mit ruhiger Stimme: »Der Präsident und der Verteidigungsminister haben General Samson persönlich zum Kommandeur des High Technology Aerospace Weapons Center – unserer wichtigsten Entwicklungs- und Erprobungsstelle für Flugzeugbewaffnung – bestimmt. Ich gebe ehrlich zu, Sir, dass ich nichts von Lancelot gewusst habe …«

»Ich auch nicht!«, warf Admiral Balboa erregt ein. »Ich weiß, dass alles in Dreamland streng geheim gehalten werden soll, General, aber nicht vor *mir!*«

»Gestatten Sie ein offenes Wort, Sir«, fuhr Hayes fort. »Wollte General Samson mir über jedes der unzähligen Programme, die draußen im HAWC laufen, Bericht erstatten und meine Zustimmung dazu einholen, würden wir nie zum Arbeiten kommen. Wir bezahlen ihn dafür, dass er Ergebnisse liefert, statt seine Zeit in Washington mit Besprechungen zu vergeuden.« Als er sah, dass einige Senatoren irritiert die Stirn runzelten, sprach er rasch weiter: »Sagt General Samson, dass Lancelot etwas taugt und flugbereit ist, stehe ich voll und ganz hinter ihm. Und ich bin mir sicher, dass General Samson stets mit begeisterter Unterstützung des Weißen Hauses rechnen kann.«

Darauf hatte Balboa keine Antwort, denn er wusste recht gut, dass das stimmte. Seit mit in Dreamland entwickelten Waffensystemen erfolgreiche Gegenangriffe auf Ziele in China geflogen worden waren, war Samson der neue Liebling des Weißen Hauses. Seine engsten Mitarbeiter und er waren dort weit beliebter, als Bradley James Elliott, der oft taktlos auftrumpfende erste Direktor von Dreamland – nach Luftangriffen auf ICBM-Silos in China vermisst und vermutlich gefallen – jemals gewesen war.

»Gut«, sagte der Senator, als habe er keine andere Antwort erwartet. »Der Rechnungshof wird sich bestimmt mit der Frage befassen müssen, ob es legal war, dass General Samson Mittel aus seinem Haushalt für ein nicht genehmigtes Projekt zweckentfremdet hat, aber dafür ist ein anderer Ausschuss zuständig. Geht das Projekt schief, sind Sie der Sündenbock, General. Funktioniert es, sind Sie vielleicht ein Held.«

»Es funktioniert, Sir«, versicherte Samson eifrig. »Meine Leute und ich sind so von Lancelot überzeugt, dass wir unsere Karrieren aufs Spiel gesetzt haben, um zu beweisen, dass es funktioniert. Sollte es fehlschlagen, wird General Hayes sich bestimmt einen neuen Direktor fürs HAWC suchen. Aber das halten wir für unwahrscheinlich, Senator. Lancelot wird sich bewähren. Innerhalb eines halben Jahres können wir die erste Einsatzstaffel – acht Maschinen – damit ausrüsten. Mit Lancelot können wir besser als mit jeder anderen Waffe weltweit Flugzeuge, ballistische Raketen, Marschflugkörper und sogar Satelliten bekämpfen, bis der Flugzeuglaser entwickelt und einsatzbereit ist. Dafür setzen wir unsere Karrieren aufs Spiel.«

Die Ausschussmitglieder, von denen einige sichtlich verwirrt waren, wechselten stumm Blicke, bis der Vorsitzende lächelnd sagte: »General Samson, General Hayes, ich bin gespannt, wie diese Sache ausgeht. Bringen Sie uns ein funktionierendes, einsatzfähiges Raketenabwehrsystem, dann können Sie auf meine nachdrückliche Unterstützung zählen. Bis dahin geht uns dieses Projekt nichts an und wird hier nicht weiter behandelt. Die Air Force muss es aus ihrem Etat finanzieren – oder die Entwicklung einstellen. Wenn es sonst keine Wortmeldungen mehr gibt?« Er wartete einen Augenblick, dann schlug er mit seinem Holzhammer auf den Tisch und verkündete: »Die Sitzung ist geschlossen.« Nachdem die Protokollführerin eine Warnung verlesen hatte, die Sitzung sei streng geheim und dürfe außerhalb dieses Raums mit niemandem besprochen werden, war die Sitzung beendet.

Admiral Balboa, der Vorsitzende der Vereinten Stabschefs, schaffte es, kein einziges Wort zu sagen, bis er und die übrigen Blauuniformierten außer Reichweite irgendwelcher Fotografen oder Fernsehreporter waren, die sich in der Nähe herumtreiben konnten. Dann explodierte er. »Verdammt noch mal, Samson«, fluchte er, »ich will bloß hoffen, dass Sie eine gute Entschuldigung haben! Was ist dieses Projekt Lancelot? Und warum habe ich davon nichts erfahren?«

»Es handelt sich um ein aus vorhandenen Bauteilen zusammengebasteltes Projekt meines neuen stellvertretenden Kommandeurs, Sir«, antwortete Samson. »Unterstützt hat ihn dabei sein alter Freund Jon Masters von Sky Masters Inc.« Balboa nickte – Dr. Jon Masters kannte in der Rüstungsindustrie jeder. »Das Ding funktioniert, Sir. Es ist besser als das THAAD-System und vor allem sofort einsatzbereit, nicht erst in fünf oder zehn Jahren.«

Balboa lächelte. Er spürte, dass sein Zorn allmählich verrauchte und sagte kopfschüttelnd: »Sie sind erst ein paar Jahre auf diesem Posten, Samson, und schon hängen Sie sich aus dem Fenster. Genau wie dieser Hundesohn Brad Elliott.« Samsons Miene verdüsterte sich, denn Brad Elliott war sein Freund und Mentor gewesen. Brad Elliott hatte sein Leben dafür geopfert, dass Kerle wie Balboa sich als Führer aufspielen konnten. »Das muss an der verdammten Wüstenluft, an der Einsamkeit dort draußen liegen … die macht euch HAWC-Kommandeure verrückt, sie bringt euch dazu, Dummheiten zu machen. Sie bringt euch dazu, euren Arsch und eure Karriere zu riskieren.«

Er wandte sich an General Hayes. »Das müssen Sie allein durchstehen, General. Wollen Sie Ihren Etat für die verrückten Ideen dieses Mannes verpulvern und sich selbst und Ihre Einheit lächerlich machen, kann ich Sie nicht daran hindern. Aber ich denke nicht daran, zusätzliche Mittel für dieses Lancelot-Programm bereitzustellen. Was dafür an Geld gebraucht wird, muss aus dem Etat für Dreamland oder dem Entwicklungsbudget für den Flugzeuglaser kommen. Und für Sie habe ich eine letzte Warnung, General Samson: Stellen Sie mich noch einmal vor einem Kongressausschuss bloß, schmeiße ich Sie augenblicklich raus. Ist das klar?«

»Ja, Sir«, antwortete Samson rasch und mit lauter Stimme. Aber Balboa saß bereits in seiner Limousine, die jetzt anfuhr.

Die beiden Luftwaffengenerale nahmen ihre Hände von den Mützenschirmen. Hayes atmete tief durch. »Wissen Sie, Terrill«, sagte er, »der einzige Kerl, der den Mut hatte, sich häufiger mit Balboa anzulegen, und das überlebt hat, ist jetzt tot. Ich weiß nicht, ob Sie gut beraten sind, wenn Sie versuchen, in seine Fußstapfen zu treten.« Er machte eine Pause, dann wandte er sich an den hünenhaften Dreisternegeneral. »Okay, was zum Teufel ist Lancelot?«

»Das würde ich Ihnen lieber zeigen als erzählen, Sir«, antwortete Samson. Als Hayes ärgerlich die Augen verdrehte und protestieren wollte, fügte er rasch hinzu: »Wir brauchen einen zusätzlichen Piloten, der die Begleitmaschine fliegt... vielleicht hätten Sie Lust, mich zur ersten Lancelot-Erprobung zu begleiten? Ich garantiere Ihnen, Sir, dass Sie nicht enttäuscht sein werden.«

»Earthmover, passen Sie bei Ihren Spielchen auf – immer wenn man glaubt, sich gut zu amüsieren, fällt's der realen Welt ein, hochzuspringen und einen in den Hintern zu beißen.« Dann zuckte Hayes mit den Schultern. »Zum Teufel damit, wir stecken sowieso schon tief in der Scheiße. Setzen Sie die Erprobung an. Ich besorge Ihnen das Geld für einen Test und komme selbst zu Ihnen raus, um dieses Lancelot-Ding in Aktion zu sehen. Ich brauche ohnehin etwas Flugzeit. Aber es funktioniert hoffentlich, mein Freund, sonst landen Sie so schnell auf der Straße, dass Ihnen schwindelig wird.«

Blaues Haus,
Präsidentenpalast der Republik Korea,
Seoul, Südkorea
(zur gleichen Zeit)

Der Vortrag war eben zu Ende gegangen; der vollständige Bericht lag vor jedem Mitglied des Nationalen Sicherheitsrats, des höchsten für Verteidigungsfragen zuständigen Gremiums der Republik Korea. Die an dem langen Konferenztisch versammelten Männer waren wie vor den Kopf geschlagen; sie konnten kaum glauben, was sie gehört hatten.

»Die Krise im Norden hat offenbar gefährliche, sogar epidemische Ausmaße angenommen, meine Freunde«, sagte Präsident Kwon Ki-chae mit leiser, eintöniger Stimme. »Jetzt ist die Zeit gekommen, entschlossen zu handeln.«

Das Wahlmännerkollegium hatte Kwon vor weniger als einem Jahr zum Präsidenten gewählt, nachdem der betagte Präsident Kim Yong-sam durch ein Misstrauensvotum der Nationalversammlung gestürzt worden war. Der kleine, drahtige Harvard-Absolvent Kwon, der weit jünger als die übrigen Mitglieder des Sicherheitsrats war, gehörte zu den bekanntesten Politikern Südkoreas – jedoch nicht wegen seiner Klugheit oder seines tiefen Verständnisses für Innen- und Außenpolitik. Hinter Kwon stand die mächtige südkoreanische Großindustrie, die ihn systematisch für das hohe Amt aufgebaut hatte, das er jetzt bekleidete. Nach eigenem Verständnis vertrat er nicht »das neue Südkorea«, sondern »das neue Korea«.

Kwon, Vorsitzender der ultrakonservativen Demokratischen Volkspartei und langjähriges Mitglied der Nationalversammlung, hatte eine labile Koalition zusammengebracht, die seine Ideen für eine Wiedervereinigung der koreanischen Halbinsel und eine härtere Gangart im Verhältnis zu Nordkorea unterstützte. Die 30 Mitglieder des Staatsrats, von denen viele auch dem Nationalen Sicherheitsrat angehörten, vertraten seine Linie. Bis vor kurzem hatte jedoch kein Mitglied der südkoreanischen Regierung, auch die mächtigsten Minister nicht, wirklich etwas bewirken können, um den trägen, gefährlichen Kurs des politischen, gesellschaftlichen und militärischen Patts zwischen den beiden koreanischen Staaten zu ändern.

Jetzt witterte Kwon seine Chance. Diese Männer waren zu Tode erschrocken und brauchten jemanden, der ihnen den rechten Weg wies.

»Atombomben, meine Freunde«, begann Kwon, indem er beide Hände auf den Tisch legte und seinen Kollegen nacheinander ins Gesicht sah. »Keine bloße Vermutung, keine unbestätigte Geheimdienstmeldung mehr, sondern eine Realität. Der Norden verfügt nicht nur über die Technologie zur Herstellung von Kernwaffen, sondern besitzt Atombomben und die Mittel, sie ins Ziel zu bringen. Dies ist die kritischste und gefährlichste Situation auf der koreanischen Halbinsel seit der japanischen Invasion.«

»Das dürfte übertrieben sein, Herr Präsident«, sagte Park Hyoun, Vorsitzender der Vereinigten Volkspartei für Politikreform. Die VVPPR war eine kleine, aber rasch wachsende Oppositionspartei; sie hatte die Zahl ihrer Sitze in der Nationalversammlung in nur zwei Jahren mehr als verdoppelt. Obwohl sie noch keine Gefahr für Kwons regierende DVP darstellte, war Abgeordneter Park mit den Vorsitzenden aller übrigen südkoreanischen Parteien zu dieser Sitzung des Nationalen Sicherheitsrats geladen worden, weil Kwon Solidarität und rückhaltlose Offenheit demonstrieren wollte. »Sehen Sie sich Ihre Geheimberichte an. Der nordkoreanische Pilot war vor dem Verhungern, sein Flugzeug wurde mühelos geortet und abgefangen, und er hatte nicht genug Treibstoff, um seinen Auftrag auszuführen oder gar nach Norden zurückzukehren, selbst wenn es ihm irgendwie gelungen wäre, unserer Luftverteidigung zu entkommen.«

»Lauter triftige Argumente, Herr Park«, bestätigte Präsident Kwon. »Vielleicht war das Ganze nicht mehr als der verzweifelte Versuch eines verhungernden Verrückten, zu Ruhm und Ehre zu gelangen oder auf diese Weise Selbstmord zu begehen. Aber ich denke, dass dahinter mehr steckt. Ich glaube, dass wir diesmal noch Glück gehabt haben. Der nächste Angriff könnte mit einer einzelnen Rakete des Typs Nodong oder mit einem Dutzend oder *hundert* Raketen erfolgen – alle mit Kernsprengköpfen. Vielleicht würde es uns gelingen, einen Bruchteil davon mit unseren von den Amerikanern geliehenen Fla-Lenkwaffen Patriot abzuschießen, aber selbst wenn Seoul nur von einer einzigen Rakete getroffen würde, müssten Hunderttausende unserer Bürger sterben.«

»Aber was schlagen Sie vor, Herr Präsident?«, fragte ein anderer Parteivorsitzender. »Die Friedensgespräche sind wieder unterbrochen. Die Vereinigten Staaten halten die zugesagte Lieferung von Heizöl und Weizen zurück, bis der Norden an den Verhandlungstisch zurückkehrt und einer Inspektion der im Bau befindlichen Anlagen in Jongbjon zustimmt...«

»Was zwei Bedingungen sind, die nicht Bestandteil des 1994 geschlossenen Rahmenvertrags waren«, stellte Kwon gereizt fest. Der Rahmenvertrag, ein Abkommen zwischen den Vereinigten Staaten, den beiden Koreas, Japan und weiteren Weltmächten, sicherte Nordkorea über ein Jahrzehnt hinweg insgesamt eine Billion Dollar Wirtschaftshilfe zu. Als Gegenleistung würde Nordkorea seine alten Brutreaktoren sowjetischer Bauart, die waffenfähiges Material erzeugten, stilllegen und abbauen. Aber dieses Abkommen hatte praktisch von Anfang an mit Problemen zu kämpfen gehabt. »Bei allem gebotenen Respekt vor unseren mächtigen amerikanischen Verbündeten muss gesagt werden, dass sie den Friedensprozess gefährden, wenn sie dem Norden ohne Konsultationen oder Verhandlungen solche Bedingungen stellen. Meiner Ansicht nach haben die amerikanischen Bedingungen rein innenpolitische Gründe. Damit haben unsere amerikanischen Verbündeten sich und uns keinen Gefallen getan.

Aber wir erkennen jetzt, wie falsch unsere bisherige hinhaltend taktierende Beschwichtigungspolitik war«, fuhr Kwon fort. »Wir haben Lebensmittel, Heizöl und sonstige Hilfsgüter im Wert von Milliarden Yuan nach Norden geschickt, wir gestatten immer mehr Verwandtenbesuche, wir sehen weg, wenn ihre Spione und Mini-U-Boote an unseren Küsten stranden. Und was tut der Norden? Er baut Raketen mit zweitausend Kilometer Reichweite, um sie ins Ausland zu verkaufen und uns und unsere Nachbarn zu bedrohen – und besitzt sogar die Frechheit, eine davon mit einem Flug über unsere Köpfe hinweg zu testen! Jetzt entdecken wir, dass er über Kernwaffen verfügt und seine verhungernden Soldaten in ihrer Verzweiflung bereit sind, sie tatsächlich einzusetzen. Der Norden zerfällt und droht, unser Land mit sich zu reißen, wenn nicht sofort etwas unternommen wird.

Die angespannte politische und finanzielle Situation im Norden hat nun offenbar auch das Militär erfasst, und darin liegt eine weit größere Gefahr als in der früheren Situation zwischen Ost- und Westdeutschland. Die ehemalige DDR war so sehr von der Sowjetunion abhängig, dass eine selbstständige Militäraktion fast undenkbar war. Aber Nordkorea unterliegt keinen derartigen Einschränkungen. Niemand hält den Norden an der Leine. China und Russland haben sich längst von ihrem missratenen, gemeinsamen Kind losgesagt. Ihr Kind ist jetzt zu einem unberechenbaren, ausgehungerten, rachsüchtigen und pathologischen Ungeheuer herangewachsen. Dieses Monster muss gestoppt werden!«

Die Mitglieder des Nationalen Sicherheitsrats schwiegen. Sie wussten, dass Präsident Kwon Recht hatte. Sie wussten, was getan werden musste – aber niemand wagte es auszusprechen oder auch nur zu denken. Alle überließen es Kwon, die Worte zu sagen und die Entscheidung zu verkünden, die ihr Schicksal verändern konnte.

»Die Zeit ist gekommen, unseren Plan in die Tat umzusetzen, meine Freunde«, stellte Kwon fest. »Unsere Streitkräfte befinden sich unmittelbar vor und während des Manövers Team Spirit in höchster Alarmbereitschaft. Außerdem üben dann japanische und amerikanische Luft- und Seestreitkräfte in unserem Luftraum und in koreanischen Gewässern. Das ist der ideale Zeitpunkt.«

»Aber ist der Norden zum Losschlagen bereit?«, fragte der Verteidigungsminister.

»Das ist er vermutlich schon jetzt«, sagte Kwon. »Aber die Last des Handelns haben nicht nur die im Norden zu tragen – auch wir werden reagieren müssen. Wenn die Zeit kommt, müssen wir bereit sein.«

»Was ist mit Pak Chung-chu?«, fragte ein anderes Mitglied des Sicherheitsrats. »Hält Pak zu Ihnen, wenn die Zeit gekommen ist?«

»Das werden wir gleich feststellen.« Kwon griff nach dem Hörer des vor ihm stehenden Telefons und wies die Vermittlung an, ihn mit einer Geheimnummer in der nordkoreanischen Hauptstadt Pjöngjang zu verbinden.

Über dem Stillen Ozean,
westlich von San Clemente Island,
(mehrere Wochen später)

»Wissen Sie, Earthmover, ich hasse Überraschungen«, sagte Luftwaffengeneral Hayes. »Ich meine, ich hasse Überraschungen *wirklich*. Und ich fange echt schon an, dieses Unternehmen zu hassen.« Dann flog er eine fast perfekte, gesteuerte Rolle.

Das letzte Mal, dass Victor Hayes, der ranghöchste Soldat der Air Force, einen taktischen Jet selbst geflogen hatte, lag schon Jahre zurück. Sein letztes Geschwader, das legendäre First Fighter Wing, Langley Air Force Base, Virginia, hatte er vor über einem Jahrzehnt nur widerstrebend verlassen. Seine Fliegerzulage war in den letzten fünf Jahren fast auf null geschrumpft, sodass er heutzutage mit zwei Kindern auf dem College Mühe hatte, seine Telefonrechnungen pünktlich zu bezahlen. Aber auch wenn Hayes seit langem nur noch am Schreibtisch saß, war er durch und durch Jagdflieger geblieben. Er hatte den Körperbau eines Astronauten – nicht allzu groß, aber breitschultrig und trotzdem schlank –, und seine scharfen blauen Augen schienen ständig den Himmel nach »Banditen« abzusuchen.

Jetzt hatte er das deutliche Gefühl, einen Banditen zu sehen.

»Schicken Sie die Kids nicht unter die Dusche, bevor Sie sie spielen gesehen haben, Sir«, antwortete Terrill Samson, dessen tiefe Stimme aus der Bordsprechanlage dröhnte. Die beiden Männer saßen nebeneinander im Cockpit eines Jagdbombers F-111, den die Luftwaffe bei Testflügen als Foto- und Begleitflugzeug einsetzte. Sie flogen über dem Pazifik vor der Küste Südkaliforniens in nur 2000 Fuß Höhe etwa hundert Meter rechts neben einem schwarzen Bomber B-1B Lancer. Victor Hayes hatte kaum glauben können, dass es Samson gelungen war, sich ins ziemlich enge Cockpit der F-111 zu quetschen, aber sobald sie beide angeschnallt waren, schien Samson sich darin wie zu Hause zu fühlen.

»Normalerweise starte ich zu keinem Testflug, ohne genau zu wissen, was mich erwartet«, sagte Hayes. In Wirklichkeit genoss er diesen Flug sehr, weil er in letzter Zeit so wenig zum Fliegen kam. »Sind Sie so freundlich, mir etwas mehr zu erzählen?«

»Das wollte ich gerade tun, Sir«, sagte Samson. Hayes war aufgefallen, wie ausgezeichnet er es verstand, in Formation zu fliegen: Samson flog den großen Überschallbomber seit dem Start mit der Hand, und sie klebten förmlich an der rechten Tragflächenspitze der B-1B. Sehr eindrucksvoll – auch wenn Samson über zehntausend Flugstunden in über einem Dutzend verschiedener Militärflugzeuge vorweisen konnte. Hayes bezweifelte, dass er ebenso gut fliegen könnte, zumal er seit einem Jahrzehnt nicht mehr bei der Truppe war. »In ungefähr fünf Minuten geht's los.«

»*Was* geht los, Earthmover?«

»Wie Sie wissen, Sir«, fuhr Samson fort, »hat meine Gruppe in Dreamland mitgeholfen, das THAAD-System der Army zu erproben. Wir haben sogar einige Zielflugkörper von dieser B-1B aus gestartet ...«

»Ja, ich weiß«, unterbrach Hayes ihn. »Das THAAD scheint ein Fass ohne Boden zu sein. Haben Sie eine Möglichkeit gefunden, es zu verbessern?«

»Eigentlich nicht«, sagte Samson. »Das THAAD ist als verbessertes Patriot-System gedacht, das anfliegende ballistische Raketen in sehr großen Höhen, an der Grenze zum Weltraum, vernichten soll – es reicht mindestens doppelt so hoch wie die Patriot. Und es soll verhindern, dass der Gefechtskopf und gefährliche Raketenteile auf eigenes Gebiet fallen, während es selbst möglichst weit hinter der Front stationiert wird. Wie Sie jedoch aus der Anhörung im Senat wissen, wird die Technologie, mit der eine kleine Abwehrrakete an ein sehr hoch und schnell fliegendes Ziel herangeführt werden kann, noch nicht völlig beherrscht – hier geht's buchstäblich darum, aus Entfernungen von Hunderten von Meilen ›eine Kugel mit einer Kugel zu treffen‹. Das Problem liegt darin, dass das Ziel auf dem Scheitelpunkt seiner Bahn oder beim Wiedereintritt getroffen werden muss. Das könnte das THAAD nur mit einem Plasmafeld-Gefechtskopf, der den Systempreis gewaltig in die Höhe treiben würde. Nun, ich habe meine Jungs angewiesen, ein paar Sachen auszuprobieren …«

Unter Atemmaske und Sonnenvisier verzog Hayes sein Gesicht. Generalleutnant Brad Elliott, der erste HAWC-Kommandeur, war im Pentagon berühmt-berüchtigt gewesen, weil er immer wieder »ein paar Sachen ausprobiert« hatte – meistens mit exotischen Flugzeugen und Waffen, die seine Leute in Dreamland heimlich entwickelt hatten. Elliott hatte ein besonderes Talent dafür gehabt, existierende Waffensysteme in Wunderwaffen – oder Monstrositäten – zu verwandeln. Tatsächlich waren viele seiner Erfindungen bei Geheimunternehmen in aller Welt erfolgreich eingesetzt worden, um Konflikte beizulegen, bevor sie zu wirklichen Kriegen eskalierten.

Das Problem war nur, dass Elliott seine Monstrositäten manchmal in den Krieg geschickt hatte, ohne bestimmte wichtige Stellen darüber zu informieren – beispielweise das Pentagon, den Kongress oder sogar das Weiße Haus. Irgendwo auf der Welt braute sich ein Konflikt zusammen – in China, in der Ukraine, in Russland, im Baltikum oder auf den Philippinen –, und fast bevor jemand reagieren konnte, waren Elliotts »Schöpfungen« unterwegs. Er hatte immer wieder eins auf den Deckel gekriegt, war sogar zwangspensioniert worden, aber er hatte sich immer wieder nach oben gekämpft. Für Hayes stand fest, dass Brad Elliotts Fluch jetzt anscheinend auf Terrill Samson übergegangen war, der als letzter Kommandeur der Eighth Air Force für die schwindende Flotte schwerer US-Bomber verantwortlich gewesen war. Samson, der immer Elliotts Schützling gewesen war – vor allem in Bezug auf Entwicklung und Einsatz des schweren Bombers –, schien einige der Tricks seines Herrn und Meisters übernommen zu haben.

»Sie haben also die Lancelot gebaut – illegal, wie ich hinzufügen könnte«, sagte Hayes. »Sie haben dafür Geld und Material zweckentfremdet, und jetzt steckt Ihr Kopf in der Schlinge. Mir ist auch klar, dass das Schicksal des HAWC von diesem Test abhängt, aber warum sind Sie so überzeugt, dass die Lancelot besser abschneiden wird als das THAAD? Sie verwenden dieselbe Technologie.«

»Ja, die Technologie ist identisch, weil niemand das Geld für eine Neuentwicklung hat«, antwortete Samson. »Aber wir haben die Sache aus einem anderen Blickwinkel betrachtet und ein großes, grundlegendes Problem gelöst, an dem das THAAD leidet. Meine Jungs haben sich überlegt: ›Wenn das THAAD zu weit von den bösen Kerlen entfernt ist, um ein Ziel in der Antriebsphase zu treffen – warum bringen wir das THAAD dann nicht dichter heran?‹«

»Wo dichter heran?«

»Dichter an die bösen Kerle heran«, sagte Samson. »Das Hauptproblem ist, dass das THAAD die feindliche Rakete auf dem Scheitelpunkt ihrer Bahn oder beim Wiedereintritt treffen soll: Sie ist klein, sie ist hoch, sie ist schnell, und sie befindet sich wahrscheinlich über eigenem Gebiet. Das sind die beiden für einen Abfangversuch ungünstigsten Flugphasen. Der beste Zeitpunkt ist die Antriebsphase, in der die Rakete langsam fliegt, keine Ausweichmanöver versucht, durch die Startbelastung einer Zerreißprobe ausgesetzt ist, einen langen Feuerschweif hinter sich herzieht, sich noch über feindlichem Gebiet befindet und ihren Sprengkopf noch nicht scharf gestellt hat. Aber natürlich war es ein Problem, eine Abwehrrakete dicht genug an die ballistische Rakete heranzubringen, um sie in der Antriebsphase zerstören zu können – ein großes Problem.

Der Flugzeuglaser und das im Weltraum stationierte Lasersystem Skybolt sollen Raketen in allen Flugphasen, auch in der Antriebsphase vernichten können, aber sie dürften erst in ein paar Jahren einsatzbereit sein. Deshalb haben wir das THAAD mit dem Flugzeuglaser kombiniert. Wir schießen jetzt eine Jagdrakete von einem Bomber ab, der in den feindlichen Luftraum eingedrungen ist.«

»*Was?*«, rief Hayes aus. »Ohne Scheiß?«

»Rotte Fireman, hier Neptun Aufsicht, zwo Minuten«, kam die Warnung.

»Rotte Fireman, zwo Minuten, verstanden«, bestätigte der B-1B-Pilot.

»Zwo«, sagte Samson auf der Einsatzfrequenz.

»Rotte Fireman, Abstand vergrößern.«

Auch diese Anweisung bestätigte der B-1B-Pilot, während Samson sich mit »Zwo« begnügte. Zu Hayes sagte er: »Ich hab die Maschine.« Er übernahm die F-111, ruckte am Steuerknüppel, um sich davon zu überzeugen, dass er sie in der Hand hatte, und vergrößerte ihren Abstand zu dem Bomber auf einige hundert Meter. »Der Start steht bevor. Die Navy startet eine von mehreren Kurzstreckenraketen Pershing, die auf San Clemente Island oder auf Prahmen vor der Insel stehen. Wir wissen nicht, welche.«

Hayes deutete auf den großen Farbbildschirm, den er vor sich hatte. »Erklären Sie mir, was ich hier sehe«, forderte er Samson auf. »Das Display ist große Klasse – verdammt gutes Bild. Wo haben Sie es her? Aus einem Aufklärer?«

»Hier sehen wir, was die Sensoren unserer B-1B sehen«, erklärte Samson ihm. »Normalerweise wüssten wir aus Aufklärungsergebnissen, wo die feindlichen ballistischen Raketen stationiert sind. Wissen wir das nicht, kann unser System durch das Joint Tactical Information Distribution System alle möglichen Sensorinformationen integrieren – wir können Verbindungen zu AWACS-Flugzeugen, Joint-STARS-Radarflugzeugen, Satelliten, anderen Einsatzmaschinen, Schiffen oder Bodenstationen herstellen. Aber während der heutigen Erprobung operieren wir selbstständig und benutzen nur die Sensoren, die in unsere B-1B eingebaut sind.

Dies ist der erste mit LADAR – Laserradar – ausgerüstete Bomber«, fuhr Samson fort. »Sie haben hier ein LADAR-Bild vor sich. Die kleinere Wellenlänge ergibt eine Darstellung mit höherer Auflösung. Außerdem sind LADAR-Antennen klein, viel kleiner als herkömmliche große Radarschüsseln, sodass sie sich fast überall anbringen lassen. Unsere B-1B kann in alle Richtungen sehen, weil sie LADAR-Antennen am Rumpf, an der Rumpfunterseite und sogar am Heck hat.«

»Aber Sie haben dem Senatsausschuss erklärt, Sie hätten für Lancelot nur Bauteile verwendet, die es schon gibt. Wenn dies der erste Bomber mit LADAR ist, wie kann es dann aus dem Regal stammen?«

»LADAR wird seit Jahren bei Lenkwaffen mit aktiver Zielansteuerung und bei der Artillerie zur Entfernungsmessung benutzt«, antwortete Samson. »Wir haben es lediglich in die B-1B eingebaut. Seine Reichweite ist im Verhältnis zu seinem Stromverbrauch nicht besonders groß, aber zur Bahnverfolgung von Raketen eignet es sich ideal.«

»Und die Lenkwaffe selbst kommt auch aus dem Regal?«

»Genau!«, sagte Samson stolz. »Wir haben die alte Short-Range Attack Missile wieder belebt und mit dem kombinierten Infrarot- und Radarsuchkopf der Jagdrakete AIM-120 Scorpion ausgerüstet. Dann haben wir ihr einen fünfundzwanzig Kilogramm schweren Gefechtskopf mit Splitterwirkung aufgesetzt. Das ist die Lancelot. Tatsächlich haben wir damit nur eine Idee verwirklicht, die Brad Elliott schon vor acht Jahren hatte, als die Abwurflenkwaffe SRAM aus dem Arsenal der strategischen Bomber herausgenommen wurde.«

Der Bomber B-1B begann vom Startgebiet abzudrehen; eine Minute später flog er von der Insel San Clemente weg. »Alle Einheiten, Achtung!«, sagte die Stimme des Schießoffiziers der Navy.

Sekunden später hatten sie einen Warnton in ihren Kopfhörern. »Raketenstart entdeckt!«, rief Samson. »Die Abschussrampe befindet sich auf einem Prahm vor der Insel. Zielentfernung siebenundachtzig Meilen …«

»Aber die SRAM-II hatte eine Reichweite von … wie viel? Maximal hundert Meilen? Sind wir nicht etwas weit entfernt?«

»Dass wir unsere Lenkwaffe von einem Trägerflugzeug in die Höhe tragen lassen, wirkt wie ein zusätzlicher Raketenmotor, wodurch ihre Reichweite sich effektiv verdoppelt«, sagte Samson. »Außerdem können wir die Lenkwaffe präziser steuern, weil unsere Sensoren sich in der Luft und näher am Ziel befinden.«

»Achtung!«, hörten sie den Bombenschützen der B-1B rufen. »Sicher in Reichweite … Countdown läuft … öffne Bombenklappen …« Über Funk kam ein neuerlicher schriller Warnton. Dann war zu sehen, wie sich die vorderen Bombenklappen der B-1B öffneten. »… Abwurfimpuls, Lenkwaffe los, Lenkwaffe los.« Die Lancelot wurde aus der Bombenkammer abgeworfen, fiel einige Sekunden lang durch und zündete dann die Feststoffrakete ihrer ersten Stufe.

Hayes sah die Lenkwaffe flüchtig, während sie fiel. Sie war nur etwa sechs Meter lang und hatte einen Dreiecksrumpf, dessen größter Durchmesser knapp einen halben Meter betrug. Das fehlende Leitwerk erinnerte ihn daran, dass die SRAM-II durch Steuerdüsen gesteuert wurde. Die Lancelot schoss nach vorn, stieg dann steil hoch und beschrieb auf einer »Über-die-Schulter«-Bahn einen engen Bogen rückwärts. Wenige Sekunden später hörten sie einen scharfen Knall, als die Lenkwaffe die Schallmauer durchbrach; unmittelbar danach folgte ein weiterer Knall, als der stärkere Raketenmotor der zweiten Stufe zündete.

»Klasse Start!«, rief Hayes aufgeregt. »Go, Baby, *go!*«

Das Abfangen spielte sich in zu großer Höhe ab, um genau beobachtet werden zu können, aber Sekunden später sahen sie einen gelb-orangeroten Lichtblitz und eine große schwarze Rauchwolke. Im nächsten Augenblick kam schon die Bestätigung des Schießoffiziers: »Ziel abgefangen, Zeit plus fünfzehn Komma sieben Sekunden, Höhe dreiundsiebzigtausend Fuß, zurückgelegte Entfernung neunundzwanzig Komma eins Meilen, Geschwindigkeit siebenhundertsechzig Sekundenmeter. Annäherungsfehler elf Komma vier Meter. Wiederhole, Ziel abgefangen. An alle Übungsteilnehmer: Meiden Sie Romeo eins-vier-null-zwo für die nächsten zehn Minuten, um vor herabfallenden Trümmern sicher zu sein.«

»Elf Meter! Unglaublich!«, rief Hayes ehrlich verblüfft. »Bei einem fünfundzwanzig Kilogramm schweren Gefechtskopf ist das ein Overkill!«

»Rotte Fireman, Schießplatz frei für zweiten Abschuss«, funkte der Schießoffizier.

»Rotte Fireman, Schießplatz frei, verstanden«, antwortete der B-1B-Pilot.

»Zwo«, bestätigte Samson.

»Okay, Earthmover, was passiert jetzt?«, fragte Hayes.

»Jetzt kommt der zweite Teil von Coronet Tiger one-plus«, erklärte Samson ihm. »Wir geben uns nicht damit zufrieden, nur die ballistische Rakete abzuschießen; wir wollen auch ihre Abschussrampe und alle dazugehörenden Starteinrichtungen zerstören. Vergessen Sie nicht, dass wir uns über feindlichem Gebiet befinden – da wäre es sinnlos, die Bodeneinrichtungen intakt zu lassen. Das LADAR verfolgt die Rakete, berechnet zugleich ihren vermutlichen Abschusspunkt und gibt die Daten in die Bordcomputer ein. Die B-1B hat den Abschusspunkt bereits aus dem Warnsignal für den Raketenstart und den LADAR-Bahndaten errechnet – jetzt brauchen wir nur noch anzugreifen.«

Sekunden später öffneten sich die hinteren Bombenklappen der B-1B, und eine weitere Lenkwaffe wurde abgeworfen. Sie war viel kleiner als die Lancelot und hatte einen dickeren Rumpf, der sich nach hinten rasch verjüngte und in ein sternförmig angeordnetes Heckleitwerk auslief. Sofort nach dem Abwurf klappten lange, dünne Tragflächen seitlich aus dem Rumpf heraus. Die Lenkwaffe stieß eine kleine schwarze Rauchwolke aus, als ihr Triebwerk gezündet wurde, und drehte im Sinkflug ab. »War das eine Cruise Missile JASSM?«, fragte Hayes.

»Stimmt – ein Marschflugkörper AGM-177D Wolverine«, antwortete Samson. Er streckte eine Hand aus und drückte einige Knöpfe an den Rändern des großen Mehrzweckbildschirms, den Hayes vor sich hatte. Der bisher eingestellte Blick aus der Vogelschau wurde durch Aufnahmen einer Luftbildkamera ersetzt, die vorläufig nur das Meer zeigte. »Die neue und verbesserte Version der Joint Air-to-Surface Standoff Attack Missile. Strahltriebwerk, maximale Reichweite beim Start in geringer Höhe ungefähr fünfzig Meilen. Unabhängige GPS- und Trägheitsnavigation, selbstständige Zielerfassung, selbstständige Zielansteuerung mit Millimeterwellen-Radar oder durch manuelle Steuerung über einen IR-Bildsensor, dessen Bilder wir über einen Nachrichtensatelliten empfangen. Die Cruise Missile hat sogar eigene Störsender und kann Düppel und Leuchtmittel ausstoßen. Sie hat drei Bombenkammern, die verschiedene Waffen aufnehmen können; damit kann sie mehrere Ziele nacheinander angreifen oder sogar die Wirkung eines Angriffs selbst beurteilen und ein Ziel erneut angreifen. Aber die Marschflugkörper, die wir heute einsetzen, sind einheitlich bewaffnet.«

»Mit fallgebremsten Bomben mit Sensorzündung?«

»Richtig, Sir«, bestätigte Samson. Er tippte auf das MFD. »Hier können Sie alles genau verfolgen. Die Wolverine nimmt das Ziel nach dem Angriff nochmals auf.«

Die Lenkwaffe war steil tiefer gegangen und glitt jetzt so niedrig über die Meeresoberfläche dahin, dass Hayes das Gefühl hatte, die nächste größere Welle könnte sie zum Absturz bringen. Auf dem MFD erschien ein weißes Quadrat mit einem winzigen schwarzen Punkt in der Mitte. »Das Trägheitsnavigationssystem, das die Zielkoordinaten von den Sensoren der B-1B übernommen hat, steuert die Lenkwaffe zur vermutlichen Position des Prahms mit der Abschussrampe für die Pershing«, erläuterte Samson. »Ist sie bis auf zehn Meilen herangekommen, beginnt die selbstständige Zielsuche.« Er veränderte die MFD-Einstellung erneut, sodass der Bildschirm jetzt außer dem Blick aus der Vogelschau auch das von der AGM-177D gesendete Bild zeigte. Ein rotes Dreieck symbolisierte den Prahm mit der Abschussrampe; die Wolverine war eine weiße Raute, die darauf zuraste.

Hayes sah drei Kriegsschiffe, die in der Nähe des Startprahms lagen. Eines von ihnen war plötzlich von einem roten Quadrat und einem roten Kreis umgeben, der die Cruise Missile einschloss. »Standard-Lenkwaffenradar«, stellte Samson fest. »Der Kreis bezeichnet den Wirkungsbereich, der aus Radartyp und Signalstärke berechnet wird.« Im nächsten Augenblick umgaben ein weiteres rotes Quadrat und der rote Kreis, der den Wirkungsbereich seiner Fla-Raketen bezeichnete, ein zweites Schiff. Dieses rote Quadrat begann zu blinken. »Das zweite Kriegsschiff hat mindestens eine Fla-Rakete auf die Wolverine abgeschossen«, erläuterte Samson.

»Rotte Fireman, Achtung, Lenkwaffenstart«, funkte jemand von der B-1B-Besatzung. Unmittelbar nachdem Samson die Warnung bestätigt hatte, wurde aus der hinteren Bombenkammer eine zweite AGM-177D abgeworfen.

»Zwei Marschflugkörper!«, rief Hayes aus. »Jetzt geht die Show richtig los!«

»So stellen wir uns den zukünftigen Einsatz von Coronet Tiger one-plus vor«, erklärte Samson ihm. »Sobald die B-1B eine ballistische Rakete mit einer Lenkwaffe abschießt und danach die Abschussrampe angreift, wird sie natürlich selbst zu einem Angriffsziel. Die feindliche Luftverteidigung wird wie verrückt losballern. Ab diesem Zeitpunkt verwandelt der Bomber sich von einem Raketenkiller in ein Spezialflugzeug zur Bekämpfung der feindlichen Luftabwehr.

Eine B-1B kann intern bis zu vierundzwanzig Lenkwaffen Wolverine oder Lancelot tragen, plus weitere vier an externen Aufhängepunkten. Ihre typische Waffenlast würde aus acht Lancelots und acht Wolverines in internen Revolvermagazinen und einem internen Zusatztank oder acht weiteren Marschflugkörpern bestehen. Extern kann sie acht Lenkwaffen HARM zur Radaransteuerung oder zwölf AIM Scorpion tragen – je nach Unterstützung durch eigene Jäger, Entfernung zum Ziel und Stärke der feindlichen Luftabwehr. Die B-1B kann über fünfundsechzig Tonnen Waffen schleppen: so viel wie fünf Jagdbomber F-15E Strike Eagle, aber bei gleicher Geschwindigkeit mit viel größerer Reichweite.«

»Scorpion? HARM?«, fragte Hayes. »Die B-1B kann Lenkwaffen zur Radaransteuerung und Jagdraketen tragen?«

»Das konnte sie schon immer, Sir«, sagte Samson. »Sie hat vier externe Aufhängepunkte mit Standard-Schnittstellen und kann alles an Lenkwaffen, Bomben und Sensorbehältern tragen, was gegenwärtig bei der Air Force eingeführt ist. Außerdem hat sie zwei externe Aufhängepunkte für Zusatztanks. Aber als die B-1B nach Abschluss der Verträge zur Begrenzung der strategischen Rüstung keine Marschflugkörper mehr tragen durfte, scheinen diese Aufhängepunkte allgemein in Vergessenheit geraten zu sein. Nur im HAWC nicht, das versteht sich von selbst. Durch externe Lasten verliert die Maschine ihre Stealth-Eigenschaften, aber sobald die Waffen oder Zusatzbehälter verschossen sind oder abgeworfen werden, ist sie wieder ein Tarnkappen-Bomber.«

Hayes verfolgte geradezu fasziniert, wie der Angriff weiterging. Beide Kriegsschiffe setzten jetzt Fla-Raketen Standard ein. Die Wolverines rasten so tief übers Meer dahin, dass es aussah, als könnten sie jeden Augenblick ins Wasser stürzen.

Die zweite AGM-177D flog mit einer Meile Abstand an dem östlichsten Kriegsschiff vorbei. »Das war ein Volltreffer«, behauptete Samson.

»Aber sie hat das Schiff verfehlt!«

»Sie ist dafür programmiert, nicht näher als eine Meile heranzufliegen«, erläuterte Samson. »Sicherheitsbestimmungen. Sie versucht jetzt, ans zweite Schiff heranzukommen.« Dieser Angriff schlug jedoch fehl. Da das erste Kriegsschiff noch »lebte«, nahm es die Wolverine gemeinsam mit dem zweiten Schiff mit vier Fla-Lenkwaffen Standard ins Kreuzfeuer und schoss sie ab, bevor sie auch nur in die Nähe des zweiten Ziels kam.

»Unfair«, protestierte Samson. »Dieses erste Schiff war ›tot‹.«

»In der Liebe und bei der Schiffsverteidigung ist alles fair«, sagte Hayes.

»Trotzdem war's unfair«, stellte Samson fest. »Aber die erste Wolverine hat Waffen an Bord. Sie werden sehen – die bringt sie ins Ziel.«

Das tat sie auch. Samson und Hayes beobachteten, wie sie über den Startprahm hinwegraste, wobei das IR-Bild plötzlich auf dem Kopf stand, weil der IR-Sensor der AGM-177D weiter aufs Ziel gerichtet blieb. Auf dem Bildschirm wurden drei kleine zylindrische Behälter sichtbar, die unter einem kleinen Stabilisierungsfallschirm rotierten. Im nächsten Augenblick lösten die drei Behälter sich von dem Fallschirm und detonierten mit grellen Lichtblitzen, die den Prahm völlig verdeckten. Als das Bild dann wieder klar wurde, brannte der Prahm und war halb gesunken.

»*Das* nenne ich einen Volltreffer!«, rief Hayes hörbar beeindruckt aus. Die BLU-108 »Shredder« mit Sensorzündung war die neueste Waffe der Air Force gegen Schiffe, Panzer und Fahrzeuge aller Art. Jeder Shredder-Behälter enthielt vier Kupferblöcke, die von einem IR-Sensor ausgerichtet wurden. Die Behälter rotierten, um ein Ziel zu finden und im richtigen Augenblick zu detonieren. Durch die Detonation wurde aus jedem Kupferblock ein glühender Bolzen herausgestanzt, der im Umkreis von einer halben Meile mit Überschallgeschwindigkeit auftraf und dabei sieben bis acht Zentimeter starken Panzerstahl glatt durchschlug. Da der Prahm das einzige Ziel im Wirkungsbereich gewesen war, hatten alle zwölf Kupferbolzen ihn getroffen.

»Nicht schlecht«, murmelte Samson gespielt bescheiden.

»Sehr, sehr beeindruckend, Earthmover«, fuhr Hayes fort, während er etwas in sein kleines Notizbuch kritzelte. »Erst eine erfolgreiche Raketenabwehr, dann ein erfolgreicher Gegenangriff. Ausgezeichnet! Interessant, sich vorzustellen, was passiert wäre, wenn Sie eine AGM-177 mit Plasmafeld-Gefechtskopf zur Verfügung gehabt hätten.«

Samson sah kurz zu ihm hinüber, dann drückte er auf seine Sprechtaste. »Fireman, hier Zwo, holen Sie für die zweite Startsequenz die Freigabe fürs erweiterte Schießgebiet ein.«

»Verstanden, Fireman zwo. Trennung. Neptun, Rotte Fireman, bitte für abschließende Startsequenz um Freigabe fürs erweiterte Schießgebiet. Mindestabstand für alle Schiffe zehn Meilen.«

»Verstanden, Rotte Fireman, hier Neptun Aufsicht, Freigabe fürs erweiterte Schießgebiet erteilt. Frei zur abschließenden Startsequenz.«

»Rotte Fireman verstanden: erweitertes Schießgebiet frei. Fireman zwo, bestätigen.«

»Zwo«, sagte Samson. »Fireman, Neptun, bitte warten.« Er wandte sich an Hayes. »Sobald Sie bereit sind, Sir, kann's losgehen.«

»Bereit für …?« Hayes machte eine Pause, dann starrte er den Piloten überrascht an. »Wollen Sie mich verarschen, Samson? Soll das etwa heißen, dass Sie an Bord dieser B-1B eine Plasmafeld-Waffe haben?«

»Nein – ich habe zwei«, antwortete Samson. »Ich habe eine ABM Lancelot und einen Marschflugkörper Wolverine, beide mit Plasmafeld-Gefechtsköpfen, beide sofort einsatzbereit.«

»Mit wessen Genehmigung?«, knurrte Hayes wütend. »Wer zum Teufel hat das genehmigt, Samson?«

»Sir, wie Sie bei der Anhörung vor dem Unterausschuss erklärt haben, handle ich mit Genehmigung des Verteidigungsministers und des Präsidenten«, antwortete Samson. »Wir haben die Waffe entwickelt, wir haben alle nötigen Abstimmungs-, Start- und Flugversuche gemacht und sie für einsatzbereit erklärt. Aber sie ist noch nie unter Einsatzbedingungen getestet worden. Der Luftraum gehört in zweihundert Meilen Umkreis uns, wir haben nur ein paar Kriegsschiffe in der Nähe, und wir haben ein Ziel. Ich denke, wir sollten sie losjagen und abwarten, was passiert.«

»Sie sind übergeschnappt, Samson!«, blaffte Hayes. Er war so wütend, dass er glaubte, explodieren zu müssen. »Sind Sie wahnsinnig geworden, Mann? Das ist der krasseste Fall von Ungehorsam, den ich erlebt habe, seit … Scheiße, seit Brad Elliott. Sie bilden sich ein, Sie könnten einfach einen subatomaren Gefechtskopf auf eine Lenkwaffe setzen und sie abschießen, wann Sie Lust dazu haben! Das kann zu einer gewaltigen militärischen Krise führen! Es kann einen internationalen Zwischenfall auslösen. Das kann dazu führen, dass wir beide unseren Job verlieren und den Rest unseres Lebens in Fort Leavenworth verbringen! Verdammt noch mal, Samson, Sie machen mir Angst! Sobald wir wieder gelandet sind, nehme ich Ihre Eignung als Kommandeur und für Ihr Verbleiben im Dienst unter die Lupe, darauf können Sie Gift nehmen!«

Der TAO (Tactical Action Officer) an Bord des amerikanischen Aegis-Lenkwaffenkreuzers der *Ticonderoga*-Klasse USS *Grand Island,* der bei der Waffenerprobung an diesem Vormittag als Aufsicht führender, Schießoffizier und Artillerieoffizier fungierte, beobachtete seine Bildschirme sorgfältig. Auf den vier Großbildschirmen im Combat Information Center (CIC) der *Grand Island* wurden alle elektronischen Signale von Schiffen, Flugzeugen und Bodenstationen dargestellt, sodass der TAO ein dreidimensionales Bild von seinem »Schlachtfeld« vor sich hatte, das nach allen Seiten Hunderte von Meilen weit reichte. Sein Stellvertreter und er saßen mitten im CIC und waren von Waffenoffizieren, Sensor-Operatoren und Nachrichtentechnikern umgeben.

Jetzt glaubte er eine Fehlfunktion der beiden Bildschirme zu sehen, auf denen die horizontalen und vertikalen Bahnen der Lenkwaffen dargestellt waren. Er wandte sich an den Radargast und fragte ihn: »Radar, was ist aus den Zielen geworden? Was sehen Sie?«

»Nichts mehr, Sir«, meldete der Radargast. »Erst ist die Pershing gestartet, dann die Abfanglenkwaffe und zum Schluss der Marschflugkörper, um den Startprahm anzugreifen – alles wie beim ersten Mal. Die Lenkwaffe war genau auf Kurs. Und dann *poff!* Nichts mehr zu sehen. Beide Ziele verschwunden. Keine Trümmer.«

»Comm, haben die Flieger eine Abbruchwarnung durchgegeben?«, fragte der TAO einen Nachrichtentechniker.

»Nein, Sir«, bestätigte der Angesprochene.

»Verdammte Air-Force-Pfeifen«, knurrte der TAO. »Genieren sich wegen eines fehlgeschlagenen Tests zu sehr, um uns zu melden, dass sie beide Lenkwaffen selbst gesprengt haben.« Er machte eine kurze Pause, dann fragte er: »Radar, Sie sehen keine Trümmer, sagen Sie?«

»Nein, Sir«, sagte der Radargast. »Im Allgemeinen zeigt das SPY-1 Trümmerteile ziemlich gut, jedenfalls so gut, dass wir den betreffenden Luft oder Seeraum sperren können.« Das SBY-1 auf Aegis-Lenkwaffenkreuzern war ein dreidimensionales Radar mit phasengesteuerten Antennen, das leistungsfähig genug war, um auf 200 Meilen Entfernung einen Vogel orten zu können. »Diesmal ist nichts zu sehen.«

»Hmmmpf«, grunzte der TAO. Beide Lenkwaffen konnten ins Meer gestürzt sein. Er wusste nicht genug über sie, um beurteilen zu können, ob sie schwimmen konnten, ob Seewasser ihren Gefechtsköpfen schadete, wie sie aussahen, wenn sie auseinanderbrachen, wie man eine ins Meer gestürzte Lenkwaffe entschärfte – lauter Dinge, über die er rechtzeitig informiert worden wäre, wenn die Luftwaffe nicht geschlampt hätte. »Comm, Sie weisen alle Schiffe an, östlich des zweiten Startprahms zu bleiben. Radar, Sie sorgen dafür, dass die Flugzeuge abdrehen und das Übungsgebiet auf dem kürzesten Weg verlassen. Anschließend führen Sie einen Systemcheck durch und stellen fest, warum wir keine Trümmer sehen können.« Er drückte die Sprechtaste der Bordsprechanlage. »Brücke, Combat.«

»Brücke.« Der TAO erkannte die Stimme des Kommandanten.

»Wir können die Lenkwaffentrümmer nicht mehr orten, Sir, deshalb lassen wir die Flugzeuge abdrehen und alle weiteren Tests einstellen. Für heute sind wir fertig.«

»Verstanden. Wenn die anderen aufgeschlossen haben, laufen wir im Verband zurück.«

»Was haben Sie dort oben gesehen, Sir?«

»Wir haben ...« Der Kommandant machte eine lange Pause, bevor er fortfuhr: »Wir wissen nicht genau, was wir gesehen haben, Combat. Wir haben zwei deutliche Feuerschweife beobachtet, die aufeinander zugerast sind, dann ... nun, über die Zeit danach gehen die Meinungen auseinander. Wir haben einen Lichtblitz gesehen, und einige der Ausgucke wollen eine große silberne Kugel beobachtet haben. Aber wir haben nichts gehört, nichts mehr gesehen. Keine Detonation, gar nichts.«

»Stimmt mit unseren Wahrnehmungen überein, Sir«, bestätigte der TAO.

»Was haben Sie beobachtet, Combat?«

»Ungefähr das Gleiche.«

»Was ist mit dem Marschflugkörper? Hat er sein Ziel getroffen?«

»Bitte warten!«, sagte der TAO. »Radar, was ist mit dem zweiten Startprahm? Haben die Flieger ihn getroffen?«

»Ich... ich... weiß ich nicht, Sir«, stammelte der Radargast. »Sieht genau wie die Sache mit der abgefangenen Pershing aus. Die Cruise Missile hat ihr Ziel ganz normal angesteuert, war exakt auf Kurs, und dann... weg, einfach weg!«

»*Weg?* Der ganze Prahm? Weg wie in die Luft geflogen? Weg wie versenkt?«

»Weg wie... weg, Sir«, antwortete der Radargast. »Ich sehe nichts mehr. Die Lenkwaffe ist verschwunden... Scheiße, der Prahm ist auch verschwunden!«

»Was zum Teufel quatschen Sie da? Oberfläche, Entfernung dreißig, hohe Auflösung«, verlangte der TAO. Er kontrollierte das Radarbild selbst, aber von dem Prahm war keine Spur zu sehen.

»Den ersten Startprahm habe ich noch deutlich auf meinem Schirm, Sir«, meldete der Radargast. »Aber von dem zweiten ist null zu sehen. Er muss auseinander gebrochen und wie ein Stein gesunken sein.«

»Dieser Prahm ist sechzig Meter lang, fünfundzwanzig Meter breit und wiegt neunzig Tonnen. Etwas in dieser Größe verschwindet nicht einfach«, sagte der TAO laut, ohne jemand Bestimmten anzusprechen. Sogar der erste Prahm, den die drei BLU-108 »Shredder« des Marschflugkörpers getroffen hatten, war noch nicht ganz gesunken. Der TAO drückte seine Sprechtaste. »Brücke, Combat. Der zweite Startprahm ist vom Radar verschwunden. Er muss gesunken sein. Was für einen Gefechtskopf hat der Marschflugkörper getragen? Ich tippe auf mindestens tausend Kilogramm.«

»Negativ, Combat«, antwortete der Kommandant. »Wir haben keine Detonation gehört oder gesehen.«

Der TAO starrte sein CIC-Personal verblüfft an. »Wie ist das möglich, Sir?«, brachte er nur heraus.

»Keine Ahnung«, sagte der Kommandant und ließ die Sprechtaste los. Er spürte Zorn in sich aufsteigen. Er hatte den Verdacht, die Air Force habe ihn hereingelegt und am helllichten Tag in einem Schießgebiet, das der U.S. Navy gehörte, irgendeine neuartige Waffe erprobt. Seinen Wachoffizier fragte er: »Wie lange brauchen wir bis zur letzten Position des zweiten Startprahms?«

»Bei Marschfahrt ungefähr dreißig Minuten, Sir.«

»Wachoffizier, legen Sie einen Kurs zur letzten Position des zweiten Startprahms fest«, wies der Kommandant ihn an. »Äußerste Kraft voraus! Lassen Sie genau untersuchen, durch was für eine Art Waffe der Prahm versenkt worden ist. Luft, Wasser, elektromagnetisches Feld, Wrackteilanalyse, einfach alles.« Er machte eine Pause, dann fügte er hinzu: »Und lassen Sie Luft und Wasser auch vom Strahlenmesstrupp untersuchen.«

Dieser letzte Befehl ließ das gesamte Brückenpersonal erstarren. Der Kommandant schwieg einige Sekunden lang, dann sagte er ärgerlich: »Ausführung, Gentlemen! Und halten Sie Ihre verdammten Augen offen!«

Für ihren Rückflug zur Elliott Air Force Base brauchten die B-1B und die F-111 weniger als 20 Minuten. Der Stützpunkt lag 90 Meilen nordwestlich von Las Vegas am Groom Lake, einem ausgetrockneten ehemaligen See. Hätte jemand den Seeboden betrachtet – was sehr schwierig und außerdem illegal gewesen wäre, weil der Flugplatz von einem Sperrgebiet mit 50 Meilen Radius umgeben war, das vom Erdboden bis in *unbegrenzte* Höhe reichte –, hätte er nur eine etwa fünf Meilen lange Fläche aus hartem, von der Sonne ausgedörrtem Sand gesehen. Aber kurz bevor die Maschinen aufsetzten, wurden Sprinkler eingeschaltet und markierten eine lange Landebahn aus sandfarbenem Beton auf dem Seeboden. Keine zwei Minuten später hatte Terrill Samson die Landebahn verlassen, und die Sonne ließ das Wasser verdunsten. Das Betonband verschwand wieder.

Bradley James Elliott Air Force Base lautete der volle Name der Einrichtung am Ufer des ausgetrockneten Sees. Sie schien eine Kreuzung zwischen einem kleinen, alten, beinahe verlassenen Militärflugplatz und einem modernen Forschungs- und Entwicklungskomplex zu sein. Hier standen einige alte Holzbauten und viele moderne Gebäude aus Glas und Stahlbeton. Weil der Stützpunkt so weit von der nächsten Kleinstadt entfernt war, gab es Wohnheime für Mannschaften, Offiziere und Zivilpersonal. Annehmlichkeiten waren rar: eine Kantine, einen kleinen Laden, einen wenig benutzten Swimmingpool und kein Kino.

Die Straßen waren in gutem Zustand, und entlang der Gehsteige standen Kakteen und Yuccapalmen. Nach alter Air-Force-Tradition waren die Straßen nach amerikanischen Luftwaffenhelden benannt: Pioniere der Militärfliegerei wie Rickenbacker und Mitchell, berühmte Generale wie Spaatz und LeMay, Träger der Air Force Medal of Honor wie Loring und Sijan sowie Jagdfliegerasse wie Bong und DeBellevue. Andere Straßen trugen Namen, die Leuten, die neu auf den Stützpunkt kamen, nicht gleich etwas sagten, wie Ormack und Powell – tödlich verunglückte Testpiloten, die hier stationiert gewesen waren. Auf dem Stützpunkt arbeiteten ungefähr 2000 Männer und Frauen, die meistens vier Tage Dienst und drei Tage frei hatten. Sie wurden in Kolonnen von klimatisierten Greyhound-Bussen, die für die 110 Meilen keine zwei Stunden brauchten, nach Las Vegas gefahren oder mit neutralen Flugzeugen in wenigen Minuten von der Nellis Air Force Base nördlich von Las Vegas eingeflogen.

In einem Punkt unterschied die Elliott Air Force Base sich jedoch von Dutzenden ähnlicher Militärflugplätze in aller Welt: Sie war auf keiner Landkarte verzeichnet. Es gab keine Wegweiser dorthin. Sie stand in keinem Verzeichnis aktiver Air-Force-Einrichtungen. Man konnte sich nicht dorthin versetzen lassen, und wenn jemand diesen Wunsch äußerte, musste er oder sie damit rechnen, Gegenstand heimlicher Ermittlungen zu werden. Wer auf den Stützpunkt versetzt wurde, musste schwören, niemals Einzelheiten über die EAFB oder die dortigen Aktivitäten preiszugeben. Die meisten Leute nahmen diesen Eid sehr, sehr ernst – nicht wegen der schweren Strafen, die auf Geheimnisverrat standen, sondern weil sie der aufrichtigen Überzeugung waren, die Geheimhaltung ihrer Tätigkeit trage zur Stärke und Sicherheit ihres Heimatlands bei. Nach fast allen herkömmlichen Maßstäben – mit Ausnahme ihres physischen Vorhandenseins – existierte die Elliot Air Force Base nicht.

Auf dem Stützpunkt war das Terrill Samson unterstehende High Technology Aerospace Weapons Center untergebracht. Offiziell firmierte das HAWC als Detachment One des Air Force Operational Test and Evaluation Center auf der Edwards Air Force Base in Kalifornien. Bevor neue Flugzeuge oder Lenkwaffen in einem der Erprobungszentren der Luftwaffe vor dem Anlaufen ihrer Serienfertigung auf Herz und Nieren geprüft wurden, hatten sie bereits das HAWC durchlaufen. Die dortigen Piloten und Ingenieure arbeiten mit Flugzeugen und Waffen, die der Rest der Welt erst in einigen Jahren zu sehen bekommen würde – und oft mit welchen, die der Rest der Welt nie zu sehen bekommen würde. Konstruktionen, die geradewegs aus SF-Romanen zu stammen schienen, waren im HAWC ein alltäglicher Anblick. Die strikte Geheimhaltung und die manchmal über den Wüsten Südnevadas gesichteten seltsamen Luftfahrzeuge ließen viele glauben, in diesem abgeschotteten Gebiet hielten sich Außerirdische mit ihren Raumfahrzeugen auf.

In Wirklichkeit war das HAWC nur ein Tummelplatz für einfallsreiche, kreative Luft- und Raumfahrtingenieure. Auch wenn es heutzutage keine unbegrenzt hohen »schwarzen« Etats mehr gab, wurde hier unorthodoxes Denken – bei Ingenieuren, Piloten, Wissenschaftlern und sogar Kommandeuren – gefördert und belohnt.

Terrill Samson ließ die F-111 zu einer Reihe von zwölf niedrigen Hangars rollen, die alle sandfarben gestrichen waren, damit sie in der Wüstenlandschaft nicht auffielen. Bei der Annäherung des Jagdbombers öffneten die Hangartore sich automatisch, und die Maschine rollte mit fast unverminderter Geschwindigkeit hinein. Schon bevor sie ganz im Hangar war, begannen die Tore, sich wieder zu schließen – je kürzer sie geöffnet waren, desto geringer war die Wahrscheinlichkeit, dass Unbefugte zu sehen bekamen, was die Hangars enthielten. Der Bomber B-1B, der unmittelbar vor ihnen gelandet war, stand bereits im Hangar, und Samson stellte die F-111 neben ihm ab.

Sobald die Triebwerke der F-111 standen, legten der Chef der Wartungsmannschaft und sein Assistent Ausstiegsleitern für die Piloten an. Aber General Victor Hayes war noch zu betäubt, um den Helm abnehmen, sein Gurtzeug lösen und aus dem Cockpit klettern zu können. Samson nahm seinen eigenen Helm ab und schnallte sich los, blieb aber im Cockpit sitzen und beobachtete den Generalstabschef der Luftwaffe amüsiert. Schwer bewaffnete Angehörige des Sicherheitsdiensts, Wartungspersonal und Ingenieure – insgesamt zwei Dutzend Männer und Frauen – standen bereit, um über die beiden Flugzeuge herzufallen und die elektronisch gespeicherten Daten der heutigen Tests zur Auswertung zu übernehmen. Jetzt warteten alle darauf, dass Hayes und Samson ausstiegen: leicht verwirrt, aber klugerweise außer Hörweite.

»Nun, Sir?«, fragte Samson. »Was halten Sie davon?«

Der Hangar war klimatisiert, aber Hayes war schon vor dem Tor bei dem Gedanken daran, was er an diesem Morgen gesehen hatte, ein kalter Schauder über den Rücken gelaufen. »Was ich davon halte?«, wiederholte er. »Ich kann's nicht glauben! Diese neue Waffe... unvorstellbar! Erzählen Sie mir mehr, Earthmover. Was zum Teufel haben Sie hier noch herumliegen? Ich kaufe alles, was Sie anzubieten haben. Ich weiß nicht, wie wir's bezahlen sollen, aber ich bin jedenfalls sehr daran interessiert.«

»Was wir hier haben, Sir, sind massenhaft Ideen und Vorführmodelle«, antwortete Samson. »Die verdanken wir allein Brad Elliotts Weitblick und Führungskraft. Er hat Dinge entwickeln lassen, bei deren Anblick James Bond sich in die Hose machen würde. Mir tut's nur Leid, dass ich dem armen Kerl jahrelang Knüppel zwischen die Beine geworfen habe. Wir haben alle geglaubt, er sei nicht ganz richtig im Kopf, aber in Wirklichkeit war er ein Genie.«

»Die Lenkwaffe zur Raketenabwehr, Earthmover. Lancelot«, sagte Hayes. »Die wird der Kongress sofort beschaffen wollen. Wie funktioniert sie genau, wie viel kostet sie, wie schnell kann sie einsatzbereit sein?«

»Lassen Sie sich erst mal von mir zeigen, was wir haben, Sir«, schlug Samson vor. Hayes schnallte sich endlich los und folgte ihm aus dem Jagdbomber zu der daneben abgestellten B-1B hinüber. Nachdem ihre Dienstausweise kontrolliert und durch Fingerabdrücke und Irisdiagnose verifiziert worden waren, machten die beiden Männer einen Rundgang um den großen, schnittigen Bomber.

»Wir bezeichnen ihn als EB-1C Megafortress 2«, sagte Samson. »Ein erstklassiges Beispiel dafür, wie man ein gutes Flugzeug noch verbessern kann. Äußerlich werden Ihnen nicht allzu viele Veränderungen auffallen, aber Brad Elliott hat aus diesem Bomber eine regelrechte taktische Kampfmaschine gemacht.«

Hayes berührte den Rumpf und kniff überrascht die Augen zusammen. Er versuchte zu identifizieren, was unter seiner Hand lag. »Das ist kein Stahl«, stellte er fest.

»Fiberstahl«, erklärte Samson ihm. »Das gleiche Zeug wie RAM – radarabsorbierendes Material –, aber aus Fiberstahl lassen sich tragende Bauteile herstellen. Allein durch die Neubeplankung mit Fiberstahl haben wir Gewicht und Radarquerschnitt der Maschine um mindestens fünfzehn Prozent gesenkt und sie zugleich widerstandsfähiger gemacht. Der Radarquerschnitt einer normalen B-1B beträgt das Zehnfache eines Stealthbombers B-2. Diese hier hat nur den dreifachen Radarquerschnitt.«

Er deutete auf die breite, flache Unterseite des Bombers zwischen Bugfahrwerk und vorderer Bombenkammer. »Hier sehen Sie die externen Aufhängepunkte für Waffen und Zusatzbehälter. Dass wir die wieder aktiviert haben, hat sich als Geniestreich erwiesen. Damit kann die Maschine alle verfügbaren Waffen tragen – bis hin zu Jagdraketen. Jeder dieser Aufhängepunkte kann drei Jagdraketen AIM-120 Scorpion, zwei Lenkwaffen AGM-88 HARM zur Radaransteuerung, vier Abwurflenkwaffen AGM-65 Maverick, eine AGM-84 Harpoon zur Bekämpfung von Schiffszielen, einen Marschflugkörper AGM-177 Wolverine oder eine AGM-142 Have Nap mit Fernsehsteuerung aufnehmen. Wir haben die Lancelot sogar als Killer für Satelliten in erdnahen Umlaufbahnen modifiziert.«

»*Was?*«

»Brad Elliott hat das alte Anti-Satellitenprogramm ASAT wiederbelebt und perfektioniert«, berichtete Samson stolz. »Die EB-1

Megafortress kann die Bahndaten vom Space Command übernehmen oder ihr eigenes LADAR benutzen, den Überflug eines feindlichen Satelliten abwarten und dann von einem dieser Aufhängepunkte eine ASAT senkrecht in die Höhe schießen. Mit einem Plasmafeld-Gefechtskopf beträgt die Reichweite rund zweihundert Meilen, mit einem herkömmlichen Gefechtskopf etwa hundert Meilen. Wir haben die Waffe noch nicht getestet, aber alle Computermodelle bestätigen, dass sie funktionieren wird. Und das alles können wir schon *jetzt,* Sir.«

»Erstaunlich!«, rief Hayes aus. »Das muss unbedingt getestet werden. Satelliten in Umlaufbahnen bis zu zweihundert Meilen abschießen ... mein Gott, das gibt uns ungeahnte Möglichkeiten!« Er deutete auf den langen, spitz zulaufenden Bug der Maschine. »Dieser Radarbug sieht eigenartig aus – fast wie aus Glas statt aus Fiberstahl. Was für ein Radar haben Sie diesem Ding verpasst? Verwenden Sie das Standardradar oder haben Sie es auch getunt?«

»Die EB-1 Megafortress arbeitet mit LADAR – Laser-Radar«, antwortete Samson. »Darüber haben wir schon gesprochen, als ich Ihnen kurz vor dem Test das Display der F-111 erklärt habe. Die LADAR-Antennen sind winzig; sie sitzen im Bug, im Rumpf und am Heck. Sie suchen den Luftraum im Umkreis von bis zu fünfzig Meilen elektronisch nach allen Richtungen ab. In der Praxis ›zeichnet‹ der Laser in Sekundenbruchteilen und mit höchster Genauigkeit und Auflösung ein dreidimensionales Bild von allem, was er sieht. Das System ›zeichnet‹ ungefähr zwanzig Bilder pro Sekunde, und die Eigenbewegung des Flugzeugs bewirkt, dass alle georteten Objekte dreidimensional erscheinen. So hat die Besatzung den Eindruck, frei in der Luft zu schweben und nach allen Richtungen bis zu fünfzig Meilen weit sehen zu können.

Laser-Radar arbeitet nicht nur präziser als herkömmliches Radar, sondern kann nicht gestört werden, wird von Standard-Radarwarnern nicht entdeckt und ist nicht wetterempfindlich. Wir benutzen LADAR zur Navigation, für Bombenangriffe und zur Bahnverfolgung von Lenkwaffen – es ist sogar präzise genug für nächtliche Verbandsflüge. Es bietet alle Funktionen eines Angriffsradars – auch den Terrainfolgemodus und die Möglichkeit, Bombenangriffe mit Radarunterstützung zu fliegen –, aber wir haben sie um Luftzielsuche in großen Entfernungen, Bahnverfolgung und Waffensteuerung erweitert.«

»Dieses Ding ist eigentlich eine stark vergrößerte F-15 Strike Eagle oder F/A-18 Hornet«, meinte Hayes.

»Aber die EB-1 Megafortress trägt viermal mehr Waffen, kann fünfmal länger im Zielgebiet bleiben und hat sechsmal mehr Reichweite als jeder Jagdbomber der Welt«, stellte Samson fest. »Die B-52 war die Nummer eins, bis der Kongress beschlossen hat, sie alle abwracken zu lassen. Jetzt ist die B-1B der kampfstärkste Bomber der Air Force. Aber wir sind dabei, das Einsatzspektrum des schweren Bombers abzuändern. In Zukunft soll er nicht nur Flächenziele bombardieren und Schiffsziele bekämpfen, sondern auch taktische Aufgaben übernehmen können: Präzisionsangriffe, Luftunterstützung, Panzerbekämpfung und sogar Bekämpfung feindlicher Jäger.«

Sie stiegen die hohe Leiter zur Einstiegsluke hinter dem Bugfahrwerk hinauf. Samson begann nach vorn zu kriechen, aber Hayes bemerkte sofort eine Veränderung. »Okay, Earthmover«, rief er, »wo sind die Plätze der Systemoffiziere?«

»Yeah, die fehlen, nicht wahr?« Samson grinste. »Kommen Sie mit nach vorn, dann zeig ich's Ihnen.«

Hayes kroch durch den Tunnel ins Cockpit weiter und ließ sich auf den linken Sitz des Flugzeugkommandanten gleiten. Hier sah alles eigentlich so aus, wie er das B-1B-Cockpit in Erinnerung hatte – aber nicht auf der rechten Cockpitseite. Der Platz des Kopiloten war nicht mehr fast identisch mit dem des Piloten, sondern glänzte mit einer eleganten Anordnung von sechs großen MFDs (Multifunction Displays), während Analog- und Bandanzeigen fast ganz fehlten. »Sie haben einiges verändert, wie ich sehe«, meinte er.

»Die Megafortress hat jetzt wie alle übrigen Bomber der Air Force nur noch zwei Mann Besatzung«, erläuterte Samson. »Was Sie hier sehen, ist die automatisierte Version der alten B-1B. Es hat immer geheißen, sie sei eigentlich nur ein richtig großer Jagdbomber F-111 – also haben wir uns diese Beschreibung zu Herzen genommen und sie entsprechend umgebaut. Wie beim Stealthbomber B-2 haben wir aus dem Kopiloten und dem Navigator/

Bombenschützen einen Mission Commander gemacht, der hier rechts sitzt. Der große Unterschied besteht darin, dass unser Mission Commander kein zusätzlich als Bombenschütze ausgebildeter Pilot, sondern ein zusätzlich als Pilot ausgebildeter Bombenschütze ist.«

»Warum haben Sie sich dafür entschieden?«

»Hauptsächlich wegen meines Stellvertreters, Programmdirektors und Leiters des Flugbetriebs – natürlich ein Navigator«, antwortete Samson.

»McLanahan.«

»Genau!«, bestätigte Samson stolz. »Er hat die heutige Erprobung durchgeführt und die Lenkwaffen abgeworfen, die Sie gesehen haben. Er weiß, wovon er redet, und wenn er redet, hört jeder zu.« Hayes nickte nur. In der Air Force und in US-Regierungskreisen war Samsons Stellvertreter in der Tat gut bekannt und hoch angesehen. Wie Brad Elliott, der erste HAWC-Kommandeur, hatte Patrick McLanahan schon fast den Status einer Legende erreicht.

»Der Mission Commander kontrolliert alles mit gesprochenen Befehlen, durch Berühren von Bildschirmen und mit einem Trackball«, fuhr Samson fort. »Auf CD-ROMs sind der gesamte Auftrag, die Waffenballistik, die Computersoftware und Karten des Einsatzgebiets mit detaillierten Geländeangaben gespeichert. Vor dem Start wird der Angriffscomputer mit diesen Informationen gefüttert. Danach läuft alles vollautomatisch ab – von der Vorflugkontrolle bis zum Abstellen der Triebwerke in der Parkposition.

Aber wir sind noch einen Schritt weitergegangen, Sir«, fuhr Samson fort. »Unsere Zweimannbesatzung ist im Einsatz nicht wirklich allein. Wir nutzen leistungsfähige Echtzeit-Satellitenverbindungen zur Datenübertragung, um an Bord der EB-1C Megafortress eine ›virtuelle‹ Besatzung mitfliegen zu lassen …«

»Eine was? Sie meinen eine Roboterbesatzung wie einen Autopiloten oder Computer?«

»Nicht ganz«, antwortete Samson. »Flugzeug und Besatzung stehen über Satellit mit einem am Boden aufgebauten Cockpit in Verbindung. Dort tun ein Pilot, ein Ingenieur, ein Waffenoffizier und ein Taktikoffizier Dienst. Sie sehen und hören alles, was die

Besatzung sieht und hört. Sie haben Zugang zu allen Systemen des Bombers, können Probleme erkennen und notfalls eingreifen, um sie zu beseitigen. Sie können die Besatzung in taktischen Fragen beraten, die Systeme mit überwachen, der Besatzung sozusagen ständig über die Schulter sehen und im Extremfall sogar die Maschine für sie fliegen, obwohl das System vermutlich zu träge reagiert, um einen Angriff überleben zu können.

Außerdem lässt dieses ›virtuelle Cockpit‹ sich mit einem Frachtflugzeug transportieren und kann an abgelegenen Orten aufgestellt und mit einem eigenen Stromaggregat betrieben werden. Diese Technologie wird schon seit Jahrzehnten für bemannte Raumfahrzeuge genutzt – wir haben sie lediglich den Bedürfnissen des bemannten Bombers angepasst. Und was die Verteidigung des Bombers betrifft, haben wir die ursprüngliche Abwehrmanagementsuite ALQ-161 durch die neuen Systeme ALR-56M und ALE-50 ersetzt, um ...«

»Reden Sie englisch, Technofreak.«

»Ja, Sir. Zusammenfassung: ein voll automatisiertes, wartungsfreundlicheres und insgesamt besseres Stör- und Selbstschutzsystem mit einem nachgeschleppten Ködersystem«, sagte Samson. »Feindliche Radarsignale werden weiter von den Antennen des Bombers empfangen und an Bord verarbeitet, aber die Störsignale kommen jetzt von einem hundert Meter hinter dem Bomber hergeschleppten Robotersender. Dieses Scheinziel ist bei acht Zentimetern Durchmesser nur dreißig Zentimeter lang, aber es hat einen elektronisch regelbaren Radar- und Infrarotquerschnitt. Je nach Art der Bedrohung verändert das System automatisch die elektronische ›Größe‹ des Köders. Wird der Bomber vom feindlichen Radar nur gestreift, ist der nachgeschleppte Sender fast unsichtbar; wird er jedoch von einem Feuerleitradar erfasst, kann der Radar- und Infrarotquerschnitt mehrere hundert Male größer als der des Bombers gemacht werden.

In Stromlinienverkleidungen am Heck trägt die EB-1B Megafortress insgesamt acht Köder. Sollten die nachgeschleppten Scheinziele alle weggeschossen werden, kann sie weiterhin Düppel und Leuchtmittel ausstoßen. Dieses System erhöht ihre Überlebenschancen bei feindlichen Angriffen. Wir haben die herkömmlichen Düppel und Leuchtmittel nämlich durch kleine Sender ersetzt, die Fla-Lenkwaffen weit wirkungsvoller täuschen können. Und da dieses neue System vollautomatisch arbeitet, konnten wir den DSO ersatzlos wegfallen lassen.«

»Unglaublich, Earthmover, einfach unglaublich!«, rief Hayes. »Ich kann kaum fassen, dass wir in unserem Etat Geld für solche Umbauten und Verbesserungen gehabt haben sollen.«

»Das war verdammt schwierig, Sir«, gab Samson zu. »Wir haben die B-52 ausgemustert und ein Drittel der B-1B-Flotte vorläufig stillgelegt, um überhaupt Geld für Umbauten und Verbesserungen zu haben. Beschaffen Sie uns die nötigen Haushaltsmittel, dann können wir in weniger als zwölf Monaten eine Staffel B-1-Raketenkiller aufstellen.«

»In weniger als einem Jahr?«, wiederholte Hayes. »Wie zum Teufel soll das gehen?«

»Weil das HAWC sich in eine Schnorrerzentrale verwandelt hat, Sir«, antwortete Samson. »Wir reißen uns alle Geräte, die wir bekommen können, unter den Nagel. Die Megafortress haben wir nur mit Serienteilen aus dem Regal umgebaut – und manche dieser Regale waren schon verdammt staubig. So müssen wir heutzutage neue Waffensysteme entwickeln: Statt ein Raketenabwehrsystem auf einem weißen Blatt Papier zu konstruieren und dann aus Neuteilen zu bauen, sieht das HAWC sich in Depots und Instandhaltungsbetrieben nach brauchbaren Teilen um. Für alles Übrige sind dann Talent und Fantasie meiner Leute zuständig.«

»Wie sieht Ihr Vorschlag also aus, Earthmover?«, fragte Hayes gespannt.

»Ich schlage die Aufstellung einer schnell beweglichen Staffel zur Raketenabwehr vor«, erklärte Samson ihm eifrig. »Ich fahnde nach mindestens zehn Bombern B-1B, die auf die Ellsworth Air Force Base verlegt werden sollen – jeden Monat einer. Wir bauen die Flugzeuge um und bilden zugleich ihre Besatzungen aus. Mein Vorschlag: Wir holen uns die B-1B von der Nationalgarde und lassen sie von den eigenen Besatzungen fliegen. Wir schulen sie um, rüsten sie neu aus und schicken sie in ihre Heimatstaaten zurück, wo sie sich bereithalten sollen. So bleiben Anschaffungs-, Personal- und Unterhaltskosten gering.

Aber es wird entscheidend darauf ankommen«, fuhr Samson fort, »die richtigen Besatzungen für die neue Megafortress zu finden. Die Bomber werden ständig über feindlichem Gebiet operieren – praktisch vor der Nase der bösen Kerle. Sie müssen Jäger sein. Sie müssen sich über der Front herumtreiben, blitzschnell zustoßen, wenn irgendwo eine ballistische Rakete startet, und ebenso schnell wieder verschwinden. Wir müssen die aggressivsten, die mutigsten B-1-Piloten der gesamten Air Force zusammenholen. Ich meine, das müssen wirklich Männer sein, die weder Tod noch Teufel fürchten.«

General Hayes wirkte erstmals an diesem Tag besorgt. »Ich weiß nicht ob es solche Flieger – vor allem bei den Bomberverbänden – noch gibt«, meinte er. »Gerade dieser Bereich ist in den vergangenen sechs Jahren so unattraktiv geworden, dass es ein Wunder wäre, wenn wir noch Flieger aus Leidenschaft hätten.«

»Oh, die gibt's noch, Sir«, sagte Terrill Samson zuversichtlich. »Setzen Sie meinen Stellvertreter darauf an, der findet genau die Leute, die wir brauchen. Das sind dann harte Kerle, die nicht für Kinderposter taugen, sich aber nichts dabei denken, jederzeit mit einem zweihundert Tonnen schweren Bomber auf feindliches Gebiet vorzustoßen. Dafür sorgen wir.«

Das Gefühl von Stärke und Dringlichkeit, das Victor Hayes empfunden hatte, als er an diesem Morgen ins Cockpit der F-111 geklettert war, kehrte jetzt verstärkt zurück. Ausgelöst wurde es durch die Zielstrebigkeit, die von Terrill Samson und den auf diesem isolierten, geheimen Wüstenflugplatz stationierten Männern und Frauen ausging. Diese Leute fürchteten sich nicht davor, Unannehmlichkeiten zu bekommen, Trouble zu machen oder den Etat zu überziehen. Wichtig war ihnen nur ihr Job. Sie identifizierten ein Problem, erarbeiteten eine Lösung und bauten die für die jeweilige Aufgabe richtige Waffe. Sie verschwendeten nie einen Gedanken darauf, wie ihre Arbeit in einer Beurteilung, in einem Zeitungsartikel oder bei einer Rechnungsprüfung wirken würde.

»Also los, Earthmover!«, sagte Hayes aufgeregt. »Fangen Sie schnellstens damit an. Ich weiß noch nicht, wo ich das Geld auftreiben soll, aber ich kratze es irgendwie zusammen. Lassen Sie

McLanahan die Hardware und die Besatzungen finden, dann stehe ich voll und ganz hinter Ihnen. Ich denke, die Raketenheinis dieser Welt müssen sich darauf gefasst machen, von uns einen gewaltigen Dämpfer zu kriegen!«

Ausbildungszentrum der Nevada Air National Guard,
Reno; Nevada,
(später am gleichen Tag)

Oberstleutnant Rebecca »Go-Fast« Furness, Staffelchefin der 111th Bomb Squadron der Nevada Air National Guard, eine große, sportliche Gestalt mit dunkelbraunen Augen und braunen Locken, hatte die Intelligenz einer Ärztin, die Einstellung und Resolutheit einer Polizeibeamtin und das Aussehen eines Models. Aber im Mittelpunkt ihres Lebens hatte immer die Fliegerei gestanden. Männer, eine Karriere, ein gutes Leben und schöne Reisen… alles das machte Spaß, aber die Fliegerei war ihre einzige große Liebe.

Sie hatte ihr Studium an der University of Vermont als ROTC-Leutnant der Air Force abgeschlossen und dann die Flugschule auf der Williams Air Force Base in Arizona besucht, die sie 1979 als eine der Jahrgangsbesten absolviert hatte. Die Jahrgangsbesten, auch die Frauen, durften sich eine Verwendung aussuchen – solange die Frauen kein Kampfgeschwader wählten. Als subtile Form des Protests wählte Furness den Überschallbomber FB-111A Aardvark, gab sich aber mit einer KC-135 Stratotanker beim Strategic Air Command zufrieden, weil sie wusste, dass der Bomber niemals ernsthaft in Frage gekommen war. Sie nahm sich vor, allen zu beweisen, dass sie die besten Jobs verdiente, und zeigte rasch ihren Diensteifer und ihre außergewöhnlichen fliegerischen Fähigkeiten. Sie wechselte zu dem begehrten Tanker/Transporter KC-10A Extender über, der Militärversion des Verkehrsflugzeugs DC-10, wirbelte auch das dortige Programm durcheinander und wurde sehr schnell Flugzeugkommandantin und Fluglehrerin.

Das Unternehmen Wüstensturm sollte ihr Leben verändern. Rebecca Catherine Furness führte eine Rotte Tankflugzeuge KC-10 über Saudi-Arabien, als eine F-111 sich mit schweren Beschussschäden meldete. Der Bomber verlor so viel Treibstoff, dass seine Besatzung damit rechnete, in der nächsten halben Stunde über dem Irak aussteigen zu müssen. Furness stieß mit ihrer KC-10 über 100 Meilen weit auf feindliches Gebiet vor, wich Jägern und SAM-Stellungen aus, betankte den Bomber und gab seiner Besatzung die Chance, wenigstens den eigenen Luftraum zu erreichen.

Als Belohnung wurde Furness ein Traum erfüllt: Sie wurde die erste Kampfpilotin der U.S. Air Force. Sie kam als Reserveoffizier zum 394th Air Battle Wing in Plattsburgh, New York, und flog dort den Aufklärer/Jagdbomber RF-111G Vampire. Ihr Geschwader wurde als erste Einheit im Russisch-Ukrainischen Krieg eingesetzt, als die Vampires in die Türkei verlegt wurden, um mitzuhelfen, die Ukraine gegen russische Imperialisten zu verteidigen, die versuchten, die alte Sowjetunion mit Gewalt wiederherzustellen. Ihren Spitznamen »Go-Fast« verdiente sie sich dort durch viele mutige Flüge über die Türkei, das Schwarze Meer, die Ukraine und Russland – mit einem Angriff auf Moskau selbst.

Wenig später stellte die Air Force die Bomber RF-111 außer Dienst, aber sie wagte nicht, Rebecca Furness auszumustern. Sie hielt lange genug still, um das Air Command and Staff College und das Army War College zu absolvieren, und machte sich dann an die Erfüllung ihres nächsten Karriereziels: Kommandeur einer fliegenden Einheit zu werden. Nachdem sie in Texas eine Ausbildungsstaffel für B-1B Lancer befehligt hatte, wurde ihr ein Ausbildungsgeschwader angeboten, das in Arizona die T-38 Talon flog. Aber das passte ihr überhaupt nicht. Furness hatte von Ausbildungseinheiten genug und wollte endlich eine Kampfstaffel kommandieren.

Sie fand eine bei der Nevada National Air Guard. Als die Einheit ihre Transporter C-130 Hercules abgab und die dritte B-1B-Einheit der Air National Guard wurde, bewarb sie sich dort um einen Job. Sie war die weitaus qualifizierteste Bewerberin, und der Staat Nevada erfüllte ihr ihren lange gehegten Traum. Schon nach sehr kurzer Zeit gewann ihre Einheit die Proud Shield Bomb Competition und war die anerkannt beste Bomberstaffel der US-Streitkräfte. Zumindest bis vor kurzem.

»Sieh mal einer an!«, rief Oberstleutnant John Long, als Furness und er den B-1B-Simulator mit sechs Besatzungsmitgliedern betraten: zwei Neuen, einem DSO, einem OSO und zwei Simulator-Operatoren. »Sehen Sie, wer da sitzt, Boss? Unser Aussteiger!«

»*Was?*« Furness warf einen Blick auf den Mann, der im Simulator auf dem Pilotenplatz saß, und fühlte, wie ihr Herz jagte.

»Wir sollten ihm dazu gratulieren, dass er wieder aus dem Krankenhaus raus ist«, meinte Long sarkastisch. Die Temperatur in dem klimatisierten Raum schien um noch einige Grad zu sinken.

Furness zögerte, während Freude, Besorgnis und Angst zugleich auf sie einstürmten. Gewiss, ihre Träume, die erste Kampfpilotin der U.S. Air Force zu werden und als erste Frau eine Kampfstaffel zu führen, waren nicht nur in Erfüllung gegangen, sondern mehr als das – aber nun schien alles auseinander zu fallen. Seit dem B-1B-Absturz vor einigen Wochen, der zwei gute Männer das Leben gekostet hatte, war die 111th Bomb Squadron der Air National Guard einer Zerreißprobe ausgesetzt – und vor ihr im Simulator saß der Mann, dem alle die Schuld daran gaben.

Major Rinc »Rodeo« Seaver trug eine neue Fliegerkombi und hatte einen Kopfhörer aufgesetzt; nur sein auffällig kurz geschorenes Haar erinnerte noch an die vier Wochen, die er im Krankenhaus verbracht hatte, nachdem er im April aus seiner B-1B ausgestiegen war.

»Hi, Boss«, sagte Seaver, ohne mit dem aufzuhören, was er gerade tat. »Okay, Neil«, sagte er über die Bordsprechanlage, »jetzt noch mal Ziel drei mit den Fehlern Golf siebzehn und Echo zwanzig.«

»Was zum Teufel machen Sie hier, Seaver?«, fragte Furness scharf. »Sie sind noch zwei Wochen krankgeschrieben. Und was tun Sie im Simulator? Sie sind nicht dafür eingetragen.«

»Ich fühle mich wieder ziemlich gut, Boss«, sagte Seaver. Er bewegte versuchsweise seine rechte Schulter und bemühte sich, dabei nicht schmerzlich das Gesicht zu verziehen. Als der Schleudersitz ihn aus dem Bomber geschossen hatte, war er mit dieser Schulter an die Kante der oberen Ausstiegsluke geprallt, sodass er wild ins Trudeln geraten war. Dadurch hatte er beim Aussteigen wertvolle Höhe verloren, aber zum Glück hatte sein Fallschirm sich trotzdem noch ordnungsgemäß geöffnet. Seaver war an der Schulter operiert worden; anschließend hatte er sich drei Wochen lang von der Operation erholt und in der letzten Woche seines Krankenhausaufenthalts mit intensiver Krankengymnastik begonnen. Er musste noch jetzt täglich zur Krankengymnastik und schwamm jeden Tag mindestens zehn Bahnen. Aber er hatte nur einen Wunsch: möglichst schnell wieder fliegen zu dürfen.

»Die Rumhockerei ist mir langweilig geworden«, erklärte Seaver ihnen. »Ich konnte es zu Hause einfach nicht mehr aushalten. Also habe ich Neil angerufen, von ihm erfahren, dass die Kiste ein paar Stunden frei ist, und beschlossen, ein bisschen rumzuspielen. Wir haben mit verschiedenen Fehlfunktionen experimentiert, die bei meinem letzten Flug aufgetreten sein könnten, und ich glaube, dass ich jetzt weiß, was schief gegangen ist.«

John »Long Dong« Long, Operationsoffizier der Staffel und Furness' Stellvertreter, musterte Seaver finster. Arrogant wie immer, dachte er.

So wurde Rinc Seaver häufig eingeschätzt. Er war groß, schlank und drahtig, hatte ein knochiges Gesicht mit leuchtend grünen Augen, war in Nevada geboren und stammte aus einer Familie, die während der Weltwirtschaftskrise aus Wales eingewandert war. Seavers militärische Laufbahn war ein Muster an Hartnäckigkeit und Durchhaltevermögen, eine Serie von Höhen und Tiefen, die einem schwächeren Mann den Rest gegeben hätten. Er hatte von frühester Jugend an davon geträumt, eines Tages als Militärpilot die schnellsten Jets zu fliegen, und sich ausgemalt, wie er seine Staffel in einer entscheidenden Schlacht, die über das Schicksal von Nationen entscheiden würde, in den Kampf führen und sein Heimatland verteidigen würde.

Als Rinc Seaver zu dem Schluss gelangte, der Weg zur Erfüllung seines Traums führe über den Privatpilotenschein, begann er mit 14 Jahren zu arbeiten, um Flugstunden nehmen zu können. Sein 16. Geburtstag, an dem er den Schein ausgehändigt erhielt, war der glücklichste Tag seines jungen Lebens. Aber niemand klärte ihn rechtzeitig darüber auf, dass der Weg ins Cockpit der heißen Jets nicht über Flugstunden im Logbuch, sondern über gute Noten und gute Ergebnisse beim Eignungstest für Studienanfänger führte. In den Fachgebieten Technik und Luftrecht hätte er über jede Frage ein ganzes Lehrbuch schreiben können, aber in der Schule war er nicht einmal mittelmäßig. Seine Noten und Testergebnisse – er wiederholte den Eignungstest zweimal – raubten ihm jegliche Hoffnung, in die Air Force Academy aufgenommen zu werden.

Um die verlorene Zeit möglichst schnell wettzumachen, schrieb Seaver sich an der University of Nevada ein und verließ sie als Elektroingenieur. Er lehnte Stellenangebote von Dutzenden von Firmen in aller Welt ab – dass ein junger Ingenieur einen Berufspilotenschein hatte, kam nicht häufig vor –, bewarb sich stattdessen um Aufnahme in die Air Force Officer Training School auf der Maxwell Air Force Base in Alabama und wurde angenommen. Nach diesem 90-Tage-Lehrgang wurde er zur Flugausbildung zugelassen, was jeweils nur eine Hand voll OTS-Absolventen schaffte.

Er beendete die Ausbildung mit Bestnoten und gehörte zu den ersten Leutnanten, die vom Strategic Air Command ausgewählt wurden, um den begehrten Überschalljagdbomber FB-111A Aardvark zu fliegen. Als FB-111-Pilot gehörte er zu einer Elite – in der ganzen U.S. Air Force gab es weniger als 50 Aardvark-Piloten. Aber die SAC-Version des Jagdbombers F-111 wurde 1991 im Golfkrieg nicht eingesetzt, sodass Seaver sich nie im Kampf bewähren konnte. Und seine Laufbahn als FB-111-Pilot endete keine zwei Jahre später, als die Aardvarks als Opfer von Haushaltskürzungen ausgemustert wurden.

Da Seaver wegen des Stellenabbaus bei der Air Force nicht mehr Pilot sein konnte, ging er zur Aeronautical Systems Division auf der Wright-Patterson Air Force Base, wo er als Projektoffizier und Waffenkonstrukteur für die B-1B Lancer arbeitete. Er entwickelte eine ganze Anzahl fast futuristischer Waffen für den Bomber, die ihm in der gesamten Air Force Lob und Anerkennung als innovativer Konstrukteur einbrachten. Aber auch die Lancer war in Gefahr, formlos außer Dienst gestellt zu werden, und die Mittel für Modernisierungen und moderne Waffen wurden drastisch gekürzt. Seavers Posten wurde buchstäblich über Nacht abgeschafft. Er besuchte die Squadron Officer School und wurde zum Hauptmann befördert, aber seine Chancen für die militärische Karriere, die er sich ausgemalt hatte, standen schlecht.

Der junge Hauptmann ohne Planstelle und mit wenig Flugerfahrung aus jüngster Zeit kehrte nach Reno zurück und ging zur Nevada Air National Guard. Die Staffel in Reno gehörte zu den letzten Einheiten, die noch den Aufklärer RF-4 Phantom flogen, und Seaver sah dort eine Chance, wieder schnelle Jets zu fliegen. Aber seine Pechsträhne verfolgte ihn auch in Reno: die in die Jahre gekommene RF-4 stand auf der schwarzen Liste. Als seine Einheit Transportflugzeuge C-130 Hercules bekam, blieb Seaver, der enttäuscht, aber trotzdem glücklich war, wieder fliegen zu können, als Teilzeitpilot und flog wöchentlich ein bis zwei Einsätze vom Reno-Tahoe International Airport aus.

Zwischendurch arbeitete er in Reno als Fluglehrer und Charterpilot, erhielt die Lizenz als Verkehrspilot und sammelte rasch Hunderte von Stunden. Er nahm jeden Auftrag als Charterpilot an, den er bekommen konnte, achtete darauf, dass er genug Schlaf bekam, und arbeitete ebenso fleißig als C-130-»Müllkutscher«. Er absolvierte das Air Command and Staff College und verließ es als Master of Arts – zwei für Offiziere der National Guard sehr ungewöhnliche Leistungen. Alle hielten ihn für verrückt, weil er einem unerreichbaren Traum nachjagte: eines Tages in den aktiven Dienst zurückgeholt zu werden, um in der mythischen Luftschlacht zu kämpfen, von der er noch immer träumte.

Aber Rinc Seaver überraschte sie alle. Als die Air National Guard in Reno von der C-130 auf den Bomber B-1B Lancer umstieg, bewarb er sich für die Umschulung als B-1B-Pilot und wurde sofort akzeptiert und in eine Planstelle übernommen. Damit war er wieder in seinem Element und machte rasch Karriere. Er wurde drei Jahre vor der Mindestbeförderungszeit zum Major befördert und war für Normierung/Bewertung des Ausbildungsstands der Staffel zuständig. Außerdem gewann die noch junge 111th Bomb Squadron unter seiner Führung in dem alle zwei Jahre vom Air Command veranstalteten Bomberwettbewerb die LeMay, Dougherty, Ryan, Crumm und Fairchild Trophies. Als erste Einheit der Air Force Reserve und zweite B-1B-Staffel überhaupt errang »Aces High« die begehrte Fairchild Trophy.

Aber die meisten Flieger der Air National Guard in Reno neideten Seaver seine Beförderung und seinen Erfolg. Obwohl es in der Staffel keinen besseren Techniker und kaum einen besseren Piloten gab, sahen die meisten in ihm lediglich einen jungen, vorlauten, eingebildeten Major, dessen einziger Lebensinhalt das Fliegen war. Worauf bildete er sich überhaupt so viel ein? Er hatte verhältnismäßig wenig Flugzeit beim Militär, nicht viel Flugzeit an Bord der B-1B und keine Kampferfahrung. Manche der Piloten, die er prüfte und beurteilte, hatten Tausende von Flugstunden und waren im Golfkrieg im Einsatz gewesen. Aus ihrer Sicht war Rinc Seaver ein Außenseiter und würde stets einer bleiben – obwohl er in Nevada geboren war und die Staffel Aces High mit aufgebaut hatte. Sogar nach dem Gewinn des Bomberwettbewerbs war er in den Augen dieser Veteranen kein richtiger Flieger, sondern ein bloßer Systemoperator.

Rinc Seaver waren diese Kritiker scheißegal. Er arbeitete hart, um der Beste zu sein. Er tat seinen Dienst mit Begabung und hartnäckiger Entschlossenheit, wie er alles im Leben tat, und ließ sich unabhängig von Dienstgrad und Gesamtflugzeit von niemandem etwas gefallen. Selbst in der Nevada National Guard, in der Politik, Beziehungen und Herkunft fast so wichtig waren wie fliegerische Begabung und Diensteifer, versteckte Rinc Seaver – im Walisischen bedeutete sein Name »entschlossener Krieger« – sich vor niemandem. So geriet er in den Ruf, ein respektloser, tatkräftiger Einzelgänger zu sein, der jede Gelegenheit nutzte, um bis an die Grenzen des Möglichen zu gehen.

Jetzt saß er im B-1B Part-Task Trainer, einem B-1B-Simulator, mit einem Piloten- und einem OSO/DSO-Abteil nebeneinander in stationären, aber ansonsten völlig realistischen Cockpits, und ignorierte Longs finstere Blicke. »Passen Sie gut auf«, sagte er zu Furness, bevor er den Flug, der mit einem Absturz geendet hatte, erneut simulieren ließ. »Okay, Neil, es kann losgehen.« Furness unterdrückte ihre Gereiztheit und nickte ihm zu, er solle fortfahren. Der PTT stellte den Blick aus den Cockpitfenstern realistisch dar und hatte einen weit reichenden Radar- und Gefahrenspeicher, sodass die Besatzungen überall hinfliegen und realistische Bilder und Anzeigen vor sich hatten. An der Kontrollkonsole saßen ein Techniker und zwei Ausbilder. Bei jedem Simulatorflug konnten die Ausbilder Tausende von verschiedenen Szenarien einprogrammieren, die von einfachen Orientierungsflügen bis zu kompliziertesten Defekten unter Einsatzbedingungen reichten. Der Simulator war an sechs Tagen in der Woche 24 Stunden in Betrieb; seine »Gesamtflugzeit« war höher als die aller Maschinen der Staffel zusammen.

Das vom Computer erzeugte Bild vor den Cockpitfenstern zeigte eine weite Wüstenlandschaft, aus der zerklüftete Berggipfel aufragten. »Wir sind hier über dem Scud-ER-Gebiet auf Navy Fallon«, erläuterte Seaver. »Wir treffen zwei Ziele, aber die verdammten Quallen sind wieder mal unfair und lassen die Sender eingeschaltet, sodass wir denken, wir hätten sie verfehlt. Chappie ist stinksauer, weil er glaubt, alle Bedrohungen wirksam gestört zu haben, was er auch getan hat, aber die Scheißkerle von der Navy senden weiter, als wären sie nie getroffen worden.« Chappie war Al Chapman, der tödlich verunglückte Defense Systems Officer.

»Seaver …«

»Augenblick noch, Boss«, sagte der Major. »Wir fliegen also wilde Ausweichmanöver, um unseren Arsch zu retten. Alle sind sauer auf mich, weil sie glauben, wir hätten die beiden ersten Ziele verfehlt und ich täte nicht genug für die Verteidigung unseres Bombers. Das ist natürlich Bockmist – wir haben alle drei Ziele platt gemacht –, aber …« Seaver machte eine verlegene Pause, weil er sich selbst gelobt und die Toten kritisiert hatte. Er spürte die eisigen Blicke in seinem Nacken und wusste, dass die anderen, auch Furness, ihm das verübelten.

»Also, jedenfalls machen wir auch das dritte Ziel platt. Hundertprozentig. Aber direkt am Ausgang der Schlucht geraten wir in eine Falle mit einem Zeus-23 und Dutzenden von rauchenden SAMs, die auf allen Seiten um uns herumschwirren. Wir drehen nach links von der Falle ab. Wir sind nur zwohundert Fuß über Grund. Ich stelle die Bremsklappenschalter auf MANUELL, fahre die Klappen aus, nehme die Leistung zurück und ziehe die Maschine weiter mit zweieinhalb g herum. Dabei geht die Fahrt wie beabsichtigt weiter zurück. Klappenschalter wieder auf Normal, Bremsklappen eingefahren. Und jetzt kommt's!«

Die Darstellung vor den Cockpitfenstern zeigte den steilen Kurvenflug der B-1B, bei dem immer mehr Himmel durch graubraunen Erdboden ersetzt wurde. Seaver schob die Leistungshebel in Nachbrennerstellung nach vorn und drückte den Steuerknüppel nach rechts, aber dadurch änderte sich nichts – die Maschine blieb im Kurvenflug und sank weiter. Sekunden später schlug der Simulator mit einem Geräusch auf, das an Wile E. Coyote erinnerte, der in der Cartoonserie Road Runner nach einem Sturz aus großer Höhe einschlägt.

»Was wollen Sie damit beweisen, Seaver?«

»Ich weiß, warum wir abgestürzt sind, Boss«, antwortete er rasch. »Sehen Sie sich das an: über neunzig Grad Schräglage, unsere Fahrt geht weiter zurück ...«

»Das ist der Punkt, an dem ein Steuerwechsel eintritt«, erklärte Furness ihm. »Sie wissen, dass im TF-Modus Schräglagen über neunzig Grad vermieden werden sollen.«

»Aber sehen Sie sich die Bremsklappen an!«, drängte Seaver. »Genau wie vor ein paar Jahren bei dem Absturz am Powder River. Geringe Höhe, große Schräglage, enger Kurvenflug mit weiter ausgefahrenen Bremsklappen. Die Sinkgeschwindigkeit nimmt zu ...«

»Aber Sie haben gesagt, Sie hätten die Bremsklappen eingefahren.«

»Trotzdem müssen sie ausgefahren geblieben sein, Boss«, stellte Seaver fest.

Long verdrehte die Augen. »Das behaupten *Sie.*«

»Ich weiß, dass ich sie eingefahren habe«, sagte Seaver. »Aber sie sind nicht eingefahren worden oder haben in ausgefahrener Stellung geklemmt. Jedenfalls sind sie ausgefahren geblieben.«

»Ihr CITS hat aufgezeichnet, dass sie eingefahren waren«, erklärte Long ihm. Das Central Integrated Test System (CITS) war das Überwachungs, Aufzeichnungs- und Fehlersuchsystem der B-1B, das zugleich als Flugschreiber fungierte. Es war so massiv geschützt, dass es selbst einen Absturz mit nachfolgendem Brand überstehen konnte. Auch das CITS-Modul von Seavers B-1B war geborgen worden, und Spezialisten der Luftwaffe hatten seine Aufzeichnungen erfolgreich ausgewertet.

»Ich glaube, dass irgendwas passiert ist, das verhindert hat, dass die Bremsklappen eingefahren oder zumindest rechtzeitig eingefahren wurden«, wandte Seaver ein. »Überall sind rauchende SAMs herumgeschwirrt – vielleicht ist eine in den Bremsklappenschacht geraten und hat ihn blockiert. Dann hätte das CITS sie als eingezogen registriert, obwohl sie in Wirklichkeit weiter ausgefahren waren. Nur so lässt sich unser Absturz logisch erklären.«

Um sich herum sah er nur ausdruckslose Mienen und feindselige Blicke.

Rinc Seaver wusste, dass er mit seiner Argumentation auf taube Ohren stieß. Da er das Aussteigen der Besatzung mit ihren Schleudersitzen erst eingeleitet hatte, als die B-1B sich längst in einem unkontrollierten Flugzustand befand, gaben ihm alle die Schuld am Tod der beiden Männer.

Als das allgemeine Schweigen peinlich zu werden begann, wandte Rebecca Furness sich an die Systemoffiziere und Simulator-Operatoren hinter ihnen und sagte: »Lasst uns bitte einen Augenblick allein, Jungs.«

Seaver stemmte sich aus dem Pilotensitz hoch. »Wenn Sie mich kurz entschuldigen, Boss, gehe ich schnell mal austreten; danach stelle ich die Simulatordaten zusammen und gebe sie ans Air Combat Command weiter. Wir müssen unseren Befund von unabhängiger Seite bestätigen lassen, bevor wir ihn der Unfalluntersuchungsstelle zuleiten können.«

»Sie wollen Ihren eigenen Arsch retten, indem Sie den Toten die Schuld geben, was, Seaver?«, fragte Long halblaut, aber doch so laut, dass die anderen Staffelangehörigen ihn verstehen mussten. Furness runzelte unwillig die Stirn.

Der Pilot ließ sich nicht anmerken, wie sehr ihn diese Unterstellung verletzte. »Der Unfall ist nun mal passiert, John«, sagte er lediglich. »Durch ein technisches Versagen. Das lässt sich nachweisen.« Die Mienen der anderen blieben jedoch skeptisch.

Eine halbe Minute später waren Furness und Long mit Seaver allein. »Sie sind also heute beim Fliegerarzt gewesen?«, fragte Furness. »Was hat er gesagt?«

Seaver zog ein Blatt Papier aus der Tasche und faltete es stolz auseinander. »Er hat mich flugtauglich geschrieben«, berichtete er. »Ich weiß, dass unsere Staffel sich auf die Einsatz-Zertifizierung vorbereitet. Mir ist natürlich klar, dass ich viel nachholen muss, aber ich weiß, dass ich rechtzeitig wieder in Übung sein kann, um mich mit dem Rest der Staffel wieder zu qualifizieren.«

Furness schüttelte missbilligend den Kopf, als sie das Flugtauglichkeitszeugnis las. Der Fliegerarzt hatte Seaver uneingeschränkt flugtauglich geschrieben, obwohl der Pilot noch Krankengymnastik machen musste. Normalerweise bedeutete diese Bestätigung, dass ein Besatzungsmitglied keine Medikamente mehr erhielt und offenbar nicht an emotionalen oder psychologischen Folgen des Absturzes litt. Für Seaver war noch wichtiger, dass er mit dieser Bescheinigung in der Hand wieder für die Einsatz-Zertifizierung üben durfte.

Die Einsatz-Zertifizierung war der beste Maßstab für die Kampfbereitschaft einer Staffel. Die Bomberstaffeln der Air National Guard waren nur »Ersatzeinheiten«, keine ständig alarmbereiten Staffeln der ersten Linie. Wurden die Bomber gebraucht, würde ihre Staffel, die sonst dem Chef des Verwaltungsamts der Nevada National Guard unterstand, der U.S. Air Force unterstellt und einem aktiven Bombergeschwader »zugeschlagen« werden. Die Besatzungen würden ihre Maschinen auf den künftigen Einsatzstützpunkt, der in den Vereinigten Staaten oder in Übersee liegen konnte, überführen müssen, und die Besten konnten damit rechnen, tatsächlich Einsätze zu fliegen, wenn Mangel an USAF-Besatzungen herrschte. Um zu beweisen, dass sie zur vollen Integration in die Air Force taugte, wurde die Staffel jährlich zweimal auf die Ellsworth AFB in South Dakota oder die Dyess AFB in Texas verlegt, um in einer 14-tägigen anstrengenden Übung ihre Einsatzfähigkeit unter Beweis zu stellen.

Wer dabei durchfiel, musste damit rechnen, aus der Staffel entlassen zu werden. Fielen zu viele Besatzungen durch, konnte die ganze Staffel außer Dienst gestellt werden. Die 111th Bomber Squadron war bereits mit einem dicken Minuspunkt belastet: Seavers Absturz. Versagte bei der Einsatz-Zertifizierung auch nur eine einzige Besatzung, konnte dies das Ende der Staffel bedeuten.

Furness wechselte einen Blick mit Long, bevor sie Seaver das Blatt Papier zurückgab. »Sie wissen, dass Sie nicht zum Fliegerarzt gehen dürfen, um sich Ihre Flugtauglichkeit bescheinigen zu lassen, ohne zuvor meine Erlaubnis einzuholen«, erklärte sie dem Piloten.

Seaver kniff irritiert die Augen zusammen. »Nein, das hab ich nicht gewusst, Boss. Diese Information muss ich unter ›Ist mir doch scheißegal‹ abgelegt haben, falls ich sie jemals bekommen habe.«

»Seien Sie kein Klugscheißer, Seaver.«

»Aber ich bin nicht zum Doc gegangen, um mir irgendwas bescheinigen zu lassen – ich war wegen einer Routineuntersuchung bei ihm. Er hat gefragt, wie ich mich fühle, mich auf Herz und Nieren untersucht und dann gesagt, seiner Ansicht nach könnte ich wieder fliegen. *Er* hat mir dieses Tauglichkeitszeugnis ausgestellt. Ich hab ihn nicht darum gebeten. Wenn Ihnen das nicht passt, ist das sein Problem, nicht meines.« Seaver musterte seine Staffelchefin, dann fragte er: »Das klingt fast so, als wollten Sie nicht, dass ich wieder fliege oder an der Vorbereitung zur Einsatz-Zertifizierung teilnehme. Gibt's da irgendein Problem, Boss?«

»Eigentlich nicht, Seaver«, antwortete Furness. »Mir gefällt's nur nicht, Sie hier drinnen zu sehen, während Sie sich erholen sollten.«

»Mir geht's wieder gut, Beck«, versicherte Rinc ihr. »Ich kann diese Rumhockerei nicht mehr ertragen.« Er betrachtete erst sie, dann den finster dreinblickenden Long. »Sonst noch was, Leute?«

»Sie könnten uns endlich den *wahren* Grund für Ihren Absturz erzählen, Seaver«, verlangte Long eisig.

»Wie bitte?«, fragte der Pilot ungläubig. »Was zum Teufel soll das heißen?«

»Sie wissen genau, was ich meine, Seaver«, sagte Long. »Das Wrack und die Leichen sind noch warm, und Sie wollen bereits ein neues Flugzeug und eine neue Besatzung ...«

»Diese ›Leichen‹ waren meine *Freunde,* Long Dong«, stellte Seaver empört fest.

»Und auch meine«, sagte Long. »Aber ich finde, dass Sie keine neue Chance verdienen, bevor Sie uns genau erklären, was dort draußen wirklich passiert ist.«

»Wie ich Ihnen und der Untersuchungskommission gesagt habe«, antwortete Seaver, »sind wir plötzlich in Schwierigkeiten geraten. Wir wollten möglichst schnell von den SAMs abdrehen. Ich habe die Bremsklappen ausgefahren, um Fahrt wegzunehmen und steiler einkurven zu können. Ich gebe zu, dass die Schräglage über fünfundvierzig Grad betragen hat, aber ich hatte den Terrainfolgemodus abgeschaltet und habe die Maschine mit Erdsicht selbst geflogen. Wären wir in Wolken gewesen, hätte ich den TF-Modus eingeschaltet gelassen und mich auf fünfundvierzig beschränkt. Aber wir wurden angegriffen, verdammt noch mal! Dann habe ich versucht, in den Geradeausflug überzugehen, aber das war nicht mehr möglich. Ich wusste, dass irgendwas nicht in Ordnung war, deshalb habe ich den Befehl zum Aussteigen gegeben …«

»Den Teufel haben Sie getan!«, widersprach Long.

Der Pilot funkelte ihn an, nickte dann aber doch. »Okay, vielleicht habe ich vergessen, den Befehl zu geben«, gab er zu. »Aber der Bomber ist im Steilflug abgeschmiert, wir waren zweihundert Fuß über Grund, und das TF-System hat versucht, die Maschine im Rückenflug hochzuziehen. Ich wollte eingreifen, aber das hat nicht geklappt. Als mir das klar wurde, habe ich nicht mehr lange nachgedacht. Ich habe nur noch reagiert.«

»Da haben Sie verdammt Recht: Sie haben nicht überlegt, sondern Scheiße gebaut«, warf Long ihm vor. »Sind Sie überhaupt nicht auf die Idee gekommen, unsere gelben Warnleuchten einzuschalten?« Unter kontrollierten Ausstiegsbedingungen konnten die Piloten die gelbe Warnleuchte VORBEREITEN ZUM AUSSTEIGEN und die rot blinkende Aufforderung AUSSTEIGEN einschalten. Im Flug waren die Schleudersitze aller Besatzungsmitglieder auf AUTO eingestellt. Damit bewirkten Pilot oder Kopilot durch ihr Aussteigen, dass auch alle übrigen Besatzungsmitglieder aus dem Bomber geschossen wurden.

»Nein. Dafür war keine Zeit.«

»Wissen Sie, was ich glaube, Seaver?«, fragte Long verbittert. »Ich glaube, dass Sie einfach die Nerven verloren haben. Sie sind unter Beschuss von der Navy geraten, Sie waren desorientiert und hatten Schiss, deshalb sind Sie in Panik geraten und haben sich rausgeschossen.«

»Wir sind abgeschmiert, wir waren kurz vor dem Absturz, und ich dachte, ich könnte die Maschine retten.«

»An dem Absturz waren *Sie* schuld, Seaver!«

»Nein, das stimmt nicht!«, rief der Pilot aus. »Ich habe nachgewiesen, was passiert ist. Ich habe versucht, die Maschine aufzurichten, aber sie ist im Kurvenflug geblieben. Ich wusste, dass sie nicht mehr zu retten war, und bin ausgestiegen. Ich habe mein Bestes getan.«

»Sie haben diesen Unfall verursacht, Seaver! Der einzige Grund für diesen Absturz war Ihre Dummheit!«

»John …«, warf Furness halblaut ein, als versuche sie – nicht sehr überzeugend – Long aufzufordern, die Diskussion zu beenden.

»Sie müssten Flugverbot kriegen, Seaver«, ereiferte Long sich und tippte mit dem Zeigefinger auf die Brust des Piloten. »Sie müssten unehrenhaft entlassen werden. Man müsste Sie in Ihren verdammten *Hintern* treten!«

»Versuchen Sie's doch, wenn Sie sich trauen, Long!«

»Schluss damit, John«, sagte Furness – diesmal energisch. Sie warf ihrem Stellvertreter einen strengen Blick zu. »Wer schuld war oder nicht, können wir hier nicht feststellen. Wenn die Untersuchungskommission in ein paar Tagen ihren Bericht vorlegt, wissen wir alle, was wirklich passiert ist.« Sie musterte den Piloten mit finsterem Blick und schüttelte den Kopf. »Aber das Problem, vor dem wir jetzt stehen, hat mit Vertrauen zu tun, Seaver. Wer wird Ihnen in Zukunft vertrauen, selbst wenn die Kommission bestätigt, dass der Unfall nicht Ihre Schuld war? Wer wird noch mit Ihnen fliegen wollen? Und falls Sie Flugverbot bekommen – wer traut Ihnen dann noch zu, einen Einsatz richtig zu planen oder eine Einsatzbesprechung abzuhalten?«

»Was zum Teufel soll das heißen?«

»Das soll heißen, dass Sie dieser Staffel beweisen müssen, dass Sie's schaffen können, dass Sie Befehle ausführen können, dass Sie im Team mitspielen können, statt immer nur an sich zu denken.«

»Sie wissen verdammt gut, dass ich Teil dieser Staffel sein kann, Beck! Ich …«

»Halten Sie die Klappe, und hören Sie mir jetzt zu«, unterbrach Furness ihn. »Ich entlasse Sie nur, wenn ich von höherer Stelle angewiesen werde, das zu tun, oder den Eindruck habe, Ihr weiteres Verbleiben könnte Einsatzwillen und Leistung der Staffel beeinträchtigen. Auf beide Situationen habe ich keinen Einfluss. Sie müssen selbst beweisen, dass Sie's verdienen, mit Aces High zu fliegen.«

Furness griff nach dem Flugtauglichkeitszeugnis, zeichnete es ab und gab es ihm zurück. »Sie können wieder fliegen, Seaver – unsere Personaldecke ist zu dünn, als dass wir es uns leisten könnten, Sie noch zwei Wochen untätig herumsitzen zu lassen. Aber ich bestehe darauf, dass Sie sich einer theoretischen und praktischen Überprüfung durch einen Sachverständigen unterziehen: schriftlich, mündlich, im Simulator und bei einem Überprüfungsflug.«

»Kein Problem, Boss«, sagte Seaver zuversichtlich. »Ich habe schon mit der Flugplanung gesprochen und mir eine Maschine mit Besatzung reservieren lassen. Bis zum Wochenende bin ich so weit.«

»Das will ich hoffen«, sagte Furness warnend. Long schüttelte den Kopf und schnaubte, als wollte er »unmöglich!« sagen, aber beide wussten, dass der einzige Pilot der Staffel, der sich in kaum einer Woche auf eine theoretische und praktische Überprüfung vorbereiten konnte, Rinc Seaver war. »Kommen Sie durch, können Sie an unseren Vorbereitungen für die Einsatz-Zertifizierung teilnehmen – aber ich lasse Sie nicht zur Wiederqualifikation zu, bevor ich der Überzeugung bin, dass Sie klar im Kopf und uneingeschränkt verwendungsfähig sind.«

»Hey, geben Sie mir 'ne Chance, Boss«, verlangte Seaver. »Ich bin wieder auf dem Laufenden und in Übung, bevor die Einsatz-Zertifizierung beginnt. Ich will nur eine Chance, mich wieder zu qualifizieren.«

»Um Sie mache ich mir keine Sorgen, Seaver«, wehrte Furness ab. »Ich mache mir Sorgen um den Zusammenhalt dieser Staffel, wenn wir die Zertifizierung nicht schaffen. Ich entscheide, welche Besatzungen dafür qualifiziert sind, und vorläufig glaube ich nicht, dass Sie rechtzeitig wieder fit sind.«

»Aber …«

»Tun Sie mir einen Gefallen, Seaver, halten Sie die Klappe und hören Sie mir zu. Die gesamte Staffel ist in diesen letzten Wochen durch die Hölle gegangen. Wir alle leiden – nicht nur Sie. Aber was sehen wir jetzt? Sie sind hier und erfinden abwegige Ausreden für den Absturz.«

»Das sind keine abwegigen Ausreden, Boss. Ich denke, dass ich weiß, warum …«

»Sie kapieren's einfach nicht, was? Vielleicht haben Sie die Absturzursache entdeckt, vielleicht auch nicht. Im Augenblick wollen wir nicht wissen, ob jemand versagt hat. Wir brauchen nur die Zuversicht, dass alles wieder in Ordnung kommt, und dazu müssen alle beitragen – vor allem auch Sie. Statt sich Sorgen darüber zu machen, wie Sie Ihren kostbaren Ruf wiederherstellen können, sollten Sie darüber nachdenken, was *Sie* dazu beitragen könnten, der Staffel zu helfen, wieder auf die Beine zu kommen.«

»Was zum Teufel soll ich denn machen, Boss?«, fragte Seaver. »Soll ich jeden umarmen, der mir über den Weg läuft? Soll ich Tee und Plätzchen servieren und mich nach dem Befinden jedes Einzelnen erkundigen? Soll ich mich öffentlich auspeitschen?«

»Tun Sie, was Sie tun müssen, damit diese Staffel weiß, dass Sie einer von uns sind, Seaver«, antwortete Furness. »Gelingt Ihnen das, normalisiert sich irgendwann wieder alles. Schaffen Sie's nicht, ist unsere Auflösung unvermeidlich. Denken Sie darüber nach, Seaver. Und jetzt verschwinden Sie gefälligst und fahren nach Hause.«

Seaver schien noch etwas sagen zu wollen, aber dann wandte er sich ab und verließ wortlos den Simulatorraum.

Long sah ihm kopfschüttelnd nach. »Verdammte Ratte«, sagte er. »Der Kerl bleibt bei seiner lahmarschigen Story.«

»Halten Sie sich ein bisschen zurück, Long Dong«, forderte Furness ihn auf. »Ob er's allein schafft, wird sich zeigen. Schafft er's nicht, kann ich nur hoffen, dass er nicht die ganze Staffel mitreißt.«

Amtszimmer des Luftwaffenministers,
Pentagon, Washington, D.C.
(später am gleichen Tag)

»Ich stecke mitten in den Vorbereitungen für ein großes Manöver in Übersee«, stellte Luftwaffenminister Stuart Mortonson aufgebracht fest, »und jetzt legen Sie mir dieses Ei ins Nest. Hoffentlich haben Sie eine verdammt gute Begründung dafür, General Hayes.« Dies war einer der Tage, fand Mortonson, an dem der Job des zivilen Chefs der jüngsten US-Teilstreitkraft eine absolut undankbare Aufgabe war.

Mortonson, ehemals Dekan an der Stanford University und stellvertretender kalifornischer Gouverneur, hatte sein Amt im Pentagon als Dank dafür erhalten, dass er bei der letzten Präsidentenwahl mitgeholfen hatte, Martindale den Sieg in Kalifornien zu sichern. Die Position brachte der kalifornischen Luft- und Raumfahrtindustrie viele neue Aufträge und kalifornischen Instituten und Universitäten reichlich Forschungsmittel, was zwei gute Gründe dafür waren, dass Mortonson dafür aufgebaut wurde, als Senator oder Gouverneur zu kandidieren. Aber abgesehen von einigen Reden und ein paar Standortbesuchen war vom Luftwaffenminister kaum etwas zu hören oder zu sehen – außer etwas ging schief. Dann kannte jeder seinen Namen.

Als Erstes war im April der Absturz eines Bombers B-1B in Nevada passiert. Tatsächlich war das kein Flugzeug der U.S. Air Force, sondern ein Bomber der Nevada Air National Guard gewesen, aber in der Öffentlichkeit verfing solche Haarspalterei von Anfang an nicht – der Absturz war und blieb ein Problem der Luftwaffe. Die Navy protestierte gegen das fahrlässige Verhalten der Besatzung, beschwerte sich über die vielen Verstöße gegen die Sicherheitsvorschriften und verlangte, die Luftwaffe solle ihr Personal besser einweisen. Mortonson ließ die Tiraden des Marineministers und des Chefs der Operationsabteilung der Kriegsmarine über sich ergehen, erduldete die strafenden Blicke des Verteidigungsministers und versprach allen laut, dieser Sache auf den Grund zu gehen und ein paar Leuten in den Hintern zu treten.

Aber jetzt war eine neue Kontroverse entbrannt, an der wieder die Navy beteiligt war. Während einer angemeldeten Waffenerprobung über dem Pazifik hatten sich einige höchst merkwürdige Dinge ereignet, und die daran beteiligten Air-Force-Angehörigen, darunter General Hayes, der Chef des Führungsstabs der Luftwaffe, äußerten sich sehr, *sehr* zurückhaltend darüber. Die Navy, die einige Schiffe im Übungsgebiet gehabt hatte, beschwerte sich wieder und warf der Luftwaffe vor, einen neuen Gefechtskopf – vielleicht sogar einen Kernsprengkopf – in einem Übungsgebiet der U.S. Navy in unmittelbarer Nähe ihrer Schiffe getestet zu haben, ohne die zuständigen Stellen rechtzeitig zu warnen und entsprechende Sicherheitsvorkehrungen zu veranlassen.

Weniger als eine Stunde nach der Erprobung hatte General Hayes den Luftwaffenminister in einer E-Mail um eine sofortige abhörsichere Video- oder Telefonkonferenz gebeten. Aber Mortonson war nicht im Ministerium und hatte keinen Zugang zu einem abhörsicheren Telefon. Als Hayes dann wenige Stunden später ins Pentagon kam, bat er um eine sofortige Besprechung mit dem Minister und Generalmajor Gregory Hammond, der das Air National Guard Bureau leitete. Hammonds Amt war die Schnittstelle zwischen Luftwaffenminister und Chef des Führungsstabs der Luftwaffe auf der einen Seite und den Gouverneuren und den Chefs der Verwaltungsämter der Staaten mit Einheiten der Air National Guard auf der anderen. Unterdessen hatte die Beschwerde der Navy schon Wellen geschlagen, deshalb verschob Mortonson widerstrebend seine Abreise und setzte diese Besprechung an.

Natürlich musste das alles während der Vorarbeiten zu einem der größten Manöver das Jahres passieren: Team Spirit 2000 sollte in weniger als zwei Monaten anlaufen. Die Übung Team Spirit, oft ein Zankapfel bei Friedensgesprächen zwischen Nord- und Südkorea, hatte sich zum größten gemeinsamen Manöver im Pazifik entwickelt. Im Rahmen dieser dreiwöchigen Übung sollten Land-, See- und Luftstreitkräfte der Vereinigten Staaten, Südkoreas und Japans ihr Zusammenwirken bei unterschiedlichen Bedrohungsszenarien und über weite Gebiete hinweg erproben und demonstrieren.

Dieses Jahr sollte Japan erstmals gleichberechtigt daran teilnehmen, statt sich mit einer Beobachter- oder Unterstützerrolle zu begnügen. Da das Land in einer tiefen Rezession steckte und weiter unter den Folgen des Kernwaffeneinsatzes im Hafen Yokusuka vor drei Jahren litt, wurde alles Menschenmögliche getan, um Japan an großen Verteidigungsübungen im Pazifik zu beteiligen. Damit sollte verhindert werden, dass das Land wieder in Isolationismus und extrem antiamerikanischen Nationalismus verfiel. Die Verbannung aller US-Kriegsschiffe aus japanischen Häfen und die Drohung, die US-Stützpunkte in Japan zu schließen, waren bedrohliche Hinweise darauf, dass diese Gefahr tatsächlich existierte.

Etwa ein Jahr nach der Detonation – bei der nur eine Hand voll Japaner verwundet oder getötet worden und die Sachschäden auf japanischer Seite gering geblieben waren –, hatte Japan angefangen, in Russland High-Tech-Rüstungsmaterial zu kaufen, als gäbe es das Zeug dort im Sonderangebot. So beherrschten jetzt Abfangjäger MiG-29 und Jagdbomber Suchoi Su-33 aus russischer Produktion neben in Amerika gebauten Abfangjägern F-15 den Himmel über Japan. Das war ein deutlicher Hinweis darauf, dass Japan aufrüsten und einen größeren Teil der eigenen Verteidigung übernehmen wollte – und das sofort. Die von einem wirtschaftlich labilen, ultranationalistischen und wiederbewaffneten Japan möglicherweise ausgehende Gefahr wurde in Washington sehr ernst genommen.

Um zu versuchen, eine geschlossene Front zu präsentieren, würde Ellen Christine Whiting, die Vizepräsidentin der Vereinigten Staaten, mit den Ministern für die Teilstreitkräfte und hohen US-Militärs einige der wichtigsten militärischen Einrichtungen der ausländischen Manöverteilnehmer besichtigen. Natürlich war das nicht der eigentliche Grund für Mortonsons Teilnahme an dieser Reise; in Wirklichkeit sollte er versuchen, die Japaner dazu zu überreden, nicht so viel russische Hardware, sondern wieder mehr amerikanisches Material zu kaufen. Zu diesem Zweck konnte Mortonson mit gemeinsamen Projekten, Lizenzabkommen, finanziellen Anreizen, zinslosen Krediten und Zusagen für Militärhilfe locken – mit allem außer direkter Bestechung, nur damit Japan wieder in Amerika einkaufte.

Mortonson stand bereits unter Druck. Er konnte es nicht brauchen, dass die eigenen Leute ihm noch mehr graue Haare, Falten im Gesicht und vergrößerte Tränensäcke unter den Augen verpassten.

»Der Verteidigungsminister, der Sicherheitsberater des Präsidenten, der CIA-Direktor und der Chef der Operationsabteilung der Navy wollen mich alle skalpieren!«, brüllte Mortonson, sobald Hayes die Tür seines Amtszimmers hinter sich geschlossen hatte. »Was zum Teufel hat es dort draußen gegeben, General?«

Als Hayes es ihm erzählte, bekam Stuart Mortonson Angst. Gewiss, er war auch erstaunt, zornig, ungläubig – aber vor allem ängstlich.

Der Luftwaffenminister war von Beruf Politiker und Bürokrat, nicht Ingenieur, Wissenschaftler oder Soldat wie manche seiner Vorgänger. Der Politiker in Mortonson sagte ihm, diese Sache sei für die Regierung – von der Air Force ganz zu schweigen – so gefährlich, dass die Gegner des Präsidenten vielleicht nicht einmal mehr bis zu den Wahlen im November stillhalten würden – sie konnten alle innerhalb weniger Tage arbeitslos sein. Zu einem Zeitpunkt, an dem die Bedrohung der Sicherheit Amerikas am größten war und die Bereitschaft und Fähigkeit der US-Streitkräfte, einen richtigen Krieg zu führen, als sehr gering eingeschätzt wurden, konnten Weißes Haus und Pentagon nichts weniger brauchen als einen ungenehmigten Test irgendeiner neu entwickelten Waffe.

»General Hayes, ich hoffe, dass Sie sich darüber im Klaren sind, was Sie getan haben«, sagte Mortonson finster.

»Natürlich bin ich mir darüber im Klaren«, antwortete der General. »Ich bin auch bereit, Sie über die Ergebnisse des Tests zu unterrichten.«

»Sind Sie bereit, Ihren Job zu verlieren? Ihre Karriere beendet zu sehen?«, fragte Mortonson. »Damit müssen Sie – und vermutlich auch ich – nämlich rechnen, wenn ich das Weiße Haus und die Vereinten Stabschefs über diese Sache informiere. Die explodieren, sage ich Ihnen!«

»Sir, das Ding funktioniert«, stellte Hayes fest. »Damit besitzt die Air Force ein funktionierendes System zur Abwehr ballistischer Raketen. Denken Sie mal einen Augenblick nicht an den Plasmafeld-Gefechtskopf, Sir. Kein Schaden, kein Unrecht. Die Navy weiß nach wie vor nicht, was für einen Gefechtskopf wir eingesetzt haben, und bekommt es meiner Überzeugung nach auch nicht heraus, wenn sie's nicht von jemandem gesagt kriegt.«

»Sie kommen mir mit diesem ›Kein Schaden, kein Unrecht‹-Scheiß, Victor?«, fragte Mortonson ungläubig. »Ich soll mich vor den Präsidenten und die Vereinten Stabschefs hinstellen und etwas wie ›kein Schaden, kein Unrecht‹ sagen? Sind Sie übergeschnappt?«

»Nein, Sir, Sie sollten lieber berichten, dass wir das System zur Raketenabwehr besitzen, das Weißes Haus und Kongress so dringend gefordert haben«, antwortete Hayes gelassen. »Generalleutnant Terrill Samson vom HAWC hat ein von Flugzeugen transportiertes System zur Abwehr ballistischer Raketen vorgeführt, das fast so wirkungsvoll wie der Flugzeuglaser ist und binnen weniger Monate einsatzbereit sein kann. Sie haben mich angewiesen, eine Möglichkeit zu finden, den Flugzeuglaser aus dem Etat zu finanzieren – dies ist die Methode. Ich schlage respektvoll vor, Sir, dass Sie die Navy zum Teufel schicken.«

»Ich fürchte, dass man uns zum Teufel schicken wird, General«, stellte der Minister fest. Er machte eine Pause und starrte kurz aus dem Fenster. »Das war unser Übungsgebiet, nicht wahr?«

»Das Übungsgebiet wird von der Navy verwaltet, und ein Marineoffizier hatte die Oberleitung«, erklärte Hayes ihm, »aber wir haben dafür bezahlt.« Mortonson schloss die Augen und schüttelte irritiert den Kopf. »Sir, wir haben für das Übungsgebiet mit allem Zubehör *bezahlt*«, sagte Hayes empört. »Wir haben für die Schiffe bezahlt, wir haben für die Zielraketen bezahlt, wir haben für die Fla-Lenkwaffen bezahlt, und wir hätten für etwaige Unfallschäden aufkommen müssen. Die Navy hat darauf bestanden, dass wir die volle finanzielle Verantwortung übernehmen. Meiner Ansicht nach waren wir daher berechtigt, das Übungsgebiet beliebig zu nutzen.

Außer dem Verbot, ihre Schiffe mit Lenkwaffen zu überfliegen, hat die Navy uns keinerlei Beschränkungen in Bezug auf die zu erprobenden Waffen auferlegt. Wir haben angemeldet, welche

Lenkwaffen wir einsetzen würden, und haben nur die gemeldeten Waffen eingesetzt – allerdings zwei mit Plasmafeld-Gefechtsköpfen. Alle Kriegsschiffe waren weit außerhalb des Wirkungsbereichs der Gefechtsköpfe, den wir genau kannten, weil das zu den Vorzügen dieser Gefechtsköpfe gehört. Die Navy kennt sie sehr gut, weil sie vorhat, sie für ihre Raketenabwehrsysteme Aegis Modell eins und Modell zwei zu verwenden. Die Tests waren völlig ungefährlich. An Bord der Schiffe war kein Mensch gefährdet, das weiß die Navy genau.«

»Mit dieser Argumentation lügen Sie sich selbst in die Tasche, General«, sagte der Luftwaffenminister. »Diese Sache kostet uns Kopf und Kragen. Wie weit waren die Detonationen von den nächsten Schiffen entfernt?«

Hayes sah in sein Notizbuch. »Die Patriot ist nach dreißig Meilen Flug in vierundsiebzigtausend Fuß abgefangen worden – also über zwölf Seemeilen hoch«, antwortete er. »Der Startprahm war über neun Meilen vom nächsten Kriegsschiff entfernt. Bei der Detonation des Gefechtskopfs hat sich dort nicht einmal das Wasser gekräuselt. Die USS *Grand Island* hat keinerlei Strahlung entdeckt, bis sie direkt über den Nullpunkt gelaufen ist und Wrackteile des Prahms geborgen hat, und die gemessene Radioaktivität hat weit unter der Gefahrenschwelle gelegen. Das nächste Handelsschiff war dreiundzwanzig Meilen weit entfernt.«

Hayes war erleichtert, dass Mortonson wieder nüchtern zu denken schien. Gut, dachte er, vielleicht ist er doch nicht bereit, kampflos aufzugeben. »Also gut, General«, entschied Mortonson schließlich, »ich stehe in dieser Sache hinter Ihnen. Als Erstes brauche ich ausführliche Informationen über den Plasmafeld-Gefechtskopf und die Lenkwaffen, die Sie eingesetzt haben. Bestimmt werden sie uns allen an den Kragen gehen, aber ich denke, ich kann verhindern, dass es uns den Kopf kostet.«

»Danke, Sir«, sagte Hayes aufatmend.

»Danken Sie mir nicht zu früh, General – wenn der Marinechef oder das Weiße Haus wollen, dass ein paar Köpfe rollen, sind Sie, ich und Samson dran. Wir sind noch keineswegs über den Berg. Was ich gesagt habe, bedeutet nur, dass Sie einen Fürsprecher haben. Aber unter Umständen nützt das überhaupt nichts.«

»Darf ich dann einen Vorschlag machen, Sir?«, fragte Hayes. »Ich würde Ihnen raten, nicht mit dem Hut in der Hand aufzutreten.«

»Wie denn sonst, General?«

»Sir, wir haben heute Morgen ballistische Raketen in der Startphase abgeschossen«, sagte Hayes. »Wir haben genau die Waffe gebaut, die wir bauen sollen. Das ist ein Sieg, kein Misserfolg! Ich glaube, dass Army und Navy das genau wissen oder zumindest vermuten. Diesen Erfolg müssen wir nutzen! Wir sind bereit, die Einsatzerprobung der neuen ›Coronet Tiger‹ zu beginnen.«

Luftwaffenminister Mortonson schüttelte leicht verwirrt den Kopf. Dieses Programm kannte er sehr gut: Dass er sich nachdrücklich für das teure, umstrittene Waffensystem eingesetzt hatte, hatte ihn fast die Bestätigung seiner Ernennung zum Minister gekostet. »Coronet Tiger« war der geheime Deckname des neuen Air-Force-Systems zur Raketenabwehr, das mit dem Flugzeuglaser beginnen und zu dem im Weltraum stationierten Lasersystem Skybolt ausgebaut werden sollte.

Aber in diesem Zeitalter gemeinsamer Entwicklungen mussten alle Teilstreitkräfte »eingebunden« sein, sonst wurde nie etwas genehmigt. Der Flugzeuglaser war der einzige Beitrag der Luftwaffe zu dem 50 Milliarden Dollar teuren System zur Raketenabwehr; ihre Entwürfe und Pläne – und die Haushaltsmittel – für den im Weltraum stationierten Laser hatte sie an die Navy abgeben müssen.

»Das verstehe ich nicht, General«, knurrte er irritiert. »Coronet Tiger ist tot.«

»Auch für seine Wiederbelebung können Sie General Samson im HAWC verantwortlich machen, Sir«, sagte Hayes. »Das von einer B-1B gestartete Raketenabwehrsystem ist in Samsons Labor entwickelt worden. Er will ein Dutzend Bomber B-1B mit der Lancelot ausrüsten und zu einer Raketenabwehrstaffel zusammenfassen. Gleichzeitig mit der Lancelot wird ein Marschflugkörper gestartet, damit nicht nur die feindlichen Raketen, sondern auch ihre Abschussrampen vernichtet werden, und die Lancelot kann sogar Satelliten bekämpfen. Schnell einsetzbar, schwer zu bekämpfen, zuverlässig, kostengünstig und effektiv. Ich habe eine ausführliche Dokumentation mitgebracht und kann Ihnen und den Vereinten Stabschefs jederzeit einen Vortrag darüber halten.«

»Ausgeschlossen, General«, wehrte Mortonson ab. »Das wird jetzt auf keinen Fall genehmigt. Selbst wenn es mir gelingt, das Schlimmste abzuwenden – wovon ich noch keineswegs überzeugt bin –, ist es völlig ausgeschlossen, dass das Verteidigungsministerium die Mittel für eine neue Staffel B-1B als Waffenträger bereitstellt. Scheiße, wir können von Glück sagen, wenn wir Dreamland weiter betreiben und vielleicht sogar diese Lenkwaffen behalten dürfen.«

»Samson hat bereits ein Organigramm und einen Haushaltsvorschlag ausgearbeitet«, erklärte Hayes ihm. »Er will eine Bomberstaffel der Air National Guard übernehmen. Wir würden uns die Kosten für Umrüstung, Ausbildung, Wartung und Stationierung mit der Guard teilen. Das klingt alles recht gut durchdacht, Sir. Ich glaube, es würde sich lohnen, sich seinen Vorschlag näher anzusehen.«

Mortonson warf Hayes einen finsteren Blick zu, dann sah er zu General Gregory Hammond hinüber. »Haben Sie diese Zahlen schon gesehen, Greg?«

»Ja, Sir«, antwortete Hammond. Er zuckte gleichmütig mit den Schultern. »Die Sache könnte funktionieren. Das Waffensystem ist technisch sehr anspruchsvoll, deshalb könnten die Staaten sogar darum konkurrieren, die Staffel zu bekommen. Kansas, Georgia, Nevada – alle drei können es sich leisten, in die Umrüstung der Bomber zu investieren. Eine dringend benötigte neue Technologie, Arbeitsplätze, später vielleicht ein Ausbildungszentrum für die erste Einheit, die damit ausgerüstet wird – die Bundesstaaten sehen darin durchaus eine Einnahmequelle. Und alle drei Staaten haben in ganz Amerika bekannte Abgeordnete und Senatoren, deshalb werden Interesse und Nachrichtenwert sehr hoch sein.«

»Wer bietet die besten Voraussetzungen?«

»Schwer zu beurteilen, Sir, aber ich tippe auf Nevada«, sagte Hammond. »Außer dem Reno-Tahoe Airport gibt's dort zwei mögliche Standorte: Tonopah und die alte Tuscarora Air Force Base am Battle Mountain. Beide Flugplätze haben erstklassige Start- und Landebahnen, Rollwege, Vorfelder und Munitionslager –

lediglich die Gebäude und die Infrastruktur müssten renoviert werden, wofür Nevada nach unseren Vorgaben aufkommen würde.«

»Die Nevada Air National Guard, was?«, fragte Mortonson. »Die Bomberstaffel mit B-1B in Reno? Die hat nicht nur *keine* Aufwertung verdient, sondern müsste vermutlich sogar *aufgelöst* werden. Wie lautet der letzte Stand der Unfalluntersuchung?«

»Die Sachverständigen gehen jetzt von einem Pilotenfehler aus – und der Bomber könnte von einer Übungsrakete getroffen worden sein«, antwortete Hammond. »Die Besatzung wollte in engster Kurve von einer ›feindlichen‹ Luftabwehrstellung abdrehen. Das Untersuchungsergebnis ist noch vorläufig, weil viele neue Informationen dazugekommen sind, aber der vermutliche Ablauf hat sich in zwei B-1B-Simulatoren demonstrieren lassen.«

»Was hat den Absturz verursacht?«

»Die Missachtung einer Warnung im Betriebshandbuch«, erwiderte Hammond. »Der Abschlussbericht liegt erst in ein paar Tagen vor, Sir, aber die Besatzung scheint in geringer Höhe eine Kurve mit über sechzig Grad Schräglage geflogen zu haben – vielleicht sogar mit über neunzig Grad. Diese Schräglage hat bewirkt, dass das Terrainfolgesystem den Bomber automatisch hochziehen wollte. Gleichzeitig hat die Besatzung versucht, noch langsamer zu werden, noch mehr Fahrt wegzunehmen …«

»Noch langsamer?«, fragte der Luftwaffenminister. »Warum? Ist das nicht gefährlich?«

»Nein, weil die B-1B im Langsamflug wendiger ist«, warf Hayes ein. »Diese Wendegeschwindigkeit errechnet die Besatzung für Flughöhe und Gesamtgewicht der Maschine während des jeweiligen Bombenangriffs. Geht sie mit der Fahrt weit genug herunter, kann sie enger drehen, ohne ein Überziehen befürchten zu müssen.« Er machte eine Pause, überlegte kurz und sagte dann: »Der Bomber muss mit Triebwerken im Leerlauf und maximaler g-Belastung in der Kurve gelegen haben. Dann hat diese Besatzung die Bremsklappen ausgefahren, um noch schneller Fahrt wegzunehmen. Aber ausgefahrene Bremsklappen verringern die Querstabilität der Maschine, deshalb darf die Schräglage laut Betriebshandbuch höchstens fünfundvierzig Grad betragen.«

»Die von der Staffel vorgebrachte Theorie geht davon aus, dass mindestens eine der kleinen Raketen aus Papiermaché, mit denen die Navy Fla-Raketen simuliert, in die Bremsklappen geraten sind, die daraufhin nicht mehr voll eingefahren werden konnten«, fuhr Hammond fort.

»Und?«, fragte Mortonson.

»Das ist von Marineoffizieren auf dem Übungslände bestätigt worden«, berichtete Hammond. »Sie haben nicht damit gerechnet, dass der Bomber so eng wegkurven würde, sondern geglaubt, ihr Feuer läge weit von dem Bomber weg. Nach ihren Beobachtungen könnten einige der simulierten Fla-Raketen die B-1B getroffen haben. Kombiniert man das mit geringer Eigengeschwindigkeit, dem Steuerwechsel, durch den der Luftwiderstand weiter anwächst, und geringer Flughöhe, war der Unfall fast unvermeidlich. Eine Rakete aus Papiermaché verbrennt natürlich spurlos, sodass am Absturzort kein Hinweis darauf zu finden war. Unsere Sachverständigen, die sich mit diesem Szenario befasst haben, halten es bisher für die wahrscheinlichste Erklärung.«

»Unter dem Strich hat die Besatzung also versagt«, stellte Mortonson verbittert fest. »Das ist inakzeptabel. Völlig unannehmbar.«

»Das kann den besten Besatzungen passieren, Sir«, stellte Hayes nüchtern fest. »In der Hitze des Gefechts müssen sie instinktiv reagieren. Meistens tun sie dann, was sie in der Ausbildung gelernt haben, und kommen mit heiler Haut davon. Diesmal war's eben anders.«

»Damit lasse ich mich nicht abspeisen, General«, sagte Mortonson scharf. »Dass Maschinen im Einsatz verloren gehen, ist verständlich. Aber der Verlust eines zweihundert Millionen Dollar teuren Bombers bei einer Übung unter besten Wetterbedingungen ist inakzeptabel.«

»Fliegt man tief und schnell, kann der kleinste Fehler tödlich sein«, antwortete der Stabschef. Hayes hatte viele gute Freunde durch Abstürze verloren – er wusste, dass das selbst den Besten passieren konnte. »Der Ausbildungsstand unserer Besatzungen ist hoch. Und diese vier Männer waren die beste Bomberbesatzung der Air National Guard – eine der besten Crews weltweit. Sie waren aggressiv und ...«

»Sie haben Mist gemacht, General«, unterbrach Mortonson ihn. »Mir ist's egal, wie aggressiv sie waren oder wie viele Trophäen sie gewonnen haben. Irgendwas ist schief gegangen. Irgendjemand hat versagt. Im Krieg ist das verständlich – aber im Frieden? Nein. Wir haben Vorschriften, nicht wahr, General? Wir haben Bestimmungen für solche Übungsflüge? Die Besatzungen sind angewiesen, nicht an die äußersten Grenzen zu gehen, stimmt's? Natürlich sollen sie ihr Bestes geben, aber sie werden nicht ermutigt, das Letzte zu riskieren, nur um bei einer Übung Sieger zu bleiben, nicht wahr, General?« Als Hayes zögerte, schien der Luftwaffenminister kurz davor zu sein, vor Wut zu platzen. »Nun? Habe ich Recht, General?«

»Ja, Sir, die Besatzungen kennen die Übungsbestimmungen«, antwortete Hayes. »Aber beide Seiten verhalten sich so, als herrsche Krieg. Sie setzen alle ihre Fähigkeiten und Erfahrungen ein, um den Sieg zu erringen ...«

»Das habe ich gemerkt«, sagte Mortonson sarkastisch. »Das erinnert mich daran, wie Samson und Sie heute diesen Stunt mit dem Plasmafeld-Gefechtskopf vorgeführt haben. Sie tun alles, was Sie für nötig halten, um den Sieg davonzutragen, nicht wahr? Aber ich glaube, dass Sie sich diesmal mit dieser Denkweise reingeritten haben.

General, hier hat nicht eine unserer Besatzungen, sondern unsere Ausbildung versagt, was ein Versagen der Führung darstellt«, fuhr Mortonson fort. »Nach Ihrem heutigen Stunt auf dem Übungsgelände der Navy wundert mich nicht mehr, dass Ihre Besatzungen dieselbe Einstellung haben. Siegen um jeden Preis, stimmt's, General? Scheiß auf die Vorschriften, wenn nur die Bomben im Ziel liegen, stimmt's?«

»Sir, ich bin der höchste Offizier der United States Air Force«, sagte General Hayes steif. »Ich bin für jeden Einzelnen der mir unterstellten Männer und Frauen verantwortlich, auch in der Air National Guard und der Reserve. Brauchen Sie ein Opferlamm, Sir, bin ich Ihr Mann.«

»Verdammt noch mal, General, ich garantiere Ihnen, dass unser aller Köpfe auf dem Hackklotz liegen«, schnaubte Mortonson. »Ihr Kopf wird nur als Erster rollen.« Er war sich darüber im Klaren, dass er Hayes auf der Stelle hätte entlassen sollen, bevor der Kongress und das Weiße Haus wissen wollten, weshalb er so lange gezögert hatte. Aber er konnte es nicht tun. Hayes war im Unrecht, völlig im Unrecht … aber aus völlig richtigen Gründen.

Und er hatte das Waffensystem Coronet Tiger. Die wirklichen Systeme zur Abwehr ballistischer Raketen – der Flugzeuglaser, das Aegis Modell drei der Navy und der im Weltraum stationierte Laser Skybolt – würden frühestens in vier bis fünf Jahren einsatzbereit sein. Der Kongress war wegen der Verzögerungen, Fehlschläge und Kostenüberschreitungen so frustriert, dass er kurz davor war, das gesamte Programm zu streichen oder – noch schlimmer – ein schlechteres System zu beschaffen.

Dieses Lancelot-System konnte ihre Rettung sein – selbst vor den Folgen der Tatsache, dass sie auf einem Übungsgelände der Navy ohne Vorwarnung einen subnuklearen Sprengkörper gezündet hatten.

Mortonson wechselte das Thema. »Weshalb eine Staffel der Air National Guard, General? Weshalb keine aktive Einsatzstaffel?«

»Aus finanziellen Gründen, Sir«, antwortete Hayes. »Vorläufig wird das Projekt noch aus den ›schwarzen‹ Forschungsmitteln finanziert, die das HAWC zur Verfügung hat. Brad Elliott hat genügend Schuldscheine und ungedeckte Schecks ausgestellt, um eine Hand voll seiner Schöpfungen in die Luft zu bringen – das war eben seine Methode. Aber Terrill Samson will sie nicht imitieren. Er weiß, dass er nicht den Auftrag hat, taktische Einheiten aufzustellen, sondern Hardware zu testen. Erhält er die entsprechende Genehmigung, übergibt er seine Waffen der von uns bestimmten Einheit und bildet sie auch aus. Andernfalls wandert alles wieder in die Regale zurück, aus denen es gekommen ist.«

»Wollten wir eine auf Raketenabwehr spezialisierte Einsatzstaffel, müssten wir eine Staffel umrüsten oder eine Staffel neu aufstellen, was beides Zeit und Geld kosten würde«, stellte Mortonson fest.

»Ziehen wir dazu die Air National Guard heran, beteiligen wir die Bundesstaaten an den Kosten des Programms, Sir«, erklärte Hammond ihm. »Die Staaten übernehmen den größten Teil der Kosten – für die Flugplätze, die Personalkosten und die täglichen

Ausbildungs- und Unterhaltskosten. Wir stellen ihnen die Flugzeuge zur Verfügung, bezahlen die Modernisierung und übernehmen die Kosten der Zertifizierung der Besatzungen nach unseren Normen. Gliedert der Präsident die Staffel im Ernstfall in die Air Force ein, zahlen wir den Staaten eine im Voraus festgelegte Entschädigung. Mit diesem Deal können alle zufrieden sein.«

»Aber wenn General Samson für die Air Guard plädiert, denkt er vor allem an ihr Leistungsniveau«, warf Hayes ein. »Auf den Punkt gebracht: Diese Einheiten sind gut. Der Ausbildungs- und Übungsstand ihrer Besatzungen ist ebenso hoch wie bei Einsatzstaffeln der Air Force. Die Staffel, die den Bomber verloren hat, hat den letzten Bomberwettbewerb gewonnen. Es gibt keine besseren Besatzungen.«

»Woher zum Teufel kommt das?«

»Die Air Guard ist eine ganz andere Welt, Sir«, antwortete General Hammond. »Dort fliegen zu dürfen, gilt als besonderes Privileg, fast wie die Mitgliedschaft in einem exklusiven Klub. Der Wettbewerb ist größer, weil weniger Posten zu besetzen sind, und die Air Guard kann es sich leisten, nur die Allerbesten zu nehmen. Jeder einzelne Bewerber wird vom Chef des Verwaltungsamts und dem Gouverneur persönlich ausgewählt. Viele Angehörige der Air Guard tun über Jahre hinweg Dienst in derselben Staffel und fliegen dort dieselben Maschinen. Im Gegensatz zum Personal der Einsatzstaffeln werden sie nicht alle paar Jahre entwurzelt und müssen sich kaum Sorgen um ihre Beförderung oder zukünftige Verwendung machen. Da sie jedes Jahr konkurrieren müssen, um ihre Jobs zu behalten, sind sie aggressiv. Sie sind auf ganz andere Art stolz auf ihre Einheit als die Besatzungen von Einsatzstaffeln; sie fühlen sich in erster Linie als Vertreter ihrer Heimatstadt, ihres Heimatstaats.«

»Sie kennen die vielen kritischen Stimmen, die sich dagegen erheben, dass Guard- und Reserveeinheiten solche Flugzeuge fliegen, nicht wahr?«, fragte Mortonson Hayes. »Hochleistungsmaschinen überfordern Teilzeitflieger, heißt es immer wieder. Was halten Sie davon? Sollten wir das Bomberprogramm der Air National Guard abschaffen?«

»Sie wissen, dass dieses Gerede Unsinn ist, Sir«, antwortete

Hayes. »Das sind nur Ersatzeinheiten, keine Einsatzstaffeln. Diese Leute arbeiten hart und üben viel, aber sie sind kein Äquivalent zu Einsatzstaffeln. Sie existieren, damit wir Reservekräfte mobilisieren können, die binnen Wochen oder Monaten einsatzbereit sind. Die Vor- und Nachteile liegen auf der Hand. Es kostet weniger Geld, diese Leute und ihre Flugzeuge einsatzfähig zu erhalten, aber dafür dauert jede Mobilmachung länger, weil ihr Bereitschaftsstand natürlich geringer ist.«

»Sie haben mir eine politisch korrekte Antwort gegeben, Victor«, sagte Mortonson, »aber ich möchte hören, was *Sie* persönlich davon halten. Ist es vernünftig, diesen Teilzeitfliegern schnelle Jets anzuvertrauen?«

»Sie fliegen diese schnellen Jets seit Jahren, Sir«, erwiderte Hayes. »Reservepiloten fliegen ungefähr ein Drittel aller Einsätze der Air Force. Auf manchen Gebieten, zum Beispiel beim Objektschutz, sind es *hundert* Prozent. Es gibt nur zwei Waffensysteme, die sie nicht fliegen: Stealthbomber und Stealthjäger – aber das liegt nur daran, dass wir nicht allzu viele dieser Maschinen haben.«

Mortonson funkelte Hayes an. »Verdammt noch mal, wann bekomme ich von Ihnen eine klare Auskunft, General?«, blaffte er. »Halten Sie es für eine kluge Entscheidung, eine kluge Investition, Air Guard und Reserve Maschinen wie den Bomber B-1B fliegen zu lassen?«

»Ja, Sir, das tue ich«, sagte Hayes nachdrücklich. »Ich bin ein überzeugter Anhänger des Konzepts vom Bürger in Uniform. Mir ist es lieber, wenn begabte, erstklassig ausgebildete Leute nach ihrer aktiven Dienstzeit noch ein paar Jahre in Guard- oder Reserveeinheiten weiterfliegen, statt vom Zivilsektor aufgesogen zu werden, in dem sie ihre speziellen Fähigkeiten nicht nutzen können. Air Guard und Reserve konservieren einen großen Teil der vielen hunderttausend Dollar, die uns die Ausbildung jedes einzelnen Besatzungsmitglieds kostet – würde er nach seinem Ausscheiden aus dem aktiven Dienst nicht bei ihnen weiterfliegen, wäre unsere gesamte Investition verloren.«

Mortonson wog dieses Argument sorgfältig ab. »Wahrscheinlich haben Sie Recht«, sagte er nickend. »Aber diese Frage ist ohnehin zu brisant, als dass wir sie jetzt aufgreifen sollten. General, über Ihren Vorschlag, eine Staffel eigens zur Abwehr ballistischer Raketen aufzustellen, entscheide ich irgendwann später. Vorerst werden wir alle Hände voll zu tun haben, um die Vereinten Stabschefs, den Verteidigungsminister und den Präsidenten davon zu überzeugen, dass wir keine wild gewordenen Irren sind, die diesen Planeten in einen atomaren Holocaust stürzen wollen…«

»Sir, bevor Sie nein sagen, möchte ich aufzählen, was wir bereits haben«, warf Hayes rasch ein. »Wir haben genügend Waffen, Avionik, Übungsmaterial und Ersatzteile, um zwei weitere Flugzeuge auszurüsten. Dieses Zeug ist alles schon gekauft und bezahlt. Erhält Terrill Samson die Genehmigung und entsprechende Mittel, kann er binnen drei Monaten zwei weitere Lancelot-Flugzeuge ausrüsten – und binnen eines Jahres zehn weitere. Ich schlage vor, dass wir ein paar Flugzeuge und Besatzungen zusammensuchen und die Sache ausprobieren. Klappt sie, ist bereits ein Anfang gemacht, wenn Sie dann weitermachen wollen.«

Mortonson zögerte, was bei diesem für blitzschnelle Entscheidungen bekannten Mann ein gutes Zeichen war. »Die Flugzeuge und ihre Besatzungen kommen alle aus der Air National Guard?«

»Wir haben schon eine Kandidatenliste aufgestellt«, bestätigte General Hammond, »und können das Auswahlverfahren sofort anlaufen lassen. Wir brauchen nur noch Ihr Einverständnis.«

Mortonson zögerte erneut, dann nickte er. »Also gut, lassen Sie vorerst den Umbau von vier Flugzeugen planen. Aber seien Sie darauf gefasst, alles ins Regal zurücklegen zu müssen, wenn der Verteidigungsminister oder das Weiße Haus nein sagen.« Die Generale Hayes und Hammond nickten. »Weil wir gerade von der Air National Guard reden – wie sieht der jetzige Status der Bomberstaffel der Nevada Guard aus?«

»Die Staffel ist mit fünf bemannten Flugzeugen, einem mit unvollständiger Besatzung und einer Reservemaschine voll einsatzbereit«, berichtete General Hammond. »Die fünf Besatzungen haben Reservestatus, was bedeutet, dass sie einberufen, als Ersatz verwendet oder binnen sechzig Tagen uneingeschränkt einsatzfähig ausgebildet werden können. Gegenwärtig bereitet die Staffel sich auf ihre Einsatz-Zertifizierung in ein paar Wochen vor.«

»Besteht sie, bleibt sie – fällt sie durch, ziehen wir ihr den Stöpsel raus«, stellte der Luftwaffenminister nüchtern fest. »Wir können es uns nicht leisten, Geld für ineffektive Einheiten zu vergeuden, selbst wenn der Staat Nevada einen großen Teil der Kosten trägt.«

»Sir, ich denke, dass diese Staffel der Nevada Air National Guard aus genau den Leuten besteht, die wir für unsere neue Staffel zur Raketenabwehr suchen«, warf Hayes ein. »Für diese Aufgabe brauchen wir erfahrene, hoch motivierte Besatzungen, die ...«

»Kommt nicht in Frage, Victor!«, unterbrach Mortonson ihn und winkte unwillig ab. »Zum Wohl unseres Haushalts hoffe ich ehrlich gesagt, dass sie bei der Einsatz-Zertifizierung durchfallen. Legen wir sieben B-1B Bomber auf Eis, sparen wir jedes Jahr ein paar Milliarden Dollar. Für den Rest der Truppe könnte das sogar eine nützliche Warnung sein – seht zu, dass ihr euren Scheiß in Ordnung bringt, sonst seid ihr bald arbeitslos.«

»Die Botschaft an die Truppe ist bestimmt unmissverständlich, Sir«, sagte Hayes. »Die Truppe wird sicher Folgendes verstehen: ›Seid nicht aggressiv, riskiert nichts, denn wer einen Fehler macht, kriegt einen Tritt in den Hintern und fliegt raus!‹«

»Meine Botschaft, dass jeder fliegt, der seinen Scheiß nicht in Ordnung bringt, gilt für Kommandeure ebenso wie für Mannschaftsdienstgrade«, stellte Mortonson eisig fest. »Für General Samson und Sie vermutlich sogar doppelt. Wer etwas riskiert, muss bereit sein, die Konsequenzen zu tragen. Das ist alles.«

2

South Rock Boulevard,
Reno, Nevada
(einige Tage später)

Obwohl die Nevada Air National Guard in Reno einen sehr hübschen Dinner Club hatte, der allen offen stand – sogar einen der elegantesten Amerikas –, ließen die Angehörigen der 111th Bomb Squadron sich dort praktisch nur zu offiziellen Anlässen sehen. Als die Air National Guard vor vielen Jahren noch den Aufklärer RF-4 Phantom flog, hatten Staffelangehörige eine heruntergekommene kleine Bar mit Spielsalon »adoptiert«, die am South Rock Boulevard am alten Cannon Airport lag, der jetzt zum Reno-Tahoe International Airport geworden war.

Die Bar hieß eigentlich »Quarry« (Steinbruch), weil sie in der Nähe einer kleinen Kiesgrube lag, aus der Sand und Kies für den Bau der neuen Start- und Landebahnen gefördert worden war, aber diesen Namen benutzte kein Mensch. Alle Flieger kannten sie nur als »Zielstudium«. Das lieferte eine praktische und überzeugende Ausrede oder Erklärung, wenn jemand wissen wollte, wo irgendein Staffelangehöriger sich gerade aufhielt: »Er ist beim Zielstudium« oder »Ich bin in den nächsten paar Stunden beim Zielstudium.« Da sie in Flughafennähe lag, stiegen Besatzungsmitglieder auch gern die Treppe zu ihrem Flachdach hinauf, um die Flugzeuge starten und landen zu sehen.

Dies war das erste Mal seit dem Unfall, dass Rinc Seaver wieder in der Bar war. Vorn im Lokal gab es sechs Tische, einige Sitznischen, mehrere Kartentische, ein paar Spielautomaten und Video-Poker-Geräte und die Bartheke. Im Lauf der Jahre war es mit Fotos, Büchern, Abzeichen und sonstigen Erinnerungsstücken von Einheiten der Air National Guard, die in Reno stationiert waren, und Besuchern aus aller Welt geschmückt worden. Jeder neue Gast musste seinen oder ihren Namen an die Wand schreiben, wobei die meisten sich für die Toilette des anderen Geschlechts entschieden. Autogramme auf der Bartheke blieben VIPs oder hohen Offizieren vorbehalten. Wer das Pech hatte, das Lokal mit einer Krawatte oder Mütze zu betreten, bekam sie abgeschnitten oder weggenommen; an den Deckenbalken hing eine riesige Sammlung solcher Trophäen.

Hinter der Bar, oben im Regal mit den teuren Spirituosen, sah Rinc ein vollständiges Betriebshandbuch für die B-1B stehen, das bestimmt auf dem neuesten Stand war. Daneben standen die Betriebshandbücher aller Flugzeugmuster, die die Nevada Air National Guard seit ihrer Gründung im Jahr 1946 geflogen hatte: Jäger P-39, P-40, P-51, T-33 und F-86, Aufklärer RB-57, RF-101 und RF-4, Transporter C-130 Hercules, alle ebenso perfekt aktualisiert. Nach hinten hinaus lag das Billardzimmer mit Spielautomaten, Videospielen, Zeitungen und Computern. Zutritt hatten nur Angehörige aller Dienstgrade der Staffel Aces High.

Martina – ihren Nachnamen wusste niemand – stand wie üblich hinter der Theke. Sie gehörte praktisch zum Inventar ihres Lokals, in dem sie eindeutig das Kommando führte. Martina wog über 110 Kilo und hätte hier ebenso gut den Rausschmeißer spielen können. Gerüchteweise hieß es, manche Piloten beglichen hohe Zechschulden, indem sie Martina an Bord ihrer Flugzeuge schmuggelten. Sie kam angeblich auf über 100 Stunden in der RF-4 Phantom, obwohl man sich kaum vorstellen konnte, wie sie sich in den Sitz gequetscht haben sollte.

»Hey, Rodeo«, begrüßte sie Seaver, als habe sie ihn erst gestern gesehen, und schenkte ihm ein großes Glas Diet Cola ein. Martina kannte den Dienstplan so gut wie die Besatzungen; sie wusste immer, wann jemand weniger als zwölf Stunden bis zum nächsten Start hatte, und servierte ihm dann keinen Alkohol mehr. Wehe dem Flieger, der sich dagegen aufzulehnen versuchte!

Rinc sah sich in der Bar um, nahm die vertraute Atmosphäre in sich auf. Das Lokal hatte keine Klimaanlage und roch nach Staub und abgestandener Luft, aber es war trotzdem gemütlich –

fast wie die alte Funkbude seines Vaters im Keller von Rincs Elternhaus.

Sein Blick fiel auf die Totentafel hinter der Theke. Dort hingen die Fotos aller Angehörigen der Staffel Aces High, die in den letzten 54 Jahren tödlich verunglückt waren. Rinc stellte fest, dass jemand die Fotogalerie um die Bilder seiner toten Kameraden ergänzt hatte. Tatsächlich handelte es sich um ein Gruppenfoto, das die gesamte Crew ihrer B-1B nach dem Gewinn der Fairchild Trophy vor dem Bomber zeigte …

… aber Rinc war aus der Aufnahme herausgeschnitten.

Er starrte das Foto wie gelähmt an. Eigentlich logisch, dass man ihn herausgeschnitten hatte – schließlich war er nicht tot –, aber alle übrigen noch lebenden Crewmitglieder waren *nicht* herausgeschnitten, und dass seine Staffelkameraden gerade dieses Foto an die Totentafel gehängt hatten, erfüllte ihn mit Unbehagen. Alle anderen Aufnahmen waren Einzelfotos, auch in Fällen, wo ganze Besatzungen tödlich verunglückt waren. Das war so, als sei ihm etwas Schlimmeres zugestoßen als der Tod – als sei er ausgeschlossen, geächtet. Die anderen hatten ihn bewusst eliminiert, als wollten sie ihn daran erinnern, dass er einen Absturz überlebt hatte, den er eigentlich nicht hätte überleben dürfen.

Rinc hatte sich noch keinen Platz gesucht, aber Martina nahm ihm die Wahl ab, indem sie sein Glas und eine Schale Salzbrezeln zu einer der Sitznischen hinübertrug. Sie wählte den Tisch, der am weitesten von der Tür des Hinterzimmers entfernt war. Er betrachtete erst die geschlossene Tür, dann Martina. Ihr Gesichtsausdruck beantwortete alle seine Fragen: Ja, im Hinterzimmer waren einige Angehörige der Staffel Aces High; ja, ihre Staffelchefin Rebecca Furness war ebenfalls da … und nein, er war dort drinnen nicht willkommen.

»Kein Grund zur Sorge, Rodeo«, sagte sie mit ihrer kratzigen Raucherstimme. »Lass ihnen Zeit. Irgendwann nehmen sie dich wieder auf.«

»Zeit ist ausgerechnet etwas, das ich nicht habe, Marty«, erklärte Rinc ihr.

»Denk jetzt an nichts anderes als deinen morgigen Überprüfungsflug«, forderte sie ihn auf. Sie kannte den Dienstplan immer so gut, als stünde sie auf dem Verteiler der Operationsabteilung. »Du beweist ihnen einfach, was du kannst. Du bist kein Angehöriger der Aces High, weil sie dich ins Hinterzimmer lassen. Du gehörst dazu, weil du hast, was man dafür braucht.«

Sie merkte, dass Rinc wieder zur Totentafel hinübersah. »Vergiss das auch, Rodeo.« Aber sie bot ihm nicht an, das Foto von der Wand zu nehmen. Das hätte sie ohnehin nicht gekonnt. Die Totentafel war sakrosankt. Auch wenn ein Anschlag verletzend oder sogar rachsüchtig war, durfte niemand, nicht einmal Martina, es wagen, ihn auch nur anzurühren.

»Hat dieses Arschloch Long Dong das Foto aufgehängt?«

»Long Dong ist echt ein Arschloch. Aber du darfst dich nicht von ihm ärgern lassen.« Rinc fiel auf, dass sie seine Frage nicht beantwortet hatte. »Hör mir jetzt gut zu, mein Junge«, sagte sie und tippte ihm mit einem wurstartigen Zeigefinger an die Brust. »Trag deinen Kopf hoch wie ein Mann und schäm dich nie wegen irgendwas, das jemand über dich sagt – auch wenn's eine verdammte Lüge ist. Merk dir das!« Und dann ließ sie ihn allein.

Rinc breitete seine Betriebshandbücher, Luftfahrtkarten und Zielunterlagen vor sich aus und wollte sie ein letztes Mal durchgehen, aber die Wörter und Bilder verschwammen vor seinen Augen. Er ließ die Unterlagen auf dem Tisch liegen – Martina würde darauf achten, dass niemand sie anrührte –, nahm sein Glas mit, ging nach draußen und stieg die frisch gestrichene Holztreppe zum Flachdach hinauf. Dort setzte er seine Sonnenbrille auf und nahm auf einer Metallbank Platz. Der Himmel war eisblau. Die Luft war kalt, aber die Sonne wärmte angenehm. Über dem Mount Rose im Westen bildeten sich erste Haufenwolken, und die über 2500 Meter hohen Gipfel der Sierra Nevada trugen noch immer eine dünne Schneedecke.

Da es nahezu windstill war, benutzte der Tower die nach Norden ausgerichteten Start- und Landebahnen. Während Rinc zusah, verließen zwei Bomber B-1B ihre Abstellpositionen und rollten vor einer Boeing 727 der Reno Air zur Startbahn 34 links. Er konnte sich lebhaft vorstellen, wie die Fluggäste sich die Hälse verrenkten, um einen Blick auf die großen Bomber zu erhaschen, während das Verkehrsflugzeug an den abgestellten Maschinen der Air National Guard vorbeirollte. Am Ende des Rollwegs bogen die B-1B auf den von hohen Stahlwänden umgebenen »Wendehammer« ab, um die Boeing 727 vorbeizulassen. Dorthin folgte ihnen der SOF (Supervisor of Flying), ein erfahrener Pilot, der den Auftrag hatte, mit seinem Dienstwagen eine Runde um die Bomber zu drehen, sie abschließend zu inspizieren und sich davon zu überzeugen, dass alle Blindstopfen und Warnflaggen abgenommen und die Maschinen startklar waren.

Die wabenförmigen Stahlwände um die Wartefläche dienten angeblich dazu, Verkehrsflugzeuge für den Fall zu schützen, dass eine Maschine eine Bombe verlor, die auf der Runway detonierte. Aber heutzutage wurden fast alle B-1B-Einsätze mit Übungsbomben geflogen: mit kleinen »Bierdosen«-Bomben oder mit Beton ausgegossenen Bombenkörpern. Da die 111th Bomb Squadron nur eine Reserveeinheit war, hatte sie kein eigenes Munitionslager. Alle für ihre B-1B vorgesehenen Waffen lagerten in der Nähe der Naval Air Station Fallon und würden auf der Schiene hertransportiert werden. Die Stahlwände waren ohnehin nur Augenwischerei: eine Tausendkilobombe Mark 84 hätte in einer halben Meile Umkreis jedes Flugzeug und praktisch jeden anderen oberirdischen Gegenstand demoliert.

Nachdem die Boeing 727 gestartet war, rollte der erste Bomber zum Haltepunkt, an dem sein Pilot die Triebwerke mit voller Startleistung arbeiten ließ. Den Start einer B-1B Lancer zu beobachten, war für Rinc noch immer so aufregend wie beim ersten Mal vor über zehn Jahren. Mit voll gespreizten Schwenkflügeln wirkte die auf langen, dünnen Fahrwerksbeinen stehende B-1B riesig, und als der Pilot seine Leistungshebel nach vorn in Nachbrennerstellung schob, raste der Bomber wie ein Gepard die Startbahn entlang.

Der Krach war nicht allzu schlimm – so laut wie die alte Boeing 727, die zuvor gestartet war, aber nicht schmerzhaft laut. Aber als die Nachbrenner zugeschaltet wurden, war der Krach plötzlich ohrenbetäubend laut: ein tiefes, vibrierendes Röhren, das man noch aus zwei Meilen Entfernung mitten im Brustkorb spüren konnte. Überraschenderweise gab es kaum Beschwerden wegen

Lärmbelästigung. Starteten die B-1B nach Norden, flogen sie mit einer halben Meile Abstand am Reno Hilton vorbei und direkt über John Ascuagas Nugget Hotel & Casino. Dabei musste jedes Fenster dieser Hoteltürme klirren! Aber Rinc hatte oft gesehen, wie sich vor den Spielkasinos Hunderte von Menschen versammelten, um den Start der Bomber zu beobachten – vor allem die seltenen Nachtstarts, bei denen die Nachbrenner der gewaltigen Triebwerke 30 Meter lange Flammenzungen erzeugten.

Das Ganze glich einer Mini-Flugschau, die mehrmals pro Woche stattfand. Die B-1B Lancer gehörten zu den Attraktionen von Reno wie die glitzernden Leuchtreklamen, die Bordelle und das National Bowling Center. Unheimlich, leicht bedrohlich, aber zugleich merkwürdig willkommen. Trotzdem waren Starts und Landungen zwischen 21 und sieben Uhr nur an Wochenenden und in der Regel nur ohne Nachbrenner gestattet, ohne die der Bomber kaum lauter als ein Verkehrsflugzeug war.

Der Start der B-1B musste Rinc vorübergehend lärmtaub gemacht haben, denn er hörte keine Schritte übers Dach kommen.

»Hallo, Rodeo«, sagte eine Stimme.

Er drehte sich überrascht um. Vor ihm stand Oberstleutnant Rebecca Furness.

Er stand auf, aber als er einen Schritt auf sie zutrat, spürte er, wie ihre Körperhaltung sich versteifte. »Rebecca, ich... ich freue mich, dich zu sehen«, stammelte er.

Ihr Gesichtsausdruck verhärtete sich, sie biss die Zähne zusammen... und warf sich im nächsten Augenblick in seine Arme. »Du verdammter Kerl!«, flüsterte sie, zog ihn an sich und küsste ihn stürmisch und heißhungrig. Als Rinc ihre Lippen spürte, fühlte er sich wie ein Ertrinkender, der einen tiefen Atemzug in würziger, frischer Luft tut.

Als Rebecca sich aus seiner Umarmung löste, setzte Rinc sich wieder und wollte sie neben sich auf die Bank ziehen, aber sie blieb stehen. »Du hast mir schrecklich gefehlt«, sagte er.

»Warum hast du mich nicht angerufen?«, fragte sie hörbar gekränkt. »Warum hast du dich nicht wenigstens gemeldet, um mir zu sagen, dass du wieder flugtauglich bist?«

»Ich wollte dich neulich anrufen«, antwortete er. »Aber nach deinem Verhalten im Simulator ... Ich dachte, es sei noch zu früh, vielleicht nicht recht ...«

»Du bist manchmal ein richtiger Idiot, Rinc!«, sagte Rebecca aufgebracht. »Ich liebe dich. Ich mache mir Sorgen um dich. Du kannst mich nicht einfach hängen lassen. Seit deiner Entlassung aus dem Krankenhaus habe ich praktisch nichts mehr von dir gehört. Du hast nie zurückgerufen, du hast mich nie von dir aus angerufen ...«

»Ich hab's versucht.«

»Versuchen reicht nicht! Und dann sehe ich dich im Simulator, wo du den Absturz analysierst – das war noch schlimmer. Du warst erholt genug, um nach einer anderen Absturzursache zu forschen, aber nicht erholt genug, um dich mit mir treffen zu wollen. Deshalb habe ich nicht gleich eingegriffen, als Long Dong dich zusammengestaucht hat.«

Ihre Worte taten ihm in der Seele weh. »O Gott, Beck, das tut mir so Leid!«, rief er aus. »Ich würde mein Leben dafür geben, wenn ich sie wieder lebendig machen könnte. Das weißt du, nicht wahr?«

»Verdammt noch mal, Rinc, kapierst du denn gar nichts?«, fragte sie aufgebracht. »Kein Mensch will, dass du dein Leben für deine toten Kameraden opferst. Niemand will deinen Tod – das ist das *Letzte,* was irgendjemand will. Vor allem ich. Wir wollen, dass du wieder einer von uns bist. Aber *du* läufst mit diesem Schuldkomplex herum. Du scheinst nicht zu begreifen, dass wir alle leiden ... verdammt, dass *ich* leide. Ich will dich zurückhaben. Ich will, dass zwischen uns alles wieder so wird wie vorher.«

»Wie vorher?«, wiederholte er. »Was war daran so großartig? Die dauernde Heimlichtuerei? Sich in der Öffentlichkeit ständig beherrschen zu müssen, weil uns jemand sehen könnte? Nur eine Serie von One-Night-Stands ...«

»Hör zu, Rinc«, sagte sie ernsthaft. »Du weißt, dass es so hat sein müssen. Darüber haben wir uns ausgesprochen, als wir uns verliebt hatten – dass wir einander lieber nur selten als überhaupt nicht haben wollten. Als Staffelchefin bin ich deine Vorgesetzte. Wüsste jemand aus der Staffel, dass ich mit dir schlafe, würde ich meinen Job und du alle Glaubwürdigkeit verlieren. Eine normale

Beziehung war von Anfang an unmöglich. Sie bleibt auch unmöglich, bis wir uns gemeinsam zu einem Berufswechsel entschließen, bis einer von uns beiden aus der Air Guard ausscheidet. Aber das weißt du alles … Gott, wie oft haben wir das schon durchdiskutiert! Wozu noch mal davon anfangen? Vorläufig müssen wir bei unserer Entscheidung bleiben, weiter Dienst zu tun und uns möglichst oft heimlich zu treffen.«

Rinc wollte etwas sagen, aber sie ließ ihn nicht zu Wort kommen. »Nein, ich bin noch nicht fertig! Auch die schwierige Zeit, die du jetzt durchmachst, gibt dir nicht das Recht, mich zu ignorieren und mich in dem Augenblick, in dem ich wissen musste, wie es dir geht, von allen Informationen abzuschneiden. Es war schlimm, sich vorzustellen, du hättest Schmerzen oder bräuchtest meine Hilfe. Und nach deiner Entlassung aus dem Krankenhaus war es noch viel schlimmer, sich Sorgen darüber zu machen, ob du mich vielleicht nicht mehr liebst.«

»Du weißt, dass das nicht stimmt«, sagte Rinc. Er griff nach ihrer Hand und küsste sie. »Ach, Beck, ich bin so einsam gewesen. Du hast mir schrecklich gefehlt. Ich habe mich so danach gesehnt, in deinen Armen zu liegen, dich unter dem Sternenzelt zu lieben …«

»Ich bin hier, Rodeo«, unterbrach sie ihn. »Du hast mir auch gefehlt, und ich sehne mich mehr nach dir, als ich dir je sagen kann.« Rebecca machte eine Pause und wartete. Ja, sie sehnte sich nach ihm, sehnte sich danach, ihn in sich zu spüren. Aber er musste selbst darum bitten. Sie wollte darum gebeten werden. Früher hatte sie viele Männer gehabt, die Sex nur als angenehmen Zeitvertreib, als Ventil für aufgestaute Aggressionen betrachtet hatten. Aber diese Zeiten waren vorbei. Sie war zu alt, um sich mit simpler Triebbefriedigung zufrieden zu geben. Sie hatte das Bedürfnis, zu lieben und geliebt zu werden – und dazu gehörte, dass man darum gebeten wurde.

Trotzdem war sie nicht darüber erhaben, einem Mann – vor allem diesem Mann – einen kleinen Wink zu geben. Sie lächelte ihn an, ergriff seine Hand und führte sie leicht über ihren Oberkörper, sodass seine Finger ihre Brust streiften und sich kurz im Hosenbund ihrer Jeans verhakten. »Rinc?«

»Ich ... ich muss noch ein bisschen lernen«, hörte sie ihn murmeln. Rinc beobachtete sie, als warte er nur darauf, ihre enttäuschte und gekränkte Miene zu sehen. »Hey, Beck, tut mir echt Leid. Aber der morgige Überprüfungsflug, weißt du ... der weckt alle möglichen Erinnerungen. Der Absturz, mein Unfall, das Krankenhaus ... Ich glaube nicht, dass ich ein guter Gesellschafter wäre.«

»Okay, das verstehe ich – obwohl ich scharf genug bin, um dich gleich hier auf dem Dach zu vernaschen.« Sie lächelte spitzbübisch. »Wenn du willst, würde ich ebenso gern nur mit dir reden und mit dir zusammen sein. Na ja, nicht *ebenso* gern, aber das wäre auch in Ordnung.«

»Ich weiß nicht, ob ich darüber reden möchte, Beck. Jemals.«

»Das verstehe ich«, sagte Rebecca mitfühlend. Aber dann wurden ihre Haltung und ihr Tonfall straffer. »Abstürze fordern immer wieder Todesopfer, Rinc«, erklärte sie ihm. »Unsere Fliegerei ist nun mal gefährlich. Ich kenne dich, und ich habe Chappie und Mad Dog gekannt. Wir sind alle gleich. Wir gehen immer bis an die äußersten Grenzen. So überleben wir – oder manchmal auch nicht. Darum sind wir die Besten.«

»Warum macht mich dann jeder für den Absturz verantwortlich?«, fragte Rinc aufgebracht. »Weil ich ihn überlebt habe? Warum glaubt mir niemand, wenn ich sage, dass ich nichts für den Absturz kann?«

Rebecca streckte eine Hand aus und streichelte seine Wange. »Ich glaube dir, Rinc«, sagte sie einfach.

»*Den Teufel tust du!*«, brüllte er los. »Du denkst genau wie alle anderen: Ich bin ausgestiegen, also muss ich Schiss gehabt oder den Absturz verschuldet haben. Aber das stimmt nicht. Du und diese ganze verdammte Staffel könnt mich mal!« Er stieß ihre Hand weg. »Lassen Sie mich gefälligst in Ruhe, Oberstleutnant. Mit uns ist Schluss, Ma'am.«

Furness schluckte den jäh in ihr aufsteigenden brennenden Schmerz hinunter und merkte, dass sie wütend war. »Mir auch recht«, sagte sie. »Ich weiß nicht, was Sie haben, aber ich hoffe, dass Sie's genießen – allein. Leben Sie wohl, Major, und hoffentlich holt Sie der Teufel!«

Rinc blieb vor Wut kochend auf der Bank sitzen und starrte seine geballten Fäuste an. Einige Minuten später kamen Schritte die Treppe herauf. Dann erschien ein Kerl, den er noch nie gesehen hatte. »Wer zum Teufel sind Sie?«, blaffte Rinc.

»Entschuldigung«, sagte der Kerl, »ich wollte Sie nicht stören. Ich suche Oberstleutnant Furness und dachte, sie sei vielleicht hier oben.«

»Da haben Sie falsch gedacht.«

Der Kerl dachte nicht daran, sich wieder zu trollen. Als Rinc noch überlegte, ob er ihn ignorieren oder vom Dach jagen sollte, überraschte ihn eine Frage. »Sie sind Rinc Seaver, nicht wahr?«

»Wen interessiert das?«

»Mein Name ist McLanahan, Patrick McLanahan.«

»Na, und?« In Rincs Unterbewusstsein weckte dieser Name irgendwelche Assoziationen aus der Zeit, als er in die Air Force eingetreten war, aber er war zu wütend und niedergeschlagen, um sich näher damit zu beschäftigen. »Wie Sie sehen, ist Furness nicht hier, und mir ist nicht nach Gesellschaft zu Mute.«

»Es ist schlimm, eine Besatzung zu verlieren. Die Schuldgefühle werden Sie Ihr Leben lang nicht mehr los.«

In Rincs Kopf schrillten Alarmsignale los. Wer war dieser Kerl? Er wusste viel zu viel. Alle Ängste, er könnte Rebecca als Freundin und Geliebte verlieren, verschwanden schlagartig und wurden durch gespannte Wachsamkeit ersetzt.

Er stand auf und begutachtete den Unbekannten. Dieser McLanahan war nicht zu groß, nicht zu klein. Er wirkte kräftig, als trainiere er mit Hanteln – die meisten Besatzungsmitglieder waren heutzutage schlank und drahtig, deshalb bezweifelte Rinc, dass er ein Flieger war. Sein an den Schläfen ergrautes blondes Haar war kürzer geschnitten, als es die Dienstvorschrift 35-10 erforderte. Zu Jeans und einem grauen Hemd trug er eine Air-Force-Fliegerjacke aus braunem Leder ohne Dienstgradabzeichen und Aufnäher. Rinc trat zwei Schritte auf ihn zu und merkte, dass McLanahan darauf nicht reagierte – er wich nicht zurück, nahm aber auch keine Verteidigungshaltung ein.

»Wie heißen Sie gleich wieder?«, fragte Rinc.

»McLanahan.«

»Beim Militär?«

»Ja.«

Er nannte seinen Dienstgrad nicht, was vermutlich bedeutete, dass er ein sehr kleiner oder sehr hoher Offizier oder Reserveoffizier war. Aus seinem Benehmen las Rinc jedoch heraus, dass der Unbekannte sehr wahrscheinlich einen höheren Dienstgrad hatte als er selbst. Was ging hier vor? »Einheit?«

»Führungsstab der Luftwaffe.«

Im Dienstgrad eindeutig über mir, sagte Rinc sich. Der Unbekannte war vermutlich Oberstleutnant oder Oberst, vielleicht sogar Brigadegeneral. Das erklärte vieles. Er hatte gehört, dass es hier in der Woche nach dem Absturz von Inspektoren, Ermittlern und Sachverständigen gewimmelt hatte; einige von ihnen hatten ihn sogar im Krankenhaus aufgesucht und befragt. Aber zum Zeitpunkt seiner Entlassung aus dem Krankenhaus war die Unfalluntersuchung praktisch abgeschlossen gewesen. Vor allem auch deshalb hatte er den Drang verspürt, rasch wieder auf die Beine zu kommen und seine Theorien über die Absturzursache im Simulator nachzuprüfen: Er hatte nie richtig Gelegenheit gehabt, den Unfallhergang aus seiner Sicht zu schildern, und die Zeit drängte. Und weil er jetzt versuchte, ins Cockpit zurückzukommen, waren die Ermittler und Sachverständigen wieder da – nur hatten sie es diesmal direkt auf *ihn* abgesehen.

»Erzählen Sie's mir nicht, lassen Sie mich raten«, sagte Rinc. »Sie fliegen morgen mit mir.« Der Kerl war vermutlich ein ehemaliger Pilot, den irgendjemand aus dem Führungsstab der Luftwaffe oder dem Pentagon hergeschickt hatte, damit er über sein Schicksal entschied. Positiv war daran nur, dass die Entscheidung offenbar noch nicht gefallen war. »Sie sollen meine Tauglichkeit für die Staffel überprüfen. Und Sie sind auch hier, um festzustellen, in welchem Zustand sich meine Staffel befindet – ob wir unseren Auftrag weiter erfüllen können oder besser aufgelöst werden sollten.«

McLanahan nickte. Seavers Verständnis und Aufrichtigkeit imponierten ihm. »Genau.«

»Wir bekommen nicht mal einen Tag Vorbereitungszeit, bevor Sie über unsere Zukunft entscheiden? Ich bekomme keinen Air-

Guard-Überprüfer aus der eigenen Staffel? Nicht erst einen Simulatorflug mit Ihnen? Das finde ich beschissen.«

»Major Seaver, wenn Sie dieses Verfahren für unfair halten, bleibt Ihnen nur eines übrig – Sie können mit den Füßen abstimmen«, sagte McLanahan kalt.

»Das wäre allen recht, was?«, schnaubte Rinc. »Haben Sie die B-1B schon mal geflogen, Sir?«

»Ja.« Aber bevor Rinc die auf der Hand liegende Frage – wo und wann – stellen konnte, fragte McLanahan: »Sind Sie drin oder draußen, Major?«

Rinc musterte McLanahan forschend. Verhielt er sich nicht ein bisschen ausweichend? Hatte dieser Kerl vielleicht eine Vergangenheit, über die er nicht gern reden wollte? Seltsam, immer seltsamer. Er zuckte mit den Schultern. »Ich tue, was die Air Force von mir verlangt, Sir«, antwortete er.

»Na, sehen Sie!«, sagte McLanahan. »Das ist die richtige Einstellung. Wir treffen uns morgen früh um sechs Uhr bei der Staffel und sprechen Ihren Flug durch. Halte ich einen Simulatorflug für nötig, buche ich den Termin dafür.« Obwohl Rinc wusste, dass der Simulator in den kommenden drei Wochen ausgebucht war, zweifelte er nicht daran, dass dieser Kerl jederzeit einen Termin bekommen würde. »Ich bin dabei, wenn Sie sich dann um acht Uhr mit Ihrer Crew zur Einsatzbesprechung treffen.«

»Von mir aus gern.«

»Gut, dann bis morgen.« McLanahan ging zur Treppe, blieb aber noch mal stehen und drehte sich um. »Der Heilungsprozess geht auch nach dem Krankenhaus und dem Überprüfungsflug weiter«, stellte er fest. »Sie haben das Team verlassen, als Sie aus dem Bomber ausgestiegen sind. Jetzt müssen Sie beweisen, dass Sie wieder dazugehören können.«

»Ich bin also ein Arsch, weil ich überlebt habe, was?«

»Das sind Sie nur, wenn Sie sich für einen halten«, antwortete McLanahan.

»Glauben Sie, dass ich an dem Absturz schuld war?«

»Das muss die Untersuchungskommission feststellen, nicht ich«, wehrte McLanahan ab. »Ich bin nicht hier, um ein Urteil über den Unfallhergang abzugeben, Seaver – ich bin gekommen, um zu beurteilen, ob Sie noch ein einsatztauglicher B-1B-Pilot der Air National Guard sind. Aber Sie können diesen Test mit fliegenden Fahnen bestehen und trotzdem rausfliegen. Dafür gibt's hundert Möglichkeiten.«

»Das weiß ich, Sir«, sagte Rinc. Dieser Kerl war wirklich clever. Es war schwer, sich damit abzufinden, dass die eigenen Fähigkeiten, dass Wissen, Diensteifer und Erfahrung plötzlich nichts mehr zählten – dass sein Schicksal in der Hand eines anderen lag. Aber so einfach war die Sache.

»Ich denke, dass Sie jetzt im Bilde sind. Sehen Sie zu, dass Sie genügend Schlaf bekommen – Sie werden ihn brauchen. Bis morgen früh um sechs.« Und er ging, ohne sich noch einmal umzusehen.

Die massige Frau hinter der Theke starrte Patrick böse an, als er in die Bar zurückkam. Bevor er sie fragen konnte, wo er die Staffelchefin der Air National Guard finden könne, nickte sie wortlos nach rechts zu einem Korridor hinüber, der in den rückwärtigen Teil des Lokals führte. Nun, immerhin verhielt sie sich konsequent – sie hatte auch nichts geantwortet, als er sich vorhin nach Seaver erkundigt hatte. In ihrem Nicken schien jedoch eine unausgesprochene Warnung zu liegen: Sie ist dort drinnen, aber nehmen Sie sich in Acht.

Patrick folgte dem kurzen Flur. Hinter den beiden Türen links lagen die Toiletten. Die erste Tür rechts schien in einen Lagerraum oder die Küche zu führen; an der zweiten Tür hing ein Schild, auf dem *Privat* stand. Er atmete tief durch und stieß die Tür auf.

In seiner Militärdienstzeit hatte Patrick immer gehofft, einen Zufluchtsort dieser Art zu finden – vielleicht hatte er nicht eifrig genug danach gesucht; vielleicht hatte er ihn nicht wirklich finden oder auch nur glauben wollen, er könnte tatsächlich existieren. Jedenfalls war dieses Hinterzimmer ein regelrechtes Fliegerparadies.

Außer Flugzeugpostern an den Wänden und Flugzeugmodellen, die von der Decke herabhingen, gab es hier eine Bar, die sogar noch besser bestückt war als die vorn im Lokal, Spielautomaten, Videospiele, altmodische Flipper, einen PC, auf dem ein Flugsimulator installiert war, und Kartentische. In dem Raum, der größer war, als Patrick erwartet hatte, sah er ein halbes Dutzend Männer in grünen Fliegerkombis: zwei, die an der Bar würfelten, und vier, die an einem der Tische Karten spielten.

»Wer zum Teufel sind Sie?«, fragte einer der Kartenspieler.

»Ich suche Oberstleutnant Furness.«

Der Mann begutachtete Patrick von oben bis unten, wobei ihm die Fliegerjacke auffiel. Aber die hatte nichts zu bedeuten – jeder konnte sich im Versandhandel eine kaufen, viele Möchtegerne trugen eine. »Sie haben meine Frage nicht beantwortet. Wer sind Sie?«

»Ich habe um vierzehn Uhr einen Termin bei Oberstleutnant Furness«, antwortete Patrick.

Der Mann legte seine Karten weg und stand auf. Er wusste offenbar nichts von einem Termin und war sichtlich perplex, sogar verärgert. »Sie sollten sich bei der Staffel mit ihr treffen … Sir«, sagte er. Das klang viel höflicher, als habe er plötzlich erkannt, dass es eine gute Idee war, etwas zuvorkommender zu sein, bis er genau wusste, wer dieser Eindringling war. Ihm fiel auf, dass der Mann nicht überrascht war, als er von Furness als »ihr« sprach. »Wir können Ihnen zeigen, wie Sie zur Staffel kommen – das Stabsgebäude liegt auf der anderen Seite des Flughafens. Ich rufe Oberstleutnant Furness gleich an und sage ihr, dass Sie da sind. Darf ich Ihren Namen und Ihre Dienststelle erfahren?«

»Nein«, antwortete Patrick. »Wir können genauso gut hier reden.« Er trat einen Schritt zur Seite und begann den Raum abzusuchen. Die übrigen Angehörigen der Staffel starrten ihn verblüfft an.

Der Kartenspieler beschloss, etwas energischer aufzutreten. »Ich bin Operationsoffizier der Staffel und Stellvertreter der Staffelchefin und weiß nichts von einem Termin heute Nachmittag. Wissen Sie bestimmt, dass Sie sich heute mit Oberstleutnant Furness treffen wollen?«

»Ja, Oberstleutnant Long.«

John Long wurde blass. Scheiße, dachte er, der Kerl weiß, wer ich bin. »Oberstleutnant Furness ist wahrscheinlich drüben bei der Staffel, Sir«, sagte er. »Am besten fahren Sie selbst hinüber.« Er nickte einem der am Kartentisch Sitzenden zu. »Bonzo, Sie bringen diesen Gentleman zum Stabsgebäude. Ich rufe inzwischen die Chefin an.«

»Ich habe heute keinen Termin mit Ihnen oder sonst jemandem, Sir«, sagte eine strenge Frauenstimme, »und ich wäre Ihnen dankbar, wenn Sie meinen Männern gegenüber etwas offener wären. Oberstleutnant Long hat Sie nach Ihrem Namen gefragt. Den können Sie uns sagen – oder Sie können verschwinden.«

Patrick drehte sich um und sah Oberstleutnant Rebecca Furness hinter sich stehen. Sie war noch attraktiver als auf den Fotos, die er von ihr gesehen hatte, aber das änderte nichts an ihrer stahlharten Stimme. Als Furness damals als erste Kampfpilotin der Air Force den Aufklärer/Jagdbomber RF-111G Vampire geflogen hatte, hatte sie sich den Beinamen »Eiserne Jungfrau« verdient. Patrick merkte sofort, dass er berechtigt war.

»Wir müssen miteinander reden, Oberstleutnant«, erklärte Patrick ihr, während er seinen Blick über ihren Körper gleiten ließ.

Furness reagierte nicht, aber John Long dafür umso energischer. »Hey, Arschloch«, knurrte er, »die Lady sagt, dass Sie abhauen sollen. Verschwinden Sie lieber, sonst *helfen* wir Ihnen hinaus.« Mehrere Angehörige der Staffel traten bereits auf den Unbekannten zu.

»Setzen Sie sich hin, Oberstleutnant Long«, forderte Patrick ihn auf, während er weiter Furness anstarrte. »Wir werden lange zusammenarbeiten – wenn Sie Glück haben.« Er wandte sich ab, trat an einen Spielautomaten, warf einen Quarter ein und zog den Hebel herunter. Ein Zehndollargewinn prasselte in einem Regen aus Münzen in die Schale. »Sieht so aus, als hätte ich ziemlich Glück. Ihr Jungs habt keines. Oder vielleicht ist das *alles,* was ihr Jungs habt – unverschämt viel Glück.« Er ließ das Geld in der Schale.

»Wer zum Teufel sind Sie?«, fragte Furness scharf.

»Mein Name ist McLanahan, Oberstleutnant. Brigadegeneral Patrick McLanahan. Vom Führungsstab der Luftwaffe. Aus General Hayes' Stab.« In dem Raum herrschte verblüfftes Schweigen darüber, dass ein Einsternegeneral mitten in ihre »Fortbildungsveranstaltung« geplatzt war.

»Ich verstehe«, sagte Furness. »Sie haben einen Dienstausweis, General? Einen schriftlichen Befehl?«

»Ja«, antwortete McLanahan. Er zog den Befehl und seinen grünen USAF-Dienstausweis aus der Tasche.

Nach einem Blick auf seinen Ausweis überflog Furness den schriftlichen Befehl und kniff verwirrt die Augen zusammen. Dies war die kürzeste TDY-Order, die sie je gesehen hatte. Sie gab das Blatt an John Long weiter. »Dieser Befehl besagt überhaupt nichts«, stellte Long fest. »Hier stehen bloß lauter beschissene Codes.«

»Ich hätte gern etwas mehr, aus dem hervorgeht, was Sie auf meinem Stützpunkt mit meiner Staffel wollen, Sir«, erklärte Rebecca ihm.

»Okay.« Patrick griff in seine Jacke, holte ein winziges Handy heraus und warf es Furness zu. Sie fing es überrascht auf. »Kurzwahltaste eins ist für General Bretoff in Carson City«, sagte er. Als Chef des Verwaltungsamts der Nevada National Guard war Adam Bretoff zugleich Oberbefehlshaber aller Guard-Einheiten dieses Staats. »Taste zwei ist für General Hayes im Pentagon. Taste drei ist für den Luftwaffenminister. Taste vier ist für den Verteidigungsminister.«

Furness begutachtete das Handy, klappte es auf und sah sich die Tastatur an. »Und wer ist Kurzwahltaste fünf?«, fragte sie.

»Das probieren Sie am besten selbst aus, Oberstleutnant. Aber seien Sie *sehr* höflich.«

Sie erwiderte McLanahans Blick. »Bin gespannt, ob Sie geblufft haben, General.« Sie drückte die erste Kurzwahltaste. Zu ihrer Überraschung hörte sie das Piepsen eines elektronischen Zerhackers und im nächsten Augenblick: »Bretoff hier und abhörsicher. Bitte sprechen Sie.«

Furness schluckte ungläubig, ohne ihre Überraschung verbergen zu können. Sie hatte Bretoffs Stimme sofort erkannt; statt durch Vermittlung und Vorzimmer zu gehen, hatte der Anruf ihn direkt über das abhörsichere Telefon auf seinem Schreibtisch erreicht. Dieser Kerl hatte ein *abhörsicheres* Handy in der Tasche – sie hatte nicht einmal gewusst, dass es welche gab! »Hier ist Oberstleutnant Furness, Sir.«

»Probleme, Rebecca?«

Keine Begrüßung, kein unverfängliches Geplauder. Die übrigen Kurzwahltasten des Telefons waren anscheinend so heiß, dass sie im Augenblick nicht mal an sie *denken* mochte. »Ich rufe nur an, um mir die Identität des Gentlemans bestätigen zu lassen, der heute Nachmittag hier aufgekreuzt ist.«

»Kann niemand mithören?«

Furness trat möglichst weit von den lauten Videospielen weg. »Ja, Sir«, antwortete sie.

»McLanahan, Patrick S., Brigadegeneral, Air Force«, sagte Bretoff. »Kommt aus General Hayes' Stab. Identität überprüft und bestätigt. Ist er schon bei Ihnen?«

»Er steht jetzt vor mir, Sir. Ich telefoniere mit seinem Handy.«

»Sie bekommen gleich morgen früh ein vertrauliches Memo, das Sie über sein Eintreffen informiert«, fuhr Bretoff fort. »Ich weiß ehrlich gesagt nicht genau, was er will, aber Sie geben ihm, was er verlangt.«

»Sein schriftlicher Befehl sagt nichts darüber aus, was er hier macht.«

»Er braucht keinen ausführlichen schriftlichen Befehl. Er teilt Ihnen mit, was Sie zu tun haben. Sie geben ihm, was er verlangt. Alles.«

»Wie bitte, Sir?«

»Geben Sie dem General alles, was er verlangt, habe ich gesagt«, wiederholte Bretoff. »Behandeln Sie ihn wie den Generalinspekteur.«

»Welche Sicherheitseinstufung hat er?«

»Oberstleutnant Furness«, sagte ihr Vorgesetzter hörbar irritiert, »drücke ich mich nicht deutlich genug aus? Dieser Mann bekommt, was er verlangt. Ungehinderten Zugang. Volle Befehlsgewalt. Was er sagt, gilt. Er hat eine Sicherheitseinstufung, von der Sie oder ich noch nie gehört haben. Vor zwei Stunden war der Gouverneur in meinem Büro und der Luftwaffenminister war zu einer Videokonferenz zugeschaltet. Nicht einmal *sie* haben seine Sicherheitseinstufung.«

»Sir, ich verstehe, was Sie sagen«, antwortete Furness, »aber das ist alles verdammt irregulär. Ich hätte gern eine schriftliche Bestätigung meiner Befehle.«

»Diese schriftlichen Befehle stecken in roten Umschlägen und liegen in Ihrer Personalakte, Oberstleutnant – und in meiner«, erklärte Bretoff ihr. »Wenn Sie wollen, können Sie herkommen und sie hier im Tresorraum lesen. Aber bis dahin tun Sie alles, was der Mann verlangt. Verstanden?«

»Klar und deutlich, Sir.«

»Gut. Und, Oberstleutnant?«

»Sir?«

»Bis zur Abreise unseres Mannes lassen Sie niemanden aus Ihrer Staffel auch nur in die Nähe des Hinterzimmers dieser komischen Bar in der Nähe des Flughafens, in der Ihre Jungs rumhängen«, sagte Bretoff. »Das gottverdammt Letzte, was wir brauchen, ist, dass ein hochkarätiger Kopfjäger wie McLanahan sieht, wie verderbt ihr Leute wirklich seid. Ich will *niemanden* von euch in der Nähe dieses Etablissements sehen, bis unser Mann wieder abgereist ist. Versucht mal, euch zur Abwechslung im SANGRA Club sehen zu lassen. Bei uns gibt's keine nächtelangen Pokerrunden und keine Billardpartien mit einem Dollar pro Ball, aber vielleicht würdet ihr euch dort trotzdem amüsieren. Kapiert?«

Furness verzog das Gesicht, und McLanahan grinste, als habe er jedes Wort mitbekommen. »Ja, Sir.« Das Gespräch wurde mit weiteren elektronischen Piepstönen des Zerhackers beendet. Furness klappte das Handy sorgfältig zu und gab es McLanahan zurück.

»Wollen Sie keine der anderen Kurzwahlnummern ausprobieren?«, fragte McLanahan sie. »Für einen Anruf in Washington ist es noch nicht zu spät.«

»Boss? Was gibt's?«, erkundigte sich Long, weil er ihren Gesichtsausdruck nicht deuten konnte.

»Dies ist Brigadegeneral McLanahan, Jungs«, sagte Furness. Sie stellte ihm die anwesenden Offiziere ihrer Staffel vor. »Er wird eine Zeit lang bei uns bleiben. Ihr habt ihn höflich zu behandeln und jede seiner Anordnungen so prompt auszuführen, als käme der Befehl von General Bretoff persönlich.«

»Ein *bisschen* höflicher sollten wir ihn schon behandeln«, sagte irgendjemand *sotto voce*.

»Schluss mit dem Scheiß, Gentlemen!«, verlangte Furness

scheinbar streng. Sie wandte sich an McLanahan. »Entschuldigen Sie diese Bemerkung, Sir. Meine Leute sind etwas gereizt. Wir haben in letzter Zeit viele Untersuchungen über uns ergehen lassen müssen und im Mittelpunkt unerwünschter Aufmerksamkeit gestanden …«

»Ja, natürlich – wegen einer toten Besatzung und eines rauchenden Kraters im Wüstenboden«, sagte Patrick. Auf einmal lächelte niemand mehr, und die geflüsterten Bemerkungen verstummten. Stattdessen wurde er feindselig angestarrt. Er sah sich um und fügte hinzu: »Gut, dass Sie den Unfall und seine Aufarbeitung ernst nehmen.«

»Selbstverständlich tun wir das. Aber man kann Männern nicht einfach befehlen, den Tod von Kameraden zu vergessen, General«, stellte Rebecca fest. »Das braucht seine Zeit. Sie müssen bitte verstehen, dass diese Einheit in letzter Zeit viel durchgemacht hat. Und jeder von uns geht mit Trauer unterschiedlich um.«

»Ja, ich verstehe. Nun, vielleicht kann ich etwas dazu beitragen, Sie auf andere Gedanken zu bringen, Oberstleutnant. Ich bin hier, um eine neuerliche Eignungsprüfung vorzunehmen.«

Furness runzelte verständnislos die Stirn. »Ja, Sir«, sagte sie förmlich, ohne Zustimmung oder Ablehnung erkennen zu lassen. »Wir können einen Orientierungsflug für Sie ansetzen. Major Seaver ist im Augenblick nicht als B-1B-Pilot qualifiziert, aber …«

»Das weiß ich. Ich werde auch seine Qualifikation überprüfen. Morgen früh sind die Notfallverfahren im Simulator dran, anschließend folgt möglichst bald ein Flug.«

»Ja, ich verstehe.« Furness' Tonfall blieb auch diesmal neutral. »Mir wär's lieber gewesen, wenn er diesen Flug mit jemandem aus der Nevada Air National Guard gemacht hätte. Außerdem wüsste ich gern mehr über Ihre Qualifikation, Sir. Sind Sie als B-1B-Pilot qualifiziert?«

»Das spielt jetzt keine Rolle mehr, nicht wahr, Oberstleutnant?«, fragte Patrick.

Furness war sichtlich wütend, schaffte es aber, sich zu beherrschen. »Sehr gut, Sir. Nun, das wird sicher interessant.« Sie klatschte mit gespielter Begeisterung in die Hände. »Dann gibt's viel zu tun, Sir. Ich schlage vor, dass wir Sie in einem Hotel unterbringen, uns morgen früh treffen, um Seavers Papierkram durchzusehen, und …«

»Sie scheinen nicht zu verstehen, was Sache ist, Oberstleutnant«, unterbrach Patrick sie. »Ich bin nicht nur hier, um einen Überprüfungsflug mit Seaver zu machen, und glaube, dass wir alle viel zu beschäftigt sein werden, um an Hotelzimmer zu denken.«

»Verdammt, wozu *sind* Sie dann … Entschuldigung, Sir, aber wozu sind Sie dann hier?«

Patrick griff in die Innentasche seiner Jacke und zog einen Umschlag heraus. Furness sah sofort, dass er mit dem Code *A-72* beschriftet war. Sie machte große Augen, bekam kaum noch Luft und hatte das Gefühl, ihr Herz setze einen Schlag aus. Er hielt ihr den Umschlag hin. »Dies ist Ihre Benachrichtigung, Oberstleutnant, dass Ihre Staffel zweiundsiebzig Stunden Zeit hat, um Bomben ins Ziel zu bringen und danach auf einen entfernten Stützpunkt zu verlegen, um simulierte strategische Bombenangriffe zu fliegen. Die Einsatz-Zertifizierung Ihrer Staffel hat soeben begonnen. Die Uhr läuft, und ab sofort bin *ich* der Punktrichter.«

»*Was?*«, explodierte Furness. Sie griff nach dem Umschlag, riss ihn auf. Tatsächlich enthielt er einen mit *Geheim* gestempelten Befehlsvordruck der Air Force, der einen Bombenangriff auf simulierte Ziele auf dem Übungsplatz Nellis im Süden Nevadas anordnete. Nach dem Angriff würde die Staffel für nicht länger als zwei Wochen auf einen ihr vorerst noch unbekannten Stützpunkt verlegt, um von diesem Flugplatz aus, der nur die notwendigsten Einrichtungen bot, Tag und Nacht weitere Bombenangriffe zu fliegen. »Das muss ein Witz sein!«, rief die Staffelchefin. »Ich kenne Sie überhaupt nicht! Ich kann nicht sieben Bomber in Alarmbereitschaft versetzen, nur weil Sie es verlangen!«

In diesem Augenblick klingelte John Longs Handy. Er meldete sich sofort, hörte kurz zu und klappte es wieder zu. »Boss, der Betriebsleiter des Flughafens hat eben ein Fax von Bretoffs Dienststelle erhalten, dass heute Nachmittag verstärkter Übungsbetrieb der Air National Guard beginnen wird.«

»Der Einsatzbefehl sollte geheim sein«, sagte McLanahan. Er zuckte mit den Schultern. »Ihr Nachrichtendienst funktioniert, Oberstleutnant, das muss ich Ihnen lassen.« Üblicherweise erhielten bestimmte Leute wie Flugplatzbetreiber und die örtlichen Flugsicherungsstellen vor Beginn einer Großübung aus Höflichkeit eine »Vorwarnung«. Und es kam oft vor, dass diese Leute die Militärflieger anriefen, um sie vor einer angekündigten Übung zu warnen, obwohl die Informationen vertraulich behandelt werden sollten, um das Überraschungsmoment einer Alarmübung zu wahren.

»Außerdem hat Reno Control einen Tanker KC-125, Rufzeichen ›Blitz 99‹, im Anflug«, fuhr Long fort. Die Kennung »99« wurde typischerweise von Überprüfungsteams verwendet. »RAPCON meldet, dass er zwei Wochen lang drüben bei Mercury Air stehen wird, und ordnet COMSEC-Verfahren für die Air Guard an.« Auch das war charakteristisch für den Beginn einer Großübung. Ab sofort mussten alle Meldungen – außer Flugsicherheitsmeldungen –, die Flugzeuge der Air National Guard betrafen, im Funk- und Fernmeldeverkehr verschlüsselt werden.

Furness starrte McLanahan mit einer Mischung aus Gereiztheit und Überraschung an, aber sie fing sich rasch wieder. Die Einsatz-Zertifizierung begann normalerweise auf einem anderen B-1B-Stützpunkt, auf den die Staffel zu Übungsbeginn verlegte – aber es war selbstverständlich zulässig, sie mit einer Alarmübung auf dem eigenen Stützpunkt beginnen zu lassen. Andererseits hasste Furness wie die meisten guten Flieger Überraschungen.

Aber sie liebte auch Herausforderungen, liebte Aufregung, liebte Action. Neben richtigen Einsätzen standen Übungen, die Rückrufe, Alarmstarts, Bombenangriffe und Verlegungen erforderten, auf Rebecca Furness' Liste von Dingen, die ihr Herz schneller schlagen ließen. McLanahan sah, wie ihre Augen vor Aufregung aufblitzten. Das gefiel ihm.

»Long Dong, Sie rufen unsere beiden Maschinen zurück«, ordnete Furness an. »Dutch und Clock sollen schnellstens zurückkommen. Der Einsatzstab tritt in fünfzehn Minuten zusammen, hat seine Checklisten aufgeschlagen und kann sofort loslegen, und ich trete jeden Mann und jede Frau persönlich in den Hintern, die nicht auf ihrem Platz sind, wenn ich drüben eintreffe. Benachrichtigen Sie Creashawn, damit das dortige Personal sich bereithält, uns scharfe Bomben für alle Maschinen zu liefern, sobald ich sie anfordere.« Creashawn Arsenal war das große Munitionsdepot in der Nähe der Naval Air Station Fallon, in dem die Bomben für die B-1B lagerten. »Anschließend rufen Sie General Bretoff an und teilen ihm mit, dass ich meine gesamte Staffel einsatzbereit mache. Grundlage dafür ist General McLanahans schriftlicher Befehl und sein eigener mündlicher Befehl.«

Während Long sein Handy benutzte, um den Rückruf der in der Luft befindlichen Bomber zu veranlassen, wandte Furness sich mit leicht boshaftem Lächeln an McLanahan. Sie musterte ihn von Kopf bis Fuß, dann sagte sie: »McLanahan. Einer meiner Freunde, der Generalstabschef des litauischen Heeres, hat mir mal von einem McLanahan erzählt. Das waren ziemlich ungewöhnliche Geschichten. Sind Sie vielleicht mit ihm verwandt, Sir?«

»Vielleicht.«

»Interessant«, meinte Furness lächelnd. »Dieser McLanahan hat dort drüben eine Menge Wunderwaffen, echtes Buck-Rogers-Zeug für Bomber eingesetzt.« Als er sich nicht dazu äußerte, nickte sie nur und fragte: »Sind Sie auf alles gefasst, General McLanahan? Wir legen ein ziemlich hohes Tempo vor.«

»Keine Angst, ich halte mit«, sagte Patrick. »Wenn die Angriffe beginnen, will ich als Seavers Kopilot eingeteilt werden. Er ist dann Nummer zwo Ihrer Kette.«

Furness starrte ihn überrascht an. »Das kann ich nicht, Sir!«, protestierte sie. »Ich denke nicht daran, bei einem Angriff mit scharfen Bomben einen mir Unbekannten im rechten Sitz mitfliegen zu lassen.« Sie runzelte die Stirn. »Oder wollen Sie wieder Ihren höheren Dienstgrad geltend machen?«

»Ja, das wollte ich«, antwortete Patrick, »aber ich mache Ihnen einen Vorschlag: Ich fliege mit Seaver im Simulator auf dem Kopilotensitz. Wenn Sie glauben, dass ich meinen Job nicht gut genug beherrsche, können Sie mich rausschmeißen. Abgemacht?«

»Abgemacht«, bestätigte Furness. »Viel Spaß als Kopilot, Sir.«

»Freuen Sie sich nicht zu früh, Oberstleutnant«, sagte Patrick grinsend. Er nickte zu John Long hinüber. »Teilen Sie Oberstleutnant Long als unseren OSO ein.«

»Kein Problem, Sir«, antwortete Furness. Dann rief sie den Angehörigen ihrer Staffel zu: »Haltet euch gefälligst ran, Leute! Ich will keinen mehr rumstehen und in der Nase bohren sehen! Los, los, *Bewegung!*«

Oval Office im Weißen Haus, Washington, D.C.
(zur gleichen Zeit)

»Ich danke Ihnen für Ihr Kommen, Minister Kang«, sagte der Präsident der Vereinigten Staaten. Er schüttelte dem südkoreanischen Außenminister Kang No-myong herzlich die Hand. Ebenfalls im Oval Office anwesend waren Vizepräsidentin Ellen Christine Whiting, Verteidigungsminister Arthur Chastain und Jerrod Hale, der Stabschef des Weißen Hauses. Offizielle Fotografen des Weißen Hauses machten Aufnahmen von der Begrüßung; Reporter waren keine zugelassen.

»Mr. President, Madam Vizepräsidentin, Minister Chastain, Mr. Hale, gestatten Sie, dass ich Ihnen den Verteidigungsminister der Republik Korea, General außer Dienst Kim Kun-mo, vorstelle«, sagte Minister Kang in sehr stark akzentgefärbtem Englisch. General Kim verbeugte sich tief, dann schüttelte er allen Amerikanern die Hand. Auch sein koreanischer Dolmetscher wurde vorgestellt, bevor alle um den Couchtisch im Oval Office herum Platz nahmen. Während Erfrischungen gereicht wurden, machten die Fotografen noch einige Aufnahmen und verschwanden dann. Die Besucher sahen sich im berühmten Oval Office des Weißen Hauses mit großen Augen und ebenso ehrfürchtig um wie irgendwelche Wähler, die ein Abgeordneter zu einem Fototermin mitgebracht hatte. Jerrod Hale blieb wie gewöhnlich halbrechts hinter dem Präsidenten stehen.

»Dies ist ein unerwarteter, aber sehr willkommener Besuch, Gentlemen«, begann Präsident Martindale höflich. »Wie wir alle wissen, sind Sie in unserem Land, um militärische Einrichtungen zu besichtigen und an einer Vollversammlung der Vereinten Nationen teilzunehmen. Ich freue mich, dass wir Gelegenheit zu diesem Meinungsaustausch haben.« Die Koreaner verbeugten sich dankend.

Unerwartet, ja … willkommen, nein, dachte der Präsident. Der 51-jährige geschiedene Texaner, der texanischer Justizminister, U.S. Senator, Verteidigungsminister und zweimal Vizepräsident gewesen war, steckte kurz vor dem Ende seiner bewegten ersten Amtszeit mitten im schwersten Kampf seiner langen politischen Laufbahn. Obwohl er sich in Außen- und Militärpolitik auskannte, schien fast jede seiner außenpolitischen Entscheidungen der vergangenen Jahre – vor allem solche, die sich auf die US-Streitkräfte auswirkten – ihn zu Hause Stimmen gekostet zu haben. Und überraschende Stippvisiten asiatischer Politiker und Militärs im Weißen Haus verhießen nie Gutes.

»Wir sind Ihnen zutiefst dankbar für die Ehre, dass Sie uns persönlich empfangen, Mr. President«, sagte Minister Kang förmlich. Kang war dicklich, trug eine Brille mit starken Gläsern und hatte sein schwarzes Haar mit Brillantine glatt zurückgekämmt. Er unterschied sich auffällig von General Kims drahtiger Gestalt. Kims Gesicht wirkte wie aus Stein gemeißelt, sein Blick war kalt und starr. Aber obwohl Kang entwaffnend harmlos wirkte, kannte Martindale ihn als erfahrenen Geschäftsmann und Strategen, der früher an der Spitze einer der größten Reedereien der Welt gestanden hatte.

General Kims Laufbahn war sogar noch imponierender, denn er war vom einfachen Soldaten bis zum Vorsitzenden der Vereinigten Stabschefs der südkoreanischen Streitkräfte aufgestiegen. Er hatte unzählige Entlassungen, Säuberungen und sogar Attentatsversuche überlebt und war aus jeder Konfrontation mit seinen Feinden klüger und stärker hervorgegangen. Kevin Martindale starrte in Kims Augen und sah, dass der General seinen Blick ohne zu blinzeln und fast herausfordernd gelassen erwiderte.

Wie mag es sein, fragte Martindale sich, in einem Land wie Südkorea zu leben? Die gesamte Halbinsel war eine Figur in einem asiatischen Schachspiel, das seit vielen Jahrhunderten andauerte. Wie viele der heutigen Krisengebiete – der Iran, der Irak, Kuwait, Israel, der Balkan – war Kims Staat aus einem Krieg entstanden: ein zertrampeltes, blutgetränktes Land, das siegreiche Eroberer aufgeteilt hatten. Aber da willkürlich gezogene Grenzen die sozialen und kulturellen Belange einer Nation fast nie berücksichtigen, hörte der Krieg für Staaten wie Südkorea niemals auf. Kims Land hatte seit Jahrhunderten unter Fremdherrschaft oder politischer und gesellschaftlicher Schizophrenie gelitten. Wie mochte das sein? Es klang wie ein endlos fortgesetzter Bürgerkrieg.

Martindale stellte fest, dass Kim ihm mit leichtem Lächeln zunickte, bevor sein Gesicht wieder maskenhaft starr wurde. Man hätte glauben können, er wisse, was Martindale durch den Kopf gegangen war, und danke ihm dafür, dass er versuchte, die schwierige Lage Südkoreas zu verstehen. Kim war dem Präsidenten unheimlich, auch wenn Martindale sich das nicht anmerken ließ. Nicht nur in seinem Heimatland, auch in seinem Kopf wütet ein Krieg, dachte der Präsident.

Jerrod Hale, dem Kims trotziger Blick auffiel, veränderte seine Haltung leicht. Das hatte die gewünschte Wirkung: es machte Kim auf ihn aufmerksam. »Ich hoffe, dass Sie die Besichtigung unserer militärischen Einrichtungen informativ finden, General Kim«, sagte Hale, als Kim ihn ansah. Sein Tonfall war neutral, weder allzu freundlich noch herausfordernd. Als sein Dolmetscher ihm übersetzte, was Hale gesagt hatte, verbeugte Kim sich, ohne jedoch zu antworten. Die beiden Männer starrten sich unverwandt an. Aber der ehemalige Staatsanwalt Jerrod Hale, der später Polizeipräsident von Los Angeles gewesen war, bevor er in die Politik ging, ließ sich von niemandem einschüchtern. Aus seinem Blick sprach das Bewusstsein, im Zentrum einer Weltmacht neben dem mächtigsten Mann der westlichen Welt zu stehen. General Kim gab schließlich nach und senkte respektvoll den Blick.

»Mr. President, ich wollte Ihnen persönlich sehr beunruhigendes und Besorgnis erregendes Beweismaterial überbringen, das vor kurzem in unseren Besitz gelangt ist«, fuhr Minister Kang fort. Er nahm eine Mappe aus seinem Aktenkoffer. »Ich entschuldige mich im Voraus, falls diese Aufnahmen Ihr Feingefühl verletzen. Ich habe sie nur mitgebracht, weil sie den ganzen Ernst der Lage illustrieren.«

Martindale betrachtete sie, kniff nachdenklich die Augen zusammen und gab sie dann wortlos an Vizepräsidentin Whiting weiter. Sie holte erschrocken Luft, als sie das Foto der verstümmelten, ausgezehrten Leiche des nordkoreanischen Jagdfliegers sah. »Ich bitte um Ihre Erläuterungen, Minister Kang«, sagte Martindale.

»Dieser dem Hungertod nahe, fast erfrorene Mann war Pilot eines nordkoreanischen Jagdbombers, der über der Republik Korea abgeschossen wurde«, antwortete Kang. »Er war auf dem Flug nach Seoul.«

»Ein Jagdbomber?«, fragte Verteidigungsminister Chastain.

»Ein mit zwei Bomben bewaffneter Jagdbomber auf einem Selbstmordeinsatz«, bestätigte General Kim durch seinen Dolmetscher. »Mit zwei *Atombomben.*«

Whiting stand vor Überraschung der Mund offen; Chastain und der Präsident wechselten einen entsetzten Blick. »Großer Gott!«, sagte Martindale erschrocken. »Scharfe Bomben? Voll funktionsfähig? Mit wie viel Sprengkraft?«

»Ältere, aber voll funktionsfähige Bomben chinesischer Bauart mit schätzungsweise sechshundert Kilotonnen Sprengkraft«, antwortete Kang. Er übergab Chastain einen Cliphefter. »Dies ist eine Analyse der Waffen, die unser militärischer Nachrichtendienst vorgenommen hat. Tatsächlich handelt es sich bei den Bomben um den chinesischen Standardtyp eines Gefechtskopfs für ballistische Mittelstreckenraketen, der für diese Verwendung modifiziert wurde. Ein ziemlich veraltetes Modell, das nicht sonderlich effizient oder zuverlässig ist. Vom kommunistischen China wegen seiner Größe, seines Gewichts und seiner fehlenden Sicherheitseinrichtungen schon vor Jahrzehnten ausgemustert.«

»Sind die Atombomben beim Abschuss des Flugzeugs zerstört worden?«, fragte Chastain.

»Nein.«

»Sie haben sie also geborgen?« Außenminister Kang nickte. »Waren sie intakt?«

»Ja, Sir«, antwortete Kang. »Die Bomben haben entscheidend dazu beigetragen, das riesige Puzzle zu vervollständigen, an dem unsere Geheimdienste seit Jahren arbeiten. Wir haben schon immer vermutet, der Norden besitze Kernwaffen, aber seit wir die Bestandteile dieser Bomben untersucht haben, ist es uns gelungen, die Standorte mehrerer Einrichtungen für Herstellung und

Lagerung dieser und anderer Massen-Vernichtungswaffen mit größter Genauigkeit zu bestimmen.

Wir wissen jetzt, Mr. President, dass die Kommunisten im Norden an der Grenze zu China und im Landesinneren insgesamt neun Kernwaffenstützpunkte haben«, fuhr Kang fort. »Dort werden nicht nur ABC-Waffen hergestellt und gelagert, sondern auf den Stützpunkten sind auch Flugzeuge und Raketen für Luftangriffe mit diesen Waffen auf Südkorea, Japan und amerikanische Einrichtungen bis hin nach Alaska stationiert. Die Beweise dafür sind ganz eindeutig.«

»Jesus«, murmelte der Präsident. Er wandte sich an Hale. »Jerrod, lassen Sie sofort Admiral Balboa und Direktor Plank herkommen.« Hale gab diese Anweisung telefonisch an seinen Stab weiter, noch bevor der Präsident ausgesprochen hatte.

»Wir möchten diese Bomben so bald wie möglich besichtigen und Ihnen bei ihrer Vernichtung technische Hilfe leisten«, sagte Verteidigungsminister Chastain. »Außerdem hätten wir gern Einblick in die Erkenntnisse Ihrer Geheimdienste, um unsere eigenen Unterlagen vervollständigen und Ihre Schlussfolgerungen mit unseren Aufklärungsmitteln verifizieren zu können.«

Dem Präsidenten fiel auf, dass General Kim nach der Übersetzung erregt wirkte, als habe er Mühe, den in ihm aufsteigenden Zorn zu beherrschen. Kang zögerte unbehaglich, sah nervös zu Kim hinüber und antwortete dann: »Alle relevanten Informationen über den Vorfall und die Bomben finden Sie in der Mappe, die ich Ihnen übergeben habe, Mr. President.«

»Soll das etwa heißen, dass Sie uns die Bomben nicht einmal besichtigen lassen wollen, Minister?«, fragte der Präsident scharf.

Kang wand sich förmlich vor Verlegenheit. »Mr. President, wir stellen Ihnen und Ihren Geheimdiensten selbstverständlich alle gewünschten Informationen zur Verfügung.« Als General Kim die Übersetzung hörte, schien dieses mehrdeutige Versprechen ihn zu irritieren, aber er äußerte sich nicht dazu. Der Außenminister fuhr fort: »Ich habe jedoch Anweisung, Sie um Rat und Hilfeleistung bei unseren Bemühungen zu bitten, die kommunistische Gefahr aus dem Norden ein für alle Mal zu beseitigen. Die Bedrohung unseres Friedens und unserer Sicherheit ist real, und dieser Tropfen hat das Fass zum Überlaufen gebracht. Meine Regierung sieht sich zum Handeln gezwungen.«

»Handeln? Wie? In welcher Beziehung? Was sollen wir dazu beitragen?«

Kang atmete tief durch, dann sagte er: »Mr. President, wir beabsichtigen, Nordkorea anzugreifen und alle Stützpunkte zu zerstören, von denen Luft- und Raketenangriffe mit ABC-Waffen ausgehen könnten. Unser Angriff soll spätestens in zwei bis drei Tagen beginnen.«

»*Was?*«, rief Martindale entsetzt aus. »Sie wollen *Nordkorea* angreifen? Das ist Wahnsinn!«

»Mr. President, unbestreitbar ist, dass nur zwei zukünftige Möglichkeiten denkbar sind«, stellte Kang fest. »Nordkorea wird zu einem Überfall auf mein Land ermutigt oder provoziert werden – oder es wird unter der Last seines korrupten, bankrotten und moralisch ausgelaugten Herrschaftssystems zusammenbrechen. Eine Revolution oder ein Staatsstreich sind undenkbar; Präsident Kim regiert mit viel härterer Hand als sein Vater. Und der Norden wird sich nicht vom Kommunismus lossagen wie damals Ostdeutschland, weil er politisch, geografisch, gesellschaftlich und wirtschaftlich viel isolierter ist als die europäischen Staaten des ehemaligen Ostblocks.«

»Nordkorea wird sich auch nicht vom Kommunismus lossagen, weil der Einfluss Chinas übermächtig ist«, warf der Präsident ein. »Und deshalb muss jeder militärische Angriff auf den Norden mit einer Katastrophe enden, weil China seinem Schützling zur Hilfe eilen würde. Bestenfalls würde daraus ein weiterer Koreakrieg entstehen; schlimmstenfalls könnte es zu einem globalen Atomkrieg kommen.«

»Gestatten Sie mir ein offenes Wort, Sir«, sagte Kang, indem er auf Ereignisse anspielte, an die der Präsident sich allzu lebhaft erinnerte. »Die Weltöffentlichkeit war stets der Überzeugung, ein Angriff irgendeines Staats auf einen amerikanischen Flugzeugträger oder eine strategisch so wichtige Insel wie Guam werde unweigerlich mit einem Atomschlag beantwortet. Trotzdem ist das nicht geschehen …«

»Wir wissen nicht hundertprozentig, dass China die *Indepen-*

dence angegriffen hat«, sagte Verteidigungsminister Arthur Chastain fast entschuldigend. »Dahinter können alle möglichen Terroristengruppen gestanden haben ...« Aber dann verstummte er, denn wer Taiwan und Guam angegriffen hatte, stand außer Zweifel.

Der Präsident hob eine Hand. »Sie brauchen mir nicht beizuspringen, Arthur«, wehrte er ab. »Ja, ich hätte unbestritten das Recht gehabt, auf die chinesischen Angriffe mit einem nuklearen Gegenschlag zu antworten. Hätte ich das getan, hätten mir vermutlich nur wenige vorgeworfen, vorschnell gehandelt zu haben ohne provoziert worden zu sein. Unsere gesamte Atomstreitmacht war mobilisiert, die Stützpunkte der chinesischen Fernbomber und die Positionen der chinesischen ICBMs waren genau bekannt. Und es stimmt, dass wir Milliarden Dollar in den Aufbau einer Streitmacht zur Abwehr solcher Angriffe gesteckt haben, die ich dann doch nicht eingesetzt habe, als die Abschreckung versagt hatte.«

Der Präsident beugte sich nach vorn, sah Kang in die Augen und sagte: »Die Welt könnte nun glauben, unsere Streitmacht stehe auf tönernen Füßen, und wer nicht einmal die eigenen Streitkräfte schützen könne und einen Angriff auf ein strategisch wichtiges Gebiet ungerächt lasse, werde einem ausländischen Verbündeten erst recht nicht zur Hilfe kommen. Glaubt Südkorea das, Minister Kang? Haben Sie das Gefühl, die Vereinigten Staaten würden Sie nicht schützen? Halten Sie uns für so machtlos?«

Bevor Kang antworten konnte, sah Martindale zu General Kim hinüber und las die Antwort in seinem Blick: unbedingt. Der Verteidigungsminister war offenbar der Überzeugung, die Vereinigten Staaten würden keinen Krieg mit China riskieren, falls Nordkorea den Süden angriff.

»Selbstverständlich nicht, Mr. President«, antwortete Außenminister Kang, indem er Martindales Blick erwiderte. »Die Vereinigten Staaten sind für uns ein wertvoller und verlässlicher Verbündeter und werden es auch stets bleiben. Aber in meiner Regierung sind viele der Meinung, die Zeit der großen Auseinandersetzung sei gekommen, und wir könnten die Oberhand gewinnen, indem wir die Initiative ergreifen.«

Bevor Martindale sich dazu äußern konnte, sprach General Kim nachdrücklich und entschlossen. Kang versuchte nicht einmal, ihm ins Wort zu fallen. Der Dolmetscher übersetzte: »Der General sagt: ›Die Gefahr ist real, Mr. President. Wir haben eine Liste klar definierter Ziele, und wir haben die Mittel und den Willen, mit größter Präzision einen raschen, vernichtenden Schlag zu führen. Dabei müssen Sie uns unterstützen, Sir. Sie *müssen* es tun. Bei der Abwehr des nächsten selbstmörderischen Angriffs der Kommunisten haben wir vielleicht weniger Glück.‹«

»Legen Sie uns Ihr Material vor, damit wir es verifizieren können«, schlug Präsident Martindale vor. »Warten Sie noch ein paar Wochen, vielleicht bis nach dem Manöver Team Spirit. In dieser Zeit befinden die nordkoreanischen Streitkräfte sich ohnehin in höchster Alarmbereitschaft, und ich glaube nicht, dass Sie einen Krieg anfangen wollen, während der Gegner hundertprozentig abwehrbereit ist. Falls Ihre Annahmen sich als wahr erweisen, sollten wir zusammenarbeiten, um ...«

General Kim schlug einen Cliphefter auf und warf ihn wütend vor dem Präsidenten und seinen Beratern auf den Couchtisch. Der Dolmetscher übersetzte hastig: »Der General sagt: ›Hier sind Ihre Beweise, Sir. Drei Bunker in Kanggye in der Provinz Chagang, in denen Gefechtsköpfe mit dem Nervengas Vx für ballistische Mittelstreckenraketen lagern. Verifiziert. Der Hauptstützpunkt des Luftwaffenkommandos West in Sunan, auf dem vierundzwanzig Jagdbomber F-4 mit Vx- und Milzbrandbomben in Alarmbereitschaft stehen. Verifiziert. Der neue Luftwaffen- und Marinestützpunkt in Hungnam, auf dem achtzehn Raketen Scud B mit biologischen und chemischen Gefechtsköpfen und sechs Raketen Scud C mit Kernsprengköpfen stehen. Verifiziert. Ebenfalls in Hungnam liegt die Fregatte *Najin,* die nicht wie früher vermutet mit alten Lenkwaffen SS-N-2 zur Bekämpfung von Schiffszielen, sondern mit weiter reichenden, schnelleren Lenkwaffen SS-N-9 mit Kernsprengköpfen bewaffnet ist.‹«

Verteidigungsminister Chastain war wie vor den Kopf geschlagen. Er betrachtete die Fotos, überflog die Übersetzungen der Agentenmeldungen. »Das ist... das ist unglaublich!«, stammelte er. »Ich habe nie geahnt, dass Nordkorea so viele Massenvernichtungswaffen besitzt.«

»Trotzdem können wir uns nicht Hals über Kopf in einen Krieg stürzen, General, selbst wenn alle diese Angaben sich verifizieren lassen«, warf Vizepräsidentin Whiting ein. »Wir müssen den Norden vor einem globalen Forum anklagen, der Welt das Beweismaterial vorlegen und die Reaktion Chinas, Russlands und der übrigen asiatischen Staaten abwägen. Vielleicht gibt es doch eine Möglichkeit, diese Situation friedlich zu entschärfen.«

»Das gibt uns auch die Chance, unsere eigenen Streitkräfte umzugruppieren«, stellte Verteidigungsminister Chastain besorgt fest. »Fangen Sie jetzt einen Krieg an, wo große Teile unserer See- und Luftstreitkräfte sich darauf vorbereiten, lediglich an einer Übung teilzunehmen, müssen wir überstürzt reagieren, falls ein Krieg ausbricht. Verstärken wir unsere Präsenz dagegen langsam und allmählich, können wir eine starke Streitmacht in Position haben, um eine Ausweitung des Konflikts zu verhindern und Südkorea wirkungsvoll beizustehen – und wir erwecken nicht den Eindruck, als legten wir es darauf an, gegen den Norden loszuschlagen.«

Als der Dolmetscher das übersetzte, war deutlich zu sehen, dass General Kim nicht gefiel, was er hörte. Er senkte den Kopf, um seine Emotionen zu verbergen.

»Ich verspreche Ihnen, General Kim, Minister Kang«, sagte der Präsident, »dass ich alle verfügbaren Waffen einsetzen werde, um die Republik Korea zu schützen und zu verteidigen. Aber ein Angriff auf Nordkorea kommt nicht in Frage. Die Gefahr, dass China eingreift und mit Kernwaffen zurückschlägt, ist zu groß. Es hat bereits gezeigt, dass es bereit ist, sie außerhalb seiner Grenzen einzusetzen. Ich glaube, dass es sie gegen jeden einsetzen würde, der es wagen wollte, einen Präventivschlag gegen Nordkorea zu führen.«

General Kim sprach nochmals, dann sagte sein Dolmetscher: »Der General hat Minister Kang gebeten, Sie über unsere bereits aufgestellten Special Forces zu informieren.«

»Welche Special Forces?«, fragte der Präsident.

»Ich bin nicht befugt, darüber Mitteilung zu machen«, erklärte

Außenminister Kang nervös. Aber General Kim blaffte einen Befehl, der nur »Los, erzählen Sie's ihnen, verdammt noch mal!« heißen konnte. Kang schluckte trocken und fuhr fort: »Der General meint unsere neue Aufklärungs- und Einsatzabteilung, die dem Aufklärungsbüro des nordkoreanischen Generalstabs entspricht. Sie besteht aus Soldaten aller drei Teilstreitkräfte, die ...« Er schluckte erneut. »... von russischen Geheimdienstleuten ausgebildet werden.«

»*Russen!*«, rief Chastain aus. »Sie haben eine von *Russen* ausgebildete Geheimtruppe?«

»Wie sind Sie bloß *darauf* gekommen?«, fragte Vizepräsidentin Whiting ungläubig. Der Präsident schwieg; nur die Tatsache, dass ihm seine berühmten Silberlocken in die Stirn fielen, verrieten, wie zornig und besorgt er war. »Wie kommen Sie darauf, dass die Russen keine Informationen über diese Gruppe an die Nordkoreaner weitergeben?«

»Weil wir ihnen weit mehr zahlen, als die Nordkoreaner jemals könnten«, antwortete Kang nüchtern. »Die Russen haben Milliarden Rubel für Ausbildung, Ausrüstung und die Entsendung von Beratern ausgegeben, um das nordkoreanische Netzwerk für Infiltration, Sabotage, Subversion und Terrorismus aufzubauen, und dafür keinerlei Gegenleistung bekommen. Wir werden jetzt von den Russen noch besser beraten und zahlen ihnen dafür viele Millionen Dollar, die als Wirtschaftshilfe getarnt werden.«

»Wir ... davon haben wir nichts geahnt!«, rief Vizepräsidentin Whiting aus. »Dem hätten wir im Voraus zustimmen müssen, Minister Kang. Das könnte die amerikanischen Geheimdienstoperationen in Asien gefährden – vielleicht sogar auf der ganzen Welt.«

»Wir haben unsere neuen Agenten und Informanten auch dazu benutzt, nordkoreanische Regierungs- und Geheimdienstkreise zu durchleuchten«, berichtete Kang. »Ich kann Ihnen versichern, dass keine amerikanischen Quellen oder Methoden kompromittiert worden sind. Nordkorea – und auch China – weiß nichts von unserer neuen Aufklärungs- und Einsatzabteilung.«

»China?«, wiederholte Chastain. »Sie haben auch China unterwandert?«

»Auf höchster ziviler und militärischer Ebene«, bestätigte Kang.

»In einem tausend Meilen breiten Streifen entlang der chinesisch-nordkoreanischen Grenze kennen wir nicht nur die Gliederung der chinesischen Streitkräfte, sondern auch die genauen Befehlsverhältnisse, Nachrichtenmittel, Codes und Verfahren für die Befehlsübermittlung zu den einzelnen Truppenteilen. So können wir die chinesischen Befehlswege und alle Verbindungen nach Nordkorea binnen weniger Minuten lahm legen.«

Kang schien mit ehrlicher Begeisterung zu sprechen, als er sich jetzt an Präsident Martindale wandte. »Sir, überall in Nordkorea und China sitzen unsere Agenten in hohen und höchsten Positionen. Im vergangenen halben Jahr haben sie auf allen gesellschaftlichen Ebenen – im Staatsdienst, an den Universitäten und im Militär – ein weit gespanntes Netzwerk aus Spitzeln, Aktivisten, Propagandisten und Hilfswilligen aufgebaut. Sie sollen keineswegs nur Sabotageakte und Morde ausführen, obwohl wir auch die befehlen könnten, wenn wir wollten. In erster Linie dient das Netzwerk dazu, unseren nordkoreanischen Brüdern die Gewissheit zu geben, dass wir bereit sind, ihnen zu helfen, die Halbinsel und unser Volk wieder zu vereinigen.

Wir haben festgestellt, dass die Bevölkerung Nordkoreas auf unserer Seite steht«, fuhr Kang fort. »Die Revolution greift immer weiter um sich. Dabei handelt es sich nicht nur um eine politische Revolution, sondern auch eine ideologische, kulturelle und religiöse Umwälzung. Das kommunistische Regime versucht natürlich, sie zu unterdrücken, aber wie damals in Ostdeutschland und Russland gewinnt sie ständig neue Anhänger. Sie braucht nur noch einen Zündfunken. Diesen Funken kann die Republik Korea liefern, und der Zeitpunkt dafür ist jetzt gekommen.«

»Das ist unglaublich, absolut umwerfend«, sagte Chastain. »Wir werden einige Zeit brauchen, um diese sensationellen Mitteilungen zu analysieren ...«

»Zeit ist ein Luxus, den wir uns leider nicht gönnen dürfen«, unterbrach Kang ihn. »Der Norden kann jeden Augenblick zu einem Vernichtungsschlag ausholen.«

»Bedaure, Minister, aber wir können es uns nicht leisten, überhastet zu handeln«, wehrte der Präsident ab. Als der Dolmetscher das übersetzte, war unverkennbar, dass General Kim mit jeder Sekunde zorniger wurde. Martindale ignorierte ihn und sprach weiter: »Wir müssen die Meldungen Ihrer Aufklärungs- und Einsatzabteilung analysieren, sie selbst verifizieren und hier in Washington diskutieren. Daraus kann ein Plan entstehen, den die Spitzen beider Parteien in Abgeordnetenhaus und Senat billigen, für den sie Finanzierungszusagen geben müssen.« General Kim blaffte etwas Unverständliches und starrte Kang dann ungeduldig an. Der Außenminister reagierte nicht und ließ seinen Blick auf Martindale gerichtet, aber dass die beiden Koreaner unterschiedlicher Meinung waren, konnte niemand übersehen. »Sie haben noch etwas auf dem Herzen, Minister Kang«, stellte der Präsident leicht resigniert fest. »Also, heraus damit!«

»Wir haben unsere Karten auf der Tisch gelegt, Sir«, erwiderte Kang. »Ich verstehe Ihre Besorgnis und Ihren Wunsch, die erhaltenen Informationen zu überdenken und zu diskutieren. Deshalb möchten wir Sie nicht länger mit unserer Anwesenheit belästigen. Ich danke Ihnen für Ihre Zeit und Ihre Aufmerksamkeit. Ich werde meine Regierung gern von Ihrer Besorgnis und Ihren Überlegungen in Kenntnis setzen.»

»Wir würden gern hören, was General Kim dazu zu sagen hat, Minister«, stellte Martindale nüchtern fest.

Kim schüttelte energisch den Kopf. Kang wirkte erleichtert. »Der General scheint nichts hinzuzufügen zu haben, Mr. President. Ich möchte Ihnen deshalb nochmals dafür danken, dass Sie ...«

»Augenblick!«, unterbrach der Präsident ihn. Er sprach Kim direkt an. »Falls Sie noch etwas auf dem Herzen haben, General, sollten Sie es jetzt sagen.«

Kang stand auf. »Danke für Ihre Gastfreundschaft, Sir.«

Im nächsten Augenblick explodierte Kim. Er schoss hoch und überschüttete erst Martindale, dann Chastain und zuletzt Kang mit einem Wortschwall. Kang fauchte ihn an, aber der General dachte nicht daran, sich den Mund verbieten zu lassen.

»Was hat er gesagt? Übersetzen Sie!«, befahl der Präsident.

»General Kim sagt, dass Sie den Chinesen gegenüber viel zu ängstlich geworden sind«, übersetzte der Dolmetscher. »Er sagt, dass Ihr Image und Ihre Wiederwahl Ihnen viel zu wichtig sind, als dass Sie beides riskieren würden, um Frieden und Freiheit des demokratischen Koreas zu verteidigen.« Er wandte sich an Chastain. »Der General sagt, dass Sie im sicheren Washington für Vorsicht und Zuwarten plädieren, während die freien Koreaner sich Sorgen wegen eines Atomkriegs machen. Und er sagt, dass Minister Kang nicht den Mut hat, den Amerikanern zu sagen, dass wir selbst tun werden, was für den Schutz unserer Heimat nötig ist, wenn Sie sich weigern, uns beizustehen. Minister Kang hat den General aufgefordert, den Mund zu halten, sonst sorgt der Minister dafür, dass er aus dem Amt gejagt wird. Der General sagt, dass er seine Truppen zum Sieg über die Kommunisten führen wird, ohne sich darum zu kümmern, ob die amerikanischen Schwächlinge ihm dabei helfen oder nicht.«

Die erregten Stimmen waren nach draußen gedrungen, sodass in diesem Augenblick Secret-Service-Agenten mit gezogenen Pistolen hereinstürmten. Zwei von ihnen wollten sich über den Präsidenten werfen, um ihn mit ihren Körpern zu schützen. »Nein!«, wehrte er ab. »Nicht nötig!«

Kang rief Kim etwas zu, aber der General war bereits zur offenen Tür unterwegs. Weitere Secret-Service-Leute standen bereit, um ihn notfalls mit Gewalt aufzuhalten. »Lasst ihn gehen!«, befahl der Präsident ihnen. Sobald seine Leibwächter, die den Dolmetscher mitnahmen, den Raum verlassen und die Tür hinter sich geschlossen hatten, wandte er sich an den Außenminister. »Minister Kang, ich will sofort Präsident Kwon sprechen. Falls Sie ernstlich an Krieg gegen Nordkorea denken, müssen Sie damit warten, bis ich Gelegenheit gehabt habe, mit ihm zu sprechen.«

»Ich versichere Ihnen, dass wir an keinen Krieg gegen den Norden denken«, antwortete Kang. »Viele Mitglieder meiner Regierung sind äußerst besorgt, aber wir stimmen darin überein, dass wir nichts Besseres tun können, als mit der Macht und dem Einfluss der Vereinigten Staaten im Rücken die Aufmerksamkeit der Weltöffentlichkeit auf die aggressive Haltung des Nordens zu lenken. Aber wir müssen die Gewissheit haben, dass Amerika uns in diesen Bemühungen unterstützt.«

»Ich werde Präsident Kwon bestätigen, dass die Vereinigten Staaten auch in Zukunft die Schutzmacht Koreas bleiben«, sagte Martindale. »Aber hören Sie mir jetzt bitte gut zu: Wir dürfen uns nicht mit Scheuklappen vor den Augen in einen Krieg treiben lassen, nur weil einige Hitzköpfe in Ihrer Regierung wie General Kim glauben, sie könnten die Chinesen ignorieren und die Nordkoreaner über Nacht zum Kuschen bringen. Wir stehen Ihnen in jeder Krise als treue Verbündete bei, aber wir wollen, dass das eine Partnerschaft ist. Anders kann ich dem amerikanischen Volk unser Engagement nicht verkaufen.«

Kang war zutiefst verletzt und darüber gekränkt, dass der Präsident dem amerikanischen Volk seine Absicht, Südkorea vor einem Überfall zu schützen, »verkaufen« musste. »Ja, ich verstehe, Mr. President«, antwortete er mit grimmiger Miene. Er verbeugte sich tief. »Tut mir sehr Leid, dass ich Sie belästigt und den Frieden dieses berühmten Orts gestört habe. Ich bitte persönlich um Entschuldigung und übernehme die volle Verantwortung für General Kims Benehmen. Wenn Sie mich jetzt bitte entschuldigen wollen …« Er verließ das Oval Office, ohne aufzusehen oder sich von jemandem mit Handschlag zu verabschieden.

Martindale, Whiting, Chastain und Hale starrten sich wie benommen an. »Was zum Teufel war *das?*«, fragte der Verteidigungsminister ungläubig.

»Also, was ist davon zu halten, Leute – haben die Südkoreaner irgendwas vor?«, fragte der Präsident. »Werden Sie diese Ziele wirklich angreifen?«

»Ich denke, was diesen Punkt betrifft, sollten wir uns von der CIA beraten lassen«, schlug Chastain vor, »aber mein Eindruck ist, dass die koreanische Regierung dazu neigt, in nächster Zeit irgendwie aktiv zu werden. Kim hat sich aufgeführt, als wollte er am liebsten gleich selbst durch die Entmilitarisierte Zone stürmen.«

»Trotzdem ist ausgeschlossen, dass Präsident Kwon sich einbildet, er könnte den Norden erfolgreich angreifen, wenn wir nicht hundertprozentig hinter ihm stehen und zum Eingreifen bereit sind«, stellte Vizepräsidentin Whiting fest. »Er weiß genau, dass er allein keine Chance hätte. Die nordkoreanischen Streitkräfte sind dreimal stärker als die des Südens. Und China hat vermutlich mehr Militärköche als Kwon Soldaten in seinen Streitkräften. Ich denke, dass dieser Zwischenfall mit den Atombomben sie nervös gemacht hat. Kim war die Stimme der Hitzköpfe, die Vergeltung fordern – Kang war die Stimme der Vernunft. Ich kann mir nicht vorstellen, dass es Krieg geben soll.«

»Stellen Sie keine Mutmaßungen an, Mr. President«, riet Jerrod Hale ihm. »Rufen Sie Präsident Kwon an. Fragen Sie ihn geradeheraus. Sagen Sie ihm, was Sie von dieser Sache halten. Zeigt sich, dass er Krieg will, fordern Sie ihn auf, noch zu warten, und schlagen eine friedliche Alternative vor. Falls er noch Wert darauf legt.«

In diesem Augenblick betraten Admiral George Balboa, der Vorsitzende der Vereinten Stabschefs, und CIA-Direktor Robert Plank das Oval Office. »Ich habe den südkoreanischen Außenminister in seine Limousine steigen gesehen«, sagte Plank. »War er hier?«

»Er war hier und hat eine Bombe hochgehen lassen«, antwortete der Präsident, der wieder an seinem Schreibtisch saß. »Ich brauche schnellstens einen vollständigen Überblick über die militärische Lage auf der koreanischen Halbinsel – mit genauen Angaben über Stärke und Gliederung der südkoreanischen Streitkräfte.« Dann nahm er den Telefonhörer ab, wählte die Nummer der Nachrichtenzentrale des Weißen Hauses und meldete ein Gespräch mit Präsident Kwon Ki-chae in Südkorea an.

3

Vorfeld der 111th Bomb Squadron,
Reno-Tahoe International Airport, Reno, Nevada
(zwei Tage später)

»Verdammt eindrucksvoll, Muck«, sagte Dave Luger. »Das ist die Kurzfassung. Wirklich verdammt eindrucksvoll.«

Patrick McLanahan, der in dem großen StepVan, der seinem Bewertungsteam als mobiles Hauptquartier diente, auf der Rücksitzbank saß, nahm einen Schluck Kaffee und zog überrascht die Augenbrauen hoch. Es war einige Stunden vor Tagesanbruch, kurz vor Ablauf der zwölfstündigen Ruheperiode, die alle fliegenden Besatzungen aus Sicherheitsgründen einhalten mussten. Verdammt früh, eigentlich viel zu früh, aber Patrick war entschlossen, seine Teamführer – deren Arbeitstage viel länger waren als seine – nicht sehen zu lassen, wie müde er war.

Bei ihm in dem Van waren Oberst David Luger, Patricks alter Freund und Partner, der als Leiter des Wartungs- und Waffeninspektionsteams fungierte; Oberstleutnant Hal Briggs, der mit seinen Leuten für Sicherheit und Verwaltung zuständig war; und Oberstleutnant Nancy Cheshire, die das Inspektionsteam für Befehlsgebung, Einsatzplanung und Technische Dienste leitete. Ihr Fahrzeug stand auf dem Vorfeld der Air National Guard bei der Schranke an der Einfahrt zu der lang gestreckten Abstellfläche. Um die von Halogenscheinwerfern, die auf hohen Lichtmasten saßen, grell angestrahlte lange Reihe schlanker, gefährlich aussehender Bomber B-1B herrschte reger Betrieb. Wartungsfahrzeuge und -personal waren zielstrebig unterwegs. Für diese Staffel war das alles keine Übung – für sie war es der Ernstfall. Aces High zog in den Krieg, das wussten alle Männer und Frauen der kleinen

Einheit vom Kantinenkoch, der ihre Bordverpflegung zubereitete, bis hinauf zur Staffelchefin nur allzu gut.

»Alle Maschinen waren nach nur kleinen Pannen einsatzbereit«, fuhr Luger fort. Dave Luger war ein großer, schlaksiger Texaner, ein ehemaliger B-52-Navigator, der jetzt in der supergeheimen Forschungseinrichtung Dreamland unter Patrick McLanahan als Projektingenieur arbeitete. »Sieben B-1B voll ausgerüstet und flugbereit. Die größten Schwierigkeiten hat der Bahntransport der Waffen aus dem Marinedepot Creashawn gemacht, aber als sie dann endlich da waren, sind die Bomber ohne Ausfälle beladen worden.«

»Ohne Ausfälle?«, fragte Patrick ungläubig.

»Ohne«, versicherte David ihm. »Sieben B-1B mit gemischten Waffenlasten: achtundzwanzig Bomben Mark 82 in der vorderen Bombenkammer, ein Revolvermagazin mit acht GBU-32 JDAM in der mittleren Kammer und zehn CBU-87 in der hinteren Kammer – alles rechtzeitig und ohne größere Pannen an Bord gebracht. Ich werde kleinlich sein müssen, um überhaupt etwas kritisieren zu können.

Der Laden hier ist erstaunlich, Muck. Ist dir schon mal aufgefallen, dass man weiß, wie eine Staffel funktionieren wird, wenn man sich beim Reinkommen die Fußböden ansieht? Ich hab gleich gewusst, dass diese Jungs auf Zack sind, als ich reingekommen bin. Hier kannst du vom Fußboden essen. Und ihre Bombentransportgeräte sehen aus, als würden sie *poliert,* nicht nur sauber geputzt.«

»Jede Einheit poliert ihr Gerät, wenn ein Inspektionsteam auf dem Platz ist«, stellte Patrick fest.

»Aber man merkt meistens, ob der Glanz oberflächlich oder das Ergebnis regelmäßiger Pflege ist«, wandte Dave ein. »Außerdem war unsere Inspektion nicht angekündigt – also war gar keine Zeit, jedes Werkzeug, jede Arbeitsbank, jedes Regal und jede Werkstatt auf Hochglanz zu bringen. Und vergiss nicht, dass die Staffel annehmen musste, sie sei nach Ellsworth oder Dyess unterwegs, um dort ihre Einsatz-Zertifizierung zu absolvieren. Wozu alles Gerät polieren, *bevor* es abtransportiert wird?

Eine wichtige Rolle spielen hier die Besatzungsmitglieder«, fuhr Luger fort. »Sie überwachen die Arbeit der Wartungsteams und prüfen alles doppelt und dreifach. Wie sie auf mögliche Schäden durch Fremdkörper achten, ist mustergültig – davon könnten wir uns eine Scheibe abschneiden. Sie genieren sich nicht, auch einen Inspektor anzusprechen, wenn er einen Bleistift verliert oder vergessen hat, das Profil seiner Autoreifen nach Fremdkörpern abzusuchen.«

»Gut.« Patrick wusste, dass das stimmte. Ein junger Sergeant hatte ihn höflich, aber bestimmt darauf aufmerksam gemacht, dass er sein Schreibbrett nicht auf den Asphalt legen dürfe. Das nächste laufende Triebwerk war fast 100 Meter von dieser Stelle entfernt gewesen, aber die Gefahr, dass ein Windstoß oder ein Fahrzeug ein Blatt seiner Checkliste hochwirbelte, sodass es in ein sieben Millionen Dollar teures Triebwerk geriet, war einfach zu groß. »Sie haben also sieben Maschinen beladen und flugbereit?«

»Sieben im grünen Bereich, betankt, beladen und startbereit«, bestätigte Luger. »Diese Jungs arbeiten wirklich gut zusammen. Es wäre schwierig, sie von einer USAF-Einsatzstaffel zu unterscheiden. Ich bezweifle nicht, dass sie im Stande sind, ihre Maschinen beliebig lange in Bereitschaft zu halten.«

»Gesamturteil?«

»Ausgezeichnet«, antwortete David. »In allen entscheidenden Bereichen stufe ich sie als ›überragend‹ ein.«

»Sehr gut.« Patrick wandte sich an Hal Briggs. »Was haben Sie gesehen, Hal?«

»Dito«, sagte Briggs. Er war ein drahtiger Schwarzer mit dunklen, lebhaften Augen und raschem Lächeln, der ständig in Bewegung, ständig animiert und aufgeregt zu sein schien. Aber Patrick hatte ihn auch als gefährlichen Einzelkämpfer erlebt. Bis zum Tod seines Mentors Brad Elliott war Hals bevorzugte Waffe eine seltene Maschinenpistole Uzi Kaliber 45 gewesen; jetzt trug er Elliotts Pistole Colt M1911A1 mit Griffschalen aus Elfenbein.

»Wie Sie wissen, bin ich mit einigen meiner Leute schon vor ein paar Tagen hergekommen, um die hiesigen Sicherheitseinrichtungen zu testen«, fuhr Briggs fort. »Unterhalb eines richtigen Kommandounternehmens haben wir alles Mögliche versucht – uns als Reinigungspersonal, als Reparaturtrupp der Telefongesellschaft und als neugierige Touristen ausgegeben. Für eine Staffel, die einen Zivilflughafen mitbenutzt, ist ihr Sicherheitsstandard verdammt hoch. Der auf dem Flughafen ist ziemlich lasch, aber das ändert sich, sobald man in die Nähe der 111th Bomb Squadron kommt. Gute K-9-Einheit, zweckmäßige Diensteinteilung, wirksame Kontrollen mit wechselnden Kennwörtern.

Ich habe ein paar offene Türen und Tore entdeckt und bin nahe genug an ein tankendes Verbindungsflugzeug herangekommen, um eine Übungshandgranate darunter werfen zu können. In einem Papiercontainer haben wir einen Plastikbeutel mit geschredderten Verschlusssachen gefunden, aber das Zeug war Konfetti und unlesbar – trotzdem ein Verstoß gegen die Geheimhaltungsvorschriften, aber kein schlimmer. Wir sind nie auch nur in die Nähe eines Bombers, des Gefechtsstands oder ihres Verschlusssachenraums gelangt. Auch in den Server ihrer Computer sind wir nicht reingekommen. Obwohl wir in verschiedenen Bars eine Menge Drinks ausgegeben haben, hat kein einziger Angehöriger der Staffel sich über irgendwelche Geheimsachen aushorchen lassen. Ein Mann hat unseren Annäherungsversuch sogar Furness gemeldet, die seinen Bericht an General Bretoff, die Staatspolizei und das Office of Special Investigations auf der Beale Air Force Base weitergeleitet hat. Beurteilung: insgesamt ›überdurchschnittlich‹, in allen entscheidenden Bereichen ›ausgezeichnet‹.«

»Gut«, sagte Patrick. »Was haben Sie, Nancy?«

»Sie glauben jetzt vielleicht, die Schallplatte hätte einen Sprung, Patrick, aber ich stufe sie insgesamt als ›überdurchschnittlich‹ und in allen entscheidenden Bereichen als ›ausgezeichnet‹ ein«, antwortete Nancy Cheshire. Oberstleutnant Cheshire, eine zierliche Brünette Ende dreißig mit großen braunen Augen und einer Stupsnase, gehörte zu den besten Testpiloten der U.S. Air Force. Sie hatte als erste Pilotin den Stealthbomber B-2A geflogen, aber ihre wahre Leistungsfähigkeit hatte sie in den vergangenen Jahren als hervorragende Testpilotin in Dreamland und als Kampfpilotin bei drei Geheimunternehmen mit umgebauten Bombern B-52 bewiesen. Jetzt war sie Cheftestpilotin im High Technology Aerospace Weapons Center.

»Es hat Spaß gemacht, diesen Leuten von der Air Guard bei der

Arbeit zuzusehen«, fuhr sie fort. »Der Gefechtsstab, die Operationsabteilung und der Gefechtsstand haben bei allen angenommenen Szenarios tadellos funktioniert. Gute Geheimhaltung, gute Zeitkontrolle und gute Verwendung von Checklisten. Nur ein überfälliger Lagebericht und ein Versehen, durch das eine verschlüsselte Meldung auf einer nicht abhörsicheren Frequenz hinausgegangen ist, haben sie um die Gesamteinstufung ›überragend‹ gebracht.

Ich habe mich vor allem für den Mobilitätsaspekt interessiert, aber da verdient diese Staffel wirklich das Prädikat ›überragend‹. Das könnte damit zusammenhängen, dass sie früher Transporter C-130 geflogen hat – jedenfalls ist ihre Mobilität erstaunlich hoch. Ausgezeichneter Einsatz von Computern, auf denen maßgeschneiderte Programme laufen. Praktisch keine Zeitverluste. Entscheidend ist jedoch, wie die Leute durchgeschleust werden, und da ist die Staffel wirklich vorbildlich. Alle hatten die neuesten Unterlagen, die vorgeschriebenen Schutzimpfungen und ihre vollständige Ausrüstung. Man hätte glauben können, die Staffel *warte* auf ihre Verlegung. Sie ist eine kleine, fast familiär strukturierte Truppe, das stimmt, aber diese Leute sind motiviert und kampfbereit.«

»Sie können ihre Maschinen flugklar machen, sie können Bereitschaftsdienst leisten, und sie können mobil machen«, fasste Dave Luger zusammen. »Die große Frage ist jetzt nur noch …«

»Können sie kämpfen – und können sie auf einen anderen Platz verlegen und *dann* kämpfen?«, ergänzte Patrick an seiner Stelle. »Vielleicht wird's Zeit, ihnen etwas Sand ins Getriebe zu streuen, um zu sehen, wie sie damit zurechtkommen.«

Nancy Cheshire lächelte boshaft. »Sie wollen, dass es ein bisschen wehtut, Muck?«

»Hier geht's um mehr als eine Routineübung«, antwortete Patrick. »Ich will sehen, was sie wirklich können. Das tut vielleicht ein bisschen weh.« Er nickte seinen Stabsoffizieren zu. »Danke für die harte Arbeit, Leute. Nicht geheime Zusammenfassungen eurer Berichte bis heute sechzehn Uhr als E-Mail; vertrauliche Zusammenfassungen bis morgen früh. Wir sehen uns dann in Tonopah.«

Als die anderen mit unterdrücktem Gähnen den StepVan verließen, blieb Dave Luger zurück. »Wie sieht's zu Hause mit den Vorarbeiten für Lancelot aus?«, fragte Patrick ihn.

»General Samson hat Lancelot-Umbausätze für die beiden ersten Maschinen fertig – jetzt brauchen wir nur noch Flugzeuge, dann können wir loslegen«, sagte Luger. »Er hat die Genehmigung für zwei weitere Umbausätze. Bis wir mit Nummer eins und zwei in die Luft kommen, müssten Nummer drei und vier im Bau sein. Reservieren wir eine für die Ausbildung am Boden, könnten wir in zwei bis drei Monaten drei einsatzfähige Maschinen haben.« Er machte eine kurze Pause, dann fügte er hinzu: »So viel ich bisher gesehen habe, dürften die besten Kandidaten hier zu finden sein. Die Flugzeuge sind in erstklassigem Zustand; das Wartungspersonal arbeitet hervorragend; die Staffel ist gut organisiert und hat gute Einrichtungen. Was denkst du?«

»Ich weiß nicht recht, Dave«, antwortete Patrick unbehaglich. »Klar, die Maschinen sind top gepflegt – aber mit den Besatzungen habe ich ein Problem. Diese Kerle sind echt arrogant. Furness tut nichts lieber, als Leute aufzufordern, sich zum Teufel zu scheren, und das hat auf ihre Leute abgefärbt. Sie haben sich vor mir ungeniert respektlos über General Bretoff geäußert. Rinc Seaver ist der Schlimmste von allen – der Beste, aber auch der Schlimmste.« Patrick stand auf, reckte sich und wies den Fahrer an, sie zum Stabsgebäude zu bringen.

»Die Air Force hat sich verändert, seit wir damals aktiv waren, Muck«, stellte Dave fest. »Seit das Strategic Air Command seine Bomber ans Tactical Air Command abgegeben hat, haben alle Besatzungsmitglieder mehr Ähnlichkeit mit Jagdfliegern – sie sind jetzt arroganter, energischer, aggressiver, ehrgeiziger und viel cleverer. Die Air Force ist kleiner und schlanker geworden, was bedeutet, dass nur noch die Besten der Besten zum Fliegen kommen. Und bei der Air National Guard machen diese Veränderungen sich noch viel deutlicher bemerkbar. Ich glaube nicht, dass wir *sie* auf Vordermann bringen müssen … ich denke, *wir* müssen allmählich erkennen, wie die Air Force von heute ist.«

»Schon möglich«, knurrte Patrick, der sich plötzlich sehr alt vorkam. »Aber trotzdem könnte es manchen nicht schaden, den Hosenboden stramm gezogen zu bekommen.«

Luger beobachtete, wie sein alter Freund ein gewaltiges Gähnen unterdrückte. »Na, fühlst du dich fit, Partner?«, erkundigte er sich lächelnd. »Du hast fünf oder sechs Jahre keine B-1B mehr geflogen, stimmt's?«

»Ich komme schon zurecht, Dave«, wehrte Patrick ab. »Ich kenne die Maschine wie meine Hosentasche und ...«

»Ich rede von dir, Partner«, unterbrach Dave ihn. »Dass du aus der Megafortress ausgestiegen bist, liegt ungefähr ein Jahr zurück. Bist du bereit, wieder richtig zu fliegen?«

»Ich bin in diesem Jahr genug geflogen, Dave.«

»Ich meine nicht Prototypen, Simulatoren oder fliegende Prüfstände mit einem Haufen Ingenieure und Techniker – ich meine richtige Einsätze mit einer richtigen Besatzung, als *Teil* der Besatzung«, stellte Luger fest. »Du brauchst dir das nicht anzutun, weißt du. Den Überprüfungsflug mit Seaver kann Nancy machen, und ich kann dir selbstverständlich sagen, ob diese Jungs in Ordnung oder nur Hot Dogs sind. Außerdem«, fügte er mit ernster Miene hinzu, »braucht ihr alten Leute bekanntlich mehr Schlaf.«

Patrick rieb sich die Nase mit hochgerecktem Mittelfinger, achtete darauf, dass Luger die Botschaft verstand, und schlug ihm dann auf die Schulter. »Ich komme schon zurecht, Partner«, erklärte er ihm. »Für mich ist das eine Chance, in die reale Welt zurückzukehren. Darauf freue ich mich schon.«

Luger nickte aufmunternd. »Dann zeig's ihnen, Muck«, sagte er. »Solltest du mich brauchen, bin ich über SATCOM zu erreichen.« Patrick nickte ebenfalls und unterdrückte ein weiteres Gähnen. Sie schwiegen einen Augenblick lang, dann sagte Luger: »Natürlich kannst du jederzeit den Befehl über die Staffel übernehmen.«

War Patrick gerade noch etwas schläfrig gewesen, sah er jetzt aus, als hätten ihn die Posaunen von Jericho aus dem Schlaf gerissen. Er starrte seinen Partner völlig verblüfft an, dann fragte er: »Was hast du gesagt, Dave?«

»Erzähl mir bloß nicht, daran hättest du nicht schon gedacht«, antwortete Luger. »Hat Furness ihre Leute nicht im Griff, hat sie's verdient, einen Dämpfer zu bekommen. Sie behandelt diese Staffel wie ihr persönliches Spielzeug, das steht fest, aber das entscheidende Wort ist ›ihr‹. Nimm sie ihr weg, vielleicht nur für kurze Zeit, dann muss sich zeigen, was für eine Chefin sie ist. Steht sie das durch, ist alles in Ordnung. Tut sie's nicht, hast du dem Staat Nevada die Mühe erspart, sie von ihrem Posten zu entfernen, und zugleich die Grundlagen für eine noch bessere Staffel gelegt. Und du hättest dein erstes selbstständiges Kommando.«

»Dave, ich habe den Auftrag, diese Einheit zu beurteilen und General Samson darüber Bericht zu erstatten«, sagte Patrick. »Ich kann mir nicht einfach eine Staffel der Air National Guard unter den Nagel reißen. Außerdem habe ich schon einen Job. Ich arbeite an einem Dutzend Projekte, um die ich mich kümmern muss. Ich kann nicht alles hinschmeißen und …«

»Ah, so fangen Wahnvorstellungen an – man hält sich für unentbehrlich«, warf Dave ein. Patrick machte ein finsteres Gesicht, dann schüttelte er den Kopf und lachte nur. »Muck, ich kenne dich. Du bist kein Schreibtischhengst. Du bist ein Flieger. Du bist immer einer gewesen, du wirst einer bleiben, auch wenn du noch ein paar Sterne bekommst. Aber jetzt bist du Brigadegeneral der United States Air Force, und das bedeutet, dass du kommandierst. Diese Lancelot-Staffel wird deine Schöpfung sein – warum willst du sie also nicht selbst befehligen?«

»David, die Idee ist plemplem«, wehrte Patrick kopfschüttelnd ab. Der StepVan hielt vor einem einstöckigen Stahlbetonbau. Patrick sammelte seine Ausrüstung und die Handbücher ein und öffnete die Schiebetür. »Ich bin nicht hier, um Furness abzulösen, sie in den Hintern zu treten oder ihr beizubringen, wie man die B-1B fliegt – ich bin hier, um zu beobachten und Bericht zu erstatten. Nichts anderes habe ich vor, und danach will ich nach Hause zu meiner Frau und meinem kleinen Sohn und meiner vielen Arbeit, die sich inzwischen in Dreamland ansammelt.«

»Ja, *Sir*«, sagte Luger, der offensichtlich kein Wort davon glaubte. »Guten Flug … Kommodore.«

»Achtung!«, rief der Wachposten im Eingangsbereich, als McLanahan das Stabsgebäude betrat. »Weitermachen«, sagte Patrick, während er sein Ausweisarmband vorzeigte. Obwohl eine Großübung lief, hatte der Posten noch daran gedacht, »Achtung!« zu rufen, als ein hoher Offizier das Gebäude betrat. Das passte zu der vorläufigen Beurteilung, die Patricks Stab abgegeben hatte – eindrucksvoll.

Patrick fand Oberstleutnant Rebecca Furness einige Minuten später in einem der Räume für Einsatzbesprechungen, in dem sie ein Flipchart mit Filzstiften in verschiedenen Farben beschrieb. »Morgen, Oberstleutnant«, sagte er.

»General«, antwortete Furness. »Besprechung in fünfzehn Minuten. Kaffee gibt's im Kasino. Ich gebe Ihnen jemand mit, der Ihnen zeigt, wo Sie alles finden.«

»Danke, nicht nötig«, wehrte Patrick ab. Er ging zum »Kasino« zurück, wie der Freizeitraum der Staffel hochtrabend hieß, fand einen Kaffeebecher für Gäste und goss sich einen Kaffee ein. Jesus, dachte Patrick, hier sind sogar die Kaffeebecher der Angehörigen der Staffel sauber – eine so makellos saubere Kaffeebar hatte er auf seinem alten B-52-Stützpunkt nie gesehen. Hier gab es auch Bier vom Fass, aber ein über die Zapfhähne gelegtes Geschirrtuch signalisierte, dass die Bar geschlossen war. Außerdem sah er mehrere Spielautomaten, ein paar Flipper und Videospiele – alle aus der Steckdose gezogen –, einen großen Automaten für Jalapeño-Popcorn und einen Billardtisch. Über der Bar hingen die an Freitagabenden getragenen Namensschilder der Staffelangehörigen, auf denen statt Vor- und Familienname nur das jeweilige Rufzeichen stand.

Wie auf allen Fernsehern, die Patrick bei der 111th Bomb Squadron gesehen hatte, lief auch hier CNN. Das große internationale Thema hieß wie schon seit einigen Wochen Nordkorea. Das Land, einer der letzten noch existierenden kommunistischen Staaten, hatte den vergangenen Winter nur mühsam überstanden. Hunderttausende seiner Bürger waren wegen des Mangels an Heizöl, Nahrungsmitteln und Medikamenten an Hunger, Krankheiten oder Unterkühlung gestorben. Es hatte einen weiteren erfolglosen Anschlag auf Präsident Kim Jong-il gegeben; die Attentäter waren verhaftet, vor Gericht gestellt und öffentlich durch Erschießen hingerichtet worden – alles vor laufenden CNN-Kameras. Wenig später hatte Präsident Kim mehrere Offiziere wegen Hoch- und Landesverrats und Anstiftung zum Aufruhr hinrichten lassen. Unruhen wegen schlechter Versorgung mit Lebensmitteln waren an der Tagesordnung; alle wurden von den Sicherheitskräften hart, sogar brutal niedergeschlagen.

Gleichzeitig setzte Nordkorea jedoch seine massive Aufrüstung fort, die alle anderen Staaten Asiens übertraf. Die Nordkoreaner hatten eine weitere auf Gleisen stationierte ICBM des Typs Daepedong I erprobt, die erst nach 6500 Meilen in den Pazifik gestürzt war, und wollten sie innerhalb eines Jahres einsatzbereit haben. Eine Weiterentwicklung dieser Rakete, die größere Daepedong 2, besaß angeblich eine Reichweite von über 9000 Meilen, womit sie Ziele auf dem amerikanischen Festland erreichen konnte. Sie verfügten über ebenfalls auf Gleisen stationierten ballistische Raketen Nodong 1 und Nodong 2 mit Kernsprengköpfen, die Ziele in ganz Japan, aber auch auf Okinawa treffen konnten. Sie besaßen Hunderte von Kurz- und Mittelstreckenraketen, von denen manche chemische oder biologische Waffen tragen konnten; auch einige ihrer über 9000 Geschütze konnten ABC-Granaten verschießen. Nordkorea, ein Land mit nur 24 Millionen Einwohnern, deren durchschnittliches Jahreseinkommen unter 900 Dollar lag, und schwindender Wirtschaftskraft, gab erstaunliche 30 Prozent seines Bruttosozialprodukts für Verteidigung aus.

Ebenso verwirrend war die Reaktion Südkoreas auf die massive Aufrüstung des Nordens. Statt selbst aufzurüsten oder die Vereinigten Staaten um zusätzliche Truppen zu bitten, baute die südkoreanische Regierung ihre Hilfs- und Zusammenführungsprogramme für den Norden noch aus, während sie andererseits die Verstärkung der amerikanischen Präsenz auf der Halbinsel blockierte. Die Vereinigten Staaten hatten weniger als 10 000 Soldaten in Südkorea stationiert – fast keine Kampftruppen, sondern überwiegend Beobachter, Ausbilder und Berater. Im Vergleich zum Norden waren die Streitkräfte des Südens weit moderner, aber numerisch hoffnungslos in der Unterzahl. Während der südkoreanische Verteidigungshaushalt nur mühsam vor Kürzungen bewahrt werden konnte, wurden jedes Jahr rasch steigende Mittel für Wirtschaftshilfe, Lebensmittelspenden, Kulturaustausch und Familienzusammenführung mit Nordkorea bewilligt.

Gehört das zur Denkweise der Koreaner?, fragte Patrick sich, während er einen Bericht über die sich verschlechternde Lage Nordkoreas verfolgte. Hilf deinem Feind, selbst wenn er kein anderes Ziel hat, als dich zu vernichten? Oder trug Südkorea auf naive Weise zum eigenen Untergang bei, indem es seinen Erzfeind mit dem Nötigsten versorgte? Nach jeder Enttarnung eines Spionagerings oder Entdeckung eines Tunnels durch die Entmilitarisierte Zone verstärkte Südkorea seine Hilfe für den Norden. Als vor drei Jahren die dortige Stadt Wonsan durch eine Kernwaffe in Trümmer gelegt worden war – offenbar durch China, das die Aufmerksamkeit der Weltöffentlichkeit von seinem Versuch, Taiwan zu erobern, hatte ablenken wollen –, hatte Südkorea Geld und Baumaschinen für den Wiederaufbau zur Verfügung gestellt.

Patrick ging in den Raum für Einsatzbesprechungen zurück und studierte den Ablaufplan, den Furness auf die Flip-Chart geschrieben hatte. Er stammte aus einem der vielen Ringordner, die hier in allen Dienstzimmern auflagen und Anweisungen für alle vorkommenden Aufgaben von der Feuerwache bis zur Mobilmachung enthielten. »Gute Idee«, meinte Patrick, während er in dem Ringordner blätterte. »So läuft die Einsatzbesprechung von selbst – hier steht alles drin.«

»Ich will nicht bei jedem Einsatz das Rad neu erfinden müssen«, sagte Furness. »Das Schema bleibt immer gleich – also gibt's keine Überraschungen. Und lässt man versehentlich etwas aus, merkt es immer jemand.«

Jede Etappe des bevorstehenden Einsatzes war auf die Minute genau festgelegt: Beginn der Einsatzbesprechung, allgemeine Informationen, Nachrichtenlage, Zwischenabgleich, Formationseinweisung, Masseneinweisung, Besatzungseinweisung, Zeitvorgaben, Kontrolle der Rettungsmittel, Wetter- und NOTAM-Informationen, Flugplanaufgabe, Busabfahrten, Ankunft am Flugzeug, Vorflugkontrolle und genau festgelegte Zeiten für den Empfang der Startfreigabe, das Anlassen der Triebwerke, das Rollen und den Start. Jeder Angehörige der Staffel hatte einen bestimmten Job – für alle Aufgaben von der Vorbereitung der Flugpläne über die Bestimmung des Sonnenstands bei Luftbetankungen und Bombenangriffen bis zur Zusammenstellung von Lunchpaketen war irgendjemand zuständig. Der oder die Verantwortliche würde in diesen Raum zurückkommen, dem Rottenführer seinen Papierkram zum Abzeichnen vorlegen und die nächste Aufgabe in Angriff nehmen.

Für Patricks Auftrag, der ebenfalls auf dem Flipchart stand, genügte eine einzige Zeile: »Seaver auf Herz und Nieren prüfen.«

In diesem Augenblick kam Rinc Seaver in den Besprechungsraum. »Morgen, General, Oberstleutnant«, sagte er förmlich. Furness gab keine Antwort.

»Die Notverfahren im Simulator haben Sie tadellos hingekriegt, Major«, stellte Patrick fest. Er hatte beschlossen, Seaver im Simulator mit verhältnismäßig anspruchsvollen Aufgaben zu testen, um zu sehen, wie er mit Stress zurechtkam. Am liebsten hätte er versucht, den schicksalhaften Einsatz in Fallon zu reproduzieren, um zu sehen, ob es auch andere Möglichkeiten gegeben hätte. Aber wie er Furness und den anderen erklärt hatte, war er nicht hier, um den Absturz zu untersuchen. »Mir gefällt, wie Sie den Funkverkehr und die Checklisten delegieren. Das beweist gute Crewkoordination, gutes Situationsbewusstsein.«

»Danke, Sir.«

»Ich finde, Sie sind etwas zu aggressiv gewesen«, sagte Furness. Auf Patricks Wunsch war Rebecca Furness auf dem Sitz des Überprüfers »mitgeflogen«, während zwei Systemoffiziere als DSO und OSO fungiert hatten, weil das Terrainfolgesystem im Simulator nur funktionierte, wenn auch die zweite Kabine in Betrieb war. Er hatte Furness auch gebeten, Seavers schriftlichen Test auszuwerten. »Wozu nach CITS-Codes und dem vollständigen Text der Technischen Anweisung fragen?«, fuhr sie fort. »So was lenkt unnötig ab. Sie haben mit zu vielen Bällen gleichzeitig jongliert.«

Rinc sah zu Patrick hinüber, der zustimmend nickte. »Sie hat Recht«, erklärte er Seaver. »Sie beherrschen Ihr Zeug, aber Sie waren der Crew bei ihrer systematischen Fehlersuche immer ein paar Schritte voraus, und das wirkt störend. Sie hätten sich ganz darauf konzentrieren sollen, Ihren schwer beschädigten Bomber zu fliegen.« Er wandte sich an Furness. »Gut erkannt, Oberstleutnant. Irgendwas für mich?«

»Sie sind etwas eingerostet, kennen die hiesigen Verfahren nicht allzu gut und reden nicht genug«, antwortete Furness. »Aber

Sie haben Ihre Aufgabe gelöst und die beschädigte Maschine sicher heimgebracht. Ich würde mit Ihnen fliegen. Aber Sie würden auf jeden Fall fliegen, selbst wenn Sie die ganze Zeit nur in der Nase gebohrt hätten, nicht wahr?«

»Richtig. Trotzdem vielen Dank. Meine offizielle Beurteilung bekommt General Bretoff, aber ich habe Seavers Leistung als ›ausgezeichnet‹ eingestuft. Alle haben ihre Sache sehr gut gemacht.«

»Danke, Sir«, sagte Seaver. Furness gratulierte ihm wider Erwarten nicht zu seinem Ergebnis. Seaver schrieb sich einige Punkte vom Flipchart ab und verließ den Raum.

»Ich muss zugeben, Oberstleutnant«, sagte Patrick, während er die Staffelchefin bei der Arbeit beobachtete, »dass Ihre Staffel mich sehr beeindruckt. Alle leisten Überdurchschnittliches.«

»Das klingt ganz so, als hätten Sie erwartet, hier eine schlampige Säuferbande anzutreffen«, antwortete Furness.

»Nein. Aber es wird verdammt schwierig sein, eine Erklärung für den Verlust einer Maschine und einer Besatzung zu finden.«

»Sie glauben vermutlich nicht, dass man einfach mal Pech haben kann, was?«

»Klar glaube ich das«, versicherte Patrick ihr. »Denken Sie, dass das Pech war?«

»Allerdings. Scheiße passiert eben. Wer Jets fliegt, muss mit Unfällen rechnen. Unsere Fliegerei ist gefährlich.«

»Richtig«, gab Patrick zu. »Aber im Simulator und bei der Durchsicht der Unfallberichte ist mir aufgefallen, dass …«

»Ich dachte, Sie seien nicht hier, um wegen des Unfalls zu ermitteln, Sir.«

»Ganz recht, aber ich wäre ein Idiot, wenn ich mich nicht über den Absturz informieren würde, nicht wahr, Oberstleutnant?«, erwiderte Patrick. »Die meisten Ihrer Angriffe fliegen sie mit Radar im Horizontalflug, stimmt's?«

»Wir fliegen *alle* unsere Angriffe mit Radar im Horizontalflug«, erwiderte Rebecca. »Die Joint Direct Attack Munition soll uns flexibler machen, aber ohne präzise Lenkbomben oder Bildsensoren wie LANTIRN oder Pave Tack müssen wir noch heute so angreifen, wie es die ersten strategischen Bomber getan haben.«

»Aber Ihre Staffel fliegt sehr aggressiv«, stellte Patrick fest.

»Vielleicht zu aggressiv. Manche Leute würden leichtsinnig sagen. Wozu die vielen Ausweichmanöver, wenn alle Ihre Angriffe nach demselben Schema ablaufen?«

»Meiner Ansicht nach, Sir, sollen wir mit weniger mehr erreichen«, antwortete Furness. » Wir haben weniger Bomber, kleinere Etats und mehr Einsätze über immer gefährlicheren Zielgebieten. Was uns dort an Bedrohungen erwartet, können wir nicht beeinflussen. Wir tun, was nötig ist, um die Ziele trotz aller feindlichen Abwehrmaßnahmen zu zerstören.«

Furness betrachtete Patrick einen Augenblick lang nachdenklich, bevor sie fortfuhr: »Sie sind ein alter Bomberpilot, Sir.« Patrick äußerte sich nicht dazu. »Ich erinnere mich, manchmal von Ihnen gehört zu haben, als ich angefangen habe, Tanker und später die RF-111 zu fliegen. Sie wissen, wie Bomber früher geflogen sind: tief, schnell und allein, meistens mit Atombomben oder SRAMs bewaffnet. Nun, das hat sich inzwischen geändert. Wir fliegen in Gruppen. Wir greifen hoch oder tief, langsam oder schnell an – je nach Zielart und mitgeführter Bewaffnung.

Aber dafür werden wir nicht ausgebildet. Unsere Ausbildung sieht noch immer so aus wie Ihre und meine vor vielen Jahren – allein gegen die Bedrohungen, die feindliche Luftverteidigung und das Ziel. Statt einen Marschflugkörper oder Stealthbomber einzusetzen, der die Luftverteidigung aus sicherer Entfernung ausschaltet, bevor Bomber B-1B mit Jagdschutz angreifen, zwingen wir ein paar unserer Bomber zu einem Spießrutenlauf zwischen feindlichen Jägern und Fla-Lenkwaffen. Das ist unrealistisch. Im richtigen Leben würden wir das nie tun. Aber so werden wir ausgebildet, weil das billig und einfach ist.

Wir haben den Auftrag, das Ziel zu zerstören, auch wenn es noch so gut verteidigt wird«, stellte Furness fest. »Das bedeutet, dass wir bis an die äußersten Grenzen unserer Belastbarkeit und der unserer Maschinen gehen müssen. Die B-1B trägt dieselbe Nutzlast wie eine B-52, ist aber so schnell und wendig wie eine F-15 Strike Eagle. Wir haben die Mittel, also setzen wir sie auch ein.«

»Was halten Sie davon, wenn die B-1B allein angreift?«, fragte Patrick. »Kann sie das? Oder braucht sie Begleitjäger?«

»Natürlich können wir das«, versicherte Rebecca ihm. »Als Sie die B-52 geflogen haben, mussten Sie auch mit allen möglichen Bedrohungen fertig werden. Okay, Sie haben damit gerechnet, lange nach den ersten ICBM-Einsätzen anzugreifen, die große Teile der feindlichen Luftabwehr ausgeschaltet hätten. Aber wenn das stimmt, warum haben B-52 und B-1B und F-111 und sogar Stealthbomber B-2 dann angefangen, tief zu fliegen? Weil wir unabhängig davon, ob erst ein ICBM-Schlag erfolgt ist und wir Jagdschutz haben oder nicht, jedes Ziel angreifen, jede Luftabwehr ausschalten können sollten.

Das können wir auch – aber dazu brauchen wir bessere Waffen. Geben Sie uns Abwurflenkwaffen wie die JSOW, SLAM oder TSSAM, damit wir unterwegs auftretende Gefahren selbst bekämpfen können; praktisch wäre auch eine Abschussvorrichtung EA-6 oder F-16CJ für Lenkwaffen HARM. Oder geben Sie uns Bomben mit Infrarot- oder Fernsehsteuerung, dann können wir Ziele so wirksam bekämpfen wie F-15E oder F-16 Block 50. Die B-1B kann das alles. Wir können vier oder fünf verschiedene Waffen gleichzeitig tragen. Ich vermute, dass es politisch korrekt ist, Jäger zu bauen und Flugzeugträger einzusetzen. Aber unsere Ausbildung ist auf dem Stand der siebziger und achtziger Jahre stehen geblieben. Dabei sollten wir so üben, wie wir eines Tages kämpfen würden.«

Patrick nickte, weil ihm gefiel, wie diese Frau argumentierte. Er wusste, dass er auf dem richtigen Weg war – er wusste, dass die Besatzungen seinen Plan akzeptieren würden. Jetzt musste er nur noch dafür sorgen, dass sein Plan funktionierte, und ihn geschickt propagieren, damit er genehmigt wurde.

»Was haben eigentlich alle gegen Rinc Seaver?«, fragte Patrick, um das Thema zu wechseln. »Er ist ein guter Pilot, ein guter Systemoffizier, ein gutes Besatzungsmitglied. Ist er ein Teamspieler oder mehr ein Einzelgänger?«

»Gegen ihn persönlich hat niemand etwas«, antwortete Furness. »Haben Sie in Ihrer Einheit schon mal eine Besatzung und eine Maschine verloren, Sir?« Als Patrick keine Antwort gab, vermutete Rebecca, dies sei nicht der Fall. »Das bedeutet für den Zusammenhalt der Staffel eine ungeheure Zerreißprobe. Aber wir sind trotzdem Techniker, Piloten, Systemoffiziere. Wir müssen einen Grund für den Absturz finden …«

»Sie meinen einen Sündenbock?«

»Auch wir sind nur Menschen«, sagte Rebecca. »Vielleicht gehört zum Heilungsprozess, dass man Schuld und Verantwortlichkeit zuweist. Rinc ist der Mann, auf den sich alles konzentriert. Er hat die Maschine geflogen, er war der Kommandant, er ist ausgestiegen, er hat überlebt – alles das macht ihn schuldig. Das ist beschissen, aber so ist es nun mal.«

»Was halten *Sie* von Rinc Seaver, Oberstleutnant?«

»Das habe ich Ihnen schon gesagt. Er ist ein guter Pilot, ein guter OSO. Aber er hat das Pech gehabt, den einzigen Absturz zu überleben, den diese Staffel bei einem Übungsflug zu verzeichnen hatte. Es wird sicher einige Zeit dauern, bis seine Kameraden ihn wieder akzeptieren.« Patrick zögerte und starrte ihr forschend ins Gesicht, als habe er mehr zu hören erwartet. »Haben Sie noch etwas zu sagen, Sir, dann sagen Sie es bitte.«

»Nein«, antwortete Patrick rasch. »Vergessen Sie's. Überhaupt kein Zusammenhang.« Da er Rinc Seaver und einige weitere Besatzungsmitglieder vor der offenen Tür herumlungern sah, als trauten sie sich nicht recht herein, wurde es Zeit, diese Diskussion zu beenden. Diese Leute bereiteten sich auf einen Einsatz vor; sie mussten Gelegenheit haben, sich ungestört auf ihre Aufgabe konzentrieren zu können. Der Raum füllte sich rasch mit Besatzungsmitgliedern und den Technikern, die an der Einsatzbesprechung teilnahmen.

Furness begann auf die Minute pünktlich; sie brummte einem Piloten fünf Dollar Strafe auf, weil er erst aufkreuzte, als sie die Tür schließen ließ, funkelte ihn warnend an und begann:

»Dies ist die erste Einsatzbesprechung für Aces Two-Zero mit zwei Maschinen.« Sie legte die erste Folie eines kleinen Stapels auf den Overheadprojektor. »Wir sind vollzählig. Ich führe die Rotte, und Rodeo ist mein Stellvertreter in Aces Two-One. Wir fliegen den ersten Angriff bei der Einsatz-Zertifizierung unserer Staffel. Jetzt die Nachrichtenlage.«

Ein Sergeant vom Nachrichtendienst stand auf und legte seine erste Folie auf den Projektor. Sie war mit *Vertraulich (Szenario nicht geheim)* gekennzeichnet. »Guten Morgen, Ladies und Gents«, sagte er. »Das Folgende ist als ›vertraulich‹ eingestuft und bezieht sich auf einen fiktiven Übungsplan; wer sich für die tatsächlichen Gegebenheiten interessiert, kann sich bei uns informieren.

Vor zwei Tagen hat die gottlose, kommunistische Diktatur Nord-Kimchee elf Panzer- und Infanteriedivisionen an die Grenze zu dem gottesfürchtigen, demokratischen, proamerikanischen Staat Süd-Kimchee verlegt und die Luftraum- und Seeüberwachung um ihr Hoheitsgebiet herum deutlich verstärkt.«

Patrick musste sich immer beherrschen, um nicht zu grinsen, wenn die Nachrichtendienstler ihre fiktiven Szenarios vortrugen, die von lebhafter Fantasie und viel Sinn für Humor zeugten.

»Die National Command Authority hat darauf mit der vollen Mobilmachung aller strategischen Bombereinheiten reagiert, um für den Fall einer Invasion gerüstet zu sein, und Nord-Kimchee gewarnt, dass wir Süd-Kimchee Frieden und Souveränität garantieren und Gewalt anwenden würden, um unser Versprechen zu halten. Der Vorwarnbefehl hat uns angewiesen, einen Bombenangriff auf Truppen Nord-Kimchees entlang der Grenze zu Süd-Kimchee mit anschließender Verlegung zu planen. Eine Trägerkampfgruppe der Navy war bereits im dortigen Seegebiet; eine weitere ist auf dem Marsch dorthin.«

Als die Einsatzbesprechung weiterging, staunte Patrick über den Detailreichtum der Planung. Bei Übungsbeginn hatte er der Staffel lediglich einen kurzen schriftlichen Befehl überreicht, der das Szenario umriss. Die Nachrichten- und Operationsabteilungen hatten von seinen Unter-Schiedsrichtern große Mengen weiterer Informationen erhalten und damit eine realistische Einsatzplanung auf Basis der Ausgangslage erstellt. Patrick hatte nicht den geringsten Zweifel daran, dass diese Einsatzbesprechung genau der entsprach, die vor einem richtigen Einsatz stattgefunden hätte – dann allerdings mit Ländernamen aus der realen Welt.

»Als Reaktion auf unsere Mobilmachung«, fuhr der Sergeant vom Nachrichtendienst fort, »hat Nord-Kimchee eine große Anzahl von Luftabwehrsystemen ins Grenzgebiet verlegt. Wir besitzen relativ zuverlässige Angaben über Typen und Anzahl dieser Systeme, aber da sie mobil sind, ist es schwierig, sie genau zu orten. Heute in den frühen Morgenstunden hat Nord-Kimchee erklärt, unsere Aktionen seien mit kriegerischen Handlungen gleichzusetzen, den Vereinigten Staaten und Süd-Kimchee formell den Krieg erklärt und die Grenze mit acht Divisionen überschritten, während drei in Reserve gehalten werden. Wir haben heute Morgen den Einsatzbefehl erhalten und rechnen damit, in ungefähr sechs Stunden starten zu können.

Unser Hauptauftrag besteht darin, die Invasion aufzuhalten, indem wir möglichst viele feindliche Fahrzeuge zerstören«, erläuterte der Vortragende. »Dank unserer Satellitenaufklärung wissen wir ziemlich genau, wo die Truppen und Fahrzeuge konzentriert sind, deshalb werden wir Flächenbombardierungen und Minenlegeoperationen planen. Das Problem dabei ist, dass wir nicht so genau wissen, wo mit welcher Luftabwehr zu rechnen ist, und nicht riskieren dürfen, bemannte Aufklärer loszuschicken, die das feststellen könnten.

Unser Plan sieht deshalb vor, dass vor dem Einsatz eine große Salve von Marschflugkörpern Tomahawk der Navy von Land und von U-Booten abgeschossen wird. Die Cruise Missiles werden nicht auf die Divisionen in der Entmilitarisierten Zone, sondern auf schon feststehende Ziele weiter nördlich abgeschossen. Aber sie werden starkes feindliches Feuer auf sich ziehen. Gleichzeitig setzt die Air Force Elektronikaufklärer mit dem Auftrag ein, die feindlichen Luftabwehrsysteme, die versuchen werden, die Marschflugkörper abzuschießen, zu orten und zu klassifizieren. Wir hoffen, dass unsere Aufklärer die meisten SAM-Stellungen entdecken und ihre genauen Positionen an uns weitermelden werden, während Nord-Kimchee auf die ersten Cruise Missiles reagiert. Wir hoffen, dass sie gute Arbeit leisten werden, denn wir greifen unmittelbar danach an, bevor die Luftabwehr Nord-Kimchees nachladen und sich neu gruppieren kann.

Unser sekundärer Auftrag besteht darin, möglichst viele Gelegenheitsziele zu vernichten, damit die nächsten Angreifer es leichter haben. Zur Bekämpfung von Gelegenheitszielen haben wir die Neunhundertkilobomben JDAM an Bord. Nachdem damit zu rechnen ist, dass wir Zielkoordinaten auf allen möglichen Wegen erhalten, müssen wir bei diesem Einsatz beweisen, wie sorgfältig wir alle Datenquellen für Zielinformationen überwachen können.«

Der Vortragende legte eine neue Folie mit allen Kommunikationssystemen, den Schlüsselverfahren und ihren Betriebszeiten auf. »Die Hauptquelle für Zielinformationen ist die SATCOM-Verbindung zwischen uns und dem Oberbefehlshaber auf dem Kriegsschauplatz, den während der Übung die Schiedsrichter simulieren. Aber wir müssen auch HAVE QUICK sowie VHF-, UHF- und sogar HF-Frequenzen abhören, um Informationen von Radarflugzeugen – vor allem Elektronikaufklärer und Überwachungsflugzeuge E-8A J-Stars – zu erhalten. Wir können Zielinformationen als geografische Koordinaten bekommen, mit denen wir unsere JDAM direkt programmieren können, oder sie als Koordinaten von Gebieten erhalten, in denen wir mit unserem Angriffsradar selbst Ziele suchen können. Wir müssen auch darauf vorbereitet sein, selbst festgestellte Zielkoordinaten nach oben zu melden.«

Die nächste Folie enthielt eine Übersicht über Stärke und Gliederung der feindlichen Luftabwehr. »Dort draußen müssen wir mit praktisch allem rechnen«, stellte der Sergeant fest. Patrick gefiel, wie er »wir« sagte, als fliege er jeden Einsatz mit – was angesichts des Zusammenhalts dieser Staffel in übertragenem Sinn stimmte. »Nord-Kimchee verfügt über zahlreiche russische und chinesische Luftabwehrsysteme, die von einfacher Flak mit optischem Visier bis zu modernen Fla-Lenkwaffen mit großer Reichweite wie SA-10 und SA-12 reichen. Da die feindliche Luftabwehr clever genug ist, ihre Radargeräte ausgeschaltet zu lassen und ständig in Bewegung zu bleiben, können wir manche dieser Systeme vielleicht erst in letzter Sekunde orten. Machen Sie sich also auf häufige Kurswechsel und Zieländerungen im letzten Augenblick gefasst.

Nach dem Angriff verlegen wir auf einen nur mit dem Nötigsten ausgestatteten Flugplatz in Süd-Kimchee – ungefähr fünfhundert Meilen südlich der Grenze. Waffen, Treibstoff, Ausrüstung und Nachschub sind dort bereits im Schutz der Dunkelheit angeliefert worden, sodass wir ziemlich sicher annehmen, mindestens zwei Tage lang ungestört operieren zu können, bevor die bösen Kerle merken, dass wir da sind, und Gegenangriffe beginnen. Wir rechnen damit, von diesem Platz aus täglich mit drei Angriffswellen starten zu können. Bis dahin hat die Navy dann zwei Trägerkampfgruppen und weitere Schiffe, die Cruise Missiles verschießen, ins dortige Seegebiet verlegt und kann uns unterstützen.

Unseren Informationen nach ist damit zu rechnen, dass die Volksrepublik Chowdown, die zwar bisher nicht in den Konflikt verwickelt ist, den Vorstoß Nord-Kimchees dadurch unterstützt, dass sie Bomber und Jäger entsendet, die uns während der Verlegung stören oder sogar angreifen«, schloss der Vortragende. »Gelingt es uns nicht, den Vormarsch Nord-Kimchees zu stoppen, können wir natürlich unter direkten Beschuss der feindlichen Artillerie geraten. Deshalb müssen wir auf Versorgungsengpässe und den Ausfall eigener Unterstützung vorbereitet sein. Aber das stellt sich erst später heraus. Fragen?« Es gab nur wenige, und nachdem sie beantwortet waren, trat Furness wieder ans Mikrofon.

Bevor sie begann, schrieb sie das Akronym »BIZIPULZ« als Punkt eins auf die Liste der Ziele ihres Einsatzes. »Unser allgemeines Ziel lautet wie jedes Mal: ›Bomben im Ziel, immer pünktlich, und lebend zurückkommen‹«, sagte sie. »Unsere Hauptaufgabe ist es, den Vorstoß Nord-Kimchees zu stoppen oder zu verlangsamen, indem wir möglichst viele strategisch wichtige Ziele wie Artilleriestellungen, Abschussrampen für Raketen, Fla-Stellungen, Panzer- und Fahrzeugansammlungen und Rangierbahnhöfe zerstören. Unsere zweitwichtigste Aufgabe ist es, Gelegenheitsziele zu vernichten, auf die wir von Aufklärungsflugzeugen und unserem Nachrichtendienst hingewiesen werden. Unsere Nebenziele lauten wie jedes Mal: Keine Fehlangriffe durch Fehler der Besatzung oder fehlerhaft berechnete Positionen, Reaktionen auf jede Art von Bedrohung, geregelter Funkverkehr mit klarer Übermittlung von Gefahrenmeldungen.

Bei jedem Einsatz gibt es zwei zugewiesene Ziele, die wir mit Mark 82 AIR aus der vorderen und Schüttbomben CBU-89 aus der hinteren Bombenkammer angreifen. Die Angriffe mit Mark 82 richten sich im Allgemeinen gegen Bereitstellungsräume von

Panzern, Fahrzeug- und Truppenansammlungen sowie feindliche Waffen- und Nachschublager in Süd-Kimchee. Die Angriffe mit CPU-89 richten sich im Allgemeinen gegen Fla-Stellungen, Artilleriestellungen und Fahrzeug- und Truppenansammlungen in Nord-Kimchee, weil wir Bewegungen eigener Fahrzeuge nicht durch unsere Minen behindern wollen.

Nach der ersten Angriffsserie fliegen wir ins Betankungsgebiet zurück und warten auf die Zuweisung von Folgezielen über SATCOM. Diese Ziele greifen wir mit JDAM aus mittleren oder großen Höhen an. Dabei kann es sich um alle möglichen Ziele tief in Nord-Kimchee oder auch in Süd-Kimchee handeln. Ihr bombardiert möglichst viele davon und zieht euch dann auf unseren vorgeschobenen Stützpunkt zurück.

Für diese Übung ist unser vorgeschobener Stützpunkt die Tonopah Air Force Base in Nevada«, fuhr Rebecca fort. »Waffenmeister, Bauabteilung und Stabsgruppe haben bereits dorthin verlegt. Sobald ihr gelandet seid, ladet ihr Mark 82 und CBU-89 nach, bezieht die Ruheräume und haltet euch für neue Einsätze bereit.«

»*Was!*«, rief John Long aus, während ein überraschtes Murmeln durch den Raum ging. »Wir sollen Einsätze von einem Stützpunkt *ohne Einrichtungen* fliegen?«

»Keine Diskussion!«, wehrte Furness kühl ab. »Ich weiß, dass das nicht die übliche Ausgangslage ist. Normalerweise überlassen wir unsere Maschinen einer vorgeschobenen aktiven Einheit, die sich bereits auf einem Stützpunkt eingerichtet hat. Nun, diesmal läuft's eben anders. In Tonopah sind wir ganz auf uns allein gestellt – mit unserer Ausrüstung, unseren Ersatzteilen, unseren Flugzeugen, unserem Stab, unserer Planung. Wir müssen damit rechnen, bis zu zehn Tage im Einsatz zu sein, also habt ihr hoffentlich eure Zahnbürste dabei – und habt euch liebevoll von eurem Schatz verabschiedet, denn so schnell seht ihr ihn nicht wieder.«

Rebecca deutete auf die Aufgaben, die sie auf das Flipchart geschrieben hatte. »Hier ist euer Job, hier ist der Zeitplan. Wir treffen uns in einer halben Stunde zu einer ersten Bestandsaufnahme.« Sie machte eine Pause und sah zu Patrick hinüber. »Ihr wisst vermutlich alle, dass in Rodeos Maschine ein Überprüfer mitfliegt. General McLanahan ist sein Kopilot, deshalb dürfte er gegen SAMs immun sein, nicht wahr, Sir?« Patrick äußerte sich nicht dazu. »Denkt daran, dass die Sicherheitsbestimmungen für Friedenszeiten gelten«, schloss Furness. »Wir fliegen streng nach Vorschrift. Noch Fragen?« Niemand meldete sich. »Also los!«

Als die anderen zum Ausgang hasteten, legte Rinc Seaver mehrere Papierstapel auf den Tisch vor Furness und begann einzelne Punkte auf dem Flipchart abzuhaken. »Was soll das, Rodeo?«, fragte die Staffelchefin.

»Bin schon mit allem fertig«, antwortete Seaver.

»Was? Wie denn? Ich bin selbst erst vor einer Stunde benachrichtigt worden.«

»Ich weiß seit einer Stunde Bescheid«, sagte Rinc, »und bin mit meiner Planung fertig. Zielberechnungen aus dem Computer, Anflugsimulationen, Gefahrenabschätzung, Sonnenstand, Geländeanalyse – alles schon da. Ich brauche bloß noch die neueste Nachrichtenlage, damit ich sie im Flugplan berücksichtigen kann.«

Furness wirkte äußerst irritiert. Sie sah zu McLanahan auf, der sofort begriff und ebenfalls den Raum verließ. Sobald er außer Hörweite war, fauchte Rebecca: »Ich kann nur hoffen, dass du die Ruhezeit eingehalten hast, Rinc.«

»Deines Wissens schon«, antwortete Rinc gelassen. Furness schien kurz davor zu sein, in die Luft zu gehen. »Immer mit der Ruhe, Beck. Der General war bereits auf dem Vorfeld. Als ich zum Gefechtsstand unterwegs war, habe ich Heels aus der Küche kommen gesehen – also ist sie auch vor fünf Uhr auf dem Platz gewesen.« Hauptmann Annie »Heels« Dewey, eine der insgesamt vier Frauen, die in der 111th Bomb Squadron flogen, war bei diesem Einsatz als Rebeccas Kopilotin eingeplant. »Ich bin um fünf nach fünf im Gefechtsstand gewesen, um mir ein Exemplar des Einsatzbefehls abzuholen. Dort habe ich gehört, dass du dir schon eines geholt hattest – *zwanzig Minuten* vor mir. Lass mich wissen, wann du dir selbst einen Anschiss verpasst ... das möchte ich miterleben.«

Rinc trat dichter an Furness heran, sah ihr in die Augen und fügte halblaut hinzu: »Dies ist *mein* Flug, mit dem ich mich wieder qualifizieren will, Beck, meine erste Überprüfung, seit ich meine Besatzung und meine Freunde verloren habe. Lass mich diese Sache allein durchstehen. Mach deine Arbeit, und lass mich meine machen, dann werden wir sehen, ob ich's schaffe, meine Schwingen zu behalten. Schaffe ich's nicht, verschwinde ich von hier.«

»Niemand will, dass du durchfällst, Rinc.« Sie fügte etwas leiser hinzu: »Vor allem ich nicht. Aber wir stehen alle unter Druck. Wir müssen's so machen, wie wir's immer machen: nach Vorschrift und *gemeinsam.*« Aber sie merkte, dass Rinc ihr das jetzt nicht abnahm. »Rodeo, setz dich mit den anderen Besatzungen zusammen und sieh zu, ob sie vielleicht Unterstützung brauchen.«

»Ich habe eine bessere Idee, Oberstleutnant«, sagte Patrick von der Tür her. Er griff in die Brusttasche seiner Fliegerkombi, zog einen kleinen Packen Briefumschläge heraus, fächerte sie wie Spielkarten auf und hielt sie Furness hin. »Ziehen Sie eine Karte. Irgendeine.« Rebecca sah ihn verständnislos an, dann zog sie einen Umschlag. Patrick riss ihn auf, überflog den Text der Karte und nickte zufrieden. »Gut, sehr gut.« Er ging lächelnd hinaus.

»Was war das?«, überlegte Furness laut.

»Abänderung des Szenarios«, sagte Rinc. »Er muss gehört haben, dass wir gestritten haben, und beschlossen haben, zusätzliche Schwierigkeiten einzubauen.«

Tatsächlich kam wenige Augenblicke später eine Stimme aus den Deckenlautsprechern, die Furness aufforderte, zum Platz des Ersten Controllers im Bereitschaftsraum zu kommen. Im Bereitschaftsraum herrschte reges Treiben. Besatzungsmitglieder liefen durcheinander, holten Informationen ein und bereiteten sich auf die große Einsatzbesprechung in ein paar Stunden vor. »Was gibt es, Scarecrow?«, fragte Furness den Ersten Controller, Major Sean »Scarecrow« Asterman.

»Ich habe eben eine Mitteilung vom Oberschiedsrichter erhalten«, sagte Asterman. »Air Combat Command hat angeordnet, dass drei unserer Bomber im Direktflug auf den vorgeschobenen Stützpunkt verlegen, ohne unterwegs Angriffe zu fliegen. Der Gefechtsstab tritt in fünf Minuten zusammen.«

»Scheiße, Scheiße, *Scheiße!*«, rief Furness wütend. Das bedeutete, dass die restlichen vier B-1B die Ziele der ausfallenden drei

Bomber übernehmen mussten. Und es erforderte eine komplette Umplanung: neue Waffenlasten, was Zeit kostete, ganz neue Angriffsplanung, neue Zielberechnungen, völlig neue Unterlagen für alle Einsatzmaschinen. Und ihnen blieben weniger als sechs Stunden Zeit, um einen ganzen Tag verlorene Planung aufzuholen.

Furness suchte den Raum ab und sah Brigadegeneral McLanahan mit seinem abhörsicheren Handy telefonieren. Patrick hob den Kopf, registrierte ihren wütenden Blick und schwenkte lächelnd den Umschlag, den sie selbst gezogen hatte! Er enthielt die Abänderung des Szenarios! Als McLanahan gemerkt hatte, wie reibungslos die Einsatzplanung lief, musste er beschlossen haben, kräftig Sand ins Getriebe zu streuen.

»Bin unterwegs«, sagte Rebecca zu Asterman. »Sie benachrichtigen die Besatzungen und fordern sie auf, sich für eine Neuplanung bereitzuhalten.« Als Patrick auf sie zukam, erklärte sie ihm halblaut: »Das ist nicht realistisch, General. Wir starten in weniger als sechs Stunden. Air Combat Command würde den neuen Einsatz einer Staffel zuweisen, die mit ihren Vorbereitungen weniger weit ist. Wir müssen umplanen, die Waffen umladen, alle Ziele neu zuweisen …«

»Dann schlage ich vor, dass wir zur Besprechung des Gefechtsstabs gehen und feststellen, was alles getan werden muss«, sagte McLanahan. »Aber es bleibt bei der Veränderung. Oder wollen Sie gleich jetzt das Handtuch werfen? Dazu sind Sie berechtigt.«

Furness biss die Zähne zusammen. »Kommt nicht in Frage, Sir«, knurrte sie halblaut, machte auf dem Absatz kehrt und hastete zum Ausgang. Patrick musste fast laufen, um mit ihr Schritt zu halten.

Bei Sukchon, Demokratische Volksrepublik Korea
(einige Stunden später)

Die Taktik war einfach: Das tun, was die Nordkoreaner seit Jahren taten – aber dieses Mal mit tödlichen Folgen.

Das 35 Meter lange Klein-U-Boot der *Yugo*-Klasse mit nur 275 Tonnen Verdrängung unter Wasser sah wie ein hoch entwickeltes, aber irgendwie komisches Spielzeug aus. Seine Höchstgeschwindigkeit betrug zwölf Knoten; im Allgemeinen lief es jedoch nur drei bis vier Knoten, weil seine anfälligen Dieselmotoren keine größere Dauerbelastung vertrugen – also viel langsamer als manche Meeresströmungen entlang der koreanischen Halbinsel. Es gehörte zu den ungefähr 45 Klein-U-Booten, mit denen nordkoreanische Spezialeinheiten in südkoreanische Gewässer vorstießen, um Spione und Sabotagetrupps in der Nähe wichtiger Militärstützpunkte abzusetzen.

Aber im Lauf der Jahre waren mehrere *Yugos* erbeutet worden und gehörten jetzt den Kampfschwimmern der südkoreanischen Kriegsmarine.

Acht erbeutete *Yugos* waren vom südkoreanischen Kriegshafen auf der Insel Cheju im Ostchinesischen Meer zum Stützpunkt der Kampfschwimmer bei Inchon geschleppt worden, um von dort betankt und bewaffnet in Marsch gesetzt zu werden. Sie hielten mindestens drei Seemeilen Abstand von der Küste, tauchten nur, wenn Radar oder Sonar Gefahren anzeigten, und legten die 150 Seemeilen lange Strecke entlang der Westküste Nordkoreas in 30 Stunden zurück. Bevor die Klein-U-Boote in nordkoreanische Gewässer eindrangen, mussten zwei *Yugos* mit defekten Antriebs- oder Elektroanlagen aus dem Verband ausscheren. Aber die Besatzungen der restlichen Klein-U-Boote hielten es schon für ein großes Plus, dass drei Viertel von ihnen durchgekommen waren.

Die letzten 20 Meilen nach Sukchon am Ende der schmalen Jengjin-Bucht wurden unter Wasser zurückgelegt. Das Führungsboot benutzte sein passives Sonarsystem, um festzustellen, dass keine feindlichen Schiffe in der Nähe waren, bevor es seine GPS-Antenne ausfuhr, die an einem Teleskopmast befestigt war und nur einen halben Meter über die Meeresoberfläche reichte, um seine Position zu überprüfen. Sobald die Boote ihren vorgesehenen Ausgangspunkt erreicht hatten, legten sie sich ungefähr eine Seemeile vor der Küste in den tiefen Schlick auf dem Boden der Bucht und warteten.

Da das Flussdelta um Sukchon jedes Frühjahr von verheerenden Überschwemmungen heimgesucht wird, waren dort erst vor kurzem zahlreiche Gebäude mit Unterstützung chinesischer Soldaten und Pioniere wieder aufgebaut worden. Zumindest war das die Version, die der größte Teil der Welt kannte. Tatsächlich hatten die chinesischen Baubrigaden den in der Nähe liegenden Flugplatz der nordkoreanischen Luftstreitkräfte zu einem geheimen Befehls- und Koordinationszentrum der Volksarmee umgebaut. In nur zweijähriger Bauzeit war aus dem wenig bedeutenden Nachschub- und Transportflugplatz Sunan das wichtigste Nervenzentrum für eine zukünftige Kriegsführung Nordkoreas geworden.

In der näheren Umgebung standen auch zwei Infanteriedivisionen, eine Panzerdivision, neun Artilleriebrigaden und fünf Brigaden Sondertruppen – insgesamt über 100 000 Soldaten in drei ausgedehnten Militärlagern. Diese Einheiten waren als Eingreifreserve für die Verteidigung der nur 50 Kilometer südlich von Sunan gelegenen Hauptstadt Pjöngjang bestimmt. Auch die dort stationierten Luftstreitkräfte waren so verstärkt worden, dass in Sunan jetzt eine leichte Bomberstaffel, zwei Jagdbomberstaffeln, fünf Jagdstaffeln, zehn Transportstaffeln und drei Fla-Regimenter standen. Auf dem Stützpunkt selbst und den dazugehörigen beiden Feldflugplätzen waren insgesamt über 300 Flugzeuge stationiert.

In Sunan standen jedoch auch weitere wichtige Einheiten. Sunan war der neue Standort der Vierten Artilleriedivision, die über 18 Batterien Kurz- und Mittelstreckenraketen und zehn Batterien Langstreckenraketen verfügte. Die ballistischen Kurzstreckenraketen FROG 5 und FROG 7 mit konventionellen Gefechtsköpfen sollten südkoreanische Einheiten aufhalten, die es wagten, in die keine 200 Kilometer südlich von Sunan gelegene Entmilitarisierte Zone vorzustoßen. Vier mobile Batterien Mittelstreckenraketen Scud B und C, die chemische und bakterielle Gefechtsköpfe – hauptsächlich mit dem Nervengas Vx und Milzbranderregern – trugen, waren für den Einsatz gegen Ziele in Südkorea bestimmt. Und die sechs Batterien mit Langstreckenraketen Nodong 1, die auf Schienen bewegt werden konnten, lagerten in getarnten oberirdischen Bunkern, trugen Kernsprengköpfe mit einer Sprengkraft von zehn bis 100 Kilotonnen TNT und besaßen genügend Reichweite, um Ziele wie Seoul, Taegu oder sogar Kwangju zu erreichen. Sie deckten über 90 Prozent Südkoreas ab.

Abgesehen von den dort stationierten Divisionen, Flugzeugen,

Panzern und Raketen war die dortige Befehls- und Koordinierungszentrale (BKZ) das wichtigste Ziel in Sunan, vielleicht sogar das wichtigste in ganz Nordkorea. Es diente nämlich als Kommando- und Verbindungszentrale für sämtliche Militäreinrichtungen Nordkoreas, das Verteidigungsministerium in Pjöngjang und das Zentralkomitee des nordkoreanischen Politbüros; außerdem koordinierte es die Zusammenarbeit mit Peking. Im Krisenfall oder sobald Alarm ausgelöst wurde, verknüpfte die BKZ alle Stützpunkte so miteinander, dass der Generalstab ihnen durch einen einzigen zentralen Koordinator Befehle erteilen konnte. Obwohl der größte Teil der Welt nichts davon ahnte, war Sunan die Speerspitze, der Schlüssel zur Vernichtung der Republik Korea und zur kommunistischen Besetzung der gesamten koreanischen Halbinsel.

Deshalb musste Sunan ausgeschaltet werden.

Zur befohlenen Zeit tauchten die Klein-U-Boote aus dem tiefen Schlick auf und liefen mit kleinster Fahrt, bei der sie eben noch steuerbar waren, auf die Küste zu. In Sehrohrtiefe – bei diesen kleinen Fahrzeugen waren das etwa zwei Meter – öffneten sich bei allen *Yugos* Decksluken. Jeweils acht Kampfschwimmer tauchten auf, signalisierten einander, dass alles in Ordnung war, und schwammen zu ihrem Ziel davon. Die Deckluke eines der Klein-U-Boote ließ sich nicht wieder schließen, also musste das Fahrzeug versenkt werden. Seiner Besatzung blieb nichts anderes übrig, als an Land zu schwimmen, um zu versuchen, sich dort zu verstecken oder sich allein zu den eigenen Linien durchzuschlagen. Bei diesem Geheimunternehmen gab es keinen Rettungsplan für Soldaten, die in Nordkorea gestrandet waren.

Der Führer der Südkoreaner schwamm mit langsamen, Kräfte schonenden Zügen, die ihn nur zum Atemholen für jeweils einige Sekunden auftauchen ließen. Er legte häufig Pausen ein, um sich zu orientieren, seine Umgebung nach Gefahren abzusuchen und seine Leute zu kontrollieren. Bei jedem Auftauchen erschien als Erstes die Mündung seiner Maschinenpistole Heckler & Koch MP5K über der Wasseroberfläche.

Die 48 Kampfschwimmer des Teams brauchten ungefähr 20 Minuten, um den Pier zu erreichen, an dem sie an Land gehen sollten. Sie verstauten ihre Schwimmausrüstung in schwarzen

Nylonsäcken, die sie unter Wasser an die Duckdalben banden, stiegen eine Leiter hinauf, die aus dem Wasser herausführte, um ins Gitterwerk des Piers zu gelangen, und kamen so an Land. Dort fanden sie einen dunklen, abgeschiedenen Platz zwischen zwei geräuschvoll arbeitenden Lüftergruppen und machten Halt, um zu rasten. Während ihr Führer sich über Satellitentelefon bei seiner Befehlsstelle meldete, begannen die Männer, die mitgeführte Ausrüstung zu verteilen.

Zwölf Kommandos hatten wasserdichte Behälter mit Waffen für das gesamte Team transportiert. Jeder Mann war mit einer vor der Brust getragenen Maschinenpistole, zu der fünf lange Reservemagazine gehörten, und einer 9-mm-Pistole SIG Sauer P226 in einem Schulterhalfter bewaffnet. Die Magazine mit je 30 Schuss und der Schalldämpfer seiner MP steckten in sechs Koppeltaschen.

Zwölf weitere Kommandos, jeweils zwei pro Gruppe, transportierten die elektronische Ausrüstung, unter anderem Zielmarkierungen, Fernzünder und Nachtsichtbrillen. Zwei Männer trugen Funkgeräte, zwei weitere jeweils eine Sanitätsausrüstung. Sechs Kommandos dienten als »Lastesel« für den Transport der Sprengmittel: Plastiksprengstoff, vorgeformte Hohlladungen, Schützenminen, Brandsätze, Zündschnur, Zündkapseln und Zeitzünder. Sobald die Ausrüstung verteilt und kontrolliert, der Zeitplan nochmals durchgesprochen und das Ziel auf den Karten identifiziert und mit der Umgebung verglichen war, setzte das Team sich in Marsch.

Tatsächlich bestand Sunan aus einem Konglomerat mehrerer Stützpunkte, die über den größten Teil des Westens der Provinz Namdo verstreut waren. In Friedenszeiten waren alle diese Einrichtungen unabhängig und wurden von verschiedenen Teilstreitkräften verwaltet. Zwei Stoßtrupps trennten sich von dem südkoreanischen Team mit dem Auftrag, an mehreren wichtigen Zielen auf dem Stützpunkt, darunter den Frühwarn- und Feuerleitradaren, Fla-Raketenstellungen und den Scud-B-Stellungen, Sprengladungen und elektronische Zielmarkierungen anzubringen. Eine weitere Gruppe erhielt den Auftrag, Sprengladungen anzubringen, die von den eigentlichen Zielen ablenken und in anderen Teilen des Stützpunkts Panik und Verwirrung auslösen würden.

Hauptziel des südkoreanischen Kommandounternehmens war jedoch die Befehls- und Koordinierungszentrale. Die restlichen drei Gruppen, 24 hoch qualifizierte Elitesoldaten, bewegten sich lautlos auf dieses wichtige Ziel zu.

Die BKZ bestand aus einem weitläufigen, über 40 Hektar großen Areal, in dessen Mitte sich der eintönig graue bunkerartige Bau der Zentrale erhob. Der äußere Sicherheitszaun befand sich in schlechtem Zustand und war bereits an mehreren Stellen durchbrochen worden: von umherziehenden zivilen Banden auf der Suche nach Lebensmitteln, von Bauern, die den hungernden Soldaten Reis verkaufen wollten, oder von Soldaten, die Lebensmittel aus dem Stützpunkt schmuggelten, um sie an Schwarzmarkthändler zu verkaufen. Eigenartigerweise ließ sich die äußere Sicherheitszone am besten in der Nähe der Einfahrt überwinden. Da die vielen Militärfahrzeuge oft die Bewegungsmelder auslösten, was zu Fehlalarmen führte, wurden sie im Allgemeinen abgeschaltet, wenn Alarmzustand herrschte und reger Verkehr zu erwarten war. Einige mit Schalldämpfern abgegebene Schüsse ließen Scheinwerfer erlöschen, die sich nicht umgehen ließen. Hinter dem Sicherheitszaun warnten Tafeln vor Hundestreifen, aber die Südkoreaner wussten, dass es auf dem Stützpunkt keine Wachhunde mehr gab – die Soldaten hatten sie längst als Schlachttiere verkauft oder selbst aufgegessen.

Die Befehls- und Koordinierungszentrale selbst bestand aus einem massiven Stahlbetonbunker mit zwei oberirdischen und vier unterirdischen Geschossen. Ein langer Betontunnel schützte den einzigen Zugang, sodass ein Frontalangriff nahezu unmöglich war. Der Wachturm auf dem Gebäude und die beiden Wachtürme in der Nähe der Zentrale waren dunkel, aber die Kommandos durften nicht annehmen, sie seien unbesetzt, sondern mussten davon ausgehen, die feindliche Abwehr formiere sich bereits, sodass höchste Eile geboten war. Ein halbhoher Maschendrahtzaun schützte einen dreieinhalb Meter hohen Elektrozaun. Dieser Zaun stand ohne jeden Zweifel unter Strom – die tödliche Hochspannung war aus drei Meter Entfernung zu hören und wie Hitzewellen aus einem Hochofen körperlich zu spüren.

Sie saßen fest – sie konnten nur weiter vordringen, wenn sie ein

Loch in den Zaun sprengten, und durften nicht unverrichteter Dinge den Rückzug antreten. Der Führer der Südkoreaner kauerte sich mit seinem Stellvertreter nieder, um die beste Angriffstaktik zu besprechen …

… als sie plötzlich vor sich Geräusche hörten. Binnen weniger Sekunden tauchten mehrere Dutzend schwer bewaffnete Soldaten aus einem Zugangstunnel auf der Nordseite des Bunkers vor ihnen auf und kamen geradewegs auf die südkoreanischen Kommandos zugestürmt.

Dabei hatte ihr Einsatz gerade erst begonnen …

Reno-Tahoe International Airport
Reno, Nevada
(zur gleichen Zeit)

Patrick McLanahan konnte sich nicht daran erinnern, selbst in seiner ersten Zeit als B-52-Bombenschütze und -Navigator jemals so schnell unterwegs gewesen zu sein. Lag das daran, dass diese jungen Kerle einfach Spaß daran hatten, alles im Eiltempo zu erledigen, oder war daran der gedrängte Zeitplan schuld? Dass Patrick kaum mitkam, *konnte* nicht an seinem Alter liegen – oder etwa doch?

Genau zur festgelegten Zeit stiegen die Besatzungen in einen klapprigen blauen Schulbus (wenigstens *das* hatte sich nicht geändert – dies schien derselbe alte Bus zu sein, mit dem Patrick vor fast 20 Jahren zu seiner B-52 hinausgefahren war), der rumpelnd anfuhr. Das erste Etappenziel war die Ausrüstungskammer, in der die Besatzungsmitglieder ihre Überlebensausrüstung fassten und die Funktion ihrer Sauerstoffmasken und Nachtsichtbrillen prüften. Rinc Seaver half Patrick, sein Zeug zu finden, und zeigte ihm, wie das Prüfgerät für Nachtsichtbrillen funktionierte, aber sie mussten sich beeilen, weil Rebecca Furness, ihre Kopilotin »Heels« Dewey und die anderen schon wieder zum Bus unterwegs waren. Ihr nächstes Ziel war die Einsatzleitung, wo die Besatzungen die Wetterberatung erhielten, ihre Flugpläne aufgaben, die NOTAMs einsahen, den Wartungsstand ihrer Flugzeuge kontrollierten, ihre Lunchpakete bekamen und zum letzten Mal nervös auf die Toilette gingen.

Für Patrick war dies die erste Gelegenheit, eine kurze Verschnaufpause einzulegen, und die anderen Besatzungsmitglieder zu beobachten, während sie ihre letzten Vorbereitungen trafen, bevor es zum Start ging. Die Unterschiede zwischen früher und heute erstaunten ihn immer wieder. Sie bewirkten, dass er sich etwas – eher, *sehr* – fehl am Platz und ... nun ja, verdammt alt fühlte.

Denn als Erstes fiel ihm auf, wie jung diese Kerle waren. Obwohl die Air National Guard im Allgemeinen nur erfahrene Flieger aufnahm und in der 111th Bomb Squadron ungewöhnlich viele Stabsoffiziere flogen, sahen diese Kerle verdammt jung aus. Ihr Slang und ihre Anspielungen – Imitationen von Bart Simpson, Austin Powers und Beavis und Butthead schienen groß in Mode zu sein – ließen sie noch jünger wirken. Sie alle trugen sehr kurze Haare, hatten zu frisch gewaschenen Fliegerkombis glänzend geputzte Stiefel an, rauchten keine Zigaretten (höchstens Zigarren – ja, auch die Pilotinnen) und fluchten nicht gewohnheitsmäßig, wie es früher üblich gewesen war. Sie schienen einen Wolfshunger zu haben – alle außer Heels hatten zwei Lunchpakete bestellt, von denen sie eines in der Einsatzleitung verschlangen, um das zweite an Bord mitzunehmen –, wirkten aber trotzdem schlank und fit, einige sogar fast magersüchtig.

Rinc Seaver war kein typisches Exemplar dieser neuen Rasse von Fliegern. Während die anderen redselig, kumpelhaft und leger waren, war Seaver schweigsam, geschäftsmäßig und nicht sehr gesellig. Während die anderen ihre Checklisten in Klarsichthüllen steckten, auf denen *Playboy*- oder *Playgirl*-Fotos waren, die sie aus dem Internet heruntergeladen hatten, verzichtete Seaver auf solche Mätzchen.

Was ist nur mit diesem Kerl los?, fragte Patrick sich. Er brauchte Seaver keinen vollständigen Überprüfungsflug zu verpassen, um zu wissen, dass er auf allen Gebieten äußerst kompetent war – er kannte die B-1B in- und auswendig. Seine Staffelkameraden hatten offenbar nichts gegen ihn oder seine überragenden Fachkenntnisse, und Patrick ahnte, dass die Ablehnung, die Ausgrenzung und der heimliche Zorn, unter denen Seaver litt, trotz des Absturzes größtenteils nur ein Produkt seiner eigenen Fantasie waren. Den anderen Besatzungsmitgliedern war jeder willkommen, der durch seine Arbeit der Staffel diente.

Furness machte Patrick ein Zeichen, und sie gingen in den Flur hinaus, um ungestört miteinander reden zu können. »Bei allem Respekt, Sir – diese Abänderung des Szenarios ist echt Scheiße«, sagte Furness. Sie sprach leise, aber hörbar wütend. Nun, zumindest die *Besatzungen* schienen sich anständiger auszudrücken; bei den Kommandeuren war das anders. »Meine Jungs haben verdammt hart gearbeitet, um ihre Maschinen rechtzeitig und ohne Pannen startklar zu machen, und Sie belohnen sie dafür mit dem Zwang, die gesamte Planung umstoßen zu müssen. Das ist meinen Leuten gegenüber nicht fair.«

»Kein Grund zur Aufregung, Oberstleutnant«, antwortete Patrick. »Das alles wird bei der Schlussabrechnung berücksichtigt. Aber Sie wissen so gut wie ich, dass Flexibilität bei Umplanungen zum Standardrepertoire jeder Einheit gehören muss. Beweglichkeit ist der Schlüssel zu erfolgreicher Luftkriegsführung.«

Furness nickte, aber ihre Miene blieb abweisend. »Meine Jungs werden mit allem fertig, was Sie uns vorsetzen, General.«

»Sehen Sie, das wollte ich hören, Oberstleutnant ...«

»Aber sollte ich oder einer meiner Leute den Eindruck haben, dadurch würden Sicherheitsbelange verletzt, blase ich diese Übung ab und lasse es gern darauf ankommen, wer von uns beiden Recht hat«, sagte Furness. »Dienstgrad hin oder her – ich lasse nicht zu, dass jemand meine Besatzungen gefährdet.«

»Meine Hauptsorge gilt immer der Sicherheit der fliegenden Besatzungen, Oberstleutnant. Aber ich bin befugt, diese Übung so zu gestalten, wie ich es für nötig halte, um die Leistungen Ihrer Staffel beurteilen zu können. Das bedeutet, dass nicht Sie, sondern *ich* die Grenzen ziehe. Indem ich tue, was ich hier tue, setze ich meine eigene Karriere aufs Spiel. Wollen Sie dagegen protestieren, sollten Sie bereit sein, auch Ihre Karriere zu riskieren. Klar?«

»Nein, Sir, mir ist überhaupt nichts klar.«

»Keine Sorge, das kommt noch, Oberstleutnant«, versicherte Patrick ihr.

Rebecca Furness starrte den Brigadegeneral mit zusammengekniffenen Augen an und versuchte zu begreifen, was sie alles gehört hatte. »General, was zum Teufel geht hier vor? Hier geht's um mehr als eine Einsatz-Zertifizierung oder einen Überprüfungsflug für Seaver, nicht wahr?«

»Halten Sie sich nicht mit Vermutungen auf, Oberstleutnant!«, knurrte Patrick. »Dies ist meine Übung. Sie halten sich an meine Vorgaben – oder Sie geben Ihren Posten unter Protest auf. Haben Sie das verstanden?« Furness blieb nichts anderes übrig, als zustimmend zu nicken. »Gut. Ich schlage vor, dass Sie das Spiel weitergehen lassen, auch wenn es Ihnen merkwürdig erscheinen mag. Lehnen Sie nichts ab, bevor Sie nicht sicher wissen, dass es daraus nichts zu lernen gibt.« Furness widersprach nicht, stimmte auch nicht zu – sie wirkte nur noch verwirrter. Allerdings schien sie nun neugierig und interessiert zu sein. »Weitermachen!«

»Ja, Sir«, antwortete Furness. »Der Wahlspruch unserer Staffel lautet: ›Eindringen, dezimieren, dominieren!‹ Wir geben niemals auf.«

»Hurra!«, sagte Patrick, ohne zu lächeln. Als sie in die Einsatzleitung zurückgingen, sagte er laut genug, um von allen gehört zu werden: »Ihre Staffel gefällt mir bisher sehr gut, Oberstleutnant. Ich freue mich schon darauf, heute ein paar Ziele platt zu machen. Sonst noch was für mich?«

»Nein, *Sir*«, antwortete Furness so übertrieben zackig, dass das »Sir« fast ironisch klang.

Die zunehmende Spannung war fast mit Händen zu greifen, als sie einige Minuten später zu den Maschinen hinausfuhren. Die Kontrollen waren streng, aber sobald die Wachposten ihre Ausweise kontrolliert und den Mannschaftsbus mit Hunden und Spiegeln abgesucht hatten, schienen sie wegen des bevorstehenden Einsatzes und der Verlegung der Staffel ebenso aufgeregt zu sein wie die fliegenden Besatzungen. Selbst der junge Gefreite, der den Bus fuhr, wünschte ihnen beim Aussteigen viel Erfolg. In der »guten alten Zeit«, als Patrick B-52 geflogen hatte, hatten die »Sky Cops«, das Wartungspersonal, die Waffenwarte und die Besatzungen in verschiedenen Welten gelebt. Obwohl jeder die Arbeit der anderen respektierte und sich bewusst war, dass sie demselben Team angehörten, wussten die einzelnen Gruppen nur wenig voneinander. Es gab immer eine gewisse Zurückhaltung, die manchmal sogar in Ressentiments ausartete.

Nicht jedoch hier. Patrick hatte das Gefühl, diese Staffel sei wie ein Profifootballteam, in dem Spieler, Reservebank, Trainer und Fans vor, während und nach jedem Spielzug gleich laut johlten, um sich gegenseitig anzufeuern.

Furness, Dewey und Seaver stiegen aus dem Bus und trugen rasch ihre Ausrüstung zu ihren Maschinen. Nur Patrick blieb noch einen Augenblick stehen, um das Flugzeug bewundernd anzustarren. Obwohl er einige hundert Flugstunden – auch als Kopilot – auf diesem Bomber hatte, zu denen mehrere hundert Stunden in Simulatoren und Verfahrenstrainern kamen, starrte er diese Maschine an, als sehe er zum ersten Mal eine B-1B Lancer.

Am besten ließ sie sich mit dem Ausdruck »tödlich« beschreiben. So hatte er früher seinen Bomber EB-52 Megafortress charakterisiert – die zu Versuchszwecken umgebaute B-52 Stratofortress, die er jahrelang verbessert und im Einsatz geflogen hatte. Auf die B-1B passte dieser Ausdruck noch besser. Die EB-52 war eine umgebaute B-52 mit spitzem Bug und weiteren aerodynamischen Verbesserungen, aber sie war weiterhin massig, mit riesigen dicken Tragflächen und dem Aussehen eines großen, schwerfälligen Bombers – die verschiedenen Verbesserungen funktionierten sehr gut, aber sie wirkten irgendwie »angeklebt«, nachträglich angebracht.

Die B-1B wirkte schlank und tödlich, weil sie von Anfang an entsprechend konstruiert worden war. Im Gegensatz zur B-52 hing bei ihr nichts unter dem Rumpf oder den Tragflächen. Alle Waffen wurden in Bombenkammern transportiert, und die Tragflächen waren dünne, hoch sensible Schwenkflügel, die im Überschallflug nach hinten geschwenkt wurden. Von ihrer langen Bugspitze über ihren schlanken Rumpf, der ebenfalls Auftrieb lieferte, und ihre dünnen Tragflächen bis hin zu ihrem hohen Leitwerk wirkte sie selbst auf dem Rollfeld im Stand eindrucksvoll schnell. Aber sie war so groß wie eine EB-52 und erheblich vielseitiger.

Die aufgehende Sonne erschien über der Sierra Nevada, erhellte die startbereiten Maschinen und umgab Patricks B-1B Lancer mit einer goldenen Aura. In diesem Augenblick wusste er, dass seine Zukunft in dieser Maschine lag. Er hatte in Dreamland an vielen High-Tech-Flugzeugen gearbeitet, aber keines hatte das Potential der B-1B besessen. Patrick war sich bewusst, dass er die neue Megafortress vor sich hatte.

Brad Elliott hatte die EB-52 Megafortress geschaffen. Sie war sein Vermächtnis gewesen. Dieses Flugzeug würde Patrick McLanahans Vermächtnis sein.

Er beeilte sich, zu seiner Besatzung zu kommen, die unter dem ein Stockwerk hohen Bugfahrwerk stand, wo Rinc Seaver die Logbücher – Vordruck 781 – des Bombers durchging, mit der Wartungsmannschaft einige in letzter Zeit aufgetretene Probleme besprach und sich vergewisserte, dass alle Wartungsarbeiten abgezeichnet waren. Patrick lernte den Crew Chief und seine beiden Stellvertreter kennen und wunderte sich wieder einmal, wie jung sie aussahen. Der Crew Chief, Master Sergeant Chris Bowler, war ein Veteran mit 15-jähriger Erfahrung, aber seine Stellvertreter, ein Sergeant und ein Staff Sergeant, schienen geradewegs aus der Technischen Schule zu kommen. Tatsächlich verfügten sie gemeinsam über 25 Jahre Erfahrung mit der B-1B.

Nachdem die Logbücher durchgesehen und die Crew Chiefs eingewiesen waren, folgte die Suche nach Fremdkörpern, bei der fliegende Besatzung und Bodenmannschaft die Fläche vor der B-1B nach irgendwelchen Gegenständen absuchten, die beim Rollen in die Triebwerke gesaugt werden konnten. Allerdings wurde das Vorfeld täglich mehrmals sorgfältig gekehrt und abgesaugt, und die Aussichten, dass die Besatzung, die sich mental auf den bevorstehenden Einsatz vorbereitete, tatsächlich etwas auf dem Beton entdeckte, waren sehr gering.

Aber dieses Ritual war etwas, das Besatzung und Wartungsmannschaft gemeinsam für »ihren« Vogel taten. Das Flugzeug »gehörte« den Crew Chiefs, bis der Kommandant den Vordruck 781 unterschrieb; ab dann »gehörte« die B-1B der Besatzung, bis der Crew Chief es nach dem Einsatz wieder von ihr übernahm, indem er den Vordruck 781 unterschrieb. Die Suche nach Fremdkörpern war ein symbolischer Akt, zu dem sie sich zum Wohl »ihrer« Maschine zusammentaten. Für kurze Zeit waren sie keine Offiziere, Unteroffiziere oder Mannschaften, keine Flieger oder Angehörige des Bodenpersonals – sie waren gemeinsam Aces High.

Patrick folgte Oberstleutnant John Long, der als Offensive Systems Officer (OSO) ihrer B-1B die Waffen in den drei Bombenkammern inspizierte. Das Flugzeug trug wie befohlen die volle Waffenlast. Für Patrick war es ebenso aufregend, hier Kammern mit scharfen Waffen zu inspizieren, wie es früher gewesen war, als er als Bombenschütze für die Gesamtbewaffnung der B-52 Stratofortress und später der EB-52 Megafortress verantwortlich gewesen war.

Long zählte die Bomben in der vorderen Kammer. »Achtundzwanzig Mark 82 einsatzbereit«, stellte er fest. Da der Boden der Bombenkammer sich gut drei Meter über ihnen befand, konnte er nicht viel mehr tun, als die Bomben zu zählen und auf äußere Beschädigungen zu kontrollieren.

Die 225 Kilogramm schwere Mk82 AIR war die zweitkleinste Bombe der U.S. Air Force und die kleinste Waffe an Bord der B-1B. Ihre Grundkonstruktion hatte sich seit den fünfziger Jahren nicht mehr verändert; tatsächlich stammten viele der in den Arsenalen lagernden über eine Million Bomben der Baureihe Mk80 noch aus dem Korea- oder Vietnamkrieg. Für Abwürfe im Tiefflug waren die Bomben Mk82 der B-1B mit dem modifizierten Heckleitwerk BSU-49/B Ballute ausgerüstet, dessen aufblasbarer Fallschirm sie so weit verlangsamte, dass der weiterfliegende Bomber ihren Wirkungsbereich verlassen hatte, wenn sie detonierten.

Die Waffen lagen in scheinbar unsystematischer Anordnung in schrägen Aufhängevorrichtungen. Patrick konnte sich nicht recht vorstellen, wie diese Aufhängevorrichtungen seitlich weggeklappt werden würden, bevor die oberen Bomben ausgelöst wurden. Erstaunlich. Achtundzwanzig 225-kg-Bomben, die mit nur einer Fünftelsekunde Abstand sicher die Bombenkammer verließen. Er wusste natürlich, wie das System funktionierte, aber das Studium einer Schnittzeichnung war doch etwas ganz anderes, als unter einer Bombenkammer zu stehen, die mit fünf Tonnen Sprengstoff vollgepackt war.

»Das hier sind meine Babys«, sagte John Long stolz, als sie die mittlere Bombenkammer erreichten. Diese Kammer enthielt ein

Revolvermagazin mit acht 900 Kilogramm schweren Lenkbomben GBU-32 JDAM (Joint Direct Attack Munition), den gefährlichsten nichtnuklearen Waffen im Arsenal der B-1B.

Obwohl ihre Radar gestützten Bombenangriffe im Horizontalflug schon immer sehr treffsicher gewesen waren, konnte die B-1B Block D erst seit der Einführung der GBU-32 Präzisionsangriffe fliegen. Die Zielkoordinaten wurden dem GPS-Computer jeder Bombe manuell eingegeben oder direkt von den Angriffscomputern der B-1B übernommen. Nach dem Abwurf steuerte die Bombe dieses Ziel mit Hilfe ihrer beweglichen Leitwerksflossen selbstständig an. Das Revolvermagazin der B-1B konnte seine acht JDAM in etwas über 60 Sekunden ausspucken.

Nutzte die JDAM lediglich ihr eigenes Trägheitsnavigations-System, betrug ihre Abweichung vom Ziel normalerweise nicht mehr als 50 bis 60 Meter, selbst wenn der Abwurf aus über 10 000 Metern erfolgte. Konnte die Bombe im freien Fall jedoch die Signale von mindestens drei GPS-Satelliten empfangen, traf sie ihr Ziel wenigstens bis auf 20 Meter genau. Empfing sie mindestens sieben Sekunden lang acht Satelliten, was bei Abwürfen aus großer Höhe fast immer möglich war, betrug ihre durchschnittliche Abweichung weniger als sechs Meter, was bei einer 900-kg-Bombe garantierte, dass jedes Ziel, das kleiner war als ein dreistöckiges Haus, vernichtet wurde.

Außerdem konnte die Bombe nach dem Abwurf aus großer Höhe bis zu 25 Kilometer weit gleiten, sodass sie an keinem bestimmten Punkt abgeworfen werden musste. Das bedeutete, dass die B-1B sich innerhalb eines Zylinders mit 25 Kilometern Radius in jeder Richtung und bei jeder Geschwindigkeit frei bewegen konnte, während das Revolvermagazin die GBU-32 mit Höchstgeschwindigkeit ausspuckte – und jede Bombe würde automatisch ihr Ziel finden, selbst wenn es *hinter* dem Bomber lag. War das Ziel ein größerer Komplex wie ein Flugplatz, ein Militärstützpunkt oder ein Munitionslager, konnte eine B-1B bei einem einzigen Angriff in etwas über 60 Sekunden bis zu acht verschiedene Ziele mit einer Präzision angreifen, die sonst nur mit Laser- oder Fernsehgesteuerten Bomben oder Lenkwaffen erreichbar war – und das Tag und Nacht, unter allen Wetter- oder Flugbedingungen.

»Die JDAM gefällt Ihnen, nicht wahr, Oberstleutnant?«, erkundigte Patrick sich.

»Ohne sie wären wir längst nicht mehr im Geschäft, glaube ich«, antwortete Long. »Außer der B-1B und dem Stealthbomber B-2 ist jeder unserer Bomber und Jagdbomber mit Lenkbomben für Präzisionsangriffe ausgerüstet – sogar die kümmerliche kleine F-16 kann Lenkwaffen Maverick verschießen. Was wären höhere Nutzlast, Reichweite und Geschwindigkeit der B-1B wert, wenn sie drei Bomben bräuchte, um ein Ziel zu zerstören, das ein Jagdbomber F-15E oder ein Stealthjäger F-117 mit einer einzigen Bombe zerstören kann? Mit der JDAM können wir praktisch Präzisionsangriffe fliegen, ohne auf Funk-, Infrarot- oder Lasersteuerung angewiesen zu sein.«

Patrick nickte, als stimme er zu, musste sich aber gewaltig beherrschen, um Long nicht zu erzählen, was er wusste. Die Joint Direct Attack Munition war in der Tat eine gute Waffe. Sie war billig, funktionierte gut und modernisierte die Unmengen von 450- und 900-kg-Bomben, die noch in den Arsenalen lagerten. Aber es gab ein Dutzend Waffen der nächsten Generation, die für den Bomber B-1B zur Verfügung standen, und Patrick und seine Teams in Dreamland arbeiteten an der Entwicklung von mindestens einem weiteren Dutzend Waffen der dritten, vierten und fünften Generation, im Vergleich zu denen die GBU-32 JDAM geradezu steinzeitlich wirkte.

Sie gingen zur hinteren Bombenkammer weiter, in der zehn Streubomben CBU-87/B CEM (Combined Effects Munition) hingen. Mit diesen Bomben griff die B-1B vor allem Flächenziele wie Panzer- und Truppenansammlungen an. Jede Streubombe enthielt über 200 Einkilobomben, die sie beim Abwurf durch schnelles Rotieren über einen ovalen Wirkungsbereich verteilte. Jede der kleinen Bomben schwebte an einem winzigen aufblasbaren Fallschirm zu Boden und detonierte dann in einer zuvor eingestellten Höhe über Grund.

Die Wirkung dieser winzigen Einkilobombe war erstaunlich groß. Sie stieß eine Hohlladung, die zehn Zentimeter starken Panzerstahl durchschlagen konnte, senkrecht nach unten aus, um die schwächere Panzerung auf der Oberseite von Panzern oder gepanzerten Fahrzeugen zu durchschlagen. Gleichzeitig schossen hundert winzige Stahlsplitter nach allen Seiten und konnten im Umkreis von 50 Metern leichte Fahrzeuge durchsieben und im Umkreis von 100 Metern Soldaten verwunden. Zuletzt entzündete sich ein Ring aus Zirkoniumschwamm, und weiß glühende Metallstücke, die Buschwerk, Treibstoff, Gebäude oder Menschen augenblicklich in Brand setzen konnten, wurden 200 Meter weit nach allen Richtungen weggeschleudert. Jede CBU-87 konnte eine Schneise aus Tod und Vernichtung von der Größe von acht Footballfeldern schlagen.

Sobald Long seine Inspektion beendet hatte, stieg er die steile Leiter hinter dem hohen Bugfahrwerk ins Cockpit hinauf. Patrick blieb dicht hinter ihm. Er musste sich beherrschen, um nicht wie ein kleiner Junge zu grinsen, der in eine Achterbahn steigt. Die Aufregung, die er jetzt empfand, kam ihm selbst unerklärlich vor. Nach all den Einsätzen, die er schon hinter sich hatte… warum?

Du hast allen Grund, aufgeregt zu sein, denn alles *ist* so aufregend, dachte er breit grinsend. Ja, es war gefährlich. Ja, diese Besatzung hatte einen Auftrag zu erfüllen, und Patrick war ihr Richter – im schlimmsten Fall vielleicht auch ihr Scharfrichter. Aber sie würden einen der gefährlichsten Bomber der Welt fliegen und genügend richtige, scharfe Bomben abwerfen, um eine ganze feindliche Panzerbrigade zu vernichten. Das war der ultimative Job, der ultimative Einsatz, der ultimative Kick.

Genieß diesen Flug, sagte Patrick sich. Vergiss wenigstens einmal die Verantwortung und den Auftrag und genieß die Aufregung, die dir bevorsteht.

Obwohl die B-1B fast 45 Meter lang war und ein maximales Startgewicht von über 215 Tonnen hatte, war im Cockpit nur eben genug Platz für vier Besatzungsmitglieder in Schleudersitzen und etwas Stauraum. Rinc verstaute seine Fliegerjacke in einem Fach über dem Zugangstunnel, legte seine Unterlagen auf die kleine Ablage über der Mittelkonsole, kontrollierte, dass sein Schleudersitz gesichert war und setzte sich dann, um seine Checklisten durchzugehen, die vor dem Anlassen des Hilfstriebwerks abzuhaken waren.

Patrick stopfte seine Jacke in das Fach hinter dem rechten Sitz, stellte die Helmtragetasche mit zusätzlichen Handbüchern und

Ringordnern neben seinen Sitz und kontrollierte dann den Schleudersitz. Er überzeugte sich davon, dass die vier Sicherungsstifte eingesteckt waren, dass der Auslösegriff verriegelt und der Wählschalter auf MANUELL stand, damit bei Fehlfunktion oder unabsichtlicher Betätigung einer der Pilotensitze nicht automatisch die gesamte Besatzung aus der Maschine geschossen wurde. Dann nahm er Platz und begann sich anzuschnallen.

Im Vergleich zur B-1B hatte die EB-52 Megafortress, die Patrick zuletzt geflogen hatte, ein höhlenartiges Cockpit. Er war es nicht gewohnt, in einer dicken, sperrigen Flakweste zu stecken, und das Anlegen des Gurtzeugs mit den vielen Schnallen und Schlössern war schwieriger, als er erwartet hatte. In einem Bomber B-1B saß man nicht einfach – man trug ihn wie Maßkleidung. Patrick musste seine Schultergurte zunächst ganz locker lassen und mit beiden Händen blindlings nach den Schlössern tasten. Anschließend brauchte er sogar ein paar Sekunden, um sich daran zu erinnern, wie die Sitzverstellung funktionierte.

»Wie geht's dort drüben, Sir?«, fragte Rinc leicht amüsiert. »Sie kommen wohl zurecht?«

Patrick war etwas verlegen, als er sein letztes Gurtschloss einschnappen ließ. Er schlang das Klettband der Checkliste um seinen linken Oberschenkel, befestigte ein kleines Kniebrett aus Aluminium am rechten Oberschenkel und schlug in seiner Checkliste die Seite *Vor dem APU-Anlassen* auf. Zuletzt streifte er neue Pilotenhandschuhe aus Nomex über, strich die Finger glatt und schlug sich dann so aufgeregt wie vor 20 Jahren vor dem Anlassen der Triebwerke mit der rechten Faust in die linke Handfläche. »Danke, ich komme zurecht, Major«, sagte er dabei. »Treten Sie mich ruhig in den Hintern, wenn ich Sie aufhalte.«

»Sie halten niemanden auf«, versicherte Rinc ihm. »Ich habe drei Anläufe gebraucht, bis mein Gurtzeug richtig angelegt war.«

Als Erstes mussten sie das Hilfstriebwerk (Auxiliary Power Unit, APU) anlassen. Das APU war ein kleines, unabhängig arbeitendes fünftes Triebwerk im Heck der B-1B, das Strom, Hydraulikdruck und Druckluft lieferte, ohne dass eines der Haupttriebwerke angelassen oder ein Startwagen angeschlossen werden musste. Dank seines Hilfstriebwerks war der Bomber völlig autark: Er brauchte keine externe Stromversorgung, um seine Triebwerke anlassen zu können. Sobald das APU der B-1B Strom lieferte, schalteten die Besatzungsmitglieder ihre Geräte ein und arbeiteten die Checklisten durch, die vor dem Anlassen der Haupttriebwerke abgehakt werden mussten. Auf die Minute pünktlich nahm die Besatzung sich die Checklisten vor, die zum Anlassen und nach dem Anlassen abzuhaken waren. Es dauerte nur wenige Augenblicke, um alle vier Triebwerke zum Laufen zu bringen.

Danach ging alles sehr schnell. Die Piloten hakten weitere Checklisten ab und testeten jedes System, jedes Reservesystem und alle Gerätefunktionen an Bord. Der TACAN-Empfänger versagte beim Selbsttest, aber das Avionikteam der Staffel brachte sofort einen neuen Empfänger und baute ihn in Rekordzeit ein. Natürlich hätten sie ohne TACAN-Empfänger fliegen können – wegen der modernen Trägheits- und Satellitennavigations-Systeme an Bord wurde das alte TACAN praktisch nur noch für Instrumentenlandungen benutzt –, aber es gehörte zur vorgeschriebenen Instrumentierung. Oberstleutnant Furness meldete sich pünktlich zur festgelegten Zeit. Patrick schrieb die Einsatz- und Startfreigaben mit und begann dann zur Startlinie zu rollen.

Bis auf einen kurzen Ausfall der Bugradsteuerung von Rincs Flugzeug, der sofort durch einen Neustart des Systems korrigiert wurde, gab es beim Rollen der beiden B-1B keine Probleme. Auf den Dächern der Terminals auf dem Reno-Tahoe International Airport hatten sich zahlreiche Zuschauer versammelt, die jetzt beobachteten, wie die Bomber zum Start rollten. Alle Verkehrsmaschinen wurden auf die Parallelbahn verwiesen, aber mehrere machten Halt, um die B-1B vorbeirollen zu sehen. Auf dem Flughafen wusste fast jeder, dass bei der 111th Bomb Squadron irgendeine Überprüfung lief, und einige wenige Leute wussten auch, dass diese Maschinen richtige Bomben trugen, was etwas Besonderes darstellte.

Dann wurden sie hinter den Stahlwänden, die die Wartefläche umgaben, vom Supervisor of Flying ein letztes Mal überprüft. »Sieht so aus, als hättest du eine platte Stelle im linken Bugrad, Rodeo«, meldete der SOF über Funk. »Muss passiert sein, als vorhin die Bugradsteuerung ausgefallen ist.«

»Ist das Profil verletzt?«, fragte Rinc.

»Ich sehe einen Schnitt durch zwei Rippen.«

»Scheiße«, murmelte Rinc. Das bedeutete, dass sie ihren Start abbrechen mussten, um den Reifen zu wechseln. Bei fast maximalem Startgewicht war eine B-1B mit einer platten Stelle an einem Bugrad kein angenehmer Aufenthaltsort. »Scheiß drauf! Wir starten trotzdem.«

»Wollen Sie das wirklich?«, fragte Patrick.

»In der Vorschrift steht, dass bis zu drei Rippen verletzt sein dürfen …«

»Aber bei unserem Startgewicht?«

»Die Vorschrift beschränkt das Startgewicht nicht, Sir«, stellte Seaver fest. »Außerdem sind wir im Augenblick achtzehn Tonnen *unter* dem Maximum. Drei Rippen in Friedenszeiten, fünf Rippen in Kriegszeiten. Für fünf könnten wir vermutlich eine Sondererlaubnis bekommen. Wir sollten …«

»Wir sind zu einem vorgeschobenen Stützpunkt unterwegs, wo es wahrscheinlich keine Einrichtungen für einen Radwechsel gibt«, wandte Patrick ein. »Es ist bestimmt besser, das Rad hier zu wechseln, als mit einem defekten Reifen einen Platz ohne Wartungseinrichtungen anzufliegen.«

»Dies ist unser erster Start zur Einsatz-Zertifizierung, General – wir reden von Punkten für die Wahrscheinlichkeit, dass wir starten und überleben«, betonte Rinc. »Diese Wahrscheinlichkeit spielt keine Rolle mehr, sobald wir den vorgeschobenen Stützpunkt erreichen. Aber wenn wir durch einen verspäteten Start Punkte verlieren, geraten wir hoffnungslos ins Hintertreffen. Bei zwei verletzten Rippen ist alles in Ordnung. Wie Sie wissen sollten, haben unsere Reifen zwölf Rippen, sodass wir selbst mit fünf beschädigten Rippen noch genügend Sicherheitsreserven hätten. Unser Start ist völlig legal. Ich bin dafür, dass wir jetzt starten und unseren Auftrag ausführen.« Als Patrick weiter zögerte, fügte Seaver gereizt hinzu: »Es sei denn Sie *befehlen* mir, den Reifen wechseln zu lassen.«

»Sie sind der Boss«, sagte Patrick.

»SOF, ich starte«, meldete Rinc, indem er seinem Kopiloten zunickte. »Sieh zu, dass du fertig wirst und die Startbahn kontrollierst.«

»Verstanden, Rodeo«, bestätigte der SOF. Er fuhr weiter um die Maschinen herum, ohne noch irgendeinen Defekt zu entdecken. »Rotte Aces Two-Zero, Blindstopfen und Warnflaggen abgenommen, Bombenklappen geschlossen, Startkonfiguration hergestellt. Eindringen, dezimieren, dominieren! SOF fährt weiter. Unterbrechung. Reno Tower, Aces SOF, Freigabe für Runway drei-vier links für eine letzte Inspektion.«

»Aces SOF, Reno Tower, frei zu drei-vier links, Verlassen melden.« Der SOF fuhr rasch die Startbahn entlang und hielt dabei Ausschau nach irgendwelchen Fremdkörpern, die die Bomber beim Start beschädigen konnten. Sobald er seine Inspektion beendet hatte, wurde es Zeit zum Start.

Patrick hatte fast vergessen, wie beeindruckend der Start mit einem Bomber B-1B Lancer war. In seiner langen Laufbahn hatte er schon viele Maschinen – darunter auch Überschallbomber – geflogen, aber bei diesem Flugzeug bewirkte die Kombination aus gewaltigem Schub und der schieren Größe der B-1B, dass ein Start mit ihr spektakulärer als mit jeder anderen Maschine war.

Sobald Rebecca Furness mit Aces Two-Zero anrollte, richtete Rinc Seaver den Bomber auf der Mittellinie aus, betätigte die Fußbremsen am Oberrand der Ruderpedale und schob dann die Leistungshebel nach vorn. Der Triebwerkslärm war gedämpft, seidig glatt, ohne die geringste Spur des Ratterns oder »Verschluckens«, das Patrick von der B-52G her kannte. Rinc brachte die vier Triebwerke auf volle Leistung, wartete kurz, bis sie sich stabilisiert hatten, und schob dann die Leistungshebel nach vorn in Nachbrennerstellung. Er beobachtete, wie die acht Nachbrenneranzeigen aufleuchteten, nahm seine Fußspitzen von den Bremspedalen und drückte die Leistungshebel bis zum Anschlag nach vorn.

Bei voller Triebwerksleistung beschleunigte die Maschine rasch, aber nicht übermäßig dramatisch – aber als die vier riesigen Nachbrenner gezündet und die Leistungshebel bis zum Anschlag nach vorn gedrückt wurden, bewirkte die jäh einsetzende Beschleunigung, dass Patrick unwillkürlich große Augen machte. Er hatte das Gefühl, der Schleudersitz sei nach vorn geschnellt und habe ihn am Hinterkopf getroffen. Den Schlag, mit dem Nachbrenner einsetzten, hatte er schon oft gespürt, aber im Allgemeinen blieb es bei diesem einen Schlag. Aber bei der B-1B folgte dem ersten Schlag ein stetiger, gleichmäßiger Andruck, der ihn tief in seinen Sitz presste, als befinde er sich an Bord einer Rakete auf dem Flug in eine Erdumlaufbahn. So starke g-Kräfte hatte Patrick schon lange nicht mehr erlebt. Andruck und Beschleunigung bewirkten, dass ihm fast schwindlig wurde und er das Gefühl hatte, die Maschine sei in einem Winkel von mindestens 45 Grad aufgerichtet.

Seavers kleine »Abflugshow« trug nicht dazu bei, Patricks Magennerven zu beruhigen. Rinc stieg nur auf etwa 100 Fuß über der Startbahn, drückte nach, um diese Höhe zu halten, fuhr Fahrwerk und Klappen ein und klappte die Schwenkflügel auf 24 Grad Pfeilung zurück. Er beschleunigte auf über 400 Knoten – bei voller Nachbrennerleistung dauerte das nur wenige Sekunden – und wackelte zweimal mit den Tragflächen, als er zwischen den Türmen des Nugget Casinos und des Hilton Hotel Casinos hindurchröhrte, bevor er die B-1B auf ihren Feuerschweif stellte. Ihr über 200 Tonnen schwerer Bomber verwandelte sich plötzlich in eine Rakete, die mit über 50 Metern in der Sekunde in den Himmel schoss. Rinc ging erst in 12 000 Fuß in einen konventionelleren Steigflug über, indem er seine Nachbrenner ausschaltete und nur noch mit 350 Knoten stieg. Danach dauerte es nicht mehr lange, bis sie in 21 000 Fuß in den Horizontalflug übergingen.

John Long meldete »mit Radar erfasst« und gab dann ständig die Position der Führungsmaschine an, bis sie zu ihr aufgeschlossen hatten. Nachdem Rinc sich zur gegenseitigen Kontrolle dicht neben Furness' B-1B gesetzt hatte, vergrößerte er den Abstand wieder etwas, damit er seine Checklisten durchgehen konnte, ohne sich zu sehr aufs Fliegen konzentrieren zu müssen.

»Wie geht's Ihnen dort drüben, General?«, fragte Rinc.

»Gut«, antwortete Patrick.

»Ich habe über die Bordsprechanlage schwere Atemzüge gehört. Ich dachte schon, Sie würden Ihr Frühstück wieder ausspucken.«

»Kommt nicht in Frage«, wehrte Patrick ab. »Ich gehe die TERFLW-Checkliste gleich mit Ihnen durch. Crew, ich benutze jetzt die sichere SATCOM-Verbindung. Ich bitte mir aus, dass niemand mithört, bis ich sie wieder freigebe. Verstanden?«

»Klar«, bestätigte der Pilot. »Hören Sie Wachfrequenz und

Bordsprechanlage ab, melden Sie sich wieder zurück. Ich fange inzwischen mit der TERFLW-Checkliste an.«

»O.«

»D.«

»Danke«, sagte Patrick. »Kopilot wechselt zu SECURE.«

Patrick stellte den für die Schiedsrichter reservierten SATCOM-Kanal ein, drehte den Wahlschalter auf SECURE und drückte seine Sprechtaste: »Firebird, Firebird, hier Aces Two-One.«

»Two-One, hier Firebird.« Obwohl die Satellitenverbindung über einen Scrambler lief, erkannte Patrick sofort Dave Lugers Stimme. »Bestätige Foxtrott-Uniform.«

Jetzt folgte eine kurze Pause, während Patrick in seinem Codebuch AKAC-1553 die Antwort auf die vertraute »F-U«-Anfrage nachschlug: »Two-One hat ›Tango‹. Spreche ich mit Amarillo?«

»Logo.« David Luger stammte aus Amarillo, Texas, und Patrick, ein gebürtiger Kalifornier, zog ihn immer wieder damit auf. Erst monatelange konzentrierte Gehirnwäsche durch die Russen und jahrelange Arbeit als sowjetischer Bomberkonstrukteur in Litauen, wo die CIA ihn als vermeintlichen amerikanischen Überläufer mit dem Decknamen »Redtail Hawk« aufgespürt hatte, hatten bewirkt, dass Luger seine gedehnte texanische Sprechweise abgelegt hatte.

»Dann bestätige Alpha-Hotel, Amigo«, verlangte Patrick.

»Firebird bestätigt ›India‹.«

»Laut und klar«, sagte Patrick. Obwohl dieser abhörsichere Satellitenkanal nur ihnen zur Verfügung stand, mussten beide Seiten ihre Identifizierung doppelt überprüfen. »Wie sieht's aus, Partner?«

»Alle Bomber sind gestartet, der Rest der Staffel fliegt in ein paar Stunden ab, und wir bleiben dicht dahinter«, berichtete Dave. »Noch ein Tipp, Kumpel: Ich bin vor dem Start mit dem SOF rausgefahren und habe mir dabei euer Bugrad genau angesehen. Ich glaube, dass der Schnitt durch mehr als zwei Rippen geht – wahrscheinlich sind es eher fünf bis sechs. Nimm dich also in Acht, falls ihr bei der Landung noch Bomben an Bord habt. Ich verstehe, dass diese Jungs die maximale Punktezahl erzielen wollten, die sie auch erreicht haben, aber sie könnten mit ihrem Start gegen in Friedenszeiten gültige Sicherheitsbestimmungen verstoßen haben. Ich finde, sie hätten wenigstens den Crew Chief anfordern müssen, damit er sich den Reifen ansieht. Das wollte ich dich nur wissen lassen.«

»Verstanden, Amarillo.« Patrick schüttelte den Kopf und hoffte, dass Seaver heimlich mithörte.

»Na, wie war der Start, Muck? Du hast hoffentlich keine Helmtasche vollgekotzt?«

»Der Start war fantastisch«, sagte Patrick. »Ich hatte ganz vergessen, wie rasant dieser Vogel ist. Kotzen muss ich vielleicht später im Tiefstflug.«

»Wer Dreck macht, putzt ihn wieder weg«, erinnerte Luger ihn. »Euer Kommandant hat eine ganz schöne Show abgezogen. Die Leute in den beiden Spielkasinos müssen tolle Aufnahmen gemacht haben. Vom Boden aus war zu sehen, wie die Fensterscheiben geklirrt haben. Hey, pass auf, Muck, ich habe einen Anruf von zu Hause bekommen.« Damit war Dreamland gemeint. »Wir bereiten uns darauf vor, am ersten Tag der Luftangriffe auf südkoreanische Ziele im Rahmen des Manövers Team Spirit die Chinesen und Nordkoreaner abzuhören.«

»Bisher alles okay?«

»Normale Aktivität in China und Nordkorea – nicht ganz so normal im Süden«, antwortete Dave.

»Wie das?«

»Keine Ahnung. Einfach … auffällig viel. Alle sind ganz aufgeregt. Der Fernmeldeverkehr klingt so, als sei dies der große Schlusstag des Manövers, nicht der erste Tag, an dem jeder sich vorsichtig zurechtzufinden versucht.«

»Team Spirit steht im Scheinwerferlicht der Öffentlichkeit«, stellte Patrick fest. »Massenhaft VIPs, auch aus Japan. Unsere niedliche Vizepräsidentin ist ebenfalls drüben.« Er zögerte kurz, während er angestrengt nachdachte. Eine innere Stimme sagte ihm, dass diese Nachricht überprüft werden musste. Er wusste nicht, warum, aber er wusste, dass das nötig war; er hatte die Erfahrung gemacht, dass er sich nie täuschte, wenn er auf diese leise innere Stimme hörte. Patrick drückte seine Sprechtaste: »Was haben wir am Himmel?«

»Da muss ich erst nachfragen«, sagte Luger. »Am Himmel« bedeutete Satelliten. Durch einen ihrer Auftragnehmer hatte Patrick Zugriff auf verschiedene Foto-, Fernmelde-, Radar- und EM-Aufklärungssatelliten, die im Bedarfsfall binnen weniger Stunden über der koreanischen Halbinsel stationiert werden konnten. Da Dreamland kein aktiver Militärstützpunkt war – zumindest keiner, von dem die meisten staatlichen Stellen wussten –, hatten Patrick und sein Stab keinen Zugriff auf Satellitenbilder von CIA und Verteidigungsministerium, sodass sie sich auf eigene Aufklärungsmittel verließen. »Willst du mal inoffiziell hingucken, Muck?«

»Wir schicken einen Carter und einen Ford über die Halbinsel und fangen an, diesen starken Fernmeldeverkehr zu analysieren«, entschied Patrick. Die von der Firma Sky Masters Inc., einem der kleinsten, aber wichtigsten Zulieferer der Air Force, konstruierten, gebauten und in die Umlaufbahn gebrachten Aufklärungssatelliten waren alle nach US-Präsidenten benannt. Satelliten des Typs Carter dienten zur Aufklärung von Fernmeldeverkehr; sie konnten Funk-, Fernseh-, Mobilfunk-, Mikrowellen-, Internet- und Satellitenverbindungen entdecken, aufnehmen und analysieren. Satelliten des Typs Ford waren Aufklärungssatelliten, die mit ihrem Millimeterwellen-Radar weltweit Objekte bis hinunter zur Größe eines Autos entdecken, lokalisieren und identifizieren konnten – selbst unter der Erde, in Gebäuden, unter Tarnnetzen oder unter Wasser. Da sie sich in erdnahen Umlaufbahnen befanden, kamen sie mit sehr geringer Sendeleistung aus. Eine ganze Konstellation dieser kleinen NIRT-Sats (»Need it right this second«-Satelliten), deren Trägerraketen von einem umgebauten Verkehrsflugzeug aus gestartet wurden, ließ sich binnen weniger Stunden an den Himmel bringen.

»Wird gemacht, Muck«, bestätigte Luger. »Ich denke, dass wir ein paar oben haben, die wir schnell einsetzen können.«

»Gut. Muss mich jetzt um meine Checklisten kümmern, Amarillo. Bis demnächst.«

»Alles Gute und viel Erfolg!«, sagte Luger. »Wir sehen uns in Tonopah. Firebird Ende.«

Patrick schaltete auf die Bordsprechanlage um. »Crew, Ko ist wieder auf Empfang. SATCOM auf Primärkanäle umgeschaltet.«

»Wir müssen wirklich mit den Checklisten anfangen, Sir«, erklärte Seaver ihm. »Wir haben auf Sie gewartet.«

Ja, er musste schon etwas aufholen. An Bord der B-1B ging alles sehr schnell. »Tut mir Leid, Crew. Bin am SATCOM aufgehalten worden. Aber jetzt geht's los!«

»Wir wollen nicht zu spät kommen, Ko«, mahnte Rinc. Er nahm einen Schluck Orangensaft, warf seinem Gastkopiloten einen gespielt strengen Blick zu und lächelte dann unbefangen freundlich. Er hatte großen Spaß daran, den in seinem Cockpit sitzenden Brigadegeneral etwas zu nerven. »Wir wollen nicht zu spät kommen.«

Befehls- und Koordinierungszentrale der Volksarmee, Sunan: Demokratische Volksrepublik Korea (zur gleichen Zeit)

»Wir haben Sie früher erwartet.«

Die südkoreanischen Kommandos richteten sich auf und ließen ihre Maschinenpistolen MP5K sinken. Die beiden Gruppen gingen aufeinander zu. Der Führer der Südkoreaner salutierte vor dem höheren Offizier und stellte sich vor: »Leutnant An Sunhun, Teamführer.«

Der Nordkoreaner erwiderte den Gruß. »Major Hong Song-ku, Chef des Sicherheitsdiensts. Willkommen im Befehlszentrum der Volksarmee. Kommen Sie bitte mit.« Leutnant An setzte eine verstärkte Gruppe in Marsch, um an weiteren wichtigen Stellen des Stützpunkts Sprengladungen anbringen zu lassen. Allerdings verschwieg er seinem nordkoreanischen Kontaktmann, dass die Kommandos auch am BKZ selbst elektronische Zielmarkierungen anbringen würden. Sollte ihr Plan fehlschlagen, würde die BKZ durch Bombenangriffe und Raketenbeschuss demoliert werden, bis sich an dieser Stelle nur noch ein rauchender Krater befand.

Die beiden oberirdischen Etagen des Befehls- und Koordinierungszentrums, in denen sich vor allem Büros befanden, waren praktisch menschenleer. Der Kontrollposten in der Eingangshalle war besetzt, die an eine Tresortür erinnernde fünf Tonnen schwere

Zugangstür des Bunkers geschlossen, aber das Wachpersonal ließ nicht die geringste Überraschung erkennen, als die zwölf südkoreanischen Kommandos in den Bunker geführt wurden.

Die Kommandos stiegen rasch die Treppe ins erste Untergeschoss hinab. Auf dieser Ebene waren die Sicherheitskräfte untergebracht: zwei Kompanien Infanterie, über 200 speziell ausgebildete und schwer bewaffnete Soldaten. Die Kontrollstelle am Fuß der Treppe war nicht besetzt. Hinter dem Platz des Sicherheitsoffiziers befand sich eine weitere Tresortür, die ins eigentliche Befehlszentrum führte. Rechts und links davon gingen weitere Türen ab, hinter denen die Unterkünfte der beiden Kompanien lagen. Der nordkoreanische Sicherheitschef führte die Südkoreaner in sein Dienstzimmer auf dem rechten Korridor.

»Wir dachten schon, Sie würden nicht mehr kommen«, sagte Major Hong. »Unsere Streifen haben Sie erst beim Betreten des äußeren Sicherheitsbereichs entdeckt.« Er lächelte humorlos. »Nicht gerade ein Beweis für die Qualität unserer Sicherheitsvorkehrungen, fürchte ich – obwohl wir wussten, dass Sie kommen würden, haben wir Sie nicht entdecken können. Alle Achtung!«

Leutnant An verbeugte sich dankend. »Sobald die Befehlszentrale in unserer Hand ist, müssen wir unserem Hauptquartier Meldung machen, sonst wird die BKZ angegriffen.«

»Was erwarten Sie von mir?«, fragte Hong.

»Wir müssen die Zentrale sofort einnehmen«, stellte An fest. »Wir sieht's dort unten aus, Major?«

»Befehlszentrum, Nachrichtenzentrale und Auswertungsraum sind voll besetzt«, antwortete Hong. »Siebenunddreißig Offiziere und dreiundfünfzig Unteroffiziere, alles Loyalisten.« Leutnant An machte ein bedenkliches Gesicht – das waren verdammt viele Kommunisten, und selbst wenn nicht alle kampferprobte Soldaten waren, würde es sehr schwierig sein, sie alle auszuschalten. »Der Vizemarschall, der unsere Artillerie kommandiert, und der Chef des Generalstabs der Luftwaffe sind ebenfalls hier – beide mit ihren Sicherheitsteams. Sie sind gekommen, um die Luftangriffe im Rahmen Ihres Manövers Team Spirit zu verfolgen.

Sie haben angeordnet, dass beide Wachkompanien eingesetzt werden, um die Wachen zu verdoppeln«, fuhr Hong fort, »deshalb sind meine zweihundertelf Mann alle im Einsatz. Ich habe fünfzig Mann im Befehlszentrum und je zehn in der Nachrichtenzentrale und dem Auswertungsraum; die anderen sind innerhalb und außerhalb des Gebäudes verteilt. Das sind mehr als genug Männer, um die Loyalisten zu überwältigen. Alle unterstehen ausschließlich meinem Befehl.«

Hong fiel auf, dass Ans Stellvertreter nicht recht überzeugt wirkte. »Machen Sie sich keine Sorgen, Sergeant«, forderte er ihn mit beruhigendem Lächeln auf. »Die meisten meiner Männer sind Wehrpflichtige, und von den anderen ist keiner Vollmitglied der Partei – diesen Status erhalten nur Offiziere und altgediente Unteroffiziere.«

»Sind Sie Parteimitglied, Major?«, fragte An.

»Meine Eltern waren beide in der Partei, deshalb war ich bei den Jungen Patrioten und bin später Offizier geworden«, antwortete Hong. »Aber dann wurde meine Mutter bei einem illegalen Grenzübertritt gefasst und wegen Landesverrats angeklagt. Sie hat im Gefängnis Selbstmord verübt. Mein Vater und ich wurden aus der Partei ausgeschlossen; ich wurde degradiert und zwangsversetzt. Seit damals führe ich das Leben eines Parias. Mein Vater ist vor acht Monaten an einer Lungenentzündung gestorben, weil er nicht ärztlich behandelt wurde. Er hatte seit über einem Jahr nicht mehr regelmäßig gegessen und in einer ungeheizten Wohnung gehaust.

Keiner von uns Nichtparteimitgliedern, auch ich nicht, hat seit über einem halben Jahr den ihm zustehenden Sold bekommen, und wir wissen nicht, wann wir ihn jemals erhalten werden. Unsere Familien hungern. Unsere Kinder haben keine Kleidung, keine Schulausbildung, nichts. Nur Parteimitglieder dürfen im Lebensmittelladen auf dem Stützpunkt einkaufen – wir anderen müssen betteln, stehlen, von Abfällen leben oder verhungern. Gleichzeitig gibt unsere Regierung Milliarden Won für Waffen aus, um eben die Leute zu vernichten, von deren Solidarität wir uns unsere Rettung erhoffen.«

Er sah die südkoreanischen Soldaten an und fügte düster hinzu: »Misstrauen können wir uns nicht mehr leisten. Wir liegen auf den Knien. Wir müssen die kommunistische Kriegsmaschinerie daran hindern, uns zu vernichten. Damit fangen wir jetzt an. Jeder wahre koreanische Patriot steht hinter uns.« Er zeigte auf einen Stapel Kartons in einer Ecke seines Dienstzimmers. »Darin finden Sie Ponchos, mit denen Sie Ihre Uniformen verdecken können.«

»Nicht nötig, Major«, sagte Leutnant An. Im selben Augenblick entfalteten seine Männer ihre mitgebrachten Ponchos, die nordkoreanischen Militärponchos täuschend ähnlich sahen.

»Gut, gut«, sagte Hong und lächelte zufrieden, indem er seinen Poncho überstreifte. »Dann lassen Sie uns gemeinsam in die Geschichte – oder ins Verderben – marschieren. Ich habe alles vorbereitet. Mir nach!«

»Was haben Sie vor?«, fragte An.

»Das sage ich Ihnen lieber nicht«, wehrte Hong ab. »Ihre Überraschung macht die List glaubwürdiger. Vertrauen Sie mir. Haben Sie Schutzbrillen und Ohrenschützer?« An nickte, hängte sich Schutzbrille und Ohrenschützer um den Hals und versteckte sie unter seinem Poncho. Der Major folgte seinem Beispiel. »Gut. Mir nach!« Er rief seinen Männern auf dem Korridor einen Befehl zu, nahm sein Handfunkgerät, um einen weiteren kurzen Befehl zu erteilen und marschierte dann zielbewusst in den Korridor hinaus. Obwohl An vor Misstrauen und Angst ein kalter Schauder über den Rücken lief, konnte er nichts anderes tun, als ihm zu folgen. Seine Männer und er – und die ganze Nation hinter ihnen – waren auf diesem Weg schon zu weit gegangen, um jetzt noch umkehren zu können.

Hong blieb vor der massiven Stahltür zum Befehlszentrum stehen und drückte auf die Klingeltaste. »Wer da?«, fragte eine Lautsprecherstimme.

»Major Hong.«

Darauf herrschte für einen Augenblick verwirrtes Schweigen. Die Stimme gehörte dem für die Eingangskontrolle zuständigen Assistenten des Ersten Controllers. »Welchen Zweck hat Ihr Besuch, Genosse Major?«

»Statusinspektion. Verschiedene Sicherheitssysteme sind ausgefallen. Ich will sie selbst inspizieren und danach dem Ersten Controller persönlich Bericht erstatten. Außerdem bringe ich sechs Kartons mit Broschüren, Elektronikteilen, Lebensmitteln und Getränken mit. Die entsprechenden Lieferscheine müssten sie schon erhalten haben. Leutnant Wu begleitet mich.«

»Augenblick, bitte.« Nachdem der Erste Controller die Erlaubnis erteilt hatte, öffnete sich die schwere Stahltür eine halbe Minute später elektrisch. Der Aufzug bot absichtlich nur drei bis vier Personen Platz – in diesem Fall nur zwei Männern, nachdem sie die sechs großen Kartons in einer Ecke aufgestapelt hatten. Leutnant An versteckte Maschinenpistole und Rucksack unter seinem Poncho und quetschte sich mit Major Hong in die winzige Kabine. Für die Fahrt zu dem zehn Meter tiefer gelegenen Befehlszentrum brauchte der Aufzug fünf Minuten. Er war absichtlich so konstruiert, um einen massiven, schnellen feindlichen Überfall zu verhindern.

Als die Lifttür sich fünf Minuten später öffnete, starrte Leutnant An in einen Raum, von dem er niemals geglaubt hatte, dass er ihn jemals zu sehen bekommen würde: die Befehls- und Koordinierungszentrale der nordkoreanischen Volksarmee. Von diesem Raum aus wurde die gesamte Kriegsmaschinerie des Nordens befehligt. Es war aufregend, hier zu sein – und zugleich ein wenig enttäuschend. Die Zentrale war weit dunkler, düsterer und übel riechender, als Major Hongs Geheimberichte hatten erwarten lassen.

»Leutnant«, sagte Major Hong mit scharfer, diensteifriger Stimme, »Sie bringen die beiden oberen Kartons sofort in die Küche.«

»Jawohl, Genosse Major.« An konnte nur hoffen, dass dies eine List oder ein Ablenkungsmanöver war, denn er hatte keine Ahnung, wo die Küche lag. Er hob die beiden schweren Kartons von dem Stapel …

… und als er eben den ersten Schritt machte, spürte er, dass im Boden des unteren Kartons ein Riss entstand; dann platzte der Karton ganz auf, sodass Beutel mit Reis, Speiseöldosen, Trockenfleisch, Teepackungen und weitere Lebensmittel im Aufzug landeten. Zwei Öldosen wurden leck, und die aufplatzenden Reisbeutel ergossen ihren Inhalt in die Aufzugkabine, deren Boden sofort mit einer schmierigen Mischung aus Reis und Speiseöl bedeckt war.

»Leutnant, was zum Teufel machen Sie da?«, brüllte Hong. Der

nordkoreanische Major warf sich herum und schlug An mit dem Handrücken ins Gesicht. »Idiot! Können Sie nicht mal den einfachsten Auftrag ausführen, ohne eine Katastrophe zu verursachen?«

»Was geht dort drüben vor, Major?«, fragte eine Stimme aus der Düsternis.

Hong machte kehrt und verbeugte sich in die Richtung, aus der die Stimme gekommen war. »Ich bitte um Entschuldigung, Genosse Vizemarschall Kim«, antwortete er. »Mein tollpatschiger Untergebener hat ein paar Lebensmittel in den Aufzug gekippt. Aber es dauert nur einen Augenblick, dann ist alles wieder sauber.«

»Falls irgendwelche Elektronikteile beschädigt sind, Major«, sagte eine andere Stimme, »ziehe ich Sie persönlich zur Verantwortung.«

»Sie scheinen unbeschädigt zu sein, Genosse General Cho«, beteuerte Hong eifrig.

»Ganz ruhig, General«, forderte Kim ihn auf. »Wir stehen alle unter gewaltigem Stress. Lassen Sie den Aufzug sofort sauber machen, Major. Wir können es uns nicht leisten, unseren einzigen Zugang allzu lange blockiert zu lassen. Und es ist kein Merkmal eines guten Kommandeurs, einen Untergebenen zu schlagen, auch wenn er noch so sehr unter Stress steht. Beherzigen Sie das nächstes Mal.«

»Jawohl, Genosse Vizemarschall«, sagte Hong. »Leutnant, aus dem Weg mit Ihnen!«

Leutnant An schluckte trocken, als er den Aufzug verließ und sich bereithielt, den Major auf jede gewünschte Weise zu unterstützen. Ihm war bewusst, dass Hong mit Vizemarschall Kim Ung-tae, dem Kommandeur der Artilleriestreitkräfte, gesprochen hatte. Vizemarschall Kim unterstanden alle nordkoreanischen Lenkwaffen, ballistischen Raketen, Fla-Lenkwaffen, Flakbatterien, Küstengeschütze und Lenkwaffen zur Bekämpfung von Schiffszielen. Außerdem war er für alle ABC-Gefechtsköpfe verantwortlich, die mit Raketen, Lenkwaffen oder Artillerie verschossen werden konnten. Über diesem drittmächtigsten Mann der nordkoreanischen Streitkräfte standen nur noch Marschall

Chang Song-u, der die Volksarmee befehligte, und der Oberbefehlshaber und Geliebte Führer, Präsident Kim Jong-il.

Der andere Mann war vermutlich Generalleutnant Cho Myong-nok, der Chef des Generalstabs der Luftwaffe der Volksarmee. General Cho unterstanden etwa ein Fünftel der Massenvernichtungswaffen, über die Nordkorea verfügte – die Bewaffnung seiner Bomber und Jagdbomber. Gemeinsam befehligten diese beiden Männer vier Fünftel der gefährlichsten Waffen Nordkoreas. Sie besaßen einen der beiden Schlüssel, die erforderlich waren, um diese Massenvernichtungswaffen einsetzen zu können; der Geliebte Führer Kim Jong-il besaß den anderen.

Nach allgemeiner Überzeugung waren Vizemarschall Kim und General Cho jedoch berechtigt und hatten den ständigen Befehl, einen Angriff auszulösen, falls Südkorea zuerst losschlug; in diesem Fall würde Präsident Kim ohne zu zögern oder lange zu fragen sofort einen Gegenschlag mit Spezialwaffen befehlen. Das bedeutete, dass Kim und Cho außergewöhnlich viel Macht hatten wie nur wenige Männer auf dieser Welt.

Leutnant An erkannte rasch, welchen Zweck die im Aufzug verstreuten Lebensmittel hatten. Da es nur einen Lift gab, der ins Befehlszentrum hinunterführte, da er sich so langsam bewegte und da er nur drei bis vier Personen fasste, war er ständig in Benutzung. Aber jetzt konnte niemand die Zentrale betreten oder verlassen.

Sobald Ans Augen sich an das hier herrschende Halbdunkel gewöhnt hatten, konnte er Einzelheiten des Befehlszentrums erkennen. Es glich einem Theater mit einem hölzernen Bühnenpodium, einem »Orchesterraum« für Computer- und Nachrichtentechniker und dahinter halbkreisförmig angeordneten Sitzen für den Verteidigungsminister, seine Stellvertreter, hohe Kommandeure und ihre Mitarbeiter. Hinter dem kreisförmigen Gang, von dem aus die Sitze zu erreichen waren, lagen Konferenzräume, Besprechungskabinen und weitere Arbeitsräume für Mitarbeiter. Auf der Bühne waren nur wenige Bildschirme zu sehen; ansonsten herrschten altmodische Tafeln, mit Folie überzogene Landkarten und Flussdiagramme vor, die von Technikern mit Wischlappen und Fettstiften auf dem neuesten Stand gehalten wurden. Alles war viel kleiner und primitiver, als An erwartet hatte. Aber hier gab es reichlich Sicherheitspersonal. Vizemarschall Kim und Generalleutnant Cho schienen ständig einen bewaffneten Leibwächter neben sich zu haben, und zwei weitere Leibwächter patrouillierten auf dem kreisförmigen Gang, von dem aus sie die gesamte Zentrale im Auge behalten konnten.

»Sie bringen diesen Karton zu dem Plotter hinauf, Leutnant«, befahl Major Hong ihm laut, »und wenn Sie wieder einen tollpatschigen Fehler machen, tue ich mehr, als Sie vor Ihren Offizierskameraden bloßzustellen. Beeilung!« An verbeugte sich und hob den Karton auf, den Hong ihm zeigte. Er hatte keine Ahnung, wohin er gehen sollte, und von Hong kam nicht der geringste Hinweis. Das einzige Gerät, das wie ein Plotter aussah, stand auf der Bühne vor den hohen Kommandeuren. An schluckte trocken, setzte sich in Bewegung und folgte dem Mittelgang zum Podium hinunter. Unten hielt er einfach auf die nächsten Stufen zu. Dann war er oben auf der Bühne, wusste noch immer nicht, wohin er sollte, und bewegte sich zögernd in Richtung Bühnenmitte.

Plötzlich hörte er Major Hong hinter sich plärren: *»Leutnant, was zum Teufel machen Sie schon wieder?«*

An blieb stehen und sah sich nach Hong um, der irgendwo im Hintergrund der Zentrale stand. Alle Anwesenden – von Vizemarschall Kim bis zum kleinsten Schreiber – starrten ihn neugierig an. »Genosse Major, ich …«

In diesem Augenblick schien die Welt in einem grellweißen Lichtblitz und mit einem ohrenbetäubenden Knall zu explodieren. Wer seine Augen wie An offen und nicht mit einer Spezialbrille geschützt hatte, wurde durch die zwei Kilogramm schwere Blendgranate in dem Karton, die Major Hong mit einem Funkbefehl gezündet hatte, augenblicklich geblendet und gelähmt.

Als Leutnant An lange Zeit später zu sich kam, lag er am Bühnenrand. Er trug noch immer seinen Poncho, den er jetzt auszog, und hatte seine MP5K vor der Brust hängen. Als er sich umdrehte, sah er hinter sich mehrere Offiziere und Unteroffiziere, die an Handgelenken und Fußknöcheln mit Nylonhandschellen gefesselt und mit Packband geknebelt waren. Einige stießen erstickte Flüche aus, aber die meisten schwiegen verbissen. Major Hong gab ihm eine Feldflasche mit Wasser, das er sich übers Gesicht kippte. Das kalte Wasser war wundervoll erfrischend – sein Gesicht fühlte sich an, als habe er einen starken Sonnenbrand.

»Willkommen im Land der Lebenden, Leutnant«, sagte Hong mit beruhigendem Lächeln. »Alles in Ordnung mit Ihnen?«

»Ich sehe noch immer schlecht«, antwortete An, »aber ich bin unverletzt, denke ich.«

»Ich glaube, Sie sind der erste Mensch, dem eine zwei Kilogramm schwere Blendgranate in den Händen detoniert ist«, fuhr Hong fort. Der Major sprach überlaut, denn er wusste, dass An noch die Ohren summten. »Freut mich, dass sie nicht tödlich ist – zumindest nicht, wenn sie von einem wegweist.« Er machte eine kurze Pause, dann fügte er hinzu: »Die Zeit war abgelaufen, junger Freund. Mehrere Routinekontrollen waren versäumt worden, Funkmeldungen kamen direkt in die Zentrale, statt über meine Dienststelle zu laufen. Ich musste sofort handeln; ich konnte Sie nicht mehr auffordern, Ihren Augenschutz aufzusetzen.«

»Ich verstehe, Major«, sagte An. Er sah sich um, erkannte seine Umgebung jedoch nur verschwommen. »Sind alle Offiziere gefangen?«

»Gefangen oder tot – sie hatten die Wahl«, erwiderte Hong nüchtern. »Ich habe zwanzig Offiziere und einundvierzig Unteroffiziere gefangen genommen. Zehn Offiziere und zehn Unteroffiziere haben sich verpflichtet, für eine wieder vereinigte Republik Korea zu kämpfen. Sie haben ihr Versprechen mit einem feierlichen Eid vor Vizemarschall Kim und General Cho bekräftigt. Sie haben angeboten, die Konsolen und Fernmeldeeinrichtungen zu bemannen und zu versuchen, das gewohnte Kommunikationsschema möglichst lange aufrechtzuerhalten. Ich bezweifle, dass das sehr lange möglich sein wird, aber wir wollen es versuchen.«

»Können Sie den Männern vertrauen, die sich Ihrer Revolte angeschlossen haben?«, fragte An zweifelnd. »Sitzen sie an den Funkgeräten, können sie einen Hilferuf absetzen?«

»Leutnant, ich kann nur auf Vertrauen und meine eigene Intuition bauen«, sagte Major Hong. »Ich vertraue darauf, dass Ihre Regierung mich und meine Männer vor, während und nach der Revolte unterstützt. Außerdem kann niemand viel gegen uns unternehmen, selbst wenn die ganze Welt weiß, was wir getan haben. Dieser Bunker ist nicht uneinnehmbar, aber er ist autark und kann einer langen Belagerung widerstehen. Zerstören sie ihn, zerstören sie ihre nationale Befehlszentrale und lähmen damit ihre Kommando-, Kontroll- und Kommunikationssysteme.« Er lächelte schwach. »Aber wenn unsere Brüder im Süden wie versprochen ihren Teil tun, spielt das keine Rolle. Dann findet die Revolution, um die wir alle beten, trotzdem statt.«

Leutnant An nickte. »Ich habe mein Leben lang um eine Wiedervereinigung gebetet, Major«, sagte er. »Ich bin stolz darauf, an diesem Tag hier bei Ihnen zu sein. Was tun wir jetzt?«

»Wir halten den Betrieb hier unten so lange und so normal wie möglich aufrecht«, antwortete Hong. »Fängt der Feuerzauber an, tun wir unser Bestes, um den Gegenschlag der Kommunisten zu behindern, zu verzögern und zu stören. Und dann beten wir für den Erfolg unserer Brüder im Süden. In weniger als sechs Stunden wird sich zeigen, was für eine neue Welt wir hier gemeinsam geschaffen haben.«

Befehlsstand der Vierten Artilleriedivision
der Koreanischen Volksarmee,
Sunan, Demokratische Volksrepublik Korea
(kurze Zeit später)

»Was zum Teufel geht hier vor?«, blaffte Oberst Cho Mun-san, der Kommandeur der Vierten Artilleriedivision auf dem Stützpunkt Sunan der Volksarmee. »Ich verlange eine *sofortige* Erklärung, Hauptmann!«

»Genosse Oberst!« Der Offizier vom Dienst, Hauptmann Kong Hwan-li, früher Chef einer Raketenbatterie, nahm stocksteif Haltung an, als der Divisionskommandeur in den Befehlsstand kam. Kong war ein junger, diensteifriger Offizier der Volksarmee, der seit dem zwölften Lebensjahr eine Offizierslaufbahn angestrebt hatte. Nach nur sechs Jahren Truppendienst – erst als Raketenstartoffizier, dann als Batteriechef – war er in den Divisionsstab versetzt worden. Als Offizier vom Dienst war er in dieser Nacht für die gesamte in Sunan stationierte Artilleriedivision verantwortlich: drei Brigaden mit Kurz-, Mittel- und Langstreckenraketen, die auf Südkorea und das Gebiet unmittelbar südlich der Entmilitarisierten Zone gerichtet waren. Für einen jungen Hauptmann war das eine große Ehre.

Aus Kongs Sicht waren dieser Posten und sein früherer als Raketenstartoffizier die wichtigsten Posten, die er jemals würde erreichen können. Dank seiner Kenntnisse und Fähigkeiten würde er als Erster gegen die Kapitalisten im Süden losschlagen. Das war eine ehrenvolle, heilige Pflicht. Seine Heimat befand sich in dauernder Bereitschaft, in ständigem Alarmzustand, und je früher der Krieg kam, desto besser.

Diese Situation war ein treffendes Beispiel dafür. Hier handelte es sich entweder um einen Scherz, eine unangekündigte Übung oder den Beginn des lange erwarteten Krieges gegen die Kapitalisten. Kong war das egal: Er wusste unter allen Umständen, was seine Pflicht war. Er hatte die Entscheidung treffen müssen, den Divisionskommandeur zu wecken, und musste jetzt alle seine Fragen beantworten können. »Genosse Oberst, ich muss Ihnen eine schwere Störung unseres routinemäßigen Fernmeldeverkehrs mit der Befehls- und Koordinierungszentrale melden«, sagte Kong.

»Raus mit der Sprache, Hauptmann!«

Kong legte sein Wachbuch vor, in dem die Seite mit den detaillierten Bestimmungen für die stündlich durchzuführende Testsendung aufgeschlagen war. »Jeweils zur vollen Stunde habe ich der BKZ zur Kontinuitätsprüfung eine Routinemitteilung geschickt. Meine letzte Nachricht wurde vom Computer bestätigt – aber die Authentizität wurde mit dem Zifferncode der vorigen Stunde beantwortet. Da ich einen stellvertretenden Controller der BKZ kenne, habe ich ...« Er schluckte nervös und fuhr dann fort: »Genosse Oberst, ich habe es auf mich genommen, ihn anzurufen und ihn wegen der Benutzung des alten Codes zurechtzuweisen.«

»Und deswegen haben Sie mich aus dem Bett geholt, Hauptmann?«

»Nein, Genosse Oberst«, sagte Kong hastig. »Ich konnte die BKZ nicht telefonisch erreichen. Daraufhin habe ich einen weiteren Test gemacht. Auch diese Mitteilung wurde richtig bestätigt –

allerdings wieder mit dem Zifferncode der vorigen Stunde. Dann habe ich eine operative Sicherheitswarnung losgeschickt …«

»Eine *was?*«, brüllte Oberst Cho. »Sie haben eine *was* losgeschickt?« Hauptmann Kong hielt ihm ein Blatt Papier hin, das Cho ihm ungläubig aus der Hand riss. »Sie *Idiot!*«, rief der Oberst empört. »Eine operative Sicherheitswarnung darf nur der Divisionskommandeur schicken, um der BKZ zu melden, dass seine eingeplanten Raketenbatterien nicht einsatzbereit sind.«

»Ja, ich weiß, Genosse Oberst«, sagte Kong. »Ich dachte, ein so schwerer Verstoß gegen die Sicherheitsbestimmungen erfordere diese Mitteilung. Aber die Antwort darauf … nun, dies ist als Antwort gekommen, Genosse Oberst.«

Oberst Cho starrte die eingegangene Antwort ungläubig an. Die Befehls- und Koordinierungszentrale *bestätigte* Kongs Mitteilung und wies ihn an, alle Raketenbatterien weiterhin in Bereitschaft zu halten, aber sonst nichts zu unternehmen. Die BKZ widerrief die Sicherheitswarnung nicht, verlangte keine Erläuterungen dazu, rief Kong oder ihn nicht direkt an und entsandte auch kein Sicherheitsteam in den Befehlsstand, um Erkundigungen einziehen oder Kong und ihn festnehmen zu lassen, weil sie den Kommandeuren in der BKZ einen verdammt großen Schreck eingejagt hatten. Stattdessen wies sie seine Division an, *in Bereitschaft zu bleiben!*

»Was zum Teufel soll das?«, murmelte Cho. Er griff nach dem Hörer des roten Telefons, um den Ersten Controller in der BKZ anzurufen. Aber dort meldete sich niemand. »Sie haben sonst keinen Kontakt mit dem BKZ gehabt, Hauptmann?«

»Keinen, Genosse Oberst«, antwortete Kong. »Nur die von Computern erzeugten ungültigen Bestätigungen.«

Cho Mun-san war verwirrt. Die einzigen operativen Kontakte, die er haben durfte, liefen über die Befehls- und Koordinierungszentrale. Er sprach ziemlich häufig mit dem Oberkommando der Volksarmee in Pjöngjang, aber nur über Verwaltungs- und Ausbildungsfragen. Nun, hier lag ein Notfall vor. Es war besser, ein paar Generale zu wecken, als untätig zu bleiben und dann für einen Idioten gehalten zu werden, weil er nichts unternommen hatte.

»Ich wollte mein Leben lang nie mehr«, murmelte Cho aufgebracht vor sich hin, »als den Namen meiner Familie zu erhalten und ehrenhaft mit einer Pension verabschiedet zu werden. Ist das für einen treuen Diener des Vaterlands zu viel verlangt? Mir ist klar, dass ich bei der gegenwärtigen Wirtschaftslage keine große Pension zu erwarten habe, aber ich erwarte und verdiene eine ehrenhafte Verabschiedung. Trotzdem scheinen sich alle gegen mich und meine bescheidenen Wünsche verschworen zu haben.« Er funkelte Kong an und fügte hinzu: »Vor allem die rotznasigen jungen Hauptleute, die sich einbilden, die Welt erobern zu können.«

Er griff mit einem gemurmelten Fluch nach dem Telefonhörer und wählte. »Hauptmann, hier Oberst Cho, Kommandeur der Vierten Artilleriedivision. Ich möchte General Li sprechen.« Kong schluckte trocken. General Li befehligte das I. Korps, die größte und kampfstärkste Einheit der Volksarmee, und war Oberst Chos Vorgesetzter. Cho runzelte verärgert die Stirn, dann sagte er: »Also gut, geben Sie mir Oberst Ban, seinen Stellvertreter… Ich weiß, dass alle Gespräche außerhalb der gewöhnlichen Dienstzeit über die BKZ in Sunan laufen müssen, Hauptmann, aber unsere Sprechverbindung nach dort ist abgerissen. Vielleicht sollten Sie selbst mal versuchen, die BKZ zu erreichen… Ich meine keine routinemäßige Testsendung, sondern einen einfachen Anruf…«

Der Oberst diskutierte noch einige Minuten lang mit dem Offizier vom Dienst, bis er aufgefordert wurde, einen Augenblick zu warten. Hauptmann Kong wagte nicht, den Kommandeur zu fragen, ob er Tee wünsche, ob er ihn am Telefon ablösen solle, irgendwas… Er wartete einfach und merkte bald, dass beim I. Korps ebensolche Verwirrung herrschte wie hier. Nach fast einer Viertelstunde in der Warteschleife rief Oberst Cho: »Endlich! Was fällt Ihnen ein, mich so lange warten zu lassen, Hauptmann?… *Was?* Oh, Entschuldigung, Genosse General… Jawohl, Genosse General… Wird sofort veranlasst, Genosse General.« Oberst Cho war sichtlich schockiert, als er den Hörer sinken ließ.

»War das General Li, Genosse Oberst?«, fragte Kong zaghaft. Cho gab keine Antwort, sondern starrte nur blicklos vor sich hin. Nun wurde Kong klar, dass hier etwas ganz und gar nicht stimmte. »Welchen Befehl haben Sie vom Korps erhalten, Genosse Oberst?«

»Ich habe Befehl ... ich habe Befehl, in Bereitschaft zu bleiben«, sagte Oberst Cho hölzern. Er runzelte grübelnd und verwirrt die Stirn. »General Li konnte die BKZ offenbar auch nicht erreichen.«

»Was bedeutet das, Genosse Oberst?«, fragte Kong. »Ist es nicht gefährlich, so lange keine direkte Verbindung mit der BKZ mehr zu haben? Wir haben keine Möglichkeit, Befehle zu empfangen. Unsere Einheiten sind verwundbar und ...«

»Ich kenne die Auswirkungen auf die Division, Hauptmann«, knurrte Cho. »Ich habe Befehl, *in Bereitschaft* zu bleiben ...« Er überlegte kurz, dann sagte er: »Uns bleibt nichts anderes übrig, als diesen Befehl auszuführen.«

»Genosse Oberst, die letzte gültige Bestätigung aus der BKZ ist vor achtundneunzig Minuten gekommen«, betonte Kong. »Seither sind nur zwei computerisierte Mitteilungen eingegangen, die beide ungültig waren. Drei Anrufe, zwei über abhörsichere Direktleitungen – keine Antwort.« Er merkte, dass sein Vorgesetzter noch immer zögerte. »Genosse Oberst, die Lage ist sehr ernst!«, protestierte er. »Wir müssen annehmen, dass unsere Fernmeldeverbindungen zur BKZ alle manipuliert werden. Ich behaupte, dass wir sogar annehmen müssen, die BKZ sei zerstört oder von feindlichen Kräften besetzt.«

»*Was?*«, fragte Cho ungläubig. »Wie können Sie das einfach annehmen? Sind Sie übergeschnappt?«

»Das ist die einzig sichere Annahme, von der wir ausgehen dürfen«, sagte Kong. »Oder das Ganze ist eine nicht angekündigte Übung, ein Ernstfalltest. So oder so müssen wir reagieren, als würden wir angegriffen, Genosse Oberst. Wir müssen die Truppe verteilen und einen sofortigen Angriff vorbereiten.«

»Sie sind *übergeschnappt*, Kong!«, warf Cho ihm erregt vor. »Ich denke gar nicht daran, das zu tun!«

»Dann versagen wir bei diesem Test und bei der Verteidigung unseres Vaterlands«, wandte Kong ein. »Genosse Oberst, Sie müssen ...«

»Schluss jetzt, Hauptmann«, wies Cho seinen Offizier vom Dienst streng zurecht. Aber der Gedanke, dies könnte ein geheimer, unangekündigter Test seiner Einsatzbereitschaft – vielleicht auch seiner Loyalität – sein, hatte sich in ihm festgesetzt. Möglicherweise war das die einzig vernünftige Erklärung. Und falls diese Vermutung zutraf, konnte er Aktivität und Zuverlässigkeit am besten dadurch beweisen, dass er seine Division alarmierte. Er war befugt, sie zu dislozieren; er war befugt, einen Angriff unterhalb der Nuklearschwelle zu befehlen, wenn er seine Division bedroht glaubte. Er hatte die Befehlsgewalt, und wenn es jemals einen Augenblick gegeben hatte, in dem er sie nutzen musste, war es vermutlich dieser.

»Eigentlich will ich nur den guten Namen meiner Familie erhalten und ehrenhaft verabschiedet werden«, murmelte der Oberst kopfschüttelnd. Aber ihm blieb keine andere Wahl. »Also gut, Hauptmann, lösen Sie Alarm aus! Die Brigadekommandeure und der Gefechtsstab treten in einer Viertelstunde im Lageraum zusammen. Alle Regimenter beziehen sofort ihre S-1-Stellungen und warten dort weitere Befehle ab. Auf meine Verantwortung!«

»Jawohl, Genosse Oberst!«, bestätigte Kong eifrig. »Sergeant!«, brüllte er in die Nachrichtenzentrale. Der Unteroffizier kam, von Kongs Tonfall aufgeschreckt, aus der Zentrale gerannt. »Sie alarmieren sofort die Division, rufen die Brigadekommandeure und den Gefechtsstab zusammen und lassen die Regimenter sofort ihre … ihre S-1-Stellungen beziehen.«

Der Sergeant wurde blass, nickte jedoch schweigend und ging in die Nachrichtenzentrale zurück. Dies war der Befehl, von dem er immer gewusst hatte, dass er ihn eines Tages würde übermitteln müssen – der Befehl, vor dem er immer große Angst gehabt hatte.

Der Befehl zur Verlegung in S-1-Stellungen bedeutete einen Angriff fast aus dem Stand. Alle 240 FROG-, Scud- und Nodong-Raketen der Division waren bis zu einem gewissen Grad beweglich. Die Raketen der Baumuster FROG und Scud wurden von Rad- oder Kettenfahrzeugen auf Straßen transportiert; die Nodong 1 war für den Schienentransport ausgelegt und wurde in Waggons transportiert, die normalen gedeckten Güterwagen glichen. Im Verteidigungsfall sollten die Raketen Heereseinheiten im ganzen Land zugeteilt werden. Normalerweise würde die Vierte Artilleriedivision sie auf Anforderung Heereseinheiten unterstellen, deren Kommandeure dann über ihren Einsatz entscheiden und den Abschussbefehl erteilen würden. Tatsächlich war ein Drittel ihrer Raketen schon jetzt bei Infanterie- und Panzerbrigaden stationiert, von denen die meisten in einem 100 Kilometer breiten Streifen hinter der entmilitarisierten Zone für einen Vorstoß nach Süden bereitstanden.

Für den Fall eines feindlichen Überraschungsangriffs sah Oberst Chos Planung jedoch vor, die in Sunan verbliebenen Raketen rasch in bereits vermessene Feuerstellungen zu verlegen, wodurch er praktisch ein Truppenkommandeur wurde, der über massive Feuerkraft verfügen konnte. Die S-1-Weisung beorderte alle Raketenbatterien in zuvor festgelegte Stellungen, die zwischen drei und 50 Kilometer entfernt waren, und ließ sie dort Feuerbereitschaft herstellen. Die auf geländegängigen Radfahrzeugen transportierten Raketen FROG 7 und Scud B waren am beweglichsten und wurden daher am weitesten entfernt eingesetzt. Die älteren FROG 5 auf ihren Kettenfahrzeugen waren viel langsamer, deshalb lagen ihre Feuerstellungen fast alle innerhalb des Stützpunkts. Die Verlegung der ballistischen Raketen Nodong 1 mit Kernsprengköpfen erforderte stundenlange Vorbereitungen, aber dann konnten sie übers ganze Land verteilt werden. Durch Vermengung mit dem normalen Güterverkehr entstand eine Art »Hütchenspiel«, das den Feind verwirrte und die Vernichtung dieser Raketen durch Überraschungsangriffe unwahrscheinlich machte. Die S-1-Weisung war ein letzter verzweifelter Versuch, Chos wertvollen Raketenbatterien eine Überlebenschance und vielleicht sogar Gelegenheit zu einem Gegenschlag zu verschaffen.

Hauptmann Kong nahm seinen Platz am Schreibtisch des Offiziers vom Dienst ein und legte die Klarlisten für die S-1-Weisung und die Alarmierung des Gefechtsstabs der Division bereit. Er arbeitete rasch und effizient, was auf langjährige Ausbildung und unzählige Stabsrahmenübungen zurückzuführen war, aber sein Herz hämmerte in seiner Brust. Dies war *keine* Übung, das wusste er. Irgendetwas oder irgendjemand hatte ihre Verbindungen zur Außenwelt gekappt, und sein Kommandeur hatte der Division soeben befohlen, Angriffsbereitschaft herzustellen.

Dafür war Kong ausgebildet. Jetzt stand das Unvermeidliche bevor: der Kampf zwischen Gut und Böse, bei dem die Welt zerstört wurde, um als neue, friedliche Welt aufzuerstehen. Das kapitalistische System im Süden war korrupt, seine Führer waren Marionetten der Amerikaner. Die Amerikaner förderten den Nord-Süd-Konflikt, weil sie fürchteten, ein wieder vereinigtes Korea werde sich von ihnen abwenden. Eine friedliche Wiedervereinigung war theoretisch möglich, aber die Amerikaner wollten ihre Militärmacht einsetzen, weil ihre korrupte Regierung, die von dem geldgierigen militärisch-industriellen Komplex gestützt wurde, dies wünschte. Solange Amerikaner auf koreanischem Boden standen, war ein Krieg unvermeidlich. Alle Ausländer mussten von der Halbinsel vertrieben werden, damit eine Wiedervereinigung unter kommunistischer Führung möglich wurde.

Sieger in diesem Kampf würde sein, wer den ersten Schlag führte. Und mit ihrer Alarmierung war die Vierte Artilleriedivision jetzt im Begriff, sich diesen unsterblichen Ruhm an ihre Fahnen zu heften.

Kong schlug seine Klarlisten auf, begann zu telefonieren, aktivierte das Rückrufsystem der Division und setzte die Mobilmachung in Gang. Noch ein paar Anrufe, dann würde alles richtig in Fahrt kommen und wie eine führerlose Lokomotive allein weiterrollen. Dann würde es endlich Krieg geben – und der Norden würde den ersten Schlag führen und siegen.

4

Kontroll- und Lagezentrum
Flugplatz Osan, Republik Korea
(einige Stunden später)

»Willkommen, Madam Vizepräsidentin, Admiral Allen und unsere übrigen hohen Gäste«, begann der koreanische Luftwaffenoffizier in ausgezeichnetem Englisch. »Es ist mir ein Vergnügen, Sie am ersten Tag der größten multinationalen Luftkampfübung der freien Welt im modernsten Luftkampf-Kontrollzentrum der Republik Korea begrüßen zu dürfen.«

Die amerikanische Vizepräsidentin Ellen Christine Whiting verbeugte sich leicht, während um sie herum höflicher Beifall aufbrandete. Neben ihr stand Admiral William Allen, der als Oberbefehlshaber des U.S. Pacific Command alle amerikanischen Einheiten zwischen Nordamerika und Australien kommandierte. Begleitet wurden sie von einigen Mitarbeitern und Special Agent Corrie Law, Leiterin der Secret-Service-Gruppe.

Nach einem Rundgang durchs Kontroll- und Lagezentrum, bei dem den hohen Gästen einige der dort arbeitenden Männer und Frauen vorgestellt wurden, wurden sie durch schwer bewachte Korridore und massive Stahltore ins eigentliche Kontrollzentrum geleitet. Ein drahtiger, älterer südkoreanischer General baute sich vor ihnen auf, verbeugte sich tief und begann: »Ich bin Generalleutnant Park Yom, Chef des Generalstabs der Luftwaffe der Republik Korea. Ich freue mich sehr, Sie begrüßen und durch unser neuestes und bestes Kontrollzentrum führen zu können, das ein technisches Wunderwerk und ein wahres Denkmal für Freundschaft und Zusammenarbeit zwischen unseren Nationen zur Verteidigung der freien Republik Korea ist.

Wir befinden uns im Herzstück des militärischen Kontroll- und Lagezentrums, der wichtigsten amerikanisch-südkoreanischen Luftverkehrskontrollstelle in Südkorea. Alle Militärflüge über dem Südteil der koreanischen Halbinsel werden von hier aus koordiniert. Im Verteidigungsfall wäre dies das wichtigste Befehls- und Kontrollzentrum für unsere Luftwaffeneinsätze. Wir sind hier zwanzig Meter unter der Erde und durch sechs Meter Stahlbeton, einen Viertelmeter Stahl, zehn Zentimeter Kevlarpanzerung und über zehn Meter gewachsenen Fels geschützt. Das Zentrum könnte nur durch einen Kernwaffenvolltreffer ausgeschaltet werden. Es ist gegen Kernwaffen, die in der Nähe detonieren, immun und kann aus der angesaugten Luft große Mengen chemischer und biologischer Kampfstoffe herausfiltern. Die Notstromaggregate können zwei Monate lang laufen, Akkus stellen die Stromversorgung für eine weitere Woche sicher, und die Luft-, Wasser-, Treibstoff- und Lebensmittelvorräte reichen für zweihundert Personen zwei Monate lang.

General Park zeigte auf die zwölf riesigen Farbbildschirme hinter ihm, die eine Fläche von 150 Quadratmetern bedeckten. »Wir kombinieren die Daten von Radarstellungen, Aufklärungsflugzeugen und Kriegsschiffen zu einem zusammengesetzten Bild des gesamten Flugverkehrs in einem über dreiundzwanzig Millionen Kubikkilometer großen Raum, der das Gelbe Meer, das Japanische Meer, den Norden des Ostchinesischen Meers, die gesamte koreanische Halbinsel und Teile Japans, Chinas und Russlands umfasst.«

Nun wurden die Gäste gebeten, in einem kleinen hörsaalähnlichen Raum hinter zwei Reihen von Radarlotsen an ihren Konsolen Platz zu nehmen. »Im Kriegsfall würde hier der Gefechtsstab sitzen«, fuhr General Park fort. »Er besteht aus dem Ersten Controller, seinem Stellvertreter, ihren Mitarbeitern und mehreren Nachrichtenoffizieren. Als Erster Controller fungieren abwechselnd amerikanische und südkoreanische Stabsoffiziere. Dort drüben links sitzt das Tactical Control Operating Team mit Offizieren der US-Luftwaffe, die für amerikanische Militärflüge zuständig sind; auf der anderen Seite hat das für südkoreanische Militärflüge zuständige Air Combat Control Team seinen Platz.

Hinter Ihnen befinden sich die Arbeitsplätze von dreißig Stabsoffizieren, die alle amerikanischen und südkoreanischen Teilstreitkräfte, das United Nations Command und viele mit Verteidigungsfragen befasste staatliche Stellen vertreten. Sie nehmen die Meldungen unterstellter Kommandos und Einheiten entgegen und leiten sie an die Ersten Controller weiter. Dahinter liegen die Arbeitsplätze des Unterstützungsstabs, zu dem Meteorologen, Sicherheitsexperten, Nachrichtentechniker und so weiter gehören. Über uns befindet sich ein Beobachtungsraum, von dem aus ich oder ein anderer hoher Offizier die Entwicklung verfolgen und dem Ersten Controller Anweisungen erteilen kann. Wir gehen anschließend dort hinauf, um den Auftakt der heutigen Luftkampfübungen zu verfolgen.«

Vizepräsidentin Whiting nickte. Die 48-jährige Anwältin, allein erziehende Mutter zweier Kinder, ehemals Zweite bei der Wahl zur Miss America, später Finanzministerin und danach Gouverneurin von Delaware, war mit allen Aspekten des öffentlichen und staatlichen Lebens vertraut – nur mit dem ganzen »Militärkram« nicht, wie sie ihn nannte. Präsident Martindale war der Militärfreak. Ihre Aufgabe war es, die Haushaltspolitik zu formulieren und mit den Bürgern zu kommunizieren, worauf sie sich ausgezeichnet verstand. Kanonen, Bomben und Radar waren ihr ein Gräuel, das sie frustrierte. Im Umgang mit hohen Militärs, die immer glaubten, die Welt drehe sich um sie, verließ sie sich auf gründliche Informationen und ihren gesunden Menschenverstand.

»Sehr eindrucksvoll, General«, kommentierte Whiting. »Den militärischen Befehlszentren in den Vereinigten Staaten sehr ähnlich, aber viel moderner und auf dem neuesten Stand der Technik.«

»Da die Republik Korea sich praktisch seit ihrer Gründung im Kriegszustand befindet, Madam Vizepräsidentin«, antwortete General Park, »achten wir darauf, diese und andere Kommandozentralen stets einsatzfähig und auf dem neuesten Stand zu erhalten. Wir zahlen einen hohen Preis für die Bewahrung unserer Freiheit und Souveränität angesichts der kommunistischen Gefahr, aber wir zahlen ihn gern.«

»Gewiss«, sagte die Vizepräsidentin. Sie verstand sich darauf, die Herzen der Männer, deren Sympathie sie gewinnen wollte, mit einem einzigen Blick oder allein durch ihren Tonfall zum Schmelzen zu bringen. Aber bei hohen Militärs funktionierte das nur selten. In ihrem Vokabular war der Begriff »Sympathie« so wenig enthalten wie das Wort »Niederlage«.

»Unsere zwölf Jägerleitoffiziere überwachen und führen den gesamten militärischen Luftverkehr im südkoreanischen Luftraum«, fuhr General Park fort. »Jeder Controller ist für einen bestimmten Sektor zuständig. Es gibt sieben Sektoren – eins bis sechs und die Nordzone. Alle in Südkorea fliegenden Militärflugzeuge brauchen eine Freigabe von uns, bevor sie auch nur ihre Triebwerke anlassen dürfen.«

»Mir fällt auf, dass der dargestellte Luftraum nicht bis an die Entmilitarisierte Zone heranreicht«, stellte Whiting fest. »Auch der Raum Seoul ist ausgespart. Wie kommt das?«

»Außer den schon erwähnten Stellen gibt es getrennt arbeitende südkoreanische Controller, die den gesamten Luftverkehr im Großraum Seoul, in der koreanischen Pufferzone und in der koreanischen Taktischen Zone überwachen und führen«, antwortete General Park. »Die koreanische Taktische Zone, allgemein als Sperrgebiet 518 bekannt, umfasst das Gebiet nördlich der Luftverkehrssektoren bis zur Demarkationslinie – also das Gebiet, aus dem unsere Luftverteidigungskräfte als Erste auf Grenzverletzungen reagieren würden. Die Pufferzone ist ein fünf Seemeilen breiter Streifen südlich der Demarkationslinie, in den Flugzeuge nur mit einer Sondererlaubnis einfliegen dürfen. Der Luftraum über Seoul ist in zwei Verteidigungsringe mit zehn und fünfzehn Kilometern Radius ums Blaue Haus unterteilt. Auf unidentifizierte Flugzeuge, die in den äußeren Ring einfliegen, werden Warnschüsse abgegeben; fliegt eine Maschine jedoch ohne Freigabe in den inneren Ring ein, wird sie ohne weitere Warnung angegriffen und abgeschossen. Amerikanische Flugzeuge dürfen in diese Gebiete einfliegen, werden dort aber von ausschließlich mit unseren Leuten besetzten Kontrollstellen geführt.«

General Park fiel der besorgte Gesichtsausdruck der Vizepräsidentin auf. »Das ist ein kleines, aber bedeutsames Symbol unserer nationalen Souveränität, Madam Vizepräsidentin«, sagte er. »Wir sind uns darüber im Klaren, wie sehr unsere Sicherheit von den Vereinigten Staaten abhängt. Amerikaner und Koreaner, die Seite an Seite arbeiten, überwachen und führen den gesamten übrigen militärischen Flugverkehr. Aber aus Gründen, die mit unserem Nationalstolz zusammenhängen, bestehen wir darauf, die Grenze zwischen Nord und Süd allein zu überwachen. Das Kontrollzentrum befindet sich in Taegu, Unterzentren gibt es in Seoul und Chongju. Ich bin gern bereit, sie Ihnen jederzeit vorzuführen.«

»Entschuldigen Sie, wenn ich vorhin etwas besorgt gewirkt habe, General«, sagte Whiting rasch. »Ich will keineswegs behaupten, die Vereinigten Staaten müssten und sollten in jedem Sektor der koreanischen Landesverteidigung eine Rolle spielen. Aber nachdem auf praktisch allen anderen Gebieten gemeinsame Kommandostellen die Regel sind, ist mir ein nur mit Ihren Leuten besetztes Kontrollzentrum ungewöhnlich erschienen. Tut mir Leid, wenn ich vielleicht etwas … borniert gewirkt habe.«

»Durchaus nicht, Madam«, antwortete Park. Whiting stellte verlegen fest, dass sein Gesichtsausdruck »Ja, das war borniert!« zu sagen schien, hielt es aber für ratsam, nicht weiter darüber zu diskutieren.

»An der heutigen Übung nehmen hauptsächlich Einheiten unserer Luftwaffe teil, die von einigen wenigen amerikanischen und japanischen Luftverteidigungskräften unterstützt werden«, fuhr Park fort. »Unser Auftrag lautet, einen Überraschungsangriff des Nordens, der mit starken Kräften in Südkorea einbricht, zum Stehen zu bringen. Der Angriff wird bei Tagesanbruch in der Küstenebene an der Han-Mündung, entlang der Küste, entlang der Fernstraße nach Uijongbu und auf der Autobahn Munsan-Seoul beginnen.

Dieser Angriff ist jedoch ein Täuschungsmanöver. Nur wenig später wird eine simulierte nordkoreanische Kampfgruppe an der Ostküste angreifen und entlang der Autobahn in Richtung Kangnung vorstoßen. Der Abwehrerfolg wird also von der Disziplin unserer Luftstreitkräfte abhängen. Sie dürfen sich nicht durch den ersten, offenkundigen Vorstoß in Richtung Hauptstadt täuschen lassen, sondern müssen auf ganzer Frontlänge auf Anzeichen einer feindlichen Invasion achten.

Die Luftangriffe finden in Zielkomplexen statt, die hier in den Sperrgebieten 79 südwestlich von Osan, 124 im Gelben Meer und 30 und 31 nordwestlich von Kangnung eingerichtet worden sind«, fuhr Park fort. »Jeder dieser Zielkomplexe ist von einem militärischen Sperrgebiet und großräumigen Gebieten für simulierte Luftkämpfe umgeben. Unsere Bomber sind darauf angewiesen, dass ihre Begleitjäger ihnen den Weg zu ihren Zielen freikämpfen. Obwohl jeder Bomber seine zugewiesenen Ziele angreifen kann – schließlich ist dies nur eine Übung –, werden Schiedsrichter feststellen, welche Maschinen tatsächlich die feindliche Luftabwehr überwunden und ihre Ziele vernichtet haben.

Für jeden Angreifer wird eine Trefferwahrscheinlichkeit errechnet, und die Einzel- und Gesamtergebnisse werden bei der abendlichen Abschlussbesprechung bekannt gegeben. Von diesen Ergebnissen hängt die Ausgangslage für den nächsten Tag ab. Kämpft unsere Luftwaffe erfolgreich, kann der Feind sich gezwungen sehen, seine Luftabwehr zu verstärken. Kämpft sie mit wenig Erfolg, können wir Stützpunkte und Ausrüstung verlieren. Obwohl dies nur eine Übung ist, gestalten wir den Ablauf so realistisch wie irgend möglich, damit wir praxisnahe Erfahrungen machen können.«

Park deutete mit einem kleinen Laserzeiger auf einen der Großbildschirme. »Dies sind unsere Stützpunkte, von denen aus wir die Luftangriffe im Westen führen werden«, sagte er. »Aus Seoul, Suwon, Chongju und Kwangju starten zahlreiche Jagdbomber F-16, F-4 und Hawk, die von Jägern F-5 begleitet werden, zu Angriffen auf die feindlichen Kräfte im Westen. Japan hat einige seiner Jäger MiG-29 und F-15 nach Suwon und Seoul verlegt und fliegt damit ebenfalls Begleitschutz für unsere Bomber. Diese Jäger sind weit kampfstärker als unsere F-5. Amerikanische Luftstreitkräfte nehmen an der heutigen Übung nicht teil.«

»Darf ich fragen, weshalb nicht, General?«, warf Vizepräsidentin Whiting ein.

»Unser Szenario basiert auf der gegenwärtigen amerikanischen Militärdoktrin, Madam«, sagte General Park ausdruckslos. »Diese

Doktrin bestimmt, dass US-Luftstreitkräfte unabhängig davon, was Südkorea zustößt, nur zur Selbstverteidigung oder auf direkten Befehl des Präsidenten der Vereinigten Staaten eingesetzt werden dürfen. In diesem Szenario sind keine amerikanischen Kräfte bedroht. Wir gehen davon aus, dass Washington mindestens einen Tag, vielleicht auch zwei brauchen würde, um den Angriff zu analysieren und darauf zu reagieren. Deshalb rechnen wir niemals mit amerikanischer Unterstützung gleich am ersten Tag einer kommunistischen Offensive.«

Whiting starrte Admiral Allen schockiert an, als wollte sie ihn stumm fragen: »Stimmt das?« Allen war sichtlich verlegen, als er sagte: »Ich glaube, dass die Entscheidung, unsere Streitkräfte einzusetzen, sehr viel schneller getroffen würde. Aber der General hat… theoretisch Recht.« Er fügte rasch hinzu: »Darüber hinaus haben unsere hiesigen Kommandeure weit reichende Vollmachten, die ihnen…«

»Je nachdem wie erfolgreich unsere Angriffe sind, kann der verantwortliche Kommandeur sich dafür entscheiden, Einheiten aus Kangnung, Taegu, Kunsan und Ch'unch'on auch an der Westfront einzusetzen«, unterbrach General Park ihn, indem er Allens angestrengten Beschwichtigungsversuch mit einer knappen Handbewegung abtat. »Tut er das, wird er die eigentliche feindliche Offensive im Osten nicht aufhalten können. Unsere Kommandeure kennen das Szenario nicht – es wird also ein wahrer Prüfstein für ihre Disziplin, ihre Fähigkeiten und ihre Professionalität sein.«

»Wie viele Flugzeuge werden heute eingesetzt, General?«, fragte Vizepräsidentin Whiting.

»Die Luftwaffe setzt fast die Hälfte unserer Bomber- und Jägerflotte ein – über dreihundert Flugzeuge«, antwortete Park. »Das Heer ist mit etwa einem Drittel seiner Hubschrauber beteiligt – das sind weitere hundert Maschinen. Die Marine setzt mehrere Aufklärungsflugzeuge P-3 Orion und S-2 Tracker und ein paar Dutzend Hubschrauber ein.«

»Tatsächlich?«, fragte Admiral Allen erstaunt. »Bei unseren größten Luftwaffenmanövern sind im Allgemeinen nur halb so viele Maschinen im Einsatz.«

»Was halten die Nordkoreaner davon, wenn Sie so viele Militärflugzeuge gleichzeitig starten lassen?«, fragte die Vizepräsidentin. »Beunruhigt sie das nicht?«

»Natürlich sind sie besorgt«, bestätigte General Park mit viel sagendem Lächeln. »Sie warnen uns jedes Jahr, die Durchführung dieser Übung komme einer Kriegserklärung gleich. Und sie haben schon vor Wochen bekannt gegeben, dass sie ihre Streitkräfte mobilisiert, ihre Reservisten einberufen haben und bereit sind, bis zur letzten Patrone zu kämpfen.«

»Das klingt ernst, finde ich.«

»Wir ignorieren ihre Drohungen nicht völlig«, sagte Park, »aber es sind nur Drohungen. Uns ist vertraglich untersagt, mehr als die Hälfte unserer Flugzeuge bewaffnet starten zu lassen; auf jedem unserer Stützpunkte sind Beobachter der Vereinten Nationen stationiert, die genau mitzählen, wie viele Flugzeuge bewaffnet werden, und diese Zahl dem Sicherheitsrat melden. Aber den Kommunisten ist das alles gleichgültig. In den vergangenen Jahren haben wir diese Übung ganz ausfallen lassen, aber der Norden droht uns weiter mit Krieg und weigert sich, mit uns über einen dauerhaften Frieden zu verhandeln. Wir sind zu dem Schluss gelangt, es sei weit wichtiger, uns auf einen Krieg vorzubereiten, unsere Kampfbereitschaft zu demonstrieren und eine realistische gemeinsame Ausbildung zu betreiben, als ängstlich darauf zu achten, die Kommunisten nicht zu reizen.«

»Praktisch alles, was wir tun, scheint Nordkorea zu reizen«, bestätigte Admiral Allen. »Außerdem ist der größte Teil der südkoreanischen Streitkräfte jetzt für die Übung Team Spirit mobilisiert. Der Norden würde einen großen taktischen Fehler machen, wenn er jetzt einen Krieg anfinge.«

»Wir sind ständig ›mobilisiert‹, wie Sie es ausdrücken, Admiral«, sagte General Park nüchtern. »Aber Sie haben natürlich Recht. Wir sind immer auf einen Überraschungsangriff der Kommunisten gefasst, aber aus taktischer Sicht wäre es sehr ungeschickt, uns gerade jetzt zu überfallen.«

General Park wandte sich an Whiting und fügte hinzu: »Ihnen ist vielleicht aufgefallen, Madam Vizepräsidentin, dass auf unsere Nationalhymne, die nach dem Wecken und nach dem Zapfenstreich gespielt wird, ein Gebet um Frieden folgt. Manche Flieger knien auf dem Vorfeld nieder, während sie beten. Aber danach steigen sie in ihre Flugzeuge und sind so entschlossen wie alle ihre Kameraden, den Feind zu töten und ihre Heimat zu verteidigen. Das ist der Kampf, den wir täglich führen.«

»Ja, das ist mir aufgefallen«, bestätigte Whiting. Sie fragte sich, weshalb Park das erwähnt hatte. »General Park, wie denken Sie über einen Krieg gegen den Norden? Wünschen Sie eine Wiedervereinigung der beiden Koreas? Und würden Sie Krieg führen, um dieses Ziel zu erreichen?«

Park Yom zögerte, weil diese Fragen ihn offenbar in Verlegenheit brachten. »Ich bitte um Entschuldigung, Madam Vizepräsidentin», sagte er, »aber als Soldat darf ich mich zu diesen Dingen nicht öffentlich äußern.«

»Ich würde alles, was Sie sagen, streng vertraulich behandeln«, versicherte Whiting ihm.

Park bedachte sie mit einem schiefen Lächeln. »Ich kenne mich in der Politik gut genug aus, Madam«, antwortete er, »um zu wissen, dass alles, was ein General ausländischen Spitzenpolitikern erzählt, unmöglich vertraulich bleiben kann. Es ist Ihre Aufgabe, Ihre Pflicht, solche Informationen weiterzugeben.« Park hatte natürlich Recht. Falls etwas passierte oder Martindale sie danach fragte, würde Whiting dieses Gespräch Wort für Wort wiedergeben. Trotzdem versuchte sie es nochmals.

»General, diese Frage interessiert mich wirklich – wird Südkorea Krieg führen?« Parks Miene blieb ausdruckslos. »Es kommt entscheidend darauf an, dass wir zusammenarbeiten, um Ihr Land zu schützen und potenzielle Aggressoren zu entmutigen, General«, fuhr sie fort. »Einseitiges Handeln kann nur zu einer Katastrophe führen.«

»Krieg ist selbstverständlich nicht erstrebenswert, Madam Vizepräsidentin«, sagte Park. »Wahre Soldaten verabscheuen Krieg.« Dann folgte eine lange Pause, die immer unbehaglicher wurde, bevor er sie aufforderte: »Machen Sie sich deswegen keine Sorgen, Madam Vizepräsidentin.« Whiting fühlte, wie ihr ein kalter Schauder über den Rücken lief.

Admiral Allen deutete auf die Großbildschirme. »Mehrere Verbände scheinen schon gestartet zu sein«, stellte er fest. Alle drehten sich nach den Bildschirmen um. Auf den digitalen Landkarten schoben sich einige weiße Linien, deren Ausgangspunkte die südlichsten Stützpunkte Kwangju, Kunsan und Taegu waren, stetig nach Norden vor. »Ich dachte, die Übung sollte erst in einer Stunde beginnen...«

In diesem Augenblick erhielt Special Agent Corrie Law vom Secret Service einen Anruf über ihr abhörsicheres Handy und teilte der Vizepräsidentin mit, sie werde aus Washington angerufen. General Park führte die Vizepräsidentin, Admiral Allen und ihre Begleiter nach oben in den Beobachtungsraum, vor dessen großen Fenstern das Kontrollzentrum lag, und ließ sie dort allein. Corrie Law hielt drinnen Wache; draußen vor der Tür postierte sich ein Sergeant des Marine Corps, der Zivil trug.

»Hier Professor, kann nicht vertraulich sprechen«, meldete Vizepräsidentin Whiting sich. Sie benutzte ein abhörsicheres Handy und stand in einem Raum, der zumindest teilweise den Vereinigten Staaten gehörte und von ihnen betrieben wurde, aber sie vertraute nicht darauf, dass es hier keine Abhörmikrofone gab.

»Hallo, Professor, hier Sanitäter.« Das war CIA-Direktor Robert Plank. Diesen Monat scheint die Nachrichtenzentrale des Weißen Hauses auf Berufsbezeichnungen zu stehen, dachte Whiting. »Genießen Sie Ihre Reise?«

»Sie wissen, wie viel Spaß ich an militärischer Technologie und dem überall wahrnehmbaren Geruch eines bevorstehenden Krieges habe«, antwortete Whiting sarkastisch. »Was gibt's denn?«

»Ich belästige Sie ungern«, sagte Plank, »aber wir beobachten auffällig starken Fernmeldeverkehr. Ich mute Ihnen nicht zu, als ausgebildete Analytikerin zu fungieren, aber geht dort drüben... irgendwas Ungewöhnliches vor?«

»Sie haben Recht – es ist ziemlich unverschämt von Ihnen, mir diese Frage zu stellen, obwohl Sie wissen, dass ich Gast der südkoreanischen Regierung bin und hier in ihrem streng bewachten Kontrollzentrum stehe«, sagte Whiting. »Aber um Ihre Frage zu beantworten: Nein, mir ist nichts Ungewöhnliches aufgefallen. Was ist an dem Fernmeldeverkehr so auffällig?«

»Wahrscheinlich hängt er mit der Übung Team Spirit zusammen«, antwortete Plank, aber sie hörte den besorgten Unterton seiner Stimme. »Eine Flut von verschlüsselten Meldungen, die unsere Leute nicht entschlüsseln können – falls sie zu dieser Übung gehören, müssten wir sie entschlüsseln können, denke ich. Aber was wir *nicht* empfangen, ist mindestens genauso interessant.«

»Nämlich?«

»Aus *Nordkorea* ist kaum etwas zu hören«, sagte der CIA-Direktor. »Alle südkoreanischen Militärstützpunkte quasseln in einem neuen Code durcheinander, überall herrscht hektische Aktivität – auch bei Verbänden, die offiziell nicht an Team Spirit teilnehmen –, aber aus dem Norden kommt so gut wie nichts. Normalerweise verlaufen solche Aktivitäten nach einem vertrauten Schema: die einen beginnen zu reden, die anderen melden diese Tatsache, die einen melden, dass sie gemeldet worden ist, die anderen erstatten wieder Meldung … und so geht es weiter, bis alles wieder einschläft. Diesmal ist der südkoreanische Fernmeldeverkehr merklich stärker, aber der Norden schweigt dazu. Seine Kommandozentren melden nur ›Normalbetrieb‹. Hier und dort sind ein paar Einheiten des Ersten Korps auf dem Marsch, aber das ist bereits alles. Der Norden bleibt auffällig still.«

»Nun, auch hier scheint überall ›Normalbetrieb‹ zu herrschen«, stellte Whiting fest. Sie sah aus dem Beobachtungsraum auf die Großbildschirme hinunter, versuchte die dargestellten Informationen zu enträtseln und gab dann kopfschüttelnd auf. »Sonst noch etwas, Sanitäter?«

»Sind Sie schon mit Präsident Kwon zusammengetroffen?«

»Mit ihm treffe ich erst später zusammen«, sagte Whiting gereizt. »Er wollte einer seiner Staffeln vor dem großen Massenstart ein paar aufmunternde Worte sagen. General Park hat mich hier herumgeführt.«

»Könnten Sie mich wissen lassen, wann Präsident Kwon eintrifft?«

Der Vizepräsidentin reichte es jetzt. »Hören Sie, Sanitäter, ich habe keine Lust, heute für Sie zu spionieren. Hier sieht alles ganz normal aus. Ich informiere Sie so schnell wie möglich, falls mir etwas Ungewöhn …«

In diesem Augenblick flog die Tür des Beobachtungsraums auf, und der Marine-Corps-Sergeant, der benommen, aber anscheinend nicht ernstlich verletzt war, wurde hereingestoßen. Dann kamen mehrere südkoreanische Soldaten mit schussbereiten Sturmgewehren M-16 in den Raum gestürmt.

Stützpunkt der Volksarmee,
Sunan, Demokratische Volksrepublik Korea
(zur gleichen Zeit)

»Warum hält dieser Zug?«, brüllte Oberst Cho Mun-san. »Egal, ich will's gar nicht wissen. Bringt ihn binnen zehn Minuten wieder in Fahrt, sonst lasse ich ein paar Soldaten kommen, die das können. Und jetzt *Beeilung!*« Aber unter der Diesellok, die Einheit 20 zog, quollen noch dunklere Rauchschwaden hervor, und Oberst Cho überschüttete weiter jeden Offizier, der das Pech hatte, ihm über den Weg zu laufen, mit einem wütenden Wortschwall.

Dies war nicht das erste Mal, dass Hauptmann Kong Hwan-li eine ballistische Rakete Nodong 1 sah, aber in unmittelbarer Nähe der stärksten Waffe seines Landes zu sein, faszinierte ihn immer wieder. Obwohl die Rakete noch in ihrem Behälter für den Bahntransport steckte, glaubte Kong, ihre ungeheure Kampfkraft spüren zu können.

Im Gegensatz zu der Rakete, an der er ausgebildet worden war – der alten 8K14 Scud B aus sowjetischen Beständen –, war die Nodong 1 die erste wirklich treffsichere ballistische Rakete mit Kernsprengkopf, die Nordkorea besaß. Die Raketen des Baumusters FROG waren einfache, drallstabilisierte Waffen, und die Scud besaß wenig wirksame einfache Kurskreisel, die sie ins Ziel steuern sollten. Die Treffsicherheit beider Raketen lag bestenfalls bei 1000 Metern, und im Allgemeinen konnte man von Glück sagen, wenn sie ihr Ziel nur um drei bis fünf Kilometer verfehlten.

Ganz anders dagegen die Nodong 1. Sie war mit einem richtigen Trägheitsnavigations-System ausgestattet, dessen computergesteuerte Beschleunigungsmesser sogar die Erdbewegung berücksichtigten, um ihre Treffsicherheit zu erhöhen. Tatsächlich war der Stabilisierungs- und Steuermechanismus des Gefechtskopfs der Nodong 1 dem des neuesten Scud-Baumusters überlegen. Obwohl die Nodong wie die Scud noch eine Rakete mit Flüssigkeitstriebwerk war, verwandte sie chemisch stabilere und weniger korrosive Treibstoffe und war unter Einsatzbedingungen leichter zu warten. Transportiert wurde sie in einem Spezialwaggon, der oberflächlich als gewöhnlicher Güterwagen getarnt war. Eine einzelne Diesellok zog den Startwagen, einen Magazinwagen mit zwei weiteren Raketen, den Wartungswagen, den Kommandowagen und einen Wagen mit Bedienungspersonal und Wachmannschaften.

Hauptmann Kong bewunderte die schlichte und trotzdem elegante Konstruktion der Nodong. Vor seiner Versetzung in den Stab der Vierten Artilleriedivision war er in Cheung-son, dem nordkoreanischen Atomforschungs- und Ausbildungszentrum, an dieser Rakete ausgebildet worden. Nordkorea entwickelte noch stärkere Raketen wie die Daepedong 2 – eine ICBM, die Ziele in Nordamerika mit einem Nukleargefechtskopf mit 50 Kilotonnen Sprengkraft treffen konnte –, aber im Augenblick war die Nodong 1 ihre beste Abschreckungswaffe gegen eine kapitalistische Aggression.

Leider funktionierte diese Einheit überhaupt nicht gut. Alle Nodong-Züge wurden in einem riesigen Bunker zusammengestellt und mit einer Anzahl von Leerzügen, die zur Tarnung dienten, auf die Reise geschickt. Aber als Einheit 20 eben den Bunker verlassen hatte, war der Bremskraftverstärker der Diesellok ausgefallen. Züge ließen sich nicht leicht bremsen, wenn sie erst einmal in Bewegung waren, deshalb wäre es zu gefährlich gewesen, Einheit 20 in den Bunker zurückschieben zu wollen. Andererseits würde es einige Minuten dauern, bis eine neue Diesellok vorgespannt war. Deshalb stand Einheit 20 jetzt vor dem Bunker und konnte von jedem feindlichen Aufklärer oder Spionagesatelliten in aller Ruhe besichtigt werden.

Tatsächlich schienen bei fast allen der in den letzten Stunden verlegten Raketeneinheiten irritierende kleine Pannen aufgetreten zu sein, was Kong wirklich beunruhigte. Normalerweise waren die Männer der Vierten Artilleriedivision eine Elite, aber in den letzten Monaten war ihr Leistungsniveau merklich gesunken.

Natürlich befand sich die Moral der Truppe wegen der schlechten Wirtschaftslage ohnehin auf einem Tiefststand. Obwohl das Militär immer am besten versorgt wurde – weit besser als die Zivilbevölkerung –, litten heutzutage sogar Elitetruppen unter der Versorgungslage. Das bedeutete, dass die Kampfmoral selbst bei hoch ausgebildeten und motivierten Truppen noch weiter sinken würde. Dies war der absolut ungünstigste Zeitpunkt für einen Defekt, wie er an ihrer Lok aufgetreten war.

»Schwächlinge«, murmelte Kong. Eine Bande unzufriedener Soldaten, die über ihren ausbleibenden Sold meckerten. Von der Volksarmee erhielten sie das Beste, was das Land zu bieten hatte. Alle mussten Opfer bringen. Erkannten sie denn nicht, wer für die Versorgungsmängel und ihre Armut verantwortlich war? Die südkoreanischen Kapitalisten saugten den Norden systematisch aus, um ihn leichter und mit geringeren Verlusten angreifen zu können. Wie konnten Soldaten der Volksarmee *nicht* ihren Beitrag leisten wollen, um ihr Vaterland zu retten und sich an denen zu rächen, die an den Leiden und Entbehrungen ihrer Familien schuld waren?

Endlich tauchte eine weitere Diesellok aus dem mit schweren Stahltoren gesicherten Bunker auf. Da für die defekte Lok kein Abstellgleis zur Verfügung stand, vermutete Kong, diese neue Lok werde einfach zusätzlich vorgespannt werden. Er drückte die Sprechtaste seines Handfunkgeräts. »*Taepung*, hier Sieben«, sagte er. *Taepung* – Taifun – war Oberst Chos Rufzeichen. »Ich bitte um Erlaubnis, zu Einheit zwanzig hinüberzugehen und nach der neuen Lok zu fragen. Ich melde mich dann wieder.«

»Genehmigt«, antwortete Oberst Cho. »*Ppalei!* Ich erwarte Ihre Meldung in fünf Minuten.«

»*Ne, Taepung*«, bestätigte Kong und lief zum Kommandowagen hinüber, um mit dem Batteriechef zu sprechen. Aber als er den Wagen schon fast erreicht hatte, ging er langsamer und blieb dann stehen. Hier stimmte irgendetwas nicht. Der Kommandowagen wurde nicht gesichert. Zu jeder Nodong-Batterie gehörten 30 Mann Wachpersonal, von denen vier bei jedem Halt den Kommandowagen zu sichern hatten. Was zum Teufel ging hier vor? Kong hastete zur Einstiegsluke weiter, und als er sie erreichte, fielen drinnen mehrere Schüsse.

Hauptmann Kong riss sein Handfunkgerät hoch. »Schüsse!«, meldete er. »Schüsse! Im Kommandowagen!«

In diesem Augenblick wurde der schwere stählerne Lukendeckel aufgestoßen, und mehrere Soldaten und Techniker sprangen aus dem Kommandowagen. »Freiheit! Freiheit!«, rief einer von ihnen jubelnd.

»*Was fällt euch ein, Männer?*«, rief Kong empört. »Warum seid ihr nicht auf eurem Posten?«

»Versuch nicht, uns aufzuhalten, Leuteschinder!«, brüllte einer der Soldaten, während er seine Pistole zog und einen Schuss abgab. Kong fuhr zusammen, als die Kugel seine linke Schulter nur knapp verfehlte, und warf sich auf den schlammigen Boden. Er tastete mit zitternden Fingern nach seiner Pistolentasche und schaffte es schließlich, sie zu öffnen und seine Pistole Typ 64 zu ziehen. Aber die Soldaten waren längst fort, als er die Waffe hob, um das Feuer zu erwidern. Oder hatte er sich absichtlich langsam bewegt, weil er gehofft hatte, die Soldaten würden glauben, er sei verwundet, und sich nicht weiter um ihn kümmern? Er mochte sich nicht vorstellen, er könnte so feige gewesen sein … nein! Er lebte, und nur das zählte jetzt.

»Achtung! Achtung!«, rief Hauptmann Kong in sein Funkgerät. »Der Kommandowagen von Einheit zwanzig ist überfallen worden! Alle Wachen riegeln das Gelände ab und lassen keinen mehr durch! *Taepung* bitte sofort zum Kommandowagen von Einheit zwanzig!«

Dann näherte er sich mit schussbereiter Pistole dem Kommandowagen. Die Einstiegsluke stand weit offen und war unbewacht. Kong stieg vorsichtig zu ihr hinauf. Hinter der Luke lag eine kleine Kammer, die zwei bis drei Männern Platz bot. Dies war die ABC-Schleuse, in der aus dem Freien hereinkommende Soldaten mit Entkontaminierungsflüssigkeit besprüht und dann mit Druckluft angeblasen wurden, um radioaktiven Fallout oder Spuren von biologischen oder chemischen Kampfstoffen zu beseitigen. Kong stellte erschrocken fest, dass die innere Schleusenluke ebenfalls offen war. Trotz allem, was er soeben erlebt hatte, konnte er nur daran denken, was für ein schwerer Verstoß gegen die Sicherheitsbestimmungen dies war: Beide Luken standen offen, während …

Der Gestank warnte ihn, schon bevor seine Augen sich ans Halbdunkel des Kommandomoduls gewöhnt hatten. Es war der Gestank gewaltsamer Tode: der faulige Geruch von Kot und Urin, der an Kupfer erinnernde Geruch von frischem Blut und der beißende Geruch von Kordit. Der Batteriechef, sein Stellvertreter und ihr Funker – alle drei tot, noch auf ihren Plätzen, mit Einschusslöchern von Genickschüssen dicht unter dem Rand ihrer Stahlhelme.

»Himmel, was geht hier vor?«, rief Oberst Cho, als er den Kommandowagen schwer atmend und mit seiner Pistole Typ 64 in der Hand erreichte.

»Verräter«, sagte Hauptmann Kong knapp. »Verräter an ihrer Uniform und ihrem Vaterland. Die Wachmannschaft scheint sich gegen uns gewandt zu haben. Sie hat den Batteriechef und die Besatzung des Kommandomoduls erschossen.«

»Tangun, steh uns bei!«, ächzte Oberst Cho, der damit einen mythischen Kriegsherrn aus dem alten Korea anrief.

Als Kong merkte, dass Cho vor Verwirrung wie gelähmt war, sagte er rasch: »Genosse Oberst, wir müssen sofort Verbindung mit dem Rest der Division aufnehmen.« Er trat vor und nahm dem Batteriechef und seinem Stellvertreter die großen silbern glänzenden Schlüssel ab, die sie an dünnen Ketten um den Hals trugen. Zum Glück hatten die Verräter nicht daran gedacht, ihnen die für einen Raketenstart erforderlichen Schlüssel abzunehmen. Einen davon gab er Cho, der ihn in der Hand behielt wie ein Kind, das erstmals eine Bärenraupe in der Hand hält: ängstlich und fasziniert zugleich. »Dieser Aufstand kann innerhalb der gesamten Division organisiert sein«, warnte Kong ihn. »Wir müssen Funkverbindung mit möglichst vielen Batterien aufnehmen und versuchen, unsere Einsatzfähigkeit abzuschätzen.«

»Ich … ich weiß nicht recht … Wir müssen erst beim Korps nachfragen …«

»Das dauert viel zu lange!«, rief Kong erregt. »Als Erstes müssen wir unsere Raketenbatterien vor dem Feind schützen – besonders vor dem Feind in unseren eigenen Reihen. Wir müssen sofort Verbindung mit der Division aufnehmen.«

Cho wirkte völlig verwirrt. Kong ignorierte ihn, machte sich daran, die Leichen aus dem Kommandowagen zu schleppen, und stieß Cho einfach beiseite, als er ihn dabei behinderte. Der Oberst protestierte mit keinem Wort. Als Kong mit seiner blutigen Arbeit fertig war, setzte er sich auf den Platz des Batteriechefs und rief die Division über das abhörsichere Befehlsnetz: »Alle Batterien der Vierten Artilleriedivision, alle Batterien der Vierten Artilleriedivision, hier *Taepung.*« Oberst Cho protestierte auch nicht dagegen, dass Kong sein Rufzeichen benutzte. »Wir sind von Verrätern und Spionen angegriffen worden. Alle Batterien melden sofort ihren Bereitschaftsstand.«

Es dauerte einige Zeit, bis die ersten Meldungen eingingen, weil nur sehr wenige Batterien auf seine Aufforderung reagierten. Schätzungsweise zwei Drittel aller Batterien erstatteten keine Meldung. Der Hauptmann war entsetzt. Über 180 Batterien, die ein Sechstel der Offensiv- und Defensivstärke der Demokratischen Volksrepublik Korea verkörperten, waren nicht erreichbar.

Den Grund dafür erfuhr er bald. Als er aufs Sicherheitsnetz umschaltete, das die Sicherungskräfte der dislozierten Raketenbatterien miteinander verband, hörte er: »Koreanische Patrioten, der Augenblick ist gekommen, uns gegen unsere Unterdrücker zu erheben! Schlagt jetzt zu, Brüder! Unsere Kameraden im Süden sind angetreten, um euch bei eurem Kampf um Einigkeit und Freiheit für immer und ewig zu unterstützen! Die Grenze ist offen, Kameraden! Es gibt keine Entmilitarisierte Zone mehr. Korea ist frei! Korea ist wieder vereinigt! Schlagt jetzt zu! Erhebt euch gegen jeden, der euch Frieden, Freiheit und Einigkeit vorenthalten will. Macht ohne Rücksicht auf Uniform oder Dienstgrad kurzen Prozess mit jedem, der sein eigenes Volk im Namen einer sinnlosen Ideologie unterdrückt und dem Hungertod ausliefert. Macht alle Massenvernichtungswaffen unbrauchbar, behaltet eure persönlichen Waffen zur Selbstverteidigung und marschiert auf Pjöngjang, um das verhasste Verbrecherregime endgültig zu stürzen! Ihr seid nicht allein, Brüder! In ganz Korea stehen Hunderttausende hinter euch!«

Hauptmann Kong Hwan-li wollte seinen Ohren nicht trauen. Kapitalistische Propaganda im Sicherheitsnetz der Division! Er schaltete aufs Befehlsnetz der Brigade um, zu der Einheit 20 gehörte – auch hier dieselbe Hasstirade. Zu seiner Verblüffung war diese Aufforderung zum Desertieren, anscheinend eine ständig wiederholte Tonbandaufnahme, in immer mehr Netzen zu hören.

Nein … keine Tonbandaufnahme. Die Sendung wurde mehrmals durch Live-Reportagen unterbrochen. Namentlich genannte Einheiten, alle aus der Vierten Artilleriedivision – sogar einige Offiziere, die er an der Stimme erkannte –, meldeten, sie seien dabei, ihre Raketen unbrauchbar zu machen und würden dann auf Pjöngjang marschieren. Hunderte … nein, *Tausende* von Soldaten desertierten. Allerdings meldeten sich nur Offiziere bis hinauf zum Hauptmann. Manche brüsteten sich damit, Major oder Oberstleutnant Soundso – Regiments- oder Brigadekommandeure – erschossen zu haben. Und sie alle würden auf Pjöngjang marschieren …

Kong schaltete das Funkgerät aus. Das war undenkbar. Dahinter musste der Süden stehen, der es irgendwie geschafft hatte, mit Propagandasendungen ins Sicherheitsnetz der Division einzubrechen und die Soldaten zu Meuterei und Massenflucht aufzurufen! Kong weigerte sich zu glauben, die Soldaten könnten aus eigenem Antrieb oder in der Hoffnung auf eine Wiedervereinigung der beiden Koreas handeln. Diese Propagandasendung musste ein Signal enthalten, das die Männer unterschwellig beeinflusste, damit sie ihre Vorgesetzten ermordeten und ihre Raketen mit ABC-Gefechtsköpfen unbrauchbar machten.

»Was geht hier vor, Hauptmann?«, fragte Cho, als erwache er aus tiefem Schlummer.

»Den Kapitalisten ist es irgendwie gelungen, unsere Soldaten einer Gehirnwäsche zu unterziehen«, meldete Kong. »Sie reden ihnen ein, die Grenze zum Süden stehe weit offen und sie sollten ihre Kommandeure ermorden und Pjöngjang stürmen. Ich habe Berichte gehört, nach denen die Verräter zahlreiche hohe Offiziere erschossen oder festgesetzt haben.«

Zu Kongs Überraschung begannen die Schultern des Alten zu beben. »Wir müssen zusehen, dass wir wegkommen«, sagte er fast mit Tränen in den Augen. »Wir … wir sollten uns ein ziviles Fahrzeug beschaffen und … Nein, wir sollten ein Militärfahrzeug nehmen, querfeldein fahren und versuchen, das Verteidigungsministerium oder wenigstens das Erste Korps zu erreichen. Dort finden wir Hilfe.« Als er dann zu schluchzen begann, hörte Kong ihn murmeln: »Meine Verabschiedung… was soll nur aus mir werden? Meine Pension…«

Hauptmann Kong starrte ihn angewidert an. Der alte Trottel konnte nur an seine Verabschiedung, seine Pension denken – ob spätere Generationen sich an seinen Namen erinnern, ob sie ihn vergessen, verehren oder verachten würden, war ihm gleichgültig.

»Nach Pjöngjang zu fahren, könnte gefährlich sein, Genosse Oberst«, wandte Kong ein. Er musste sich überwinden, um den Alten korrekt mit seinem Dienstgrad anzusprechen. Aus dem Kommandeur einer 20 000 Mann starken Artilleriedivision mit 240 ballistischen Raketen war Cho zu einem ängstlichen, weinerlichen alten Mann geworden. »Treffen die Meldungen zu, dass die Verräter auf die Hauptstadt marschieren, kommen wir nicht durch. Am besten versuchen wir von Pjöngjang weg nach Norden zu gelangen – nach Sinuiju oder sogar nach Kanggje.« Sinuiju war die Hauptstadt der Provinz Pjongan Pukdo unmittelbar an der chinesischen Grenze; Kong rechnete sich aus, dass sie dort bestimmt Hilfe und Unterstützung durch linientreue Parteigenossen und sogar die chinesische Armee erhalten würden. In Kanggje, der Hauptstadt der Provinz Chagang Do, befand sich das Zentrum der nordkoreanischen ABC-Waffenentwicklung – der vermutlich sicherste und am besten verteidigte Stützpunkt des Landes. »Treiben wir ein geländegängiges Fahrzeug auf, können wir Straßen und damit die Gefahr meiden, auf weitere Deserteuren zu stoßen.«

»Also gut, Hauptmann«, sagte Cho. »Besorgen Sie uns ein Allradfahrzeug mit Treibstoff und Waffen. Und machen Sie von Ihrer Waffe Gebrauch, wenn jemand Sie daran zu hindern versucht.«

Das war das erste Mal seit langem, dass der alte Furzer wenigstens etwas Rückgrat bewies. »Wird gemacht, Genosse Oberst«, bestätigte Kong. »Aber als Erstes müssen wir unsere Raketen deaktivieren. Einheit Zwanzig hat je eine Rakete im Start- und Magazinwagen; Einheit Siebzehn steht nur wenige Kilometer von hier entfernt. Es ist ganz leicht, die Raketen unbrauchbar zu machen…«

»Nein!«, rief Cho mit vor Angst geweiteten Augen. »Wir fahren sofort los!«

»Genosse Oberst, wir *müssen* unsere Nodong deaktivieren«, stellte Kong fest. »Sollte es tatsächlich zu einer Invasion kommen, dürfen wir sie nicht intakt in Feindeshand fallen lassen, das wäre eine Katastrophe!« Als er merkte, dass Cho weiter Einwände erheben würde, fügte er rasch hinzu: »Genosse Oberst, dazu brauche ich nur die Brennstoffzelle der Nodong zu aktivieren, ohne sie abzuschießen. Die Brennstoffzelle ist in etwas über fünf Minuten leer, der Bordcomputer funktioniert nicht mehr, und niemand kann die Rakete mehr starten. Die Brennstoffzelle lässt sich nicht aufladen – die Nodong muss weitgehend zerlegt werden, damit eine neue eingebaut werden kann. In einer Feldstellung ist das nicht zu machen. Das ist die schnellste Methode, um zu verhindern, dass intakte Raketen in Feindeshand fallen und etwa gegen uns eingesetzt werden können.«

Cho wirkte noch immer benommen. Kong beschloss, die Initiative zu ergreifen, sprang vom Kommandowagen auf den Boden und machte sich auf den Weg zum Startwagen. Hinter sich hörte er ein leises »Warten Sie doch, Hwan-li!« – seiner Erinnerung nach das erste Mal, dass Oberst Cho ihn mit seinem Vornamen angesprochen hatte –, aber er ließ sich nicht aufhalten. Hinter ihm fielen Schüsse. Kong duckte sich ganz instinktiv, schlug einen Haken nach links, um in Deckung zu gelangen, und drehte sich dann um. Die Schüsse kamen von Oberst Cho – der Idiot schrie irgendetwas und ballerte dabei in die Luft! Was er schrie, verstand Kong nicht, dazu waren die Schüsse und das Röhren der Düsenjäger zu laut…

Düsenjäger! Als Kong in die Richtung blickte, in die Cho ballerte, röhrte ein kleiner, schlanker, einstrahliger Jäger über sie hinweg. Zu Kongs Entsetzen war das kein Jäger chinesischer oder sowjetischer Bauart, sondern ein Jagdbomber F-16 aus amerikanischer Produktion! Die Maschine flog so tief, dass Kong erkennen konnte, dass sie schwer mit allen möglichen Außenlasten beladen war: Er sah zwei Zusatztanks, zwei große Luft-Boden-Raketen, zwei Reihen Bomben, kleinere Raketen an Aufhängepunkten, ECM-Behälter unter dem Rumpf und Jagdraketen an den Flügelspitzen. Sekunden später rasten etwas weiter im Osten mehrere ähnlich bewaffnete F-16 vorbei. Die Jagdbomber flogen kaum 100 Meter hoch – aber trotzdem weit außer Reichweite von Oberst Chos lächerlichen Pistolenschüssen.

Dank ständiger Informationen über Ausrüstung und Bewaffnung der Südkoreaner wusste Kong genau, was für Flugzeuge er gesehen hatte: F-16C/J, das neueste und kampfstärkste Waffensystem der Kapitalisten. Jede dieser Maschinen trug zwei Luft-Boden-Raketen zur Radaransteuerung, mit der sie das Zielsuchradar von Luftabwehrstellungen ausschalten konnte. Außerdem trug sie Schüttbomben zum Einsatz gegen Raketen auf Abschussrampen und sonstige »weiche« Ziele. Hatte die F-16 ihre Luft-Boden-Waffen verbraucht, konnte sie sich mit ihrer 20-mm-Kanone, zwei radargesteuerten Jagdraketen und zwei Raketen mit IR-Suchkopf in einen Luftüberlegenheitsjäger verwandeln. Mit ihren Zusatztanks hatte die F-16 eine enorme Reichweite und konnte lange im Zielgebiet bleiben.

Am meisten beunruhigte Kong jedoch die Tatsache, dass alle F-16C/J, die er gesehen hatte, noch ihre Raketen zur Radaransteuerung unter den Tragflächen hatten. Obwohl sie sich über 150 Kilometer nördlich der Entmilitarisierten Zone befanden – sie hatten vermutlich die Hauptstadt überflogen! –, hatten sie noch keine Rakete auf eine Luftabwehrstellung abschießen müssen. Wie war es möglich, dass so viele feindliche Jagdbomber so tief nach Nordkorea hinein vorstoßen konnten, ohne eine einzige Rakete abschießen oder eine einzige Bombe werfen zu müssen?

Dann waren in der Ferne mehrere laute Detonationen zu hören. Kong war voreilig gewesen: Die F-16 griffen an. Er kannte ihr Ziel nicht, aber es schien am Westrand des Stützpunkts zu liegen – vielleicht das Stabsgebäude seiner Division? Die Lautstärke der Detonationen zeigte, dass sie keine Schüttbomben, sondern 225-kg- oder 500-kg-Bomben einsetzten. Also musste ihr Angriff dem Stabsgebäude gegolten haben. Waren die Nachrichtenverbindungen gekappt, war die Division augenblicklich taub, stumm und blind. Dann konnte der Feind mühelos …

Augenblick! Was war, wenn doch nicht alle Nachrichtenverbindungen ausgefallen waren? Dass die Divisionsnetze von Verrätern blockiert wurden, bedeutete noch lange nicht, dass das gesamte Verteidigungsnetz der Volksarmee zusammengebrochen war! Vielleicht gab es noch eine Chance …

Hauptmann Kong rannte zum Kommandowagen zurück. Bei seinen Versuchen, die Regimenter und Brigaden zu erreichen und ihren Bereitschaftsstand festzustellen, hatte er alle Divisionsnetze durchprobiert. Aber er hatte es nicht mit »Feuerdrache« versucht. Feuerdrache war das Netz des Oberkommandos der Volksarmee in Pjöngjang, dessen Befehle landesweit in einem extremen Langwellenbereich ausgestrahlt wurden, der selbst gegen den elektromagnetischen Impuls von Kernwaffendetonationen immun war. Der Hauptzweck von Feuerdrache war die Übermittlung des Einsatzbefehls für atomare, biologische oder chemische Waffen.

Wie er vermutet hatte, war Feuerdrache noch in Betrieb – und sogar sehr aktiv. Kong hörte eine lange Reihe von Fünfergruppen aus Zahlen und Buchstaben. Nachdem er sich die Schlüsselunterlagen zurechtgelegt hatte, hörte er weiter zu und wartete. Eine verschlüsselte Nachricht durfte er erst mitschreiben, wenn er sicher wusste, dass man sie von Anfang an mitbekam. Als er den Anruf »Alle Einheiten, alle Einheiten …« hörte, begann er mitzuschreiben. Sobald er die lange Nachricht vor sich liegen hatte, suchte er den an diesem Tag gültigen Einmalschlüssel heraus und machte sich daran, den Text zu entschlüsseln.

Wie er vermutet hatte, war dies der Einsatzbefehl. Pjöngjang befahl seinen Streitkräften den Gegenangriff. Die entschlüsselte Nachricht enthielt den Einsatzbefehl, den Startberechtigungscode für den Computer und den Code fürs Scharfmachen der Gefechtsköpfe. Der knappe Einsatzbefehl wies alle Einheiten an, alle verfügbaren Waffen in beliebiger Folge gegen beliebige Ziele einzusetzen. Kong überprüfte die Entschlüsslung hastig nochmals, aber er hatte solche Befehle schon bei Hunderten von Übungen entschlüsselt, ohne bei dieser verantwortungsvollen Arbeit einen Fehler zu machen.

Hauptmann Kong Hwan-li legte sich die Klarliste des Batteriechefs zurecht. Er verdrängte den Gestank des Todes, der ihn umgab, verdrängte den Gedanken an den Verrat, dessen Ohrenzeuge er geworden war, und machte sich an die Arbeit. Das Steuerpult war unbeschädigt; sämtliche Anzeigen leuchteten sofort grün auf.

Im nächsten Augenblick kam Oberst Cho in den Kommandowagen gestürzt. »Die Rakete! Die Rakete!«, kreischte er. »Die Abschussvorrichtung ist ausgefahren! Sie scheint in Startposition zu sein!«

»Sie *ist* in Startposition, Alter«, sagte Kong, während er mit zitterndem Finger den Berechtigungscode eingab. Er wurde sofort akzeptiert, und der drei Minuten lange Countdown begann. Gleichzeitig erhielt Kong jedoch eine Fehlermeldung, weil die Einstiegsluke noch offen war – aus Sicherheitsgründen würde der Computer keinen Start zulassen, bevor sie geschlossen war. Der Countdown ging weiter, aber bei offener Luke erfolgte kein Start – und nach weiteren fünf Minuten würde die Rakete sich selbst deaktivieren. »Reinkommen und Luke schließen, Oberst«, wies er Cho an.

»Was tun Sie da, Hauptmann?«

»Ich bereite mich darauf vor, meine Rakete abzuschießen«, antwortete Kong. »Ich habe einen gültigen Einsatzbefehl erhalten. Wenn ich die beiden Raketen von Einheit Zwanzig abgeschossen habe, fahre ich zu allen Einheiten, die ich finden kann, und schieße auch ihre Raketen ab.«

»Ich habe Ihnen befohlen, mir ein Fahrzeug zu beschaffen, mit dem wir uns nach Kanggje absetzen können«, stellte Cho fest. »Lassen Sie die Finger von der Rakete. Die geht uns nichts an.«

»Unsere Nation wird angegriffen, Oberst«, erwiderte Kong nachdrücklich. »Ich habe einen gültigen Einsatzbefehl erhalten, den ich ausführen werde. Sie brauche ich auf dem zweiten Platz hier, Oberst. Sie müssen mir helfen, die Raketen abzuschießen. Tun Sie einfach, was ich sage, dann ...«

»Ich befehle Ihnen, diesen Unsinn zu lassen und mir ein Fahrzeug zu beschaffen!«

Kong bekam einen Wutanfall: Er sprang auf, packte Cho, versetzte ihm einen Fausthieb in den Magen, drückte ihn mit Gewalt auf den Sitz des stellvertretenden Batteriechefs auf der anderen Seite des Steuerpults, knallte dann die Einstiegsluke zu und verriegelte sie. Dabei empfand er nur flüchtig Bedauern und

Schamgefühl, weil er einen Vorgesetzten und Älteren geschlagen oder auch nur angefasst hatte – eklatante Verstöße gegen alle guten Sitten, die jedem Koreaner von frühester Kindheit an eingebläut wurden. Aber das Überleben und die Verteidigung seines Vaterlands waren wichtiger als das Gewinsel eines feigen alten Mannes.

»Oberst, Sie müssen … nein, Sie *werden* mir helfen, den Angriffsbefehl auszuführen«, sagte Kong. Er steckte die Startschlüssel des Batteriechefs und seines Stellvertreters in die Schlösser und zog dann Cho so hoch, dass sein Kopf dicht über dem Schlüsselschalter hing. »Auf mein Kommando hin drehen Sie diesen Schlüssel nach rechts. Das müssen Sie im selben Augenblick wie ich tun, sonst deaktiviert die Rakete sich selbst.« Nach dem Countdown blieben dafür nur zwei Sekunden Zeit – und die Schlüssel mussten genau gleichzeitig gedreht werden. Die Startmannschaften übten das jede Woche mehrmals. Kong wusste, wie unwahrscheinlich es war, dass dieser winselnde Alte, der sich am Rande eines Nervenzusammenbruchs befand, damit zurechtkommen würde.

Cho, der auf seinem Sitz zusammengesackt war, schluchzte wie ein Kind. »Haben Sie verstanden, Oberst?« Keine Antwort. Kong zog seine Pistole und zielte damit auf Cho. »Reißen Sie sich zusammen, Oberst, sonst jage ich Ihnen eine Kugel durch den Kopf und mache Ihrem elenden, feigen Leben auf der Stelle ein Ende.«

»Ich kann nicht … ich tu's nicht«, protestierte Cho weinend. »Ich will hier raus! Ich will nach Hause …«

»Ihr Zuhause – *unser* Zuhause – wird in diesem Augenblick von den Kapitalisten und ihren amerikanischen Drahtziehern zerstört«, sagte Kong scharf. »Unser Vaterland ist nur zu retten, wenn die Angreifer aufgehalten werden, und wir können sie nur mit unseren Raketen aufhalten. Sie legen jetzt Ihre Hand auf den Schlüssel und drehen ihn auf mein Kommando hin, verstanden?«

»Nein! Nein, ich kann nicht …«

»Ich knalle Sie ab, wenn Sie nicht tun, was ich sage!«, brüllte Kong ihn an. Die Mündung seiner Waffe zitterte. »Legen Sie Ihre Hand auf den Schlüssel!«

»Schießen Sie doch!«, jammerte Cho. »Los, erschießen Sie

mich! Darf ich nicht nach Hause, tun Sie mir einen Gefallen, wenn Sie mich gleich erschießen.«

Noch dreißig Sekunden. Die Zeit wurde knapp. Kong wusste, dass dies sein letzter Versuch war. »Genosse Oberst, ich habe vergessen, Ihnen etwas zu melden«, sagte er ruhig und beschwichtigend. »Vom Oberkommando ist eine Nachricht für Sie da. Es wird Ihnen eine gute Pension bewilligen und Ihre Verdienste ums Vaterland würdigen. Sie sollen mit allen militärischen Ehren verabschiedet werden, Genosse Oberst.«

»Eine… eine Pension?«, fragte Cho mit schwacher Stimme. »Bei meiner Versetzung in den Ruhestand?« Sein Gesicht bekam wieder Farbe, und er setzte sich auf. »Ich bekomme eine Pension und werde ehrenvoll verabschiedet?«

»Mit vollen militärischen Ehren«, behauptete Kong, »wie sie einem so loyalen und pflichtbewussten Kommandeur zustehen.« Seine Handbewegung umfasste die Schlüsselunterlagen, den entschlüsselten Angriffsbefehl und die Armierungscodes für die Nodong 1. »Dies ist der letzte Befehl, den Sie ausführen müssen, Genosse Oberst. Ihr letzter offizieller Akt. Tun Sie, was ich sage, zeichnet unser Ruhmreicher Führer Sie persönlich mit dem Goldenen Ehrenzeichen aus.« Er sah rasch zur Countdown-Uhr auf – Scheiße, keine zehn Sekunden mehr! »Sind Sie bereit, Oberst? Wenn ich mit dem Kopf nicke und ›Los!‹ sage, drehen Sie Ihren Schlüssel nach rechts. Haben Sie verstanden, was Sie…«

Der Kommandowagen wurde plötzlich von einer Serie gewaltiger Detonationen erschüttert, in die sich das Röhren eines Jagdbombers im Tiefflug mischte. Die nach dem Reihenwurf detonierenden Bomben klangen, als komme ein Riese auf sie zugerannt, und dann traf einer der Stiefel des Riesen den Kommandowagen. Eine 225-kg-Bombe detonierte nur wenige Meter neben ihm und warf die beiden Männer zu Boden. Cho stieß einen gellenden Schrei aus.

Als Kong sich benommen aufrappelte, hörte er Cho kreischen: »Verflucht seien alle, die mich ins Dunkel verdammen!« Im selben Augenblick drehte er seinen Startschlüssel nach rechts.

Kongs Hand griff blitzschnell nach seinem Schlüssel. Der Feuerbefehl würde nicht gleichzeitig kommen, aber… Er drehte seinen Startschlüssel nach rechts. Es funktionierte! Die Rakete hob ab. Das Röhren der startenden Nodong 1 war hundertmal lauter als die Bombendetonation unmittelbar neben dem Kommandowagen. Kong überprüfte die Anzeigen und nickte zufrieden – sie zeigten einen einsatzfähigen Gefechtskopf und ein voll funktionsfähiges Navigationssystem. Die Rakete war gestartet, war planmäßig auf Kurs. Er hatte es geschafft! Er drückte sofort die Taste NACHLADEN, die das automatische Transporter-Aufrichter-Starter-System aktivierte, und hastete ins Freie.

Die Nodong 1 war längst nicht mehr zu sehen, als Kong den Kommandowagen verließ – er sah nur noch einen hoch nach Süden gewölbten weißen Abgasstreifen, der ihm zeigte, dass die Rakete auf Kurs war. Dann kontrollierte er den Nachladevorgang und wusste, dass er hier keine weitere Rakete abschießen würde. Die feindlichen Bomben hatten die Nodong 1 im Magazinwagen beschädigt, aus dem jetzt weißer und orangeroter Rauch – Treibstoff und Oxydator der Rakete – quoll. Als die zum Nachladen bestimmte Rakete sichtbar wurde, war ihr korrosiver Treibstoff größtenteils ausgelaufen. Sie würde binnen Minuten in Brand geraten, vielleicht sogar explodieren. Einheit Zwanzig war effektiv erledigt. Kong blieb nichts anderes übrig, als sich eine weitere Rakete zu suchen – oder zu irgendeiner noch loyalen Einheit zu flüchten.

»Wir haben's geschafft«!«, hörte er hinter sich jubeln. Oberst Cho sprang von den Stahlstufen des Kommandowagens und rannte zu Kong hinüber. »Wir haben sie gestartet! Sie und ich, Hauptmann! Unser Auftrag ist ausgeführt. Wir haben befehlsgemäß gehandelt, und nun wird es Zeit, unsere Belohnung zu kassieren!«

»Ja, Genosse Oberst«, sagte Kong. »Zeit für Ihre Belohnung.« Er zog seine Pistole, traf Oberst Cho mit zwei Schüssen in die Brust, und erledigte ihn mit einem Kopfschuss, als er zusammenbrach.

Kontroll- und Lagezentrum;
Flugplatz Osan, Republik Korea
(zur gleichen Zeit)

Special Agent Law hielt augenblicklich ihre Mini-Uzi in der Hand, aber bevor sie die Vizepräsidentin erreichen oder ihre Waffe in Schussposition senken konnte, kamen mehrere Soldaten einer südkoreanischen Sondereinheit in den Beobachtungsraum gestürmt. Sie waren mit M-16 bewaffnet, die sie vor der Brust hielten – in Bereitschaft, aber ohne auf jemanden zu zielen. Hinter ihnen erschien General Park, der sich am Eingang aufbaute. Er trug jetzt eine Pistole am Koppel, hatte sie aber nicht gezogen. Law hob ihre Waffe ...

»Halt, Corrie!«, rief die Vizepräsidentin. »Nicht schießen!«

Alle erstarrten. Corrie Law hätte leicht alle anwesenden Südkoreaner ummähen können – da ihre Waffen sichtbar waren, war die Bedrohung offenkundig, aber die Männer hätten sich nicht rechtzeitig verteidigen können. Sie alle sahen Laws kalten, ausdruckslosen Blick: keine Angst, kein Zögern, keine Gnade. Die Mündung ihrer Uzi bewegte sich keinen Millimeter. Ein Nicken der Vizepräsidentin würde genügen, damit sie jeden der Männer mit einem kurzen Feuerstoß durchsiebte, bevor sie ihre Waffen auch nur in Schussposition bringen konnten.

»*Sofort* weg mit den Waffen, sonst schieße ich«, rief Law.

»Was ist dort los, Ellen?«, fragte CIA-Direktor Plank am Handy.

»Nicht, Corrie ...«

»Weg mit den Waffen, habe ich gesagt!«, wiederholte Law. Sie hob ihre Uzi, um das Visier nutzen zu können; die Mündung folgte jeder Bewegung von Laws Augen, während sie die Soldaten wachsam beobachtete. Sie trat zwischen die Männer und die Vizepräsidentin, achtete darauf, dass alle in ihrem Blickfeld blieben, suchte ihre wenigen Brocken Koreanisch zusammen und rief laut: »*Mit ppali!* Runter damit!«

»Was geht hier vor, General?« fragte die Vizepräsidentin. Sie hielt ihr Handy hinter dem Rücken, weil sie wider besseres Wissen hoffte, Plank werde das Gespräch mithören können. »Was sollen die Soldaten hier? Wollen Sie uns gefangen setzen?«

»Nein, Madam Vizepräsidentin«, antwortete Park. »Sie sind unser Gast – und eine Augenzeugin.«

»Augenzeugin? Wovon?«

»Beenden Sie die Verbindung mit Direktor Plank, dann kläre ich Sie gern auf«, sagte eine neue Stimme. Sie gehörte dem südkoreanischen Präsidenten Kwon Ki-chae, der jetzt den Beobachtungsraum betrat. Er befahl den Soldaten, ihre Waffen zu senken und den Raum zu verlassen; nur General Park blieb zurück.

Vizepräsidentin Whiting hob das weiter sendebereite Handy an ihre Lippen. »Ich rufe später zurück, Bob.«

»Was zum Teufel geht dort vor, Ellen?«

»Präsident Kwon und General Park bestehen auf einem dringenden Palaver mit mir. Ich rufe später zurück.« *Dringendes Palaver* bedeutete »Die Lage hier ist kritisch; haltet euch zum Eingreifen bereit.« Sie drückte auf einen Knopf ihres Handys, klappte es zu und steckte es in die Innentasche ihrer Kostümjacke.

General Park erteilte über sein Handfunkgerät einen kurzen Befehl und wandte sich danach an Whiting. »Alle Funkverbindungen aus diesem Gebäude werden jetzt gestört, Madam Vizepräsidentin«, sagte er. »Diese Maßnahme dient zu Ihrem Schutz.« Er wusste offenbar, dass Whiting eine Funktion ihres Handys aktiviert hatte, die nicht nur die Verbindung offen hielt, sondern auch ein Peilsignal sendete.

»Unser Peilsignal zu stören, könnte als feindseliger Akt betrachtet werden, General«, sagte Whiting ruhig.

»Aus unserem geheimsten Kontrollzentrum mit der Central Intelligence Agency zu telefonieren, könnte auch als feindseliger Akt interpretiert werden«, stellte der General fest. »Also sind wir quitt, nicht wahr?«

»Nehmen Sie bitte Platz«, sagte Präsident Kwon und bot Whiting mit einer Handbewegung einen Sessel an. Als er Park einen kurzen Befehl erteilte, zog der Luftwaffengeneral sofort seine Pistole aus dem Halfter und übergab sie Special Agent Law. »Ich versichere Ihnen, dass Sie von uns nichts zu befürchten haben.«

Corrie Law ging sofort zur Tür hinüber und versuchte sie zu

öffnen, während sie Kwon und Park weiter mit ihrer Mini-Uzi bedrohte. Die Tür war abgesperrt. »Wir *sind* also Ihre Gefangenen«, stellte Whiting fest. »Wir sind von der Außenwelt abgeschnitten und können nicht fort.«

»Sie können sich sehr bald wieder frei bewegen«, versicherte Präsident Kwon ihr. »Aber zuvor lade ich Sie ein, Augenzeugin historischer Ereignisse zu sein.«

»Wovon reden Sie überhaupt?«

»Darf ich?«, fragte Kwon und zeigte zu den Panoramafenstern mit Blick auf das Kontrollzentrum hinüber, damit Law wusste, wohin er wollte. Er trat mit Whiting an eines der Fenster. Hinter ihnen setzte General Park sich an die Kommunikationskonsole. »Ich rede vom Höhepunkt jahrelanger Planung, von einjähriger intensiver Vorbereitung, monatelanger Spionage und Ausgaben von Hunderten von Milliarden Won. Die Kosten haben uns fast in den Staatsbankrott getrieben – vor allem wegen der Wirtschaftskrise, die in den vergangenen Jahren ganz Asien erfasst hat. Durch die Kommunisten haben wir auf beiden Seiten der Entmilitarisierten Zone viele gute Männer und Frauen verloren. Jetzt sind wir im Begriff, die ersten Früchte ihrer Arbeit zu ernten.«

»Wie soll ich das verstehen, Präsident Kwon?«, fragte Whiting. »Was haben Sie vor?«

Park sagte auf Koreanisch etwas, das Kwon nickend und mit breitem Lächeln quittierte. »Unsere ersten Einheiten nähern sich der Küste«, erklärte er Whiting. »Die Elfte Jagdbomberstaffel aus Inchon hat die Ehre, den Angriff anzuführen. Ihr Rufzeichen lautet ›Namu‹. Die ECM-Flugzeuge folgen mit sechzig Sekunden Abstand. Ihr Rufzeichen lautet ›Pokpo‹.«

»*Angriff?*«, fragte Admiral Allen scharf. »Sie meinen den Übungsangriff?«

»Die Elfte ist eine Seeaufklärerstaffel, die S-2 Tracker fliegt – eines unserer langsamsten und verwundbarsten Flugzeuge«, sagte General Park. »Wir haben diese Maschinen jedoch zu taktischen ECM-Flugzeugen umgebaut. Sie werden zwischen Haeju und Kaesong sämtliche Zielsuchradare der Kommunisten lahm legen. Ihnen folgen Jagdbomber F-16KCJ mit Lenkwaffen HARM zur Radaransteuerung. Sie vernichten jede kommunistische Radarstellung, die trotz der Störsender Ziele zu erfassen versucht. Weitere Angriffe beginnen gleichzeitig aus Westen in Richtung Nampo und Pjöngjang, aus Osten in Richtung Hamhung und Hungnam, aus Süden in Richtung Kimchaek und Ch'ongjin.«

»Das ist Wahnsinn! Das ist Selbstmord!«, rief Vizepräsidentin Whiting aus. »Die Nordkoreaner orten doch die anfliegenden Maschinen oder sehen die Störungen auf ihren Radarschirmen und alarmieren ihre Landesverteidigung. Vielleicht holen sie zu einem Gegenschlag aus, sobald ihnen klar wird, dass sie angegriffen werden. Vielleicht beginnt ihr Gegenangriff schon in diesem Augenblick!«

»Tatsächlich haben die Kommunisten die erste Angriffswarnung schon vor gut einer Viertelstunde verbreitet, Madam Vizepräsidentin«, antwortete General Park.

»*Was?*«

»Es ist so gut wie unmöglich, näher als dreihundert Kilometer an die Grenzen Nordkoreas heranzufliegen, ohne in allen Flughöhen von irgendeiner Radarstation der Kommunisten geortet zu werden«, stellte Park gelassen fest. »Die Kommunisten verfolgen unsere Maschinen praktisch vom Start an. Als unsere Flugzeuge zehn Minuten von ihrem Luftraum entfernt waren – das entspricht der Zeit, die der langsamste nordkoreanische Jagdflieger für einen Alarmstart braucht –, haben die Radarstationen der Frühwarnkette sämtliche nordkoreanischen Luftabwehrstellungen alarmiert. Diese Warnung hat natürlich auch die Befehls- und Koordinierungszentrale der Volksarmee in Sunan bei Pjöngjang erhalten.«

»Aber wenn die Nordkoreaner längst wissen, dass Sie kommen – *warum um Himmels willen setzen Sie Ihren Angriff dann fort?*«

»Aus einem sehr einfachen Grund, Madam Vizepräsidentin«, sagte Präsident Kwon. »Weil die nordkoreanische Befehls- und Koordinierungszentrale alle Luftabwehrstellungen angewiesen hat, die einfliegenden Maschinen zu verfolgen, aber sonst nichts weiter zu unternehmen. Weil sie unmittelbar danach dem Oberkommando in Pjöngjang ›keine besonderen Vorkommnisse‹ gemeldet hat.«

»Woher wissen Sie das?«

»Weil ein Offizier der Vereinigten Republik Korea diese Befehle erteilt hat, Madam. Oder genauer gesagt ein nordkoreanischer Patriot mit Unterstützung von Kameraden aus Südkorea. Die nordkoreanische Befehls- und Kommandozentrale in Sunan – die übrigens nicht mit diesem Kontrollzentrum vergleichbar ist –, befindet sich in den Händen nordkoreanischer Patrioten, die keinen größeren Wunsch als eine Wiedervereinigung der beiden Koreas unter einer freien, demokratisch gewählten Regierung haben. Sie haben beschlossen, die Kriegsmaschinerie der Kommunisten lahm zu legen und sich von uns bei der Zerstörung ihrer gefährlichsten Elemente unterstützen zu lassen.«

In diesem Augenblick schrillte im Beobachtungsraum eine Alarmsirene los, und überall begannen rote Warnleuchten zu blinken. Aus den Deckenlautsprechern drang eine unverkennbar amerikanische Stimme: »Namu Two-Five, Namu Two-Five und Pokpo Three-Eight, Pokpo Three-Eight, hier Airedale, Hot Dog, Hot Dog, Hot Dog. Gehen Sie sofort auf Kurs eins-fünf-null. Bestätigen Sie den Empfang dieser Anweisung.«

General Park und Präsident Kwon schmunzelten. »Das amüsiert mich immer wieder«, sagte Kwon lachend. Whiting starrte ihn entgeistert an. In der Kommandozentrale war völliges Chaos ausgebrochen, und diese beiden Männer lachten darüber! »Die Codewörter, die ihr Amerikaner für solche ernsten Situationen erfindet, sind ausgesprochen komisch. Welch erfrischender Sinn für Humor!«

»Was geht hier vor?«

»Sie wissen vielleicht nicht, was diese Hot-Dog-Warnung bedeutet?« Kwon war überrascht. »Wie wenig Sie über die Mechanismen wissen, die Sie in unserem Land installiert haben und auf die wir tagtäglich vertrauen, weil sie unser Leben und unsere Freiheit schützen sollen. Eine Hot-Dog-Warnung geht hinaus, wenn ein Flugzeug die Pufferzone verletzt. Sie soll unsere Piloten vor einem unbeabsichtigten Überflug warnen. ›Airedale‹ ist der leitende US-Controller, den Sie vorhin im Kontrollzentrum kennen gelernt haben.

Diese Warnung wird ziemlich häufig gesendet, meistens als Folge von Radaranomalien, wegen Störungen oder Täuschungen durch die Kommunisten oder weil menschliches Versagen vorliegt – ein übereifriger Pilot, ein unerfahrener Pilot, der Orientierungspunkte sucht, oder ein Pilot, der sich durch etwas hat ablenken lassen. Viele harmlose Gründe. Der Norden spricht von kriegerischen Akten, sogar von Kriegserklärungen, und fordert eine Entschuldigung und Entschädigungszahlungen. Solche Forderungen ignorieren wir natürlich.«

Sie hörten, wie die Hot-Dog-Warnung mehrfach und für mehrere weitere Rufzeichen wiederholt wurde. Dann entstand im Kontrollzentrum ein Tumult, als südkoreanische Soldaten hereinstürmten und die amerikanischen Offiziere und Techniker umringten.

»Was geht dort unten vor, Herr Präsident?«, fragte Ellen Whiting scharf. »Ich verlange Aufklärung!«

»Die amerikanischen Offiziere, die alle Flugbewegungen über Südkorea überwachen und führen sollen, sind verständlicherweise aufgebracht, weil die nach Nordkorea fliegenden südkoreanischen Piloten ihren Umkehrbefehl ignoriert haben und unsere Offiziere untätig geblieben sind«, antwortete General Park an Kwons Stelle. »Jetzt werden sie daran gehindert, einen Alarmstart eigener Jäger zu befehlen, die versuchen sollen, unsere Verbände aufzuhalten.«

»Ihre Leute wenden Gewalt an!«, protestierte Corrie Law. Jeder der Amerikaner, die sich zu befreien versuchten, war jetzt von mindestens drei Südkoreanern umgeben.

»Keine Sorge, Madam Vizepräsidentin«, sagte Präsident Kwon, als könne er Whitings Gedanken lesen. »Wie Sie sehen, sind meine Soldaten dort unten nur mit Schlagstöcken bewaffnet. Wir haben nicht die Absicht, Ihren Leuten etwas zuleide zu tun. Schließlich tun sie nur ihre Pflicht.« Es gab einige kurze Rangeleien, aber die Amerikaner wurden rasch abgeführt und durch koreanische Offiziere und Techniker ersetzt. Binnen weniger Minuten waren nur noch im Beobachtungsraum einige Amerikaner anwesend.

Dann schrillte die Alarmsirene wieder los. Diesmal hörten sie: »Jack Rabbit, Jack Rabbit, Jack Rabbit, hier Guardian auf der Wachfrequenz. Alle Flugzeuge verlassen sofort das Gebiet P-518.«

Danach verlas der Controller eine Datum-Zeit-Gruppe und seinen Berechtigungscode.

»›Jack Rabbit‹ ist die Warnung, dass sich eine Grenzverletzung ereignet hat«, erläuterte General Park. »›Guardian‹ ist das Rufzeichen des amerikanischen AWACS-Flugzeugs, das sämtliche Flugbewegungen über der koreanischen Halbinsel überwacht. P-518 ist die koreanische Taktische Zone, das Gebiet südlich der Entmilitarisierten Zone, in dem unidentifizierte Flugzeuge ohne Warnung abgeschossen werden. Der General an Bord der AWACS-Maschine steht in der Befehlskette an vierter Stelle hinter dem Chef des gemeinsamen Luftwaffenkommandos, dem koreanischen Ersten Controller und dem leitenden US-Controller. Da unser Kontrollzentrum nicht vor einer möglichen Grenzverletzung gewarnt hat, musste Guardian eingreifen und diese Warnung senden. Was die Besatzung Ihres AWACS-Flugzeugs weiterhin tut, können wir natürlich nicht beeinflussen. Damit ist die Katze aus dem Sack, wie ihr Amerikaner sagt.«

Vizepräsidentin Whiting starrte die Großbildschirme wider Willen fasziniert an. In einem Gebiet, das vom Gelben Meer über die Halbinsel hinweg bis zum Japanischen Meer reichte, zeigten sie die Hauptstoßrichtungen über die Entmilitarisierte Zone hinweg nach Norden. Dort waren mehrere Dutzend Einheiten in zeitlich präzise abgestimmter Folge unterwegs: Im Anflug zu ihren Zielen überflogen sie die Entmilitarisierte Zone oder die nordkoreanische Küste praktisch im selben Augenblick. Zur gleichen Zeit starteten auf mehreren südkoreanischen Stützpunkten weitere Verbände zum Flug nach Norden.

»Herr Präsident, General Park, Sie müssen diese Angriffe *sofort* abblasen!«, drängte Admiral Allen. »Sir, Sie können nicht hoffen, dieses Unternehmen durchführen zu können, ohne dass Nordkorea, China oder beide energisch, vielleicht sogar vernichtend zurückschlagen. Sie können nicht hoffen, die nordkoreanischen Streitkräfte so zu schwächen, dass sie keinen Gegenangriff mehr führen können. Nach letzten Analysen hat Nordkorea in dem Hundertkilometerstreifen entlang der Entmilitarisierten Zone eine halbe Million Soldaten stehen. Ihre Luftwaffe kann unmöglich hoffen, diese Massen aufhalten zu können.«

»Admiral, wir haben nicht vor, die Streitkräfte der Kommunisten zu vernichten«, sagte Präsident Kwon. »Wie Sie so richtig ausführen, wäre das ein kostspieliges und gefährliches Unterfangen. General, geben Sie der Vizepräsidentin und dem Admiral bitte die nötigen Erläuterungen.«

Der General verbeugte sich vor seinem Präsidenten, dann wandte er sich an Whiting und Allen. »Wie Präsident Kwon ganz richtig festgestellt hat, sollten wir nicht versuchen, das koreanische Volk gewaltsam wieder zu vereinigen, sondern die richtige Atmosphäre, die geeigneten Voraussetzungen für eine Revolution im Norden schaffen. Dass es bisher noch zu keinem Volksaufstand gegen die brutale kommunistische Diktatur gekommen ist, liegt daran, dass die Angehörigen der Streitkräfte, die zugleich Parteimitglieder sind, für die gewaltsame Unterdrückung ihres eigenen Volkes mit den lebensnotwendigen Dingen – Nahrung, Kleidung, Unterkunft und Sicherheit – belohnt werden.

Verantwortlich für diese Brutalität und Repression sind vierzig Sondereinheiten, die aus Bataillonen für Spezialeinsätze und Aufklärungsgeschwadern der Kriegsmarine bestehen. Sie waren ursprünglich für Einsätze gegen Südkorea vorgesehen, aber die Überwachungs- und Spionageabwehrorgane der Kommunistischen Partei Koreas setzen sie jetzt für Sicherungsaufgaben, Spionageabwehr und Bespitzelung in Nordkorea ein. Sie sind brutale und blutgierige Bestien, die den Auftrag haben, den Feind mit allen Mitteln aufzuspüren und zu vernichten. In Nordkorea haben sie eine Atmosphäre der Angst geschaffen, in der seit fast drei Generationen Meinungs- und Redefreiheit unterdrückt werden.«

General Park deutete auf die 19-Zoll-Monitore im Beobachtungsraum, auf denen dieselben Bilder wie auf den Großbildschirmen liefen. »Die aktiven Verbände, Reserven und paramilitärischen Einheiten der nordkoreanischen Volksarmee sind rund sieben Millionen Mann stark, was etwa einem Drittel der Gesamtbevölkerung entspricht«, fuhr er fort. »Die Volksarmee durchdringt sämtliche Lebensbereiche in Nordkorea. Aber von dieser riesigen Zahl sind nur ungefähr hunderttausend Mitglied der Partei oder Angehörige der vorhin erwähnten Sondereinheiten. Durch eigene Aufklärung und mit Hilfe von Überläufern ist es uns gelungen, die wichtigsten zehn Einheiten und ihre Standorte zu ermitteln: zwei Marinekampfgruppen, zwei Bataillone Fallschirmjäger mit Spezialausbildung, vier Bataillone Sondertruppen und je ein Ausbildungs- und Infiltrationsbataillon.

Außerdem greifen wir die Stabsgebäude und Unterkünfte der Achten und Neunten Spezialkorps an. Das Achte Spezialkorps stellt Präsident Kim Jong-ils persönliche Leibwache, und das Neunte Spezialkorps hat den Auftrag, die Straßen von Pjöngjang zu halten und zu verteidigen, falls es zu Unruhen, Aufständen oder einer Invasion kommen sollte. Insgesamt sind das, wie schon gesagt, rund hunderttausend Mann. Sie stehen in zwölf allgemeinen Zielgebieten, zu denen je zwei Stützpunkte von Marine und Luftwaffe, fünf Armeestandorte und Gebiete in der nordkoreanischen Hauptstadt gehören. Wir bilden uns natürlich nicht ein, sie alle ausschalten zu können, aber wir hoffen, dass unser Angriff der Zündfunke ist, der die Explosion auslöst, die eine der letzten noch existierenden kommunistischen Diktaturen hinwegfegt.«

»Was ist mit den übrigen sechs Millionen neunhunderttausend Kämpfern?«, fragte Vizepräsidentin Whiting ungläubig. »Sie haben sie nicht auf der Rechnung, weil sie nicht Mitglieder der Kommunistischen Partei sind, aber sie haben trotzdem eine militärische Ausbildung und sind fast von Geburt an mit der kommunistischen Ideologie indoktriniert worden. Wollen Sie diese Leute einfach ignorieren? Und was ist mit den Massenvernichtungswaffen der Nordkoreaner – ihren ABC-Gefechtsköpfen? Wie können Sie einen so begrenzten Angriff planen und Größe und Schlagkraft der Verbände, die Sie *nicht* anzugreifen beschlossen haben, einfach ignorieren?«

»Weil ich Vertrauen zu meinen Nachrichtenoffizieren und den Überläufern habe, die mir ihre Erkenntnisse und Beobachtungen selbst vorgetragen haben«, sagte Präsident Kwon. »Alle diese Patrioten haben mir das Gleiche erzählt, und es ist über viele Monate hinweg doppelt und dreifach überprüft worden: der Norden befindet sich in einer verzweifelten Lage und ist bereit, alles zu riskieren – sogar einen Atomschlag, der den Dritten Weltkrieg auslösen könnte –, um aus diesem Teufelskreis aus Hunger, Armut und Verzweiflung herauszukommen.

Nach unseren Erkenntnissen leiden schätzungsweise fünfundneunzig Prozent der Bevölkerung unter der Herrschaft des korrupten, paranoiden und machtbesessenen Regimes. Neunzig Prozent der Bevölkerung haben seit über drei Monaten keinen Lohn mehr bekommen; siebzig Prozent haben seit über einem Jahr kein Geld mehr gesehen. Sechzig Prozent der Bevölkerung müssen jahrein, jahraus an drei oder mehr Tagen in der Woche ohne Strom, fließendes Wasser, Heizung oder sanitäre Einrichtungen auskommen. Die Arbeitslosenquote erreicht fünfzig Prozent. Und vierzig Prozent der Bevölkerung – *vierzig* Prozent – müssen mit weniger als tausend Kilokalorien pro Tag auskommen. Die Säuglingssterblichkeit liegt bei zwanzig Prozent auf dem Land und zehn Prozent in den Städten.

Aus allen diesen Gründen war abzusehen, dass der Norden bald einen Krieg anfangen würde. Ein Krieg konnte dem kommunistischen Regime in vielerlei Hinsicht nützen. Statt der eigenen Regierung hätte die Bevölkerung nunmehr den Feind hassen können. Sie hätte einen Grund gehabt, zu kämpfen, zu leben oder zumindest ihr Elend zu vergessen. Der Westen hätte sie mit Hilfslieferungen unterstützen müssen, selbst wenn sie besiegt worden wäre. Und im Extremfall hätte sie sich von einem Krieg eine rasche Beendigung ihrer Leiden versprechen können. Selbst der Tod wäre erträglicher, weniger schmerzlicher gewesen, als zu Hause zu bleiben und zusehen zu müssen, wie die eigenen Kinder an Kälte und Hunger sterben.

Und hätte der Norden als Erster zugeschlagen, Madam Vizepräsidentin, hätten wir nach unseren Erkenntnissen den Verlust von Seoul und über fünf Millionen Tote beklagen müssen. Aber wenn wir ihm zuvorkommen und rasch zuschlagen, haben wir vielleicht eine Chance, der Viper den Kopf abzuschlagen, bevor sie zubeißen kann. Ist der Sicherheits- und Unterdrückungsapparat der Kommunistischen Partei erst zerschlagen, erhebt das Volk sich vielleicht und wirft das Joch seiner Gewaltherrscher endgültig ab.«

Vizepräsidentin Whiting schüttelte den Kopf. »Sie jagen einem Hirngespinst nach, Herr Präsident«, widersprach sie sichtlich erregt. »Sie setzen Ihr eigenes Leben, Leben und Freiheit Ihres Volkes und alles, was Sie über Jahrzehnte hinweg aufgebaut und erreicht haben, für eine Fantasie, ein Märchen aufs Spiel. Der Preis, den ein Fehlschlag fordern würde, ist fast unvorstellbar hoch. Außerdem riskieren Sie das Leben von Tausenden von hier stationierten US-Soldaten, die nichts von Ihrem törichten Wunschtraum ahnen. Sie setzen Frieden und Sicherheit Asiens, der ganzen *Welt* aufs Spiel!«

»Niemand weiß besser als ich, was wir riskieren, Madam Vizepräsidentin!«, erwiderte Kwon aufgebracht. »Aber meine Regierung konnte nicht untätig abwarten, bis die Kommunisten ihre Armeen und Panzer und Raketen über die Grenze schicken. China hätte sicherlich eingegriffen, um sein Marionettenregime zu unterstützen. Ich würde lieber zu unseren Bedingungen als zu denen des Nordens kämpfen.«

»Das klingt genau wie etwas, das Nordkorea sagen würde, um einen Überfall auf Südkorea zu rechtfertigen!«, warf Admiral Allen spöttisch ein.

»Der Unterschied liegt darin, Admiral, dass wir den Norden nicht vernichten wollen – wir versuchen nur die unvermeidliche Revolution auszulösen, die das kommunistische Regime unserer Überzeugung nach irgendwann hinwegfegen wird. Wir sind uns bewusst, dass der Einsatz hoch ist, aber dieses Ziel ist für unsere Zukunft, unseren Frieden, unser Überleben so wichtig, dass wir sogar Frieden und Sicherheit ganz Asiens aufs Spiel setzen, um es zu erreichen.«

Kwon machte eine Pause und starrte Whiting durchdringend an. »Ich bin mir ehrlich gesagt nicht sicher, Madam, ob unsere amerikanischen Verbündeten ihren eigenen Frieden, ihre eigene Freiheit riskieren würden, um uns zu retten. Um eine weitere nukleare Konfrontation zu vermeiden, würde Präsident Martindale zusehen und abwarten, glaube ich, bis die nordkoreanischen Verbände weit auseinander gezogen sind und die Masse der rotchinesischen Truppen eingesetzt ist, und sich erst *dann* für oder gegen eine Intervention entscheiden. Bis dahin wäre mein Land verwüstet. Die gesamte Halbinsel, das gesamte koreanische Volk wäre versklavt. Unser Land würde wieder ein ständiges Schlachtfeld, auf dem sich die amerikanischen und chinesischen Hunde des Krieges um einen Knochen balgen.«

Als General Park den Präsidenten halblaut auf Koreanisch ansprach, drehte Kwon sich nach den Bildschirmen um. Special Agent Law flüsterte der Vizepräsidentin zu: »Ma'am, ich denke, wir könnten hier raus, wenn wir wollten, aber unter den jetzigen Umständen …«

»Sie haben Recht, Corrie«, sagte Vizepräsidentin Whiting. »Vermutlich sind wir hier am sichersten.«

»Aber ich wünschte, wir könnten Verbindung mit Washington aufnehmen«, warf Admiral Allen ein.

»Das machen wir gleich«, stellte Law energisch fest. Sie trat an die Kommunikationskonsole und nahm den Telefonhörer ab. Eine Frauenstimme meldete sich auf Koreanisch. Law hielt Präsident Kwon den Hörer hin. »Sagen Sie ihr, dass ich sofort mit der Nachrichtenzentrale des Weißen Hauses verbunden werden möchte.«

»*Mian hamnida*. Tut mir Leid, Special Agent Law«, antwortete Kwon, »aber ich kann nicht zulassen, dass aus diesem Raum …«

Corrie Law hob ihre Mini-Uzi und zielt damit auf Kwons Gesicht. »Herr Präsident, Sie erleben nie mehr, ob Ihr riskantes Spiel Erfolg gehabt hat, wenn Sie nicht augenblicklich dafür sorgen, dass die Vizepräsidentin der Vereinigten Staaten mit dem Weißen Haus in Washington, D.C., verbunden wird. Ich lasse nicht zu, dass die Vizepräsidentin wie eine Null behandelt wird.«

Kwon war verblüfft. Er hatte noch nie erlebt, dass Untergebene auf solche Weise die Initiative ergriffen – vor allem nicht ohne ausdrücklichen Befehl eines Vorgesetzten. Aber er nickte höflich. »*Mullonijyo. Chamkanman kidarjo chuesejo*. Gewiss. Bitte gedulden Sie sich einen Augenblick.« Er nahm den Hörer entgegen, erteilte der Telefonistin einige kurze Anweisungen und übergab den Hörer dann mit einer förmlichen Verbeugung Vizepräsidentin Whiting. »Bitte. Aber telefonieren Sie nicht zu lange, Madam. In den nächsten paar Minuten wird Geschichte gemacht.«

Es dauerte nur wenige Augenblicke, bis Whitings Anruf zum Apparat des Präsidenten im Oval Office durchgestellt war. Präsident Kwon und General Park zogen sich höflich an eines der Fenster des Beobachtungsraums zurück, damit sie ungestört telefonieren konnte.

»Ellen, wie ich mich freue, Ihre Stimme zu hören!«, sagte Präsident Martindale hörbar erleichtert. »Bob Plank hat mich gerade wegen Ihrer verschlüsselten Nachricht angerufen. Alles in Ordnung bei Ihnen?«

»Mir geht's gut, Mr. President«, bestätigte Whiting. »Ich bin weiterhin im Kontroll- und Lagezentrum auf dem Flugplatz Osan. Ich bin mit Admiral Allen, General Park von der koreanischen Luftwaffe und Präsident Kwon zusammen.« Sie atmete tief durch, dann fügte sie hinzu: »Mr. President, Präsident Kwon hat mir soeben mitgeteilt, dass er seinen Streitkräften befohlen hat, Nordkorea anzugreifen.«

»*Was?*«

»Der Angriff läuft bereits«, fuhr Whiting fort. »Präsident Kwon und General Park haben mich ausführlich informiert. Ihnen ist es anscheinend gelungen, so viele nordkoreanische Befehls-, Überwachungs- und Nachrichtenzentren zu unterwandern, dass sie die Frühwarn-, Luftverteidigungs- und Kommandonetze des Nordens größtenteils lahm legen konnten. Die südkoreanische Luftwaffe stößt in diesem Augenblick nach Nordkorea vor. Alle Flugzeuge, die für die Übung Team Spirit vorgesehen waren, werden gegen den Norden eingesetzt.« Whitings Stimme versagte einige Sekunden lang. »Mr. President ... Kevin ... das ist erschreckend! Ich habe Angst. Der Krieg ist ausgebrochen, und wir wissen nicht, was als Nächstes passieren wird.«

»Ellen ... nicht aufregen, Ellen«, sagte Martindale betont ruhig. Aber sie wusste, was dem Präsidenten dabei durch den Kopf ging: Wenn die Chinesen oder Nordkoreaner einen Gegenschlag führten, würde das Kontroll- und Lagezentrum Osan auf ihrer Zielliste vermutlich auf Platz eins stehen – und angesichts massiver südkoreanischer Luftangriffe war der Einsatz von ABC-Waffen höchst wahrscheinlich. Schließlich hatte China erst vor zwei Jahren demonstriert, dass es jederzeit bereit war, Kernwaffen einzusetzen. »Ich bin dabei, meinen gesamten Stab zusammenzurufen«, fügte der Präsident hinzu. »Ab sofort stehen wir Ihnen von hier aus nach Kräften bei.«

»Falls Sie mit Präsident Kwon oder Admiral Allen reden wollen, kann ich ...«

»Ich will mit niemandem reden und nichts anderes tun, als am

Telefon mit Ihnen zusammen sein«, wehrte Martindale ab. »Versuchen Sie, sich zu entspannen. Reden Sie mit mir. Erzählen Sie mir von sich. Was geht dort drüben vor?«

»Nichts... Ich meine, Jesus, Kwon und Park beobachten die Bildschirme und schwatzen wie zwei Kerle, die ein Baseballspiel im Fernsehen verfolgen. Ich sehe Dutzende von weißen Pfeilen, die sich nach Norden über die Grenze bewegen. Viele davon zielen auf Pjöngjang, aber die meisten scheinen sich auf einen Stützpunkt südlich davon zu konzentrieren. Ich... ich kann's einfach nicht fassen, wie ruhig diese kleinen Scheißer sind...« Ellen Whiting verstummte, bekam große Augen und schüttelte verwundert den Kopf. »O Gott, Mr. President, habe ich eben gesagt, was ich gesagt zu haben glaube?«

»Ellen, hören Sie ausnahmsweise mal auf, mich ›Mr. President‹ zu nennen«, sagte Martindale. »Ich heiße Kevin, okay? Und diese Kerle haben Ihnen allen Anlass gegeben, sie mit ein paar Namen zu belegen, stimmt's? Ich finde, es ist Ihr gutes Recht, sie mit jedem gottverdammten Namen zu belegen, nach dem Ihnen gerade zu Mute ist.«

»Ich... ach, Scheiße, ach Scheiße...«

»Ellen, was ist passiert?«

»Ich... verdammt, meine Knie zittern!«, rief Whiting aus. Sie begann unsicher zu lachen. »Ich kann's nicht glauben! Ich bin so verängstigt, dass ich ganz weiche, zittrige Knie habe! Ich dachte immer, das sei nur eine Redewendung. Aber anscheinend kriegt man wirklich Zitterknie, wenn man richtig Angst hat.« Sie machte eine kurze Pause, dann fragte sie: »Haben Sie vor, Washington zu verlassen, Kevin?«

»Das bespreche ich mit Philipp, Jerrod und Admiral Balboa, sobald sie hier sind.«

»Das wäre vielleicht eine gute Idee...«

»Nein, ich bleibe wie versprochen hier«, wehrte Martindale ab. Er sprach etwas lauter, damit alle im Oval Office Anwesenden ihn hören konnten. »Ich bleibe unter allen Umständen hier. Schluss der Debatte! Oh, gut, Jerrod ist bereits da... Jerrod, der Stab tritt gleich hier in meinem Büro zusammen. Ich lege den Hörer nicht auf, bis ich weiß, dass die Vizepräsidentin in Sicherheit ist... Mir ist's egal, ob der Anruf in die Air Force One oder ins NAOC weitergeleitet werden kann. Ich bleibe am Telefon!«

Ellen Whiting wusste, was sich hinter der Abkürzung NAOC verbarg: das National Airborne Operations Center, eine zu einer fliegenden Kommandozentrale umgebaute Boeing 747, von der aus der Präsident die amerikanischen Streitkräfte in aller Welt führen und notfalls sogar ICBMs abschießen konnte. Im Jahr 1992 war das NAOC auf der Offut Air Force Base in Nebraska eingemottet worden, aber seit dem Nuklearkonflikt mit China stand eine weitere Maschine dieses Typs Tag und Nacht auf der Andrews Air Force Base bereit, um notfalls die National Command Authority – den Präsidenten, den Verteidigungsminister, ihre Sicherheitsberater und hohe Militärs – aus Washington zu evakuieren.

»Admiral, ich will, dass sofort eine Kompanie Marines aus Seoul oder Inchon in Marsch gesetzt wird, um die Vizepräsidentin aus Osan rauszuholen«, hörte Whiting den Präsidenten befehlen. »Am besten in Zusammenarbeit mit den Südkoreanern, aber ich ermächtige Sie, alle Mittel einzusetzen, die erforderlich sind, um sie und ihre Begleitung in Sicherheit zu bringen. Haben Sie das verstanden?« Admiral Balboas Bestätigung war das zackigste »Ja, *Sir!*«, das Whiting jemals von ihm gehört hatte. »Sind Sie noch da, Ellen?«

»Sie lassen mich von den Marines rausholen, Kevin?«, fragte sie trotz ihrer Angst lächelnd.

»Allerdings tue ich das!«

»Ich denke, das könnte unter den gegenwärtigen Umständen sehr gefährlich werden ...«

»Das ist ihr Job, Ellen. Machen Sie sich deswegen keine Sorgen. Ich weiß, dass ein paar dieser Burschen es bereitwillig mit Nord- *und* Südkorea aufnehmen würden, nur um die Chance zu haben, sich Sie zu schnappen, auf ihre Schultern zu heben und im Triumph in Sicherheit zu bringen.«

»Klingt sehr romantisch.«

»Und ich dachte, Sie hätten nichts für Militärs übrig.«

»Habe ich auch nicht. Aber ich liebe Helden. Spielt keine Rolle, was sie tragen. Jede Uniform, jede Flagge ... oder gar nichts.«

»Hey, Sie sind schon fast so schlimm wie ich«, sagte der Präsident. »Sie machen lachend unfeine Bemerkungen, obwohl wir… obwohl wir…«

»Obwohl wir am Rand eines Atomkriegs stehen?«, schlug die Vizepräsidentin vor. Sie machte eine lange Pause. »Yeah«, seufzte sie dann, »Sie färben tatsächlich ein bisschen auf mich ab, glaube ich.«

»Wird allmählich Zeit«, meinte der Präsident.

»Mr. Presi… Kevin«, fuhr Whiting zögernd fort. »Ich möchte Ihnen jetzt sagen, was ich für Sie empfinde. Ich möchte, dass Sie wissen, dass ich Sie immer…« Aber dann sprach sie nicht weiter.

»Ellen? Was haben Sie immer?«

»Unten im Kommandozentrum passiert irgendwas!«, berichtete die Vizepräsidentin nervös. »Hektische Aufregung. Leute springen auf, laufen schreiend durcheinander… Ich weiß nicht, was sie sagen, was dort vorgeht… General Park, was hat das zu bedeuten? General…?« Eine längere Pause, dann: »Großer Gott, nein! O Gott, Kevin! Es ist passiert! Kevin, wir sind…«

Die Verbindung riss ab.

Über der koreanischen Halbinsel
(zur gleichen Zeit)

Die kleine Hafenstadt Kangnung ist mit einer Einwohnerzahl von 130 000 Menschen nicht nur die größte Stadt und der wichtigste Verkehrsknotenpunkt an der südkoreanischen Ostküste, sondern auch eine der vitalsten und wichtigsten kulturellen Stätten Südkoreas. Die Stadt beherbergt einen nationalen Kulturschatz, zwölf weniger bedeutende Kulturschätze und Hunderte von Artefakten, Grabungsstätten, ehrwürdigen Bauten und Besitztümern, von denen manche bis zu 3000 Jahre alt sind. Kangnung ist die Heimat einer der neun Sekten des Silla-Buddhismus und hat darüber hinaus mehrere berühmte konfuzianische Gelehrte hervorgebracht.

Der Tempel Hansong-Sa am Rand des Flughafens, einer der drei alten buddhistischen Tempel in Kangnung, liegt nur vier Kilometer vom Hauptmarkt entfernt südlich von Anmok Beach an der Küste. Wo sich heute ein moderner Tempel erhebt, stand früher ein 2000 Jahre alter Tempel, aus dem zwei sitzende Marmorbuddhas stammen, die unbezahlbare nationale Kulturschätze darstellen. Die eine Statue ist jetzt im Städtischen Museum Kangnung ausgestellt, die andere steht in Seoul im Nationalmuseum.

Auch wenn diese nationalen Kulturschätze allen Koreanern wichtig waren – noch wichtiger war jetzt der auf dem Kangnung Airport zwischen dem Tempel Hansong-Sa und dem Japanischen Meer stationierte fliegende Verband. Im Fall eines Kriegs mit dem Norden hatte die Fünfte Luftwaffendivision den Auftrag, die rückwärtige Flanke Südkoreas zu schützen, während das Gros der Land- und Luftstreitkräfte zur Verteidigung der Hauptstadt eingesetzt wurde. Die Fünfte Division hatte in Kangnung drei Geschwader stationiert: das 15. Jabogeschwader mit fast 100 von der U.S. Air Force ausgemusterten leichten Erdkampfflugzeugen A-37B Dragonfly, das 21. Jabogeschwader mit 48 leichten Jagdbombern des britischen Baumusters Hawk Mk60 und das 17. Jagdgeschwader, das den Jäger F-5E/F Talon aus amerikanischer Produktion flog.

Dem nur etwa 50 Kilometer südlich der Entmilitarisierten Zone liegenden Standort Kangnung fiel die wichtige Aufgabe zu, Seoul vor einem Angriff aus der rückwärtigen Flanke zu schützen und zu verhindern, dass kommunistische Truppen sich in den Taebaek-Bergen festsetzten. Einige der blutigsten Schlachtfelder des Koreakriegs – darunter der Old Baldy, die Punchbowl und die Heartbreak Ridge – lagen knapp nordwestlich von Kangnung. Die Koreaner und ihre amerikanischen Verbündeten hatten in Kangnung starke Luftstreitkräfte aufgebaut, um dieses wichtige Gebiet im Nordosten sicher beherrschen zu können.

Alles das stand kurz davor, vom Erdboden zu verschwinden.

Von den 152 ballistischen Raketen Nodong 1 und 2, die in Nordkorea einsatzbereit waren, wurden an diesem Morgen nur zwölf gestartet. Die maximale Reichweite dieser Raketen betrug über 2000 Kilometer, aber keine flog weiter als 650 Kilometer. Alle Raketen im Anflug auf Seoul wurden ebenso von amerikanischen Fla-Raketen PAC-3 Patriot abgeschossen wie die, die für den US-

Stützpunkt Kusan bestimmt waren. Ein Kernsprengkopf detonierte keine zehn Kilometer westlich von Inchon und richtete in dieser wichtigen Hafenstadt beträchtlichen Schaden an.

Eine Nodong 1 verfehlte das vorgesehene Ziel um über drei Kilometer, aber bei einem Gefechtskopf mit 50 Kilotonnen Sprengkraft spielte das keine große Rolle. Er detonierte über dem Hauptmarkt von Kangnung, legte alle Gebäude in fünf Kilometer Umkreis flach und verursachte einen gigantischen Feuersturm, der das gesamte Gebiet zwischen der Kwandong-Universität im Süden und dem Kyongpo-See im Norden verwüstete. Was sich auf dem Flughafen Kangnung über dem Erdboden befand, wurde ins Meer geschleudert oder explodierte in einem Feuerball, der nur Asche zurückließ, die aufs Japanische Meer hinausgeweht wurde.

Die von Hauptmann Kong bei Sunan abgeschossene Rakete Nodong 1 von Einheit 20 flog nur 240 Kilometer weit, kaum lange genug, um den Treibstoffvorrat ihrer ersten Stufe zu verbrauchen, bevor sie ihren Gefechtskopf abstieß. Auch sie verfehlte ihr vorgesehenes Ziel um mehrere Kilometer – aber sie traf rund 30 Kilometer südlich von Seoul den Stadtrand von Suwon und vernichtete einen der größten Industriekomplexe Südkoreas: die riesigen Werksanlagen der Firma Samsung Electric im Südosten der Stadt. Obwohl die Druckwelle den Flugplatz südlich von Suwon weitgehend verfehlte, zerstörte oder beschädigte sie weitere wichtige Industrieanlagen und die Universität. Der Gefechtskopf mit 50 Kilotonnen Sprengkraft detonierte in 6000 Meter Höhe, riss einen 30 Stockwerke tiefen Krater und ließ im Umkreis von fünf Kilometern um den Nullpunkt augenblicklich alles verglühen. Fast 15 000 Menschen – die meisten im Samsung-Komplex – waren sofort tot; weitere 30 000 Menschen starben durch die Druckwelle und den ungeheuren Feuersturm. Überall in Südkorea heulten die Luftschutzsirenen, aber nur wenigen Glücklichen gelang es noch, sich in einen Atombunker zu flüchten.

Obwohl der Nullpunkt über 15 Kilometer weit entfernt lag, hatten die Menschen im Kontroll- und Lagezentrum auf dem Flugplatz Osan südlich von Suwon den Eindruck, einen Volltreffer abbekommen zu haben. Der gesamte Bau schwankte und bebte wie bei einem Erdbeben der Stärke acht auf der Richterskala. Der

Strom fiel aus, aber die Notstromversorgung funktionierte sofort. Mehrere der Großbildschirme unterhalb des Beobachtungsraums implodierten scheppernd. Techniker sprangen auf und gingen unter ihren Schreib- und Arbeitstischen in Deckung, als der Deckenputz in großen Platten herabfiel.

Vizepräsidentin Whiting hatte noch nie ein Erdbeben erlebt. Es war erschreckend. Der Raum schwankte hin und her, dann schien er unter ihren Füßen zu rollen, als sei der Fußboden eine auf dem Meer treibende Gummimatte. Danach hielten die Vibrationen noch weitere 15 bis 20 Sekunden an. Whiting war vor Angst wie gelähmt. Wohin sollte sie? Was konnte sie tun? Sie fühlte sich ungeheuren Mächten ausgeliefert, die sie nicht begreifen konnte. Sie konnte sich kaum auf den Beinen halten, vertrat sich den rechten Knöchel und schrie dabei laut auf.

Special Agent Corrie Law ergriff geistesgegenwärtig die Initiative. Sie stieß die Vizepräsidentin unter den nächsten Schreibtisch und blockierte die Öffnung mit ihrem eigenen Körper. Aber der Beobachtungsraum war solide gebaut, sodass nur wenig von der Decke herabbrach. Die Notbeleuchtung setzte sofort ein. Die Scheiben der großen schrägen Fenster mit Blick aufs Kontrollzentrum verwanden sich sichtbar, aber sie zersprangen nicht und überschütteten den Raum darunter nicht mit einem Hagel aus Glassplittern.

Nach etwa einer Minute klang das Beben ab. Die Luft roch jetzt modrig und sehr trocken, als hingen dünne Staubnebel im Raum. Als die Vizepräsidentin hustete, starrte Agent Law ihre Schutzbefohlene besorgt an. »Alles in Ordnung, Ma'am?«, schrie sie.

»Mir fehlt nichts«, versicherte Whiting ihr. Sie begegnete Laws sorgenvollem Blick. »Sie schreien, Corrie. Mit mir ist alles in Ordnung. Helfen Sie mir aufstehen.«

»Entschuldigung«, sagte Law merklich leiser. Ihre kräftigen, sehnigen Arme zogen die Vizepräsidentin hoch.

»In solchen Fällen kommt Ihre Ausbildung beim Marinekorps automatisch zum Tragen, was?«, fragte Whiting mit schiefem Lächeln.

»Schon möglich«, antwortete Law verlegen. »In der Türkei hab ich mal ein Erdbeben erlebt. Das ganze Gebäude ist über uns zusammengebrochen.« Sie sah sich um. »Im Vergleich dazu ist hier nichts passiert.«

Gemeinsam mit Whiting sah sie ins Kontrollzentrum hinunter. Die Schäden hielten sich in erstaunlich engen Grenzen. Alle Bildschirme waren dunkel, aber zu ihrer Überraschung wurden die Telefone weiter benutzt. Während sie zusahen, waren koreanische Techniker damit beschäftigt, riesige aufgezogene Landkarten und große mit Fettstift beschreibbare Tafeln hereinzurollen, um die Lage mit altmodischen Mitteln wie vor der Erfindung computerisierter Karten und Datenübertragung in Echtzeit verfolgen zu können.

General Park kam zu ihnen herüber. »Ihnen fehlt hoffentlich nichts, Madam Vizepräsidentin?«, fragte er. Er wirkte dabei so gelassen, als werde sein Kommandozentrum jeden Morgen so durchgerüttelt.

»Alles in Ordnung«, antwortete Whiting. »Wo ist Präsident Kwon?«

»Bestimmt dort unten«, erwiderte Park und nickte ins Kontrollzentrum hinunter. Tatsächlich sahen sie den Präsidenten der Republik Korea von zwei Leibwächtern begleitet die Runde durch den Raum machen und immer wieder Leute ansprechen; er drängte sie offensichtlich, schnellstens festzustellen, was passiert war. Sie sahen die verblüfften Mienen der Stabsoffiziere, wenn ihnen klar wurde, dass ihr Präsident vor ihnen stand, und beobachteten, wie sie hastig wieder ihre Plätze einnahmen und nach ihren Telefonhörern griffen.

»Ich schlage vor, dass wir nach unten gehen, Madam Vizepräsidentin. Die Nachrichtenverbindungen sind teilweise zusammengebrochen, aber dort unten können wir mithören, was an Meldungen hereinkommt.«

Die koreanischen Offiziere und Techniker erlebten einen weiteren Schock, als die Vizepräsidentin sich wenig später zu ihnen gesellte. Rasch wurden einige Sitze frei gemacht. Whiting hatte Präsident Kwon links und Admiral Allen rechts neben sich; hinter ihr saß Corrie Law und vor ihr in der ersten Reihe einer der Marineinfanteristen. General Park stand etwas abseits, trug einen Kopfhörer und ließ sich von seinen Controllern Bericht erstatten.

Als die letzte Meldung eingegangen war, drehte er die Lautstärke zurück und baute sich vor der ersten Reihe auf.

»Herr Präsident, Madam Vizepräsidentin, nach dem aktuellen Informationsstand sieht die Lage folgendermaßen aus«, begann er. »Die Republik Korea ist mit bis zu einem Dutzend Raketen mit Kernsprengköpfen, mehreren Dutzend Raketen mit biologischen und chemischen Gefechtsköpfen und mehreren hundert Kurzstreckenraketen mit normalen Gefechtsköpfen angegriffen worden.«

»Mein Gott«, murmelte Whiting, aber als sie zu Präsident Kwon hinüberblickte … sah sie ihn tatsächlich *lächeln!*

»Weiterhin muss ich melden«, fuhr Park fort, »dass die Republik Korea erschütternd hohe Verluste erlitten hat. Die Stadt Kangnung, eine Hafenstadt an der Ostküste mit über hunderttausend Einwohnern, dürfte völlig zerstört sein. In Kangnung war unsere größte Luftwaffendivision zum Schutz der Hauptstadt nach Osten stationiert. Die Stadt Suwon, fünfzehn Kilometer nördlich von uns, ist von einer einzelnen Kernwaffe getroffen worden. Das war kein Volltreffer – der Sprengkopf ist einige Kilometer östlich der Stadt, vermutlich genau über den Samsung-Werken detoniert –, aber die Zahl der Toten und Verletzten wird bereits auf über sechzigtausend geschätzt. Seoul wurde von drei, möglicherweise vier Raketen getroffen, die noch unbekannte Giftstoffe freigesetzt haben. Auch Inchon, Taejon und Taegu wurden von biologischen oder chemischen Waffen getroffen. Aus dem Raum Kunsan, rund fünfzig Kilometer südwestlich von Taejon, wird eine einzelne Atomexplosion gemeldet. Über die Zahl der Opfer liegen noch keine Angaben vor.«

Vizepräsidentin Whiting sah erneut zu Präsident Kwon hinüber und wollte ihren Augen nicht trauen – er lächelte nicht nur, sondern strahlte geradezu. »Entschuldigung, Herr Präsident«, sagte sie, »aber ich verstehe nicht, worüber Sie so … so glücklich sind. Ihr verrückter Angriff hat einen Gegenschlag ausgelöst, dem möglicherweise Hunderttausende von Zivilisten zum Opfer gefallen sind!«

»Glauben Sie mir, Madam Vizepräsidentin, ich bin keineswegs in Jubelstimmung«, versicherte Kwon ihr. »Aber Sie müssen verstehen: Die Kommunisten hatten genügend Feuerkraft zur Verfügung und in Bereitschaft, *um alles Leben in Südkorea zehnmal auszurotten.* Bewahrheiten sich die bisherigen Meldungen, dass wir nur von einigen Kernwaffen statt von möglicherweise Hunderten, nur von ein paar Dutzend chemischen und biologischen Waffen statt von buchstäblich Tausenden getroffen worden sind, heißt das, dass unsere Überzeugungsarbeit Erfolg gehabt hat. Der kleine Mann auf der Straße in Nordkorea, der Wehrpflichtige, die Arbeiter und Arbeiterinnen in den Fabriken haben sich dafür entschieden, mit uns gemeinsame Sache zu machen und ihr kommunistisches Joch abzuschütteln. Ein paar Kernwaffendetonationen, einige zehntausend Todesopfer – das ist ein geringer Preis für das Ende der kommunistischen Gewaltherrschaft und die lange ersehnte *Wiedervereinigung!* Ein in der Tat geringer Preis.«

Lageraum des Weißen Hauses
(zur gleichen Zeit)

»Wir sehen natürlich auch, was sich dort abspielt, Herr Präsident«, sagte Präsident Kevin Martindale. Er befand sich in einer telefonischen Viererkonferenz mit ausländischen Spitzenpolitikern: dem chinesischen Verteidigungsminister Chi Haotian, dem russischen Präsidenten Jewgenij Maksimowitsch Primakow und dem japanischen Ministerpräsidenten Kazumi Nagai. Diese drei Männer hatten Martindale fast gleichzeitig angerufen, und die Nachrichtenzentrale des Weißen Hauses hatte sie ungefragt zu einer sofortigen Telefonkonferenz zusammengeschaltet.

»Präsident Martindale, hier ist Präsident Primakow«, sagte ein Dolmetscher. »Ich verlange Zusicherungen, dass dies nicht der Auftakt zu einem Großangriff auf Nordkorea ist! Darauf bestehe ich! Ich bitte um Ihre Antwort!«

»Ich versichere Ihnen, Herr Präsident, ich versichere Ihnen allen: Die Vereinigten Staaten haben keine Ahnung, was sich dort drüben in Korea abspielt – und wir sind in keiner Weise daran beteiligt«, sagte Martindale. In der kurzen Zeit seit Beginn der Telefonkonferenz war dies das dritte Mal, dass er diese Versicherung abgab. Außer Martindale waren im Lageraum Verteidigungsminister Arthur Chastain, Nationaler Sicherheitsberater Philip Freeman und Admiral George Balboa, der Vorsitzende der Vereinten Stabschef, mit ihren engsten Mitarbeitern und einigen Dolmetschern versammelt. Sie alle waren rasch in den Lageraum, einen gewöhnlich aussehenden Raum im Keller des Weißen Hauses, übergesiedelt, als die Telefonverbindung zu Vizepräsidentin Whiting abgerissen war.

»Amerikanische Soldaten sind nicht daran beteiligt, *nicht einer*!«, beteuerte Martindale nochmals. »Wir haben Aufklärungs- und Überwachungsflugzeuge über der Halbinsel und eine Flugzeugträgerkampfgruppe im Gelben Meer, aber keine unserer zu normalen Patrouillenflügen gestarteten Maschinen hat irgendetwas mit dieser Situation zu tun! Ich wiederhole: Wir haben *nichts* damit zu tun!

Hören Sie mir bitte alle gut zu, Gentlemen: Hier handelt es sich offenbar nur um den Ausbruch von Feindseligkeiten zwischen Nord- und Südkorea. Nach unseren Informationen haben südkoreanische Militärflugzeuge die Entmilitarisierte Zone als Erste überflogen, und Nordkorea hat mit Artillerie und Raketen zurückgeschlagen.«

»Sie geben also zu, dass der Süden der Aggressor ist!«, knurrte der chinesische Verteidigungsminister Chi. »Sie geben zu, dass dieser heimtückische Überfall ein Versuch war, die Volksrepublik Korea zu vernichten! Sie geben zu, dass dieser feige Verrat das Werk Ihrer eigenen Verbündeten, der Südkoreaner, war!«

»Herr Minister, ich gebe überhaupt nichts zu – ich sage nur, dass unsere Beobachtungen sich mit denen anderer Stellen decken, nach denen Südkorea diesen Konflikt ausgelöst zu haben scheint, indem es einen Angriff über die Entmilitarisierte Zone hinweg vorgetragen hat«, sagte Martindale.

»Nach unseren Informationen sind bei den südkoreanischen Luftangriffen keine ABC-Waffen, sondern ausschließlich Waffen zur Bekämpfung der Luftabwehr eingesetzt worden«, warf Ministerpräsident Nagai ein. »Nordkorea hat darauf sofort mit ABC-Waffen auf Mittelstreckenraketen geantwortet. Diese Reaktion steht in gar keinem Verhältnis zum Ausmaß der Bedrohung und muss …«

»Was haben Sie erwartet – dass die Nordkoreaner versuchen würden, die Südkoreaner mit Fliegenklatschen und lautem Geschrei zu verscheuchen?«, unterbrach Minister Chi ihn. »Südkorea hat Pjöngjang von bewaffneten Jagdbombern überfliegen lassen. Die Reaktion des Nordens war völlig gerechtfertigt.«

»Aber wie wird China auf diesen Konflikt reagieren?«, fragte Präsident Primakow, dessen Stakkato durch die monotone Sprechweise des Dolmetschers gedämpft wurde. »Wird es wie vor zwei Jahren wieder seine Nachbarn bombardieren? Wird es erneut versuchen, Taiwan und die Philippinen zu erobern?«

»Und was ist mit Japan, Herr Minister?«, wollte Ministerpräsident Nagai wissen. »War das nur ein Täuschungsmanöver, das von einem Angriff auf mein Land ablenken sollte?«

»Ja, falls wir provoziert werden, schlagen wir zurück!«, rief Minister Chi auf Englisch. »Sollten Russland oder die Vereinigten Staaten versuchen, in Nordkorea einzumarschieren, sollte chinesisches Staatsgebiet in irgendeiner Weise gefährdet sein, schlagen wir mit allen Waffen und bis zum letzten Mann zurück!«

»Halt! Augenblick mal! So kommen wir nicht weiter, Gentlemen!«, sagte Präsident Martindale nachdrücklich. »Für mich steht fest, dass niemand von uns in diesen Konflikt verwickelt ist …«

»Für uns steht das keineswegs fest«, unterbrach Minister Chi ihn.

»Ich sage Ihnen, dass die Vereinigten Staaten nichts damit zu tun haben!«, stellte Martindale nachdrücklich fest. »Wir sind *nicht* involviert. Dies ist eine Auseinandersetzung zwischen Nord- und Südkorea. Reagiert einer von uns schießwütig, kann sich daraus ein Weltkrieg entwickeln.«

»Ich kann nicht glauben, Präsident Martindale, dass Sie nichts von diesem heimtückischen Überfall auf Nordkorea gewusst haben sollen, obwohl Sie mehrere tausend Mann in Südkorea stationiert haben und zufällig mit weiteren Tausenden von Soldaten an einem gemeinsamen Luftmanöver teilnehmen«, sagte Chi Haotian aufgebracht. »Erwarten Sie wirklich, dass wir Ihnen das abnehmen?«

»Es ist die Wahrheit, Herr Minister«, antwortete Martindale. »Unsere in Korea stationierten Truppen sind ebenso gefährdet wie die Zivilbevölkerung auf beiden Seiten. Glauben Sie, ich hätte sie dieser Gefahr ausgesetzt, wenn ich von dem geplanten Überraschungsangriff gewusst hätte? Glauben Sie nicht, dass ich wenigstens unsere Flugzeuge hätte starten lassen, um zu verhindern, dass sie am Boden zerstört werden? Sie haben selbst bestätigt, was unsere Überwachungsstellen gemeldet haben: Ausschließlich südkoreanische Flugzeuge sind in der Luft und haben die Entmilitarisierte Zone überflogen. Nur wenige unserer Einheiten haben bisher Meldung erstattet, aber der Kommandeur unserer AWACS-Flugzeuge versichert mir, dass kein einziges amerikanisches Flugzeug mit den Südkoreanern gestartet ist. Tatsächlich ist die Verbindung zu meinen Kommandeuren in Südkorea abgerissen – offenbar sind die dortigen Befehlszentren jetzt ausschließlich mit Koreanern besetzt. Im Augenblick ist kein amerikanischer Kommandeur mehr zu erreichen.«

Er atmete tief durch, bemühte sich, seine Stimme unaufgeregt klingen zu lassen, und sagte in ruhigem Tonfall: »Hören Sie mir jetzt bitte gut zu, Präsident Primakow, Ministerpräsident Nagai und Minister Chi. Die Vereinigten Staaten werden weder in Korea noch sonst wo einmarschieren. Darauf gebe ich Ihnen mein Wort. Es ist sehr wichtig, dass wir alle Ruhe bewahren, neutral bleiben und keine Truppen als Antwort auf diesen Konflikt mobilisieren. Dies scheint eine innerkoreanische Auseinandersetzung zu sein. Überlassen wir ihre Beilegung also den Koreanern.«

Dann herrschte so lange Schweigen, dass Martindale schon etwas sagen wollte, um sich zu vergewissern, dass die Verbindungen noch bestanden. Aber im nächsten Augenblick hörte er Präsident Primakows Stimme, und der russische Dolmetscher übersetzte: »Auf welchem Stand befinden sich Ihre strategischen Streitkräfte gegenwärtig, Mr. President?«

»Die amerikanischen Atomwaffenträger befinden sich in normalem Bereitschaftszustand – das ist DEFCON FOUR«, antwortete Martindale. In Wirklichkeit wäre im Frieden der »Normalzustand« DEFCON Five gewesen. Aber seit die Chinesen Taiwan mit Kernwaffen angegriffen hatten – und da offiziell noch immer niemand wusste, wer unter dem Flugzeugträger *USS Independence* im Hafen Yokosuka einen Torpedo mit Nukleargefechtskopf hatte hochgehen lassen –, galt für die US-Streitkräfte wieder DEFCON Four – derselbe Bereitschaftsstand wie im größten Teil des Kalten Kriegs.

Um zur Entspannung der internationalen Lage beizutragen, hatten die Vereinigten Staaten im Jahr darauf jedoch einseitig beschlossen, nicht nur alle ihre Land gestützten ICBMs aus den Silos zu holen und einzulagern, sondern auch sicherzustellen, dass alle ihre Bomber und Jagdbomber nur noch konventionelle Waffen tragen konnten. Damit wurde erreicht, dass alle Supermächte etwa gleich viele Kernsprengköpfe besaßen. Diese Entscheidung hatte Martindale in Amerika viel Kritik gebracht, aber sie hatte dazu beigetragen, die Angst vor einem neuen Kalten Krieg zu verringern. »Unsere gegenwärtig einzigen Kernwaffenträger sind unsere Atom-U-Boote – keine Land gestützten Raketen, keine Flugzeuge«, sagte Präsident Martindale. »Nicht einmal unsere Stealthbomber. Daran haben wir uns in den vergangenen zwei Jahren gehalten. Ich erkläre Ihnen nochmals: Die Vereinigten Staaten wollen mit niemandem Krieg führen, erst recht keinen Atomkrieg.«

»Dann müssen Sie Präsident Kwon anweisen, seine Luftwaffe aus Nordkorea abzuziehen und alle Kampfhandlungen einzustellen«, verlangte der chinesische Verteidigungsminister. »Die Vereinigten Staaten sind vielleicht nicht direkt beteiligt, aber dieser Angriff wäre ohne ihre substanzielle Unterstützung nicht möglich gewesen. Deshalb kommt es entscheidend darauf an, dass die Vereinigten Staaten den Südkoreanern keinerlei Unterstützung dieser Art mehr gewähren und sie zum Rückzug zwingen.«

»Ich kann diesen Wunsch äußern, Herr Minister«, antwortete Martindale müde, »aber ich erkläre nochmals: Die Vereinigten Staaten unterstützen die Südkoreaner in keiner Weise. Ich habe versucht, Präsident Kwon zu erreichen, aber das ist mir nicht gelungen – zweifellos sind die Nachrichtenverbindungen durch die nordkoreanischen Kernwaffendetonationen gestört und werden es bestimmt noch länger bleiben. Aber Sie können den Status der amerikanischen Streitkräfte in aller Welt überprüfen und sich davon überzeugen, dass wir ihren Bereitschaftsstand nicht geändert und auch keine Reserven mobilisiert haben. Ich bitte Sie alle, unserem Beispiel zu folgen.«

»Wollen Sie damit sagen, dass wir uns nicht verteidigen sollen?«, fragte der japanische Ministerpräsident Nagai aufgebracht. »Darauf würden wir uns nicht einlassen, Sir!«

»Ich sage nicht, dass Sie sich nicht verteidigen sollen – Sie sollen nur keine Verstärkungen oder strategischen Einheiten mobilisieren, bis wir alle Gelegenheit gehabt haben, die Lage auf der koreanischen Halbinsel zu analysieren«, erwiderte Martindale. »Verlegen Sie keine Truppen als Reaktion auf eine Situation, die nicht wirklich existiert.«

»Und was ist mit den amerikanischen Einheiten, die jetzt in Südkorea stehen?«, fragte Präsident Primakow. »Sollen wir Ihnen abnehmen, dass Sie nichts zu ihrem Schutz veranlassen werden?«

Kevin Martindale holte erneut tief Luft, schloss die Augen, atmete langsam aus und sagte dann: »Ich verspreche Ihnen allen, kein einziges Flugzeug, kein einziges Schiff und keinen einzigen Soldaten nach Korea zu verlegen. Die Flugzeugträgerkampfgruppe *Washington* bleibt, um mitzuhelfen, Amerikaner – darunter auch Vizepräsidentin Whiting – zu evakuieren; sie wird ihre Flugzeuge und Schiffe nur zur Selbstverteidigung und für humanitäre Zwecke einsetzen. An dieses Versprechen halte ich mich, so lange keine chinesischen, japanischen oder russischen Verbände in Richtung koreanische Halbinsel vorrücken. Entdecken wir irgendwelche Truppenbewegungen, reagiere ich auf gleiche Weise. Aber solange das nicht der Fall ist, verlege ich keine Truppen nach Korea.«

»Aber was ist mit den südkoreanischen Flugzeugen über Nordkorea?«, fragte Minister Chi. »Wollen Sie nicht ihren Abzug anordnen?«

»Beide Länder, Nordkorea ebenso wie Südkorea, sind dafür verantwortlich, ihr Heimatland zu verteidigen und die militärischen Ziele zu verfolgen, die sie für notwendig halten«, erwiderte Martindale. »Ich werde versuchen, Präsident Kwon und Präsident Kim zu erreichen. Aber die beiden koreanischen Teilstaaten suchen seit fast fünfzig Jahren den Kampf miteinander. Ich denke, es wird Zeit, dass wir beiseite treten und sie sich bekriegen lassen.«

»Was für eine Logik soll das sein?«, fragte Ministerpräsident Nagai scharf. »Was ist, wenn der Norden den Süden weiter mit Kernwaffen angreift? Was ist, wenn er beschließt, Raketen auf Japan abzuschießen? Oder den Süden mit noch mehr Raketen eindecken? Wollen Sie dem untätig zusehen? Wollen Sie Ihre Verbündeten Südkorea und Japan im Regen stehen lassen?«

»Unsere Streitkräfte im Pazifik werden ihr Möglichstes tun, um unsere Verbündeten zu schützen, Herr Ministerpräsident«, versicherte Martindale ihm. »*Sie* haben entschieden, alle amerikanischen Truppen aus Ihrem Land zu verbannen – wir müssen jetzt beide mit den Folgen dieser Entscheidung leben. Aber wenn wir verhindern wollen, dass dieser Konflikt zu einem weltweiten Atomkrieg ausufert, müssen sich alle nicht beteiligten Staaten zurücknehmen, verteidigungsbereit bleiben und dem Krieg in Korea seinen Lauf lassen. Wird Südkorea dabei vernichtet … nun, es hat diesen Krieg angefangen und wird hoffentlich die Konsequenzen tragen können.«

Martindale erwähnte nicht einmal, was geschehen könnte, falls Nordkorea den Krieg verlor – die Vorstellung, der dem Süden zahlenmäßig dreifach überlegene Norden könnte unterliegen, war abwegig. Nach Umfang und Zusammensetzung waren die südkoreanischen Streitkräfte defensiv ausgelegt – daher war es fast lächerlich, sich einzubilden, der Süden könnte mehr erreichen, als ein paar wichtige Stützpunkte oder Raketenstellungen zu vernichten, bevor er sich wieder in seine Grenzen zurückzog. Er würde seine Truppen schonen, sie umgruppieren und die Gegenoffensive des Nordens abwarten müssen – immer in der Hoffnung auf ein rechtzeitiges Eingreifen der Amerikaner.

»Sie wollen die mit Ihnen verbündeten Südkoreaner nicht unterstützen?«, fragte Präsident Primakow ungläubig. »Auch wenn sie angesichts einer massiven nordkoreanischen Gegenoffensive um Hilfe bitten und betteln, wollen Sie sie nicht verteidigen?«

»Was wir letztlich tun werden, kann ich noch nicht sagen, Herr Präsident«, antwortete Martindale. »Aber die Südkoreaner haben diesen Konflikt vom Zaun gebrochen, ohne uns zu konsultieren.

Er ist ein Akt der Aggression, den wir nicht ermutigen, unterstützen oder billigen. Ich will vor allem Frieden und Stabilität in Asien erhalten. Liegt es in unserem Interesse, zu handeln, werden wir handeln.«

Das war eine schwammige, bewusst vieldeutige Antwort gewesen, darüber war Kevin Martindale sich im Klaren. Aber er sah keine Möglichkeit, Primakows Frage zu beantworten, ohne mehr preiszugeben, als er schon jetzt preisgeben wollte. Er bemühte sich, keine der anderen Supermächte zu provozieren, während er gleichzeitig erkennen ließ, dass die Vereinigten Staaten im eigenen Interesse dieses Gebiet weiterhin für sehr wichtig betrachteten. Aber vermutlich war es ihm nicht gelungen, irgendjemanden von irgendetwas zu überzeugen.

Was mag Präsident Kwon Ki-chae sich dabei gedacht haben?, fragte Martindale sich. Ist er übergeschnappt, dass er ein paar Jagdbomber losschickt, um Nordkoreas Millionenheer vernichten zu lassen? Er hatte wissen müssen, dass es nicht ohne eigene Verluste abgehen würde – er konnte nicht so dämlich sein, dass er glaubte, sämtliche nordkoreanischen Raketen durch eine Art Blitzkrieg aus der Luft zerstören zu können. Falls er dachte, die Amerikaner würden ihm unter allen Umständen zur Hilfe kommen, hatte er sich diesmal gründlich verrechnet.

»Tapfere, aber vorsichtige Worte«, ließ Jewgenij Primakow, der russische Präsident und ehemalige KGB-Vorsitzende, durch seinen Dolmetscher erklären. »Sie plädieren für Frieden, konfrontieren uns aber zugleich mit kaum verhüllten Drohungen. Sie sind bereit, ein paar tausend Soldaten zu opfern, weil Sie hoffen, dadurch verhindern zu können, dass mehrere hunderttausend chinesische Soldaten in Marsch gesetzt werden, um Nordkorea beizustehen.«

»Wie war das gemeint, Herr Präsident?«, fragte Verteidigungsminister Chi scharf. »Wollten Sie damit sagen, dass China auf irgendeine Weise diesen Krieg unterstützt? Das tun wir *nicht!* Wir hatten keinerlei Informationen darüber, dass der Norden Atomwaffen einsetzen würde, und haben den Süden ganz sicher nicht dazu angestiftet, seine Jagdbomber Pjöngjang überfliegen zu lassen! Aber wenn die nordkoreanischen Genossen uns um Hilfe bitten, sind wir verpflichtet, ihnen alle Unterstützung zu gewähren, die wir für nötig halten.«

»Damit verurteilen Sie uns alle zu einem Atomkrieg!«, protestierte Ministerpräsident Nagai erregt. »Diese Reaktion muss eine gleichartige Reaktion der Amerikaner auslösen, die wiederum eine Reaktion der Russen auslöst, worauf die Amerikaner noch energischer reagieren... Wir müssen uns alle verpflichten, uns aus den Kämpfen auf der koreanischen Halbinsel herauszuhalten. Dort darf niemand intervenieren.«

»Dem können wir nicht zustimmen«, wehrte Minister Chi ab. »Ich werde meiner Regierung von diesem Gespräch berichten, aber Präsident Jiang empfehlen, den nordkoreanischen Genossen beizustehen und unsere Verträge über Freundschaft, Zusammenarbeit und gegenseitige Unterstützung zu erfüllen. Bittet der Norden uns um Hilfe, werde ich empfehlen, ihm alle nötige Unterstützung zu gewähren – bis hin zu vollem militärischen Beistand. Wir werden jeden Angriff des Südens auf Nordkorea als Angriff auf die Volksrepublik China betrachten.« Damit legte Chi auf.

»Verrückt, völlig verrückt«, sagte Präsident Primakows Dolmetscher. »Russland bleibt leider keine andere Wahl, als sich darauf vorzubereiten, der drohenden Gefahr zu begegnen, Mr. President. Wir haben keinen Kooperations- und Beistandspakt mit Nordkorea mehr, aber meine Regierung würde keine Einmischung einer Supermacht im Norden tolerieren. Eine chinesische Mobilmachung und die Entsendung von Bodentruppen nach Nordkorea würde uns nicht weiter berühren. Sollte China jedoch Flugzeuge oder Raketen in einer Weise einsetzen, die russische Stützpunkte oder Bürger gefährdet, oder falls die Vereinigten Staaten sich dazu entschließen sollten, China auf der koreanischen Halbinsel entgegenzutreten, müssten wir angemessen reagieren.«

»Und Japan würde einer russischen Mobilmachung irgendwelcher Art sicher nicht tatenlos zusehen«, stellte Ministerpräsident Nagai aufgebracht fest. »Unsere Streitkräfte mögen im Vergleich zu denen der Supermächte klein und unbedeutend sein, aber wir werden bis zum letzten Mann kämpfen, um unsere Heimat gegen die Gewalt zu verteidigen, die jetzt die koreanische Halbinsel verwüstet. Mit oder ohne Unterstützung Amerikas – wir werden uns wehren!«

»Ich bitte Sie beide, Ihren Zorn zu beherrschen und keine militärischen Maßnahmen zu ergreifen, bis wir Zeit gehabt haben, den Konflikt zwischen den beiden Koreas zu analysieren und …« Aber diese Bitte kam zu spät: Primakow und Nagai hatten ebenfalls aufgelegt.

Präsident Martindale legte den Hörer auf, dann lehnte er sich mental und emotional erschöpft in seinen Sessel zurück. Er fand, er habe alle seine Karten auf den Tisch gelegt. Er hatte versprochen, sich nicht einzumischen. Aber die anderen hatten keine vergleichbaren Verpflichtungen abgegeben. Ganz im Gegenteil: Verteidigungsminister Chi Haotian hatte unverhohlen mit dem Einsatz der chinesischen Volksbefreiungsarmee zur Unterstützung Nordkoreas gedroht. Das würde wiederum eine Reaktion Russlands auslösen – genau wie im Jahr 1950, als Nordkorea im Süden eingefallen war. Was kommt als Nächstes?, fragte Martindale sich deprimiert. Und wie lange wird es noch dauern, bis …?

»Mr. President, es gibt eine neue Entwicklung«, berichtete Verteidigungsminister Arthur Chastain. Er verfolgte die Meldungen aus dem Pentagon, das von amerikanischen Flugzeugen und Satelliten, die über Korea aufklärten, Radar und Satellitenbilder in Echtzeit erhielt. »Die Grenze, die Entmilitarisierte Zone wird überquert. In allen Sektoren werden massive Bewegungen nach Süden gemeldet.«

»Großer Gott!«, sagte Martindale. Es ist so weit, dachte er grimmig. Die Nordkoreaner stoßen nach Süden vor. Bald würde Südkorea zurückschlagen; dann würde die chinesische Volksbefreiungsarmee sich nach Süden wälzen …

5

Über dem Südosten Nevadas (zur gleichen Zeit)

»Bullrider, hier Avalanche, Outlaw genau bei null-drei-null, hundertzwanzig Meilen, langsamer Sinkflug aus zwo-drei-tausend, Eigengeschwindigkeit dreihundertsiebzig Knoten, wiederhole, drei-sieben-null. Rechtskurve auf null-drei-null und zwo-drei-tausend zum Abfangen.«

Der Pilot des Abfangjägers F-15C Eagle vom 336th Wing auf der Mountain Home Air Force Base in Idaho begann nach Nordosten einzukurven und drückte dabei auf die Sprechtaste am Steuerknüppel: »Verstanden, Avalanche. Bullrider dreht ab.« Mit einem raschen Blick nach rechts aus dem Cockpit überzeugte er sich davon, dass sein Rottenflieger mit der zweiten F-15 parallel zu ihm blieb.

Verdammt merkwürdig, dachte der führende F-15-Pilot. Die B-1B-Besatzung schien auf Nummer Sicher zu gehen – oder sie war lasch geworden. Der Zielkomplex Nellis Range stand offen, und der Bomber kam in dem für Abfangübungen vorgesehenen Zeitraum, also musste er ihr Ziel sein. Aber warum ging er erst jetzt tiefer? Die meisten Bomberbesatzungen waren bereits tief oder gingen zumindest im Sturzflug tiefer, wenn irgendwo Jäger in der Nähe waren. Und die B-1 flog noch dazu langsam – viel zu langsam.

Diese Jungs von der Air National Guard in Reno waren angeblich die beste, die erfolgreichste Bomberstaffel Amerikas. Der kürzliche Absturz musste sie ziemlich mitgenommen haben, vermutete der F-15-Pilot. Das 366th Wing, sein für Auslandseinsätze aufgestelltes Geschwader, flog verschiedene Flugzeuge – Jäger F-16 und F-15, Jagdbomber F-15E, Tanker KC-135R und Bomber B-1B, die alle auf demselben Stützpunkt stationiert und dafür ausgebildet waren, als Team zu kämpfen. Die Jagdflieger aus Idaho kannten die Taktik von Bombern und wussten, was eine B-1B konnte. Diese Jungs aus Nevada hatten ihnen bisher noch nicht viel gezeigt.

»Hey, Eins, was denkst du?«, fragte der Rottenflieger über Funk.

»Ich denke, das ist ein Schwindler«, antwortete der führende Pilot sofort. Als eingespieltes Team dachten die beiden das Gleiche. Er hatte gehört, dass die Jungs von der Air National Guard zur Täuschung manchmal ihre Tanker KC-135 bis zum Zielkomplex mitnahmen und sie auf der Angriffsroute einfliegen ließen, wodurch die Bomber kostbare Zeit gewannen, in der sie versuchen konnten, ihre Ziele im Tiefstflug zu erreichen. »Avalanche, Bullrider. Habt ihr irgendwelche tiefen Ziele im Anflug? Wir denken, der Kerl dort oben könnte ein Schwindler sein.«

»Warten Sie, Bullrider«, antwortete Avalanche, der Controller an Bord des AWACS-Flugzeugs E-3C Sentry. Nach längerer Pause meldete er sich wieder: »Bullrider, Avalanche. Wir sind clean. Zur Zeit sehen wir keine weiteren Ziele.«

Das war keine definitive Auskunft. Eine B-1B im Tiefstflug war schwer zu orten; folgte ihr Pilot den Geländekonturen in nur 200 Fuß über Grund oder noch tiefer, war sie aus größerer Entfernung selbst für die erfahrene Besatzung eines AWACS-Flugzeugs kaum zu orten. Dieser Kerl dort oben, der so hoch und langsam flog, konnte kein Bomber sein – also mussten die richtigen Ziele noch irgendwo unterwegs sein. Aber auch für den Abschuss eines Tankers gab es eine Menge Punkte; ein Tanker in der Hand war fast so gut wie zwei Bomber auf dem Dach. »Verstanden, Avalanche. Wir bleiben dran und fangen dieses Ziel ab.«

Er brauchte kein Radar, um diese Maschine abzufangen, und je länger er das Radar ausgeschaltet ließ, desto näher konnte er unentdeckt an sein Ziel herankommen. Er wusste, dass die B-1B mit dem nach hinten gerichteten Radarsystem TWS ausgerüstet war, das sie vor von hinten anfliegenden Flugzeugen oder Lenkwaffen warnte. Aber solange er mit ausgeschaltetem Radar vor der B-1B blieb, konnte er sich ihr annähern, ohne entdeckt zu werden.

»Verstanden, Bullrider. Ziel bei ein Uhr, achtzig Meilen, tief.«

Der führende F-15-Pilot fragte das unidentifizierte Flugzeug ab, um festzustellen, ob es sich durch seine Freund-Feind-Kennung als eigene Maschine identifizieren ließ, und empfing keine. Ihr Einsatzbefehl ordnete Raumverteidigung an, was bedeutete, dass jedes Flugzeug, das sich nicht über Funk oder seine IFF-Kennung identifiziert ließ, auch weit außerhalb der Zielgebiete als feindlich anzusehen war. Im Umkreis von 60 Meilen – der angenommenen maximalen Reichweite einer in großer Höhe ausgeklinkten Abwurflenkwaffe – waren sie berechtigt, jedes unidentifizierte Flugzeug »anzugreifen«.

»Bullrider Two, du passt von oben auf«, wies der F-15-Pilot seinen Rottenflieger an, der ihn mit großer Überhöhung begleiten sollte, um im Gesamtgebiet auf weitere Angreifer achten zu können. Er wusste, dass B-1B immer in Gruppen angriffen – meistens zwei oder drei Bomber hintereinander, die räumlich oder zeitlich so gestaffelt waren, dass sie ihr gemeinsames Ziel mit mindestens zehn Sekunden Abstand überflogen. »Nach dem ersten Angriff steige ich, und du kannst angreifen. Pass auf nachfolgende Bomber auf.«

»Zwo«, bestätigte sein Rottenflieger und zog seine F-15 steil hoch.

Der Outlaw erhöhte seine Sinkgeschwindigkeit, aber für einen Bomber B-1B war er weiter viel zu langsam. Er musste ein *Köder* sein. »Avalanche, Zielinfos«, verlangte der erste F-15-Pilot.

»›Clean‹, Bullrider. Einziges Ziel bei ein Uhr, sechzig Meilen, tief.«

Das war wenig wahrscheinlich, aber vielleicht ließen die Jungs von der Air National Guard es heute langsam angehen. Dies war der erste Tag ihrer Einsatz-Zertifizierung, die weitere zwei Wochen dauern würde. Vielleicht war es besser, am ersten Tag ein Gefühl für echten Luftkampf zu bekommen, bevor …

»Bullrider, Bullrider, Avalanche hat neues Ziel in drei-drei-fünf Grad, Entfernung sieben-zwo Meilen, *tief*, Eigengeschwindigkeit dreihundert!«

Also doch!, sagte sich der F-15 Pilot. Kein Wunder, dass die AWACS-Controller ihn nicht hatten finden können – er machte nur 300 Knoten, ungefähr die Hälfte seiner Normalfahrt. Damit ihr Radarbild übersichtlicher wurde, unterdrückten manche AWACS-

Controller alle Ziele unterhalb einer bestimmten Geschwindigkeit. »Ich nehme dieses Ziel, Avalanche«, funkte der erste F-15-Pilot.

»Verstanden, Bullrider, Linkskurve, Kurs drei-fünf-null, Ziel ist bei zwo Uhr, fünfzig Meilen.« Das war knapp – die B-1B wäre fast an ihm vorbeigekommen, während er sich auf den hoch anfliegenden Köder konzentriert hatte. »Auf zehntausend sinken, Einhalten sicherer Bodenabstände melden.«

»Wir sind VMC, Avalanche.« VMC bedeutete, dass die F-15 unter Sichtflugbedingungen flogen und das Gelände unter sich beobachten konnten. Also konnte der AWACS-Controller sich darauf konzentrieren, sie ans Ziel heranzuführen, statt zugleich darauf achten zu müssen, dass seine Jäger nicht am Boden zerschellten. »Rotte Bullrider, soll ich mal nach dem hohen Ziel sehen, Eins?«, fragte der zweite F-15-Pilot.

»Negativ. Du sollst auf nachfolgende Bomber achten.« Da die B-1B immer in Gruppen angriffen, folgten der zweite und dritte Bomber der Führungsmaschine im Allgemeinen mit etwa zehn Meilen Abstand. Einen Tanker KC-135 abzuschießen, war zu einfach. Obwohl es für den Abschuss eines wertvollen Multiplikators, wie ihn ein Tanker darstellte, natürlich viele Punkte gab, würden sie noch mehr abgezogen bekommen, wenn sie einen Bomber durchließen, damit er ein verteidigtes Ziel angreifen konnte.

»Verstanden.«

»Zwölf Uhr, vierzig Meilen«, meldete der AWACS-Controller. »Achtung, Ziel verschwindet allmählich. Verliere es in Bodenechos. Linkskurve zwanzig Grad, sonst erfasst Sie sein Heckradar.« Aber schon wenige Meilen später verschwand das Ziel von den Radarschirmen des AWACS-Flugzeugs. »Bullrider, Ziel verschwunden. Letzter solider Kontakt zwölf Uhr, dreißig Meilen.«

»Verstanden, Avalanche.« Der Pilot fragte das Ziel nach einer IFF-Kennung ab – erfolglos. Also eine feindliche Maschine. Schnelle Bomber wie die B-1B konnten in niedriger Höhe nicht einmal mehr von einem AWACS-Flugzeug erfasst werden, deshalb schaltete der Pilot sein Radar APG-70 ein, mit dem er nach unten sehen und schießen konnte, und erfasste das neue Ziel sofort. Hab dich schon! »Radarkontakt, voraus und tiefer. Den Kerl schnappen wir uns!«

»Zwo!«, bestätigte sein Rottenflieger eifrig. Einen Bomber B-1B abzuschießen – vor allem mit einer Kurzstrecken-Jagdrakete mit IR-Suchkopf oder der Maschinenkanone –, war fast so spannend, wie einen Stealthbomber B-2 abzuschießen. Bomber B-52H Stratopig, von denen es nur noch sehr wenige gab, waren so leichte Ziele, dass sie Neulingen überlassen oder mit einer Jagdrakete erledigt wurden, noch bevor sie in Sicht kamen. Selbst Verfolgung und Abschuss eines Marschflugkörpers galt heutzutage als keine große Leistung mehr.

Tatsächlich beschleunigte die tief fliegende Maschine, sobald er sie mit seinem Radar erfasst hatte. Zu spät, Kumpels, dachte der F-15-Pilot.

Das Verfahren, um die Höchstpunktzahl zu erzielen: Radarkontakt während mindestens zwei Ausweichmanövern halten, Abstand auf 20 Meilen verringern, eine radargesteuerte Jagdrakete abschießen, Radarkontakt während eines weiteren Ausweichmanövers halten, Abstand auf acht Meilen verringern, eine Jagdrakete mit IR-Suchkopf abschießen, Abstand auf zwei Meilen verringern, einen Feuerstoß aus der Maschinenkanone abgeben und zuletzt Annäherung auf eine Meile zur visuellen Identifizierung ankündigen und durchführen. Überhaupt kein Problem. Ganz einfach …

… Yeah, *zu* einfach! Er war keine 20 Meilen mehr von diesem Kerl entfernt und hatte ihn seit fast 30 Sekunden mit seinem Radar erfasst, aber der andere hatte noch kein einziges Ausweichmanöver geflogen. Dabei musste sein Radarwarner so laut schrillen, dass er davon fast taub wurde! Der F-15-Pilot stellte fest, dass die andere Maschine zwar beschleunigt hatte, aber nur ungefähr 400 Knoten machte – mindestens 200 bis 300 Knoten weniger, als er erwartet hatte! Was zum Teufel ging hier vor?

»Bullrider, hier Avalanche«, sagte der AWACS-Controller, »Ziel Nummer eins befindet sich in steilem Sinkflug, geht mit gut hundertfünfzig Metern in der Sekunde tiefer und beschleunigt auf fünfhundert Knoten … jetzt mit sechshundert Knoten unterhalb von zehntausend Fuß. Ziel bei sieben Uhr, vierzig Meilen. Ich schlage vor, dass Sie den Angriff auf Ziel zwei abbrechen und sich Ziel eins vornehmen.«

»Scheiße!«, fluchte der erste F-15-Pilot in seine Atemmaske. Die Kerle hatten die Positionen vertauscht: Sie hatten den Schwindler tief anfliegen lassen, während die B-1B oben geblieben war. Er *musste* den Bomber erreichen, bevor er im Terrainfolgemodus weiterflog, denn die B-1B war schwierig zu verfolgen und fast unmöglich mit dem Zielsuchradar zu erfassen, wenn sie erst einmal in Baumhöhe durch die tiefen Täler raste. Aber der Tanker war jetzt weniger als 15 Meilen entfernt – ein leichtes Ziel, das viele Punkte brachte. Der Verlust eines Tankers gleich zu Beginn einer zweiwöchigen Übung würde bedeuten, dass die B-1B der Bomberstaffel in ihrer Reichweite empfindlich eingeschränkt waren.

»Billy, hier Eins, hast du mich in Sicht?«, fragte der erste F-15-Pilot.

»Positiv.«

»Du übernimmst den Kerl hier unten. Ich drehe nach links ab und schnappe mir den Bomber.«

Zweckmäßigerweise hätte der höher fliegende Pilot den Bomber übernehmen sollen, aber die B-1B war das lohnendere Ziel, und *er* führte diese Rotte. »Verstanden, Eins. Ich habe dich in Sicht. Du kannst nach Süden abdrehen.«

»Eins dreht nach links ab. Avalanche, Bullrider One übernimmt Ziel eins. Bullrider Two schnappt sich Ziel zwo.«

»Verstanden, Bullrider.« Die Stimme des AWACS-Controllers klang leicht gereizt. Das war ein gefährliches Manöver. Seine Aufgabe war es, Flugzeuge zusammenzubringen – bevorzugt so, dass der eigene Jäger die feindliche Maschine abschießen konnte. Es war im Allgemeinen nicht seine Aufgabe, für die sichere *Staffelung* von Flugzeugen zu sorgen. Aber er überwachte die Trennung der Rotte und stellte sicher, dass die beiden F-15 weit genug voneinander entfernt waren, während sie auf neuen Kursen neue Ziele anflogen. Bei ihrer addierten Eigengeschwindigkeit hatten sie selbst bei verdoppeltem Sicherheitsabstand – jeweils zehn Meilen – nur sechs Sekunden Zeit, um auf einen drohenden Zusammenstoß zu reagieren.

Der zweite F-15-Pilot war erst einmal sauer, weil er das »leichte« Ziel zugewiesen bekommen hatte, aber ein Abschuss war ein Abschuss. Die Höchstpunktzahl konnte er erzielen, wenn er keine Jagdrakete vergeudete, sondern gleich mit der Maschinenkanone angriff, wozu er nicht einmal sein Radar brauchte. Als er jetzt nachdrückte, wurde seine F-15 rasch schneller, und die Entfernung zum Ziel schrumpfte zusammen. Mann, flog der Tanker tief! Die Besatzung musste in Schweiß gebadet sein, während sie unterhalb der Kammhöhen durch die Täler flog.

Aus vier Meilen Entfernung konnte er seine Beute endlich sehen. Tatsächlich erkannte er zuerst den Schatten des Tankers – riesig, langsam, vor dem Untergrund der schmutzig braunen Felshänge mit vereinzelten Schneeflecken deutlich zu sehen. »Avalanche, Bullrider Two, horrido!« Sein Simulator für die Jagdrakete AIM-9M Sidewinder mit IR-Suchkopf begann zu knurren, sobald das Ziel erfasst war. »Bullrider Two mit heißem Ziel.«

»Verstanden, Bullrider, Ziel erfasst.«

»Roger. Sidewinder gesichert. Schließe auf und greife mit Bordwaffen an ...«

»Sie haben angebissen«, sagte Patrick. Er beobachtete das Angriffsprofil auf seinem Bedrohungsdisplay, das ihm alle »Mitspieler« im Übungsgebiet zeigte. »Sie haben den Angriff auf Two-Zero aufgegeben und sind hinter dem Tanker her.«

»Beide?«, fragte Rinc Seaver.

»Sieht so aus ... Augenblick! Nein, einer ist hinter Two-Zero her, der andere verfolgt den Tanker.«

»Aces, hier Two-One, sieht so aus, als wäre einer hinter euch her«, warnte Seaver Rebecca Furness auf der Einsatzfrequenz.

»Verstanden. Wir sind zu Mutter Erde unterwegs. Aber unseren Tanker können wir abschreiben, fürchte ich«, antwortete Rebecca.

»Wir dürfen nicht zulassen, dass sie den Tanker abschießen«, sagte Rinc Seaver über die Bordsprechanlage. »Wird er abgeschossen, kostet uns das zwar keine Bereitschaftspunkte, aber ...«

»Aber wir haben einen Tanker weniger«, stellte Patrick fest. »Und sie wollen vielleicht nicht mehr mitspielen, wenn wir sie im Tiefflug losschicken, damit sie abgeschossen werden.«

»Den Jäger im Luftkampfmodus erfassen, Long Dong«, wies Rinc ihn an. »Und auf Rendezvousmodus umschalten.« Patrick sah überrascht zu ihm hinüber. Long schaltete sein Angriffsradar auf den Rendezvousmodus um, in dem es genau wie das Zielsuchradar eines Jägers F-16 arbeitete, und erfasste nur wenige Sekunden später die F-15 Eagle. Auf dem Situationsdisplay des Piloten erschien jetzt ein Fadenkreuz – ließ er es zentriert, mussten sie irgendwann mit dem Jäger zusammenstoßen.

»Kurs ist gut, Rodeo. Er ist tief und langsam, schließt zu unserem Tanker auf.«

»Aber nicht mehr lange«, sagte Rinc. Er schob die Leistungshebel ruckartig bis zum Anschlag nach vorn in Nachbrennerstellung.

»Was haben Sie vor, Seaver?«, fragte Patrick.

»Niemand schießt einen unserer Tanker ab, Sir«, antwortete Rinc Seaver. Seine Augen blitzten, als er zu Patrick hinübersah. »Niemand legt sich mit Aces High an ...«

Gleich war es so weit. Der Tanker – ein KC-135R Stratotanker, der eine mehrere Meilen lange schwarze Rauchspur hinter sich herzog, während er zwischen den felsigen Bergen herumflog – war hier unten nicht sehr manövrierfähig. Dem F-15-Piloten kam es fast so vor, als fliege er zu einer Luftbetankung an, und er war versucht, »Vor Kontakt stabilisiert und bereit« zu melden, als wolle er sich eine Tankfüllung holen. Stattdessen funkte er: »Avalanche, Bullrider Two, Sichtkontakt zu Ziel zwo, ein KC-135 Stratotanker, sieht wie eine Maschine der California Air Reserves aus. Schließe auf und greife mit Bordwaffen an.«

»Verstanden, Bullrider«, bestätigte der AWACS-Controller, »wir haben Ihr ...« Er machte eine kurze Pause, dann rief er aufgeregt: »Bullrider Two, Bullrider Two, Überraschungsziel bei drei Uhr, tief, tief, tief, Entfernung neun Meilen, Eigengeschwindigkeit acht-null-null, Zusammenstoßwarnung, Zusammenstoßwarnung!«

Der F-15-Pilot starrte in panischer Angst nach rechts aus seinem Cockpit. Aber bevor er etwas erkennen konnte, hatte er das Ziel *direkt vor sich* – einen Bomber B-1B Lancer, Schwenkflügel angelegt, der in 90 Grad Schräglage eine enge Linkskurve zu fliegen schien. Er hatte den Eindruck, die Bomberpiloten hinter ihrer

Windschutzscheibe sehen zu können, so nahe war die B-1B schon heran! Verdammt, gleich würden sie zusammenstoßen!

Der Pilot dachte an einen kurzen Feuerstoß – nur ein paar Schuss hinausjagen, die hoffentlich treffen würden –, aber sein Überleben war wichtiger. Er riss seinen Steuerknüppel nach hinten und drückte zugleich die Leistungshebel ruckartig nach vorn in Nachbrennerstellung. Danach sah er sekundenlang nur die Flanke eines Berges, bevor er einer Ohnmacht nahe blauen Himmel über sich sah. Er ließ den Steuerknüppel noch einige Sekunden lang gezogen, bis er bestimmt wusste, dass er in sicherer Höhe über dem Erdboden und den Bergen und allen gottverdammten Tieffliegern war. »Jäger haben dort unten nichts zu suchen, nichts zu suchen, nichts zu suchen«, murmelte er immer wieder wie ein Mantra.

Das war ein illegales Manöver gewesen. Es *musste* illegal gewesen sein. Er war auf weniger als drei Meilen an den Tanker herangekommen, hätte in wenigen Sekunden einen Abschuss mit Bordwaffen für sich beanspruchen können. An diesem ersten Übungstag waren Mindestabstände von zwei Meilen und addierte Geschwindigkeiten von weniger als 1000 Knoten vorgeschrieben – keine Anflüge von vorn mit Überschallgeschwindigkeit. Der F-15-Pilot kannte die Regeln, er wusste, dass die Bomber-Rabauken dagegen verstoßen hatten, und er wusste, dass er den AWACS-Controller auffordern konnte, den gesamten Verstoß zu dokumentieren …

… aber dann rief er doch nicht »Feuerpause!« und meldete den Verstoß. Als er sich wieder im Horizontalflug befand – in 18 000 Fuß, wo er in sicherer Höhe über den Bergen war –, musste er lachen und vor diesen verdammten Bomber-Rabauken sogar den Hut ziehen. Sie hatten ihren Tanker gerettet und den modernsten USAF-Abfangjäger vom Spielplatz gescheucht. Bis er auf Gegenkurs gegangen war, sich wieder orientiert hatte und die Verfolgung hätte aufnehmen können, hatte der als Köder eingesetzte Tanker KC-135 das Übungsgebiet verlassen und befand sich auf dem Rückflug.

Das würde ihm ewig, *ewig* anhängen.

»Hey, Two-One, ihr habt jetzt elf Meilen Abstand«, sagte Rebecca Furness auf der Einsatzfrequenz. »Seid ihr defensiv?«

»Ganz im Gegenteil, Go-Fast«, antwortete Rinc. »Mussten nur schnell einen Jäger verscheuchen. Unterbrechung. Pioneer One-Seven, hier Aces Two-One, hinter euch alles klar, frei zum Verlassen des Übungsgebiets, Ausflug über Hokum. Squawk normal und ruft Joshua Approach. Wir sehen uns beim Betanken. Vielen Dank für eure Hilfe. Wir sind euch ein paar Runden schuldig.«

»Pioneer One-Seven, verstanden«, bestätigte der Pilot des Tankers KC-135R erleichtert. »Danke fürs Eingreifen. Hat Spaß gemacht, mit euch Jungs im Dreck zu fliegen. Viel Erfolg! Wir hauen ab.«

»Danke, Pioneer«, funkte Rinc. »Unterbrechung. Aces Two-Zero, frei zum Angriff. Wir passen hinter euch auf. Macht eure Ziele platt, sonst braucht ihr nicht mehr heimzukommen. Wir sind dicht hinter euch.« Über die Bordsprechanlage sagte er: »Okay, Crew: Wir passen hinter Two-Zero auf, wir werfen unsere Bomben ins Ziel, und wir machen keinen Scheiß. Reißt euch zusammen! Keine Fehler.«

Patrick hatte alles vor sich ablaufen gesehen – er hatte den sicheren Tod vor Augen gesehen. Er wusste nicht – *wollte* nicht wissen –, wie nahe sie diesem Jäger F-15 Eagle gekommen waren. Jedenfalls nahe genug, um den Aufnäher am Ärmel des Piloten, den hochgeschlagenen Kragen seines Nomex-Anzugs und den Knick in seinem Sauerstoffschlauch zu sehen, als er den heranrasenden über 200 Tonnen schweren Bomber B-1B entsetzt durch seine große Cockpithaube angestarrt hatte.

Wie nahe die beiden Maschinen sich gekommen waren, würde er sich später von den AWACS-Leuten und den Controllern der Nellis Range sagen lassen, die alle Flugzeuge und die insgesamt 130 000 Quadratkilometer großen Zielgebiete genau überwachten und jeden Augenblick eines Kampfes in verblüffend detailreicher Computerdarstellung zeigen konnten. Jedenfalls hatten sie vorsätzlich gegen die Übungsbestimmungen verstoßen und um ein Haar einen spektakulären Zusammenstoß provoziert. Jede minimale Abweichung – ein Fehler von wenigen Sekunden, von einigen Meilen, eine zusätzliche Kurve, das Umfliegen eines Gipfels im Osten statt im Westen, ein halbes Grad steileres Sinken oder ein Prozent mehr Fahrt – hätte katastrophale Folgen haben können.

»Geradeausflug, Kurs ist gut«, kündigte John Long an. Seine Stimme dröhnte aus ihren Kopfhörern wie ein Schuss in einem Tunnel. »Vierzig Sekunden bis zur Ausgangshöhe, sechzig Sekunden bis zu meiner Peilung.«

»SA-3 bei zwo Uhr«, meldete Hauptmann Oliver »Ollie« Warren, ihr Defense Systems Officer, mit einem Blick aufs angezeigte elektronische Bedrohungsprofil. »Standort im Zielgebiet. Hohe Impulsfolgefrequenz und intermittierende Zielsuchfunktion, aber nicht auf uns gerichtet – es versucht anscheinend, Two-Zero zu orten.«

»Ein paar Sekunden lang stören, Ollie«, wies Rinc ihn an. »Mal sehen, ob wir es von Two-Zero ablenken können.« Patrick zuckte mit den Schultern – keine schlechte Idee, auch wenn sie dadurch ihre Position verrieten. Warren schaltete seinen L-Band-Störsender ein. Aus dieser Entfernung war der Störsender nur marginal wirksam, aber er würde dem »Feind« sofort Richtung und Entfernung des neuen Angreifers verraten. Nach wenigen Sekunden schaltete der DSO den Störsender wieder aus.

Der Trick funktionierte. Der Feind ging von Zielsuche auf Rundumabtastung über, um den neuen Angreifer zu orten. Das dauerte nicht lange, höchstens zehn Sekunden, aber diese zehn Sekunden konnten den Unterschied zwischen einem erfolgreichen Bombenangriff und dem Abschuss durch die feindliche Luftabwehr ausmachen.

Sekunden später sahen Rinc und Patrick auf dem Wüstenboden am Horizont gelblich weiße Lichtblitze, die ein lang gezogenes großes Oval bildeten – das unverkennbare Trefferbild detonierender Schüttbomben. Im selben Augenblick verschwand das Suchradar SA-3 vom Radarwarner. »SA-3 ausgefallen«, meldete Warren.

»Klasse gemacht!«, rief Rinc begeistert. Oberstleutnant Furness und ihre Besatzung hatten die feindliche Radarstellung offenbar vernichtet.

Dann hatten sie *diedel-diedel-diedel* in ihren Kopfhörern, und

Warren meldete: »Jäger bei zwölf Uhr, fünfzehn Meilen, scheint auf Two-Zero runterzustoßen.«

»Go-Fast, hier Rodeo, Bandit hinter euch!«, funkte Rinc sofort.

»Wir sind in der Spur, Rodeo«, antwortete Rebecca aus der Führungsmaschine. »Im Anflug aufs zweite Ziel. Können nicht viel manövrieren.«

»Dreckskerl!«, fluchte Rinc. »Aber dem zeigen wir's! Long Dong, wir setzen uns hinter ihn, und Sie kriegen Ihre Ausgangshöhe und Peilung beim zweiten Anlauf. Wir haben jetzt ungefähr zehn Sekunden Vorsprung. Fangen wir's richtig an, sind wir höchstens dreißig Sekunden zu spät über dem Ziel. Das kostet Punkte, aber nicht so viele, wie der Abschuss von Two-Zero kosten würde.«

»Also los, Pilot«, sagte Long, aber sein Tonfall ließ erkennen, dass er nicht allzu viel von diesem Plan hielt.

Seaver zögerte keinen Augenblick. Er schob die Leistungshebel ruckartig in Nachbrennerstellung und legte seine B-1B in eine steile Rechtskurve, um sich hinter den ersten Jäger F-15 zu setzen. »Two-Zero, wir kommen hinter euch an«, meldete er Furness. »Fliegt ein paar S-Kurven, damit wir aufholen können. Wir schaffen euch den Jäger vom Hals.«

Long schaltete sein Angriffsradar APG-66 wieder in den Rendezvousmodus um und erfasste damit die F-15 und ihre Führungsmaschine. »Hab sie beide«, sagte er. »Zwölf Uhr dreißig, acht Meilen, der Jäger ist in ungefähr tausend Fuß über Grund... sieben Meilen... sechs Meilen... fünf...«

»Horrido!«, rief Patrick und deutete nach draußen. Rincs Blick folgte seinem behandschuhten Zeigefinger. Im nächsten Augenblick erkannte er den Jäger, der sich hell vom blauen Himmel abhob.

»Geschnappt!«, sagte Rinc. Er durchbrach die Schallmauer und schloss rasend schnell zu der F-15 auf. »*Peng-peng*, du Dreckskerl...«

»Bullrider Two, du kannst wieder steigen«, sagte der erste F-15-Pilot auf der Einsatzfrequenz.

»Roger, Eins. Bin bei sechs Uhr im Steigflug. Hab dich in Sicht.«

»Was zum Teufel ist passiert, Billy? Ich hab keine Meldung gehört, dass du den Tanker abgeschossen hast.«

»Drei Sekunden vorher ist die zweite B-1B aus dem Nichts aufgetaucht und zwischen mir und dem Tanker durchgeflogen«, berichtete sein Rottenflieger. »Ich hab beide aus den Augen verloren und musste wegsteigen, um nicht den nächsten Berg zu rammen.«

Scheiße! Scheiße! Scheiße! fluchte der erste Pilot vor sich hin. Heute Morgen klappte anscheinend überhaupt nichts. Er war nicht nur wütend, weil sein Rottenflieger den Tanker nicht abgeschossen hatte, sondern weil er es nicht geschafft hatte, die führende B-1B vor dem Angriff auf ihr erstes Ziel abzufangen. Er hatte sie nie zu Gesicht bekommen, aber er wusste, dass sie da war – die nur wenige Meilen vor ihm detonierenden Schüttbomben waren unmöglich zu übersehen gewesen. »Hey, warum hast du nicht ›Feuerpause‹ gerufen oder einen Verstoß gemeldet?«

»Weil ... ach, Scheiße, einfach darum«, sagte sein Rottenflieger. »Jedenfalls war ich nahe genug dran, um den Tanker mit einer Sidewinder abzuschießen. War verdammt mutig von ihnen. Sie haben's verdient, ihren Tanker zu retten.«

»*Verdient?*«, wiederholte der erste F-15-Pilot. »Eigentlich müssten sie für diesen Stunt disqualifiziert werden.« Aber wenn keiner der beteiligten Piloten einen Verstoß meldete, gab es keinen Verstoß – auch wenn die AWACS-Controller oder die Range-Controller ihn beobachteten. Bestimmt würde die Staffelchefin ihre Bomberbesatzung streng über die Sicherheitsvorschriften belehren, aber wenn niemand ein Foul anzeigte, gab es kein Foul.

Auf dem Bedrohungsdisplay des Piloten erschien ein Fledermaussignal, aber der Pilot hörte dabei keinen Warnton, was zu beweisen schien, dass er nicht von feindlichem Radar beleuchtet wurde. Er ignorierte diese Anzeige sofort, weil er glaubte, sie bezeichne seinen Rottenflieger, der jetzt wieder seine Position hoch über ihm einnahm, um ihm Feuerschutz geben zu können. »Avalanche, Bullrider One, komme in Position hinter Bandit eins, bin ... *jetzt* in Sidewinder-Entfernung.«

»Verstanden, Bullrider ... Bullrider One, Bandit bei sechs Uhr, tief, fünf Meilen, schließt rasch auf. Bullrider Two, können Sie entlausen?« Das war eine Aufforderung, der Rottenflieger solle versuchen, die Identität des neuen Ziels festzustellen.

Tief? Sein Rottenflieger war *tief?* Das bedeutete, dass das Ziel auf seinem Bedrohungsdisplay *nicht* sein Rottenflieger war! *Scheiße!* »Bullrider Two, hast du dieses neue Ziel? Hast du's in Sicht?«

»Negativ, Eins!«

»Ziel bei sechs Uhr, drei Meilen ... zwei Meilen, schließt rasch auf!«

»Ich hab ihn, Eins, ich hab ihn!«, rief sein Rottenflieger. »Er ist genau unter dir!«

Aber nicht lange. Als der erste F-15-Pilot eine halbe Rechtsrolle flog, um das Gelände unter sich beobachten zu können, schoss der Bomber B-1B mit eingeschalteten Nachbrennern unmittelbar vor ihm hoch. Der Pilot zog seine Maschine instinktiv scharf nach links, hielt den Steuerknüppel gezogen, bis die Überziehwarnung ertönte, und ging dann wieder in den Horizontalflug über. »Billy, hast du ihn in Sicht? Wo ist er?«

»Scheiße, Eins, ich sehe nichts mehr! Ich sehe dich nicht mehr! Ich bin blind! Ich bleibe in zehntausend!«

»Bullrider Two, Zusammenstoßwarnung, sofort Fünfundvierziggradkurve rechts!«, rief der AWACS-Controller. Der erste F-15-Pilot war im Steigflug direkt in die Flugbahn seines Rottenfliegers geraten. Bullrider Two wich sofort aus. Keine Sekunde zu früh – die beiden F-15 verfehlten sich um nur etwa 50 Meter, ohne dass die Piloten den anderen Jäger sahen.

Der erste F-15-Pilot drückte seine Sprechtaste, während er den Steuerknüppel bis zum Anschlag gedrückt hielt und auf das metallische Knirschen und die Explosion wartete, die bestimmt kommen würden. »*Feuerpause, Feuerpause, Feuerpause!*«, rief er auf seiner Einsatzfrequenz. Auf dieses Signal hin mussten alle Flugzeuge ihre Manöver einstellen, in den Horizontalflug übergehen und sich orientieren. Er hatte völlig die Übersicht verloren, und jedes weitere Manöver konnte einen Unfall verursachen, bei dem es Tote gab.

»Hab dich in Sicht, Eins!«, meldete Bullrider Two, sobald er aus seiner Steilkurve wieder in den Horizontalflug überging. »Ich bin bei fünf Uhr, eine Meile. Ich steige auf elftausend.«

Der erste F-15-Pilot war nach den Beinahe-Zusammenstößen so durcheinander, dass er seine Atemmaske absetzen musste, weil er zu hyperventilieren drohte. Scheiße, was war bloß in diese Bomber-Rabauken gefahren? Sie setzten ihre B-1B wie Lenkwaffen ein, ohne sich den Teufel um die in Friedenszeiten gültigen Flugsicherheitsregeln zu kümmern. Zwei Beinahe-Zusammenstöße binnen weniger Sekunden – das war entschieden zu viel!

»Das zahle ich diesen Hundesöhnen heim, und wenn's das Letzte ist, was ich tue!«, sagte der erste Pilot laut, während er seine Atemmaske wieder befestigte. Kein Eagle-Pilot ließ sich von diesen verdammten Bomber-Rabauken von der Air National Guard als Idioten hinstellen!

In 200 Fuß über Grund fühlte Patrick sich sicherer als während des größten Teils ihres Flugs über die Nellis Range – er war es nicht gewöhnt, im Einsatz so nahe an andere Flugzeuge heranzufliegen, schon gar nicht an »feindliche« Maschinen. Er merkte, dass er seine Gurte so fest angezogen hatte, dass sie wehtaten, aber er dachte nicht daran, sie zu lockern. Zum x-ten Mal überprüfte er seinen Schleudersitz und prägte sich die Lage der Sicherungsstifte und Hebel für den Fall ein, dass er sie im Rückenflug oder unter hoher g-Belastung erreichen musste. Diese Kerle schienen es darauf anzulegen, das Schlimmste passieren zu lassen.

Waren sie tollkühn? Vielleicht. Waren sie gefährlich? Das würden manche denken. Aber die entscheidende Frage lautete: Waren sie *effektiv?* Erfüllten sie ihren Auftrag? Bisher hatten sie ihren Tanker und die andere B-1B wirkungsvoll geschützt. Aber zu welchem Preis? Wann würden diese Stunts sie endlich einholen?

Rinc Seaver steuerte den Bomber in einer Steilkurve zurück und ging über ihrem Ausgangspunkt in den Horizontalflug über. Long konnte seine Ausgangshöhe bestimmen, danach legte er ihren Kurs zum Zielgebiet fest. Der präzise Bombenabwurf – weitere Schüttbomben auf ein Flächenziel, das einige 100 Meter neben dem Ziel der ersten B-1B lag – war dann fast etwas enttäuschend.

Waren sie effektiv, wenn es darum ging, die ihnen zugewiesenen Ziele zu bekämpfen? Ganz sicher – aber wiederum zu welchem Preis?

»Crew, ich habe die Aufforderung ›Feuerpause‹ gehört«, gab Patrick über die Bordsprechanlage bekannt. »Bleibt auf der Wachfrequenz. Ich benutze jetzt die SATCOM-Verbindung. Alle anderen schalten ab.« Nachdem die Besatzung seine Anweisung bestätigt hatte, meldete er sich über die abhörsichere Satellitenverbindung. »Firebird, hier Aces Two-One.«

»Hier Firebird«, antwortete Dave Luger. Nachdem sie sich erneut authentifiziert hatten, sagte er: »Hey, Muck, ich habe gerade einen Anruf von Avalanche – dem AWACS-Flugzeug, das die roten Kräfte im Übungsgebiet kontrolliert – bekommen. Avalanche meldet, dass eure Besatzung gegen die Flugsicherheitsregeln verstoßen hat. Ihr sollt zu nahe an die Jäger herangeflogen sein!«

»Haben sie eine Feuerpause verlangt?«

»Positiv.«

»Hast du die Radardaten gesehen?«

»Die kommen gerade rein ... Ja, sieht so aus, als wärt ihr bis auf eine halbe Meile an eine der F-15 herangeflogen. In den Übungsbestimmungen steht, dass am ersten Tag zwei Meilen Mindestabstand einzuhalten ist. Avalanche kann nachweisen, dass ihr das zuvor schon mal gemacht habt, aber da hat Rot keinen Verstoß gemeldet.«

Das war's also, sagte Patrick sich. Verstöße gegen die Sicherheitsregeln zogen den sofortigen Abbruch der Einsatz-Zertifizierung nach sich. *Ein* Verstoß konnte toleriert werden, wenn er sich am ersten Tag oder gegen Ende einer erfolgreichen Übung ereignete – aber nicht zwei bei einem einzigen Einsatz. »Verstanden«, sagte er. »Frag mal nach, ob Bullrider weiter mitspielen will.«

»Bitte warten«, sagte David Luger. Einige Minute später meldete er sich wieder: »Rotte Bullrider antwortet: ›Scheiße, klar spielen wir mit. Akzeptieren alle Regeln, an die die Bomber sich halten.‹«

»Du kannst ihnen mitteilen, dass der Kampf weitergeht – jetzt auf Stufe drei der Übungsregeln«, sagte Patrick. »Noch irgendwas?«

»Ja, wir hören im taktischen Netz des Air Combat Command etwas mit, eine Aufforderung ›an alle Stationen‹, sich in Bereitschaft zu halten«, berichtete Luger. »Wir haben schon nachgefragt, aber alle halten die Klappe, melden sich nicht am Telefon, hören nur zu. Wahrscheinlich erfahren wir's von CNN eher als aus dem Verteidigungsministerium.«

»Okay«, sagte Patrick geistesabwesend. Sie waren bereits im Anflug auf den zweiten Zielkomplex. »Ich rufe zurück, sobald wir das Übungsgebiet verlassen.«

»Roger. Schade, dass sie euch bei dem Verstoß erwischt haben. Viel Spaß! Firebird Ende.«

Lageraum des Weißen Hauses
(zur gleichen Zeit)

»Nein, Augenblick... Sir, das ist keine Invasion!« Verteidigungsminister Chastain schien die aus dem Pentagon eingehenden Berichte kaum glauben zu können. »Das sind keine Truppen, die über die Grenze fluten – das sind *Zivilisten*. Zu *Tausenden*. Und im Süden versucht niemand, diese Flut aufzuhalten. Alle südkoreanischen Stellungen entlang der Grenze sind geräumt. Auch die nordkoreanischen Grenztruppen greifen nicht ein. Die Entmilitarisierte Zone steht weit offen und wird von keiner Seite mehr überwacht. Hunderte Artilleriestellungen, Raketenbatterien, Panzerhindernisse, Bunkerkomplexe, Minenfelder... alle verlassen. Auf *beiden* Seiten.«

»*Was?*«, rief Martindale aus. »Das muss eine Falschmeldung sein!«

»Ich versuche sofort, eine Bestätigung dafür zu bekommen, Sir.« Aber er sprach gleich weiter. »Sir, eben kommt eine neue Meldung herein. Sie stammt von der Koreanischen Zentralen Nachrichtenagentur – das ist das amtliche Propagandabüro der nordkoreanischen Regierung. Die KZNA meldet, dass in ganz Pjöngjang Unruhen ausgebrochen sind, dass Regierungsgebäude und der Präsidentenpalast belagert werden. Die Regierung hat Truppen angefordert, um die Ordnung wieder herzustellen. Augenblick, es gibt weitere Meldungen... Auch die staatliche Rundfunk- und Fernsehzentrale wird belagert. Sie sendet Einsatzbefehle für Dutzende von Truppenteilen, für Reserven und paramilitärische Einheiten, auch für die beiden zum Schutz der Hauptstadt bestimmten Korps.«

»Das ist merkwürdig«, sagte der Präsident. »Wozu Einsatzbefehle im Rundfunk verbreiten? Warum benutzen sie nicht die militärischen Netze?«

»Und warum haben diese Truppen nicht längst auf die südkoreanischen Angriffe reagiert?«, fragte Philip Freeman, der nationale Sicherheitsberater. »Sie müssen die südkoreanischen Flugzeuge praktisch sofort nach dem Start geortet haben – jedenfalls lange vor dem Überfliegen der Entmilitarisierten Zone. Das war vor fast zwanzig Minuten. Was zum Teufel geht dort drüben vor?«

Chastain hob eine Hand, während er gespannt zuhörte; dann setzte er Kopfhörer und Mikrofon ab und starrte sie ausdruckslos an. »Arthur?«, fragte Freeman drängend. »Was ist passiert?«

»Die KZNA sendet nicht mehr«, antwortete Chastain. »Sie hat noch gemeldet, das Presse- und Informationsamt der Regierung habe mitgeteilt, es werde von Agitatoren und Randalierern überrannt, die von desertierten Soldaten unterstützt würden. Ein paar Minuten später hat sich dann jemand gemeldet, der sich als Vertreter der neuen Vereinigten Republik Korea vorgestellt hat.«

»Die *was?*«, fragte Martindale. »Ist das eine nationalistische Fraktion? Eine Oppositionsgruppe?«

»Keine Ahnung«, gab Chastain zu. »Nie davon gehört. Aber diese Leute behaupten, Bevollmächtigte des neuen Vereinten Koreas zu sein. Ihrer Aussage nach hat Präsident Kim Jong-il die Hauptstadt mit seinem Kabinett und mehreren Mitgliedern des koreanischen Politbüros verlassen. Sie verbreiten, er sei nach China ins Exil unterwegs.«

»Unglaublich!«, rief der Präsident aus. »Ich kann's nicht fassen! Nordkorea ... *kapituliert* einfach! Die Grenze hat sich in Luft aufgelöst?«

»Genau wie damals in Deutschland, Sir«, sagte CIA-Direktor Robert Plank, der jetzt mit einem Stapel Fotos und Meldungen den Lageraum betrat. »Entschuldigen Sie meine Verspätung, Sir, aber ich musste noch die letzten Downloads und Aufklärungsmeldungen abwarten. Es stimmt tatsächlich: Große Teile der regulären Armee, der Reserven und paramilitärischer Einheiten sind desertiert und marschieren nach Pjöngjang, um sich den Aufrührern anzuschließen, oder ziehen mit ihren Angehörigen und ein paar Habseligkeiten nach Süden. Die Demarkationslinie hält sie nicht auf, weil alle südkoreanischen Kontrollstellen offen stehen. Panmunjom, Kangseri, Kumhwa, Sehyonni, Sohwari – alle Grenzstädte haben ihre Barrikaden geöffnet. Die Artilleriestellungen und Panzerhindernisse sind weiterhin bemannt, aber niemand versucht, die Flüchtlinge abzuweisen, aufzuhalten, zu durchsuchen oder zu identifizieren. Ein ganzes Heer von Spionen könnte in den Süden gelangen, ohne dass jemand davon erfährt. Inzwischen werden die Minenfelder gesprengt – *von südkoreanischen Soldaten*. Sie schaffen sichere Übergänge, die jedermann aus dem Norden benutzen kann.«

»Was ist mit unseren Stützpunkten?«, erkundigte der Präsident sich.

»Alle gesichert und hermetisch abgeriegelt«, sagte Arthur Chastain. »Die Stützpunkte der Koreaner stehen allerdings weit offen. Sie dienen als Auffanglager für Flüchtlinge und Umsiedler. Eine unglaubliche Situation! Der Süden hat einfach seine Tore geöffnet.«

»Ganz recht«, bestätigte Plank. »Die Fernstraßen eins, drei, dreiundvierzig und fünf – alle über die Demarkationslinie führenden Straßen stehen offen. Es gibt keine Grenzkontrollen, keine Durchsuchungen, niemand braucht Papiere vorzuweisen. Die Südkoreaner haben bereits angefangen, entlang der Entmilitarisierten Zone Beratungsstellen zu eröffnen, die Nordkoreanern helfen, Verwandte im Süden ausfindig zu machen – eine offenbar von langer Hand vorbereitete Maßnahme. Sie transportieren die Flüchtlinge aus dem Niemandsland entlang der Grenze ab und wechseln sogar nordkoreanische Won in südkoreanische um. Ich kann nur sagen, das ist das Unglaublichste, was ich seit dem Fall der Berliner Mauer erlebt habe!«

»Ich muss mit China reden«, entschied Martindale. »Ich muss dringend mit Präsident Jiang persönlich reden.«

»Das Außenministerium versucht, ihn ans Telefon zu bekommen«, berichtete Stabschef Jerrod Hale.

Der Präsident schüttelte frustriert den Kopf. Jiang Zemin telefonierte nur selten mit Regierungschefs und rief niemals selbst an. Auch Martindale zog persönliche Gespräche vor, aber dies war eine Krise, und die kulturell bedingte Abneigung Jiangs gegen Telefongespräche war ärgerlich. »Bob, was machen die Chinesen?«

»Sir, ich weiß, dass das unglaublich klingt – aber sie tun anscheinend nichts«, antwortete Plank. »Mir liegen nur alle täglichen Stärkemeldungen vor, aus denen keine unangekündigten Verlegungen von Heeres- oder Luftwaffeneinheiten hervorgehen.«

»Aber was können sie gegen uns aufbieten? Mit welcher Art Gegenschlag müssen wir schlimmstenfalls rechnen?«

»Sir, im chinesisch-nordkoreanischen Grenzgebiet stehen eine Viertelmillion Soldaten«, antwortete der CIA-Direktor, »und diese Truppen könnten leicht nach Südkorea vorstoßen und Seoul binnen weniger Tage einnehmen – wir könnten sie nicht aufhalten, wenn wir keine Atomwaffen einsetzen wollten. Wir sind dabei, einen detaillierten Statusbericht zu erstellen, aber das dauert noch ein paar Stunden. Wir kennen ungefähr ein Dutzend Raketenstellungen, die Südkorea jederzeit angreifen könnten. Deshalb müssen wir jeden Augenblick auf einen Vergeltungsschlag gefasst sein.«

»Setzen wir unsere Flugzeuge ein oder mobilisieren Truppen, erwecken wir den Anschein, uns dort einzumischen«, sagte Freeman. »Und tun wir's nicht, gibt's ein Gemetzel, wenn China oder Nordkorea angreifen.«

Der Präsident nickte. »Wenn sich nicht alle beherrschen und die Finger vom roten Knopf lassen, sind wir so oder so erledigt«, stellte er fest. »Ich kann nur hoffen, dass Jiang vernünftig bleibt.« Er überlegte kurz, dann entschied er: »Befehl an unsere Streitkräfte: Abwehrbereitschaft herstellen. Wir sehen zu und warten ab. Wir lassen keine Flugzeuge starten – keine Aufklärer, keine Transporter und vor allem keine Jäger oder Jagdbomber.«

»Mr. President«, sagte Freeman nachdrücklich, »ich rate Ihnen dringend, an Bord Ihrer fliegenden Kommandozentrale zu gehen. Das ist jetzt Ihr sicherster Aufenthaltsort, und Sie stehen weiterhin mit unseren Streitkräften in aller Welt in Verbindung.«

»Erfahren die Russen oder Chinesen, dass ich Washington verlassen habe?«

»Ja … vermutlich nach einiger Zeit«, antwortete Freeman, nachdem er zu Plank hinübergesehen hatte, der ihm zunickte. »Aber das spielt keine Rolle. Sie sollten …«

»Dann bleibe ich«, entschied der Präsident. »So lange wir nicht tatsächlich ICBMs über den Horizont kommen sehen, ist mein Platz hier. Das gilt auch für die gesamte Washingtoner Führungsspitze.«

»Sir, Sie wissen, dass unsere politischen und staatlichen Einrichtungen im Fall eines russischen Angriffs erheblich dezimiert, vielleicht sogar ganz vernichtet würden«, wandte Jerrod Hale ein. »Der Kongress befindet sich mitten in einer Sitzungsperiode, die Führungsspitzen beider Parteien sind hier in Washington …«

»Ich glaube, dass es den Leuten scheißegal ist, ob unsere politischen und staatlichen Einrichtungen draufgehen, Jerrod«, sagte der Präsident trocken. »Ich glaube, sie würden das als betrübliche, aber willkommene Erleichterung sehen.« Sein Tonfall wurde wieder ernst. »Aber weil wir gerade beim Thema sind: Sie sollten meinen Adjutanten in Marsch setzen, damit er die Spitzen beider Kongressparteien über die bisherigen Ereignisse informiert. Ich überlasse es ihnen, ob sie sich vertagen wollen – aber sie sollen wissen, dass ich in Washington bleibe.«

»Aber, Sir«, protestierte Hale, um seinen Boss vielleicht doch noch davon zu überzeugen, dass er in Washington nicht sicher war, »die National Airborne Operations Centers mit ihren weltweiten Kommunikationsmöglichkeiten sind genau für solche unklaren Krisensituationen gedacht und eingerichtet. Es ist kein Zeichen von Panik, Verzweiflung, Aggression oder Feigheit, eines dieser Flugzeuge zu benutzen.«

»Für mich schon, Jerrod«, antwortete der Präsident. »Außerdem denke ich nicht daran, mich an Bord eines Flugzeugs zu flüchten, während die Vizepräsidentin mitten in einem atomaren Feuersturm festsitzt.« Er wechselte resolut das Thema. »Da das Außenministerium offenbar nicht durchkommt, möchte ich, dass Sie versuchen, Präsident Jiang ans Telefon zu holen – und sorgen Sie dafür, dass die Spitzen beider Parteien ausführlich informiert werden.«

Während sein Stabschef zu telefonieren begann, ruhte Martindales Blick auf der langen Reihe von Computer- und Fernsehmonitoren, ohne sie jedoch wirklich wahrzunehmen. CNN berichtete live aus Seoul, zeigte aber kaum mehr als eine schwarze Wolke am Horizont, wo eine Rakete mit gewöhnlichem Sprengkopf eingeschlagen war. Martindale hatte schon weit Schlimmeres gesehen. Dann wurde eine Straßenszene gezeigt. Die Straßen waren voller Autos und Menschen, aber nirgends herrschte Panik, sondern eher das Gegenteil. Surreal, fand der Präsident. Ihr Land wurde angegriffen, aber alle diese Menschen schienen zu wissen, dass sich zugleich etwas anderes ereignete – eine lange herbeigesehnte Wende.

Im nächsten Augenblick rief Jerrod Hale mit dem Telefonhörer in der Hand: »Mr. President! Die Vizepräsidentin ruft aus Osan an!«

»Gott sei Dank!«, sagte Martindale. Er riss Hale den Hörer aus der Hand. »Ellen! Alles in Ordnung bei Ihnen?«

»Ja, Mr. President, uns geht's gut«, bestätigte Whiting. »Wir sind nur knapp davongekommen, aber alle in der Kommandozentrale haben überlebt. Der Fallout war so gering, dass man beschlossen hat, uns zu evakuieren.«

»Wunderbar!«, rief er erleichtert aus. »Wir hatten große Angst um Sie. Unsere Informationen über die dortige Lage sind sehr lückenhaft. Wo sind Sie jetzt? Wir schicken jemanden, der Sie ausfliegt.«

»Ich habe jetzt eine Leibwache aus mindestens zweihundert Marines«, erklärte Whiting ihm unbekümmert. »Ich fühle mich hier sehr sicher. Sie könnten mich jederzeit mit einem ihrer Schwenkrotor-Flugzeuge V-22 Osprey ausfliegen, aber ich denke, ich bleibe noch eine Weile.«

»*Was?* Wozu?«

»Mr. President, Präsident Kwon ist nach Pjöngjang unterwegs«, berichtete Whiting. »Er trifft dort mit dem Ersten Vizepräsidenten Pak Chung-chu zusammen, der offenbar seit langem mit Kwon zusammengearbeitet hat, um diesen Aufstand vorzubereiten. Mr. President, die kommunistische Regierung in Pjöngjang und das gesamte Politbüro sind außer Landes geflüchtet, und die nordkoreanische Volksarmee hat sich aufgelöst. Kwon und Pak wollen die Bildung einer neuen demokratischen Regierung mit Sitz in Pjöngjang bekannt geben. Die Halbinsel ist wieder vereinigt, Mr. President. Korea ist wieder *ein* Land. Und ich möchte dabei sein, wenn das verkündet wird.«

Martindale sank in seinen Sessel. Die Berichte, die Verteidigungsminister Chastain erhalten hatte, waren also wahr. Unglaublich! »Ellen... Ellen, woher wollen Sie wissen, dass das für Sie ungefährlich ist?«

»Das kann ich nicht, Kevin«, gestand Whiting ein. »Aber ich spüre, dass ich dabei sein muss. Ich nehme so viele Marines mit, wie eine dieser V-22 fasst – mindestens zwanzig Mann. Kwon und Pak riskieren weit mehr als ich.« Sie machte eine Pause. »Mr. President, dies ist eine außergewöhnliche Chance, in Asien Frieden zu stiften. Wir *müssen* sie ergreifen. Die beiden Koreaner wollen in drei Stunden in Pjöngjang zusammentreffen. Ich möchte dabei sein. Ich wünsche mir, dass auch Vertreter Chinas, Russlands und Japans dabei sind. Gelingt es, alle sechs für die Spaltung Koreas verantwortlichen Mächte an einen Tisch zu bringen, wenn Korea sich wieder vereinigen will, kann niemand behaupten, dieser Schritt sei illegal. Also, was sagen Sie dazu?«

»Ich mache mir Sorgen um Ihre Sicherheit, Ellen«, antwortete Martindale. »Aber... Sie haben natürlich Recht. Ich rufe Peking, Moskau und Tokio an und versuche zu erreichen, dass sie ihre ranghöchsten Vertreter, die bereit sind, sich nach Nordkorea zu wagen, nach Pjöngjang entsenden. Aber ich bitte mir aus, dass Sie auf die Marines hören. Sobald sie die Lage für gefährlich halten, sobald sie Ihre Sicherheit nicht mehr garantieren können, müssen Sie sich ausfliegen lassen.«

»Danke, Mr. President. Diese Sache wird wundervoll. Das spüre ich schon jetzt.«

»Schon möglich. Aber die Lage dort drüben ist weiter explosiv, Ellen. Denken Sie daran, dass diese Revolution erst wenige Stunden alt ist. Riskieren Sie nicht noch mehr! Für Aufrufe und Bekanntmachungen und Fototermine ist reichlich Zeit, wenn wieder Ruhe eingekehrt ist.«

Bevor Whiting antworten konnte, war die Verbindung plötzlich unterbrochen. Martindale lief ein kalter Schauder über den Rücken. Er hielt den Hörer noch eine halbe Minute lang an sein Ohr gedrückt, weil er hoffte, sie werde sich wieder melden.

Dann legte er langsam auf. »Sie fliegt nach Pjöngjang«, sagte er.

»Was? Nach *Pjöngjang?*«, rief Plank aus. »In die nordkoreanische Hauptstadt? Warum? Ist sie entführt worden? Alles in Ordnung mit ihr?«

»Sie war ganz munter«, berichtete der Präsident. »Sogar sehr munter. Und Nordkorea existiert anscheinend nicht mehr. Das Politbüro ist außer Landes geflüchtet, und die Volksarmee hat sich aufgelöst.«

»Das lässt sich unmöglich verifizieren, Sir!«, wandte der CIA-Direktor ein. »Dass südkoreanische Flugzeuge den Norden überfliegen, ohne beschossen zu werden, und die Grenze offen ist, bedeutet noch längst nicht, dass Nordkorea für Ausländer – von der Vizepräsidentin ganz zu schweigen – ein sicheres Reiseland ist. Dieser Flug ist zu gefährlich!«

»Sir, wir würden die Vizepräsidentin nicht mal Disneyland besuchen lassen, ohne dass ein Vorauskommando ihren Besuch vorbereitet hat«, stellte der Stabschef nachdrücklich fest. »Wir sollten versuchen, diesen Besuch zu verschieben. Um einen Tag. Um zwölf Stunden. Dann hätte der militärische Nachrichtendienst Gelegenheit, sich dort erst mal umzusehen.«

»Sie haben beide völlig Recht«, sagte der Präsident, »und ich bin hundertprozentig Ihrer Meinung. Aber die Ereignisse überrollen uns förmlich. Präsident Kwon ist in diesem Augenblick nach Pjöngjang unterwegs; er wird neben dem nordkoreanischen Vizepräsidenten stehen und eine Proklamation verlesen, die die ganze Welt in Erstaunen setzen wird. Dabei müssen wir unbedingt präsent sein. Ellen nimmt das Risiko auf sich, und ich ...« – Martindale schluckte schwer – »... ich übernehme die Verantwortung.«

Zu Außenminister Jeffrey Hartman sagte er: »Jeff, Ellen sagt, dass Kwon und Pak den Wunsch geäußert haben, Russland, China und Japan sollten ebenfalls Vertreter zu dieser Zeremonie entsenden. Rufen Sie ein paar Leute an, um festzustellen, ob sie daran interessiert sind.«

Die Vereinigte Republik Korea. Das wiedervereinte Korea.

Trotz einiger offenbar beängstigender Raketentreffer war das eine fast unblutige Geburt gewesen: Das Volk hatte das kommunistische Joch abgeworfen, unter dem es von seinen Landsleuten – und dem Rest der Welt – abgeschnitten gewesen war. Erst ein unabhängiges Taiwan, jetzt ein vereinigtes Korea. Welch Auftakt für das neue Jahrtausend!

Nur die Reaktion Chinas blieb unberechenbar. Würde es tatenlos zusehen, wie seine kommunistischen Brüder entmachtet wurden? Oder würde es zu dem massiven Gegenschlag ausholen, den alle fürchteten?

»Jerrod.«

»Sir?«

»Benachrichtigen Sie die Medien. Ansprache an die Nation in einer halben Stunde, hier vom Oval Office aus.« Präsident Martindale holte tief Luft und sagte: »Ich werde dem Vereinten Korea meine Unterstützung zusichern.«

Über dem Süden von Mittelnevada
(zur gleichen Zeit)

»Aces, Two-Zero ist defensiv, Flak bei Zulu drei«, meldete Rebecca Furness, die jetzt im Anflug auf ihr nächstes Ziel sein musste, auf der Einsatzfrequenz, als Patrick eben wieder umschaltete.

»Was habt ihr dort, Go-Fast?«, fragte Rinc.

»Starke Flakkonzentration nördlich von Zulu drei«, antwortete Rebecca. »Wir mussten nach Westen ausweichen.«

»Zeit für 'ne Flugschau, Boss«, sagte Rinc auf ihrer Einsatzfrequenz. »Aces Two-Zero, mein Vorschlag: Flugschau Nord plus drei Minuten, wiederhole, Flugschau Nord plus drei.«

»Negativ«, antwortete Furness. »Greift einfach an und tut euer Bestes gegen die Flak. Wir sind hinter euch, um einen zweiten Angriff zu versuchen.«

»Beck, genau das erwarten sie doch – diese Chance dürfen wir ihnen nicht geben«, wandte Rinc ein. »Flugschau Nord plus drei. Wir haben reichlich Platz, und das Übungsgebiet gehört uns.«

Nach kurzem Zögern kam die Antwort: »Also gut, Rinc. Habt

ihr uns in drei nicht in Sicht, weicht ihr nach Osten aus, ich drehe nach Westen ab. Macht bloß keinen Scheiß, Seaver!«

»Eindringen, dezimieren, dominieren«, sagte Rinc. Das war der Wahlspruch ihrer Staffel. »Wir zeigen's ihnen, Beck!«

»Kurs ist gut, Rodeo«, sagte Long, nachdem er rasch einige Befehle in seinen Navigationscomputer eingegeben hatte.

»Was habt ihr vor, Jungs?«, fragte Patrick. »Was ist eine Flugschau?«

»Das werden Sie gleich sehen, General«, antwortete Rinc. »Ollie, Sie halten uns die bösen Kerle vom Hals. Okay, es geht los!« Seaver schob die Leistungshebel ganz nach vorn, schob den Verstellhebel für die Tragflächen auf 26 Grad nach vorn, begann steil zu steigen und kurvte eng auf ihr neues Ziel zu.

Patrick hatte die Crews der Nellis Range in der Nähe des dritten Ziels, das mit Bomben angegriffen werden sollte, eine starke Flakkonzentration aufbauen lassen. Er hatte dort so viele Flakpanzer ZSU 23 und radargesteuerte 53-mm-Zwillingsflak aufgestellt, dass eine B-1B selbst im Überschallflug nicht hoffen konnte, das Zielgebiet heil überfliegen zu können. Das war der Übungszweck: Er wollte sehen, ob die Besatzungen ihre Taktik ändern und was sie als Nächstes unternehmen würden. Jetzt stellte Patrick fest, dass Rinc vom ursprünglichen Anflugkurs weit nach Osten abgewichen war. Sie gingen auf 20 000 Fuß und stiegen weiter.

»Sind wir nicht schon ziemlich hoch für einige der großen Gefahren dort draußen?«, fragte Patrick. Blieben sie noch lange in dieser Höhe, konnten verschiedene strategische Boden-Luft-Raketen sie leicht »abschießen«, weil sie bei dieser Fahrt und diesem Anstellwinkel nicht sehr beweglich waren. Sie flogen offenbar so hoch, damit die im Zielgebiet aufgestellte Flak sie nicht treffen konnte – aber die Sache wurde allmählich lächerlich. Ihr Kurs war falsch, die Zeit stimmte nicht mehr, sie waren viel zu hoch …

»SA-3, im Suchmodus, zwölf Uhr, fünfundvierzig Meilen«, meldete Ollie. »SA-10, drei Uhr, fünfzig Meilen.«

»Wir müssen schleunigst runter, Pilot«, warnte Patrick ihn. »Hier oben sind wir nackt. Wir machen bei acht Grad Anstellwinkel weniger als vierhundert Knoten. Was haben Sie vor?«

»Banditen bei zwölf Uhr, vierzig Meilen, abnehmend …«

»Wird gemacht, General«, sagte Rinc unbekümmert, dann zog er den Verstellhebel für die Tragflächen auf 67,5 Grad zurück, legte die B-1B auf den Rücken und raste in einer steilen Linkskurve in die Tiefe.

»*Jesus!*«, rief Patrick.

»Mit hundertsechzig auf sechstausend«, sagte Long gelassen. Blätter von Checklisten, Schmutzteilchen und Staubkörner schwebten um sie herum. Während sie erdwärts beschleunigten, wurde Patrick von den wachsenden g-Kräften in seinen Sitz gepresst. Sie waren auf Gegenkurs gegangen, befanden sich wieder in Normalfluglage und rasten aus *entgegengesetzter* Richtung auf den Zielkomplex zu – der zweiten angreifenden B-1B genau entgegen!

»Hey, auf diesem Kurs treffen wir mit unserem Rottenflieger zusammen«, stellte Patrick fest.

»Das wissen wir«, antwortete Rinc. »Er müsste sechzehn Meilen vor uns und tiefer sein.« Um ständig über den Abstand informiert zu sein, ließ die Besatzung das Luft-Luft-TACAN-System eingeschaltet. »Gefahrenlage, D.?«

»SA-3 abgeschaltet, SA-10, vier Uhr, nur Überwachungsmodus... Flak bei zwölf Uhr, schneller Suchmodus. Sie ist dabei, unsere Entfernung und Höhe festzustellen. Bandit bei sechs Uhr, dreißig Meilen, kommt rasch näher.«

»Rottenflieger bei fünfzehn... vierzehn...« Patrick konnte kaum glauben, wie rasch die DME-Anzeige zurückging.

»Etwas heiß, Rodeo«, sagte Long. »Ich brauche ein paar Sekunden. Zwei müssten genügen.« Seaver reagierte darauf, indem er – weiter im Sinkflug – zwei sehr steile Kurven nach links und rechts flog, um etwas Zeit zu verlieren, ohne Fahrt wegnehmen zu müssen. »Das müsste reichen. Zehn DME... mit fünfzig auf sechstausend... sieht gut aus... Es kann losgehen, Rodeo!«

»Klappen!«, rief Rinc. Patrick schaltete auf MANUELL um und fuhr alle vier Bremsklappen voll aus. Sie wurden nach vorn in ihre Gurte geworfen, als der Bomber rasch an Fahrt verlor. Sobald er langsamer wurde, verstellte Rinc die Tragflächen auf 54 Grad, um ihn noch mehr abzubremsen.

»Flak hat uns erfasst!«, meldete Warren.

»Fünf DME!«, kündigte Rinc über die Bordsprechanlage an. »Haben Sie sie schon, General?«

»Bug etwas höher«, verlangte Patrick, dem ganz schwindlig war. »Etwas mehr … Kontakt, Kontakt! Halb zwölf Uhr, tief.«

»Hab sie«, sagte Rinc gelassen. Sie hielten genau auf den anderen Bomber zu! Aces Two-One stieß von oben herab, während Rebecca Furness mit der anderen B-1B im Überschallflug über die hoch gelegene Wüste raste. Ihre Flugwege kreuzten sich genau über dem Zielkomplex.

»Bandit sechs Uhr, zwanzig Meilen!«, meldete Warren laut. »Flak hat uns erfasst, *Düppel, Düppel!*« Dann ebenso plötzlich: »Flak schaltet ab – wegen des Jägers hinter uns! Sie wollen keinen eigenen Mann abschießen.«

»Bug etwas höher, Pilot«, sagte Long. »Zwanzig Sekunden bis zum Angriff. Abfangen in eintausend.«

Aber seine Warnung kam zu spät. Aus dem Cockpit war zu sehen, wie Aces Two-Zero eine Reihe 225-kg-Bomben warf. Die grellen gelblichen Lichtblitze verschwanden in einer riesigen Wolke aus Rauch und explodierendem Metall. Die Wüste schien zu kochen, als habe sie sich plötzlich in sandfarbene Lava verwandelt.

Ihre B-1B flog nur 300 Fuß tiefer mit weniger als einer Meile Abstand an Furness' Bomber vorbei. Rinc, der die andere Maschine beobachtete, achtete nicht auf ihre Höhe, bis der Radarhöhenmesser ihn in 800 Fuß mit Blinklicht und Warnton auf die Unterschreitung ihrer eingestellten Mindesthöhe aufmerksam machte.

»Ziehen!«, rief Patrick. Seaver reagierte sofort, aber da war ihr Bomber nur noch 500 Fuß über Grund – und hielt mitten aufs Trefferbild der ersten B-1B zu. Die Besatzung spürte einen heftigen Schlag und hörte etwas wie Kies gegen die Unterseite ihrer Maschine prasseln, als fahre sie mit einem Geländewagen auf einer unbefestigten Straße.

»Ziel zehn!«, rief Patrick. »Wir sind zu niedrig! *Abbrechen!*«

Long ignorierte ihn. Im selben Augenblick öffneten sich die Bombenklappen, und Aces Two-One warf seine eigenen Mk82-Bomben auf sein zweites Ziel. Auch diesmal bebte und wogte die Wüste, als die Bomben die unten aufgefahrenen »feindlichen« Fahrzeuge zerstörten.

Da die B-1B steil wegstieg, bekam sie nur wenig von der Wirkung ihrer Bomben ab, die durch Ballute-Fallschirme gebremst wurden. Der F-15-Pilot, der Aces Two-One verfolgte, hatte weniger Glück. Er fing seine Maschine ab und kurvte weg, als er den zweiten Bomber genau auf sich zukommen sah, aber dadurch geriet er in den Splitterbereich der Bomben der ersten B-1B.

»Avalanche, hier Bullrider One auf der Wachfrequenz«, war auf der von allen abgehörten Frequenz zu hören. »Bullrider One erklärt den Notfall – Triebwerksbrand rechts und Schäden an der rechten Tragfläche.«

»Verstanden, Bullrider One«, bestätigte der AWACS-Controller auf der Wachfrequenz. »Alle Mitspieler von Aces und Bullrider: Feuerpause, Feuerpause, Feuerpause! Bullrider, Radarkontakt, auf sechstausend steigen und diese Höhe halten, Rechtskurve auf eins-fünf-drei zum Sichtanflug nach Nellis, squawken Sie normal. Bullrider Two, Radarkontakt, squawken Sie normal, teilen Sie Absichten mit.«

»Bullrider Two schließt auf und begleitet Bullrider One zum Sichtanflug nach Nellis.«

»Verstanden, Bullrider Two. Auf fünftausend steigen und diese Höhe halten, Kurs eins-sieben-null bis zum Aufschließen, melden Sie Bullrider One in Sicht. Rotte Bullrider, auf Rot fünf umschalten.«

»Rotte Bullrider, Rot fünf, schalte um.«

»Zwo.«

Aber das war nicht das letzte Wort: Die Bomberbesatzungen hörten ein kurzes »Falcon fünf-null-eins«, danach war die Frequenz frei. Diesen Code, den jeder Militärflieger kannte, brauchte keiner in seiner inoffiziellen Checkliste nachzuschlagen. Er bedeutete »Ihr könnt mich mal.«

»*Ihr* könnt mich mal – wenigstens müssen wir nicht mit einem beschädigten Vogel heimfliegen«, knurrte Rinc.

Patrick war sich nicht so sicher: Sie waren beim Bombenabwurf einige 100 Fuß zu tief gewesen und die Rumpfunterseite ihres Bombers konnte leicht durch Splitter der eigenen Bomben beschädigt worden sein.

»Kurs zum Betankungsraum ist angezeigt«, sagte Long.

Wenig später schloss Rinc zu Furness auf und flog neben ihr her zum Betankungsraum, in dem Pioneer One-Seven – der KC-135R Stratotanker, den sie zuvor als tief fliegenden Köder benutzt hatten – auf sie wartete. Sobald sie vollgetankt waren, flog der Tanker davon, und die B-1B blieben in Warteschleifen, um auf Gelegenheitsziele zu lauern.

»Na, was denken Sie, General?«, fragte Rinc Seaver.

»Ich denke, dass ich die Unterseite unserer Maschine nach der Landung nicht sehen möchte«, antwortete Patrick.

Danach entstand eine lange, unbehagliche Pause, bis Rinc sagte: »Ist schon in Ordnung, denke ich.«

Nur Sekunden später erschien auf dem SATCOM-Terminal das erste Gelegenheitsziel. Rebeccas Crew raste davon, um es zu übernehmen, während Rincs B-1B in der Warteschleife blieb. Dann bekam Patrick einen weiteren Anruf auf dem abhörsicheren SATCOM-Sprechkanal. »Schieß los, Amarillo«, sagte er. »Wie hat Aces abgeschnitten?«

»Volltreffer – kein Problem«, antwortete Dave Luger. »Wir haben auch von der F-15 gehört, die eine Ladung Splitter abgekriegt hat. Der Kommodore des 366th in Mountain Home verlangt, dass dafür Köpfe rollen.«

»Kann leicht sein, dass ein paar rollen.«

»Verstanden. Aber jetzt was anderes, Muck. In Korea passiert aller möglicher Scheiß.«

»Korea? Hat der Norden angegriffen? Unglaublich! Während Team Spirit läuft?«

»Nein, nicht der Norden – der *Süden* hat angegriffen«, erklärte Luger ihm. »Unglaublich, aber wahr: *Südkorea ist in Nordkorea eingefallen.* Und das ohne massive Invasionsstreitmacht. Der Süden scheint im Norden seit Monaten, vielleicht schon seit Jahren Propaganda gemacht und Wühlarbeit betrieben zu haben. Als er jetzt angegriffen hat, war das Verteidigungssystem des Nordens schon zum größten Teil lahm gelegt. Die Zivilisten, die nicht eilig nach Süden unterwegs sind, marschieren auf Pjöngjang, um die Hauptstadt zu besetzen. Der Süden scheint in Nordkorea eine Revolution angezettelt zu haben, die nicht vom Militär ausgeht.«

»Jesus!«, rief Patrick aus. »Das hätte ich nie erwartet. Ich dachte immer, Nordkorea sei eine monolithische, ultramarxistische Diktatur, ein Großer-Bruder-Überwachungsstaat. Wer hätte gedacht, dass der Süden mit einer so raffinierten Methode Erfolg haben würde?«

»Meines Wissens wäre Nordkorea in nächster Zeit ohnehin unter der Last von zwei Millionen Verhungernden zusammengebrochen«, antwortete Dave. »Aber jetzt kommt die eigentliche Nachricht, Muck: Der Norden hat Nodong- und Scud-Raketen auf den Süden abgeschossen. Es hat ungefähr ein Dutzend Angriffe mit ballistischen Raketen gegeben.«

»Auch mit ABC-Waffen?«

»Ich rede *nur* von ABC-Waffen«, sagte Luger ernst. »Die Patriots haben die meisten runtergeholt, aber ein paar Nuklearsprengköpfe und etliche biologische und chemische Waffen sind durchgekommen. Der Süden ist längst nicht so schwer getroffen worden, wie alle vorausgesagt haben, aber er hat ziemlich was abgekriegt.«

»O Gott«, murmelte Patrick. Er dachte an die schrecklichen Verluste, die es gegeben haben musste, an die drei eher kleinen, aber gefährlich bedeutsamen Atomwaffeneinsätze in den vergangenen fünf Jahren, und an die Veränderungen, die in der Welt vorgingen, während sein kleiner Sohn aufwuchs …

… aber vor allem dachte er an Lancelot, sein für die B-1B maßgeschneidertes Raketenabwehrsystem. Falls Asien kurz davor war, in einen großen Krieg, vielleicht sogar einen Atomkrieg verwickelt zu werden, konnten seine Abwurflenkwaffen zur Raketenbekämpfung eine Geheimwaffe zur Verteidigung der amerikanischen Interessen im Krisengebiet sein.

Dachte er heutzutage mehr und mehr wie Brad Elliott? Hatte Brad seiner Karriere geschadet und sich zuletzt selbst vernichtet, weil er von dem Gedanken besessen gewesen war, ohne Rücksicht auf Verluste gegen jede Weltkrise ein Mittel entwickeln zu müssen? Patrick schüttelte diese Gedanken ab. Das waren Fragen, die er zu anderer Zeit, an einem anderen Ort, vielleicht mit einem Therapeuten, mit seiner Frau Wendy und einem Glas Banffshire Balvenie in einem heißen Bad erörtern würde. Im Augenblick musste er seinen Plan in die Tat umsetzen.

»Dave, ich habe hier die beiden ersten Lancelot-Einheiten getestet. Jetzt möchte ich so bald wie möglich mit Earthmover reden«, sagte Patrick. »Earthmover« war das Rufzeichen des HAWC-Kommandeurs General Terrill Samson.

»Wird veranlasst«, bestätigte Luger. »Brichst du die Einsatz-Zertifizierung jetzt ab?«

Patrick überlegte einen Augenblick, dann antwortete er: »Du rufst in Tonopah an und sagst, dass die Staffel auf eine neuerliche Verlegung vorbereitet sein soll. In sechs Stunden lässt du sie am Groom Lake landen.«

»*Was?*«, rief Luger aus. »Du willst die Staffel in *Dreamland* haben?«

»Amarillo, ich bin der festen Überzeugung, dass Lancelot genehmigt werden wird«, sagte Patrick. »Soviel der General uns mitgeteilt hat, wird die 111th Bomb Squadron aufgelöst und verliert ihre Bomber, sobald ihr heutiges Rowdytum auf dem Dienstweg bekannt wird, wie sie sich heute aufgeführt hat. Nun, was man in Besitz hat, gehört einem schon zu vier Fünfteln. Ich kann mir diese B-1B schnappen, und ich nehme sie nach Dreamland mit. Du sagst, dass zwei Umrüstsätze einbaufertig und zwei weitere unterwegs sind – also fangen wir heute Abend mit dem Einbau an. Du lässt den Hangar Foxtrott für sieben Lancer räumen, kümmerst dich um Unterkünfte für die Besatzungen und verständigst unsere Techniker, dass sie sofort mit dem Einbau von Lancelot beginnen sollen.«

»Ist gebongt, Muck«, sagte Dave Luger eifrig. »Ich klemme mich gleich dahinter. Die Landeerlaubnis müsste binnen einer Stunde zu bekommen sein. Verdammt, das wird spannend! Heute Abend kriegen wir einen Tritt in den Hintern oder sind stolze Besitzer einer Bomberstaffel. Firebird Ende.«

Patrick schaltete wieder auf die Bordsprechanlage um und drückte seine Sprechtaste. »Ko ist wieder da, Crew. SATCOM-Sprechkanal wieder verfügbar. Achtung, Crew, wir fliegen in einen anderen Warteraum. Oberstleutnant Long, Sie bekommen von mir neue Koordinaten, die Sie eingeben müssen.«

»Ist die Überprüfung beendet?«, fragte Rinc.

»Zumindest vorläufig«, sagte Patrick. »Was ich tue, hat einen bestimmten Grund. Zeigt mir etwas, dann verrate ich euch allen, worum es sich handelt.«

»Ich hab's gewusst!«, rief Rinc aus. »Ich hab gewusst, dass dies keine normale Überprüfung ist. Was haben Sie vor, General?«

»Später«, wehrte Patrick ab. Er diktierte Long neue Zielkoordinaten, kontrollierte sie sorgfältig und sagte dann: »Pilot, geben Sie durch, dass Two-Zero nach seinem Angriff hier auf uns warten soll, bis wir ihn abholen. Rufen Sie Los Angeles Center und lassen Sie sich einen eigenen Modus-drei-Code für ihn geben.«

»Wir trennen uns von Two-Zero, General?«

»Geben Sie einfach meinen Befehl durch«, verlangte Patrick, und Rinc gehorchte.

»Okay, General, Kurs wird angezeigt.«

»Verstanden.« Patrick ließ Seaver den Autopiloten einschalten. Dann gab er im Modus-1-Bereich des IFF-Geräts einen speziellen Code ein und aktivierte die Transponder-Modi 2 und 4. »Pilot, sobald wir den Zielpunkt erreichen, fliegen Sie auf Südkurs eine Warteschleife – Marschgeschwindigkeit, Zweiminutenabschnitte, Linkskurven mit halber Standardrate. Falls L.A. Center oder Joshua Approach Sie warnen, dass Sie Kurs auf ein aktives Sperrgebiet haben, gebe ich Ihnen eine PPR-Nummer, aber ich denke, dass mein Team unseren Einflug inzwischen koordiniert hat. Erhalten Sie einen neuen Modus-drei-Code zugewiesen – der wahrscheinlich mit ›null-eins‹ beginnt –, geben Sie ihn ohne Diskussion ein.«

»Einflug? Wo fliegen wir ein?«

»R-4808 North.«

»Dort dürfen wir nicht einfliegen, General!«, protestierte Long. »Der Einflug ist *streng* verboten! Eine Verletzung dieses Sperrgebiets kann uns den Schein kosten und uns hinter Gitter bringen.«

»Heute nicht«, stellte Patrick fest. »Macht einfach, was ich sage, und hofft mit mir, dass die Bodenmannschaft eure Codes für Modi drei und vier richtig eingegeben hat – sonst sitzen wir echt in der Scheiße.«

Als der große Bomber auf den neuen Kurs ging, merkte Patrick, wie die Spannung bei der Crew zunahm.

»Während wir zu dem neuen Haltepunkt unterwegs sind, will ich euch erklären, was geplant ist«, fuhr Patrick fort. »Die Situation ist folgende: B-1B werden in Zukunft wie Jagdbomber eingesetzt. Keine Angriffe in sturem Geradeausflug mehr. Jedes Ziel ist ein Gelegenheitsziel. Ihr versteht, was ich meine?«

»Cool!«, rief Rinc Seaver aus.

»Ich würd's gern versuchen«, sagte Oliver Warren. »Das wäre wie früher mit der F-4 Wild Weasel – man fliegt herum, bis irgendein Ziel auftaucht, und nimmt es sich dann vor.«

»Genau«, bestätigte Patrick.

»Für solche Einsätze haben wir weder Ausbildung noch Ausrüstung, General«, wandte Long ein.

»Beides müssen wir vorerst simulieren«, erklärte Patrick ihm. »Ich will nur mal den Ablauf kontrollieren, um zu sehen, wo vielleicht Probleme liegen. Okay: Heute Morgen achten wir auf Starts ballistischer Raketen. Normalerweise erhalten wir Angaben über die Startorte mobiler Abschussrampen in unserem Gebiet von Radarflugzeugen wie Joint STARS und können Raketenstarts mit Hilfe ... anderer Sensoren feststellen, aber heute müssen wir selbst erkennen, wann und wo eine Rakete startet. Sobald wir einen Start beobachten, heißt es Nachbrenner einschalten, die Rakete ansteuern und dabei gut vorhalten.«

»Das klingt völlig unsinnig, General«, protestierte Long. »Das ist unrealistisch ...«

»Es ist völlig unrealistisch, Oberstleutnant«, gab Patrick zu, »aber mehr lässt sich mit einer B-1B in Normalausführung nicht machen.«

»Soll das heißen, dass es irgendwo B-1B in anderer Ausführung gibt?«, fragte Rinc. »Wir haben Bomber, die dafür ausgerüstet sind?«

»Das brauchen Sie im Augenblick nicht zu wissen«, wehrte Patrick ab. »Machen Sie einfach mit, dann sehen wir, wie Sie dabei abschneiden. Fünf Minuten bis zum Haltepunkt.«

»Wie sieht die feindliche Luftabwehr im Zielgebiet aus?«, fragte Oliver Warren.

»Gute Frage – freut mich, dass jemand sie doch noch gestellt hat«, sagte Patrick. »Die meisten mobilen Abschussrampen werden von Flak und Boden-Luft-Raketen mit geringer Reichweite geschützt. Das können Fla-Raketen SA-4, Rapier, Hawk oder Patriot sein – was die bösen Kerle eben aufbieten können. Tut einfach, was ihr für nötig haltet, um nicht abgeschossen zu werden. Noch Fragen?«

Niemand hatte mehr Fragen. Kurze Zeit später begann die Action.

Sie wurden mehrmals vor einem Einflug in das Sperrgebiet R-4808 gewarnt – auch von Los Angeles Center auf der Wachfrequenz und von Avalanche, dem AWACS-Flugzeug, das die Jäger F-15 unterstützt hatte. Nach all diesen dringenden Warnungen hielten Seaver und seine Crew – außer Patrick McLanahan – unwillkürlich den Atem an, während die Restmeilenanzeige auf null heruntertickte. Sobald Rinc seine Warteschleife begann, wurde es im Funk auffällig still – als ob im Los Angeles Center oder anderen zivilen Flugsicherungsstellen niemand mehr mit ihnen reden wolle. Auch an Bord herrschte auffälliges Schweigen. Wie die Fluglotsen wusste die Besatzung, dass sie etwas ganz Spezielles tat.

Patrick blieb auf der abhörsicheren SATCOM-Frequenz hörbereit. Er drückte seine Sprechtaste: »Raketenstart. Hinter uns, fünfzehn Meilen.«

»Auf meinem Schirm war nichts zu sehen!«, protestierte Ollie.

»Manchmal sehen Sie was, manchmal nicht«, antwortete Patrick. »Sind irgendwo Bomber in der Nähe, nimmt die Startmannschaft ihr Radar vielleicht lieber nicht in Betrieb, sondern startet ihre Rakete aufgrund von Vorhersagen oder alten Daten. Das verringert ihre Treffsicherheit, aber bei ABC-Waffen kommt's darauf nicht so sehr an.«

»Wollen Sie uns verarschen, General?«, fragte Long hitzig. »Was soll der ganze Scheiß, wenn es *so* einfach ist, eine Rakete zu starten? Sie riskieren einen Bomber und einen Tanker, und die bösen Kerle können trotzdem Raketen abfeuern? Warum verwüsten Sie dann nicht gleich das gesamte Schlachtfeld und machen Schluss mit allem?«

»Sie sind beim Unternehmen Wüstensturm im Einsatz gewesen, Oberstleutnant«, sagte Patrick. »Die alliierten Luftstreitkräfte *haben* den Irak verwüstet – mit zweitausend Einsätzen pro Tag –, aber die Iraker haben trotzdem noch Scuds gestartet. Das liegt daran, dass es nicht so einfach ist, diese mobilen Abschussrampen aufzuspüren. Joint STARS kann aus hundert Meilen Entfernung jedes Fahrzeug orten, das nicht unter einer Brücke, in einer Scheune oder in einem Bunker steht. Aber wir müssen trotzdem weiter versuchen, Raketenstarts zu verhindern.«

»Wahrscheinlich bräuchte man dazu zwei Maschinen«, schlug Rinc vor. »Damit könnte man den gesamten Horizont abdecken.«

»Das verstehe ich trotzdem nicht, General«, fasste Long nach. »Wozu erst auf einen Raketenstart warten? Klar, danach zerstört man die Abschussrampe, aber die Rakete ist trotzdem unterwegs. Ich verstehe nicht, was...«

»Ich hab eine!«, rief Warren plötzlich. »Nein, sie ist weg...«

»Wo, Ollie? Wo war sie?«

»Vier Uhr, dreißig Meilen.«

Rinc legte die B-1B sofort in eine steile Rechtkurve und ging nach ungefähr 120 Grad in den Geradeausflug über. »Irgendwas im Radar, Long Dong?«

»Augenblick«, sagte Long. Nach kurzer Suche meldete er: »Ich habe mehrere Ziele zwischen dreißig und fünfundvierzig Meilen, zwischen elf und ein Uhr.«

»Versuchen Sie zuerst, die größten Ziele zu erfassen«, schlug Rinc vor. »Vielleicht können Sie sogar alle... Halt, ich sehe Rauch! Halb zwölf Uhr, Entfernung... Scheiße, Entfernung... okay, ungefähr dreißig Meilen! Dafür könnte ich einen Laser-Entfernungsmesser brauchen – die Entfernung ist verdammt schwer zu schätzen.«

»Ich hab sie«, sagte Long. »Drei Ziele im selben Gebiet, nur ein paar Meilen auseinander.«

»Die nehmen wir uns vor!«, entschied Rinc. »Geben Sie alle drei Ziele ein. Die greifen wir nacheinander mit 900-Kilo-Bomben JDAM an.«

»Damit würden wir eine Menge Bomben vergeuden«, wandte Patrick ein, um sie dazu zu bringen, wie eine Lancelot-Crew zu denken.

»Dann versuchen wir einen Raketenstart zu beobachten und greifen dieses Ziel an«, sagte Rinc. »Können wir nicht feststellen, woher die Rakete gekommen ist, machen wir alle drei platt.«

»Machen wir's so, Oberstleutnant?«, fragte Patrick.

»Positiv«, bestätigte Long. »Damit müssen wir uns behelfen, bis wir ein Sensorsystem bekommen, das für solche Einsätze geeignet ist.« Er ließ sein Angriffsradar die GPS-Koordinaten der drei Objekte auf dem Bildschirm darstellen und gab diese Werte dann in ihre JDAM-Navigationscomputer ein. Die Bombencomputer legten den Auslösepunkt für jeden Angriff fest, berechneten den Flugweg zum nächsten Ziel unter Berücksichtigung der Zeit, die das Revolvermagazin in der Bombenkammer brauchte, um eine neue Bombe in Ausklinkposition zu bringen, und gaben diese Informationen dem Autopiloten der B-1B ein.

»Kurs zum Ablaufpunkt ist gut«, sagte Long wenig später. »Ausklinken in neunzig Sekunden. Ich brauche Mach null Komma neun, Pilot.«

Als Rinc eben die Leistungshebel nach vorn schob, rief Warren: »Ich habe ein Suchradar … Es bleibt in Betrieb. Zehn Grad rechts, fünfundzwanzig Meilen.«

»Angriff auf alle drei Ziele«, entschied Rinc. »Wir können nicht beurteilen, welches …« Dann zeigte er plötzlich nach vorn und rief: »Hey, da startet eine Rakete, direkt vor uns! Ich sehe sie ganz deutlich! Verdammt, ich hab noch nie eine Rakete starten gesehen.«

»Pilot, ich will *sofort* volle Nachbrenner!«, wies Patrick ihn an. »Richten Sie den Bug auf diese Rakete, bis Sie die Maschine nicht mehr halten können.«

»Was? Was wollen Sie?«

»*Sofort* volle Nachbrenner und so lange wie irgend möglich auf diese Rakete zielen. *Los!*«

Rinc schob seine Leistungshebel ruckartig nach vorn und legte gleichzeitig die Tragflächen so weit wie möglich an. Die B-1B schoss wie ein Meteor nach vorn. Die rasante Beschleunigung und der langsam, aber stetig zunehmende Druck, der Patrick in seinen Sitz presste, waren aufregend wie die geballte Kraft eines Rennwagens oder eines rasanten Motorboots. Rinc hob den Bomberbug immer mehr, und der Andruck nahm weiter zu. Man konnte sich leicht vorstellen, ein Astronaut zu sein, der auf einer Feuersäule in den Weltraum raste.

Aber im Gegensatz zu einem Raumschiff konnte der Bomber

nicht immer steiler steigen und dabei weiter beschleunigen. Bei Beginn dieses Manövers hatte Patrick eine Stoppuhr in Gang gesetzt. Nach nur 20 Sekunden und 20 Grad über dem Horizont ging ihre Eigengeschwindigkeit bereits zurück. Bei voller Nachbrennerleistung würden sie einen Tanker brauchen, wenn sie noch lange so weiterstiegen. Aber im nächsten Augenblick sagte Rinc: »Hey! Die Rakete kippt um – sie geht wieder runter.«

»Das war nur eine Übungsrakete. Sie ist ausgebrannt, damit sie nicht außerhalb des Übungsgebiets runterkommt«, sagte Patrick. »Gut gemacht, Major.«

»Wie meinen Sie das?«, fragte Seaver, während er in den Geradeausflug überging und die Leistungshebel in Normalstellung zurückzog. »Was habe ich gemacht?«

»Später«, wehrte Patrick ab. »Okay, Crew, wir fliegen zurück und machen die Abschussrampen dort unten platt.«

»Was? Jetzt sollen wir diese Ziele angreifen? Warum haben wir das nicht gleich vor...« Rinc verstummte, als ihm endlich ein Licht aufging, und kurvte in Richtung erstes Ziel ein. Aus 32 000 Fuß, der Höhe, die sie bei ihrer Verfolgung der Testrakete erreicht hatten, konnten die satellitengesteuerten JDAM-Bomben über 15 Meilen weit gleiten. Jetzt wurden sie abgeworfen, so wie das Revolvermagazin sie ausspucken konnte.

Einige Minuten später berichtete Patrick, nachdem er wieder auf der abhörsicheren SATCOM-Frequenz gesprochen hatte: »Klasse gemacht, Crew. Drei gute Treffer, alle innerhalb von zehn Metern, was für die JDAM ziemlich gut ist. Eine Bombe hatte sogar nur drei Meter Abweichung – ein Volltreffer. Nur eines der Ziele war eine Abschussrampe, aber die beiden anderen waren simulierte Wartungs- und Mannschaftsfahrzeuge – ebenfalls völlig legitime Ziele. Pilot, wir fliegen zu Aces Two-Zero zurück.«

»Okay, General, wozu war dieser Steigflug gut?«, fragte Rinc, während er auf Gegenkurs ging. »Sollen wir jetzt Raketen jagen?«

»Ich wollte Sie nur ein bisschen ablenken.«

»Wenn ich ganz offen sprechen darf, General – Bockmist«, sagte der Pilot. »Sie wollen nicht nur Abschussrampen vernichten, sondern auch Raketen killen! Sagen Sie, General, haben wir eine Waffe, die eine Rakete runterholen kann? Haben *Sie* eine

Waffe, mit der Sie eine B-1B ausrüsten können, damit sie ballistische Raketen abschießen kann?«

»Kein Kommentar.«

»Sie arbeiten also nicht im Führungsstab der Air Force, nicht wahr, Sir?«, fragte Long. »Sie arbeiten bei irgendeiner Forschungs- und Entwicklungseinrichtung – vielleicht sogar bei einer supergeheimen Erprobungsstelle dort unten in Dreamland, was?«

»Auszeit für alle«, kündigte Patrick an. »Dies ist das letzte Mal, dass wir über diese ganze Sache reden. Wer außerhalb dieses Flugzeugs jemals ein Wort darüber spricht, kann sich für den Rest seines Lebens auf ein endloses Labyrinth aus Gerichtssälen, Anwälten, Ermittlern und Hochsicherheitszellen gefasst machen. Ist Ihnen das allen klar?«

»Klar doch, General«, sagte Rinc. »Aber erzählen Sie uns jetzt, was Sie vorhaben. Woraus besteht die Modifizierung? Soll die B-1B Block G ballistische Raketen abschießen können? Sie müssen uns …«

»Hey!«, rief Ollie, während die Besatzung in ihren Kopfhörern ein langsames *diedel diedel diedel* hörte. In der Aufregung vergaß er zuerst, seine Sprechtaste zu drücken. »SA-4 aktiv.« Die SA-4 »Ganef« war eine mobile Fla-Lenkwaffe zur Bekämpfung hoch fliegender Ziele – ein schon älteres System, das jedoch für alle Flugzeuge in Höhen über 500 oder 600 Fuß tödlich gefährlich war. »Seht zu, dass ihr schleunigst runterkommt, Jungs!«

»Nicht sofort«, widersprach Patrick. »Die SA-4 hat eine maximale Reichweite von fünfzig Meilen, aber ihr Wirkungsbereich beträgt nur zwanzig Meilen. Vorläufig sind wir sicher, weil die Bedienungsmannschaft wartet, bis wir im Wirkungsbereich sind. Sie kann uns hier oben sehen, aber sie greift vorerst nicht an. Wir nehmen uns die SA-4 als nächstes Ziel vor. Ollie, Sie geben uns laufend die Position durch.«

»Okay«, sagte Warren. »Rodeo, rechts neunzig Grad, Ziel voraus, dreißig Meilen.« Rinc flog eine enge Rechtskurve und ging bei 90 Grad wieder in den Geradeausflug über.

»Rechts fünf Grad, neunundzwanzig Meilen … okay, genau voraus, achtundzwanzig Meilen.«

Inzwischen hatte Long das Ziel mit dem Angriffsradar erfasst. »Koordinaten eingegeben… Bombencomputer programmieren JDAM… Programmierung abgeschlossen«, meldete er jetzt. »Okay, Pilot, Kurs zum Auslösepunkt ist gut. Mach null Komma neun halten, zum Ausklinken rechts einkurven, klar zu Abwehrmaßnahmen und Ausweichmanövern.«

Rinc hatte seine Leistungshebel gerade bis zum Anschlag nach vorn geschoben und war auf den neuen Kurs eingedreht, als der Radarwarner sich wieder meldete – diesmal mit einem schnelleren diedeldiedeldiedel. »Raketenwarnung!«, rief Warren laut. »Pilot, klar zu Ausweichmanövern…« Dann hörten sie einen anderen Warnton, und Warren beobachtete, wie links automatisch Düppel ausgestoßen wurden. »*Raketenstart! Rechts wegkurven!*«

Seaver reagierte sofort, drückte den Steuerknüppel nach rechts, zog gleichzeitig, wartete ab, bis sie genug Fahrt verloren hatten, um steil kurven zu können, ging dann wieder in den Geradeausflug über und schaltete die Nachbrenner ein, um Fahrt aufzuholen.

»Sollen wir runter?«, fragte Rinc über die Bordsprechanlage.

»Gehen wir tiefer, müssen wir näher ans Ziel ran«, sagte Long. »Wir bleiben hier oben. Kurs ist gut. Zwanzig Sekunden bis zum Ausklinken. Sollte noch eine Rakete starten, Pilot, müssen wir im Horizontalflug bleiben, bis die Bombe weg ist. Nicht wegkurven, bevor ich's sage. Fünfzehn Se…«

Wieder ein Warnton. »Raketenwarnung! Höhenfinder aktiv!«, meldete Warren.

»Kurs halten! Zehn… Klappen gehen auf.« Das Rumpeln der Bombenklappen war diesmal weniger laut, weil sie für einen JDAM-Abwurf aus dem Revolvermagazin nur halb geöffnet werden mussten.

Erneut ein Warnton. »Raketenstart!«, rief Warren, der die blinkende Warnung vor sich auf seinem MFD hatte. »Düppel! Düppel!«

»Kurs halten!«, verlangte Long noch lauter. Ollie hämmerte fluchend auf seinen Auslöseknopf für die Düppel. An der vorderen Rumpfoberseite wurden Düppel ausgestoßen, die eine riesige Wolke aus schmalen Metallstreifen bildeten, die den Radarquerschnitt der B-1B um mehr als das Hundertfache vergrößerten.

»Bombe ausgeklinkt! Klappen geschlossen! *Pilot, links wegkurven!* Klar zum Tiefergehen!«

Rinc kurvte sofort links weg und drückte den Knopf für den Terrainfolgemodus an seinem Autopiloten – aber er wartete nicht, bis der Computer den Sturzflug einleitete, sondern legte die B-1B auf den Rücken. Das Sicherheitssystem, das auf diese Fluglage ansprach, versuchte sofort, die Maschine hochzuziehen, und ließ sie auf diese Weise in einen steilen Sturzflug übergehen.

Seaver zog die Leitungshebel in Leerlaufstellung zurück und fuhr die Bremsklappen aus, um im Sinkflug langsamer zu werden. Er ließ den Bomber fast auf den Rücken gedreht, bis sein Bug sich etwa 40 Grad unter dem Horizont befand; erst dann betätigte er die Anstellwinkelsteuerung, um den Autopiloten vorübergehend auszuschalten. Aber als er die Maschine in Normalfluglage bringen wollte, passierte nichts. Er rüttelte am Steuerknüppel, zog und zerrte in allen Richtungen daran – der Bug blieb unten, ihre Fahrt ging weiter zurück, und der Erdboden schien ihnen entgegenzurasen.

»Fünftausend bis zum Abfangen, Pilot«, sagte Patrick warnend. »Fluglage?«

Rinc betätigte die Anstellwinkelsteuerung erneut, um den Autopiloten auszuschalten, und rüttelte wieder am Steuerknüppel. Nichts. Er schaltetet die Nachbrenner ein und versuchte, in die Normalfluglage zurückzukehren. Wieder nichts. Er spreizte die Tragflächen bis zu dem Limit, das ihre Eigengeschwindigkeit zuließ. Noch immer nichts. Die Maschine reagierte auf keine Steuerbewegung.

»Viertausend!«, rief Patrick. »*Pilot, Normalfluglage!*«

»Geht nicht«, antwortete Rinc. »Keine Steuerwirkung!«

»Dreitausend!«

Patrick bewegte seinen eigenen Steuerknüppel – weiterhin keine Reaktion. »Völlig weich ... keine Wirkung ... verdammt, die Strömung ist abgerissen ... wir haben bei voller Leistung den Bug unten, aber die Strömung ist abgerissen ... Wie zum Teufel ist das passiert?«

»Zwotausend!«, rief Long. »Seaver, Sie Arschloch, haben Sie die Maschine? *Haben Sie sie?*«

Rinc streckte seine linke Hand aus und betätigte den Schalter VORBEREITEN ZUM AUSSTEIGEN. Vor allen Besatzungsmitgliedern flammte eine gelbe Warnleuchte auf.

»Hey, was soll das?«, fragte Ollie. *»Rodeo?«*

»Eintausend Fuß!«

Patrick suchte verzweifelt die Anzeigen vor sich ab, dann griff er nach unten, betätigte aber nicht seinen Schleudersitz, sondern stellte die Bremsklappenschalter von MANUELL auf NORMAL zurück. Der Bomber nahm sofort Fahrt auf. Seaver drückte den Steuerknüppel nach rechts, und die B-1B reagierte. Kaum 500 Fuß über Grund kehrte sie in die Normalfluglage zurück, wurde schneller und begann zu steigen. Das abrupte Abfangen nach dem steilen Sturzflug drückte sie tief in ihre Sitze, aber dann stieg der Bomber mit zehn Metern in der Sekunde gleichmäßig weiter.

»Je-sus!«, sagte Warren laut. »Was ist passiert? Strömungsabriss? Triebwerksausfall?«

Rinc sah zu Patrick hinüber. Um mit maximal angelegten Tragflächen schnell sinken zu können, hatte er die Bremsklappen ausfahren müssen – was in der Extremstellung nur möglich war, wenn er den Flugregler abschaltete. Aber als er fast im Rückenflug alle vier Bremsklappen ausgefahren hatte, war es ihm ohne Flugregler und mit zu geringer Fahrt unmöglich gewesen, die Maschine in die Normalfluglage zurückzubringen.

»Mein Fehler«, sagte Rinc über die Bordsprechanlage. Patrick schaltete die Warnleuchten VORBEREITEN ZUM AUSSTEIGEN wieder aus. »Falsche Schalterstellung im Terrainfolgemodus. Der General hat gemerkt, dass meine Bremsklappenschalter in falscher Stellung waren. Er hat uns gerettet.«

»Klasse gemacht, Sir«, sagte Ollie.

»Schon gut«, wehrte Patrick ab. »Pilot, wir fliegen zum neuen Haltepunkt. Ich bin auf der SATCOM-Frequenz. Alle anderen schalten inzwischen ab.« Nachdem er umgeschaltet hatte, drückte er seine Sprechtaste. »Firebird, hier Two-One, bitte das Trefferergebnis.« Diesmal gab es keine Unterhaltung: Patrick notierte sich lediglich eine Reihe von Zahlen und Buchstaben, beendete das Gespräch und entschlüsselte die Nachricht mit Hilfe seiner Schlüsselunterlagen.

»Das Ergebnis des Angriffs auf die SA-4-Stellung, Jungs: zwo-neun-fünf Grad, dreiundzwanzig Meter. Kann sich sehen lassen. Mit einer 900-Kilo-Bombe wäre sie erledigt gewesen, glaube ich.« Diesmal jubelte niemand – alle waren von ihrem Beinahe-Absturz noch zu mitgenommen. »Und jetzt die schlechte Nachricht: Die erste SA-4 hat uns um hundertfünfzehn Meter verfehlt. Die hätten wir überleben können. Aber die zweite SA-4...«

»Zweite?«

»Genau wie die Patriot wird die SA-4 immer paarweise abgefeuert«, sagte Patrick, »und jede SA-4-Batterie hat drei Abschussrampen. Die zweite SA-4 hat uns nur um fünfunddreißig Meter verfehlt. Bei einem hundert bis hundertdreißig Kilogramm schweren Gefechtskopf wäre das ein schwerer Treffer gewesen, denke ich.«

»Na ja, es ist auch Scheiße, etwas wie eine SA-4 mit Bomben zu bekämpfen«, wandte Ollie ein. »Wir müssen auf jeden Fall in ihren Wirkungsbereich einfliegen, auch wenn wir aus großer Höhe angreifen – und dort oben sind wir erst recht gefährdet.«

»Genau!«, sagte Rinc. »Geben Sie uns eine HARM, eine Maverick oder eine SLAM, dann können wir sie platt machen, ohne selbst abgeschossen zu werden.«

»Okay, das war's, Crew – für heute reicht's, denke ich«, sagte Patrick. »Wir fliegen zum ersten Haltepunkt zurück und holen Two-Zero ab. Dann gebe ich den Kurs zu unserem neuen Zielort an.«

»Neuen Zielort?«

»Wir fliegen nicht nach Tonopah.«

»Nein? Haben Sie über SATCOM irgendeine Meldung bekommen? Fliegen wir nach Reno zurück?«

»Ich habe über SATCOM eine Nachricht bekommen und daraufhin beschlossen, unseren Flugplan zu ändern«, sagte Patrick. »Sehen Sie zu, dass Sie Two-Zero ins Radar bekommen.«

»Was steckt dahinter, General? Wohin fliegen wir?«

»Irgendwohin über den Regenbogen, Jungs«, antwortete Patrick. »Irgendwohin über den Regenbogen. Ich hoffe nur, dass wir nicht der bösen Hexe begegnen, wenn wir dort ankommen.«

Das Rendezvous mit Aces Two-Zero klappte problemlos. Wenig

später flogen die beiden Bomber dicht nebeneinander her und inspizierten sich gegenseitig, um nach ihren Einsätzen mit scharfen Waffen nach etwaigen Schäden oder nicht ausgeklinkten Bomben zu sehen. »Bei euch scheint alles in Ordnung zu sein, Two-One«, meldete Annie »Heels« Dewey, die Kopilotin von Two-Zero, auf der abhörsicheren HAVE-QUICK-Einsatzfrequenz. »Hey, wo seid ihr gewesen, Jungs?«

»Das könnten wir euch erzählen – aber danach müssten wir euch den Hals abschneiden«, sagte Rinc, aber sein Tonfall klang humorlos.

»Schluss damit, Rodeo«, verlangte Furness.

»Crew, ich bin wieder auf der SATCOM-Frequenz«, sagte Patrick. »Stellt sicher, dass ihr abgeschaltet habt.« Er wechselte auf die abhörsichere Frequenz um und rief David Luger. »Wie kommen wir voran, Partner?«

»Hier steht alles bereit«, antwortete Dave. »Hangar Foxtrott ist frei. Wir haben Aces Three-Zero und Three-One zu eurem Haltepunkt geschickt. Sie müssten demnächst dort eintreffen. Ihr könnt als Viererverband hier landen. Probleme kann's allerdings mit den drei Maschinen geben, die nach Tonopah verlegen sollten.«

»Probleme?«

»Muck, im Augenblick ist die halbe Welt fuchsteufelswild auf dich«, sagte Luger. »Das Air Combat Command staucht die Nevada Air Guard und uns seit über einer Stunde zusammen und will wissen, ob deine Jungs und du komplett übergeschnappt seid. Es ist sauer wegen der Beinahe-Zusammenstöße, die ihr provoziert habt, und will euch allen an den Kragen, weil ihr in R-4808 ohne Genehmigung scharfe Bomben geworfen habt. Die drei noch in Reno stehenden Bomber haben vorläufig Startverbot, und General Bretoff ist klug genug, um dem ACC nicht zu widersprechen.

Ich habe allen zu erklären versucht, dass ›Genesis‹ diese Übung koordiniert hat«, fuhr Dave fort, indem er das inoffizielle HAWC-Rufzeichen benutzte, »aber gegen diese Feuersbrunst bin ich machtlos. General Samson will einen Termin beim Chef des Führungsstabs und/oder beim Vorsitzenden der Vereinten Stabschefs, aber wegen dieser Korea-Sache hat niemand Zeit für ihn.«

»Hat General Samson mit General Bretoff gesprochen?«

»Positiv«, bestätigte Dave. »Bretoff ist ein netter Kerl, aber diese Sache übersteigt seine Kompetenzen, und er bezieht lieber keine bestimmte Position. Kann General Samson das ACC beschwichtigen, macht Bretoff uns auch keine Schwierigkeiten, glaube ich. Wir haben einfach bloß mit dem Timing Pech gehabt, Muck – alle wären viel gelassener, wenn diese Korea-Sache nicht passiert wäre.«

»Verstanden«, antwortete Patrick. »Das ACC ist mir im Augenblick ziemlich egal – mir geht's um diese Flugzeuge.«

»Fazit: Ich glaube, du kriegst nur die Bomber, die jetzt in der Luft sind, mein Freund«, sagte Luger. »Vielleicht solltest du's dabei belassen. Wir haben ohnehin nur Umrüstsätze und Waffen für zwei Maschinen und Etatmittel für zwei weitere. Stehen die vier Bomber erst in Dreamland, muss mindestens der Luftwaffenminister ihre Rückgabe befehlen. General Hayes ist bereits an Bord, falls er wegen deiner Jungs nicht allzu sauer ist.«

»Das wird sich zeigen«, antwortete Patrick. »Vielen Dank, Dave. Wir sehen uns nach der Landung.« Er schaltete auf die Bordsprechanlage um. »Ko ist wieder auf Empfang, Crew. Ich gehe auf die Einsatzfrequenz.« Er schaltete erneut um. »Aces Two-Zero, Status?«

»Einsatzbereit«, meldete Rebecca Furness aus der zweiten B-1B über dem Haltepunkt.

»Aces Three-Zero, Status?«

Die Empfangsqualität war nicht sonderlich gut, aber sie hörten: »Rotte Aces Three-Zero einsatzbereit. Hallo, Leute.«

»Three-Zero?«, fragte Furness erstaunt. »Was geht hier vor, Sir?«

»Später«, wehrte Patrick ab. »Rotte Three-Zero, Rotte Two-Zero ist zwischen siebzehn- und achtzehntausend Fuß in enger Formation am Haltepunkt. Ich möchte, dass Sie sich in achtzehn- bis zwanzigtausend über uns setzen.« Beide Rotten verifizierten ihre Positionen mit TACAN und Radar, dann koordinierten sie ihr Rendezvous mit Los Angeles Center. Sobald der Abstand sich auf weniger als drei Meilen verringert hatte, rief Furness auf McLanahans Anweisung die Flugsicherungsstelle und erklärte, das Militär übernehme die Verantwortung für die Einhaltung der nötigen Sicherheitsabstände. Die Fluglotsen schienen sehr erleichtert zu sein, als sie die Verantwortung für dieses seltsame Rudel Militärmaschinen abgeben konnten.

»Hey, habt ihr gehört, was passiert ist, Jungs?«, fragte der Pilot von Aces Three-Zero auf der abhörsicheren Einsatzfrequenz, sobald sie ihre Position eingenommen hatten. »In Korea ist Krieg ausgebrochen. Dort kann jeden Augenblick die Bombe platzen.«

»Ich glaube, die ist schon geplatzt – direkt über uns«, warf der Pilot von Aces Three-One ein. »Wir haben Anweisungen von unserem Gefechtsstand und SATCOM-Mitteilungen empfangen, dass wir in Reno landen sollen. Angeblich hat unsere gesamte Staffel die Rote Karte bekommen. Was steckt dahinter, Boss?«

»Das lasse ich lieber den General erklären«, sagte Furness. »Ich verstehe diesen ganzen Scheiß so wenig wie ihr.«

»Okay, alle mal herhören«, sagte Patrick auf der Einsatzfrequenz. »Hier ist Major Seavers Kopilot. Im Zusammenhang mit der Koreakrise hat sich eine Situation ergeben, in der ich nach eigenem Ermessen entschieden habe, die Bomber und Besatzungen dieser Staffel kraft meiner Befehlsgewalt auf einen anderen Stützpunkt zu verlegen. Dorthin sind wir jetzt unterwegs. Sie müssen meine Anweisungen unbedingt genau befolgen, sonst werden Sie abgeschossen. Ist das klar?«

»Was geht hier vor, Go-Fast?«, fragte Pogo Lassky in Aces Three-One. »Ist das sein Ernst? Was meint er mit ›abgeschossen‹?«

»Haltet jetzt alle die Klappe und hört zu«, verlangte Furness. »Ich weiß nicht, was hier vorgeht, aber der General hat das Kommando. Haltet den Mund, hört zu und tut, was der Mann sagt.«

»Wie steht's mit Ihrem Treibstoffvorrat, Nummer eins?«, fragte Lassky.

»Ich stehe nicht unter Druck, Pogo«, antwortete Furness sofort. Lasskys Frage war ein Codesatz, mit dem er sich möglichst harmlos erkundigt hatte, ob ein Entführer an Bord war oder es sonst irgendwelche Schwierigkeiten gab. »Diese Sache ist ernst gemeint. Wir sind bald am Boden, und dann erklärt der General uns alles. Hört jetzt gut zu.«

»Hey, sind Sie ein Terrorist oder so was?«, fragte John Long.

»Ist dies ein komplizierter Plot, um unsere Flugzeuge zu klauen und damit Kanada oder sonst was zu bombardieren?«

»Der Plot ist allerdings kompliziert«, gab Patrick mit einem Lächeln in der Stimme zu. »Und ich stehle diese Flugzeuge tatsächlich – gewissermaßen.«

»Gehört das alles zur Einsatz-Zertifizierung?«, erkundigte sich irgendjemand. »Ist das Bestandteil der Übung? Soll unsere Loyalität auf die Probe gestellt werden?«

»Nein, es gehört nicht zur Zertifizierung und es geht nicht darum, Ihre Loyalität zu testen«, antwortete Patrick. »Sie können sich weigern, an dem von mir geplanten Unternehmen teilzunehmen. Ich werde niemandem befehlen, meine Anweisungen zu befolgen. Sie können nach Reno zurückfliegen. Ich bin sogar bereit, den Flugteil Ihrer Einsatz-Zertifizierung zu streichen.«

»*Was* haben Sie gesagt?«, fragte Furness ungläubig. »Sie sind *wozu* bereit?«

»Bei der Alarmierung bis zum Start hat die Staffel fast hundertprozentig abgeschnitten«, sagte Patrick. »Der Flugteil war dann nicht ganz so gut. Mir liegen schon jetzt Beschwerden vom Air Combat Command, dem National Guard Bureau und mehreren Geschwadern vor, und ich bin sicher, dass weitere eingehen werden. Aber ich bin bereit, dem ACC, dem NGB und General Hayes zu erklären, dass ich den Flugteil in unfairer Weise beeinflusst habe, um ihn schwieriger zu machen, als die Übungsbestimmungen zulassen. Damit behalten Sie Ihre Punkte und können den Flugteil später unter Aufsicht eines anderen Prüfers nachholen.«

»Wieso wollen Sie den Flugteil annullieren?«, fragte der Pilot von Aces Three-One. »Was ist passiert? Wie haben wir abgeschnitten?«

»Das weiß ich nicht«, behauptete Patrick. »Ich habe noch nicht alle Berichte. Aber das hat Zeit bis zur Besprechung nach der Landung.«

»Hätten wir gut abgeschnitten, würden Sie's uns bestimmt sagen, Sir«, wandte jemand ein. »Warum sagen Sie uns nicht einfach die Wahrheit? Wir sind alle schon erwachsen.«

»Was dagegen, Oberstleutnant Furness?«, fragte Patrick auf der

Einsatzfrequenz. Als keine Antwort kam, erriet er, dass Furness genau wusste, was kommen würde, und nur nicht wagte, vor ihren Leuten gegen einen ausführlichen Bericht zu protestieren. »Also gut. Insgesamt hat die Staffel sehr gut abgeschnitten – tatsächlich lautet mein Gesamturteil ›ausgezeichnet‹. Fast perfekt, was die Wahrscheinlichkeit, zu starten und zu überleben, betrifft. Fast perfekt... bis Major Seaver zum Start gerollt ist. Ab da ging es bergab.«

»*Was...?*«

»Ein dokumentierter Verstoß gegen die Übungsregeln, drei beobachtete Verstöße gegen die Sicherheitsbestimmungen im Fluggebiet, ein Verstoß gegen die Vorschrift für Waffeneinsätze, ein möglicher Flugsicherheitsverstoß«, zählte Patrick auf. »Damit erzielt Two-One bei der Schadenswahrscheinlichkeit null Punkte, was die Staffel auf sechsundachtzig Prozent runterzieht, selbst wenn alle anderen absolut *perfekt* gewesen wären. Bekommt Two-Zero wegen der Teilnahme an der verrückten ›Flugschau‹ mit Seaver eine Anzeige wegen Verstoßes gegen die Sicherheitsbestimmungen, sind das wieder null Punkte. Zwei ungültige Einsätze von sieben möglichen bedeuten das automatische Aus.«

»*Halt!*«, sagte Rinc Seaver erregt. »Wie zum Teufel können Sie behaupten, wir hätten versagt? Welches Recht haben Sie, *meiner* Besatzung das vorzuhalten? Was zum Teufel bilden Sie sich ein, McLanahan?«

»Für Sie immer noch ›General‹ oder ›Sir‹, Major!«, knurrte Patrick. »Und spielen Sie bloß nicht den Unschuldsengel. Obwohl Sie alle die heutigen Übungsbestimmungen genau kennen, haben Sie trotzdem gegen sie verstoßen – sogar *dreimal*: zweimal mit den Jägern, einmal mit Two-Zero! Und Sie wissen verdammt genau, dass Sie beim letzten Bombenwurf zweihundertzwanzig Fuß zu tief waren – das hätte uns alle das Leben kosten können. Ich habe genaue Radardaten von dem AWACS-Flugzeug. Wir sind noch nicht einmal *gelandet*, und schon liegen Flugsicherheitsbeschwerden über Sie vor! Sie sind kein bloßer Draufgänger, der Vorschriften weitherzig auslegt – Sie ignorieren sie, Seaver. Sie sind ein *Sicherheitsrisiko.*«

»Wozu haben Sie uns dann den ganzen anderen Scheiß über

R-4808 machen lassen?«, fragte Rinc. »Sie wollen uns für irgendeine Sache, nicht wahr?«

»In erster Linie will ich die Bomber«, antwortete McLanahan. »Ob und welche Besatzungen ich für sie will, entscheide ich später.«

»Und was ist, wenn wir beschließen, nicht bei Ihrem verrückten Unternehmen mitzumachen?«, warf Rebecca Furness ein. »Warum zum Teufel sollten wir das alles tun und riskieren, rausgeschmissen zu werden oder unsere Flugzeuge vielleicht einem Terroristen oder irgendeinem Verrückten zu überlassen? Wir kennen Sie doch überhaupt nicht! Warum sollten wir Ihnen vertrauen?«

»Wollen Sie das nicht, sollten Sie's nicht tun«, antwortete Patrick. »Wer den Haltepunkt verlassen will, ruft L.A. Center, lässt sich eine Freigabe und einen Transpondercode geben und fliegt nach Reno zurück. Ich streiche den Flugteil Ihrer Einsatz-Zertifizierung und sorge dafür, dass Ihre ausgezeichnete Arbeit bei der Bereitstellung bis zum Start voll anerkannt wird.

Ich weiß nicht, was passiert, wenn ihr nach Reno zurückfliegt, Leute«, fuhr Patrick fort. »Habt ihr Glück, werden nur Major Seaver und vielleicht Oberstleutnant Furness rausgeschmissen oder versetzt, und ihr werdet nach sechsmonatiger Bewährungszeit zu einer neuen Einsatz-Zertifizierung zugelassen. Wahrscheinlicher ist aber, dass die Staffel aufgelöst wird. Dann verliert die Nevada Air National Guard ihre B-1B, und eure Abgeordneten und Senatoren werden gewaltig rudern müssen, damit Nevada – von Reno ganz zu schweigen – wieder eine Staffel der Air National Guard bekommt.«

»Und was passiert, wenn wir uns Ihnen anschließen, General?«, fragte Furness.

»Vielleicht das Gleiche«, gab Patrick zu. »Air Force und Pentagon können meinen Plan ablehnen. Dann werde *ich* gemeinsam mit Seaver und Ihnen rausgeschmissen.

Genehmigt das Pentagon jedoch meinen Plan, fliegen wir bis zum Winter die modernsten High-Tech-Kriegsflugzeuge der Welt«, fuhr Patrick fort. »Für Sie bedeutet das, dass Ihre Dienstzeit für die Ausbildung mit dieser neuen Maschine unbegrenzt verlängert wird. Sie werden eine neue Generation von Bomberbesatzungen für Einsätze ausbilden, die es bisher noch nie gegeben hat.«

»Ach, Scheiße, General«, meinte Seaver sarkastisch. »Wo liegt das Problem, wenn Sie alles in rosigen Farben malen?«

»Das Problem liegt darin«, antwortete der General, »dass mein Projekt vorläufig ›schwarz‹ ist. Das heißt, dass es so geheim ist, dass alles und jeder, der in seine Nähe kommt, in einen qualvollen, bodenlosen Sumpf aus Sicherheitsbestimmungen gerät, der einen bestenfalls zum Wahnsinn treiben kann.

Falls Sie alle zustimmen, ändert sich Ihr Leben für immer. Ihr Privat- und Berufsleben und das Leben Ihrer Angehörigen, Freunde und Bekannten werden auf Jahrzehnte hinaus genau überwacht. Schließen Sie sich mir an, geben Sie den größten Teil Ihrer persönlichen Freiheit auf. Ich weiß, dass einige von Ihnen zur Air National Guard gegangen sind, um aus dem Berufsoffiziersdasein bei der Air Force auszusteigen, aber wenn Sie mitmachen, wird es Ihnen im Vergleich zu Ihrem neuen Leben wie ein Urlaub auf Hawaii vorkommen. Sie werden herumkommandiert, sobald Sie sich im Endanflug auf Ihren neuen Platz befinden – darauf können Sie Gift nehmen!«

Patrick wartete einige Sekunden lang, dann fügte er hinzu: »Nach meiner Rechnung haben wir Sprit für zwanzig Minuten, bevor wir nach Reno zurückfliegen müssen. So lange können Sie über meinen Vorschlag nachdenken. Stellen Sie Fragen, besprechen Sie die Sache mit Ihren Crews oder der Staffelchefin. Nach Ablauf dieser Zeit erwarte ich eine Antwort. Landen wir erst in Reno, werden uns alle weiteren Entscheidungen abgenommen.«

»Darüber brauchen wir nicht lange zu diskutieren«, sagte Furness. »Ich führe Aces High noch immer, und ich treffe die Entscheidungen.«

»Diesmal nicht, Oberstleutnant«, stellte Patrick fest. »Diese Entscheidung betrifft jeden Einzelnen. Das ist keine Entscheidung, die ihm die Staffel abnehmen kann.«

»Das sind meine Flugzeuge – und folglich ist es auch *meine* Entscheidung, General.«

»Nein, Oberstleutnant«, knurrte Patrick. »Jeder Mann und jede Frau muss diese Entscheidung für sich selbst treffen.«

»Sie haben wenig Ahnung von Menschenführung, nicht wahr, General?«, fragte Furness. »Alle mal herhören, Leute. In einem Punkt hat der General Recht: Wir haben's heute versiebt. Wir wissen alle, dass die Übungsbestimmungen dafür da sind, den Jägern eine Chance zu geben, uns abzuschießen. Wir wissen alle, dass sie Bockmist sind. Aber wir werden dafür bezahlt, dass wir uns an die Regeln halten, und wir haben gegen sie verstoßen, weil der Schutz unserer Leute und die Durchführung unseres Auftrags uns wichtiger sind als Sicherheitsregeln, die sich irgendwelche Bürokraten ausgedacht haben. Bestimmte Leute haben nach einem Grund gesucht, um Aces High auflösen zu können, und wir scheinen ihnen diesen Grund heute Morgen geliefert zu haben. Aber wir haben unsere Bomben ins Ziel geworfen und sind lebend zurückgekommen. Wir haben unseren Auftrag erfüllt.«

»Ich weiß nicht, welches Spiel der General spielt«, warf Rinc Seaver ein, »aber ich habe einen kleinen Blick auf sein supergeheimes Projekt werfen können. Es sieht verdammt futuristisch aus und könnte genau das Richtige für uns sein. Fliegen wir nach Reno zurück, kommen wir vermutlich erst mal aufs Abstellgleis. Bleiben wir beisammen, machen wir hier mit, haben wir die Chance, an echt coolen Sachen mitzuarbeiten. Wir von Two-One machen jedenfalls mit. Haben das alle verstanden?«

»Zwo.«

»Drei.«

»Vier.«

»Oberstleutnant Furness ist vielleicht nicht ganz offen zu euch, Jungs«, sagte Patrick. »Ich weiß nicht, was nach eurer Rückkehr aus der Staffel wird. Wie ich vorhin gesagt habe, vermute ich, dass die beiden an dieser ›Flugschau‹ beteiligten Piloten entlassen oder versetzt werden. Aber die Staffel besteht vielleicht weiter …«

»Und ich glaube, dass auch der General nicht ganz offen zu uns ist«, warf Seaver ein. »Der General verfolgt einen geheimen Zweck: Er will unsere Flugzeuge mehr, als er uns will. Wir haben Befehl, nach Reno zurückzukehren. Landen wir irgendwo anders, ist das eindeutig Befehlsverweigerung. Dafür können wir auf der Stelle entlassen werden. Aber der General hat dann unsere Flugzeuge, auf die er's vermutlich abgesehen hatte, seit er bei uns aufgekreuzt ist. Oder täusche ich mich, General McLanahan?«

»Sie täuschen sich«, antwortete Patrick. »Mir geht's in zweiter Linie darum, die besten Besatzungen und die besten Flugzeuge für neue Angriffseinsätze zu finden. Ich glaube, dass ich sie mit dieser Staffel gefunden habe. Aber in erster Linie bin ich wegen eurer Einsatz-Zertifizierung nach Reno gekommen. Durch euer Draufgängertum und den Konflikt in Korea bin ich allerdings zeitlich etwas unter Druck geraten. Ihr Draufgängertum hat diese Staffel in Gefahr gebracht, Major, nicht meine geheimen Absichten.«

»Danke für diese Klarstellung, General – sie entspricht dem, was ich vorhin gesagt habe, glaube ich«, sagte Furness. »Die Entscheidung müssen wir den Einzelnen überlassen. Okay, Leute. Besprecht die Sache untereinander und meldet mir anschließend, ob ihr dabei seid oder nicht. Wer nicht mitmachen will, kann gern gehen. Das nimmt ihm keiner übel.«

»Zwo ist dabei«, sagte Rinc sofort.

»Drei auch.«

»Vier ebenfalls.«

»Reicht Ihnen das, General?«, fragte Furness mit scharfem Unterton in der Stimme.

»Es wird wohl reichen müssen«, antwortete Patrick. »Willkommen an Bord, Leute. Alle mal herhören:

Wir verlassen jetzt diesen Haltepunkt und führen einen ILS-Anflug zu einem geheimen, auf keiner Karte verzeichneten Militärflugplatz durch. Ich bin sicher, dass Sie bald herausbekommen werden, welchen ich meine. Wie Sie sich vorstellen können, wird er sehr streng bewacht. Das Überfliegen des Stützpunkts ist unter allen Umständen verboten. Wir müssen uns genau an die Vorschriften halten, damit es für die Sicherheitskräfte am Boden keine Überraschungen gibt, denn ihre Reaktion auf überraschende Überflüge ist immer gleich – sie schießen das Flugzeug ab. Das haben sie schon früher getan, und sie werden's auch wieder tun. Da wir erwartet werden, kommen wir nicht völlig überraschend, aber unsere Landung ist nicht vorher koordiniert worden, deshalb werden die Sicherheitskräfte etwas nervös sein.

Fliegen wir jetzt ab, will ich die Maschinen bei fünfhundert Fuß Höhenstaffelung in drei Meilen Abstand sehen – *und sonst nirgends*, außer ich gebe andere Anweisungen. Wir haben bestes Sichtflugwetter, also kann es beim Formationsflug keine Probleme geben. Aber wer nach dem Einflug in das Gebiet etwa doch seinen Vordermann aus den Augen verliert, behält Kurs und Höhe eisern bei, bis er vom Sicherheitscontroller neue Anweisungen erhält.«

»Von welchem Gebiet redet er, Rodeo?«, fragte Rebecca.

»Ich rede von dem Gebiet, in das wir einfliegen werden«, antwortete Patrick. »Sie bekommen es bald genug zu sehen. Denken Sie daran, was ich gesagt habe: Befolgen Sie die Anweisungen des Controllers genau, sonst werden Sie abgeschossen. Diese Kerle meinen es todernst.

Sobald wir hintereinander im Anflug sind, geben Sie im ILS hundertzehn Komma sieben und einen Kurs ein, den ich Ihnen später angebe«, fuhr Patrick fort. »Der Gleitwinkel beträgt *vier* Grad. Das ist viel steiler als normal, deswegen müssen Sie auf Leistung und Sinkgeschwindigkeit achten – wir fliegen hoch an und gehen schnell runter. Sobald Sie auf dem Gleitweg zum Landekurssender sind, müssen Sie draufbleiben. Müssen Sie den Anflug aus irgendeinem Grund abbrechen oder gibt Ihr ILS den Geist auf, müssen Sie Ihre Absichten ankündigen und die Genehmigung dafür abwarten. Sagen Sie etwas und tun dann ohne Ankündigung etwas anderes, werden Sie abgeschossen.

Ganz wichtig: Fahrwerk nach einem Fehlanflug nicht einfahren. Ein Flug in der Umgebung dieses Stützpunkts in einer Konfiguration, die so aussieht, als könnten Sie eine Bombe werfen, wird als feindseliger Akt betrachtet. Fallen mehr als zwei Triebwerke aus, sodass Sie nicht mit ausgefahrenem Fahrwerk neu zur Landung anfliegen können, machen Sie eine Notlandung in dem ausgetrockneten See. Fazit: Keine plötzlichen Bewegungen! Unser Sicherheitspersonal hat ständig den Finger am Abzug.

Noch ein paar wichtige Dinge: OSOs, Sie dürfen Ihr Angriffsradar innerhalb des Gebiets *auf keinen Fall einschalten*. Schalten Sie es gleich jetzt ab, und lassen Sie es ausgeschaltet – nicht betriebsbereit, sondern wirklich aus. Ist Ihr Gerät in Betrieb, denken die dort unten, Sie wollten angreifen, und schießen Sie ab. Die Abstände im Anflug halten wir mit dem DME, *nicht mit Radar.* DSOs, das Gleiche gilt für Ihre ECM-Ausrüstung. Schalten Sie irgendetwas ein, stören versehentlich ein Funk- oder Radargerät, stoßen Düppel oder Leuchtmittel aus oder machen sonst einen feindlichen Eindruck, wird sofort und ohne Warnung geschossen. Schalten Sie Ihre Geräte also aus, völlig aus. Fragen oder Kommentare?« Diesmal gab es keine. »Melden Sie mir, wenn Ihre Radar- und ECM-Geräte abgeschaltet sind.«

»Zwo.«

»Drei.«

»Vier.«

»Gut. Nach der Landung erhalten Sie eindeutige Rollanweisungen. Die Rollwege sind nicht besonders gut zu sehen, deshalb sollten Sie dicht hinter der Maschine vor Ihnen bleiben. Folgen Sie ihr in gerade noch sicherem Abstand. Ihre Checklisten vor dem Abstellen der Triebwerke können Sie beim Rollen abhaken – dafür ist reichlich Zeit. Ich sage Ihnen jeweils, was Sie tun sollen. Sie selbst halten Funkstille, außer es gibt einen Notfall oder Sie sind wirklich verwirrt – und ich warne Sie schon jetzt, dass Sie dort unten nicht verwirrt sein sollten.«

»Zu spät, General«, sagte ein Patrick unbekanntes Besatzungsmitglied. »Ich bin schon verwirrt.«

Patrick ignorierte die flapsige Bemerkung. »Wir werden direkt zum Hangar geleitet. Rollen Sie geradewegs hinein. Behalten Sie die Rollgeschwindigkeit bei – kriechen Sie nicht in den Hangar. Das Tor vor Ihnen ist nur halb geöffnet. Sobald Sie stehen, stellen Sie die Triebwerke ab, weil das Tor hinter Ihnen geschlossen wird. Machen Sie sich keine Gedanken wegen der Waffen, der Bombenklappen, des Trägheits-Navigationssystems, der Sicherung der Wartungsdaten oder der Daten im Bombencomputer, sondern stellen Sie Ihr ganzes Zeug einfach nur ab. Öffnen Sie die Einstiegsluke, sobald die Maschine zum Stehen gekommen ist. Unten werden Sie von Sicherheitspersonal erwartet. Sie steigen aus, folgen den Wachen und tun, was Ihnen gesagt wird. Noch Fragen?«

»Klingt ganz so, als hätten Sie sich in letzter Zeit oft *X-Files* angesehen«, witzelte jemand.

Die Formation kreiste noch fast eine Stunde um den Haltepunkt, während Patrick über die abhörsichere SATCOM-Verbindung ihre Landung koordinierte. Unter Berücksichtigung der vorgeschriebenen Reserve hätte ihr Sprit jetzt kaum noch bis zur Nellis Air Force Base gereicht, die nur 60 Meilen entfernt war. Ohne eine schnelle Luftbetankung hätten sie nicht legal nach Reno zurückfliegen können, selbst wenn sie das gewollt hätten. So waren sie nun tatsächlich an ihren Entschluss gebunden.

Der Anflug war reine Routine, wenn man einen Flug in ein Hornissennest als Routine bezeichnen konnte. Wäre ihre ECM-Ausrüstung in Betrieb gewesen, hätten die Radarwarner angezeigt, dass sie sich im Erfassungsbereich mehrerer Patriot- und Hawk-Batterien befanden. Als sie tiefer gingen, konnten Furness und Seaver mehrere Raketenstellungen sehen. Die Patriot-Abschussvorrichtungen waren nicht auf sie gerichtet – das war bei der Patriot nicht nötig –, aber die Lenkwaffen I-Hawk und die britischen Fla-Raketen Rapier folgten ihrer Flugbahn. Dabei kam man sich vor, als blicke man in die Mündungen einer doppelläufigen Schrotflinte. Voraus lag ein riesiger ausgetrockneter See, dessen harter Sandboden sich bis zum Horizont erstreckte. Majestätische, vielfarbige Berge, auf deren höchsten Gipfeln noch Schnee lag, umgaben das weite Hochtal.

Die Landschaftsbilder waren prachtvoll – aber sie hätten mehr davon gehabt, wenn sie nicht befürchtet hätten, irgendeinen Fehler zu machen und dafür von den eigenen Landsleuten abgeschossen zu werden.

Als sie auf dem Gleitweg tiefer sanken und den Aufsetzpunkt ansteuerten, wurden immer mehr Einzelheiten sichtbar. Die Landebahn tauchte wie eine Fata Morgana aus dem Seebett auf. An ihren Rändern standen mehrere Fahrzeuge – eine beunruhigende Mischung aus Löschfahrzeugen und Fla-Panzern Avenger, als seien ihre zukünftigen Gastgeber ebenso hilfs- wie angriffsbereit.

Im Landeanflug sagte Patrick plötzlich: »Wir haben Verkehr bei drei Uhr, Jungs.« Rinc beugte sich nach vorn und sah neben seiner rechten Tragflächenspitze einen Jäger F-22 Raptor. Er wusste, dass die F-22 mit ihren Schubdüsen eindrehen und sie mit ihrer 20-mm-Maschinenkanone durchsieben konnte, ohne sich erst hinter die B-1B setzen zu müssen. Raketen waren keine zu sehen, aber dann fiel ihm ein, dass die F-22 ihre Lenkwaffen im Rumpf trug. Ein Blick in seine Rückspiegel zeigte ihm, dass jeder Bomber von einer F-22 eskortiert wurde. Das war eine sehr eindrucksvolle Begrüßung, die noch eindrucksvoller wirkte, wenn man wusste, dass die F-22 erst in Serie gegangen war und frühestens in drei Jahren in Dienst gestellt werden sollte. Aber hier standen gleich *vier* dieser Jäger bemannt, betankt und vermutlich auch bewaffnet als einfache Eskorte zur Verfügung.

Die Landebahn war betonhart, aber sandig, als Rinc aufsetzte. Er bremste erst, als nach 2700 Metern mehrere Panzerspähwagen die Landebahn blockierten, um ihm zu zeigen, wo er sie verlassen sollte. Patrick hielt die nach der Landung und vor dem Abstellen der Triebwerke abzuhakenden Checklisten schon bereit. Sicherheitsfahrzeuge mit MGs in Drehkränzen – manche auch mit schussbereiten Granatwerfern oder Panzerabwehrraketen – standen entlang der Rollwege. Es gab keinerlei Zweifel darüber, wohin sie sollten: Sie brauchten nur zwischen den vor Waffen starrenden Sicherheitsfahrzeugen hindurchzurollen.

Sie machten 20 Knoten, die höchste Rollgeschwindigkeit der B-1B, aber weil Geländemerkmale fehlten, kam man sich wie in einem durch die Wüste rasenden Dune Buggy vor. »Nett haben Sie's hier, General«, sagte Rinc. »Reichlich Auslauf. Angeln und Jagen gut?«

»Vielleicht können Sie das bald selbst feststellen, Major«, antwortete Patrick.

»Das hier ist Groom Lake, stimmt's?«, fragte Rinc. »Der supergeheime Militärstützpunkt. Sieht recht gewöhnlich aus. Ich kenne natürlich die mit vier Meter Brennweite gemachten Spot-Fotos in unserer Datenbank – sieht genau wie Werk 42 in Palmdale aus. Wie viele Leute fotografieren uns Ihrer Meinung nach jetzt von den umliegenden Hügeln aus?«

»Keiner«, sagte Patrick. »Unser Sicherheitsdienst hat alle unbefugten Besucher eingefangen, bevor wir gelandet sind. Der nächste UFO-Späher war acht Meilen entfernt, aber den haben wir uns auch geschnappt. Ab und zu lassen wir diese Leute etwas näher herankommen, um ihre Zugangsrouten kennen zu lernen, weil sie dann notfalls leichter aufzuspüren sind. Und wir mussten zwei Satellitenüberflüge abwarten – einen russischen, einen chinesischen.«

»Irgendjemand muss uns gesehen haben, General«, stellte Rinc fest. »Wie wollen Sie vier B-1B tarnen, die mitten in der Wüste zur Landung anschweben?«

»Wäre es uns nur darum gegangen, nicht gesehen zu werden, Major, hätten wir zur Überbrückung einen Tanker angefordert und wären nachts gelandet«, antwortete Patrick. »Hier starten und landen jeden Tag alle möglichen Flugzeuge. Spione und UFO-Späher interessieren sich nicht für alte Bomber – die wollen unsere neuesten Flugzeuge sehen. Aber die eigentliche Forschungsarbeit konzentriert sich heutzutage nicht auf neue Plattformen, sondern auf neue Waffen wie Bomben und Lenkwaffen.«

»Ich dachte, solches Zeug würde in Eglin getestet.« Die Eglin Air Force Base bei Fort Walton, Florida, war der Sitz des Munitionsamts des Forschungslabors der Air Force, das für die meisten Waffenentwicklungen zuständig war.

»Wir bekommen hier alles von Flugzeugen bis zu Avionik, Software oder Munition«, sagte Patrick. »Wir testen alles, bevor es nach Eglin, Edwards oder Langley geht, bevor Betriebshandbücher geschrieben oder Techniker ausgebildet werden. Wir erproben alles – und wenn es im Einsatz ist, versuchen wir, es zu verbessern.« Er zeigte nach vorn. »Dort sind die Hangars. Unser Platz ist ganz links. Nicht langsamer werden, sondern zügig reinfahren.« Über die Bordsprechanlage sagte Patrick: »Gut festhalten, Crew. Wir machen eine Vollbremsung.«

Vor ihnen ragte jetzt eine isoliert dastehende Reihe von zehn großen sandfarbenen Hangars auf. Die Sicherheitsfahrzeuge verteilten sich, um die Bomber in einzelne Hangars geleiten zu können. Da sie ziemlich schnell fuhren, musste Rinc im Hangar tatsächlich eine Vollbremsung hinlegen. Die meisten Schalter befanden sich schon in richtiger Stellung, und da sie ihr APU nicht brauchten, ließen sich die Triebwerke leicht und schnell abstellen.

Sobald die Einstiegsluke offen war, forderte Patrick die anderen auf: »Einfach den Strom abstellen, alles liegen lassen und gleich mitkommen.« Seaver, Warren und Long folgten ihm. Zu ihrer Überraschung wurden sie am Fuß der Leiter von einem jungen schwarzen Offizier erwartet, der einen Wüstentarnanzug trug, eine Maschinenpistole vor der Brust hängen hatte und am Koppel eine große Ledertasche mit einer Pistole Kaliber 45 trug. »Abend, Sir«, sagte er zu Patrick, dann lächelte er den anderen zu. »Willkommen in Elliott.«

Die leistungsfähige Klimaanlage des Hangars war schon dabei, die letzten Triebwerksabgase ins Freie zu befördern. Nachdem das Sicherheitspersonal bei McLanahan eine Leibesvisitation vorgenommen hatte, waren Seaver, Furness und die anderen an der Reihe. Dann wurden sie aufgefordert, einen Arm aus ihrer Fliegerkombi zu ziehen und eine Schulter frei zu machen. Mit einer Impfpistole schoss der schwarze Sicherheitsoffizier ihnen etwas in die Schulter, bevor er ihnen mit Kunststoff ummantelte Armbänder um die Handgelenke legte. »Was zum Teufel machen Sie da?«, fragte Furness unwillig. »Ist das ein Impfstoff gegen Milzbrand oder was?«

»Wir wollen bloß eine Stimme hören, Leute«, sagte der Offizier gut gelaunt. »Willkommen im Club.«

»Oberstleutnant Hal Briggs, mein Sicherheitschef«, stellte Patrick ihn vor. »Hal, dies ist …«

»Oberstleutnant Rebecca Furness, Nevada Air National Guard. Freut mich, Sie kennen zu lernen.« Briggs schüttelte ihr die Hand, danach machte er sich mit Dewey und Seaver bekannt. Furness begutachtete die Waffe, die er vor der Brust trug: eine Heckler & Koch MP5K (Kurz), eine kleine Maschinenpistole, die so kompakt war, dass sie ursprünglich die bisher von Fliegern getragenen Pistolen hatte ersetzen sollen. Da der Clip dieser MP, deren Magazin mit 15 Schuss bereits angesetzt war, sich mit einem Ruck lösen ließ, war sie sofort einsatzbereit, während ihr Träger die Hände frei hatte. Ein Stück Fallschirmschnur verband die Klappstütze so mit dem Gurtzeug, dass sie von selbst in Feuerstellung einrastete, wenn Briggs die Waffe hochriss.

»Ich kenne Sie bereits alle – vielleicht besser, als Sie ahnen«, sagte Briggs lächelnd.

»Hal hat die Sicherheitsüberprüfung der Staffel durchgeführt«, warf Patrick ein. »Er arbeitet gern gründlich. Erklären Sie diesen Leuten bitte, wie die Mikrosender funktionieren, Hal.«

»Ihnen ist eben ein Mikrosender eingepflanzt worden, und die Armbänder sind Energiequelle und Antenne zugleich. Die winzigen Geräte haben alle möglichen Funktionen. Im Prinzip gleichen sie einem elektronischen Hundehalsband. Die Armbänder liefern Schwachstrom und dienen als Antenne – ohne sie ist der Mikrochip außer Betrieb. Wir können Ihren Standort feststellen, Ihre Bewegungen verfolgen, mit Ihnen reden, Ihnen Anweisungen erteilen, Ihre Körperfunktionen überwachen und noch vieles mehr.«

»Wer zum Teufel hat gesagt, dass ich einen Mikrochip in den Arm geschossen kriegen wollte?«, fragte Furness.

»Sie selbst«, antwortete Patrick. »Ich habe Sie gewarnt, dass Sie hier kein Privatleben mehr haben werden, aber Sie haben mir nicht geglaubt. Jetzt können Sie und Ihre Männer abgehört werden, und jemand wird Sie überwachen – für den Rest Ihres Lebens.« Mit einem Blick zu Rinc Seaver hinüber fügte er hinzu: »Denken Sie daran, wenn Sie nächstes Mal mit jemand Besonderem allein sind. Der Große Bruder beobachtet Sie nicht nur – er hört auch mit und weiß, wo Sie sind.«

Seaver lächelte. »Cool«, sagte er und rieb sich leicht die Schulter. Aber der Mikrochip war weder zu sehen noch zu fühlen.

Furness war sichtlich wütend. »Sie verarschen mich!«

»Achtung!«, rief jemand laut. Das Sicherheitspersonal behielt seine Waffen vor der Brust, aber alle anderen nahmen Haltung an.

»Weitermachen!«, sagte eine dröhnend laute, andere Stimme. Furness drehte sich um und sah einen hünenhaften schwarzen Dreisternegeneral, der Fliegerkombi, Schiffchen und blank geputzte Fliegerstiefel trug, auf ihre Gruppe zukommen. McLanahan und Briggs salutierten, als er näher kam. »Freut mich, dass Sie wieder da sind, General«, sagte er zu McLanahan. »Hier müssten Sie etwas leichter unter Kontrolle zu halten sein – hoffentlich.«

»Freut mich, wieder hier zu sein, General«, antwortete Patrick mit einem verschmitzten Lächeln. »Sir, ich möchte Ihnen Oberstleutnant Rebecca Furness, Chefin der 111th Bomb Squadron, Nevada Air National Guard, vorstellen. Oberstleutnant Furness, das hier ist Generalleutnant Terrill Samson, Kommandeur des High Technology Aerospace Weapons Center auf der Elliott Air Force Base.«

Samson erwiderte Furness' Gruß und schüttelte ihr danach die Hand. »Man hört viel Gutes über Sie, Oberstleutnant«, sagte Samson freundlich. »Ich freue mich darauf, Gutes von Ihnen zu sehen. Willkommen.«

»Danke, Sir.«

Dann wurde Rinc Seaver dem Kommandeur vorgestellt. »Major«, sagte Samson kühl. Seaver versuchte seinen Blick zu erwidern, knickte aber unter der körperlichen Präsenz dieses Hünen rasch ein.

Samson wandte seine Aufmerksamkeit wieder McLanahan zu, wofür Seaver dankbar war. »Patrick, ich weiß, dass ich Ihren Plan gebilligt habe, aber ich habe nicht erwartet, dass Sie vier Bomber B-1B der Nevada Air National Guard mitsamt ihren Besatzungen entführen würden«, sagte er. »Wir müssen ein paar Leute anrufen. Ladies und Gentlemen, ich überlasse Sie jetzt Oberstleutnant Briggs, der sie in Ihre Unterkunft begleiten wird. Aber zuvor möchte ich noch einiges anmerken.

Ich vermute, dass General McLanahan Ihnen das schon gesagt hat, aber ich will es trotzdem wiederholen: Sie sind jetzt Teil der geheimsten Rüstungsschmiede Amerikas. Was wir hier tun, entscheidet über die Entwicklung der United States Air Force und unserer gesamten Streitkräfte in den kommenden zwanzig bis fünfzig Jahren. Unsere Teammitglieder hier verstehen und respektieren die gewaltige Verantwortung, die wir ihnen aufbürden, und hüten die Technologie und die Informationen, mit denen sie arbeiten, wie ihr eigenes Leben.

Trotzdem verlassen wir uns nicht nur darauf – wollen wir Sie im Auge behalten, tun wir das, wie und wann wir es für richtig halten. Das ist der Preis, den Sie dafür bezahlen, dass Sie sich bereit erklärt haben, Bestandteil dessen zu sein, was hier vorgeht. Sie werden Ihre Arbeit hier abwechslungsreich und anregend finden – nach Ansicht vieler sogar erstaunlich. Andererseits ...«

Der General machte eine Pause und sah einen nach dem anderen an, bevor er fortfuhr.

»Andererseits werden Sie feststellen, dass das Leben hier *beschissen* ist. Sollten Sie geglaubt haben, die schlimmsten Dienstorte der Air Force seien die Aleuten oder Grönland, werden Sie hier eines Besseren belehrt. Und sollten Sie geglaubt haben, Sie hätten den schlimmsten, unerbittlichsten Kommandeur schon erlebt, haben Sie sich getäuscht. *Ich* bin dieser Mann.«

Samson trat auf Rinc Seaver zu und starrte ihn durchdringend an, obwohl seine Worte allen galten. »Ich habe Berichte über diese Staffel erhalten, über Ihre Aktivitäten in und außer Dienst, über Ihre Leistungen – und über Ihre Einstellung«, sagte er mit tiefer Bassstimme. »Angeblich gehören Sie zu den Besten der Besten. Aber das spielt keine Rolle mehr. Ihre vergangenen Erfolge spielen keine Rolle mehr. Auf diesem Stützpunkt arbeiten die Besten der Besten, das oberste halbe Prozent der Ingenieure, Wissenschaftler, Techniker und Flieger Amerikas. Wir fliegen Jets und erproben Waffensysteme, die in zukünftigen Kriegen Geschichte machen werden. Sie bekommen eine Chance, sich zu bewähren, dafür garantiere ich. Aber ich lasse niemanden an meine neuen Waffensysteme heran, der mir nicht zuvor bewiesen hat, dass er ein Teamspieler ist. Ihre Probezeit läuft ab sofort. Noch Fragen?«

»Ich habe eine Bitte, General«, sagte Rinc Seaver.

»Major?«

»Wir brauchen wenigstens eine handschriftliche Quittung für diese Flugzeuge, Sir«, sagte Rinc.

Samsons Augen blitzten zornig – aber dann lächelte er ein böses Krokodilslächeln. »Klar, Major«, antwortete er. »Haben Sie einen Bleistift?« Bevor Furness reagieren konnte, legte er eine Hand auf die linke Schulter von Seavers Nomex-Anzug, packte den Ärmel in der Nähe der Bleistifttasche und riss ihn mit einem Ruck so mühelos ab, als zerreiße er ein Blatt Papier. Rinc ließ keine Reaktion erkennen, als habe er erwartet, dass der hünenhafte Mann das tun würde.

Der General bückte sich nach dem zerfetzten Ärmel und hob einen schwarzen Fettstift auf. »Der muss genügen«, entschied er. »Jetzt brauche ich nur was, worauf ich schreiben kann.« Er packte das Oberteil von Seavers Fliegerkombi und riss es mit einem einzigen Ruck auf. Stücke des Reißverschlusses und Nomex-Fetzen flogen nach allen Richtungen davon. Auf Rincs weißes T-Shirt schrieb er: *Vier (4) Bomber B-1B Lancer richtig erhalten.* Dann setzte er das Datum und seine Unterschrift darunter. Seaver stand wortlos stramm und starrte die ganze Zeit stur geradeaus.

»Da haben Sie Ihre Quittung, Klugscheißer«, sagte Terrill Samson, indem er Seaver den Fettstift hinters Ohr steckte. »Habe ich sonst noch was übersehen, Major?«

»Nein, *Sir*«, antwortete Rinc.

»Gut. Danke, dass Sie mich daran erinnert haben. Ich hasse es, den Papierkram im letzten Augenblick zu erledigen. Oberstleutnant Briggs.«

»Sir!«

»Schaffen Sie mir diesen Witzbold und die anderen Besatzungsmitglieder aus den Augen. Und besorgen Sie Major Seaver eine neue Fliegerkombi – so kann er sich nirgends blicken lassen.«

»Ja, *Sir*«, sagte Briggs, ohne sich zu bemühen, sein Lächeln zu verbergen. »Kommt also bitte mit, Leute.« Furness salutierte vor Samson, der ihren Gruß erwiderte, und ging mit Briggs davon. Seaver versuchte nicht einmal, die Fetzen seiner Fliegerkombi aufzuheben.

Patrick beobachtete den Gesichtsausdruck seines Vorgesetzten, während die B-1B-Besatzungen zu dem wartenden Bus geführt wurden, der sie in ihre Unterkunft bringen würde. Samson machte ein finsteres Gesicht, aber um seine Lippen spielte die Andeutung eines Lächelns. »Das hat Ihnen Spaß gemacht, nicht wahr, Sir?«

»Noch mehr Spaß hätte es mir gemacht, ihn in seinen verdammten Hintern zu treten«, knurrte Samson. Beim Gedanken daran musste er grinsen. »Aber leider ist er auf der richtigen Fährte. Diese Flugzeuge gehören noch nicht uns – sie gehören dem Bundesstaat Nevada. Ohne seine Genehmigung dürfen wir sie nicht umrüsten.«

»Ich glaube nicht, dass das ein Problem sein wird, Sir«, sagte Patrick. »Aber falls das Air Combat Command die Flugzeuge als Ersatzteilträger will oder Nevada sie einer anderen Einheit der Air National Guard verkaufen möchte, kann es sein, dass Sie durch meine Schuld in eine langwierige Auseinandersetzung verwickelt werden.«

»Beschaffen Sie uns eine schriftliche Genehmigung, diese Flugzeuge umzurüsten, Patrick, dann übernehme ich das ACC«, schlug

Samson vor. »Selbst wenn die Air Force diese Staffel auflöst, gehören die Bomber weiterhin Nevada, das sie an jeden verleihen kann, der über einen Wartungsbetrieb der Klasse eins verfügt – also auch uns.« Er nickte Patrick zufrieden zu. »Aber das haben Sie alles schon bedacht, nicht wahr? Sie haben die B-1B hergeholt, weil es praktisch unmöglich ist, sie uns wieder wegzunehmen, wenn wir sie erst einmal in den Pfoten haben. Und sobald Nevada sich bereit erklärt, die Bomber uns zu überlassen – woran ich nicht zweifle, wenn wir uns an den Unterhalts- und Personalkosten beteiligen –, kann niemand mehr etwas dagegen machen.«

»Auch wenn wir die Flugzeuge jetzt in Besitz haben, Sir«, sagte Patrick, »können wir sie nicht einfach behalten. Wir brauchen schnellstens die Zustimmung Nevadas. Sobald der Gouverneur uns erlaubt, mit seinen B-1B zu spielen, möchte ich Ihre Genehmigung, in zwei der Maschinen Lancelot-Umrüstsätze einzubauen.«

»Genehmigt«, sagte Samson knapp. »Sie haben auch meine Genehmigung, die beiden anderen B-1B für die Umrüstung vorzubereiten. Wie lange dauert es, bis wir die ersten Flugzeuge testen können?«

»Zwei, höchstens drei Monate.«

»Brauchen Sie nicht mehr als zwei Monate, haben Sie vielleicht eine Chance«, stellte Samson fest. »Noch besser wäre es natürlich, wenn wir zwei umgerüstete B-1B für Einsätze im Zusammenhang mit dem Konflikt in Korea – dieser Revolution oder was dort drüben läuft – abstellen könnten. Dann bekämen wir vielleicht die Umrüstung einer Staffel oder sogar eines ganzen Geschwaders genehmigt. Aber zunächst müssen wir den Leuten imponieren, Patrick. Sorgen Sie dafür, dass die Vorführung eindrucksvoll wird.«

»Ich mache mich sofort daran, Sir«, antwortete Patrick. »Tut mir Leid, dass Sie sich jetzt mit dem Air Combat Command auseinander setzen müssen. Man hätte diese Sache vielleicht auch anders anfangen und die Bomber auf dem Dienstweg anfordern können. Das Pentagon wird glauben, wir seien alle übergeschnappt.«

»Brad Elliott hätte nicht anders gehandelt, Patrick«, erklärte Terrill Samson ihm. »Merkwürdig – das verstehen inzwischen schon viele Bonzen in oder ohne Uniform. Ich brauche es ihnen gar nicht mehr zu sagen. Weitermachen!«

Über dem Gelben Meer
(zur gleichen Zeit)

Das amerikanische AWACS-Flugzeug Boeing E-3C mit dem Rufzeichen »Guardian« war jetzt seit sechs Stunden im Einsatz. Es war erst vor wenigen Minuten in der Luft betankt worden. Da kein weiterer Tanker zur Verfügung stand, würde dies seine letzte Patrouille sein: noch vier Stunden im Überwachungsgebiet; dann ein paar Stunden für den Rückflug zur Kadena Air Base auf Okinawa und Landung mit genügend Treibstoffreserven für weitere zwei Stunden in der Luft. Normalerweise wäre die E-3C acht Stunden im Einsatz geblieben, hätte auf der Kunsan Air Base in Südkorea getankt und wäre zur nächsten Achtstundenpatrouille gestartet. Aber vorläufig war eine Landung in Südkorea natürlich ausgeschlossen.

Wegen des Startverbots, das Washington nach dem Ausbruch der Feindseligkeiten verhängt hatte, durften gar keine US-Flugzeuge mehr von südkoreanischen oder japanischen Flugplätzen starten. Das bedeutete, dass die AWACS-Einsätze ohne Jagdschutz geflogen werden mussten. Bisher gab es keine Anzeichen dafür, dass die nordkoreanische Luftwaffe aktiv werden könnte, aber die große umgebaute Boeing 707, die vor dem Leitwerk eine riesige Antennenverkleidung mit zehn Meter Durchmesser trug, die auf hohen Stützen montiert war, wäre vor allem tagsüber ein leichtes Ziel gewesen.

Für den Einsatz der E-3C gab es noch einen weiteren Grund: die einzigartige Gelegenheit, das Airborne Warning and Control System (AWACS) unter Atomkriegsbedingungen zu testen. Dies war das erste Mal, dass eine E-3C sich in der Luft befand, während Nuklearsprengköpfe eingesetzt wurden, und die Techniker und Ingenieure waren gespannt, wie ihr leistungsfähiges Radar APY-1 unter diesen Bedingungen arbeiten würde. Natürlich war das alles schon durch Computersimulationen und Versuche im EMC-Labor auf der Kirtland Air Force Base in New Mexico untersucht worden, aber dies war der erste Test unter realen Bedingungen.

Der Versuch klappte bisher recht gut, sogar so gut, dass ein Radaroperator an Bord der Guardian über 150 Meilen Entfernung zwei Flugzeuge beobachten konnte, die auf dem nordkoreanischen Stützpunkt Sohung – etwa 30 Meilen südöstlich von Pjöngjang – starteten.

Der Radaroperator kennzeichnete die Flugziele mit einem »U« und einer Raute, was »unidentifiziert, vermutlich feindlich« bedeutete. »Radar hat Banditen im Sektor drei, Kurs eins-neun-null, Steigflug durch elftausend, Geschwindigkeit vier-zwanzig«, meldete er über die Bordsprechanlage.

»Sektor drei verstanden«, bestätigte der Sector Intercept Officer (SIO). »Ich habe negative Codes und Modi. ESM, klar zur Identifizierung. Achtung, Crew, Sektor drei hat zwei, wiederhole zwei, Banditen auf Abfangkurs. Charlie?«

»Hier Charlie, ich habe die Banditen«, sagte der Chefcontroller, dessen Rufzeichen »Charlie« lautete. »ESM brauchen wir nicht – wir stufen sie gleich als feindliche Jäger ein. Crew, klar zu Ausweichmanövern. Radar, Technik, Rotor stilllegen. Crew, wir verdunkeln alles. Pilot, Rechtskurve, Kurs eins-zwo-null, möglichst tief runter.« Die Radaroperatoren und -techniker schalteten das Radar APY-1 und alle übrigen Emissionsquellen ab, während die Piloten in einer Rechtskurve steil tiefer gingen, um zu versuchen, von den anfliegenden Jägern wegzukommen.

»Crew, hier Echo, ich habe unsere Banditen«, berichtete der Electronic Support Measures Officer (ESM), der das Rufzeichen »Echo« hatte. Das ESM war ein passives Überwachungs- und Reservesystem, mit dem die E-3C nicht nur Flugzeuge und Schiffe entdecken, sondern auch durch ihre Emissionen identifizieren konnte. Allerdings war das kein perfektes System – sendete der feindliche Jäger nichts, war das AWACS-Flugzeug völlig blind. »Ich erkenne ein russisches Radar. Sieht nach nordkoreanischen MiG-29 aus, Entfernung achtzig Meilen, rasch abnehmend.«

Nordkorea besaß nur zwei Jagdstaffeln mit nicht einmal 30 MiG-29 Fulcrum aus sowjetischer Produktion, die jedoch zu den kampfstärksten und wendigsten Jägern der Welt gehörten. Die typische Bewaffnung dieser Abfangjäger bestand aus zwei radargesteuerten Lenkwaffen R-27, vier Jagdraketen R-60 mit IR-

Suchkopf und 150 Schuss für ihre großkalibrige 30-mm-Maschinenkanone.

Der Chefcontroller meldete sich auf der Wachfrequenz mit einem Notruf: »Mayday, Mayday, Mayday, hier Guardian Three-One, fünfundsechzig Meilen südwestlich VOR Seoul, werden von nordkoreanischen Jägern angegriffen. Bitten um jegliche Unterstützung. Bitte melden!«

Aber er wusste, dass es zwecklos war, über Funk Hilfe anzufordern. Bei der Kernexplosion, die Suwon vernichtet hatte, war eine Welle hoch geladener Teilchen – der so genannte elektromagnetische Impuls (EMI) – Hunderte von Meilen weit nach allen Richtungen ausgestrahlt worden und hatte die Atmosphäre in eine Masse aus willkürlich durcheinander schwirrenden elektrischen Funken verwandelt. Selbst wenn jemand die Wachfrequenz abhörte, würde er nur statische Störungen empfangen. Der EMI im Augenblick der Explosion war so stark, dass er elektronische Geräte im Umkreis von vielen Meilen außer Betrieb setzte. Seine Auswirkungen auf die Atmosphäre konnten viele Stunden, sogar einige Tage lang anhalten.

»Sechs Uhr, sechzig Meilen«, meldete der ESM-Offizier. »In knapp zwei Minuten ist er in Alamo-Reichweite.« Die maximale Reichweite der russischen R-27 mit der NATO-Bezeichnung »Alamo« betrug etwa 40 Meilen. Dem Chefcontroller war bewusst, dass dies vermutlich der Countdown zu ihrem Tod war – weil im Augenblick keine eigenen Jäger in der Nähe waren. Um nicht feindselig oder offensiv zu erscheinen, hatten alle US-Flugzeuge, die den ersten Raketenangriff der Nordkoreaner überlebt hatten, Startverbot erhalten. Die Südkoreaner setzten ihre Luftwaffe zur Bekämpfung von einzelnen Bodenzielen in Nordkorea ein, und vertrauten darauf, dass ihre Fla-Truppen die Großstädte vor Luftangriffen schützen würden.

Deshalb war niemand da, der Guardian vor feindlichen Jägern hätte schützen können.

Aber sie hatten noch eine Chance. Sie waren weniger als 100 Meilen von der koreanischen Küste entfernt und hatten Kurs auf die Kunsan Air Base. Dieser unbeschädigt gebliebene Stützpunkt wurde von Fla-Raketen Patriot mit einer maximalen Reichweite von 60 Meilen verteidigt. Also hatte jetzt ein Wettfliegen begonnen, bei dem sie versuchen mussten, unter den Schutzschild der Patriot zu kommen, bevor die nordkoreanischen MiGs heran waren.

»Crew, hier Echo, ich habe einen feindlichen ESM-Kontakt bei elf Uhr, fünfzig Meilen. Und noch ein russisches Radar – sieht nach weiteren MiG-29 über Südkorea aus.« Damit hatten sich ihre schlimmsten Befürchtungen bestätigt: die Nordkoreaner hatten ihren Gegenangriff begonnen und waren dabei schon bis tief in den Süden der Halbinsel vorgestoßen. Ihre MiG-29 würden den Himmel so gut von feindlichen Jägern säubern, dass die große, aber schon ältere und weniger kampfstarke Jagdbomberflotte des Nordens die Ziele im Süden angreifen konnte, die bei dem Raketenüberfall verschont geblieben waren.

»*Sofort* runter mit dieser lahmen Ente, Pilot!«, rief der Chefcontroller über die Bordsprechanlage. Das AWACS-Flugzeug hatte Störsender und ECM-Köder an Bord, aber tagsüber und bei guter Sicht brauchten feindliche Jäger keine elektronischen Sensoren, um eine große E-3C abzuschießen. Dafür hätte selbst der älteste nordkoreanische Jäger in den Händen eines jungen, unerfahrenen Piloten genügt. Eine MiG-29 mit ihrer überragenden Wendigkeit und Nahkampfstärke konnte ein AWACs-Flugzeug im Vorbeiflug abschießen, fast ohne ihren Kurs ändern zu müssen.

»Bandit bei elf Uhr, vierzig Meilen… Bandit bei sechs Uhr, fünfundvierzig Meilen… elf Uhr, dreißig Meilen… sechs Uhr, dreißig Meilen… Achtung, Crew, Ausweichmanöver folgt… elf Uhr, zwanzig Meilen… sechs Uhr, zwanzig Meilen… Bandit zwölf Uhr, *Lenkwaffenstart, Lenkwaffenstart! Pilot, links wegkurven!*«

Während die Maschine in steiler Linkskurve sank, drückte der ECM-Offizier auf einen Knopf, um ganze Düppelwolken zur Täuschung des gegnerischen Radars auszustoßen. Das war ein Akt der Verzweiflung, mehr nicht. Ein großes AWACS-Flugzeug E-3C konnte nicht schnell genug wegkurven, um eine Jagdrakete auszumanövrieren. Aber sie konnten versuchen, der Erfassung durchs Radar der feindlichen Jäger lange genug zu entgehen, bis Hilfe aus Kunsan oder Taegu kam. Das war ihre einzige Hoffnung…

»Bandit sechs Uhr, fünfzehn Meilen, Zielsuchradar, *Lenkwaffenstart, Lenkwaffenstart!*«, rief der ESM-Offizier laut. Beide MiGs schossen Jagdraketen ab … beide hatten die E-3C mit ihrem Zielsuchradar erfasst …

Dann war die nordkoreanische MiG-29 hinter ihnen plötzlich verschwunden; Sekunden später verschwand auch die MiG vor ihnen. »Pilot, Horizontalflug!«, wies der ESM-Offizier ihn an, indem er wieder Düppelwolken ausstieß. »Crew, Kontakt mit beiden Banditen ist negativ. Achtung, weitere Ausweichmanöver folgen.«

Dafür gab es nur eine mögliche Erklärung: Sie mussten in den Erfassungsbereich des Infrarot-Zielsuchsystems der beiden nordkoreanischen MiG-29 geraten sein. Benutzte der Pilot sein IR-Zielsuchsystem, brauchte er kein Radar, um Ziele zu finden und anzugreifen. Hinweise auf einen Angriff konnte jetzt nur noch das Heckwarnsystem des AWACS-Flugzeugs geben, dessen IR-Sensoren anfliegende Jäger, aber auch die Flammenzunge des Raketentriebwerks bei Lenkwaffenstarts entdeckten.

»Kontakt!«, meldete der Pilot. »Ich habe einen Banditen bei zwölf Uhr, hoch!«

»Drauf zuhalten, Pilot!«, wies der ESM-Offizier ihn an. »Achtung, Ausweichmanöver folgen!«

»Er schließt zu uns auf!«, rief der Pilot. »Er kommt immer näher. Scheiße, jetzt hat er uns im Visier, zwölf Uhr, drei Meilen …« Dann verstummte er plötzlich.

»Pilot, wo ist er?«, fragte der ESM-Offizier. »Wo ist er jetzt? Können Sie ihn sehen?«

»Er ist … er ist links von uns, Entfernung … Entfernung ungefähr *eine Viertelmeile*«, sagte der Pilot. »Mein Gott, das ist *ein japanischer Jäger!* Ich sehe die aufgehende Sonne am Rumpf! Eine japanische MiG-29! Verdammt, die müssen die nordkoreanischen Jäger, die hinter uns her waren, abgeschossen haben!«

Das war ein unglaublicher, aber äußerst willkommener Anblick: Zwei Jäger der japanischen Selbstverteidigungskräfte auf Patrouille über dem Japanischen Meer waren über die koreanische Halbinsel gerast – und hatten dabei einen Abschuss durch die südkoreanische Luftverteidigung riskiert –, um dem AWACS-Flugzeug beizustehen. Als Reaktion auf die seit Jahren verstärkte US-

Präsenz und den größeren Einfluss Amerikas in Asien hatte die japanische Regierung es abgelehnt, weiter militärische Hardware aus den USA zu kaufen, sondern lieber große Mengen Kriegsmaterial aus Russland bezogen – darunter auch die moderne und kampfstarke MiG-29SMT, die nach westlichem Standard modernisierte Version des besten russischen Jagdbombers. Fürs gleiche Geld konnten die Japaner dreimal mehr MiG-29 als amerikanische F-15, F-16 oder F/A-18 kaufen und bekamen dafür ein Flugzeug, das seinen westlichen Konkurrenten absolut ebenbürtig war.

»Hol mich der Teufel«, murmelte der Pilot. Er winkte den japanischen Jägern zu und sah zu, wie sie mit den Tragflächen wackelten, bevor sie abdrehten. »Die haben uns echt das Leben gerettet. Nie wieder ein böses Wort über die kleinen Scheißer!«

Seoul, Südkorea
(später am gleichen Tag)

Als die Scheinwerfer aufflammten, erklang im Hintergrund die Nationalhymne der Republik Korea. Als Erstes war eine unbekannte neue Fahne zu sehen, zu der die Flaggen der Volksrepublik Korea und der Republik Korea vereinigt waren.

Die beiden dunkelblauen Streifen am Ober- und Unterrand stellten den Himmel und die Kraft der Erde dar. Das weiße mittlere Feld symbolisierte das vereinigte Land. Der Kreis in der Mitte, der *T'aeguk*, verkörperte Jin-Jang, die Kraft des Gegensätzlichen. Die rote obere Jang-Hälfte stellte die positive Seite mit Leben, Güte und Feuer dar; die blaue untere Jin-Hälfte symbolisierte die negative Seite mit dem Bösen, Tod, Dunkelheit und Kälte. Die beiden Segmente waren unzertrennlich miteinander verschlungen. Umgeben war dieser Kreis von vier Symbolen, die taoistische und konfuzianische Tugenden verkündeten, die für ein langes, glückliches Leben wichtig waren.

Umrahmt war die neue Fahne von den Flaggen der Vereinigten Staaten von Amerika, der Gemeinschaft Unabhängiger Staaten, der Volksrepublik China und der Republik Japan.

Während die Nationalhymne erklang, traten zwei Männer an die Rednerpulte vor der Flagge, verbeugten sich tief voreinander und schüttelten sich dann herzlich die Hand. Im selben Augenblick kamen eine Frau und drei Männer auf die Bühne und nahmen ihre Plätze vor ihren Nationalflaggen ein: Vizepräsidentin Ellen Christine Whiting aus den Vereinigten Staaten, Staatsminister für Fernostfragen Dmitrij Antonowitsch Aksenenko aus der Gemeinschaft unabhängiger Staaten, Außenminister Ota Amari aus Japan … sowie Xu Zheng-sheng, stellvertretender Kulturattaché an der chinesischen Botschaft in Pjöngjang.

Sobald die Nationalhymne verklungen war, verbeugte Kwon Ki-chae, der südkoreanische Präsident, sich vor den anderen und dann in die Kamera, dann sagte er: »Liebe koreanische Landsleute, ich spreche heute mit großer Trauer, aber auch mit großen Glücksgefühlen zu Ihnen. Es macht mich stolz und glücklich, aus der Halle des Volkes in der Zentrale der Koreanischen Arbeiterpartei in Pjöngjang, der Hauptstadt der Volksrepublik Korea, zu Ihnen sprechen zu können.

In einer machtvollen Demonstration von Solidarität, Einigkeit, Vertrauen und Hoffnung ist das nordkoreanische Volk heute Morgen hierher in die Hauptstadt Pjöngjang marschiert und hat das Ende der repressiven Diktatur Kim Jong-ils gefordert. Soldaten des Ersten Korps der Volksarmee haben diese Patrioten unterstützt, indem sie ihre Waffen niederlegten oder sich dieser historischen, friedlichen Kundgebung des nordkoreanischen Volkes anschlossen. Hunderttausende weitere Soldaten schlossen sich den Patrioten an und verließen die Kasernen, um ihren berechtigten Forderungen Nachdruck zu verleihen. Das Ergebnis war, dass der Diktator Kim, das gesamte Politbüro der Kommunistischen Partei und fast alle Minister der bisherigen Regierung vor dem Zorn des Volkes geflüchtet sind.

Im Geiste friedlicher Zusammenarbeit und von dem Wunsch beseelt, die angestrebte Wiedervereinigung zu fördern, hat die Regierung der Republik Korea diese Volksrevolution durch Entsendung von Jagdbombern unterstützt, die den Auftrag hatten, die Sondereinheiten der Volksarmee für interne ›schwarze Operationen‹ zur Unterdrückung von Redefreiheit und Menschenrechten anzugreifen. Ebenfalls angegriffen und größtenteils zerstört wurden viele der Massenvernichtungswaffen Nordkoreas, aber leider konnten wir nicht alle rechtzeitig zerstören. Auf den Süden wurden mehrere Raketensalven abgegeben. Dabei hat es Zehntausende von Toten und Hunderttausende von Verletzten gegeben. Wir beten für die Seelen der Toten und sprechen den Hinterbliebenen, die wir tatkräftig unterstützen werden, unser tief empfundenes Beileid aus.

Aber selbst während kommunistische Raketen im Süden einschlugen, blieben unsere Arme für unsere Brüder im Norden geöffnet, um eine Wiedervereinigung in Frieden und Freiheit zu ermöglichen. Ich freue mich, Ihnen mitteilen zu können, dass die Demarkationslinie, diese widernatürliche Grenze, die unser Volk über ein halbes Jahrhundert lang gespalten hat, nicht mehr existiert. Die Kontrollstellen, Minenfelder, Grenzübergänge und Wachtürme im Niemandsland zwischen Nord und Süd sind verschwunden. Zehntausende sind aus dem Norden über die ehemalige Grenze nach Süden geströmt, um Verwandte, von denen sie lange getrennt waren, wieder zu sehen. Korea ist nicht länger geteilt. Korea ist wieder vereinigt. Herr Vizepräsident?«

Pak Chung-chu verbeugte sich vor Präsident Kwon, vor den Gästen und in die Kamera. »Danke, Herr Präsident. Meine koreanischen Landsleute, ich bin Pak Chung-chu, bisher Erster Vizepräsident der Demokratischen Volksrepublik Korea. Es ist mir eine große Ehre, dem koreanischen Volk und der Weltöffentlichkeit die Bildung der Vereinigten Republik Korea bekannt geben zu dürfen. Meine erste Amtshandlung soll dies hier sein ...« Pak zog sein rotes Mitgliedsbuch der Kommunistischen Partei Koreas aus der Jackentasche und zerriss es in kleine Stücke. »Vor den Göttern, vor meinen Vorfahren und vor Ihnen, meine koreanischen Landsleute, sage ich mich feierlich und endgültig von der Kommunistischen Partei Koreas los. Die Partei ist ihren Idealen untreu geworden und hat das Volk unterdrückt und verraten. Ich rufe alle loyalen und patriotisch gesinnten Nordkoreaner dazu auf, meinem Beispiel zu folgen.«

Nachdem Pak sich kurz gesammelt hatte, fuhr er fort: »Die Hauptstadt unserer neuen, wahrhaft demokratischen Republik

Korea wird Seoul sein, das schon immer das historische und spirituelle Zentrum unserer Nation und unseres Volkes gewesen ist. Pjöngjang wird erneuert und modernisiert, um schon bald zu einem Symbol für das neue, von neuem Leben erfüllte Korea zu werden – ein leuchtendes Beispiel für den Geist und die Opferbereitschaft des koreanischen Volkes. Für alle Koreaner herrscht ab sofort Reisefreiheit im gesamten Land. Ich weiß, dass eure Schwestern und Brüder euch überall willkommen heißen werden.

Mein verehrter Freund und Kollege Kwon Ki-chae und ich werden die praktischen Details der Wiedervereinigung überwachen. Unsere Hauptsorge gilt dem Wohlergehen von Millionen unserer Landsleute im Norden, die unter dem repressiven kommunistischen Regime an Armut, Unterernährung, schlechter Gesundheitsfürsorge und schlimmen Wohnverhältnissen zu leiden hatten. Wir sind hier, um diesen Menschen zu versichern, dass ihnen geholfen werden wird. Wir rufen sie dazu auf, ihren Brüdern und Schwestern im Süden zu vertrauen.

Dies ist der Tag, um den wir lange gebetet haben, und wir müssen begreifen, dass unsere Feinde nicht die Menschen, sondern die miteinander im Streit liegenden Regierungen waren. Die Helfer, die schon bald in jedes Dorf kommen werden, können Soldaten aus dem Süden sein. Aber sie kommen nicht als Eroberer, sondern in friedlicher Absicht, um auf jede nur mögliche Weise zu helfen.«

Pak Chung-chu verbeugte sich erneut vor Kwon. Der Präsident erwiderte seine Verbeugung, bevor er das Wort ergriff: »Danke, Herr Vizepräsident. Ich darf Ihre Ausführungen, die ich von ganzem Herzen begrüße, für unsere Landsleute im Süden wiederholen. Unser Land ist endlich wieder vereinigt; alle Koreaner können sich darin frei und ungehindert bewegen. Bitte fragen Sie nicht, unter welchem Regime jemand gelebt hat, der bei Ihnen um Beistand, Hilfe oder Arbeit nachsucht, sondern heißen sie ihn willkommen. Eine friedliche Wiedervereinigung ist nur möglich, wenn sie zuvor in den Herzen der Menschen stattfindet. Lassen Sie nicht zu, dass Angst und Misstrauen diesen lange herbeigesehnten historischen Augenblick entwerten.

Vizepräsident Pak und ich werden in dieser Übergangsperiode gemeinsam die Verantwortung für unser Land übernehmen, bis

Neuwahlen angesetzt werden können. Die Einzelheiten des friedlichen Übergangs zu einer einheitlichen Rechtsordnung auf der Grundlage einer neuen Verfassung werden möglichst rasch bekannt gegeben. Wir sehen es als unsere Aufgabe, diesen Übergang so glatt, so sozialverträglich und so friedlich wie möglich zu gestalten. Unser Land ist reich, stark und großzügig, und wir müssen dafür sorgen, dass alle Bürger an seinem Wohlstand teilhaben. Das ist eine schwierige Aufgabe, die wir aber meistern müssen. Die Augen der Weltöffentlichkeit sind auf uns gerichtet. Um unseres Erbes und der Zukunft unserer Kinder willen dürfen wir nicht versagen.«

Kwon deutete auf die vier Gäste auf dem Podium und fuhr fort: »Während unser Land sich heute nach der Wiedervereinigung an den Wiederaufbau macht, appellieren wir an die Regierungen der Welt, vor allem aber an jene vier, die durch unsere illustren Gäste vertreten sind, das koreanische Volk zu unterstützen, es zu verteidigen und sein Streben nach Frieden und Harmonie zu fördern. Vizepräsident Pak und ich verpflichten uns, nach Kräften dazu beizutragen, dass Korea ein guter, starker, zuverlässiger Nachbar für Sie alle wird. Wir danken Ihnen, dass Sie gekommen sind, um diesen freudigen Anlass mit uns zu begehen.

Ich möchte Sie nun bitten, einige Worte an das koreanische Volk und den Rest der Welt zu richten. Madam Ellen Whiting, Vizepräsidentin der Vereinigten Staaten, wenn ich bitten darf…« Kwon verbeugte sich vor der Vizepräsidentin, die dankend nickte und ans Mikrofon treten wollte.

Bevor sie es jedoch erreichte, fügte der Präsident rasch hinzu: »Ich bitte vielmals um Verzeihung, Madam Vizepräsidentin, aber bevor Sie sprechen, habe ich noch eine wichtige Mitteilung zu machen:

Zur Friedenssicherung und als vertrauensbildende Maßnahme erklären Vizepräsident Pak und ich, dass wir alle ausländischen Streitkräfte bitten werden, die koreanische Halbinsel so rasch wie möglich zu verlassen. Dazu gehören die Verbände der chinesischen Zwanzigsten und Zweiundvierzigsten Armeegruppe, alle russischen Militärberater und die dem Combined Forces Command unterstellten amerikanischen Truppen.«

Vizepräsidentin Whiting wollte ihren Ohren nicht trauen und rang nach Fassung, als Kwon weitersprach: »Wir begrüßen die Anwesenheit der UN-Kommission für Wiedervereinigung und Abrüstung Koreas, von der wir auch in Zukunft Anleitung und Unterstützung erhoffen. Aber wir ersuchen um baldigen Abzug des Militärkommandos der Vereinten Nationen und der UN-Überwachungsbehörde für die Entmilitarisierte Zone. Erstmals seit fast einem Jahrhundert gehört Korea wieder den Koreanern. Wir hoffen, dass die Staatengemeinschaft und alle davon Betroffenen diese Entscheidung respektieren und uns helfen werden, unseren rechtmäßigen Platz in der Welt einzunehmen, indem sie die Gefahr verringern, dass unser Land erneut ein blutiges Schlachtfeld wird.«

Whitings Miene blieb ausdruckslos, als Kwon Ki-chae breit lächelnd sagte: »Das Wort hat jetzt Madam Ellen Whiting, Vizepräsidentin der Vereinigten Staaten.« Aber sie stand unter Schock. Weder Kwon noch Pak hatten auch nur angedeutet, dass sie den Abzug der amerikanischen Truppen aus Korea fordern würden! Trotzdem musste sie sich dringend zusammenreißen und ein paar freundliche Worte finden.

Die Einladung hoher ausländischer Politiker zu dieser im Fernsehen übertragenen Zeremonie war ein abgekartetes Spiel gewesen, das wussten sie jetzt alle. Indem sie vor der Fahne der neuen Vereinigten Republik Korea standen, billigten sie stillschweigend alles, was hier gesagt wurde – auch den Abzug ihrer bisher in beiden Teilen Koreas stationierten Truppen. Der Vertreter Chinas, Xu Zheng-sheng, war ein untergeordneter Mitarbeiter der chinesischen Botschaft, der nicht begriff, wovon hier die Rede war. Er war nur hier, weil er einer der wenigen Botschaftsangehörigen war, die Pjöngjang nicht fluchtartig verlassen hatten.

Aber die Vertreter Japans, Russlands und der Vereinigten Staaten wussten, was geschehen war. Um ihrem Land den Frieden zu sichern und in der Hoffnung, einen weiteren nuklearen Schlagabtausch vermeiden zu können, hatten die Koreaner sie hierher gelockt, damit sie den größten Coup des jungen Jahrtausends absegneten. Vizepräsident Whiting hätte nie daran gedacht, dem Abzug der in Korea stationierten US-Truppen zuzustimmen, bevor die

Vereinigten Staaten der Überzeugung waren, die neue koreanische Regierung sitze fest im Sattel und sei weder durch innere noch äußere Feinde gefährdet. Aber allein ihre Anwesenheit signalisierte jetzt die Zustimmung ihrer Regierung. Nicht anders verhielt es sich mit den Regierungen Chinas, Japans und Russlands.

Von einer Sekunde zur anderen war die amerikanische Militärpräsenz in Korea beendet.

Kujang, Provinz Pjongan Pukdo,
Vereinigte Republik Korea (ehemals Nordkorea)
(kurze Zeit später)

»Da habt ihr euren Beweis«, sagte Hauptmann Kong Hwan-li erbittert, während er das Kurzwellenradio ausschaltete. »Ein Propagandatrick im Zusammenwirken mit Luftangriffen. Jeder ungebildete Bauernlümmel in der Volksarmee ist darauf reingefallen. Das widert mich an!«

Kong ging vor einem kleinen Lagerfeuer auf und ab, an dem mehrere weitere Offiziere der nordkoreanischen Volksarmee saßen. Er sprach nur halblaut, und die Gruppe schwieg, weil sie fürchtete, ihre Stimmen könnten in der ländlichen Stille allzu weit tragen; das Feuer war absichtlich so klein, damit es nicht leicht entdeckt werden konnte.

Kurze Zeit später brachte ein Wachposten einen weiteren Soldaten ans Lagerfeuer. Der Mann baute sich vor Hauptmann Kong auf und grüßte zackig. »Genosse Hauptmann, Stabsfeldwebel Kim Jong-ku, Einheit sechs, fünfundvierzigstes Regiment, sechste Brigade. Ich melde mich bei Ihnen auf Befehl meines Batteriechefs, Leutnant Choi Jeon-sam.«

»Wo ist der Leutnant?«, fragte Kong.

»Genosse Hauptmann, er ist auf dem Weg zu diesem Treffen von marodierenden Deserteuren gefangen genommen, gefoltert und als tot liegen gelassen worden«, meldete Kim. »Das ist ungefähr einen Kilometer vom Versteck unserer Einheit entfernt passiert. Feldwachen unserer Einheit haben seine Hilferufe gehört, aber wir konnten ihn nicht rechtzeitig erreichen. Vor seinem Tod hat der Leutnant mir noch von diesem Treffen erzählt und mir eingeschärft, wie wichtig es sei, dass jemand von unserer Einheit daran teilnimmt. Er hat gesagt, dies sei die einzige Möglichkeit, unsere strategischen Streitkräfte zusammenzufassen, um die Invasoren wieder zu vertreiben.«

Hauptmann Kong zog seine Pistole und zielte damit auf den Unteroffizier. »Wer sagt uns, dass Sie nicht einer der Deserteure sind?«, fragte er scharf. »Wer sagt uns, dass Sie Choi diese Informationen nicht selbst unter der Folter abgepresst haben und hier aufgekreuzt sind, weil Sie hoffen, die Kapitalisten oder ihre amerikanischen Oberherrn zu uns führen zu können?«

Kim nahm erneut Haltung an. »Ich bin natürlich kein Offizier, Genosse Hauptmann«, sagte er steif, »aber ein loyaler und pflichtbewusster Soldat und Diener des Vaterlands und unseres Geliebten Führers. Ich bin nicht nach China geflüchtet, als die Verräter und Deserteure unsere Einheit verlassen haben – ich habe auf meinem Posten ausgeharrt und unbeirrt weiter meine Pflicht getan. Als Diebe und Plünderer unsere Einheit angegriffen haben, habe ich sie abgewehrt. Und als mein Batteriechef ermordet wurde, habe ich seinen Tod gerächt. Halten Sie mich noch immer für einen Vaterlandsverräter, gestatte ich Ihnen, mein Leben zu beenden. Ich verdiene nicht zu leben, wenn ich dem Vaterland oder der Volksarmee nicht dienen kann.«

Kong ließ seine Waffe sinken. Ihm war aufgefallen, dass der Stabsfeldwebel weiter die Uniform der Volksarmee trug. Das besagte viel, denn wer heutzutage in dieser Uniform angetroffen wurde, wurde auf der Stelle erschossen. Noch wichtiger war die Tatsache, dass die Einladung zu diesem Treffen den Kommandeur von Einheit sechs erreicht hatte, die in seiner Planung eine entscheidend wichtige Rolle spielte. Kong steckte die Pistole ins Halfter zurück.

»Wir heißen Sie willkommen«, sagte er. »Sie werden Ihren Diensteifer und Ihre Tüchtigkeit unter Beweis stellen müssen, und falls Sie tatsächlich ein Vaterlandsverräter sind, sollen Ihre Vorfahren Ihren Namen auf ewig verfluchen. Sie sind jetzt *Leutnant* Kim Jong-ku, der Kommandeur von Einheit sechs. Wie viele Männer haben Sie in Ihrer Einheit?«

»Fünf, Genosse Hauptmann«, meldete Kim. »Drei Starttechniker, der Chef der Wartungsmannschaft und ein Lokführer.«

»Kaum genug, um unseren Auftrag auszuführen«, sagte Kong. »Aber wir *werden* ihn ausführen, auch wenn wir auf allen Seiten von Verrätern umgeben sind.« Er wandte sich wieder an die versammelte Gruppe. »Treue Soldaten des Vaterlands, ich will nicht versuchen, unsere Lage schönzureden – sie ist in der Tat sehr ernst. Mit zwei Nodong 1, zwei Scud B und einer Scud C gehört Einheit sechs zu den letzten noch einsatzbereiten Raketenbatterien der Volksarmee. Ich habe versucht, alle übrigen Einheiten zu erreichen, aber nur diese hier hat sich gemeldet.

Aber es gibt auch gute Nachrichten, Genossen: Ich habe Verbindung zu unserer Exilregierung in Peking gehabt«, fuhr der Hauptmann fort. »Wir haben Befehl, mit allen Mitteln zu versuchen, unsere Waffen möglichst weit nach Norden in die Provinz Chagang Do zu verlegen. Gelingt uns das, können wir mit Unterstützung der Volksbefreiungsarmee rechnen.« Diese Mitteilung wurde mit gedämpftem Jubel aufgenommen. »Wir werden Pionierarbeit leisten und in der fruchtbaren Flussebene am Tongno einen Zufluchtsort für loyale Kommunisten einrichten. Die Genossen in der Volksrepublik China werden uns helfen, die Provinz Chagang Do zu erobern und zu verteidigen. Wir werden sie innerhalb des neuen Koreas zu einem autonomen Gebiet machen – zu einem sicheren Zufluchtsort für alle, die den uns geraubten sozialistischen Traum wieder mit Leben erfüllen möchten.

Wie ihr alle wisst, war die Provinz Chagang Do unser Zentrum für die Entwicklung moderner Waffensysteme, darunter der Raketen, über die wir jetzt verfügen«, fuhr Kong fort. »Sie war zweifellos das Ziel schwerer Angriffe der Kapitalisten, die sie bestimmt auch besetzen wollen. Unsere Verlegung nach Chagang Do wird nicht leicht sein. Auf den Schutz der Volksbefreiungsarmee können wir erst zählen, wenn wir fast am Ziel sind. Deshalb müssen wir mit allen Mitteln versuchen, möglichst nahe an Kanggje heranzukommen, und dabei hoffen, dass unsere chinesischen Freunde intervenieren, wenn wir aufgehalten werden.

Damit wir dieses Ziel erreichen können, bin ich zu einem Ablenkungsangriff auf ausgewählte Ziele in Südkorea ermächtigt worden. Da er unsere Anwesenheit verraten wird, werden wir vor allem die militärischen Ziele angreifen, die vermutlich an der Suche nach uns beteiligt wären. Den größten Erfolg versprechen unsere Angriffe, wenn wir sie zeitlich koordinieren. Ich habe einen vom Verteidigungsministerium und dem Politbüro im Exil gebilligten Plan ausgearbeitet, der eine Verlegung unserer Einheiten in schon vermessene Feuerstellungen vorsieht. Auf Grundlage der jeweiligen Zielentfernungen errechnen wir die exakte Abschusszeit, um einen gemeinsamen Angriff zu ermöglichen. Fünf ballistische Raketen, die aus verschiedenen Richtungen wieder in die Erdatmosphäre eintreten, haben bessere Chancen gegen die Luftverteidigung der Kapitalisten als eine. Den ersten koordinierten Start habe ich in drei Tagen angesetzt. Danach verlegen die Einheiten, die nachladen können, in neue Stellungen und schießen weitere Raketen ab.«

Kong gab Listen mit geografischen Koordinaten, Ortshöhen, Entfernungen zu markanten Geländepunkten und astronomischen Daten für die Einstellung der Kurskreisel der Raketen aus. »Dies sind die Feuer- und Ausweichstellungen, die wir für Ihre Einheiten bestimmt haben«, erklärte er dabei. »Manche werden Ihnen unbekannt sein. Ich habe viele unserer bisherigen Startpositionen gestrichen, weil ich befürchte, dass Deserteure sie den Kapitalisten verraten haben. Ihre Aufgabe ist es jetzt, diese neuen Stellungen zu beziehen. Arbeiten Sie sich mit Ihren GPS-Empfängern möglichst nahe an diese Punkte heran, damit die Kontrolle nach Geländepunkten dann schneller geht.

Es bleibt jeder Einheit überlassen, ein geeignetes Versteck zu finden«, fuhr Kong fort. »Tut euer Bestes, um ein gutes Versteck zu finden und zu sichern. Am Starttag bezieht ihr eure Feuerstellung, richtet die Rakete grob aus, speichert die Messwerte und bleibt betriebsbereit. Zur festgelegten Zeit nehmt ihr euer Aggregat in Betrieb, richtet die Rakete auf, richtet sie präzise aus und schießt sie ab. Denkt daran, euch unmittelbar nach dem Start in euer Versteck zurückzuziehen – bleibt nicht in der Feuerstellung, um dort nachzuladen. Im Idealfall weicht ihr zum Nachladen mehrere Kilometer nach Norden aus.

Alle von uns können mindestens einmal nachladen. Einheit

zwölf hat sogar zwei zusätzliche Scud B; auch meine Einheit vierzehn hat zwei Nodong 1 in Reserve. Drei Tage nach dem ersten Einsatz versuchen wir, uns an dem Ort zu treffen, der in euren Unterlagen genannt ist. Klappt das nicht, haben wir für die Zeit ab dem vierten Tag Ausweichtreffpunkte festgelegt; ihr erfahrt rechtzeitig, für welchen wir uns letztlich entschieden haben. Danach beziehen wir neue Feuerstellungen in der Provinz Kangjang Do. Sobald wir wissen, wie erfolgreich die ersten Angriffe waren, entscheiden wir, wie die restlichen Raketen eingesetzt werden und ob wir versuchen sollen, uns aus den bekannten Depots weitere Raketen zu holen.

Wichtiger als alles andere ist eines, Kameraden: Überleben!«, sagte Kong. »Wir verkörpern die einzige Hoffnung auf Wiederherstellung unseres sozialistischen Vaterlands. Wir besitzen die vielleicht einzigen Waffen, die die Kapitalisten daran hindern können, uns zu vernichten. Bewacht eure Raketen gut. Tut, was notwendig ist, um ihre Sicherheit zu garantieren und euren Auftrag auszuführen. Fällt jemand von euch aus, muss sichergestellt sein, dass noch vorhandene Waffen zerstört oder versteckt und alle Geheimsachen vernichtet werden, bevor die Überlebenden zu einer anderen Einheit stoßen, um sie zu verstärken. Denkt immer daran: Euer Auftrag ist erst ausgeführt, wenn ihr von mir oder dem Oberkommando den entsprechenden Befehl erhaltet, den ihr sorgfältig verifizieren müsst.«

Kong betrachtete die ums Lagerfeuer versammelten Männer. Er stellte fest, dass seine Botschaft angekommen war, aber er sah auch die Angst in ihrem Blick. Ihre Nation implodierte, bot ihnen keinen Rückhalt mehr. Sie alle hatten das gedämpfte Pfeifen feindlicher Jagdbomber über sich gehört und sich gefragt, wann der Bombenhagel einsetzen oder ein Kernsprengkopf detonieren würde, der das Ende bedeutete. Sie hatten einen langen Marsch vor sich – mindestens 500 Kilometer. Unter normalen Umständen hätten sie diese Strecke in weniger als einer Woche zurückgelegt; bei den gegenwärtigen Verhältnissen konnten sie Monate dafür brauchen.

Die größte Gefahr drohte ihnen nicht von südkoreanischen Jagdbombern oder amerikanischen Marschflugkörpern mit Kernsprengköpfen, sondern von den eigenen Leuten, von ihren Waffenbrüdern. Sie würden viel eher durch eine nordkoreanische Kugel als durch eine amerikanische Bombe umkommen. Der Mann, mit dem sie gestern noch gegessen oder gelacht hatten, irgendjemand, den sie seit Jahren kannten oder jahrelang ausgebildet hatten, konnte der Mann sein, der ihnen heute Nacht eine Kugel in den Kopf jagte.

»Ihr müsst jetzt alle stark sein«, forderte Kong Hwan-li so nachdrücklich wie möglich. »Für diesen Ernstfall haben wir unser ganzes Soldatenleben lang geübt. Was wir Partei und Vaterland an Wissen und Können verdanken, ist nicht nur ein Mittel, sich den Lebensunterhalt zu verdienen, sondern erlegt uns auch eine heilige Pflicht, eine schreckliche und wichtige Verantwortung auf.

Wir haben immer gesagt, unsere Truppe sei die Speerspitze der Volksarmee. Das war nie wahrer als jetzt. Wir sind die vielleicht letzte Hoffnung des Vaterlands. Die Demokratische Volksrepublik Korea lebt, aber sie braucht unseren Mut, unsere Tatkraft, um gegen die Imperialisten bestehen zu können. Kameraden, ihr seid dort draußen nicht allein. Euer Tun und Lassen wird den Gang der Geschichte verändern. Eure Vorfahren werden Zeugen, eure Nachkommen Richter eurer Taten sein. Enttäuscht sie nicht!«

High Technology Aerospace Weapons Center,
Elliott Air Force Base, Groom Lake, Nevada
(am gleichen Abend)

»Samson«, meldete sich der Kommandeur von Dreamland.

»Earthmover, hier Jester«, antwortete General Victor Hayes, der Chef des Führungsstabs der U.S. Air Force.

»Danke, dass Sie zurückrufen, Sir«, sagte Terrill Samson. »Ich weiß, dass es bei Ihnen schon sehr spät ist. Haben Sie meine Ausarbeitung, den Zeitplan und den Finanzierungsvorschlag erhalten, Sir?«

»Ich rufe nicht zurück, Earthmover«, stellte Hayes ernst richtig. »Ich möchte wissen, was zum Teufel Sie dort draußen treiben.«

»Könnten Sie das etwas genauer ausdrücken, Sir?«

»McLanahan. Die vier B-1B der Nevada Air National Guard. Dreamland. Marine, Luftwaffe und National Guard Bureau beschweren sich bei Balboa lautstark über McLanahans Projekt, und jetzt ist *er* hinter mir her«, sagte Hayes. »Als Erstes haben Ihre Leute diese Plasmafeld-Waffe eingesetzt, ohne die Navy davon zu benachrichtigen. Schlecht. Das hat Balboa sofort erfahren. Wir haben ihn und die Navy gerade erst mühsam beschwichtigt, als er von Bombern und Dreamland und McLanahan und Samson hört und sofort auf hundertachtzig ist.

Als Nächstes behauptet ein Geschwaderkommodore in Idaho, ein paar Bomber B-1B hätten seine Jäger um ein Haar *absichtlich* gerammt. Das war ein anzeigepflichtiger Vorfall, Earthmover, den militärische und zivile Radarlotsen am Boden und in der Luft beobachtet haben. Den konnten sie nicht einfach unter den Teppich kehren. Die Berichte sind direkt auf Balboas Schreibtisch gelandet – und die Durchschläge beim Verteidigungsminister. Wieder schlechte Presse.

Aber das Beste kommt erst, Earthmover«, fuhr Hayes aufgebracht fort. »Im Rahmen der vom Sicherheitsbeauftragten des Luftwaffenministers geleiteten Untersuchung dieses Vorfalls machen wir uns auf die Suche nach diesen Bombern. Aber wir können sie nicht finden. Irgendjemand drückt den Panikknopf, und Pentagon und Weißes Haus werden benachrichtigt, dass *vier* Bomber B-1B mit Waffen an Bord vermisst werden. Das erinnert die Leute an den Selbstmord mit einer A-10 Thunderbolt. Das erinnert sie an die Entführung der F-117 in Kalifornien. Nationalgarde, FBI, CIA, DIA, FAA und alle möglichen weiteren Stellen werden alarmiert.

Und wo finden wir sie schließlich? Wo stehen die verdammten Bomber? *In Ihrem Sandkasten*, Earthmover! *Sie* haben sie. Jetzt sind alle hinter mir, Balboa und dem Verteidigungsminister her. Jeder will, dass irgendwo Köpfe rollen! Und ich sehe wie der größte Blödmann des Universums aus, weil ich das alles genehmigt und nicht überwacht habe, was bei Ihnen läuft! Verdammt, es hat allgemein geheißen, die B-1B seien von nordkoreanischen Terroristen als Vergeltung für den Einmarsch des Südens entführt worden, und das hat durchaus plausibel geklungen! Also, was zum Teufel geht dort draußen vor, Terrill?«

»Sir, wir haben mit Coronet Tiger und der Einführung von Lancelot begonnen«, meldete Samson. »General McLanahan hat eng mit der in Reno stationierten Bomberstaffel der Air National Guard zusammengearbeitet und festgestellt, dass sie am besten für Coronet Tiger geeignet ist. Operativ waren die B-1B aus Nevada bei Ausbruch der Koreakrise uns unterstellt, und ich habe entschieden, ihre Umrüstung vorzeitig in Angriff zu nehmen. Da General McLanahan mit den Bombern schon in der Nähe unseres Stützpunkts war, habe ich ihn angewiesen, sie gleich herzubringen, damit wir wie geplant mit der Umrüstung beginnen können.«

»›Am besten geeignet‹? Sind Sie übergeschnappt, Terrill? Sie haben um ein Haar zwei Jäger F-15 gerammt – nicht einmal, sondern *zweimal.* Anschließend hätten sie sich fast gegenseitig gerammt! Diese Leute haben einen Knall! Sie sind gemeingefährlich! Und Sie und McLanahan spinnen auch, wenn Sie sich einbilden, dass Sie diese Bomber behalten dürfen.« Hayes machte eine Pause, schien tief durchzuatmen und fuhr dann etwas ruhiger fort: »Terrill, Sie können mir nicht erzählen, dass Sie das alles gewusst und gebilligt haben. Dazu kenne ich Sie zu gut. Sie sind nicht wie Brad Elliott. Sie wären damit erst zu mir gekommen. Diese Sache hat McLanahan allein ausgeheckt, nicht wahr?«

»Ich habe versucht, Sie zu erreichen, Sir, aber als die Ereignisse in Korea sich überschlagen haben, war kein Durchkommen mehr«, log Samson. »General McLanahan beweist viel Eigeninitiative, und ich übertrage ihm hier viel Autorität und Verantwortung, aber er tut nichts Wichtiges, ohne vorher meine Genehmigung einzuholen. Die Ankunft der B-1B ist frühzeitig koordiniert worden …«

»Erzählen Sie mir keinen Scheiß, Earthmover«, unterbrach Hayes ihn. »Rühren Sie diese Bomber ohne meine ausdrückliche Erlaubnis nicht an, Terrill. Betanken Sie sie nicht einmal. Stellen Sie alle Testflüge und Waffenerprobungen ein. Wegen dieser Sache von heute müssen Sie, McLanahan und die vier Bomberbesatzungen vermutlich mit einem Disziplinarverfahren rechnen. Dagegen kann ich nichts machen. Möglicherweise verhindern nur

Coronet Tiger und das Projekt Lancelot, dass ihr euch einen neuen Job suchen müsst – oder in Fort Leavenworth eingebuchtet werdet.«

»Sir, angesichts der gegenwärtigen Entwicklung in Korea sind General McLanahan und ich der Überzeugung, dass unser Programm die beste Option ist, falls China …«

»Sie haben anscheinend nicht gehört, was ich gesagt habe, General Samson!«, unterbrach Hayes ihn erregt. »Schicken Sie die Besatzungen und ihre Maschinen sofort zurück, sonst können Sie Ihre Sterne auf dem Nachhauseweg einfach in den Briefkasten werfen.«

Elliott Air Force Base, Groom Lake, Nevada
(am nächsten Morgen)

Als die Angehörigen der 111th Bomb Squadron am nächsten Morgen aufwachten, beherrschten die Ereignisse in Korea noch immer die Nachrichten. Sie nahmen kaum wahr, was sie frühstückten oder dass ihr Kaffee kalt wurde – alle hatten nur Augen für den Fernseher, der wie bei ihrer Staffel CNN zeigte.

Die Nachricht von der Gründung der souveränen Vereinigten Republik raste schneller um die Erde als ein Meteor, und als in einer Zeitzone nach der anderen die Sonne aufging, akzeptierten und begrüßten Staatschefs und Ministerpräsidenten diese Tatsache. Selbst enge Verbündete Nordkoreas wie Russland, der Irak, der Iran und Libyen schienen immerhin einzugestehen, dass die nordkoreanische Bevölkerung von der Wiedervereinigung profitieren würde. Revolutionäre Ideen ließen sich in einem vereinigten, souveränen Korea besser verbreiten, behaupteten sie, als auf einer geteilten Halbinsel mit starken ausländischen Truppenkontingenten auf beiden Seiten einer widernatürlichen Grenze.

Nur die Volksrepublik China stimmte nicht in diesen weltweiten Chor ein. Kim Jong-il, ehemals Präsident der Demokratischen Volksrepublik Korea, war von dem chinesischen Präsidenten Jiang Zemin herzlich empfangen worden und hatte in Peking eine Exilregierung etabliert. China hatte keine Truppen in Marsch gesetzt, als südkoreanische Flugzeuge begannen, Ziele in Nordkorea anzugreifen – es hatte nicht einmal Truppen mobilisiert. Trotz der Anwesenheit eines chinesischen Funktionärs bei der Ausrufung der neuen Republik Korea glaubte niemand im Ernst, China werde ein wieder vereinigtes Korea unterstützen, das nicht kommunistisch war, und diese Vermutung bestätigte sich jetzt.

Die Welt hielt den Atem an und wagte kaum, sich zu bewegen oder auch nur zu blinzeln, weil sie fürchtete, dadurch könnte ein globaler Atomkrieg ausgelöst werden. Aber diese Sache schien tatsächlich zu klappen: Korea war nach fast 50 Jahren wieder vereinigt und erstmals seit über 100 Jahren würden keine ausländischen Truppen mehr auf seinem Boden stationiert sein.

Das Frühstück wurde im Aufenthaltsraum im Erdgeschoss des Wohnheims serviert, in dem die Männer und Frauen von Aces High untergebracht waren. Es erinnerte an ein Gästehaus für Durchreisende auf irgendeinem Stützpunkt der Air Force, aber die hiesigen Sicherheitsmaßnahmen waren weit strenger. Wie alle anderen Gebäude, die sie sehen konnten, war es mit einem hohen Stacheldrahtzaun und Überwachungskameras gesichert. Die Besatzungen waren sich darüber einig, dass ihre neue Unterkunft viel Ähnlichkeit mit einem Gefängnis hatte.

Das kontinentale Frühstück – Brötchen, Toast, Cornflakes, Säfte und Kaffee – wurde auf einem Servierwagen aus Edelstahl hereingebracht, auf dem auch *USA Today* und Zeitungen aus Las Vegas lagen. Wie das Fernsehen berichteten die Zeitungen vor allem über die Situation in Korea.

Außer gelegentlichen Kommentaren zu Fernseh- oder Pressemeldungen wurde kaum gesprochen. Dann griffen John Long und Rinc Seaver gleichzeitig nach *USA Today*. »Die gehört Ihnen, Long Dong«, sagte Rinc.

»Nein. Nehmen Sie sie nur.«

»Ich kann warten.«

»Jesus, Seaver, Sie können einen echt aufregen!«, knurrte Long. »Sie sollen die verdammte Zeitung nehmen, habe ich gesagt.«

»Ist das ein Befehl, *Sir?*«

»Hey, wie wär's mit dem Befehl, Ihre verdammte Klappe zu halten, Arschloch?«

»Was haben Sie eigentlich, Oberstleutnant?«, fragte Rinc aufgebracht. »Sie geben mir nie eine gottverdammte Chance. Ich arbeite anständig für Sie, ich gebe mir alle Mühe, der Beste zu sein, und was habe ich davon? Immer bloß Ärger.«

»Jeder kriegt, was er verdient, Seaver«, sagte John Long. »Und Sie kriegen vielleicht Ärger, weil Sie welchen verdienen. Vielleicht bringt Ihre Art die meisten Leute gegen Sie auf. Deshalb sind Sie so verdammt unbeliebt.«

»Niemand hat Sie nach Ihrer Meinung gefragt, Long.«

»Hey, Major Wichser, passen Sie gefälligst auf, mit wem Sie reden«, forderte Long ihn auf. »Benehmen Sie sich wie ein Flieger, statt dem General in den Arsch zu kriechen ...«

»Wissen Sie, was Sie mich können, Long?«

»Vielleicht sollten Sie sich weniger um Ihren Kumpel, den General, und mehr um Ihren Job kümmern«, schlug Long vor. »Gestern hätten Sie uns beinahe alle umgebracht. Mich hat's gewundert, dass Sie nicht wieder ausgestiegen sind, Seaver.«

Die anderen Besatzungen horchten erstaunt auf; von diesem Vorfall hatten sie bisher nichts gewusst. »Der General hat wahrscheinlich zu tun gehabt, um Ihre Hände vom Auslösegriff wegzuhalten.«

»*Sie* sind hier der Arschkriecher, Long«, warf Seaver ihm vor. »Ihr Kopf steckt so tief in Furness' Arsch, dass sie furzen muss, damit Sie atmen können.«

Long stürzte sich plötzlich mit solcher Wut auf Seaver, dass der Angegriffene zunächst verblüfft war. Seine Faust traf den Piloten an der Unterlippe, die blutend aufplatzte, bevor Seaver ihn abwehrte.

»Schluss damit!«, rief Furness energisch. Jemand versuchte Long an den Armen festzuhalten, aber er riss sich los und wollte sich erneut auf Seaver stürzen. Diesmal trat Furness zwischen die Kontrahenten. »Schluss damit, habe ich gesagt, John!«, verlangte sie erneut.

»Dafür trete ich dieses Arschloch in den Hintern!«, drohte Long. »Er bringt seine Besatzung schon wieder beinahe um, und dann hat er den Nerv, über Sie und mich zu lästern?«

»Achtung!«, rief jemand laut. Alle nahmen Haltung an, als Patrick McLanahan und Hal Briggs den Raum betraten.

Patrick begutachtete erst Seavers blutende Unterlippe, dann Long und zuletzt Furness. »Was zum Teufel geht hier vor, Oberstleutnant?«, erkundigte er sich.

»Hangarfliegen, Sir«, antwortete Furness.

»Wollen Sie mich verscheißern, Oberstleutnant?«, knurrte Patrick. »Ich frage Sie noch mal: *Was zum Teufel geht hier vor?*«

»Wir diskutieren über unsere Einsätze am ersten Übungstag, Sir«, antwortete Furness. »Solche Diskussionen werden manchmal etwas hitzig geführt.«

»Woher hat der Major die blutende Unterlippe?«

»Ich habe mich beim Rasieren geschnitten, Sir«, behauptete Rinc.

»Ach, wirklich?« Patrick ging zu Seaver hinüber und musterte ihn forschend. Seaver sah angestrengt geradeaus. »Ich glaube eher, Sie haben einen Faustschlag abgekriegt, Major Seaver. Oberstleutnant Briggs?«

Hal Briggs griff nach John Longs rechter Hand und hob sie hoch, damit alle sie sehen konnten. Long wollte sich losreißen, aber Briggs Finger packten wie ein Schraubstock zu. Einer von Longs Fingerknöcheln war aufgeplatzt. »Sieht so aus, als hätte Oberstleutnant Long ihn mit der rechten Faust getroffen, Sir«, meldete Briggs.

»Hat er Sie geschlagen, Major?«, fragte Patrick.

»Nein, Sir.«

»Lügen Sie mich nicht an, Major!«, sagte Patrick scharf. »Für jede Auseinandersetzung gibt es Gründe – es gibt sogar Gründe, einen anderen Offizier tätlich anzugreifen. Das kann ich verstehen; ich kann es sogar entschuldigen, wenn der Täter mutwillig provoziert wurde und sein Verhalten aufrichtig bedauert. *Aber ich dulde nicht, dass aus irgendeinem Grund gelogen wird.* Ein Lügner ist ein Mensch von zweifelhaftem Charakter. Ein Lügner ist nicht als Pilot einer meiner Maschinen geeignet. Kein Lügner darf die Uniform einer kämpfenden Einheit tragen oder die Einheit kommandieren. Einem Lügner steht es nicht zu, den Boden zu betreten, auf dem wahre amerikanische Helden gestanden haben.«

Patrick baute sich vor Rinc Seaver auf. »Also, was sind Sie, Major? Wollen Sie mir ins Gesicht lügen? Wollen Sie mir beweisen, dass Sie keinen Charakter haben? Oder sagen Sie mir jetzt die Wahrheit, damit wir diesen Vorfall als Offiziere beilegen können?«

»Ich sage Ihnen die Wahrheit, Sir«, antwortete Seaver.

»Mehr verlange ich gar nicht, Major«, sagte Patrick viel sanfter. »Immerhin scheint Ihnen Unrecht getan worden zu sein. Dem Unschuldigen schadet die Wahrheit nie. Was ist also passiert? Hat der Chef meines Sicherheitsdienstes sich getäuscht? Oder hat Oberstleutnant Long Sie geschlagen?«

»Ich habe mich beim Rasieren geschnitten, Sir«, behauptete Seaver.

»Wollen Sie mich verarschen, Major?«, fragte Patrick aufgebracht. »Wo sind Sie Ihrer Meinung nach? Im Umkleideraum neben der Turnhalle Ihrer High School in Galena, wo Sie sich mit Schulkameraden darüber streiten, wer Polly Sue zum Abschlussball einladen darf? Erinnern Sie ihn daran, Oberstleutnant Briggs.«

»Sie sind hier in Dreamland, Major«, knurrte Hal Briggs. »Im Umkreis von hundert Meilen wird alles und jeder Tag und Nacht überwacht und abgehört. Sie tragen einen Minisender im Körper. In diesem Raum sind Mikrofone und Videokameras angebracht. Sie können sich nicht mal unter Ihrer Bettdecke einen runterholen, ohne dass wir es wissen, Major!«

»Wir brauchen uns nur die Aufzeichnungen von Ihrem ›Hangarfliegen‹ anzusehen, um die Wahrheit zu erfahren«, fuhr Patrick fort. »Ich frage Sie jetzt nochmals, und Sie sind gut beraten, mir die Wahrheit zu sagen, bevor ich Ihre militärische und zivile Pilotenlaufbahn kappe: Hat Oberstleutnant Long Sie geschlagen?«

»Sir ...«, begann Rinc. Er schluckte krampfhaft. »Ich habe mich beim Rasieren geschnitten, Sir.«

Patrick McLanahan funkelte Seaver an, biss die Zähne zusammen und nickte dann. »Also gut, Major«, sagte er. »Wenn Sie dabei bleiben wollen, müssen Sie damit leben.« Er wandte sich ab, um das Lächeln zu verbergen, das gegen seinen Willen um seine Lippen spielte, und wandte sich an Furness. »Irgendein Kommentar, Oberstleutnant?«

»Nein, Sir.«

»Gut.« Patrick richtete sich auf und wandte sich an die Besatzungsmitglieder, die immer noch vor ihm strammstanden. »Packen Sie Ihre Sachen«, forderte er sie auf. »Sie verlassen Dreamland.«

»Verlassen?«, sagte Furness erstaunt. »Warum? Was hat das zu bedeuten?«

»Es gibt keinen Auftrag, kein Programm«, erklärte Patrick ihnen. Er zwang sich dazu, den Besatzungsmitgliedern in die Augen zu sehen, was sehr schwierig war. »Das Air Combat Command scheint mit meinen Methoden, Flieger und Flugzeuge für mein Projekt zu rekrutieren, nicht einverstanden zu sein. Das Projekt ist gestrichen. Packen Sie Ihre Sachen und halten Sie sich zur Abreise bereit.«

Die Besatzungen quittierten seine Aufforderung mit betroffenem Schweigen. Patrick wandte sich ab, um den Raum zu verlassen, aber Furness' Stimme hielt ihn auf. »Was ist … mit uns, Sir?«

Patrick drehte sich wieder nach den Angehörigen von Aces High um. »Aufgrund Ihrer bei der gestrigen Übung erzielten Ergebnisse sind Sie vom ACC als nicht einsatzbereit herabgestuft worden. Deshalb können Sie im Kriegsfall nicht in den aktiven Dienst übernommen werden und kommen nicht für Einsätze zur Unterstützung der Air Force in Frage. Das bedeutet wiederum, dass der Staat Nevada keinen Anspruch auf Bundesmittel zur Finanzierung weiterer fliegerischer Aktivitäten hat. Deshalb ist die 111th Bomb Squadron auf Anweisung von General Bretoff und Gouverneur Gunnison heute außer Dienst gestellt worden.

Da Sie die einzige Staffel der Air National Guard in Nevada waren und die Air Force dem Bundesstaat keine weiteren Flugaufträge angeboten hat, besteht kein Grund mehr, Sie noch weiter staatlich zu besolden. Sie alle sind deshalb in den einstweiligen Ruhestand versetzt, bis der Bundesstaat Sie versetzt, eine neue Verwendung für Sie findet oder Sie entlässt. Mehr gibt's dazu nicht zu sagen.«

»Das ist Scheiße, Sir!«, rief Seaver. »Das können sie uns nicht antun! Das können *Sie* uns nicht antun!«

»Ich tue überhaupt nichts, Major«, sagte Patrick mühsam beherrscht. »Das Air Combat Command hat sich die Radardaten Ihres gestrigen Einsatzes angesehen und Sie wegen mehrfacher Verstöße gegen die Flugsicherheitsbestimmungen disqualifiziert.

So einfach ist das. Sie haben die Übungsbestimmungen gekannt und absichtlich gegen sie verstoßen. Was anschließend passiert ist, war alles eine Folge dieser Verstöße. Die Staffel ist aufgelöst. Packen Sie Ihre Sachen und halten Sie sich zur Abreise bereit.«

»Was wird aus unseren Flugzeugen, General?«, wollte Rebecca wissen. »Oder ist das auch supergeheim? Sie hatten es von Anfang an auf unsere Bomber abgesehen – jetzt haben Sie sie.«

»Die Flugzeuge gehören nicht mir, sondern dem Bundesstaat Nevada«, antwortete Patrick. »Sobald dort über ihre weitere Verwendung entschieden ist, überführen wir sie an jeden uns genannten Einsatzort. Aber ich kann Ihnen beinahe garantieren, dass sie nicht wieder nach Reno kommen, und ich garantiere Ihnen, dass die 111th Bomb Squadron sie nie mehr fliegen wird.«

»General McLanahan, wir bitten Sie, sich Ihre Entscheidung nochmals zu überlegen«, warf Rinc Seaver ein.

»Ausgeschlossen. Kommt nicht in Frage.«

»Sie wissen so gut wie ich, Sir, dass niemand diese Bomber fliegen kann wie wir«, sagte Rinc. »Ja, wir sind wegen Verstößen gegen die Übungsbestimmungen disqualifiziert worden, aber wir haben uns gegen zwei F-15 Eagle und alle Luftabwehrstellungen durchgesetzt, die Sie gegen uns aufgeboten haben, und sämtliche Ziele platt gemacht. Das konnten wir nur, weil wir uns nicht um die ACC-Bestimmungen gekümmert haben. Sagen Sie, Sir: *Haben* Sie in Dreamland überhaupt solche Bestimmungen? Müssen Sie sich an Stufe eins, zwei oder drei halten? Oder dürfen Sie fliegen, wie Sie es für richtig halten, um Ihren Auftrag zu erfüllen?«

»Lauter gute Argumente, Major«, sagte Patrick leicht gereizt. »Bis auf ein Problem: Niemand hat Ihnen erlaubt, während einer Einsatz-Zertifizierung über ACC-Schießplätzen eigene Übungsbestimmungen zu erfinden. Sie haben die Bestimmungen gekannt, Sie haben absichtlich gegen sie verstoßen. Hätten Sie mir Ihre Fähigkeiten und Ihre Treffsicherheit bewiesen, ohne gegen die Bestimmungen zu verstoßen, hätte ich Sie in *meine* Übungsgebiete mitgenommen, wo Sie sich hätten richtig austoben können. Aber das haben Sie nicht getan. Sie haben sich selbst disqualifiziert. Sie sind draußen.«

»Aber, Sir …«

»Schluss jetzt!«, knurrte Patrick. »Seien Sie in zwanzig Minuten abreisebereit. Das war's.« Patrick stürmte aus dem Gebäude, und Hal Briggs blieb dicht hinter ihm. Der Posten am Tor konnte es gerade noch rechtzeitig aufreißen, um dem Zorn des Generals zu entgehen.

»Ich fahre«, sagte Patrick, als sie den Humvee erreichten, den er als Dienstwagen hatte.

»Scheiße, Sie sind anscheinend echt sauer«, sagte Briggs. Er legte den Sicherheitsgurt an, als Patrick losraste, und zog sein abhörsicheres Handy aus der Tasche. »Diese Jungs von der Air National Guard haben ganz schön Nerven, wenn sie so mit Ihnen reden.«

»Sollen sie doch quatschen, was sie wollen«, knurrte Patrick. »Ich will sie nicht mehr hier sehen. Sie haben nun durch Erfahrung gelernt, dass es Zeiten für verrückte Stunts und Zeiten gibt, in denen man sich an die Vorschriften halten muss. Sie haben seit Jahren immer wieder gegen die Übungsbestimmungen verstoßen. Das hat sie eine B-1B und zwei Besatzungsmitglieder gekostet, aber sie fliegen weiter wie verrückt.«

»Richtig, Sir«, bestätigte Hal, während er eine Kurzwahltaste drückte. »Sie sind echt übergeschnappt. Total unberechenbar. Sie fliegen, als hätten sie eine Schraube locker. Sie fürchten sich nicht davor, alles Notwendige zu tun, um von den bösen Kerlen wegzukommen und ihre Ziele platt zu machen.« Er machte eine Pause, hörte zu und sagte dann ins Telefon: »Ja, Sir. General McLanahan ruft von der Elliott Air Force Base an… Ja, Sir, einen Augenblick, bitte.« Er übergab das abhörsichere Handy Patrick.

»Verteidigungsminister Chastain?«, fragte Patrick.

»Nein.«

»Kommen Sie, Hal, Sie lassen nach! Ich dachte, Sie könnten immer erraten, was ich…«

»Das Weiße Haus«, unterbrach Briggs ihn. »General Freeman, der nationale Sicherheitsberater. Er will sich in Washington mit Ihnen treffen. Umgehend.«

Patrick erwiderte das breite Grinsen seines Beifahrers. »Das genügt, Hal, das genügt«, sagte er, bevor er sich am Telefon meldete.

Sie fuhren zum Hangar Foxtrott zurück, in dem die Bomber

B-1B der Nevada Air National Guard untergestellt waren. Dort wurden sie von General Terrill Samson, Oberstleutnant David Luger, General Adam Bretoff, Chef des Verwaltungsamts der Nevada National Guard, und Kenneth Gunnison, Gouverneur von Nevada, erwartet. Die vier hatten gerade den ersten modifizierten Bomber EB-1C Megafortress besichtigt, und Bretoff war noch immer merklich beeindruckt.

»General Bretoff, Gouverneur Gunnison, ich möchte Ihnen General McLanahan vorstellen, der mein Stellvertreter und Chef der Operationsabteilung ist«, sagte Samson. »Er ist auch für das Programm Coronet Tiger verantwortlich.«

»Ich habe das Gefühl, Sie schon zu kennen, General«, sagte Bretoff, als sie sich die Hand schüttelten. Er war ein kleiner, ziemlich dicker Mann, aber die Auszeichnungen von U.S. Army und Nevada National Guard an seiner Uniformjacke waren Beweis für eine lange, erfolgreiche Soldatenlaufbahn. Im Gegensatz zu ihm war Gunnison groß und silberhaarig. Er sah aus wie ein Rancher oder ein Ölbaron aus alten Zeiten; seine stahlblauen Augen versprachen, dass er keinen Unsinn reden, aber auch keinen tolerieren würde.

»Freut mich, Sie endlich einmal persönlich kennen zu lernen, Sir«, sagte Patrick zu Gunnison. »Sir, ich weiß, dass Sie sich vielleicht gelinkt fühlen, aber mir ist keine bessere Methode eingefallen, Sie davon zu überzeugen, dass Sie unserem Plan zustimmen sollten.«

»Ich verstehe nicht mal die Hälfte von dem, was Sie uns hier gezeigt haben«, gab der Gouverneur zu. »Aber ich habe General Bretoff noch nie so staunen gesehen, folglich muss das Zeug gut sein.«

»Es ist weltweit einmalig, Sir«, versicherte Patrick ihm. »Wir wollen eine ganze Staffel damit ausrüsten und in Nevada stationieren. Dazu brauchen wir Ihre Unterstützung, Sir.«

Gunnison betrachtete die Megafortress nochmals, dann rieb er sich das Kinn. »Wissen Sie, Sohn, ich bin durchaus dafür, unser Militär zu unterstützen, und diesen ganzen Scheiß«, sagte er, »aber wir müssen auch mal über die Kosten reden. Nevada hat keinen Haufen Geld übrig, um es in Militärflugzeuge zu investieren – vor allem nicht in Maschinen, die wir nicht wie unsere alten C-130 Hercules in Reno für Hilfsflüge bei Katastrophen einsetzen können. Dieser ganze Krempel kommt mir wie Zeug aus dem Kalten Krieg vor.«

»Wir planen, mindestens acht, vielleicht bis zu zwanzig Bomber B-1B in Ihrem Staat zu stationieren«, antwortete Patrick. »Das erfordert Umbauten, die Arbeitsplätze schaffen. Die Ausbauten und Infrastrukturmaßnahmen werden alle von Washington bezahlt. Wir liefern Ihnen die Pläne, zahlen dafür, dass Sie die Infrastruktur auf unseren Standard bringen, und kommen für Ausbildung und Unterhalt auf. Der Staat zahlt die Gehälter, um die hoch ausgebildeten Besatzungen und ihre Familien in Nevada zu halten – aber sobald sie der Air Force unterstellt werden, was wegen unseres besonderen Auftrags ziemlich oft der Fall sein dürfte, ist Washington auch dafür zuständig.«

»Ich habe die Finanz- und Einsatzplanung gesehen, Sir«, warf Bretoff ein. »Sehr eindrucksvoll! Ein einmaliger Auftrag, sehr werbewirksam und höchst exklusiv.«

»Wo würden Sie diese Einheit stationieren wollen?«, fragte Gunnison.

»Bis zur Indienststellung erst einmal hier«, antwortete Terrill Samson. »Aber wir denken an den Norden Nevadas, nur vielleicht nicht wieder an Reno. Der alte Ausbildungsstützpunkt am Battle Mountain wäre gut geeignet. Reichlich Land, gute Nachbarn, eine gut erhaltene Start- und Landebahn. Wir wissen, dass Sie im Norden Ihres Staats mehr Industrie ansiedeln und neue Arbeitsplätze schaffen möchten. Dabei können wir Ihnen helfen.«

Das überzeugte den Gouverneur. Jeder Plan, der Wachstum für den spärlich besiedelten Norden und Nordosten Nevadas versprach, klang wie Musik in seinen Ohren. »Ich denke, wir können miteinander ins Geschäft kommen, General«, meinte Gunnison. »Was brauchen Sie von mir?«

»Sie müssten nur Ihr Eigentumsrecht an diesen Flugzeugen verteidigen, Sir«, sagte Patrick rasch. »Ihre Besatzungen haben gestern ein paar … nun, sie sind reichlich aggressiv geflogen. Das Pentagon will sie dafür aus dem Verkehr ziehen und diese Bomber beschlagnahmen. Das dürfen Sie auf keinen Fall zulassen, Sir.«

»Ich habe Washington schon einige Male abblitzen lassen, Gents. Uns in Nevada macht so was richtig Spaß.«

»Das Pentagon wird mit allen möglichen Drohungen arbeiten«, warnte Samson den Gouverneur. »Schadenersatzklagen, Behinderung der Justiz, Ermittlungen, schlechte Presse, politischer Druck, Sperrung von Bundesmitteln ...«

Gunnison steckte auch das locker weg.

»Auch uns macht das keine allzu großen Sorgen«, erklärte Patrick ihm. »Schwierig wird's erst, Sir, wenn das Pentagon von Geld zu reden beginnt.«

»Oh?«

»Ihre Flugzeuge sind eine Menge Geld wert«, gab Patrick zu. »Das Pentagon wird klein anfangen – mit fünfzig Millionen. Aber mit allen Ersatzteilen sind sie zweihundert, vielleicht sogar dreihundert Millionen Dollar wert.«

»Heiliger Strohsack!«, rief der Gouverneur aus. »So viel Geld für diese vier alten Bomber?«

»Ich rede von einem *Stückpreis* von dreihundert Millionen Dollar, Sir.« Sie sahen, wie Gunnison überrascht schluckte. »Das ist natürlich viel Geld. Aber wir bitten Sie, trotzdem nein zu sagen. Wir haben keine Milliarde Dollar auszugeben, aber wir bieten Ihnen die Stationierung eines einzigartigen fliegenden Verbands an. Den hat dann von allen Bundesstaaten nur Nevada. Vielleicht ist er für Nevada sogar mehr wert als eine Milliarde Dollar – leider nur indirekt, was in keinem Haushaltsplan auftaucht.«

»Wer weiß?«, fügte Samson mit verschmitztem Lächeln hinzu. »Vielleicht erhält der Stützpunkt eines Tages einen neuen Namen – nach dem Gouverneur, der etwas riskiert und die ganze Entwicklung angestoßen hat.«

Gunnison zögerte nur eine Zehntelsekunde lang. Er streckte seine Rechte aus, und Samson schlug sofort ein. »Schön, jetzt haben Sie eine Luftwaffe«, sagte der Gouverneur. »Washington redet Nevada ohnehin zu viel drein, deshalb nutze ich jede Chance, denen eine lange Nase zu drehen und ihnen den blanken Hintern zu zeigen. Die Bomber können Sie umbauen, so viel Sie wollen – je mehr, desto lustiger. Battle Mountain ist ein ziemlich guter

Name für den Stützpunkt, finde ich, aber wenn Sie was Besonderes tun wollen, könnten Sie eines dieser Monster nach meiner Frau benennen und die Rumpfspitze mit einem dieser sexy Porträts bemalen.« Er machte eine kurze Pause, dann fragte er: »Sie wollen mit diesen Dingern drüben in Korea fliegen, nicht wahr? Um die Koreaner davor zu bewahren, wieder von den Chinesen in die Pfanne gehauen zu werden?«

»Tut mir Leid, aber wir dürfen nicht über Einsätze reden, zu denen wir möglicherweise angefordert werden können, Sir«, sagte Patrick.

»Gute Antwort«, meinte Gunnison lächelnd. »Ich habe im ersten Koreakrieg mitgekämpft und bin mit dem Gefühl heimgekehrt, dort drüben gäbe es noch Arbeit für uns. ›Im Kampf geboren‹ ist die Devise unseres Staats, wissen Sie. Vielleicht können wir mit ein paar dieser Ungeheuer dort drüben den Job zu Ende bringen, den meine Kumpels und ich 1952 angefangen haben. Machen Sie sich an die Arbeit und lassen Sie mich einmal in einem Ihrer Bomber mitfliegen, wenn Sie drüben in Korea richtig aufgeräumt haben.«

6

Nampo, Provinz Pjöngjang,
Vereinigte Republik Korea (ehemals Nordkorea)
(mehrere Wochen später)

Es war ein wahrhaft erstaunlicher Anblick: lange Kolonnen chinesischer Fahrzeuge und Soldaten auf dem Marsch zum Hafen Nampo, während Hunderte von Koreanern aus dem ehemaligen Nord- und Südkorea sie johlend und schreiend verabschiedeten. Vereinzelt marschierten auch ehemalige nordkoreanische Soldaten – meistens Offiziere – mit, die einzelnen Wurfgeschossen in Form von Obst ausweichen mussten. Soldaten der Vereinigten Republik Korea – auch sie aus Nord und Süd, nunmehr wirklich vereinigt – hatten Posten zwischen den Demonstranten und den abziehenden Truppen bezogen, um die Straße frei zu halten, aber die Menge machte keine Anstalten, die Absperrungen zu durchbrechen, und die Soldaten versuchten nicht, ihre Missfallenskundgebungen zu verhindern.

Ja, es gab tatsächlich Obst, das geworfen werden konnte. Bei der Öffnung der Lagerhäuser im ehemaligen Nordkorea hatten Bürger überall im Land Hunderttausende von Tonnen Lebensmittel, Brennstoffe, Kleidung und Medikamente entdeckt, die dort für Parteimitglieder, Bürokraten und die chinesischen Truppen lagerten – sofern sie nicht in die Hände von Schiebern und Schwarzhändlern gelangten. Der Schwarzhandel war jetzt unterbunden – das Militär hatte Anweisung, unnachsichtig gegen Schwarzhändler vorzugehen –, und zum ersten Mal seit langer Zeit gab es im Norden wieder ausreichend Lebensmittel für gewöhnliche Bürger.

Der Marinestützpunkt Nampo, einer der größten Häfen an der koreanischen Ostküste, war der wichtigste Kriegshafen Nordkoreas gewesen. Ebenfalls dort stationiert war die Koreaflotte der Volksrepublik China: eine Flottille von Über- und Unterwasserschiffen, die den Auftrag hatte, Aufbau und Ausbildung der nordkoreanischen Kriegsmarine zu unterstützen. China hatte in Nampo ständig 40 Schiffe und über 20 000 Mann stationiert; dazu kamen mehrere Dutzend weitere Schiffe, die den Hafen etwa einmal im Monat anliefen, wenn sie in der Bo-Hai-See und dem Gelben Meer übten.

Heute erlebte der Stützpunkt jedoch den Anfang vom Ende der Stationierung chinesischer Truppen im Norden der koreanischen Halbinsel. Die letzten Einheiten und ihre schwere Ausrüstung, die nicht im Straßen- oder Bahntransport nach China zurückverlegt werden konnte, würden Korea über Nampo verlassen. Im Hafen lagen 20 große Ro/Ro-Schiffe für den Abtransport der letzten Bestandteile von Chinas Kriegsmaschinerie bereit.

Koreanische Soldaten hielten die Straße frei und beobachteten den Abzug. Er ging glatt vonstatten, bis plötzlich zwei Humvees aus amerikanischer Produktion auf die Fahrbahn rollten und sie vor einem großen Sattelschlepper mit Tarnanstrich blockierten. Der chinesische Kolonnenführer, der mit einem Geländewagen vor dem Sattelschlepper herfuhr, ließ die Kolonne sofort anhalten und wies seine Wachmannschaft über Funk an, sich zur Verteidigung bereitzuhalten.

Beim Anblick der Humvees und der eigenartigen großen Sensoren auf ihren Dächern wusste der chinesische Major, dass seine schlimmsten Befürchtungen sich bewahrheitet hatten. Auf seinem Gesicht zeichneten sich Ärger, Empörung und mörderische Wut ab, als er aus seinem Fahrzeug sprang und auf die Humvees zustürmte, die seiner Kolonne den Weg versperrten. Ermutigend war die Feststellung, dass seine Wachmannschaften den koreanischen Truppen am Straßenrand zahlenmäßig weit überlegen waren. Falls es zum Kampf kam, würden sie mühelos Sieger bleiben.

»Was soll das, verdammt noch mal?«, rief der Major, der viele Jahre in Pjöngjang stationiert gewesen war und daher fließend koreanisch sprach. »Warum wird meine Kolonne aufgehalten? Fahren Sie sofort Ihre Wagen weg, sonst lasse ich sie von meinen Leuten wegräumen!«

Aus einem der Humvees stieg ein koreanischer Hauptmann. Er trat auf den chinesischen Major zu, verbeugte sich höflich und grüßte dann. Der Chinese grinste spöttisch, als er die hastig aufgenähte Flagge der neuen Vereinigten Republik Korea auf seiner Tarnjacke sah.

»Ich bitte um Entschuldigung, Genosse Major«, sagte der Koreaner, indem er sich nochmals verbeugte. Aber der chinesische Offizier wusste, dass Koreaner selten wirklich meinten, was sie sagten – sie konnten sich tausendmal entschuldigen, ohne es ehrlich zu meinen. Das war bestimmt auch hier der Fall. »Wir müssen dieses Fahrzeug nach Schmuggelwaffen durchsuchen«, fuhr der Hauptmann fort. »Ich versichere Ihnen, dass das nicht lange dauert.«

»Kommt nicht in Frage!«, wehrte der Chinese schroff ab. Er zog einen Passierschein mit den Wappen der Vereinigten Republik Korea und der Volksrepublik Korea aus seiner Uniformjacke. »Das zwischen unseren Staaten geschlossene Abkommen garantiert uns in dem festgelegten Zeitraum ungehinderten Abzug. Machen Sie also Platz!«

»Sie dürfen mit Truppen und Ausrüstung ungehindert abziehen, solange Sie keine Schmuggelware transportieren«, stellte der koreanische Hauptmann fest. »Wir haben jedoch Grund zu der Annahme, dass Sie illegal Spezialwaffen mitführen.« Er zeigte auf die Sensoren auf den Humvees. »Das sind Strahlendetektoren, Genosse Major. Wir sind der Überzeugung, dass Sie mindestens zwei Nuklearsprengköpfe – vielleicht auch mehr – transportieren. Sie müssen uns gestatten, Ihre Lastwagen zu durchsuchen, bevor Sie weiterfahren dürfen.«

»Das tun wir nicht!«, blaffte der Major. »Sie haben kein Recht, unsere Ladung zu durchsuchen. Sie besteht lediglich aus Akten, Büromöbeln und weiterem Eigentum der Volksrepublik China. Diese Sattelschlepper transportieren die sterblichen Überreste chinesischer Soldaten und ihrer Angehörigen, die ihre letzte Ruhestätte in chinesischer Erde finden sollen. Ihre Totenruhe zu stören, wäre ein Sakrileg, das Schimpf und Schande über Sie und Ihre Vorfahren bringen würde. Machen Sie also Platz! Dies ist meine letzte Warnung.« Als er über Funk einen kurzen Befehl erteilte, machten seine Wachmannschaften sich sofort feuerbereit. »Ihre Leute sind weit in der Unterzahl, Hauptmann. Räumen Sie jetzt nicht die Straße, lasse ich meine Leute schießen!«

»Wir räumen sie nicht, Genosse Major«, erwiderte der Koreaner ruhig. »Wir suchen keinen Kampf, aber wir antworten notfalls mit Gewalt. Finden wir in diesem Fahrzeug Schmuggelwaffen, werden sie beschlagnahmt, und Sie können mit Ihren Männern und der restlichen Ladung weiterfahren. Zwingen Sie uns bitte nicht dazu, Gewalt anzuwenden.«

»Dann fahren Sie Ihre Wagen weg. Lassen Sie uns unverzüglich passieren, dann gibt es keinen Kampf«, sagte der Chinese. Er wandte sich wieder an seine Leute. »Schiebt diese Fahrzeuge weg, Männer! Möglichst ohne Gewalt, aber macht von der Waffe Gebrauch, wenn …«

Plötzlich war ein Brausen zu hören, dann zeichnete sich ein dünner Rauchfaden am Himmel ab, und Sekunden später wurde der Geländewagen des chinesischen Majors getroffen. Eine zylinderförmige Lenkwaffe mit knapp einem Meter Länge und 15 Zentimeter Durchmesser wirbelte wie ein hochgeworfener Stock durch die Luft; dann hüpfte und rutschte sie qualmend über den Asphalt. Sie detonierte nicht, traf das Fahrzeug aber mit solcher Gewalt, dass es fast umkippte. Die chinesischen Soldaten stoben auseinander; einige warfen sich in Deckung, aber zum Glück eröffnete keiner das Feuer. Auch die Demonstranten wichen hastig zurück, waren aber nicht so verängstigt, dass sie die Straße geräumt hätten.

Die silbrig glänzende Lenkwaffe hatte kurze gerade Flossen, die in der Mitte begannen und übers Heck hinausragten. Ihr Bug war stumpf. Sie zog einen dünnen Draht hinter sich her. Der koreanische Hauptmann trat auf sie zu, stieß sie mit der Stiefelspitze an und hob dann den Draht hoch, damit der Chinese ihn sehen konnte. »Eine Lenkwaffe TOW zur Panzerbekämpfung, Genosse Major«, sagte er dabei. »Drahtgesteuert, Reichweite ungefähr vier Kilometer, vier Kilogramm schwerer Gefechtskopf mit Aufschlagzünder. Dieser Gefechtskopf war natürlich nur eine Attrappe, aber ich verspreche Ihnen, dass alle weiteren TOWs detonieren werden. Wir haben über ein Dutzend Schützen in der Nähe postiert und zwei Kampfhubschrauber mit Lenkwaffen TOW und Hellfire einsatzbereit. Sollte es zum Kampf kommen, werden viele von uns fallen, aber Ihre Verluste werden weit höher sein. Anschließend versenken wir dann Ihre Transportschiffe mit sämtlichen Soldaten an Bord.«

»Wir haben die Zusicherung, dass wir beim Abzug nicht behindert oder unter Druck gesetzt werden!«, protestierte der chinesische Offizier mit zitternder Stimme. »Uns ist zugesichert worden, es werde keine Demonstration der Stärke, keine Militärpräsenz, keine Einschüchterung …«

»Und *uns* ist zugesichert worden, alle ABC-Waffen würden an ihren Standorten bleiben, damit sie fachgerecht entsorgt werden können«, unterbrach ihn der Koreaner. »Meine Männer haben in diesem Fahrzeug Atomwaffen entdeckt. Wir durchsuchen es jetzt und beschlagnahmen etwaige Schmuggelwaffen – oder wir rotten Ihre Leute bis zum letzten Mann aus und zerstören alle Ihre Schiffe und Fahrzeuge. Sie haben die Wahl, Genosse Major. Wählen Sie klug.«

»Sie würden es wagen, die ewige Ruhe unserer verehrten Toten zu stören?«, fragte der Chinese vorwurfsvoll. »Haben Sie keinen Anstand? Besitzen Sie kein Schamgefühl?«

»Sollte ich Unrecht haben, Genosse Major, entschuldige ich mich in aller Form bei den Angehörigen der Toten, deren Ruhe ich stören musste«, antwortete der Hauptmann. »Diese Schande nehme ich persönlich auf mich. Aber ich werde Ihre Fahrzeuge durchsuchen – *sofort*. Treten Sie bitte beiseite, Genosse Major?« Der chinesische Offizier schüttelte den Kopf, befahl seinen Männern dann aber doch, von den Fahrzeugen zurückzutreten.

Der Sattelschlepper war mit zwölf Holzkisten beladen, die mit Stahlbändern gesichert waren. Die großen Kisten trugen Aufschriften, die ihren Inhalt bezeichneten, und Angaben über die nächsten Angehörigen des Verstorbenen und seinen Heimatort. Elf der Kisten waren mit Regimentsfahnen bedeckt, die tote Soldaten symbolisierten; über die letzte Kiste mit dem Sarg eines hohen Regierungsbeamten war eine chinesische Fahne gebreitet. Die Aufschrift besagte, sie enthalte die sterblichen Überreste des Ersten Militärattachés in Pjöngjang.

»Die da«, sagte der koreanische Hauptmann zu seinen Soldaten. »Aufmachen!«

»Wagen Sie nicht, sich daran zu vergreifen!«, rief der chinesische Major. »Ist Ihnen klar, dass sie die Leiche unseres verehrten Vizemarschalls Cho Jong-sang enthält? Er war Korpskommandeur der Volksbefreiungsarmee, als nächster Chef des Generalstabs vorgesehen und einer der höchsten chinesischen Diplomaten in Nordkorea.«

»Aufmachen, habe ich gesagt!«

»Warum lassen Sie nicht eine andere öffnen, wenn Sie hier mehr als eine Schmuggelwaffe vermuten?«, fragte der Chinese. »Hüten Sie sich, den Namen des Vizemarschalls zu entweihen, indem Sie seine Totenruhe stören!« Aber der Koreaner blieb unnachgiebig. Vier seiner Soldaten entfernten die Stahlbänder und öffneten die Kiste, die einen prunkvollen Mahagonisarg enthielt. Seine Schlösser mussten aufgebohrt werden, was einige Zeit dauerte, aber dann wurde der Sargdeckel endlich abgehoben …

… und vor ihnen lag tatsächlich der verwelkte Leib des Vizemarschalls in voller Uniform.

»Schweinehund!«, blaffte der chinesische Major und ließ einen Strom weiterer Verwünschungen folgen, während der Sarg wieder verschlossen wurde. Der koreanische Hauptmann stand mit tiefer Verbeugung unbeweglich am Kopfende des Sargs und ließ diese Tirade schweigend über sich ergehen. Bevor die Kiste wieder in den Laderaum gehoben wurde, entschuldigte er sich, indem er sagte: »Ich bedaure meinen Fehler zutiefst.« Danach wandte er sich an seine Soldaten und zeigte auf eine weitere Kiste. »Die kommt als Nächste.«

»Was?«, rief der Chinese ungläubig. »Sie wollen *noch eine* öffnen? Was fällt Ihnen ein? Dafür wandern Sie hinter Gitter, das verspreche ich Ihnen! Dafür kriegen Sie lebenslänglich!« Er baute sich vor dem Koreaner auf. »Wenn Sie nicht sofort aufhören, provozieren Sie einen internationalen Zwischenfall erster Ordnung! Sie …«

»Bitte treten Sie zur Seite, Genosse Major.«

»Nein, das tue ich nicht! Sie haben uns lange genug aufgehalten! Ich werde meinen Leuten befehlen, Sie von diesen Fahrzeugen fern zu halten, bis ich Verbindung mit unserer Botschaft aufgenommen habe. Sie stellen die Durchsuchung *sofort* ein, sonst …!«

Er verstummte jedoch, als die vier Soldaten die Holzkiste anzuheben versuchten – und sie nicht von der Stelle bewegen konnten. Im Licht ihrer Taschenlampen war zu erkennen, dass die Kiste auf Kanthölzern stand, damit sie mit einem Gabelstapler angehoben werden konnte. Im vorderen Teil des Laderaums entdeckten sie noch mehrere Kisten mit untergeschraubten Kanthölzern.

»Wie interessant«, sagte der Hauptmann. »Die Kiste mit dem Sarg des Vizemarschalls konnten vier Männer leicht heben, aber diese hier lässt sich keinen Millimeter bewegen. Ungewöhnlich, finden Sie nicht auch, Genosse Major?«

Der chinesische Offizier fluchte halblaut vor sich hin. »Sie machen sich keinen Begriff davon, was passiert, wenn diese Kisten nicht nach China gelangen«, sagte er eindringlich. »Mein Land wäre bereit, wegen dieser Waffen Krieg zu führen! Ist Ihnen das klar? Durch Ihr Verhalten provozieren Sie einen Krieg mit China. Wünschen Sie sich das für Ihren neuen Kleinstaat? Wollen Sie die ersten Wochen Ihres neuen Staates mit einer chinesischen Invasion feiern? *Wollen Sie das?*« Der Koreaner ließ keine Reaktion erkennen. Der Major wischte sich Schweißperlen von der Stirn. »Sie stellen mich an die Wand, wenn ich ohne sie zurückkomme«, flüsterte er. »Ich werde erschossen, sobald ich einen Fuß auf chinesischen Boden setze.«

»Dann kehren Sie eben nicht zurück«, schlug der Hauptmann vor. »Bleiben Sie im Vereinigten Korea. Sie sind hier willkommen.«

»Das würde mir das Leben retten, denke ich«, antwortete der Chinese, »aber meine Ehre und die meiner Familie wäre verloren, nicht wahr?« Als sein Blick auf die Kampfjacke des Hauptmanns fiel, erkannte er die Umrisse einiger abgetrennter Aufnäher. Sie passten zu einer Einheit der nordkoreanischen Volksarmee. Dieser Mann war ein ehemaliger *nordkoreanischer Offizier!* »Und wie bewahren Sie *Ihre* Ehre, Genosse Hauptmann? Sie verraten nicht nur Ihren Eid und Ihr Land, sondern machen sich nicht einmal die Mühe, sich eine andere Jacke zu beschaffen. Sie entehren Ihr Vaterland, indem Sie diese Scheußlichkeit auf die Jacke nähen, die Sie beschützt und warm gehalten hat.«

»Die Fahne, unter der ich gedient habe, die Bürokraten und Funktionäre, denen ich Treue geschworen habe, haben meine Familie und mich monatelang hungern lassen«, antwortete der koreanische Offizier verbittert. »Letztes Jahr hat das meinen jüngsten Sohn das Leben gekostet. Alle Militär- und Zivilfamilien, die ich kenne, haben unter der Misswirtschaft des kommunistischen Regimes gelitten. Als sich Gelegenheit bot, dieses Joch abzuschütteln, habe ich sie ergriffen. Um stark zu sein, habe ich den Namen meines toten Sohns angerufen. Er stärkt mich weiterhin. Meine Familie hungert jetzt nicht mehr – und ich würde mein Leben für unsere neue Nation hingeben, die sie vor dem sicheren Tod gerettet hat.

Treten Sie jetzt beiseite! Befehlen Sie Ihren Leuten, die Schmuggelwaffen zurückzulassen und an Bord der Schiffe zu gehen, gewähren wir Ihnen freien Abzug. Weigern Sie sich, werden diese Fahrzeuge und alle Ihre Schiffe vernichtet. Ich wäre glücklich, meinen kleinen Sohn in der Ewigkeit wieder zu sehen. Ich bin zum Sterben bereit. Sind Sie es auch?«

Über zwei Stunden später setzte die chinesische Militärkolonne sich wieder in Bewegung. Die Beladung der Ro/Ro-Schiffe dauerte einige Stunden; dann gingen die letzten Soldaten der Volksbefreiungsarmee an Bord, und die Frachter stießen dunkle Qualmwolken aus, als sie ablegten und Fahrt aufnahmen. Über ihnen schwebten koreanische Hubschrauber, um sie bis zum Verlassen der Zwölfmeilenzone zu eskortieren.

Auf dem Kai blieben unter strenger Bewachung und von Neugierigen begafft insgesamt 37 graue Stahlsärge zurück, die Militärlaster transportiert hatten. Bei rund zwei Meter Länge und einem Meter Höhe und Breite wog jeder dieser »Särge« über 450 Kilogramm – und jeder enthielt einen Nuklearsprengkopf für eine Kurzstreckenrakete Scud. Die meisten waren kleine nordkoreanische ABD-Gefechtsköpfe mit etwa zehn Kilotonnen Sprengkraft; einige wenige waren chinesische OKD-Gefechtsköpfe, deren Sprengkraft zwischen 40 und 350 Kilotonnen lag.

Sobald sich die Nachricht verbreitete, was diese »Särge« enthielten, verließen viele der Menschen, die auf den Straßen demonstriert hatten, fluchtartig den Kriegshafen Nampo. Sie wollten nie wieder dorthin zurückkehren.

Weißes Haus, Washington, D.C.
(am nächsten Morgen)

»Danke, dass Sie meinen Anruf entgegennehmen, Herr Präsident«, sagte Kevin Martindale über das abhörsichere Videotelefon. Außerhalb des Blickfelds der Videokamera runzelte sein Stabschef und Berater Jerrod Hale bei diesen höflichen Worten des Präsidenten unwillig die Stirn. Kein Präsident der Vereinigten Staaten von Amerika, sagte er in Gedanken tadelnd, sollte einem ausländischen Politiker schöntun, selbst wenn die Lage noch so ernst war. Auch Vizepräsidentin Whiting und Sicherheitsberater Freeman waren im Oval Office – beide außerhalb des Blickfelds der Videokamera.

»Ich freue mich, Ihren Anruf entgegenzunehmen und Ihnen ganz zur Verfügung zu stehen, Sir«, antwortete Kwon Ki-chae, der Präsident der Vereinigten Republik Korea. Der Mann wirkte heiterer, als Martindale ihn je erlebt hatte. Nun, warum auch nicht? Sein großartiger, kühner Plan zur Wiedervereinigung der beiden Koreas hatte unglaublich gut geklappt.

»Herr Präsident, ich bin soeben von meinen Mitarbeitern über die jüngsten Ereignisse in Nampo informiert worden«, begann der Präsident. »Wir haben von dem ganzen Arsenal von Nuklearsprengköpfen gehört, die im dortigen Hafen beschlagnahmt wurden. Ich beglückwünsche Sie dazu, Sir, dass es gelungen ist, sie ohne Blutvergießen sicherzustellen. Wir alle hätten vermutet, dass die Chinesen sie niemandem kampflos überlassen würden.«

»Ich danke Ihnen für Ihre freundlichen Worte, Mr. President«, antwortete Kwon. »Wir sind uns bewusst, dass nur eine glückliche Fügung und die Götter der Vernunft ein Blutbad verhindert haben. Aber wer nichts als seine Freiheit zu verlieren hat, muss gelegentlich zu verzweifelten Mitteln greifen. Leider erfahre ich von meinen Militäranalytikern, dass es uns vermutlich nur gelungen ist, einen kleinen Teil der in Nampo und im Bereich der Ersten Armee gelagerten Atomwaffen zu beschlagnahmen. Wir befürchten, dass der größte Teil bereits in den ersten Tagen nach der Wiedervereinigung außer Landes gebracht worden ist.«

»Das befürchten wir auch, Herr Präsident«, sagte Martindale. Er machte eine kurze Pause, dann fuhr er fort: »Herr Präsident, die beschlagnahmten Nuklearsprengköpfe sind der Grund für meinen heutigen Anruf. Von meinen Analytikern höre ich, dass Sie in den vergangenen Tagen in ganz Nordkorea über sechzig solcher Waffenverstecke entdeckt haben – und dabei handelt es sich ausschließlich um Waffenlager, von denen Sie vor der Wiedervereinigung *nichts gewusst haben.*«

»Das stimmt, Mr. President«, bestätigte Kwon. »Ihre Nachrichtendienste haben Sie zutreffend informiert. Bis heute haben wir…« Er machte eine Pause, um einen Blick in seine Unterlagen zu werfen. »… insgesamt dreiundsechzig Waffenverstecke aufgespürt. Richtig ist auch, dass wir von diesen versteckten Waffen vor der Wiedervereinigung nichts gewusst haben. Bei den meisten scheint es sich um eingelagerte Bomben und Gefechtsköpfe zu handeln, die kommunistische Loyalisten vor uns verstecken wollten. Zum Glück haben Landsleute, die für eine friedliche Wiedervereinigung sind, diese Waffenverstecke gemeldet und unsere Teams zu ihnen geführt.«

»Wir können nicht genau abschätzen, wie viele Bomben und Gefechtsköpfe das ergibt«, fuhr Präsident Martindale fort, »aber wären in jedem Versteck nur zehn aufgefunden worden, wären das mit dem gestrigen Waffenfund in Nampo über sechshundertfünfzig Massenvernichtungswaffen.«

»Das ist in der Tat schockierend«, stimmte Kwon zu, ohne Martindales Schätzung zu bestätigen oder ihr zu widersprechen. »Wenn man bedenkt, dass die Kommunisten in all diesen Jahren stets bestritten haben, solche Waffen anzuhäufen… Wir können wirklich von Glück sagen, dass die Kommunisten keine Gelegenheit mehr hatten, sie gegen uns einzusetzen. Damit hätten sie unsere Bevölkerung zehnmal ausrotten können.«

»Die gesamte Welt ist Ihnen für Ihren Mut, Ihre Klugheit und Ihre Stärke während dieser unvorstellbar schweren Prüfung dankbar, Herr Präsident«, sagte Martindale. Er sah Hales finstere Miene und nickte ihm leicht zu, als gestehe er ein, dass seine Höflichkeit diesmal etwas übertrieben gewesen war. »Diese Waffen waren nicht für Südkorea, sondern für die gesamte Welt eine ernstliche

Bedrohung. Wir glauben – und Sie werden diese Annahme sicher bestätigt finden –, dass die Kommunisten solche Gefechtsköpfe mitsamt den dazugehörigen Trägersystemen weltweit gegen harte Devisen verhökert haben. Die nordkoreanische Zahlungsbilanz enthält viele Hinweise auf solche Transaktionen.«

Kwon äußerte sich nicht dazu.

»Herr Präsident, ich habe mit chinesischen Regierungsvertretern gesprochen«, fuhr Martindale fort. »China macht sich Sorgen darüber, was Sie mit diesen Atomwaffen zu tun beabsichtigen. Die Bestände müssen riesig sein – während Nordkoreas B- und C-Waffenpotential recht gut dokumentiert war, erkennen wir jetzt, dass es weit mehr Atomwaffen besessen haben muss, als wir jemals vermutet hatten.«

Kwon sagte noch immer nichts. Er starrte direkt in die Kamera und hatte ein liebenswürdiges kleines Lächeln aufgesetzt, als warte er auf die Pointe eines Witzes.

»Präsident Kwon? Können Sie mich hören, Sir?«

»Natürlich, Mr. President«, bestätigte Kwon.

»Ich frage Sie, Sir – was haben Sie mit den in Ihren Besitz gelangten Atomwaffen vor?«

Im Blauen Haus in Seoul war Präsident Kwon Ki-chae von seinen Sicherheitsberatern umgeben, die alle außerhalb des Blickfelds der Videokamera saßen: Verteidigungsminister General a.D. Kim Kun-mo, Ministerpräsident Lee Kyong-sik, Außenminister Kang No-myong, Direktor für Nationale Sicherheitsplanung Lee Ung-pae und Generalstabschef General An Ki-sok. Kwon betrachtete sie nacheinander und suchte auf ihren Gesichtern einen Hinweis darauf, was er dem Präsidenten der Vereinigten Staaten antworten sollte. Schließlich sagte er: »Entschuldigen Sie bitte, Mr. President. Ich muss mich mit meinen Mitarbeitern beraten.«

Bevor Martindale ein Wort sagen konnte, fand er sich in einer Warteschleife wieder.

»Da haben wir's«, sagte Kwon zu seinen Beratern. »Die befürchtete Frage ist gestellt worden. Darf ich um Meinungsäußerungen bitten?«

»*Verdienen* die Amerikaner überhaupt eine Antwort?«, fragte

General Kim aufgebracht. »Ich habe den Eindruck, dass sie uns irgendein falsches Spiel vorwerfen. Wie können sie das nur wagen?«

»Ich möchte Sie daran erinnern, General, dass die Vereinigten Staaten uns zwei Generationen lang beschützt haben«, erwiderte Präsident Kwon. »Kein Jahrzehnt nach einem verlustreichen Weltkrieg, der mit der Niederlage unserer japanischen Unterdrücker geendet hat, haben sie das Blut ihrer Soldaten auf unserem Boden vergossen. Sie haben einen Atomkrieg riskiert, um Südkorea frei und demokratisch zu erhalten. Sie haben sehr wohl eine Antwort verdient, finde ich.«

»Die wahren Beweggründe der Amerikaner haben Sie selbst schon mehrmals genannt, Herr Präsident: Sie haben aus Eigennutz gehandelt«, antwortete Kim. »Wie die Russen und Chinesen im Norden haben die Amerikaner Korea nur dazu benutzt, um feindliche Großmächte einzuschüchtern; *unser* Schutz war immer nur zweitrangig. Sie wissen so gut wie ich, dass Washington unserem Plan zur Wiedervereinigung der beiden Koreas nie zugestimmt hätte. Wegen der kompromisslos ablehnenden Haltung Amerikas mussten wir sie selbst erringen. Und jetzt wollen die Amerikaner uns diese mühsam erkämpften Waffen wegnehmen? Dazu sage ich *nein!*«

Obwohl Präsident Kwon den schrillen Tonfall seines Verteidigungsministers gewöhnt war, machte er ihm diesmal Sorgen. Er sah sich am Konferenztisch um. »Was halten Sie davon, meine Herren?«

»Ich stimme Minister Kim nicht zu, Herr Präsident«, sagte Außenminister Kang sichtlich nervös. »Behalten wir die Waffen, schaden wir damit nur unseren auswärtigen Beziehungen. Dann gelten wir als unberechenbare Atommacht wie Israel oder der Irak. Das wäre nicht gut für unsere Sache.«

»Ich stimme Minister Kim zu«, antwortete General An. Für Kwon kam das nicht überraschend. Obwohl alle hier Anwesenden als gleichberechtigt galten, war An auf Kims Unterstützung angewiesen, wenn er Karriere machen und seinem Förderer eines Tages als Verteidigungsminister nachfolgen wollte; deshalb schlug er sich in Grundsatzfragen meistens auf Kims Seite. »Statt uns mutwillig selbst zu schwächen, sollten wir mit China und dem Rest der Welt aus einer Position der Stärke heraus verhandeln können. Obwohl ich zustimme, dass die Vereinigten Staaten uns ein zuverlässiger Freund und Verbündeter gewesen sind, haben sie kein Recht, uns ihre Bedingungen zu diktieren.«

»Tut mir Leid, wenn ich die Verantwortung wieder Ihnen aufbürde, Herr Präsident«, sagte Ministerpräsident Lee mit schiefem Lächeln, »aber ich stimme Kim nicht zu. Wir sollten keine Massenvernichtungswaffen behalten. Ich glaube, dass wir von China nichts zu befürchten haben, es sei denn wir behalten diese Waffen.«

Da General Kim spürte, dass die Stimmung sich gegen ihn wendete, sagte er rasch: »Ich gebe zu, dass man so argumentieren kann, Herr Präsident. Der Besitz von Atomwaffen wird auf die wiedervereinte Nation zweifellos ein neues, beunruhigendes Licht werfen. Aber ich bin der Überzeugung, dass sie unser bestes, vielleicht unser einziges Abschreckungsmittel gegen chinesische Aggressionen sind.

Ich schlage Folgendes vor, Herr Präsident: Wir gebrauchen diese Waffen nicht als Massenvernichtungsmittel, sondern als Faustpfand für Verhandlungen. Wir zwingen China dazu, seine Unterstützung für Kim Jong-il und die nordkoreanische Exilregierung aufzugeben, damit wir auf die Atomwaffen verzichten. Oder wir verzichten auf sie, wenn China sich bereit erklärt, seine Truppen aus einem dreihundert Kilometer breiten Streifen entlang unserer gemeinsamen Grenze zurückzuziehen. Oder wir fordern sogar beides. Aber wir sollten nicht einmal andeuten, dass wir bereit sein könnten, diese Waffen irgendjemandem zu übergeben – auch den Vereinigten Staaten gegenüber nicht.«

»Ich glaube, das wäre eine sehr gute Marschroute«, stimmte Ministerpräsident Lee rasch zu. Er war dankbar für diese Option, die es ihm ersparte, dem mächtigen ehemaligen General weiter widersprechen zu müssen.

Präsident Kwon dachte kurz nach, dann nickte er. »Meine Herrn, ich danke Ihnen für Ihre offenen Meinungsäußerungen. Sie sind wirklich alle wahre Patrioten.« Er drückte auf einen Knopf seines Telefons und setzte die Videokonferenz mit dem Präsidenten der Vereinigten Staaten fort.

»Was macht Ihnen dabei Sorgen, Mr. President?«, fragte Kwon, als der Amerikaner wieder auf dem Bildschirm erschien. »Was macht Staatspräsident Jiang Sorgen?«

»Was uns Sorgen macht?« Martindale starrte den Koreaner überrascht an. »Präsident Kwon, wir wissen alle, dass China die Existenz von Massenvernichtungswaffen an seinen Grenzen oder auch nur in ihrer Nähe als Bedrohung seiner Souveränität und nationalen Sicherheit auffasst. Die Vereinigten Staaten und die ehemalige Republik Korea haben der Besorgnis Chinas Rechnung getragen und seit über zwanzig Jahren keine ABC-Waffen mehr auf der koreanischen Halbinsel stationiert. Behalten Sie die aufgespürten und beschlagnahmten Waffen, sieht China darin zweifellos eine Bedrohung.«

»Präsident Martindale«, sagte Kwon, »ich halte es für äußert unpassend, dass Sie sich deswegen Sorgen machen.«

»Was? Wie meinen Sie das?«

»Angesichts unserer jüngsten Entdeckungen, Sir, steht unwiderlegbar fest, dass auf koreanischem Boden seit vielen Jahren Massenvernichtungswaffen stationiert waren«, antwortete Kwon. »Die Welt hat von den B- und C-Waffen Nordkoreas gewusst, und jetzt sehen wir, dass dort auch viele Atomwaffen stationiert waren. Weshalb sollten wir darüber besorgt sein, dass es China nicht gefällt, dass wir jetzt genau die Waffen besitzen, die es vermutlich selbst auf koreanischem Boden stationiert hat?«

»Der Unterschied ist, Sir, dass Nordkorea und vor allem China die Verfügungsgewalt über diese Waffen hatten – was jetzt nicht mehr der Fall ist«, stellte Martindale fest. »Ich verstehe Ihre Argumentation, Herr Präsident. Tatsache ist jedoch, dass China sehr besorgt ist, weil Sie diese Waffen an sich gebracht und bisher nicht zu erkennen gegeben haben, was Sie damit vorhaben. China hat sich bisher zum Glück aus den Vorgängen in Korea herausgehalten, weil es wie der Rest der Welt eingesehen hat, dass dies eine innere Angelegenheit des koreanischen Volkes ist. Als die demokratischen Kräfte die Oberhand gewannen und klar wurde, dass die Nordkoreaner in die neue Vereinigte Republik Korea integriert würden, hat China jegliche Einmischung vermieden und sich durch einen raschen Truppenabzug sehr kooperationsbereit gezeigt.«

»Wir haben alles gehalten, was wir versprochen hatten«, stellte Kwon fest. »Wir sind wieder *ein* Volk. Das kann niemand leugnen.«

»Präsident Kwon, ich weiß nicht, ob Sie den Ernst der Lage richtig verstehen. Halten die Chinesen es für möglich, dass Sie diese ABC-Waffen auf China richten, sind sie vielleicht weniger kooperationsbereit«, warnte Martindale den Koreaner. »Sie könnten sogar richtig böse werden. Sie haben fast eine Viertelmillion Soldaten an Ihrer Nordgrenze stationiert und können binnen sieben Tagen eine weitere Viertelmillion nachrücken lassen.

Sie müssen Ihre Absichten erklären, Sir. Ich empfehle Ihnen dringend, sich bereit zu erklären, sämtliche aufgespürten und beschlagnahmten ABC-Waffen der Atomabrüstungsbehörde der Vereinten Nationen zu übergeben. Die Vereinigten Staaten sind bereit, alle Kosten für Transport, Demontage, Verbrennung, Entsorgung oder sichere Lagerung der Waffen zu tragen. Wir können diese Entscheidung auf einer gemeinsamen Pressekonferenz bekannt geben und diesmal sorge ich dafür, dass Staatspräsident Jiang dabei ist, um diese Maßnahme zu begrüßen und zu unterstützen. Danach können Sie Korea zu einer garantiert von Massenvernichtungswaffen freien Zone erklären und China auffordern, ganz Asien zu einem von Massenvernichtungswaffen freien Kontinent zu machen.«

Kwon Ki-chae lehnte sich in seinen Sessel zurück und verblüffte damit Martindale, Freeman und Hale. Für einen Mann, der normalerweise sehr auf Stil und Formen achtete, war das eine ungewöhnlich legere Geste. »Ich bin Ihnen wegen Ihrer Besorgnis und Ihrer Gedanken zu diesem Thema zu größtem Dank verpflichtet, Mr. President«, sagte er. »Und ich stimme natürlich völlig mit Ihnen überein. Ein von Massenvernichtungswaffen freies Asien läge sicher im Interesse der gesamten Welt.«

Martindale lächelte, obwohl er spürte, dass seine Magennerven sich verkrampften, als machten sie sich auf einen Tiefschlag Kwons gefasst.

»Ich glaube jedoch, dass es besser ist, wenn wir diese Waffen vorerst behalten«, sagte der Koreaner, indem er sich aufsetzte und plötzlich wieder ernst wirkte und sprach. »Unserer Ansicht nach wäre es eine überzeugendere Demonstration von Aufrichtigkeit und Einmütigkeit, wenn Präsident Jiang sich mir anschließen und seine Massenvernichtungswaffen ebenfalls den Vereinten Nationen übergeben würde.«

»Ist das… ist das Ihr Ernst?«, fragte Martindale ungläubig. »Soll das heißen, dass Sie keine ABC-Waffen abgeben wollen, wenn *China* nicht bereit ist, seine ABC-Waffen abzugeben? Herr Präsident, glauben Sie im Ernst, dass es dazu jemals kommen wird?«

»Sie glauben es offenbar nicht«, stellte Kwon fest. »Aber warum ist das so schwer zu glauben, Sir? Von woher droht Gefahr? Sicher nicht von den Vereinigten Staaten, nicht wahr? Russland ist nicht im Stande, Krieg zu führen – jedenfalls nicht gegen einen mächtigen Nachbarn. Ich schlage vor, dass wir alle gemeinsam unsere Waffen niederlegen, um der Welt zu demonstrieren, dass wir ernstlich Frieden wollen.«

»Herr Präsident…« Kevin Martindale zwang sich dazu, seine wachsende Frustration und Verärgerung zu unterdrücken. »Herr Präsident, bitte überlegen Sie sich Ihre Entscheidung noch einmal. Die Korea unter Umständen drohende Gefahr ist sehr, sehr ernst. Halten die Chinesen Sie für eine Bedrohung, könnten sie sich zu einem Präventivschlag gegen Seoul und alle Ihre Militäreinrichtungen im Norden wie im Süden entschließen. Die Verluste und Zerstörungen wären gewaltig. China hat in den letzten Jahren überzeugend bewiesen, dass es bereit ist, auf jede Gefährdung seiner Sicherheit und regionalen Vorherrschaft rasch und ohne Rücksicht auf Verluste zu reagieren. Meiner Überzeugung nach haben Sie jetzt Gelegenheit, sich an die Spitze der Bewegung für Frieden und globale nukleare Abrüstung zu setzen. Bitte denken Sie nochmals über Ihre Position nach.«

»Ich will versuchen, die Position der Vereinigten Republik Korea unmissverständlich deutlich darzulegen«, sagte Kwon streng, indem er sich etwas in Richtung Kamera beugte. »Unsere Republik war fast fünfzig Jahre lang von sofortiger Vernichtung bedroht. Wir haben zwei Generationen lang Paranoia und Schizophrenie erduldet, wir waren von unseren Brüdern im Norden getrennt, weil die Großmächte in Korea nicht mehr als eine Kriegsbeute gesehen haben, die sie untereinander aufteilen konnten, wie man auf dem Schlachtfeld bei Gefallenen Beute macht.

Der Norden wie der Süden waren jahrzehntelang gezwungen, fremde Streitkräfte auf ihrem Boden zu dulden. Uns ist eingeredet worden, diese Truppen seien hier stationiert, um uns voreinander zu schützen. Jetzt wissen wir jedoch, dass sie in Wirklichkeit hier waren, um vorgeschobene Stellungen für die jeweiligen Staaten zu halten und ihre eigenen Interessen zu verteidigen. Weder China, Russland noch die Vereinigten Staaten haben sich etwas aus dem koreanischen Volk gemacht. Ihnen ist es allein um die militärischen und geopolitischen Vorteile einer Stationierung von Truppen auf unserem Boden, in unmittelbarer Nähe potentieller Gegner gegangen. *Aber damit ist jetzt Schluss.*

Ich werde in unserem neuen Parlament ein Notstandsgesetz einbringen, das die koreanischen Streitkräfte ermächtigt, Waffen aller Art, auch Massenvernichtungswaffen, zu besitzen und über sie zu verfügen«, sagte Kwon. »Das Gesetz wird auch die Einrichtung eines wirksamen Kontrollsystems unter Aufsicht von Präsident und Verteidigungsminister festschreiben. Es wird die Ausbildung der Truppe sowie Unterhalt und Einsatz aller Waffen regeln, die sich jetzt auf koreanischem Boden befinden. Und es wird den Einsatz dieser Waffen gegen jede Macht genehmigen, die Frieden, Sicherheit und Unabhängigkeit der Vereinigten Republik Korea bedroht.«

Kwon machte eine Pause, um seine Worte wirken zu lassen, und fuhr dann fort: »Bei allem Respekt, Mr. Martindale, habe ich Ihnen nicht glauben können, als Sie Besorgnis um Korea geäußert und der Hoffnung Ausdruck gegeben haben, wir würden zur Erhaltung des Weltfriedens beitragen, indem wir unsere Massenvernichtungswaffen ausliefern. Sie haben gehofft, wir würden es tun, weil Sie uns dazu aufgefordert haben. Sie hoffen jetzt, dass wir es noch tun werden, weil es Ihnen helfen würde, gegenüber der chinesischen Regierung das Gesicht zu wahren. Obwohl wir nicht mehr darauf vertrauen, dass die Vereinigten Staaten uns beschützen, glauben die Chinesen, wir seien noch immer auf ihre Führung und Unterstützung angewiesen – sie halten uns weiterhin für Marionetten der Amerikaner. Und Sie haben gehofft, das treffe zu. Aber es stimmt nicht mehr.

Die von uns aufgespürten und beschlagnahmten Waffen bleiben in Korea, bis wir der Überzeugung sind, sie nicht länger zum Schutz unserer Bürger, unserer Grenzen, unseres Staatswesens und unserer Kultur zu benötigen. Ich hoffe aufrichtig, dass es eines Tages möglich sein wird, weltweit alle diese Waffen zu vernichten. Aber das müssen wir gemeinsam tun. Bis dahin vertrauen wir darauf, unsere Sicherheit selbst garantieren zu können.«

»Präsident Kwon, ich glaube, Sie machen einen großen Fehler«, sagte Martindale eindringlich. »China … nein, die ganze *Welt* wird negativ auf die Nachricht reagieren, dass Korea beschlossen hat, einige hundert Massenvernichtungswaffen zu behalten. Damit entwerten Sie schlagartig alle Ihre großen Erfolge der letzten Wochen.«

»Wurde Frankreich geächtet, war es in Gefahr, von Russland oder den Vereinigten Staaten angegriffen zu werden, als es die NATO verlassen und beschlossen hat, allein über seine Atomwaffen zu verfügen?«, fragte Kwon. »Haben die Vereinigten Staaten ihr Atomwaffenarsenal abgebaut, weil die Sowjetunion darüber beunruhigt war, dass ihre Städte von zehntausend amerikanischen Nuklearsprengköpfen bedroht waren? Wir denken nicht daran, auf irgendwelche Waffen in der Hoffnung zu verzichten, unsere kriegerischen Nachbarn könnten diesem Beispiel folgen und ihre Waffen ebenfalls niederlegen. Das ist eine typisch amerikanische Torheit, die Korea nicht wiederholen wird.

Ich hoffe, dass Sie sich täuschen, Mr. Martindale«, fuhr Kwon fort. »Ich hoffe, dass China uns nicht als Unruhestifter, sondern als stabilisierendes Element in Asien sehen wird. Aber *was* die Chinesen denken, spielt keine Rolle. Korea wird alle verfügbaren Mittel einsetzen, um seine Bevölkerung, seine Grenzen und sein Staatswesen zu schützen. Bedeutet das Krieg mit China … nun, viele behaupten, dieser Krieg sei unvermeidbar, weil unsere ideologischen Gegensätze angeblich keine friedliche Koexistenz, nicht einmal eine friedliche gemeinsame Grenze zulassen. China hat Korea in der Vergangenheit beherrscht, und wenn wir aus der Geschichte lernen wollen, müssen wir in Zukunft mit ähnlichen Expansionsgelüsten rechnen. Aber diesmal sind wir geeint. Wer uns angreifen oder erobern will, wird merken, dass sich ihm ein stärkeres, entschlosseneres Korea in den Weg stellt.«

»Präsident Kwon, wir müssen möglichst bald zusammentreffen«, drängte Martindale. »In Tokio, Singapur, Manila oder Paris – wo immer Sie wollen. Wir müssen dieses heikle Thema unter vier Augen ausführlich besprechen.«

»Tut mir sehr Leid, Mr. Martindale«, sagte Kwon, »aber ich muss unsere flügge gewordene Nation führen – und unsere Streitkräfte neu organisieren. Falls China tatsächlich eine Bedrohung für uns darstellt, wie Sie behaupten, müssen wir abwehrbereit sein. Ich wünsche Ihnen noch einen guten Tag, Sir.« Im nächsten Augenblick wurde die Verbindung unterbrochen.

Martindale war körperlich und emotional erschöpft, als er sich in seinen Sessel zurücksinken ließ. Er schüttelte den Kopf und rieb sich die Schläfen. »Sie haben Recht, Ellen«, sagte er zu der Vizepräsidentin und den anderen. »Die Koreaner denken gar nicht daran, die Waffen abzuliefern. Kwon betrachtet sie als bestes Mittel zur Abwehr einer weiteren chinesischen Invasion. Aber er ist verrückt, wenn er glaubt, damit die Chinesen aufhalten zu können.«

»Kwon ist nicht verrückt, durchaus nicht«, widersprach Vizepräsidentin Whiting ernsthaft. »Er benimmt sich wie ein Schachgroßmeister, der er meines Wissens auch tatsächlich ist: Er sieht sechs Züge voraus und ist durch nichts von seinem Spielplan abzubringen. Er hat unendlich viel Geduld und verfolgt ein einziges, klar definiertes Ziel – den Auf- und Ausbau der Vereinigten Republik Korea. Glaubt er, dass Hunderte von Massenvernichtungswaffen ihm dabei nützlich sein können, behält er sie.«

»Ich verstehe seine Argumentation recht gut«, sagte General Freeman. »Präsident Kwon weiß, dass China jederzeit einmarschieren und Korea besetzen kann. Der Besitz von Massenvernichtungswaffen – und von Trägersystemen, die selbst Peking erreichen können – dürfte das einzige Abschreckungsmittel gegenüber China sein.«

»Aber wenn die Chinesen dort hätten einmarschieren wollen, hätten sie es doch längst tun können.«

»Nicht mit amerikanischen Streitkräften im Land«, stellte Freeman fest. »Gewiss, unsere Truppen hätten lediglich als Stolperdraht fungieren können, aber sie waren ein *wirkungsvoller* Stolperdraht. Unsere nur vierzigtausend Mann starken Stationierungskräfte haben über vierzig Jahre lang Hunderttausende von chinesischen Soldaten am Angriff gehindert – natürlich mit unserer Atommacht hinter sich. Eine wirkliche Bedrohung für uns waren die Chinesen nur einmal, als wir begonnen haben, unsere strategischen Kräfte so weit zu verringern, dass China glaubte, amerikanischen Vergeltungsschlägen trotzen zu können. Damals hat es prompt versucht, Taiwan zu erobern, und wir mussten gewaltig viel Feuerkraft aufwenden, um es zum Rückzug zu zwingen.«

»Und was passiert jetzt in Korea?«

»Dasselbe alte Spiel, fürchte ich – nur hat China diesmal vielleicht die Welt auf seiner Seite«, antwortete Freeman. »Sie haben völlig recht, Sir: Behalten die Koreaner diese Waffen, gelten sie als die Provokateure, vielleicht sogar als die Aggressoren. Das wäre so, als käme Cuba plötzlich in den Besitz zahlreicher Massenvernichtungswaffen und verlangte von uns, diese Tatsache zu ignorieren – dann würde die Weltöffentlichkeit Cuba verurteilen. China kann behaupten, das koreanische Arsenal sei ein destabilisierendes Element. Die Welt wird nicht nur darüber entsetzt sein, dass Nordkorea so viele Atomwaffen wie sonst kein Staat außer den Supermächten besessen hat, sondern vor allem auch darüber, dass diese Waffen jetzt in den Besitz der Vereinigten Republik Korea übergegangen sind. China *muss* auf diese Entwicklung reagieren.«

»Wie?«

»Es könnte seine Truppen an der Grenze und in den grenznahen Gebieten verstärken und zusätzliche Raketen und Geschütze gegen Korea in Stellung bringen – alles ganz friedlich, auf seiner Seite der Grenze und leicht zu rechtfertigen«, sagte der Sicherheitsberater. »Das könnte monate- oder sogar jahrelang weitergehen. Die Welt würde für unbestimmbare Zeit am Abgrund entlangtaumeln, selbst wenn ständig mühsame Verhandlungen geführt würden. Und noch schlimmer: Jeder kleinste Zwischenfall – ein Unfall, ein Irrtum, ein Scharmützel – könnte augenblicklich eine Katastrophe auslösen. Die chinesischen Interkontinentalraketen haben wir 1997 während des Taiwankonflikts zerstört, aber das Arsenal Chinas an Kurz- und Mittelstreckenraketen haben wir kaum angekratzt. Es ist größtenteils intakt und unvermindert schlagkräftig.«

»Und Korea hat längst nicht mehr alle Fla-Lenkwaffen Patriot, die es noch vor einem Monat hatte«, warf Ellen Whiting ein. »Die meisten dieser Systeme haben wir beim Abzug unserer Truppen mitgenommen, nicht wahr?«

»Ja. Weniger als ein Drittel unserer dreißig Patriot-Batterien sind noch drüben«, bestätigte Freeman. »Jede Batterie hat drei Abschussvorrichtungen, ein Radar und sechs Nachladebehälter. Das sind ungefähr vierzig Schüsse gegen Flugzeuge – die Patriot wird immer paarweise abgeschossen – und weniger als zwanzig Schüsse gegen taktische ballistische Raketen. In der Praxis heißt das, dass ein einziger Angriff die gesamte Abwehrkapazität der Koreaner erschöpfen könnte. Außerdem muss Kwon versuchen, diese zehn Batterien über die gesamte Halbinsel zu verteilen, statt sie nur im Süden zu konzentrieren. Dreißig in Südkorea stationierte Batterien konnten das Land recht gut gegen praktisch jeden Luftangriff verteidigen – aber zehn über die gesamte Halbinsel verteilte Batterien bilden einen ziemlich löchrigen Schutzschild.«

»Und was machen wir, wenn Kwon zusätzliche Patriot-Systeme kaufen will?«, erkundigte sich Vizepräsidentin Whiting. »Was antworten wir ihm? Wie reagieren wir, wenn er in Russland, Israel oder Großbritannien wegen der Lieferung weiterer Luftabwehrsysteme anfragt?«

»Halt, nicht so eilig«, wehrte der Präsident mit erhobener Hand ab. »Bitte nur eine Krise auf einmal.« Er überlegte kurz, dann fragte er: »Okay, was haben wir gegenwärtig dort drüben zur Verfügung? Können wir zusätzliche Kräfte heranführen, um den Abschreckungsfaktor zu vergrößern?«

»Unsere Flugzeugträgerkampfgruppen *America* und *Eisenhower* stehen im dortigen Gebiet«, antwortete Philip Freeman. »Die

America steht im Gelben Meer und unterstützt den Abtransport unserer letzten Einheiten aus Korea; sie sollte vor zwei Jahren außer Dienst gestellt werden, aber ihre Außerdienststellung ist wegen der Versenkung der *Independence* verschoben worden. Die *Eisenhower* steht im Japanischen Meer, überwacht die dortige Situation und gewährt Japan einen gewissen Schutz. Den brauchen die Japaner kaum – sie lassen ihre MiG-29 mit koreanischer Genehmigung Patrouillenflüge bis fast zur chinesisch-koreanisch-russischen Grenze hinauf durchführen. Zwei weitere unserer Flugzeugträger – *Roosevelt* und *Vinson* – sind auf dem Marsch ins dortige Seegebiet.«

»Das ist alles? Keine weiteren Kräfte in der Nähe der koreanischen Halbinsel?«

»Sir, das ist *ein Drittel* unserer Trägerflotte«, stellte Freeman ernst fest. »Und alle Kampfgruppen müssen mit einem Minimum an überseeischen Versorgungskapazitäten operieren. Die Siebte Flotte musste wegen der Katastrophe mit der *Independence* von Yokosuka nach Pearl Harbor verlegt werden, und Japan hat nach dem Atomangriff auf die *Independence* auf dem Abzug aller US-Kampftruppen bestanden. In Yokata und Misawa haben wir noch ein paar Einheiten, aber das sind nur Fla- und Versorgungstruppen. Wir haben zwei Jahre hart verhandeln müssen, um unsere Stützpunkte auf Okinawa behalten zu dürfen, und mussten uns verpflichten, dort keine Kampfverbände zu stationieren. Die Anderson Air Force Base auf Guam ist nicht zu benutzen; die bei dem chinesischen Angriff schwer beschädigte Agana Naval Base nimmt erst allmählich wieder ihren Betrieb auf. Der nächstgelegene US-Stützpunkt ist die Elmendorf Air Force Base.« Als der Präsident fragend zu ihm aufsah, fügte Freeman hinzu: »In Anchorage, Alaska.«

»*Anchorage!*«, rief Martindale aus. »Unser Stützpunkt, der Korea am nächsten ist, liegt in *Alaska?*«

»Die frühere Adak Naval Air Station auf den Aleuten liegt dreizehnhundert Meilen näher, dort ist aber nur noch Wartungspersonal stationiert – die Navy hat den Stützpunkt 1998 aufgegeben«, antwortete Freeman. »Erstklassiger Flugplatz, erstklassige Hafenanlagen, erstklassige Fernmeldeeinrichtungen, Unterkünfte und

Infrastruktur für fast zehntausend Soldaten – nur leider seit zwei Jahren unbewohnt. Von Anchorage aus bei gutem Wetter in drei Flugstunden zu erreichen.« Der Sicherheitsberater lächelte ironisch. »Mit den Nachbarn ist die Navy sehr gut ausgekommen – die nächste größere Ansiedlung ist über hundert Meilen entfernt.«

»Mein Gott«, murmelte der Präsident. »Keine halbwegs nahen Stützpunkte. Wie weit liegen die nächsten Stützpunkte entfernt?«

»Ungefähr gleich weit von Anchorage und Honolulu«, sagte Freeman. »Über viertausend Meilen – acht Flugstunden.«

»Mein Gott«, murmelte der Präsident erneut. »Philip, ich brauche sofort einen Krisenplan für den Fall, dass sich die Lage zuspitzt. Was machen wir, wenn China die Vereinigte Republik Korea angreift? Wie reagieren wir darauf? Außerdem brauchen wir im dortigen Gebiet ausreichende Kräfte, um Japan schützen zu können, auch wenn die Japaner uns nicht im Land haben wollen. Ich denke an Folgendes: Wir stationieren dort drüben genügend Einheiten, um China zu demonstrieren, dass wir bereit sind, einzugreifen. Mindestens drei Trägerkampfgruppen und ein Bomberverband, der in Alaska in Alarmbereitschaft steht, und der eine Invasion chinesischer Truppen zum Stehen bringen kann. Philip, Sie müssen mir sofort einen Notfallplan ausarbeiten.«

Freeman ging zu seinem Aktenkoffer, klappte ihn auf und nahm drei Klemmhefter mit einer umfangreichen Ausarbeitung heraus. »Schnell genug, Sir?«, fragte er lächelnd, bevor er auch Vizepräsidentin Whiting ihr Exemplar gab. Das Schriftstück trug den Titel *Vereinigte Republik Korea – Operationsplan für Machtdemonstration.*

»Wie ich sehe, sind Sie in den vergangenen Tagen fleißig gewesen, Philip«, sagte Martindale anerkennend. »Ausgezeichnet! Geben Sie uns eine Zusammenfassung.«

»Die haben Sie bereits vorweggenommen, Sir«, antwortete sein Sicherheitsberater. »Priorität Nummer eins: Verstärkung unserer Militärpräsenz in Nordostasien ohne Benutzung vorgeschobener Stützpunkte auf fremdem Boden. Priorität Nummer zwei: Verhinderung jeglicher Aggression Chinas oder Russlands gegenüber Korea und Japan. Priorität Nummer drei: Wir müssen in der Lage sein, einen Einmarsch russischer oder chinesischer Truppen in Korea durch schnell einsetzbare, anhaltende und massive Feuerkraft aufzuhalten oder wenigstens zu verlangsamen.

Diese Ausarbeitung stammt von Brigadegeneral Patrick McLanahan vom High Technology Aerospace Weapons Center. Sie ist natürlich einseitig gewichtet – McLanahan und sein Team entwickeln Waffen, hauptsächlich für die Air Force –, aber er legt einen brauchbaren Plan vor, mit dem wir uns befassen sollten. McLanahan stützt sich zwar auch auf Einheiten der Navy und anderer Teilstreitkräfte, aber die Hauptlast hätte ein Verband mit experimentellen Waffen zu tragen, die er und sein Team auf der Elliott Air Force Base entwickeln.«

»Warum überrascht mich das nicht?«, fragte der Präsident sarkastisch. Er war innerlich zusammengezuckt, als er den Namen »Elliott« wie in »Brad Elliott« gehört hatte, als plage ihn dieser Hundesohn mit drei Sternen weiterhin und peinige das Weiße Haus noch aus dem Grab heraus.

»Reaktion Nummer eins: Verstärkung unserer Kampftruppen im Krisengebiet«, fuhr Freeman fort. »Dafür kommen vor allem die Flugzeugträger in Frage, und wir müssen mit denen anfangen, die bereits dort sind, aber McLanahan schlägt in seiner Ausarbeitung eine weitere Möglichkeit vor. Reaktion Nummer zwei: Verlegung zusätzlicher strategischer Bomberverbände nach Nordostasien. Reaktion Nummer drei:...« Er zögerte, dann sagte er rasch: »Vorbereitungen für den Einsatz von Spezialwaffen auf dem dortigen Kriegsschauplatz.«

»Spezialwaffen? Sie meinen *Kernwaffen?*«, rief Ellen Whiting aus.

»Das ist die einzig realistische Möglichkeit, Ma'am«, erklärte Freeman ihr. »Die Air Force hat weniger als hundert aktive schwere Bomber und weniger als dreihundert mittlere Bomber, und durch drei Flugzeugträgerkampfgruppen kämen nur ungefähr achtzig mittlere Bomber und etwa tausend Marschflugkörper hinzu. Selbst wenn wir diese Maschinen zwei Einsätze pro Tag fliegen lassen und die Verluste auf ein Prozent begrenzen könnten, hätten wir nicht annähernd genug Flugzeuge, um einen massiven chinesischen Vorstoß mit Infanterie und Panzern aufhalten zu können. Und wir müssen realistischerweise davon ausgehen, dass China seinerseits Massenvernichtungswaffen einsetzen wird, sobald amerikanische Verbände eingreifen. Deshalb halte ich es für notwendig, dass wir schon jetzt den Entschluss fassen, notfalls taktische Kernwaffen, subatomare Waffen oder Plasmafeld-Waffen einzusetzen.«

Als Präsident und Vizepräsidentin betroffen schwiegen, sprach Freeman rasch weiter: »Darüber hinaus müssen weitere Probleme gelöst werden. Dieser Einsatz würde unsere sonstigen Verpflichtungen in aller Welt stark beeinträchtigen, weil alle paar Monate einer der Flugzeugträger abgelöst werden müsste, womit über ein Drittel unserer Trägerflotte in Nordostasien eingesetzt wäre. Das würde bedeuten, dass in anderen wichtigen Seegebieten wie dem Atlantik oder dem Mittelmeer längere Zeit keine Trägerkampfgruppe stationiert wäre. Sollte sich auf dem Balkan, in der Ägäis oder im Baltikum eine Krise entwickeln, könnten wir nicht rasch darauf reagieren. Wir müssten einen großen Teil unserer Luftstreitkräfte – Bomber, Tanker und Aufklärer – in den Pazifikraum verlegen, und da wir vom nördlichen Pazifik reden, bedeutet das eine Verlegung nach Norden, nach Alaska ...«

»Aha, die Erwähnung von Adak und Elmendorf war also kein Versehen, was, Philip?«, meinte die Vizepräsidentin, während sie die Ausarbeitung durchblätterte.

»Nein, Ma'am«, bestätigte Freeman. »Gleich nach dem Verlust unserer Stützpunkte in Japan hat das Pentagon angefangen, sich nach Alternativen umzusehen, und ist dabei natürlich auf Alaska gekommen. Seit wir jetzt auch unsere Stützpunkte in Korea eingebüßt haben, ist Adak plötzlich wieder sehr wichtig geworden. Wir werden eine Planung zur Genehmigung vorlegen, die in den kommenden fünf Jahren Ausgaben von einer Milliarde Dollar für Adak vorsieht, damit dort ständig bis zu dreißig Tanker, Aufklärer und AWACS-Flugzeuge stationiert werden können.«

»Dann schlage ich vor, dass Sie diese Planung sofort dem Kongress zuleiten, damit das Genehmigungsverfahren anlaufen kann«, sagte der Präsident. »Und Sie haben sicher auch schon ein Dringlichkeitsprogramm für Adak ausgearbeitet?«

»Hundert Millionen Dollar über die beiden kommenden Jahre verteilt«, antwortete Freeman. »Das Pentagon soll diese Ausgaben an irgendeine andere Bewilligung anhängen, die in ein paar Tagen unterschriftsreif auf Ihrem Schreibtisch liegen kann. Adak ist nicht gerade ein Stützpunkt, von dem jeder Flieger träumt, aber wir hatten dort jahrzehntelang Flugzeuge stationiert.«

»Genehmigt«, entschied der Präsident. »Gut gemacht, Philip. Aber die Flugzeugträger machen mir trotzdem Sorgen. China wird aufheulen, wenn wir die koreanische Halbinsel mit drei Trägerkampfgruppen umgeben. Außerdem sehen mir die Flugzeugträger zu sehr nach Angriff aus. Wie wär's mit nur ein paar Schiffen – etwas weniger auffällig, etwas mehr defensiv?«

»Teil drei«, sagte Freeman nur. Präsident und Vizepräsidentin lächelten, als sie diesen Teil der Ausarbeitung aufschlugen. »Ich habe erst vor ein paar Tagen wieder mit General McLanahan gesprochen; er hat mir den Entwurf eines Projekts geschickt, an dem er in letzter Zeit arbeitet, und wir haben ihn in seine Ausarbeitung eingefügt. Er sagt, dass er unsere Militärpräsenz um Korea unter Benutzung schon vorhandener Hardware um den Faktor zwei bis fünf steigern kann. Er sagt weiterhin, dass er bei Bewilligung entsprechender Mittel einen Raketenabwehrschirm *über die gesamte koreanische Halbinsel* spannen kann, ohne dazu auf landgestützte Systeme angewiesen zu sein.«

»Was?«, rief der Präsident aus. »Wie zum Teufel soll das funktionieren?«

»Er kann in einer halben Stunde hier sein und Ihnen alles persönlich erklären«, sagte General Freeman. »Er ist zufällig in Washington.«

»*Zufällig?*«, wiederholte Martindale sarkastisch. »Also gut, lassen Sie ihn herkommen.« Er überflog die Ausarbeitung und schüttelte erstaunt den Kopf. »Unglaublich. Einfach unglaublich. Wieso haben wir diesen Vorschlag nicht schon viel früher verwirklicht?«

»General McLanahan will sich dazu nicht äußern, aber wir vermuten beide, dass das an General Elliott gelegen hat. Sie wissen ja, dass er immer seine Schwierigkeiten mit der Navy hatte …«

Der Präsident schüttelte erneut den Kopf, denn das erinnerte ihn daran, wie oft Misstrauen und die Rivalität zwischen den Teilstreitkräften gute Vorschläge wie diesen um Jahre zurückgeworfen hatten. »Jesus, wenn er noch am Leben und George Balboa weiter im Pentagon wäre, könnten wir von Glück sagen, wenn wir Kämpfe auf unseren eigenen *Fluren* verhindern könnten, von denen in Asien ganz zu schweigen.«

»Sie haben vorhin von Waffen gesprochen, mit denen ich nicht vertraut bin, General – subatomare Waffen und Plasmafeld-Waffen«, sagte Vizepräsidentin Whiting. »Was sind das für Waffen?«

»Teil fünf, Ma'am«, antwortete Freeman. »Er stammt von General Terrill Samson, General Elliotts Nachfolger als Kommandeur des High Technology Aerospace Center, der ihn gemeinsam mit General McLanahan ausgearbeitet hat. Dieses Projekt hat er vor kurzem einem Unterausschuss des Senats vorgestellt. Die beiden haben ein Verfahren für den Einsatz wirksamer Waffen der nächsten Generation für Angriffs- und Luftverteidigungszwecke entwickelt.

Subatomare Waffen sind Waffen wie Neutronenbomben, die durch hohe Strahlungsdosen tödlich wirken, aber verhältnismäßig wenig Sprengkraft besitzen. Sie sind aus Gründen, die auf der Hand liegen, politisch und auch sonst unbeliebt: Sie können Menschen töten – oft unter entsetzlichen Schmerzen über viele Monate hinweg –, aber sie lassen Gebäude und Waffen weitgehend unbeschädigt.«

»Ich kenne keine Waffe, die *beliebt* wäre«, stellte der Präsident fest. »Was gibt's über diese Plasmafeld-Waffen zu sagen?«

»Plasmafeld-Waffen sind Neuentwicklungen, die gerade erst in die praktische Erprobung gehen«, sagte Freeman. »Sie töten und vernichten weit wirkungsvoller als jedes bisher bekannte Waffensystem. Sie nutzen eine kleine Kernexplosion, um riesige Mengen von Plasma-Energie zu erzeugen, deren Hitze so gewaltig ist, dass sie augenblicklich alles verdampft, was mit ihr in Berührung kommt. Ihre Wirkung ist gewaltig – die Ziele werden nicht zerstört, sondern *verschwinden.*«

»Was meinen Sie mit ›verschwinden‹? Wie durch einen Phasenstrahler in *Star Trek?*«

»Genau«, bestätigte der Sicherheitsberater. »Materie wird in Plasma-Energie verwandelt, die für Menschen nicht wahrzunehmen ist – das Ziel verschwindet.«

»Na, wenn das nicht politisch unpopulär ist!«

»Diese Waffe hat viele Vor- und Nachteile«, fuhr Freeman fort. »Sie ist innerhalb der Erdatmosphäre nur beschränkt wirksam. Sie ist erschreckend teuer. Aber eine Plasmafeld-Detonation läuft ohne Sprengwirkung ab: kein Überdruck, keine Wärmestrahlung, kein großer Knall, und die Größe des Wirkungsbereichs lässt sich elektronisch begrenzen und weitgehend kontrollieren. Beide Waffen sind erst eingeschränkt verfügbar, aber sie bieten eine Möglichkeit, auf größere Bedrohungen zu reagieren, ohne auf eigentliche Kernwaffen zurückgreifen zu müssen.«

Die Vizepräsidentin schüttelte den Kopf. »Ich weiß nicht recht, ob mir die Richtung gefällt, die diese Diskussion nimmt, Mr. President«, sagte sie. »Wir planen wieder den Einsatz von Kernwaffen? Und diese Buck-Rogers-Waffen kommen mir wie politischer Selbstmord vor – Spione und Saboteure werden sich mit Demonstranten um den Zugang zu den Stützpunkten prügeln, auf denen wir sie lagern. Gibt es dazu wirklich keine Alternative?«

»Doch, es gäbe eine. Sie heißt Frieden«, antwortete der Präsident. »Solange alle Beteiligten sich bereit erklären, Ruhe zu bewahren und Überreaktionen zu vermeiden, haben wir vielleicht eine Chance, diese Sache durchzustehen, ohne solche Waffen einsetzen zu müssen. Ich hoffe – wir alle hoffen – auf diese beste Lösung. Aber wir müssen auf das Schlimmste vorbereitet sein.« Er nickte Freeman zu. »Lassen Sie die Vereinten Stabschefs und die Jungs aus Dreamland herkommen, Philip. Wir müssen sofort einen Plan ausarbeiten, bevor irgendjemand durchdreht und Blödsinn macht.«

Kontroll- und Lagezentrum,
Osan, Vereinigte Republik Korea
(ehemals Südkorea)
(zur gleichen Zeit)

Den allerersten Hinweis lieferte eine winzige, gelb blinkende Warnleuchte, die man zwischen den zahlreichen Anzeigen und Instrumenten auf der Konsole leicht hätte übersehen können. Aber die Controller vom Dienst – nach Abzug der Amerikaner jetzt ausschließlich Koreaner – waren aufmerksam, und einer von ihnen bemerkte die Warnleuchte sofort, fast als habe er sie erwartet.

Auf Knopfdruck wechselte die Bildschirmdarstellung vor dem Controller auf eine bildliche Darstellung der Ortung mit den eingeblendeten Radardaten der neuen Bahn. Der Controller brauchte nur wenige Sekunden, um die Bahndaten zu studieren und zu wissen, was er vor sich hatte. Er drückte seine gelbe ACHTUNG-Taste, die auf sämtlichen Konsolen eine Warnleuchte blinken ließ und sein Mikrofon mit den Kopfhörern aller Kollegen verband. »An alle Stationen, an alle Stationen, Sektor sieben meldet mehrere anfliegende Radarziele auf Südkursen, Flughöhe und Geschwindigkeit zunehmend. Überprüfung läuft, Ergebnis folgt in Kürze.«

Auch der nächste Schritt dauerte nur wenige Sekunden: eine weitere Radarstation erhielt den Auftrag, die Informationen der Ersten zu überprüfen. Sobald zwei Stationen die Daten der jeweils anderen verifiziert hatten, waren die Ziele eindeutig identifiziert. Der Controller drückte seinen roten ALARM-Knopf, der im gesamten Komplex rote Warnleuchten blinken ließ und seinen Meldungen absolute Priorität sicherte. »An alle Stationen, an alle Stationen, Raketenwarnung, Raketenwarnung in Sektor sieben. Mehrere anfliegende Radarziele überprüft und bestätigt. Für alle Stationen gilt jetzt Gefahrenstufe rot.« Im selben Augenblick wurden seine Bahndaten auf einem der Großbildschirme vor dem Kommandozentrum dargestellt, damit die übrigen Controller und die Kommandeure vom Dienst sie studieren konnten.

»Voraussichtliche Ziele?«, fragte General Park Yom, der Generalstabschef der Luftwaffe der Vereinigten Republik Korea. Er tat hier Dienst, seit die amerikanische Vizepräsidentin das Kontroll- und Lagezentrum Osan an dem Tag besucht hatte, an dem ihre Luftangriffe auf Ziele in Nordkorea den Weg zur Wiedervereinigung geebnet hatten. Seit jenem schicksalsträchtigen Morgen hatte Park kein Tageslicht mehr gesehen, aber das störte ihn nicht. Mochten seine Landsleute ruhig feiern; *er* wusste, dass Korea noch in Gefahr war.

»Eine … nein, zwei Flugbahnen nach Seoul«, meldete der Controller. »Eine davon könnte auf Inchon zielen. Je eine Flugbahn nach Kunsan und Pusan. Eine Flugbahn … eine führt übers Japanische Meer hinaus zu einem Ziel in Japan.«

»Zweifellos die Revanche für Japans Unterstützung unserer Revolution«, sagte General Park. »Kennen wir die Startorte schon? Wissen wir, wo die Raketen herkommen?«

»Die Flugbahnen sind sehr unterschiedlich, General«, antwortete der Controller. »Die nach Seoul gerichtete hat ein sehr niedriges ballistisches Profil. Das Gleiche gilt für die Flugbahn nach Inchon.«

»Soll das heißen, dass die Raketen irgendwo auf der koreanischen Halbinsel gestartet sind?«

»Richtig, General. Wir sind dabei, die wahrscheinlichen Startpunkte zu errechnen.«

»Die müssten Sie längst haben. Beeilung!« Sein rotes Telefon klingelte. »General Park.«

»Hier ist der Präsident, General«, sagte Kwon Ki-chae. »Was ist passiert? Überall in Seoul heulen die Luftschutzsirenen.«

»Haben Sie einen Schutzraum aufgesucht, Herr Präsident?«

»Ja. Ich bin mit mindestens fünftausend Menschen auf dem total überfüllten U-Bahnhof an der Universität«, antwortete Kwon. »Vielleicht ersticke ich oder werde totgetrampelt, bevor ich bei einem Luftangriff sterbe. Was ist passiert?«

»Zwei Raketen sind im Anflug auf die Hauptstadt«, meldete Park. »Kunsan und Pusan werden ebenfalls angegriffen. Eine weitere Rakete ist nach Japan unterwegs.«

»Verdammt«, murmelte Kwon. Er schwieg einen Augenblick, dann fragte er: »Angegriffen werden offenbar militärische Ziele, nicht wahr?«

»Ja, Herr Präsident – bis auf Pusan.«

»Wo kommen die Raketen her? Ich will, dass die Startorte sofort bombardiert werden.«

»Zumindest einige der Raketen scheinen aus dem Norden der Halbinsel zu kommen«, antwortete Park. »Wir tippen auf mobile Abschussrampen der ehemaligen Volksarmee. Augenblick … Herr Präsident, eben wird gemeldet, dass die für Seoul bestimmten Raketen offenbar abgefangen werden konnten … Jetzt kommt die

Meldung, dass in den Außenbezirken von Kunsan ein Gefechtskopf mit dem Nervengas Vx detoniert ist.«

»Gibt es schon Verlustmeldungen?«

»Nein, Herr Präsident«, sagte Park. »Dafür ist es noch zu früh. Aber in den meisten Fabriken dürfte nur die Nachtschicht gearbeitet haben. Ich rechne mit einigen tausend Toten – vielleicht auch weniger, wenn die meisten Leute rechtzeitig Schutzräume aufgesucht haben. Und wie Sie wissen, ist der größte Teil unserer Bevölkerung gut mit dem Gebrauch von Gasmasken und Schutzanzügen vertraut. Andererseits sind in den dortigen militärischen Einrichtungen viele Flüchtlinge aus dem Norden untergebracht, von denen wir nicht wissen, ob sie ebenso ausgerüstet waren.«

»Woher kommen diese Raketen, verdammt noch mal?«

»Wir kennen jetzt den ungefähren Startort der Rakete, die auf Japan abgeschossen wurde, Herr Präsident«, antwortete Park mit einem Blick auf seinen Computermonitor. »Er liegt bei Toandonggu im Süden der Provinz Janggang Do. Da es sich vermutlich um eine Abschussrampe handelt, die auf Schienen bewegt wird, werden wir uns bei unserer Suche auf die Bahnlinien im dortigen Gebiet konzentrieren.«

»Aus China kann die Rakete nicht gekommen sein?«

»Höchst unwahrscheinlich. Das gilt auch für die anderen Raketen. Ihre Bahnhöhe ist zu gering, als dass … Augenblick, Herr Präsident … eben wird die Detonation einer C-Waffe drei Kilometer nordöstlich von Tonghae gemeldet. Vermutlich wieder ein Angriff mit dem Nervengas Vx.«

»*Giftgas?*«, ächzte Kwon. »Das kann nicht sein! Gegen *Pusan?* Aus welcher Richtung kommt der Wind?«

»Wir haben Nordwind … Herr Präsident, der Gefechtskopf dürfte östlich der Kyejwan-Berge detoniert sein«, fuhr Park fort, indem er sich bemühte, sich nicht durch den Gedanken an die möglichen Opfer in einer der schönsten Städte Koreas ablenken zu lassen. »Vielleicht haben die Berge Pusan vor dem Schlimmsten geschützt.« Da Pusan zum größten Teil in einem Talkessel lag – der Name bedeutete »Kessel« –, konnten die bis zu 1000 Meter hohen Berge das Nervengas von der Stadt abgelenkt haben. War es jedoch in den Talkessel geweht worden, würde es sich dort lange halten und seine tödliche Wirkung entfalten.

»Geschätzte Verluste?« Aber der Präsident kannte die Antwort bereits. Pusan hatte rund vier Millionen Einwohner, der Bezirk Tonghae etwa eine Viertelmillion.

Kwon Ki-cha fühlte eisigen Zorn in sich aufsteigen. Diese Rakete hatte ihr Ziel wahrscheinlich verfehlt, aber mit Pusan war kein militärisches, sondern ein wirtschaftlich bedeutendes Ziel angegriffen worden. Wie San Francisco oder Rio de Janeiro lag die Hafenstadt Pusan in einer Bucht, die einen natürlichen Hafen bildete. Sie war der größte Hafen und die zweitgrößte Stadt Koreas: eine Außenhandelsmetropole mit über zwanzig Konsulaten, mildem Klima und freundlichen, fleißigen Menschen. Die Einwohner lebten auf einem relativ schmalen Streifen zwischen Meer und Bergen zusammengedrängt, was einen Giftgasangriff umso schlimmer machte. Wie der Angriff auf die Hauptstadt war dieser Schlag gegen Pusan ein blutrünstiger Angriff auf die Bevölkerung und ein Versuch, Koreas lebenswichtige Wirtschaftsverbindungen zur Außenwelt zu kappen.

»Hier General Kim«, meldete sich Verteidigungsminister Kim Kun-mo. »Entschuldigung, Herr Präsident, aber ich habe die Fernmeldezentrale gebeten, mich hinzuzuschalten. Sind Sie in Sicherheit? Befinden Sie sich in einem Schutzraum?«

»Ich bin vorläufig in Sicherheit, General«, bestätigte Kwon. Sie hörten, wie seine Stimme und die Hintergrundgeräusche sich änderten, als bewege er sich von seinen Leibwächtern umringt durch die Menge zu einem Platz, an dem er ungestörter telefonieren konnte. »General, sind Sie sich darüber im Klaren, dass wir alle unsere Patriot-Raketen verschossen haben? Wir haben noch Hawks, die uns vor Flugzeugen schützen, aber gegen weitere Raketenangriffe wären wir hilflos. Wir müssen die Rebellen finden! Wir müssen ihre Raketen aufspüren, bevor sie die Hauptstadt in Schutt und Asche legen!«

»Herr Präsident, wir wissen nicht sicher, ob die Raketen innerhalb Koreas abgeschossen wurden, und ob sie wirklich von kommunistischen Rebellen stammen«, wandte Kim ein. »Ich tippe eher auf die Chinesen. Sie könnten mobile ballistische Raketen ins

Land geschmuggelt haben, nur um uns zu verwirren. Die Gefahr geht von *China* aus, Herr Präsident, nicht von irgendwelchen angeblichen Rebellen. Wir sollten sofort mit einem Schlag gegen die chinesischen Verbände entlang unserer Grenze antworten.«

»Entschuldigung, General, aber mir ist gemeldet worden, alles weise darauf hin, dass diese Raketen nicht aus China gekommen sind.«

»Lässt sich das bestimmt sagen, Herr Präsident?«, fragte Kim eindringlich. »Wissen Sie sicher, dass das keine chinesischen Raketen waren? Wie erklären Sie sich den Abschuss einer Rakete auf *Japan?* Haben Sie jemals davon gehört, dass die Kommunisten Ziele in Japan im Visier gehabt hätten?«

»Nein«, gab Kwon zu. Nordkorea hatte eine seiner ersten Nodong-1-Raketen mit einem Flug über Japan hinweg getestet, aber nichts wies darauf hin, dass die Kommunisten Japan jemals ernsthaft als Gefahr betrachtet hatten.

»Herr Präsident, ich schlage einen Angriff vor, der die Chinesen von weiteren Raketenangriffen auf Korea abhalten wird: Wir verlängern die Flugbahn dieser Raketen rückwärts nach China hinein – am besten bis zu einem Militärlager oder Luftwaffenstützpunkt, auf dem Bomber, Jagdbomber oder Raketen stationiert sind. Dann greifen wir ihn mit mehreren der erbeuteten Raketen mit herkömmlichen oder anderen Sprengköpfen an.«

»Viel zu gefährlich, General«, wehrte Kwon ab. »Schlagen die Chinesen zurück, könnte Seoul binnen Minuten zerstört werden. Chinesische Truppen könnten über die Grenze vorstoßen und den Norden unseres Landes besetzen, bevor wir reagieren könnten.«

»Herr Präsident, Teile des Elften Korps stehen bei Changbai, knapp nördlich unserer Grenze bei Hyesan«, sagte Kim mit einem Blick auf die Landkarte, die ein Offizier ihm hinlegte. »In diesem fünfundfünfzig Kilometer breiten Abschnitt stehen jetzt etwa dreißigtausend Mann mit starken Panzerverbänden. Sie erhalten Luftunterstützung vom Elften Korps in Linjiang, sind ansonsten aber ziemlich autark. Würden sie nach Süden vorstoßen, könnten sie mühelos die halbe Provinz Janggang Do und die gesamte Provinz Hamjong Pukdo abschneiden. Südwestlich von Hyesan haben die Chinesen einen Atomreaktor gebaut, der schon lange in

Verdacht steht, waffenfähiges Plutonium zu erzeugen. Aus dem dortigen Raum scheint die auf Japan abgeschossene Rakete gekommen zu sein.«

»Und? Welche Abschreckungswirkung hätte ein derartiger Angriff, General?«, fragte Kwon. »Werden unsere Grenzen sicherer, wenn wir ein paar tausend chinesische Soldaten ins Jenseits befördern? Glauben Sie nicht auch, dass China daraufhin Zehntausende in Marsch setzen wird, von denen jeder darauf brennt, den Tod seiner Kameraden an uns zu rächen?«

»Herr Präsident, das Prinzip der Abschreckung erfordert, dass man demonstriert, dass man zu kämpfen bereit ist, um seine Ziele zu erreichen«, stellte General Kim fest. »Es genügt nicht, Massenvernichtungswaffen zu besitzen – wir müssen demonstrieren, dass wir bereit sind, sie auch einzusetzen. Jetzt haben wir Gelegenheit dazu.«

»Aber gegen China? Vielleicht bei einer Invasion über unsere Grenze hinweg ...«

»Wir wissen nicht sicher, dass sie es *nicht* gewesen sind«, gab Kim zu bedenken. »Vermutlich wollen sie mit diesem Raketenangriff unsere Entschlossenheit auf die Probe stellen. Aber abgesehen davon hat China seine Truppen entlang unserer Nordgrenze verstärkt. Das ist eine Tatsache. Vielleicht hängen diese Ereignisse zusammen, vielleicht auch nicht. Eines steht jedenfalls fest: Wir müssen handeln. Wir haben ein legitimes Ziel. Wir sollten *handeln,* Herr Präsident!«

Nun folgte eine lange Pause, bis Kwon fragte: »Womit sollen wir Ihrer Ansicht nach zurückschlagen, Kun-mo?«

»Mit chemischen Waffen, Herr Präsident«, antwortete Kim sofort. »Unser Angriff sollte schwer genug sein, um große Verluste hervorzurufen, ohne drastische Vergeltungsschläge zu provozieren oder koreanisches Gebiet zu gefährden. Keine Atomwaffen, außer die Chinesen schlagen zurück – wir dürfen nicht gleich alle unsere Karten auf den Tisch legen.«

»General Kim!«, sagte Kwon scharf. »Habe ich richtig gehört, dass Sie empfehlen, *chemische Waffen* einzusetzen ... gegen China?«

»Herr Präsident, die Chinesen haben uns mit chemischen Waffen angegriffen – wir müssen ebenso zurückschlagen«, erwiderte Kim. »Außerdem stehen sie mit fast fünfzigtausend Mann an unserer Nordgrenze, bereit zum Angriff. Wollen wir keine Atomwaffen einsetzen, bleiben uns nur chemische Waffen, um ihren Vormarsch aufzuhalten.«

»Kim, wissen Sie überhaupt, was Sie da reden!«, rief Kwon entsetzt. »Sie schlagen einen *Massenmord* vor! Der käme nur in Frage, wenn unser Land kurz vor der Vernichtung stünde! Ausgeschlossen! Empfehlen Sie mir also etwas anderes – und beeilen Sie sich gefälligst!«

Aber Kim Kun-mo ließ nicht locker. »Unsere Erfolgschancen sind viel schlechter, Herr Präsident, wenn wir ...«

»General, ich will *sofort* eine andere Empfehlung hören, sonst können Sie gleich Ihren Rücktritt erklären!«

Kim fluchte halblaut, überlegte kurz und sagte dann: »Einige unserer Kurz- und Mittelstreckenraketen tragen Flammöl-Gefechtsköpfe, die Minenfelder durch Überdruck räumen sollen – ihre Wirkung ist auf beschränktem Raum vernichtend. Ich schlage vor, diese Waffen im Verein mit Schütt- oder Sprengbomben einzusetzen.«

Am anderen Ende herrschte Schweigen. Nach längerer Pause ergriff der Verteidigungsminister erneut das Wort.

»Herr Präsident, Sie sollten eine Krisensitzung des Kabinetts einberufen«, schlug Kim vor. »Wir können sie als Telefonkonferenz abhalten, oder ich sorge dafür, dass die abwesenden Minister schnellstens nach Seoul geflogen werden. Wir können warten, bis ...«

»Wir reden davon, Tausende von chinesischen Soldaten ins Jenseits zu befördern, General!«, fauchte Kwon. »Finden Sie nicht, dass ein Entschluss von solcher Tragweite gut überlegt sein sollte?«

»Der Tod einiger tausend chinesischer Soldaten ist nicht einmal andeutungsweise eine angemessene Vergeltung für den möglichen Tod von *vier Millionen* Einwohnern von Pusan, Herr Präsident«, stellte Kim fest.

Danach herrschte wieder Schweigen. Kim glaubte, das lähmende Entsetzen der Menschen, die in dem U-Bahnhof zusammengepfercht waren, körperlich zu spüren, und fragte sich, wie es sein musste, durch biologische oder chemische Waffen zu sterben. Tot war tot, das stimmte, aber war es nicht wahrhaft menschlicher, bei einer Explosion sofort zu sterben, als langsam und schmerzhaft einem Gift zu erliegen, das der Körper mit jedem Atemzug aufnahm?

»Ja, hiermit befehle ich den Angriff«, sagte Präsident Kwon Ki-chae resolut. »Die Verantwortung für sämtliche Konsequenzen übernehme ich. Der Angriff auf die von Ihnen angesprochenen chinesischen Truppen soll sofort beginnen.«

Der Angriff war schnell, konzentriert und tödlich. Zwei Salven aus je 15 Kurzstreckenraketen Scud A wurden aus der Provinz Kangwon Do südlich der zerstörten Stadt Wonsan und bei Songnim in der Provinz Hwanghae Pukdo südlich von Pjöngjang abgeschossen. Jede dieser Raketen trug einen nur 460 Kilogramm schweren Gefechtskopf, der aber zu den vernichtendsten nichtnuklearen Waffen der Welt gehörte.

Die Waffe bestand einfach aus drei Bombenkörpern, die mit energiereichem Raketentreibstoff gefüllt und mit einem Zünder versehen waren. Während die Gefechtsköpfe auf ihre Ziele stürzten, wurden die Bombenkörper nacheinander ausgestoßen und schwebten an kleinen Stabilisierungsfallschirmen herab. Ein Zeitschalter öffnete sie, sodass der Treibstoff sich mit Luft vermischen und einen feinen Nebel bilden konnte, der dann gezündet wurde. Die nun folgende Explosion war Hunderte von Malen stärker als wenn die Füllung aus TNT bestanden hätte; sie erzeugte einen Feuerball, eine Druckwelle und eine pilzförmige Wolke wie bei einer kleinen Atomexplosion.

Was sich in 30 Metern Umkreis um die Detonation über dem Erdboden befand, verglühte augenblicklich; in 50 Metern Umkreis wurden alle ungeschützten Menschen getötet oder erlitten schwere Verbrennungen. Die Detonationen fügten den chinesischen Truppen, die im Raum Changbai in festen Unterkünften oder Zeltlagern untergebracht waren, schwere Verluste zu, und in der Stadt selbst brachen Großbrände aus, vor denen Zehntausende aus ihren Häusern flüchteten.

Von den über 30 000 Soldaten im Raum Changbai waren fast 5000 augenblicklich tot; weitere 8000 erlitten großflächige Verbrennungen oder andere Verletzungen. Nur wenige von ihnen fanden bald einen gnädigen Tod; für die meisten dauerte der Todeskampf noch Wochen oder sogar Monate. Die behandelnden Ärzte gingen bald dazu über, Leidende durch eine Spritze zu erlösen.

Seit dem Ende des Koreakriegs musste in Krisenzeiten oder wenn die Streitkräfte sich in Alarmbereitschaft befanden, der Präsident, der neue Vizepräsident oder der Ministerpräsident in einem der unterirdischen Befehlszentren anwesend sein. Der koreanische Vizepräsident Pak Chung-chu, ehemals Erster Vizepräsident Nordkoreas, war mit Verteidigungsminister Kim Kun-mo im Kontroll- und Lagezentrum Osan. Pak verfolgte fasziniert und schockiert den Verlauf des Raketenangriffs auf die chinesischen Truppen.

»Wann … wann wissen wir, wie hoch die Verluste waren?«, fragte Pak.

»In Pusan? In Tonghae?«

»In Linjiang, bei den Truppen entlang der Grenze. Bei den Chinesen, die Sie mit Feuerbomben angreifen.«

»Sie machen sich mehr Sorgen um die chinesischen Aggressoren als um Ihre eigenen Landsleute, Herr Vizepräsident?«, fragte Kim verächtlich. »Was hat diese heutzutage in Regierungskreisen grassierende Feigheit zu bedeuten? Was ist nur in euch Politiker gefahren? Ihr würdet euch am liebsten alle auf den Rücken werfen und tot stellen.«

»Benehmen Sie sich nicht wie ein ignoranter Bauernlümmel, General«, wies Pak ihn zurecht. »Ich will Korea ebenso vor einer Invasion schützen wie Sie!«

»Warum lasst ihr verdammten Politiker euch das bloß nie anmerken?«

»Wenn ich mich recht erinnere, sind auch *Sie* ein verdammter Politiker«, stellte Pak fest.

»Nur dem Namen nach, Herr Vizepräsident – nur dem Namen nach.« Kim betrachtete Pak forschend; dann nickte er, als erkenne er in der Miene des Vizepräsidenten etwas Vertrautes. »Wenn ich mich recht erinnere, kommen Sie selbst aus dem Militär – aus der Kriegsmarine, stimmt's?«

»Richtig«, bestätigte Pak. »Ich bin vom Maschinisten eines kleinen Vorpostenschiffs zum Chef der Flotte im Gelben Meer aufgestiegen.«

»Sie haben häufiger Kommandos in den Süden geschickt, möchte ich wetten.«

»Siebzehn Unternehmen in vier Jahren. Wir haben nur ein Mini-U-Boot und neun Mann verloren. Die Volksarmee war damals viel besser – und Ihre Streitkräfte waren viel schlechter. Worauf wollen Sie hinaus, General?«

»Sie wissen, wovon ich rede, Herr Vizepräsident«, sagte Kim. »Sie verstehen besser als wir alle, dass wir den Kommunisten gegenüber nicht schwach erscheinen dürfen, weil sie uns sonst zerschmettern. Wir müssen sagen, was wir meinen, und danach handeln. Finden Sie das nicht auch?«

»Ich habe schon immer gesagt, dass wir aus einer Position der Stärke heraus verhandeln müssen«, stimmte Pak zu. »Was haben Sie auf dem Herzen, General? Spucken Sie's aus!«

»Finden Sie, wir sollten China gegenüber entschlossener auftreten? Finden Sie, wir sollten uns darauf beschränken, seine Truppenlager mit ein paar Benzinbomben anzugreifen, oder …«

»Flammölbomben sind nicht gerade Benzinbomben, das wissen Sie«, wandte Pak ein.

»… oder sollten wir seine Luftwaffenstützpunkte, seine Wartungs- und Versorgungseinrichtungen und vor allem seine Befehlszentren mit Spezialwaffen angreifen? Genau solche Einrichtungen haben die Chinesen bei uns zu treffen versucht – und dann haben sie als Dreingabe auch noch Pusan angegriffen!«

»Wir haben noch immer keinen Beweis dafür, dass das chinesische Angriffe waren«, stellte Pak fest. »Ich stimme zu, dass der Angriff auf die Truppenlager bei Linjiang eine gute Idee und ein zweckmäßiger Präventivschlag war, aber versuchen Sie bitte nicht, ihn als Vergeltungsschlag hinzustellen. Wahrscheinlich haben nicht die Chinesen Pusan angegriffen, das wissen Sie genau.«

»Aber China ist der Feind! Es muss uns in Zukunft fürchten, wie es Russland und die Vereinigten Staaten fürchtet. Und das können wir nur erreichen, wenn wir China mit Massenvernichtungswaffen angreifen. Ist das nicht auch Ihre Meinung?«

»Ich bin der Meinung, dass wir Massenvernichtungswaffen einsetzen sollten, wenn wir ihre Verwendung für den Fall eines feindlichen Einmarschs angedroht haben«, sagte Pak. »Abschreckung funktioniert nicht, wenn man nicht einsetzt, was man versprochen oder angedroht hat. Und falls China Pusan oder andere Großstädte angreift, sollten wir mit gleichen Mitteln zurückschlagen. Aber der Präsident hat Recht gehabt, als er jetzt keine Spezialwaffen eingesetzt hat! Wie konnten Sie auf den Einsatz chemischer Waffen drängen, bevor alle Tatsachen bekannt waren?«

»Weil ängstliche Zurückhaltung nichts bringt«, sagte Kim. »Werden wir angegriffen, schlagen wir schnell und hart zurück. Das sollten wir immer können. Aber bei Kwon besteht die Gefahr, dass wir es nie machen werden. Wir Militärs stehen oft vor dem Problem, dass der Krieg die Domäne von Politikern, von Männern wie Kwon Ki-chae ist.«

»Präsident Kwon ist ein großer Mann, ein großer Führer!«

»Aber er macht seine militärischen Entscheidungen von politischen Erwägungen abhängig, die oft nichts mit den strategischen oder taktischen Realitäten zu tun haben«, sagte Kim rasch. »Das beste Beispiel ist der Einsatz unserer Spezialwaffen. Dass die Hälfte der Codes sich in Kwons Händen befindet, ist praktisch eine Garantie dafür, dass wir sie nie werden einsetzen können. Eine schreckliche Tragödie für unser Land, nicht wahr?«

»Ah, ich verstehe! Jetzt weiß ich, worauf Sie hinauswollen!«, rief Pak. »Sie wollen die Codes! Weigert der Präsident sich nächstes Mal wieder, Ihnen den Einsatz von Spezialwaffen zu gestatten, wollen Sie sie trotzdem einsetzen können. Habe ich Recht, General?«

»Wäre ich wirklich der Überzeugung, Kwon würde einen Angriff mit Kernwaffen befehlen, wenn es so weit ist, hätte ich nie davon angefangen«, sagte Kwon. »Aber das kann ich nicht behaupten. Ich glaube, dass Kwon zögern würde – ich denke sogar, dass er nicht die Absicht hat, jemals eine Kernwaffe abzufeuern oder auch nur zu testen. Er würde eine Sitzung des Kriegskabinetts oder des Nationalen Sicherheitsrats ansetzen, den Fall vielleicht sogar mit den Vorsitzenden der im Parlament vertretenen Parteien besprechen – aber zuletzt würde er es doch nicht tun.«

»Aber ich würde es tun, glauben Sie.«

»Ich weiß, dass Sie es täten«, bestätigte Kim nachdrücklich. »Sehen Sie sich an, was Sie alles geopfert haben, um jetzt hier zu stehen. Sie würden die Chinesen garantiert nicht wieder durch Seoul oder Pjöngjang marschieren sehen wollen. Ich glaube nicht, dass Sie von ihnen viel Gutes zu erwarten hätten.«

»Wie scharfsinnig von Ihnen«, knurrte Pak aufgebracht. Aber er musste sich eingestehen, dass der General Recht hatte. Pak Chung-hu hatte als treues Mitglied der Kommunistischen Partei Koreas Karriere gemacht; diese Brücke hatte er hinter sich verbrannt, als er sein Parteibuch vor laufender Kamera zerrissen hatte. Damit hatte er nicht nur trotzigen Mut bewiesen, sondern auch Landesverrat begangen, was die koreanische Exilregierung in Peking ihm nie vergessen würde. »Also, was haben Sie vor? Wollen Sie ihn umbringen?«

»Unsinn!«, wehrte Kim ab, aber Pak sah das Leuchten in seinen Augen und dachte: Ja, genau mit diesem Auftrag willst du mich losschicken. »Aber *Sie* könnten sich die Codes geben lassen. Sie sind gemeinsam mit Kwon verfügungsberechtigt.«

»Ich habe sie nur, wenn der Präsident sein Amt nicht ausüben kann, im Ausland ist, kein Befehlszentrum erreichen kann oder beschließt, sie mir freiwillig zu übergeben«, stellte Pak richtig. »Ich bin nicht ›gemeinsam‹ verfügungsberechtigt. Trotzdem stellen Sie sich vor, dass ich eines Tages – vielleicht sehr bald – in Kwons Büro marschiere und die Codes mit sämtlichen Mitteln oder Tricks, die mir gerade einfallen, aus ihm herauslocke. Habe ich Recht?«

»Sie sehen alles so verdammt selbstgerecht«, sagte Kim irritiert. »Ich rede nicht von Hochverrat – ich rede davon, unser Land, unser *Vaterland* zu verteidigen. Das müssten Sie doch begreifen.«

»Und weil ich Präsident Kim Il-jong verraten habe, halten Sie mich irgendwie dafür prädestiniert oder vielleicht eher willens, auch Präsident Kwon Ki-chae zu verraten?«

»Verdammt, Sie sind unmöglich!«, explodierte Kim. »Sie wissen genau, was ich meine!«

»Ich will es aber von Ihnen selbst hören, General Kim«, knurrte Pak. »Damit wir uns darüber im Klaren sind – wir reden hier von Hochverrat. Wir reden vom gewaltsamen, illegalen Sturz der rechtmäßig gewählten Regierung. Dafür hätten wir verdient, ohne Prozess an die Wand gestellt und standrechtlich erschossen zu werden.

Aber wie es der Zufall will, General, stimme ich mit Ihnen überein. Kwon würde die Waffen, die wir jetzt besitzen, niemals einsetzen. Korea würde von China überrannt und besetzt werden, und viele ehemalige Nordkoreaner, vor allem ehemalige KP-Mitglieder wie ich müssten damit rechnen, hingerichtet zu werden.

Von Ihnen will ich Ihr Wort, General. Verwirklichen wir unseren Umsturzplan, verraten Kwon, bemächtigen uns der Codes, verteidigen Korea mit Spezialwaffen und überleben irgendwie, will ich Ihr Wort, dass Sie alles in Ihrer Macht Stehende tun werden, damit ich Präsident der Vereinigten Republik Korea werde. Ich dagegen verspreche Ihnen, Sie zu meinem Vizepräsidenten zu machen.«

»Ich tue sogar noch mehr«, sagte Kim. Er nahm ein Blatt Papier aus der Schreibtischschublade, schrieb sein Versprechen nieder und setzte seine Unterschrift darunter. »Jetzt haben Sie es schriftlich, Herr Vizepräsident. Darf ich ebenfalls um ein paar Zeilen bitten?«

»Sie trauen mir wohl nicht ... Kamerad?«, fragte Pak spöttisch. Kim starrte ihn finster an. Aber bevor er loslegen konnte, nahm Pak sich ebenfalls ein Blatt Papier, schrieb sein Versprechen darauf und unterzeichnete es schwungvoll. »Jetzt landen wir beide in der Hölle, General«, sagte er dabei. »Leisten Sie mir bei einem Drink zur Feier des Tages Gesellschaft?«

Weißes Haus, Washington, D.C.
(einige Minuten später)

Kevin Martindale sprach mit Ellen Whiting, als das Telefon auf seinem Schreibtisch klingelte. Stabschef Jerrod Hale trat an den Apparat, sah den blinkenden Knopf und erstarrte. »Dieses Gespräch sollten Sie selbst annehmen, Sir«, sagte er. »Anruf von Cheyenne Mountain.«

»Scheiße«, murmelte der Präsident, während er an seinen Schreibtisch hastete. »Jerrod, starten Sie einen Rundruf, lassen Sie durchzählen, alarmieren Sie den Secret Service, dass möglicherweise Hubschrauber kommen – Sie kennen den Ablauf.« Der Stab im Weißen Haus und im Old Executive Building hatte in letzter Zeit viel Übung in der Durchführung hastiger Evakuierungen bekommen.

Präsident Martindale nahm den Hörer ab und machte Philip Freeman ein Zeichen, er solle am Nebenapparat in seinem Arbeitszimmer mithören. Den Knopf brauchte er nicht erst zu drücken – dieser wichtigste Knopf an seinem Telefon stellte die Verbindung automatisch her. »Hier spricht der Präsident. Was gibt's?«

»Sir, hier Oberst Gordon, Erster Controller im Space Command Missile Tracking Center. Ein Raketenwarn-Satellit DSP 9 hat mehrere Raketenstarts in Nordkorea ... Entschuldigung, im nördlichen Teil der Vereinigten Republik Korea entdeckt.«

»Verdammter Mist!«, fluchte der Präsident. »Korea greift China an?«

»Negativ, Sir«, antwortete der Controller. »Die Raketenbahnen führen nach *Süden*. Die Raketen scheinen innerhalb Koreas gegen Ziele im Südteil der Halbinsel abgeschossen worden zu sein. Die Radare der Vierten Raumüberwachungsstaffel haben insgesamt neun Raketen gegen Ziele in Korea und drei gegen Ziele in Mittel- und Südjapan geortet.« Die in Korea gelegenen Radar- und Bahnverfolgungsstationen dieser Einheit der U.S. Air Force waren jetzt alle von koreanischen Technikern bemannt. In Korea waren nur noch sehr wenige US-Soldaten stationiert.

»Wer zum Teufel hat diese Raketen gestartet?«, wollte der Präsident wissen.

»Unbekannt, Sir«, meldete der Controller.

»Irgendeine Reaktion von China oder Russland?«

»Keine, Sir.«

»Danke, Oberst. Benachrichtigen Sie mich, falls weitere Starts geortet werden.« Er legte den Hörer auf. »Philip?«, rief er. »Erklärung?«

»Ich tippe auf Angehörige der ehemaligen nordkoreanischen Raketentruppen, die auf eigene Faust Krieg spielen«, sagte Freeman, als er ins Oval Office zurückkam. »Die meisten ballistischen Raketen der Nordkoreaner waren mobil: die großen Nodongs auf der Bahn, die kleineren Scuds auf geländegängigen Transportern. Ein paar Einheiten ist es anscheinend gelungen, Revolution und Wiedervereinigung zu überstehen, bereits vermessene Startorte zu erreichen und ihre Raketen koordiniert abzuschießen. Mobile Raketen sind am schwierigsten aufzuspüren und relativ leicht zu tarnen.«

»Sie rufen sofort Präsident Kwon an und sagen ihm, dass ich ihn sprechen will«, wies Kevin Martindale seinen Stabschef an. »Ich will nicht, dass er einen Vergeltungsschlag gegen die Chinesen führt.«

Bevor Hale selbst telefonieren konnte, kam ein weiterer Anruf, den er entgegennahm.

»Was gibt's, Jerrod?«

»Zu spät!«, sagte Hale sichtlich aufgebracht. »Meldung vom Space Command: Die Koreaner haben zurückgeschossen.«

»Zum Teufel mit dieser Bande!«, rief Martindale wütend. »Wohin? Wie viele? Mit welchen Gefechtsköpfen?«

»Vorerst noch unbekannt, Sir«, meldete Hale. »Ich kümmere mich sofort um die Details.«

»Scheiße. Und wir sind praktisch völlig hilflos«, sagte der Präsident. »Jerrod, überzeugen Sie sich davon, dass das Space Command die zuständigen japanischen Stellen gewarnt hat. Ich will möglichst schnell mit den Russen, Chinesen, Koreanern und Japanern reden. Alle müssen jetzt Ruhe bewahren, sonst geht ganz Asien in einem einzigen riesigen Feuerball hoch.«

Das Telefon klingelte wieder. »Die ersten Meldungen, Sir: Angriffe mit chemischen Waffen auf Kunsan und Pusan. Nervengas Vx. Sehr hohe Verluste. Und das Außenministerium meldet, dass hundert Meilen nördlich der japanischen Stadt Osaka eine Kernwaffe in großer Höhe detoniert ist«, berichtete Hale. »Die japanischen Selbstverteidigungskräfte gehen von einem großen Gefechtskopf mit über dreihundert Kilotonnen Sprengkraft aus. Die Räumung des gesamten Gebiets ist angelaufen.«

»Großer Gott!«, sagte der Präsident. »Was ist mit dem koreanischen Gegenschlag? Was machen die Chinesen?«

»Augenblick, Sir, ich frage bereits nach…«, antwortete sein Sicherheitsberater. Es dauerte mehrere Minuten, bis weitere Berichte eingingen. »Korea hat offenbar einen kleinen Vergeltungsschlag gegen die an seiner Nordgrenze stehenden chinesischen Panzer- und Raketendivisionen geführt«, berichtete Freeman schließlich. »Nur Kurzstreckenraketen, eine Salve von zwanzig bis dreißig Raketen, vermutlich Scud- oder FROG-7-Raketen – konventionelle Gefechtsköpfe, hohe Sprengkraft, vielleicht Brandsätze. Keine Meldungen über… Augenblick… jetzt werden pilzförmige Wolken gemeldet…«

»*Pilzförmige Wolken!* Soll das heißen, dass die Koreaner China mit *Kernwaffen* angegriffen haben?«

»Das müsste ich mir erst bestätigen lassen, Sir. Kernexplosionen werden im Allgemeinen eindeutiger gemeldet. Ein typisches Anzeichen wäre der Ausfall von nicht speziell geschützten Fernmeldeverbindungen. Aber darüber liegen keine Meldungen vor.«

»Was könnte das bedeuten?«, erkundigte sich die Vizepräsidentin. »Haben sie versucht, die Chinesen mit Kernwaffen anzugreifen, die aber nicht richtig detoniert sind?«

»Oder die nicht richtig detonieren *sollten*«, schlug Freeman vor. »Das könnte ein riskantes Spiel gewesen sein – China mit Kernwaffen drohen, ohne fürs Erste tatsächlich Fallout zu produzieren.«

»Aber wieso China?«, fragte der Präsident. »Hat denn China diese Raketen auf Korea abgeschossen? Der Oberst vom Space Command, mit dem ich vorhin gesprochen habe, hat gesagt, sie seien aus Korea selbst gekommen.«

»Das koreanische Militär könnte einen Fehler gemacht haben… oder Kwon hat die Chinesen bewusst angreifen lassen«, antwortete Freeman. »Wir wissen, dass China entlang der koreanischen Nordgrenze einige zehntausend Mann zusammengezogen hat, und nach Geheimdienstberichten hat die chinesische Luftwaffe die Grenze in letzter Zeit häufiger überflogen – vielleicht um die koreanische Luftabwehr zu testen.«

»Sie halten es also für möglich, dass Kwon die Chinesen warnen wollte – bleibt weg, sonst passiert was?«, fragte die Vizepräsidentin verwundert. »Aber das ist doch Selbstmord!«

»Vielleicht, aber *meine* Aufmerksamkeit hat er jedenfalls erregt«, sagte der Präsident. »Andererseits traue ich Kwon das nicht zu; ich tippe eher auf Verteidigungsminister Kim. Wollten wir ein System zur Raketenabwehr über der koreanischen Halbinsel errichten, müssten wir offenbar nicht nur versuchen, Korea vor chinesischen Angriffen zu schützen, sondern auch *China* vor *Korea* zu schützen. Bei diesem Spiel kann es keinen Gewinner geben.«

Präsident Martindale wandte sich an Freeman und deutete auf das dicke Schriftstück, über das sie vorher gesprochen hatten. »Geben Sie grünes Licht für dieses Projekt, Philip. Wie soll es übrigens heißen?»

»McLanahan nennt es Unternehmen ›Battle Born‹, Sir«, antwortete Freeman. »›Aus Kampf geboren‹ ist meines Wissens der Wahlspruch des Bundesstaats Nevada.«

»In der Tagesmeldung aus Chastains Ministerium habe ich etwas darüber gelesen, dass eine Bomberstaffel aus Nevada – Air National Guard, denke ich – aufgelöst worden ist, weil sie bei einer Überprüfung durch verrückte Stunts aufgefallen ist«, bemerkte der Präsident. »Aber es gibt keinen Zusammenhang zwischen diesem Projekt und diesen Leuten, nicht wahr?«

»Meines Wissens hat General McLanahan eben diese Bomberstaffel unter die Lupe genommen, um ihre Eignung für sein Projekt zu testen«, sagte Freeman. »Wegen der besonderen Anforderungen sucht der General eine sehr aggressive, recht unkonventionelle Staffel, die sein Projekt in die Tat umsetzen soll.«

»Mit anderen Worten hat er eine Gruppe von militärischen Buschpiloten gesucht – und offenbar auch gefunden«, meinte der Präsident lächelnd. »Das erinnert sehr an Brad Elliott. Ich kann nur hoffen, dass noch ein Asien übrig ist, wenn er sein Projekt dann verwirklichen will.«

»Leider dürfte dieser Teil von General McLanahans Projekt sich vorerst nicht verwirklichen lassen«, berichtete Freeman. »Wie Sie wissen, ist die B-1B-Staffel der Air National Guard aufgelöst worden.«

»Kann McLanahan den Auftrag mit einem einzigen Bomber ausführen?«

»Ich denke schon.« Der Sicherheitsberater zuckte unbehaglich mit den Schultern. »Wir können weiter auf eine Konstellation der als NIRTSats bekannten kleinen Aufklärungssatelliten zurückgreifen. In der Testphase des Projekts kommen wir mit einem Bomber aus; einen zweiten können wir einsetzen, sobald er umgerüstet ist. Verschlechtert sich die Lage weiter, nehmen wir eine Bomberstaffel der Air Force oder Air National Guard dazu. Admiral Balboa unterstützt das Projekt nicht, aber er hat vorgeschlagen, die Navy solle Einsatzstaffeln aus ihren Labors für Waffen- und Flugzeugentwicklung am Pantuxent River und China Lake zur Verfügung stellen, um das HAWC zu entlasten. Aber General McLanahan und seine Leute können sofort loslegen, und ich halte es für eine gute Idee, dieses Projekt in Gang zu setzen, damit wir möglichst bald ein paar umgerüstete Maschinen zur Verfügung haben.«

»Also los!«, entschied der Präsident. »Und wir können nur hoffen, dass die neue Waffe nicht zu spät kommt oder nicht hält, was sie verspricht.«

Verteidigungsministerium, Volksbefreiungsarmee,
Peking, Volksrepublik China
(am folgenden Morgen)

Die Luftbilder waren die schrecklichsten Aufnahmen, die Chi Haotian, Verteidigungsminister der Volksrepublik China, in seinem ganzen Leben gesehen hatte. Obwohl sie aus einem Hubschrauber in über 100 Meter Höhe über Grund gemacht waren, waren die Verwüstungen und die schrecklich entstellten Opfer deutlich zu erkennen.

»Wie hoch waren die Verluste gleich wieder?«, fragte Chi einen Mitarbeiter. Der Stabsoffizier blätterte in dem Abschlussbericht und murmelte eine Zahl. »Lauter, verdammt noch mal!«

»Viertausendachthunderteinunddreißig Tote, Genosse Minister«, meldete der Offizier. »Achttausendvierundvierzig Verwundete, zweihunderteinundneunzig Vermisste.«

»Und jeder Tod sollte zehnfach vergolten werden, Genosse Minister!«, warf General Chin Zi-hong, Chef des Generalstabs der

Volksbefreiungsarmee, zornig ein. »Das war ein feiger, heimtückischer Angriff, der schändlichste Überfall, den ich je erlebt habe!«

»Präsident Jiang hat öffentlich verkündet, dass wir nie mehr Massenvernichtungswaffen einsetzen werden – außer wir werden mit solchen Waffen angegriffen«, stellte Verteidigungsminister Chi fest. »Wegen unserer Angriffe auf Taiwan und Guam bleiben wir zweifellos noch eine Generation lang in aller Welt geächtet, und wir wollen diesen Zustand um keinen einzigen Tag verlängern.«

»Sind wir jetzt etwa der Prügelknabe der gesamten Welt?«, rief Chin erregt. »Stellen wir uns einfach tot, während um uns herum ein Staat nach dem anderen mit Massenvernichtungswaffen aufrüstet und sie gegen uns einsetzt, ohne dazu provoziert worden zu sein?«

»Beruhigen Sie sich, Genosse General«, forderte der Verteidigungsminister ihn auf. »Ich stelle nur fest, dass der Präsident uns davor gewarnt hat, ihm oder dem Politbüro einen Plan vorzulegen, der einen Erstschlag mit ABC-Waffen vorsieht, ohne dass wir mit solchen Waffen angegriffen worden wären. Ich weiß, dass Sie für den Fall, dass die Vereinigten Staaten, Taiwan, Japan oder Korea uns mit solchen Waffen angreifen, Notfallpläne in der Schublade liegen haben. Aber selbst als Antwort auf diesen hinterlistigen Überfall wird der Präsident keinen Plan genehmigen, der den Einsatz von Kernwaffen vorsieht. Also, Genosse General: Sagen Sie mir, wie unsere Reaktion auf diese Tragödie aussehen sollte.«

General Chin atmete tief durch, überlegte kurz und sagte dann: »Die größten Sorgen, Genosse Minister, machen uns die ABC-Waffen der Koreaner.« Chi nickte ihm ungeduldig zu, er solle fortfahren. »Wir wissen, wo die wichtigsten Stützpunkte in Nordkorea liegen, und können sehr genau abschätzen, wo sie im Süden liegen – dort haben nur wenige Stützpunkte, hauptsächlich ehemalige US-Stützpunkte, die nötigen Einrichtungen für die Lagerung solcher Waffen. Deshalb …«

»Auch ein Einmarsch im Süden wird nicht genehmigt, Genosse General«, unterbrach Chi ihn. »Obwohl der Präsident und das Politbüro hinter Präsident Kim Jong-il stehen, werden sie keinen Vorstoß in das Gebiet südlich des achtunddreißigsten

Breitengrads genehmigen. Das würde unsere Verurteilung durch die Weltöffentlichkeit und das Eingreifen der Vereinigten Staaten provozieren.«

Der Generalstabschef schüttelte irritiert den Kopf. Chi funkelte ihn an. »Sie müssen begreifen, Genosse General, dass die Welt an dem wieder vereinigten Korea einen Narren gefressen hat. Das ist ein sehr, sehr starker Impuls. China bemüht sich, wieder seinen rechtmäßigen Platz als eine Weltmacht einzunehmen. So sehr wir auch der Überzeugung sind, dass der Sturz der kommunistischen Regierung in Nordkorea eine Katastrophe für das Volk und unsere Ideale war, müssen wir ihn akzeptieren, weil die Welt ihn freudig begrüßt hat. Die halbe Welt glaubt sogar, der Raketenangriff auf unsere Grenztruppen sei gerechtfertigt gewesen – und die andere Hälfte hält ihn zwar für falsch, aber trotzdem verständlich und entschuldbar. Daher wäre ein einfacher Gegenschlag nicht wirkungsvoll genug.

Nein. Wir brauchen einen Plan für einen Angriff, der das trifft, was an der Vereinigten Republik Korea *unrecht* ist. Sagen Sie mir: Was ist an Korea unrecht?«

»Natürlich seine Kernwaffen.«

»Natürlich«, bestätigte Minister Chi. »Die Welt liebt Korea, weil es sich die Wiedervereinigung erkämpft hat, aber sie hasst es auch, weil es die erbeuteten Kernwaffen nicht abgeliefert hat. Deshalb können wir Korea seine Atomwaffen wegnehmen, ohne zu riskieren, dafür von der Welt verurteilt zu werden, nicht wahr?« Überall am Konferenztisch wurde zustimmend genickt. »Wir haben bereits festgestellt, dass wir unmöglich alle erbeuten können, aber was lässt sich leicht wegnehmen?«

»Kanggye«, sagte der Generalstabschef.

»Nicht nur Kanggye«, stellte Chi zufrieden lächelnd fest. »Vielleicht noch vor zehn Jahren – bevor wir das nordkoreanische Raketenbauprogramm hochgefahren haben. Aber heutzutage? Heute dürfen Sie an Größeres denken.«

»Sie meinen die ganze Provinz?«, fragte Chin aufgeregt. »Glauben Sie, dass der Präsident ein Unternehmen zur Eroberung der *gesamten* Provinz Chagang Do genehmigt?«

Chi Haotian lächelte. Das Forschungszentrum Kanggye hatte

zu den geheimsten Waffenschmieden des ehemaligen Nordkoreas gehört. Nur 30 Kilometer von der chinesischen Grenze entfernt hatte dort ursprünglich ein kurz nach dem Ende des Koreakriegs erbauter russische Kernreaktor vom Unglückstyp Tschernobyl in der Ukraine gestanden. Das Kernkraftwerk erzeugte etwas Strom für Nordkorea und die Mandschurei, aber sein Hauptprodukt war waffenfähiges Plutonium. Das AKW war in Nordkorea errichtet worden, damit die Mandschurei von sowjetischer Kerntechnik profitieren konnte, während der gefährliche Reaktor in Nordkorea stand. Nach dem Bruch zwischen China und der UdSSR übernahmen chinesische Ingenieure mit Unterstützung von iranischen und pakistanischen Atomwissenschaftlern den Weiterbetrieb von Kanggye.

Danach dauerte es nicht mehr lange, bis der größte Teil der Provinz Chagang Do zur Entwicklung, Erprobung und dem Bau neuer Waffen diente. Chagang Do war die zweitgrößte Provinz des ehemaligen Nordkoreas und die am dünnsten besiedelte. Wie der Bundesstaat Nevada in den USA oder die Provinz Xinjiang in der VR China war das nur gering bevölkerte Land groß und unwirtlich genug, um Platz für zahlreiche geheime Einrichtungen zu bieten. Ungefähr zwei Dutzend Forschungszentren, Testgelände, Produktionsstätten und atomare Endlager machten die Provinz Chagang Do praktisch unbewohnbar und nur für das Militär nutzbar – und zu einem begehrenswerten Ziel für jede Macht, die wertvolle Informationen über ABC-Waffen erbeuten wollte.

Kanggye wurde zu einer der wichtigsten Produktionsstätten Asiens für waffenfähiges Plutonium ausgebaut. Die erweiterte Anlage produzierte Kernwaffen von dem massiven Gefechtskopf WX120 mit drei Megatonnen Sprengkraft bis hinunter zur Kernwaffe W18 mit zehn Kilotonnen Sprengkraft, die in eine Artilleriegranate passte. In Kanggye waren schon Dutzende von Waffen gebaut und in alle Welt exportiert worden. Brasilien, Südafrika, Indonesien und Pakistan gehörten zu den Staaten, die Kernwaffen oder Waffenkomponenten aus der nordkoreanischen Waffenschmiede Kanggye besaßen.

»Natürlich«, sagte Verteidigungsminister Chi. »Nicht nur die Forschungsstätte, sondern wir nehmen auch die Herstellungsbetriebe, sämtliche Labors, die Zwischenlager, die Erprobungseinrichtungen und die Abschussrampen ein; außerdem vertreiben wir die Kapitalisten aus allen ihren Militärstützpunkten. Und wir müssen Chagang Do natürlich besetzen, damit die Kapitalisten dort nicht wieder Massenvernichtungswaffen bauen können – dazu brauchen wir Truppen, mindestens drei Brigaden, denke ich, für eine Provinz dieser Größe und mit dieser Bodengestalt. Wir müssen ausreichend Luftunterstützung, verstärkte Luftabwehr und lückenlose Radarüberwachung bereitstellen und nicht zuletzt die Versorgung unserer Friedenstruppe organisieren.

Entwickelt sich die Provinz Chagang Do dann auf natürliche Weise zum Zentrum der in Korea entstehenden antikapitalistischen Gruppen … nun, das gehört zu den Heimsuchungen, die jede Regierung ertragen muss, glaube ich«, fügte Chi lächelnd hinzu. »Schließlich war angesichts eines auf diese Weise durchgepeitschten politischen, gesellschaftlichen und ideologischen Wechsels zu erwarten, dass sich eine Vielzahl von teils bewaffneten Oppositionsgruppen bilden würde. Wer weiß? Vielleicht bricht eines Tages eine ausreichend starke, ausreichend bewaffnete Gruppe aus den Wüsten von Chagang Do zur Eroberung der Halbinsel auf. Vielleicht wird sie von Präsident Kim Jong-il, vielleicht von einem Mann mit etwas mehr Rückgrat geführt.«

Der Blick des Verteidigungsministers war eiskalt, als er sich jetzt am Konferenztisch umsah. »Das ist der Plan, den ich will, Genossen. Ich verlange, dass er vor dem Mittagessen so ausgearbeitet auf meinem Schreibtisch liegt, dass ich ihn dem Präsidenten und dem Politbüro vorlegen kann. Denken Sie daran, dass die Kapitalisten Tausende unserer Kameraden feige ermordet haben, dass wir alles in unserer Macht Stehende tun müssen, um dieser Krebswucherung an unserer Grenze Einhalt zu gebieten, bevor noch mehr unserer Kameraden den Tod finden.«

Im Süden der Provinz Chagang Do,
Vereinigte Republik Korea
(ehemals Nordkorea)
(zwei Nächte später)

Der einzelne Soldat marschierte rasch, aber vorsichtig das Bahngleis entlang. Das Wetter war seit Tagen nicht mehr so schlecht gewesen: eisiger Regen von vorn und orkanartiger Sturm. Bei diesem Wetter kam man nur mühsam voran, aber es bot ausgezeichnete Deckung – und er wusste, dass die Südkoreaner weiter nach ihm fahndeten.

Tatsächlich war es nur eine Frage der Zeit, wann er geschnappt wurde, denn schließlich war die Zahl der Bahnstrecken in Nordkorea begrenzt. Die Hauptfrage lautete: Konnten sie ihre Rakete abschießen und sich dann in den Norden der Provinz Chagang Do – mindestens 150 Kilometer weit – absetzen, bevor die Kapitalisten sie aufspürten? Das war ein Wettrennen, das er nicht verlieren durfte.

Kong Hwan-li, der sich weiterhin stolz als Hauptmann der Artillerietruppen der Volksarmee betrachtete, machte Halt, um sich zu verstecken und zu rasten. Dann suchte er mit seinem Nachtsichtgerät, einer Kombination aus einem starken Infrarotscheinwerfer mit einer monokularen Nachtsichtbrille, die Bahnstrecke vor sich ab. Das war bei solchem Wetter schwierig – die Sichtweite betrug nur wenige Dutzend Meter –, deshalb suchte er das Gleis ab, marschierte zum nächsten Versteck weiter und suchte die Strecke erneut ab.

Das Hochgefühl des Erfolgs, das er empfunden hatte, war längst von diesem kalten, vom Wind gepeitschten Regen fortgeschwemmt worden. Vorgestern Nacht hatte er einen wichtigen Auftrag erfüllt: gemeinsam mit mehreren anderen Scud- und Nodong-Einheiten hatte er Südkorea angegriffen. Kong hatte sich mit einem noch nicht vermessenen Startplatz begnügen müssen, was die Treffsicherheit seiner Rakete beeinträchtigt hatte, aber der Start selbst hatte gut geklappt, und sie hatten sich absetzen können, bevor die Streifen der Kapitalisten sie entdeckten.

Jetzt, nach zwei höllischen Nächten auf der Flucht, war er zum nächsten Angriff bereit.

Dass die Situation nicht viel versprechend aussah, war schon zu erkennen, bevor Kong sein Ziel – ein Rangiergleis etwa 15 Kilometer südöstlich der Stadt Holch'on – erreichte, aber er musste es sich trotzdem ansehen. Das mit Wartungsbühnen, einem Kohlenbunker und sogar einem altmodischen Wasserkran für Dampfloks getarnte Rangiergleis war ein exakt vermessener Startort für nordkoreanische Raketen, die auf Gleisen bewegt werden konnten. Solche festgelegten Startpunkte beschleunigten und erleichterten den Abschuss einer ballistischen Rakete. Statt erst die geografischen Koordinaten, die Ortshöhe und die geografische Nordrichtung feststellen zu müssen, brauchte der Startoffizier nur die Nummer dieses Punkts einzutippen – den Rest erledigten die Computer. Standort und Ortshöhe waren bis auf einen halben Meter genau bestimmt, was größtmögliche Treffsicherheit garantierte. Das Rangiergleis lag zwischen hohen Betonwällen, die ein gewisses Maß an Sicherheit gewährten.

Das wussten die Südkoreaner offenbar auch, denn sie hatten den Startpunkt unbrauchbar gemacht. Sprengladungen hatten die beiden Zufahrtsgleise demoliert, und der ebenfalls gesprengte rechte Betonwall war aufs Gleis gestürzt. Das Hauptgleis war weiter befahrbar – schließlich brauchen die Kapitalisten es für ihre Invasion, sagte Kong sich –, aber der sorgfältig vermessene Startort war unbrauchbar. Ähnliche Bilder hatte er auf ihrem gefahrvollen Treck nach Norden, wo sie in China Zuflucht zu finden hofften, mehrfach gesehen – deshalb hatte er seine erste Rakete aus nicht genau vermessener Position abschießen müssen –, aber dieser Anblick war doppelt enttäuschend.

Trotzdem lag Kongs zweite Rakete voll funktionsfähig und einsatzbereit auf ihrer Abschussrampe. Die Nodong 1 trug einen für Osan bestimmten Kernsprengkopf mit 350 Kilotonnen Sprengkraft. Bei einer Detonation in Bodennähe würde sie das noch immer funktionierende Kontroll- und Lagezentrum Osan, das Herz der südkoreanischen Kriegsmaschinerie, mühelos zerstören. Kong hatte sogar noch eine dritte Rakete, die ebenfalls voll funktionsfähig und einsatzbereit war. Damit wollte er sich nach Kanggye zurückziehen, hoffentlich unter chinesischen Schutz, dort beim Wiederaufbau der Volksarmee in der Provinz Chagang Do mithelfen und den Kampf gegen die Invasoren aus dem Süden aufnehmen.

Kong weigerte sich weiterhin, das von den Kapitalisten geschaffene abscheuliche Gebilde als Vereinigte Republik Korea zu bezeichnen. Aus seiner Sicht war und blieb es Südkorea. Und die kommunistische Regierung in Pjöngjang war keineswegs durch einen Volksaufstand gestürzt worden. Die Kapitalisten hatten es verstanden, den größten Teil der Bevölkerung, auch des Militärs, durch eine Art Gehirnwäsche gegen seine Führer aufzuhetzen. Wie sollte man sonst die im Norden noch vorhandenen Widerstandsnester erklären? Wie sollte man sonst die Exilregierung in Peking erklären? Zum Glück hatten der Ruhmreiche Führer Kim Jong-il und die meisten Mitglieder des Politbüros sich nach Peking absetzen können, um den Widerstand zu organisieren.

Der Hauptmann marschierte durch den eisigen Regen zu der Nodong-Einheit und seinem Gehilfen Leutnant Kim Jong-ku zurück. Kim hatte eine andere Raketeneinheit befehligt, aber da alle seine Männer nach dem Abschuss ihrer letzten Rakete desertiert waren, hatte er sich Kong angeschlossen – was ein glücklicher Zufall war, weil auch Kongs Männer nach dem Abschuss der ersten Rakete desertiert waren. Ständig auf der Flucht zu sein, war mehr als sie ertragen konnten, zumal es immer schwieriger wurde, Verpflegung zu beschaffen oder zivile Sympathisanten zu finden, die bereit waren, ihnen zu helfen. Die Gehirnwäsche der nordkoreanischen Bevölkerung war nahezu abgeschlossen, hatte Hauptmann Kong festgestellt. Die einfachen Leute glaubten fast alles, wenn jemand ihnen den Bauch füllte und sie mit Propaganda überschüttete.

Der größte Teil von Kongs Nodong-1-Einheit stand in einem Lokschuppen in Deckung, aber sie hatten sich die Zeit genommen, ihn zusätzlich zu tarnen. Die fahrbare Abschussrampe mit der Rakete war mit Balken und Wellblech bedeckt, als sei ein Teil des Schuppens über ihr zusammengebrochen; rings um die Diesellok waren weitere Trümmer aufgehäuft, die den Eindruck erweckten, sie könne nicht mehr wegfahren. Kim erwartete den Hauptmann im Kommandowagen. Da der Dieselmotor der Lok jetzt nicht lief, um Treibstoff zu sparen und die Gefahr einer Entdeckung zu minimieren, war der Kommandowagen, der ein eigenes Notstromaggregat hatte, der behaglichste Aufenthaltsort im gesamten Zug. Und falls ihre Gefangennahme drohte, ließ die Rakete sich von dort aus leicht und rasch unbrauchbar machen.

»Wie sieht's am Startpunkt aus, Hauptmann?«, fragte Kim, nachdem er seinen Kommandeur auf ein vereinbartes Klopfzeichen hin eingelassen hatte.

»Schlimm, ganz schlimm«, sagte Kong schulterzuckend. »Die Einrichtungen sind gesprengt. Völlig unbrauchbar.« Er schüttelte seinen nassen Poncho aus. »Irgendwelche Meldungen von unseren anderen Einheiten?«

»Einheit zwanzig meldet Startbereitschaft – das war der einzige Kontakt, Hauptmann. Übers Befehlsnetz ist eine Propagandasendung mit der Aufforderung gekommen, uns zu ergeben. Wir sind namentlich angesprochen worden.«

»Namentlich?«

»Mit Namen, Dienstgrad und Einheitsnummer«, bestätigte Kim. »Sie haben sogar gewusst, dass Sie mich zum Leutnant befördert haben.«

»Diese Schweine!«, rief Kong zornig. »Feige, rückgratlose Verräter!« Einige der Männer, die aus ihrer Einheit desertiert waren, mussten bei Verhören durch Nachrichtenoffiziere der Kapitalisten ausgepackt haben. Damit hatten sie sich als Abschaum der Menschheit entlarvt – sie waren nicht nur Feiglinge und Verräter, sondern nun auch Informanten im Sold der Kapitalisten. »Haben sie irgendetwas gesagt, aus dem hervorgeht, dass sie wissen, wo wir sind oder wohin wir wollen?«

»Nein, Hauptmann«, antwortete Kim. »Ihre Vorsichtsmaßnahme, die Feuerstellungen aller Einheiten geheim zu halten, hat sich offensichtlich gut bewährt.« Er schien stolz auf Kong, aber auch sehr besorgt zu sein. »Was machen wir jetzt, Hauptmann?«

»Wir schießen unsere Rakete planmäßig ab, Leutnant«, sagte Kong resolut. »Ursprünglich wollte ich hier bleiben, unsere Koordinaten mit dem GPS bestimmen und die Nodong starten. Dieses Versteck ist gut, und unsere Rakete ist einsatzbereit. Aber dies ist vielleicht unsere letzte Chance, einen Schlag gegen die Kapitalisten zu führen. Unser zugewiesenes Ziel ist ein unterirdischer Befehlskomplex, den wir nur mit einem Volltreffer ausschalten können – eine Abweichung von nur einem Kilometer wäre schon ein Misserfolg.« Kong stellte eine Überschlagsrechnung an: »Unser Ziel liegt über siebenhundert Kilometer entfernt. Nehmen wir an, dass der errechnete Kurs einen Fehler von nur einem Grad enthält, bedeutet jeder Fehler von einem Meter bei der Ermittlung der Startkoordinaten, dass die Rakete ihr Ziel um siebzig Meter verfehlt – auch wenn die Kurskreisel einwandfrei arbeiten. Das sind zu viele Variable. Das ist viel zu ungenau.

Präzise treffen können wir nur, wenn wir zu einem Punkt in unmittelbar Nähe der Feuerstellung marschieren. Dort können wir die Entfernung vom Startpunkt per Hand vermessen, die Startkoordinaten entsprechend korrigieren und die Kurskreisel programmieren.« Der Hauptmann machte eine Pause, dann fügte er hinzu: »Bis zur planmäßigen Startzeit bleiben uns noch drei Stunden. Ich denke, wir können die Lok anlassen, zur Feuerstellung marschieren und unsere Nodong aufrichten, programmieren und auf die Sekunde pünktlich starten.

Bleiben wir hier, ist es unwahrscheinlich, dass wir die GPS-Koordinaten rechtzeitig mit irgendwelchen Geländepunkten abgleichen können. Das bedeutet, dass wir als Startkoordinaten nur die GPS-Werte hätten, die um bis zu hundertfünfzig Meter falsch sein können. Hier wären wir sicherer und könnten unsere Rakete erfolgreich starten, aber ihre Treffsicherheit wäre gering. Ich finde, wir sollten den Marsch zu dem Gleisabschnitt parallel zur Feuerstellung riskieren. Wie denken Sie darüber, Leutnant?«

»Ich bin ganz Ihrer Meinung, Hauptmann«, bestätigte Kim. »Dieser Lokschuppen steht leider nicht auf der Liste bereits vermessener Feuerstellungen. Ich habe einige Geländepunkte festgelegt, die wir anpeilen könnten, um unsere GPS-Koordinaten zu korrigieren, aber bei diesem Wetter wären sie nicht zu sehen. Wir sollten zur Feuerstellung marschieren, wie Sie vorgeschlagen haben, Hauptmann.«

»Also gut«, sagte Kong. »Helfen Sie mir, die Tarnung zu entfernen, dann fahren wir los.«

Sie brauchten nur eine halbe Stunde, um die Trümmer wegzuräumen, den Dieselmotor der Lok anzulassen und loszufahren. Den Gleisabschnitt parallel zur Feuerstellung erreichten sie in weniger als einer halben Stunde. Kong, der als Lokführer fungierte, fuhr jetzt langsamer, um kontrollieren zu können, ob das Weichensignal in der richtigen Stellung stand. Er wollte sich davon überzeugen, dass ihr Zug nicht aufs Nebengleis geleitet werden, sondern auf dem Hauptgleis bleiben würde; außerdem wollte er parallel zur vorgesehenen Feuerstellung anhalten können.

Aber dann ging irgendetwas schief. An der Weiche bog der Zug plötzlich nach rechts auf das Nebengleis ab. Kong nahm sofort das Gas weg und machte eine Vollbremsung, aber er konnte den Zug nicht rechtzeitig zum Stehen bringen – selbst bei weniger als zehn Stundenkilometern hatte ein so schwerer Zug einen ziemlich langen Bremsweg. Die Diesellok pflügte sich in die auf dem Gleis liegenden Trümmer des gesprengten Betonwalls, und er hörte ein lautes Knirschen unter den Rädern, das sich bis zum zweiten Führerstand fortpflanzte, bevor der Zug endlich zum Stehen kam. Hauptmann Kong schaltete auf Rückwärtsfahrt um und gab vorsichtig Gas – nichts. Er ging bis auf 80 Prozent Nennleistung, laut genug, um bis Hol'chon gehört zu werden – noch immer nichts. Sie saßen fest.

Verdammt, verdammt, *verdammt!* Kong war auf sich selbst zornig, als er von der Lok kletterte, um den Schaden zu begutachten. Er wusste, dass er aussteigen und die Weiche hätte kontrollieren müssen. Sie war offenbar schadhaft, oder jemand hatte sie sabotiert, damit jeder Zug, dessen Lokführer nicht genau aufpasste, aufs beschädigte Nebengleis umgeleitet wurde. Jetzt saßen sie hier fest.

»Wie konnte ich bloß so dämlich sein?«, rief der Hauptmann, als er sich zu Kim gesellte, der schon dabei war, den Schaden zu begutachten. »Wie sieht's aus? Glauben Sie, dass wir noch fahren können?«

»Ich denke, wir kommen wieder frei, wenn wir die größten Betonbrocken unter den Achsen herausholen«, antwortete Kim. »Mit Vollgas müsste es dann gehen.«

Der Leutnant wollte nach hinten zum Werkstattwagen gehen,

um Pickel und Schaufeln zu holen, aber Kong hielt ihn am Ärmel fest. »Dazu reicht die Zeit nicht, Leutnant«, sagte er. »Wir sind hier keine zweihundert Meter von der Feuerstellung entfernt. Sobald wir Winkel und Entfernung genau bestimmt haben, können wir anfangen, die Kurssteuerung zu programmieren. Beeilen wir uns, kann die Rakete noch pünktlich in der Luft sein.«

Über dem Japanischen Meer
vor der Ostküste Koreas
(zur gleichen Zeit)

»Küste überflogen«, berichtete Patrick McLanahan. »Wir haben es tatsächlich geschafft.«

»Amen«, sagte Nancy Cheshire, die Kommandantin der EB-1C Megafortress, ebenso erleichtert wie Patrick. Damit hatte die Besatzung einen elfstündigen Nonstopflug von Dreamland nach Korea hinter sich, auf dem sie kein Land mehr gesehen hatte, seit sie bei Big Sur die kalifornische Küste überflogen hatte.

»Verstanden, Leute«, fügte Dave Luger hinzu. »Klasse gemacht. Jetzt geht's los!«

David Luger war nicht an Bord des modifizierten Bombers B-1B, sondern saß über 1000 Meilen entfernt in der Naval Air Station Adak auf den Aleuten im »virtuellen Cockpit« der Megafortress. Die HAWC-Teams hatten die erforderlichen Bodeneinrichtungen nach Adak transportiert, während die EB-1C für ihren ersten Einsatz vorbereitet wurde.

Das virtuelle Cockpit (VC) garantierte Patrick und Nancy, dass ein weiteres Augenpaar ihre Instrumente und die taktische Lage um sie herum beobachtete. Es glich einem verkleinerten Nachbau des Cockpits der EB-1C Megafortress, in dem Bildschirme die Anzeigegeräte ersetzten. An mehreren seitlich aufgestellten Konsolen konnten Techniker alle Flugzeugsysteme überwachen und ihre Beobachtungen der Besatzung in Echtzeit mitteilen. Der über den Cockpitanzeigen angebrachte größte VC-Bildschirm lieferte einen Überblick aus der Vogelschau, zu dem alle verfügbaren internen und externen Daten zu einer großen kartenähnlichen Darstellung zusammengefasst wurden. Für diesen Gesamtüberblick wurden zivile und militärische Radarinformationen, Satellitenbilder, Radardaten von Schiffen und Flugzeugen und sogar die über Funk übermittelten Informationen von Bodentruppen zu einer einzigen Karte kombiniert.

Das wichtigste Aufklärungssystem, dessen Informationen in den Gesamtüberblick einflossen, waren so genannte NIRTSats (»Need it right this second«-Satelliten) in erdnahen Umlaufbahnen. Erst vor wenigen Stunden hatte eine von einer umgebauten Verkehrsmaschine DC-10 gestartete Trägerrakete vier kleine Satelliten von der Größe eines Geschirrspülers in Umlaufbahnen mit 100 Meilen Höhe gebracht, in denen jeder Satellit alle 20 Minuten über der koreanischen Halbinsel war. Diese Satelliten waren eigens für Patricks Einsatz mit der EB-1C Megafortress gestartet und in Position gebracht worden. Sie waren mit Steuerdüsen ausgerüstet, um ihre Position exakt einnehmen zu können, hatten aber nicht genug Treibstoff an Bord, um lange in ihrer Bahn bleiben oder in andere Umlaufbahnen überwechseln zu können. Sobald ihre Batterien nach drei bis vier Wochen erschöpft waren, würden die NIRTSats in der Erdatmosphäre verglühen.

Während seines Überflugs würde jeder Satellit unzählige Radarbilder von großen Teilen Chinas und Koreas machen und sie an die Bodenstation übermitteln. Dort würden sie sekundenschnell verarbeitet und an das virtuelle Cockpit in Adak und ins Cockpit der Megafortress weitergeleitet werden. Das Satellitenradar konnte Gegenstände bis zur Größe eines Autos erkennen, ihre Abmessungen genau bestimmen, sie mit den gespeicherten Werten von Fahrzeugen aller Art vergleichen und sogar angeben, um welchen Gegenstand oder welches Fahrzeug es sich vermutlich handelte. Im Lauf der Zeit entstanden so Bewegungsbilder von Fahrzeugen, von Fahrzeugansammlungen und sogar von Fahrzeugen, die abseits bekannter Straßen unterwegs waren oder sich zu tarnen versuchten, um nicht entdeckt zu werden.

Die Überdeckung betrug nicht 100 Prozent, weil jeder Satellit bei einer Umlaufzeit von 90 Minuten jeweils nur etwa zwölf Minuten lang über der koreanischen Halbinsel war. Aber da die meisten Landfahrzeuge ohnehin nicht sehr schnell fuhren, waren das ausgezeichnete Informationen. In Verbindung mit dem LADAR-System der Megafortress ermöglichten die Satellitendaten den Besatzungen am Boden und in der Luft nicht nur einen Überblick über sämtliche Bodenaktivitäten im Norden der koreanischen Halbinsel und im Grenzgebiet zu China, sondern lieferten auch ein genaues Bild von sämtlichen Luftaktivitäten im Umkreis von 50 Meilen.

Patrick aktivierte das Laser-Radar-System, um von der Megafortress aus einen ersten Überblick über die koreanische Halbinsel zu bekommen – eine fünf Sekunden lange LADAR-Aufnahme genügte, um ihm alles detailliert zu zeigen, was in 50 Meilen Umkreis von Interesse war. Das LADAR konnte kleine Fahrzeuge am Boden und Flugzeuge in jeder Höhe orten, das Gelände kartieren, als Wetterradar arbeiten und Schiffe auf See identifizieren; es konnte sogar Satelliten in erdnahen Umlaufbahnen entdecken. Patrick konnte es mit der Zoomfunktion auf kleinste Details scharf stellen oder seinen Erfassungsbereich so erweitern, dass es die gesamte taktische Situation im Umkreis von 400 000 Kubikkilometern um die Megafortress herum darstellte.

Die Hauptbewaffnung der EB-1C Megafortress diente zur Bekämpfung ballistischer Raketen und ihrer Abschussvorrichtungen, aber sie war auch zur Selbstverteidigung stark bewaffnet. In ihrer vorderen Bombenkammer befand sich ein Revolvermagazin mit 16 radargesteuerten AMRAAM (advanced medium-range air-to-air missiles)AIM-120. Die AMRAAM war eine selbstständig funktionierende Jagdrakete: Sie wurde unmittelbar vor dem Start mit Position, Kurs und Geschwindigkeit des Ziels programmiert, was dann bedeutete, dass das Flugzeug, das sie startete, das Ziel nicht erfasst zu halten brauchte. Da das LADAR der Megafortress ein einmal geortetes Ziel auch bei Ausweichmanövern nicht verlor, erhielt die AMRAAM ständig neue Informationen über den Flugweg des Ziels, bis die Rakete nahe genug heran war, um es mit ihrem eigenen Radar zu erfassen und abzufangen. Mit ihrem LADAR konnte die Megafortress gleichzeitig drei Dutzend Ziele in allen Richtungen erfassen und bis zu sechs davon gleichzeitig angreifen.

Die mittlere Bombenkammer enthielt ein Revolvermagazin mit

acht Lancelot-Lenkwaffen zur Bekämpfung ballistischer Raketen, von denen zwei mit Plasmafeld-Gefechtsköpfen ausgerüstet waren. Und in der hinteren Bombenkammer befand sich ein weiteres Revolvermagazin mit acht Marschflugkörpern Wolverine, alle mit konventionellen Sprengköpfen.

Das »Supercockpit«-Display der EB-1C, der riesige Bildschirm vor Patrick, stellte das Gebiet in Lancelot-Reichweite des Bombers aus der Vogelschau dar. Die eingeblendeten NIRTSat-Radardaten zeigten die Positionen von Landfahrzeugen mit Angaben zu ihrer Identifizierung, wenn das Radar ihre Abmessungen genau feststellen konnte. Das LADAR lieferte Informationen über Luft-, Land- und Seeziele, und die ECM-Sensoren des Bombers zeigten Frühwarnradare in ganz Korea an. Als die EB-1C landeinwärts weiterflog, kam sie den als grüne Kreise dargestellten Radarstellungen in Seoul, Ch'unch'on und Kaesong näher. Der Kreisdurchmesser gab die Stärke des Radarsignals an und ließ zugleich erkennen, wann der Bomber voraussichtlich geortet werden würde. Vergrößerte sein Radarquerschnitt sich, weil die Bombenklappen geöffnet oder Funkantennen ausgefahren waren, wurden die Radarkreise größer; befand sich die Megafortress in voller »Stealth«-Konfiguration und flog das Radar von vorn an, schrumpfte der entsprechende Kreis und stellte dar, wie weit sie gefahrlos an die Radarstellung heranfliegen konnte.

»Muck, wir scheinen ein neues Bodenziel ausgemacht zu haben«, funkte Dave Luger. Er markierte das neue NIRTSat-Ziel auf Patricks Supercockpit-Display mit einem blinkenden roten Pfeil. »Es ist seit dem letzten Überflug aufgetaucht. Langsam, groß, lang. Sieh's dir mal an.«

»Okay, ich hab's«, bestätigte Patrick. Er vergrößerte die Darstellung und unterlegte sie mit einem detaillierten Kartenbild. »Der Neuankömmling scheint auf einem Bahngleis zu stehen. Vielleicht haben wir einen Raketenzug entdeckt.« Er vergrößerte die Abbildung nochmals. Dabei errechnete der Zielcomputer, was sie vermutlich darstellte. »Der Computer meint auch, dass das ein Zug ist. Chinesische Spurweite, eine Lok mit sieben Waggons. Könnte eine Nodong-Einheit sein.« Patrick gab die bisher bekannten Daten in die Bombencomputer ein und programmierte einen

Marschflugkörper Wolverine mit den Koordinaten der Zugposition. »Sieht so aus, als stünde er in unmittelbarer Nähe einer nordkoreanischen Feuerstellung«, berichtete er dann.

»Ich gebe die Informationen nach Hause weiter«, sagte Dave und aktivierte die sichere Datenübermittlung nach Dreamland. »Nach diesem Baby suchen die Koreaner schon länger, glaube ich.«

»Dave, sieh mal nach, ob die NIRTSats bei früheren Überflügen weitere Züge geortet haben«, wies Patrick ihn an.

»Schon passiert«, antwortete Dave. »Tatsächlich haben wir insgesamt sieben mögliche Ziele.« Sekunden später blinkten auf Patricks Bildschirm mehrere Radarziele. »Zwei davon liegen in eurer LADAR-Reichweite.«

Patrick verlangte eine leichte Kursänderung nach Norden auf die beiden nächsten Ziele zu und aktivierte sein Laser-Radar erneut. Durch LADAR-Aufnahmen aus verschiedenen Blickwinkeln ließen sich sehr genaue Darstellungen gewinnen, die mit früheren Aufnahmen und NIRTSat-Radarbildern zu dreidimensionalen Abbildungen kombiniert wurden. »Ziel Nummer eins negativ«, berichtete Patrick. »Der Computer spricht es als einen Bus oder Lastwagen an – viel zu klein für eine Nodong-Einheit mit sieben Waggons. Aber Ziel Nummer zwei könnte ein weiterer Spieler sein. Eine Lok mit sieben Waggons, chinesische Spurweite, ist erst vor einer Stunde in seine jetzige Position gefahren.«

»Zwei Nodongs in vorbereiteten Feuerstellungen?«, fragte Nancy Cheshire. »Das kann eigentlich kein Zufall sein, finde ich.«

»Genau!«, bestätigte Dave, während er die neuen Informationen nach Dreamland weitergab. »Das könnte der Auftakt zu einem weiteren Raketenüberfall nordkoreanischer Aufständischer sein.«

»Hey, wir haben ein Luftziel hinter uns!«, sagte Patrick. Er hatte den gesamten Luftraum um die Megafortress erneut mit seinem LADAR abgesucht. Das Ziel flog in etwa 30 000 Fuß über dem Japanischen Meer mit über 500 Knoten auf sie zu. »Noch keine Identifizierung, aber es muss ein Jäger sein.«

»Aber unser Radarwarner hat nicht angesprochen«, stellte Nancy fest. Sekunden später ergänzte sie: »Eine MiG-29. Das muss eine japanische MiG-29 sein, die mit GPS navigiert und zur Zielsuche ihr IRSTS benützt.« Das IRSTS (infrared search and track system) war ein hochmoderner russischer IR-Sensor, mit dem die MiG-29 große Teile des Himmels nach feindlichen Flugzeugen absuchen konnte, ohne ihr Radar einschalten zu müssen. Navigierte der Pilot mit seinem GPS, brauchte er sein Zielsuchradar nur für Angriffe aus sehr großen Entfernungen einzuschalten – die meisten Gegner würden ihn erst orten, wenn er seine Raketen abschoss. »Patrouillieren sie noch immer gemeinsam mit den Koreanern über der Halbinsel?«

»Die Koreaner sind ihnen dafür bestimmt dankbar«, meinte Patrick. »Wahrscheinlich führen sie die japanischen Jäger sogar vom Boden aus. Halten wir von dieser MiG mindestens zwanzig Meilen Abstand und zeigen ihr nicht unsere Schubdüsen, kann sie uns nicht orten, denke ich. Dave, ich schlage vor, dass du General Samson veranlasst, mit dem Weißen Haus zu telefonieren, damit es eine Möglichkeit findet, den Japanern mitzuteilen, dass wir hier unterwegs sind. Ich möchte nicht von einer japanischen MiG überfallen werden. Vielleicht können wir Modus-zwo-Codes oder etwas in dieser Art austauschen.«

»Wird erledigt«, bestätigte Luger. »Ich versuche auch, seine Einsatzfrequenz rauszukriegen, damit ihr mit ihm reden könnt, falls die Lage echt kritisch wird. Ihr könnt … Hey, da starten Jäger in Korea!« Als Patrick den Darstellungsbereich seines Displays erweiterte, sah er die von der koreanischen Radarüberwachung gelieferten neuen Informationen: zwei Hochgeschwindigkeitsflugzeuge stiegen auf Nordostkurs in den Nachthimmel auf. »In Seoul sind zwei Jäger gestartet und in unsere Richtung unterwegs.«

»Hier oben wird's allmählich eng«, meinte Nancy. »Vielleicht gehen wir lieber tiefer und verstecken uns in irgendeinem …«

In diesem Augenblick ertönte ein schrilles LADAR-Warnsignal, und neben einer der mutmaßlichen Nodong-Stellungen begann ein Icon zu blinken. »*Raketenstart!*«, rief Patrick. »Links vierzig und volle Nachbrenner, Nance!«

Nancy Cheshire schob alle vier Leistungshebel ruckartig nach vorn in Nachbrennerstellung und legte die EB-1C Megafortress in eine steile Linkskurve. Sie konnten den Raketenstart deutlich beobachten: am Horizont flammte ein winziger Lichtpunkt auf, dann stieg eine leuchtend gelbe Spur in den Nachthimmel. Nach der von Patrick befohlenen Kursänderung zeigte der Bug ihrer Maschine auf die aufsteigende ballistische Rakete.

»Bombenklappen geöffnet! Wolverine abgeworfen!« Patrick griff die Nodong-Einheit sofort mit einer Abwurflenkwaffe an. »Bombenklappen geschlossen. Okay, Nance, hinter der Rakete her!«

Die Pilotin zog ihren Steuerknüppel nur leicht zurück, um die Verfolgung aufzunehmen. Anfangs sah es so aus, als würden sie die Nodong überfliegen – sie schien nicht so rasch zu beschleunigen, während die Megafortress rasant schneller wurde. Aber das war eine optische Täuschung. Sekunden später zeigte sich, wie schnell die Rakete bereits war. Im nächsten Augenblick hatte die Nodong sie überstiegen und beschleunigte mit einem langen gelben Feuerschweif weiter. Nancy hatte die EB-1C schon fast auf Mach 1 gebracht und hielt den Bug weiter auf die Rakete gerichtet. Aber die Megafortress wurde nicht mehr schneller, und je steiler sie bei der Verfolgung der Nodong stieg, desto rascher verlor sie an Fahrt.

»Schnell raus damit, Sir«, drängte Nancy. »Wir verlieren zu viel Fahrt. Sie haben noch ungefähr sechs Sekunden Zeit.«

»Achtung... Bombenklappen offen... Lenkwaffenstart!« Sekunden später hörten sie das Donnern eines Raketentriebwerks und sahen eine der Lancelot-Raketen mit ihrem eigenen Feuerschweif davonrasen. »Horizontalflug, Nance! Bombenklappen geschlossen!« Cheshire hielt den Steuerknüppel nicht länger gezogen, senkte den Flugzeugbug zum Horizont und nahm die Leistungshebel aus der Nachbrennerstellung zurück. Weit vor ihnen am Himmel bildete sich ein spektakulärer mehrfarbiger Feuerball, als die Lancelot die ballistische Rakete abfing.

»Ju-*huuu!*«, rief Nancy triumphierend. Beide mussten sich von dem grell aufleuchtenden Feuerball abwenden. »Toll, was? War das eine Kernexplosion?«

»Schon möglich«, antwortete Patrick. »Vielleicht nur eine Teilexplosion, fünf oder zehn Kilotonnen. Die Lancelot hat sie bei einundfünfzig Meilen in achtzigtausend Fuß abgefangen.« Im nächsten Augenblick wurde der Bomber von schweren Turbulenzen durchgerüttelt. »Ja, das war bestimmt eine Kernexplosion. Unsere Systeme scheinen alle in Ordnung zu sein.« Patrick schaltete auf die IR-Bugkamera des Marschflugkörpers Wolverine um, die ihm deutlich die Nodong-Einheit zeigte. Er hatte gerade noch Zeit, das Zielkreuz auf den Waggon mit der noch aufgerichteten Abschussvorrichtung zu ziehen, bevor der Marschflugkörper einschlug.

Auf Patricks Display blinkte wieder ein Icon, dann ertönte ein weiteres schrilles Alarmsignal. »Der nächste Raketenstart! Links, neunzig, volle Nachbrenner, *sofort!*« Die Pilotin befolgte seine Anweisungen. Diesmal blieb Nancy im Horizontalflug, bis Patrick eine weitere Wolverine abgeworfen hatte und die Nodong über den Horizont aufgestiegen war; das genügte, um auf über Mach 1 zu beschleunigen. So stieg die Megafortress besser und verlor weniger rasch an Fahrt, was aber auch darauf zurückzuführen war, dass sie rund 2700 Kilogramm weniger Waffen und 1800 Kilogramm weniger Treibstoff zu schleppen hatte.

»Achtung ... Bombenklappen offen ... Lenkwaffenstart!«, sagte Patrick laut. Nancy kniff die Augen zusammen, um nicht vom Feuerschein des Triebwerks der ersten Stufe der Lancelot geblendet zu werden, als die große Jagdrakete in den Nachthimmel davonraste. »Bombenklappen geschlossen, klar zum ...«

»*Vorsicht!*«, rief Dave Luger über die Satellitenverbindung. »*Bandit bei sieben Uhr, zehn Meilen!* Seht zu, dass ihr abhaut!«

Er hatte kaum ausgesprochen, als ein schrilles *diedeldiedeldiedel* ertönte, während auf Patricks Display die Warnung RAKETENSTART blinkte. »Links weg!«, befahl er. Nancy riss die Megafortress, die sich schon in einer leichten Linkskurve befand, noch weiter nach links und legte sie dann sofort in eine steile Rechtskurve, bis die Überziehwarnanlage an ihrem Steuerknüppel rüttelte. Im selben Augenblick stieß Patrick aus einem Behälter unter der rechten Tragfläche mehrere elektronische Köder aus, ließ einen nachgeschleppten Köder folgen und aktivierte ihn. Die ausgestoßenen Köder entfalteten ihre Radarflossen und sendeten Infrarot- und Funksignale, sodass sie für eine anfliegende Lenkwaffe Hunderte von Malen größer waren als die entkommende

EB-1C. Die beiden Jagdraketen trafen Köder, ohne die Megafortress überhaupt erfasst zu haben.

Dann beobachteten sie eine weitere Explosion am Nachthimmel – nicht so gewaltig wie die erste, aber trotzdem spektakulär. »Sieht so aus, als hätten wir die zweite Nodong erwischt«, stellte Patrick fest, »aber ich weiß nicht, was aus der zweiten Wolverine geworden ist. Vielleicht ist sie abgeschossen worden.«

»Von wem? Wer schießt auf uns?«, rief Nancy.

»Dieser gottverdammte japanische MiG-29-Pilot hat sich hinter euch gesetzt, als ihr die Nachbrenner eingeschaltet habt, und zwei Raketen auf euch abgeschossen«, berichtete Dave.

»Warum hat er das getan? Vielleicht hat er gedacht, alle Raketen, die hier herumfliegen, seien von *uns*«, meinte Patrick. »Hast du seine Frequenz schon, Dave?«

»Ich bekomme sie gerade«, antwortete Luger. »Er spricht mit der Jägerleitstelle Seoul und den beiden koreanischen Jägern. Sie wollen euch wahrscheinlich in die Zange nehmen ... Okay, ich hab sie. Ich stelle die Frequenz auf zwo ein. Die Verbindung ist nicht abhörsicher.«

»Lassen Sie mich mit ihnen reden«, schlug Nancy vor. Sie schaltete aufs zweite Funkgerät um und drückte ihre Sprechtaste. »Hey, Jungs, wir sind auf eurer Seite. Schießt nicht mehr auf uns!«

»Unidentifiziertes Flugzeug, hier Luftwaffe der Vereinten Republik Korea«, antwortete eine Stimme mit starkem koreanischen Akzent. »Sie sind ohne Genehmigung in den koreanischen Luftraum eingeflogen. Gehen Sie in den Horizontalflug über, verringern Sie Ihre Geschwindigkeit und fahren Sie Ihr Fahrwerk aus, sonst werden Sie abgeschossen! Dies ist die letzte Warnung!«

Das Supercockpit-Display stellte die Verteilung der Luftziele dar. »Der Radarsignatur nach sind das koreanische Abfangjäger F-16K – sie haben uns aber noch nicht mit ihrem Radar erfasst«, sagte Patrick. »Wir sind noch im Erfassungsbereich von Seoul Radar, können ihn aber bei Höchstgeschwindigkeit in zwei Minuten verlassen. Die MiG-29 kann uns weiterhin mit ihrem IRSTS erfasst haben. Dagegen können wir nichts tun, wenn wir's nicht schaffen, den Abstand auf über zehn Meilen zu vergrößern. Aber das ist eher unwahrscheinlich, denn die MiG-29 ist hier oben mindestens so schnell wie wir.«

»Unidentifiziertes Flugzeug, dies ist die endgültig letzte Warnung!«, wiederholte der koreanische Pilot. »Verringern Sie sofort Ihre Geschwindigkeit und fahren Sie Ihr Fahrwerk aus, sonst eröffnen wir das Feuer!«

»Machen Sie eine Scorpion feuerbereit, Patrick«, forderte Nancy Cheshire ihn auf. »Hier geht's um ihn oder uns.«

»Ich möchte den Kerl nicht abschießen, Nance – er hat auf uns geschossen, aber eigentlich kämpft er auf unserer Seite.« Patrick aktivierte sein LADAR erneut, ortete die MiG-29 und programmierte einen Marschflugkörper Wolverine mit diesen Daten. »Achtung, Bombenklappen werden geöffnet... Lenkwaffenstart! Fertig machen zum Sturzflug auf Terrainfolge-Mindesthöhe, Nance!«

»Okay, Boss«, bestätigte Nancy und stellte den Autopiloten entsprechend ein. Patrick öffnete die Bombenklappen und schoss die Luft-Boden-Lenkwaffe auf die MiG-29 ab.

Der Marschflugkörper Wolverine hatte normalerweise eine Reichweite von 50 Meilen, aber diesmal sollte er in großer Höhe eine MiG-29 abfangen, sodass seine Reichweite viel geringer war. Aber sie reichte aus. Patrick und Nancy verfolgten auf dem großen Bildschirm, wie die Wolverine immer näher an die MiG-29 heranflog. Als sie noch etwa zwei Meilen entfernt war, musste das IRSTS die Lenkwaffe auf Kollisionskurs entdeckt haben, denn die MiG-29 kurvte plötzlich spektakulär nach rechts weg, flog eine Rolle und ging in einen steilen Sturzflug über. Der kleine Marschflugkörper versuchte ihr zu folgen, verlor das Ziel jedoch bald und stürzte harmlos ins Japanische Meer ab.

Sobald die MiG-29 ihr wildes Ausweichmanöver begann, legte Nancy die EB-1C auf den Rücken und zog den Steuerknüppel heran. Der schwere Bomber raste in steilem Sturzflug mit 150 Metern in der Sekunde aufs Meer hinunter. Um die Belastung nicht zu groß werden zu lassen, nahm die Pilotin ihre Leistungshebel in Leerlaufstellung zurück. In fünftausend Fuß über dem Meeresspiegel flog sie eine halbe Rolle, schaltete das Terrainfolgesystem ein und brachte die Leistungshebel in Nachbrennerstellung. Der

Autopilot fing die Maschine in zweitausend Fuß ab, wo sie ihre Systeme überprüften, bevor sie in mehreren Stufen tiefer gingen, bis sie nur noch 200 Fuß über den dunklen Wogen waren.

Für den Fall, dass der japanische Pilot sie auf dem letzten bekannten Kurs suchte, drehte Nancy nach Süden ab und flog parallel zur koreanischen Küste weiter, während Patrick den Luftraum mit seinem Laser-Radar absuchte. »Die MiG ist bei fünf Uhr, fünfzehn Meilen, Kurs Südost«, berichtete er. »Wir haben ihn abgeschüttelt, denke ich. Gut gemacht, Nance. Okay, wir können wieder auf die frühere Höhe steigen. Vielleicht erwischen wir noch eine Rakete!«

»Ich find's schade, dass wir auf einen der eigenen Leute schießen und eine tadellose Wolverine vergeuden mussten, nur um nicht selbst abgeschossen zu werden«, sagte Nancy. »Aber er hat natürlich nur seinen Auftrag ausgeführt. Und wir haben heute Nacht tatsächlich zwei Raketen abgeschossen! Fast nicht zu glauben!«

Der Rest der Nacht verlief ohne besondere Vorkommnisse. Die Megafortress blieb eine weitere Stunde lang über Mittelkorea und wich allen Zielsuchradaren und Abfangjägern über Korea mühelos aus. Unterdessen war in ganz Korea Luftalarm gegeben worden, aber die EB-1C hatte keine Mühe, sich allen Verfolgern zu entziehen. Ballistische Raketen oder Jagdraketen wurden keine mehr abgeschossen. Als ihr Treibstoffvorrat abnahm, flogen sie aufs Japanische Meer hinaus und trafen 150 Meilen WNW von der japanischen Stadt Kanasawa mit einem Tanker KC-135 zusammen. Anschließend kehrten sie mit vollen Tanks ins Überwachungsgebiet zurück, in dem sie bis eine Stunde vor Sonnenaufgang blieben. Als sie es dann verließen, lag die erste erfolgreiche nächtliche Patrouille gegen ballistische Raketen hinter ihnen.

Nach erneuter Luftbetankung durch eine KC-135 flogen sie ungehindert weiter und landeten nach etwas über zwei Stunden auf der Adak Naval Air Station auf den Aleuten. Gesamtflugzeit: 21:08 Stunden. Sie waren kurz nach Sonnenuntergang in Dreamland gestartet und landeten kurz vor einem arktischen Sonnenuntergang, nach dem die Sonne in wenigen Stunden wieder am Himmel stehen würde.

Während die Bodenmannschaft sofort damit begann, die Megafortress wieder startklar zu machen, ging die Besatzung in den benachbarten Hangar hinüber, in dem die HAWC-Teams sich eingerichtet hatten. David Luger holte Nancy und Patrick ab, brachte Sandwichs und Getränke für sie mit, begleitete sie zu den Besprechungen mit Wartungs- und Nachrichtendienst und führte sie dann in einen Besprechungsraum, in dem sie sitzen, sich entspannen und von ihrem Einsatz erzählen konnten.

Dort erwartete sie auf einem Bildschirm Generalleutnant Terrill Samson, der über eine abhörsichere Satellitenverbindung aus Dreamland anrief. »Echt klasse gemacht, ihr beiden«, sagte er stolz. »Glückwunsch! Wie fühlt ihr euch?«

»Wir brauchen unbedingt bequemere Sitze«, antwortete Nancy, »und wir müssen dafür sorgen, dass Mikrowelle und Kaffeemaschine wieder funktionieren.«

»Wozu denn, Nance? Sie nehmen Ihre Atemmaske ohnehin nie ab«, sagte Patrick lächelnd. Samson fragte er: »Was hört man aus Korea, Sir?«

»Zum Glück heißt's nur: ›Was zum Teufel ist passiert?‹«, antwortete Samson. »China und Korea haben genau das Gleiche beobachtet: zwei Starts ballistischer Raketen im Süden der Provinz Chagang Do, danach zwei riesige Detonationen – eine davon eine Kernexplosion – in großen Höhen. Nur sehr geringe Personen- oder Sachschäden. Aus China diesmal keine Reaktion, auch aus Korea außer allgemeinem Luftalarm keine weitere Reaktion. Die japanische Luftwaffe will über dem Japanischen Meer einen Bomber abgefangen, angegriffen und verjagt haben. Offiziell stellt sie keine Vermutungen über seine Herkunft an. Inoffiziell ... nun, mein Telefon klingelt seitdem unaufhörlich. Außenministerium. Pentagon. Gold Room. Oval Office. Alle verlangen Informationen.«

»Und?«

»Und ich habe ihnen gesagt, dass wir ein großartiges neues System haben, das wir entsprechend einsetzen müssen«, berichtete Samson zufrieden grinsend. »Sie haben mir praktisch einen Blankoscheck ausgestellt. Wir bekommen Tanker, Personal, Waffen – was immer wir brauchen, steht zur Verfügung. Diesmal hat's keine Diskussionen gegeben ... das Pacific Command ist nicht mal gefragt worden. Das Unternehmen bleibt ›schwarz‹, weil wir keine zusätzlichen Flugzeuge oder Flugzeugträger ins Krisengebiet verlegen wollen, bevor sich die Lage beruhigt hat. Außer den beiden schon vor Korea stationierten Flugzeugträgerkampfgruppen sind wir dann die einzige Kampftruppe im nördlichen Pazifik. Sagen Sie mir also nur, was Sie brauchen, Patrick, und es ist zu Ihnen unterwegs.«

»Was ich als Erstes brauche, Sir«, sagte Patrick, »ist die 111th Bomb Squadron der Nevada Air National Guard mitsamt ihren Flugzeugen, die schnellstens umgerüstet und hergeflogen werden müssen.«

»Was?«, fragte Samson ungläubig. »Nach allem, was Sie mit diesen Chaoten durchgemacht haben, wollen Sie sie trotzdem einsetzen? Sie können ihre Flugzeuge haben, Patrick – das ist ein Kinderspiel. Aber die Nevada Air National Guard?«

»Sir, Sie sind trotz allem die besten B-1-Piloten der gesamten Branche«, stellte Patrick fest. »Bei meiner Überprüfung der Staffel habe ich wie der Pilot einer B-52- oder B-2 gedacht – tief, langsam, stur auf Angriffskurs bleiben. Seit unserem Einsatz über Korea ist mir klar, dass das Unternehmen Battle Born nicht funktionieren kann, wenn wir so fliegen. Für solche Einsätze brauchen wir Crews, die wie Jagdbomberbesatzungen denken und reagieren. Um Erfolg zu haben, müssen sie aggressiv die Initiative ergreifen. Dafür sind diese Jungs am besten geeignet, weil sie *immer* so fliegen – sie kennen keine andere Methode.«

»Gut, Sie bekommen sie«, stimmte Samson zu. »Was brauchen Sie noch? Tanker, AWACS-Flugzeuge, Begleitjäger?«

»Wir brauchen Takedown«, antwortete Patrick.

»*Wen* brauchen Sie?«

»Takedown – das ist die Marineversion von Coronet Tiger«, sagte Patrick. »Brad Elliott hat Coronet Tiger ursprünglich von der Navy bekommen, die noch heute Überwachungsflugzeuge besitzt, die mit diesem System ausgerüstet sind – P3 Orion, glaube ich. Wir brauchen diese Flugzeuge mit ihren Wartungsmannschaften. Und ich brauche die *Grand Island.*«

»Sie meinen die USS *Grand Island?* Den Kreuzer, den wir beim ersten Test mit der Lancelot fast gegrillt haben?«

»Genau den«, bestätigte Patrick. »Wir brauchen die *Grand Island,* damit sie uns den Rücken freihält und notfalls Feuerschutz gibt. Außerdem kennt die Navy schon viele unserer Geheimnisse – da können wir sie gleich ins Team aufnehmen.«

»Hmmm, das kann schwierig werden, aber ich denke, es wird sich machen lassen«, meinte Samson lächelnd. »Was haben Sie jetzt vor?«

»Ich werde weiter Einsätze fliegen oder hier im virtuellen Cockpit sitzen, während andere Besatzungen die EB-1C fliegen, bis jemand mir befiehlt, damit aufzuhören«, sagte Patrick. »Ich schicke Dave nach Dreamland zurück, damit er die Umrüstung der vier B-1B beaufsichtigt, und kommandiere Nancy und Wendy zum Patuxent River ab, damit sie die P3-Besatzungen auf die Takedown-Einsätze vorbereiten. In weniger als zweiundsiebzig Stunden können wir hier voll einsatzbereit sein. Ich will nur hoffen, dass der Nordostpazifik uns nicht schon vorher um die Ohren fliegt.«

111th Bomb Squadron,
Reno-Tahoe International Airport,
Reno, Nevada
(am folgenden Tag)

Die aus Korea eintreffenden Meldungen waren alle so schockierend, dass man schon nach wenigen Tagen abstumpfte und sie für alte Meldungen hielt. Rebecca Furness achtete kaum auf den auf CNN eingestellten Fernseher in ihrem Dienstzimmer, während sie Fotos, Urkunden, Plaketten und weitere Erinnerungsstücke von den Wänden nahm und sorgfältig in Kartons stapelte.

Zunächst hatte es den Anschein gehabt, als sei der koreanische Volksaufstand ein Erfolg. Unter Führung der Vereinigten Staaten begannen die ausländischen Truppen schon wenige Stunden nach dem formellen Ersuchen der neuen koreanischen Regierung mit ihrem Abzug. Oft kreuzten russische, chinesische und amerikanische Truppentransporter und Frachter randvoll mit Soldaten, ihren Familien und ihrer Ausrüstung in denselben Gewässern.

Tatsächlich schienen alle drei Staaten ihre Flottenpräsenz in der Region *verstärkt* zu haben – da sich die Gelegenheit bot, viele Schiffe in koreanische Gewässer zu entsenden, nutzten sie diese Chance eifrig. Trotz der vielen Schiffe gab es nie Probleme oder Proteste. Das alles bestätigte die Welt in dem Glauben, in Korea sei wirklich ein friedlicher Übergang zur Demokratie möglich.

Aber dann holten die Raketenangriffe und die Zerstörung einer koreanischen Großstadt – angeblich durch eine chinesische ballistische Rakete – die Welt jäh in die Wirklichkeit zurück. Sofort war die Lage wieder aufs Höchste angespannt. Für die schon in Alarmbereitschaft versetzten US-Streitkräfte wurde die höchste Bereitschaftsstufe ausgerufen, die möglich war, ohne tatsächlich Schiffe oder Flugzeuge nach Korea zu entsenden oder den Eindruck zu erwecken, China oder Russland zu bedrohen.

Von China war nicht viel zu hören – alles Kriegsgeschrei aus Asien stammte von der nordkoreanischen Exilregierung in Peking. Präsident Kim Jong-il trat fast stündlich in CNN auf und geiferte, Präsident Kwon und das Vereinigte Korea legten es darauf an, einen Konflikt der Supermächte zu provozieren, aus dem Japan und Korea als Führer eines neuen asiatischen Machtblocks hervorgehen würden.

Ansonsten traten bei CNN nur Gegner Präsident Martindales auf, die ihn unbarmherzig kritisierten. Er war den Chinesen und Koreanern gegenüber viel zu nachgiebig; er hätte die in Japan und China verlorenen Stützpunkte nie aufgeben dürfen; er sollte mehr Truppen und mehr Flugzeugträger nach Asien entsenden … und so ging es mit einem Dutzend anderer Kritikgründe weiter. Die Hälfte seiner Kritiker wollte Krieg gegen China führen – die andere Hälfte forderte, Martindale solle aus dem Weißen Haus verschwinden, und wollte *dann* Krieg gegen China führen.

Als CNN meldete, China und Korea hätten sich mit Raketen angegriffen, glaubte Rebecca, die Welt werde in einer halben Stunde untergehen – das entsprach ungefähr der Flugdauer von ICBMs, die von Atom-U-Booten abgeschossen wurden, von Asien oder Sibirien nach Nordamerika oder umgekehrt. Noch nie im Leben hatte sie sich so ohnmächtig gefühlt. Sie hörte zu packen auf und hörte wie hypnotisiert zu, während die Moderatoren und Reporter versuchten, weiter über die Ereignisse in Nordostasien zu berichten, obwohl auch sie wussten, dass die Welt jeden Augenblick in Flammen stehen konnte.

Als eine gute halbe Stunde verstrichen war, empfand Rebecca ungeheure Erleichterung. Vielleicht hatten sich doch die nüchternen Köpfe durchgesetzt. Vielleicht würde es doch keinen weltweiten Atomkrieg geben. Aber dann traten in CNN wieder Präsident Kim oder irgendein hoher chinesischer Funktionär auf und schworen Tod und Verderben, sodass ihre Panik wieder einsetzte.

»Dieses Büro ist echt beschissen, wenn du mich fragst«, sagte eine vertraute Stimme. Als Rebecca sich umdrehte, sah sie Rinc Seaver an der offenen Tür ihres Dienstzimmers stehen und sie beobachten.

Rebecca Furness sah sich um, dann nickte sie. Ihr Büro war ein ehemaliger Lagerraum im Obergeschoss des General James A. May Hangars auf dem Reno-Tahoe International Airport. Es war nicht das eigentliche Dienstzimmer des Staffelchefs, aber sie hatte es ausgewählt und eingerichtet, weil sie von hier aus das Vorfeld überblicken und jederzeit Zugang zu den Wartungsmannschaften unten am Hangar hatte, die für das Funktionieren der Staffel unentbehrlich waren. »Ich habe schon größere, hübschere gehabt«, sagte sie. »Aber es kommt nicht auf Größe an, sondern darauf, was man damit anfängt.«

»Reden wir noch immer von Dienstzimmern, Beck?«, fragte Rinc lächelnd.

»Weiß ich nicht«, antwortete sie. »Vielleicht nicht.«

»Ich würde jedenfalls lieber über uns reden.«

Sie erwiderte sein Lächeln, dann zeigte sie auf den Fernseher. »Hast du die Berichterstattung verfolgt? Unglaublich! Eben fühlt man sich noch sicher, und in der nächsten Sekunde glaubt man, anfliegende Atomraketen zu hören.«

»Ich kann's gar nicht mehr sehen«, bestätigte Rinc. »Es macht mich verrückt, vor allem weil ich nichts dagegen tun kann. Außerdem mache ich mir Sorgen wegen anderer Dinge – um andere *Leute.*« Er trat auf Rebecca zu und küsste sie leicht auf die Lippen. »Hallo, Fremde«, sagte er dann.

»Selbst hallo.«

Sie erwiderte seinen Kuss nur halbherzig, und Rinc spürte die Spannung in ihrem Körper. Er ließ die Schultern hängen, als sie sich abwandte und wieder zu packen begann. »Entweder verliere ich mein Gefühl oder ich verliere *dich*«, stellte er fest.

»Ich bin nur abgelenkt ... sauer ... frustriert ... such's dir aus«, sagte Rebecca. »Ich bin hauptberuflich bei der Air National Guard, Rinc. Das hier war mein Job. Ich bin noch nie irgendwo rausgeschmissen worden. Und die Staffel war meine erste Kampfeinheit – etwas, wovon ich schon als Flugschülerin geträumt habe.«

»Ja, ich weiß«, bestätigte Rinc. »Und dazu kommt, dass wir unsere Staffel verloren haben, als wir besser waren als alle anderen. Das war unfair.«

Rebecca musterte ihn prüfend. »Du scheinst ziemlich gut gelaunt zu sein. Ah, richtig – du hast schließlich noch einen Job.«

»Du kannst auch einen haben, wenn du willst«, sagte Rinc. »Die Gesellschaft denkt daran, eine weitere Maschine einzusetzen. Ich habe schon mal vorgefühlt, ob wir uns die Stunden teilen könnten. Gehalt und Sozialleistungen sind in Ordnung, wir könnten jedes Flugzeug zu Selbstkosten chartern, wenn wir Flugschüler ausbilden wollen, und wir wären jeden Abend hier in Reno, statt ...«

»Das habe ich schon mal versucht, aber es hat mir nicht gefallen«, wehrte Rebecca ab. »Die Militärfliegerei gefällt mir besser. Noch besser gefällt's mir, irgendein Kommando zu haben.«

Rinc zuckte mit den Schultern. »Nimm das Angebot doch an, während du dir was Neues suchst«, schlug er vor. »Wir könnten dich brauchen, und *wir* wären weiter zusammen.«

»Das glaube ich nicht.«

»Was glaubst du nicht? Dass wir dich brauchen könnten – oder dass wir weiter zusammen wären?«

»Rinc, du bist manchmal ... verdammt, Männer können manchmal so *frustrierend* sein!«, rief Rebecca aus. »Ich habe gerade meinen Job verloren. Ich bin gekränkt und verletzt. Du hast gerade deinen Job verloren. Dir scheint das nichts auszumachen. Nach deinem Unfall sehe ich dich wochenlang nicht mehr. Das kränkt und verletzt mich. Du siehst mich nach deinem Unfall wochenlang nicht mehr, aber das stört dich nicht weiter. Ist dir nie etwas wirklich wichtig?«

»Beck, wir sind rausgeschmissen worden – wir sind nicht zum Tod verurteilt, man hat uns nicht gebrandmarkt, wir atmen noch«, sagte Rinc. »Alles andere lässt sich überwinden. Das Leben geht weiter. Wir müssen nach vorn blicken.«

»Nun, ich habe ein paar Dinge verloren, die mir wertvoll waren«, sagte Rebecca. »Mein Kommando, meine Karriere, meine Zukunft.«

»Aber das alles kannst du zurückbekommen. Ich biete es dir an. Meine Bosse wollen dich haben. Ich will dich haben. Unsere Gesellschaft expandiert und bietet auch dir eine Zukunft. Du brauchst nur einzuschlagen.«

»Mithelfen, einen weiteren Flugdienst aufzubauen? Danke, kein Bedarf. Das habe ich schon in New York gemacht. Aber es war nichts für mich. Ich habe geschuftet, um meinen Dienstgrad und mein Kommando zu bekommen, Rinc – ich kann nicht einfach alles hinwerfen und anderswo anfangen.« Sie griff nach seiner Hand. »Die California Air National Guard sucht einen Kommodore für ihr Tankergeschwader in Riverside. Sie hat mich zu einem Vorstellungsgespräch eingeladen. Ich habe eine echte Chance, glaube ich. KC-135R fliegen, in Zukunft vielleicht auch KC-10. Viele Einsätze, hoher Bekanntheitsgrad, gutes Geld.«

»Und was tue ich dort? Langweilige Stratotanker fliegen? Nein, danke«, wehrte Rinc ab. »Ich habe lange genug Transporter geflogen. Ich bin hier in Reno an einem florierenden Unternehmen beteiligt und fliege Maschinen, die wenigstens Fenster haben – sogar unsere kleinen mit Kolbenmotor. Wozu sollte ich das aufgeben?«

»Zum Beispiel für mich?«, schlug Rebecca leicht verärgert vor. »Tu's, damit wir zusammenbleiben können. Flieg nebenbei für Airlines – du hast einen Berufspilotenschein und jede Menge Erfahrung. Versuch bei einer Fluggesellschaft ins Management aufzusteigen. Oder komm einfach mit, damit wir zusammen sind. Du bist noch jung. Dir stehen alle Türen offen. Ich habe weniger Chancen als du, Rinc. Bietet sich mir eine, muss ich sie ergreifen.« Aber sie merkte, dass er ihren Vorschlag nicht nur *nicht* ernstlich in Erwägung zog, sondern schon Unbehagen empfand, wenn er nur daran dachte. »Oder lässt die Idee, wegen der Karriere einer Frau von hier wegzugehen, dich völlig ausflippen?«

»Darum geht's nicht…«

»Bockmist. Was stört dich sonst? Mein Alter?«

»Hey, ich habe dich nie als ›ältere Frau‹ gesehen«, sagte Rinc aufgebracht. »Das weißt du genau! Du bist sexy, temperamentvoll und leidenschaftlich wie jede Collegestudentin.«

»Wo liegt dann das Problem?«, fragte Rebecca. »Also los, Rinc. Versuch's wenigstens mal!«

»Ich weiß nicht recht«, murmelte er. Rebecca spürte, dass er in einem Dilemma steckte, das weit problematischer als ihre gemeinsame Zukunft war. »Tatsache ist… nun, bei der Air Guard hat's mir in letzter Zeit nicht mehr sonderlich gut gefallen. Ich habe mich darauf gefreut, sesshaft zu werden und es bei diesem kleinen Flugdienst in Reno langsamer angehen zu lassen.«

»Dann fliegst du eben nicht bei der Air Guard«, schlug sie vor. »Mach irgendwas anderes.«

»Wenn ich mit dir zusammen wäre, würde ich trotzdem ständig von ihr hören. Ich weiß nicht recht, ob ich das möchte.«

»Jesus, wie kommst du *darauf?* Du hast nichts mit der Air Guard zu tun, außer wenn du mich zu gesellschaftlichen Anlässen begleitest. Das schaffst du bestimmt. Und als Pilot oder Manager bei einer Airline bist du wahrscheinlich ohnehin die meiste Zeit unterwegs.«

»Yeah, aber ich hätte damit zu tun, weil *du* damit zu tun hättest.«

»Und? Ich kapier's noch immer nicht.« Rebecca starrte ihn prüfend an, dann fragte sie: »Was hast du, Rodeo? Erzähl's mir.« Er schwieg, aber sein Blick wurde unstet, als erlebe er in Gedanken wieder irgendeinen schrecklichen Augenblick in seinem Leben. Nun studierte Rebecca sein Gesicht aufmerksam, las die Gedanken und Emotionen, die es widerspiegelte – und fand sie wenig erfreulich. »Es geht nicht darum, Rinc, dass du nicht mit *mir* zusammen sein willst, nicht wahr?«, fragte sie mit gepresster Stimme. »Du willst nichts mehr mit der Air Guard zu schaffen haben. Warum nicht?« Noch immer keine Antwort. »Rinc, du musst es mir erzählen. Es hängt mit deinem Unfall zusammen, stimmt's?«

»Nein.«

»Erzähl es mir, Rinc. Mach reinen Tisch. Alles ist längst Geschichte, Lover.«

»Vergiss es«, knurrte er unwillig.

»Ich kann es nicht vergessen, wenn du es nicht tust«, sagte Rebecca. »Was dich beunruhigt, steht offenbar zwischen uns. Ich muss es wissen. Bitte!«

Rinc begann auf und ab zu gehen. Jeder Schritt schien ihm ungeheure Schmerzen zu bereiten, aber Rebecca wusste, dass dies nur ein Ausdruck seiner Seelenqualen war. »Du hast damals versagt, nicht wahr, Rinc?«

Sein Blick blieb starr auf den Fußboden gerichtet. »Ja«, sagte er mit leiser, kaum hörbarer Stimme. »Ich bin völlig durchgedreht, Beck. Ich konnte die Maschine nicht abfangen. Wir waren praktisch im Rückenflug. Ich dachte, ich könnte sie noch abfangen. Mad Dog wollte die Warnleuchten einschalten, damit die anderen sich aufs Aussteigen vorbereiten konnten, aber ich hab' es ihm verboten. Ich habe immer wieder ›Ich hab sie, ich hab sie!‹ gesagt. Dann habe ich plötzlich gemerkt, dass ich die Maschine in den Boden fliegen würde, und gar kein Kommando mehr gegeben – ich bin einfach ausgestiegen.«

»Rinc, das ist in Ordnung«, versicherte Rebecca ihm. Sie trat auf ihn zu und nahm seine Hand. »Wichtig ist nur, dass du lebend rausgekommen bist…«

»*Nein, das stimmt nicht!*«, brüllte John Long. Er stand mit zornrotem Gesicht an der Tür von Rebeccas Dienstzimmer. »Sie geben es also endlich zu – Sie *haben* versagt!«

»John, verschwinden Sie«, forderte Rebecca ihn auf. »Das hier geht nur ihn und mich an.«

Aber Long war bereits hereingestürmt und stieß Seaver rückwärts gegen Rebeccas Schreibtisch. Rinc versuchte nicht, sich zu wehren. Long drückte ihn gegen den Schreibtisch und fing an, ihn mit der rechten Faust zu bearbeiten. »Du Hundesohn!«, brüllte er. »Feiges Schwein! Du bist an dem Unfall schuld! Du bist an dem Absturz schuld! Du hast diese Männer auf dem Gewissen! *Deinetwegen sind meine Freunde tot!*«

Furness blieb keine andere Wahl – sie rammte Long ihren rechten Ellbogen ins Gesicht und stieß ihn dann weg. Blut spritzte aus seiner Nase, als er mit einem Aufschrei zurücktorkelte.

»Deshalb haben Sie ihn also immer in Schutz genommen – ihr beiden habt die ganze Zeit miteinander gebumst«, sagte Long, während er sich die Nase zuhielt, um die Blutung zum Stillstand zu bringen. »Verdammte …«

»Schluss damit, Oberstleutnant!«

»Ich bin nicht mehr Ihr Untergebener, Schlampe!«, knurrte Long. »Und selbst wenn ich es wäre, könnten Sie mir nicht den Mund verbieten. Sie haben ihn in Schutz genommen, obwohl Sie den Verdacht hatten, er habe den Absturz verschuldet. Wie konnten Sie das bloß tun, Furness? Wie konnten Sie es Ihrer Einheit antun, diesen Scheißkerl zu decken? Es gibt keinen Kerl, der es wert ist, dass man seinetwegen die eigenen Leute verrät!«

»*Schnauze!*«, fuhr Rebecca ihn an. »Halten Sie einfach die Klappe, Long!« Er verstummte endlich und starrte sie beide wütend an. Rinc Seaver, der eine aufgeplatzte Lippe und ein blaues Auge hatte, rappelte sich vom Schreibtisch auf. »Ich will von euch beiden kein Wort mehr hören, verstanden? Die Streiterei bringt uns nicht weiter. Was passiert ist, lässt sich nicht mehr ändern.«

»Für mich ist der Fall noch längst nicht abgeschlossen«, widersprach Long. »Erst muss Seaver vor der gesamten Staffel zugeben, was er getan hat. Und dann sorge ich dafür, dass er unehrenhaft aus der Air Guard entlassen wird!«

»Scheren Sie sich zum Teufel, Long«, forderte Seaver ihn trotzig auf. »Ja, ich bin ausgestiegen, ohne den Befehl dazu zu geben. Ja, ich bin im Tiefstflug zu aggressiv gewesen. Ja, ich habe mich darauf verlassen, dass die Automatik alle rechtzeitig rausschießen würde. Aber dass es Tote gegeben hat, war nicht meine Schuld! Die rauchenden SAMs haben uns getroffen, die Maschine war nicht mehr zu steuern …«

»Verdammter *Scheißkerl!*«, brüllte Long. »So ist es recht – immer die Schuld woanders suchen!« Er machte drohend einen Schritt auf Seaver zu.

Rebecca vertrat ihm den Weg. »Schluss damit, habe ich gesagt!« Dann sah sie plötzlich zwei weitere Männer an der Tür ihres

Dienstzimmers stehen: Oberstleutnant Hal Briggs und ein Oberstleutnant, von dem sie nur wusste, dass er zu General McLanahans Inspektionsteam gehört hatte. Die vorn ausgebuchtete Kampfjacke zeigte, dass Briggs selbst hier die kleine Maschinenpistole trug, die sie in Dreamland bei ihm gesehen hatte.

»Wir stören hoffentlich nicht, Oberstleutnant?«, fragte Briggs wie immer lächelnd. Er nickte John Long zu. »Sie sind wieder mal blutig, Oberstleutnant Long, aber diesmal ist es Ihr *eigenes* Blut.«

»Doch, Sie stören«, antwortete Rebecca gereizt. »Können Sie bitte unten auf uns warten?«

»Nein, das können wir nicht«, sagte der andere Mann. »Ich bin Oberstleutnant David Luger, General McLanahans Stellvertreter. Wir möchten, dass Sie sofort mitkommen. Unten wartet bereits Hauptmann Dewey.«

»In ein paar Minuten«, wehrte Rebecca ab. »Wir haben noch etwas zu besprechen, das ...«

»Habe ich mich nicht deutlich genug ausgedrückt, Rebecca?«, fragte Dave Luger. »Sie kommen sofort mit. Befehl von General McLanahan.«

»McLanahan hat uns nichts zu befehlen«, widersprach Long aufgebracht.

»Irrtum, Oberstleutnant Long«, stellte Luger fest. »Die Armbänder bedeuten, dass er die *totale* Befehlsgewalt über Sie hat.«

»Was tut er, wenn wir ihn auffordern, sich zu verpissen?«, fragte Long. »Lässt er uns dann entführen?«

Dave Luger ging nicht darauf ein. »Oberstleutnant Luger für Gunnery Sergeant Wohl«, sagte er einfach ins Blaue hinein. Nach kurzer Pause fügte er hinzu: »Chris, wir brauchen Sie hier oben ...«

»Mit wem zum Teufel reden Sie?«, fragte Rebecca.

Luger gab keine Antwort. Wenige Sekunden später kam der größte, bösartigste Mann, den sie je gesehen hatten, in Furness' Dienstzimmer gestürmt. Er war der Prototyp eines Kommandosoldaten: energisches Kinn, durchdringender Blick, gewaltige Pranken, muskulöser, durchtrainierter Körper und schiefe Boxernase, die ihn noch bösartiger wirken ließ. Er starrte die drei Offiziere der Air National Guard so feindselig an, als hätten sie ihn persönlich beleidigt oder ihm zumindest Unannehmlichkeiten bereitet.

»Das hier ist Gunnery Sergeant Chris Wohl, Jungs«, sagte Luger. »Er ist im HAWC dafür zuständig, Leute in den Hintern zu treten.« Während er das sagte, griff Chris Wohl in seine Kampfjacke, packte den Pistolengriff seiner Maschinenpistole MP5K und ruckte kurz daran. Die kleine Waffe löste sich von ihrem Halfter, und im nächsten Augenblick hielt der ehemalige Marineinfanterist sie mit ausgeklappter Schulterstütze in den Händen. Sekunden später hatte er einen Schalldämpfer aus einer Jackentasche gezogen und aufgeschraubt.

»Was wollen Sie damit, Arschloch?«, fragte Long höhnisch. »Uns erschießen?«

»Ja, Sir«, antwortete Wohl grinsend. Zur Verblüffung der drei Offiziere senkte er den Lauf der MP5K, drückte ab und traf John Long aus sechs bis sieben Metern Entfernung mit einem Schuss in die Brust.

»Jesus! Sind Sie verrückt!«, kreischte Rebecca entsetzt. Long griff sich an die Brust und torkelte mit starrem Blick rückwärts. Er brach so schnell zusammen, dass Rinc und Rebecca Mühe hatten, seinen Sturz zu mildern. Wider Erwarten sahen sie kein Blut. Sie merkten schnell, dass er nicht tot war, denn er hatte kein Loch in der Brust – nur einen hellbraunen Staubfleck auf seinem Uniformhemd. Aber während die beiden sich um ihn bemühten, verdrehte Long die Augen und wurde bewusstlos. »Womit haben Sie auf ihn geschossen, verdammt noch mal?«

»Mit einem sehr milden Nervengift in Form einer Kristallnadel«, erklärte Hal Briggs ihnen. »Die Nadel ist nicht dicker als ein Menschenhaar und kann mehre Schichten Kleidung durchdringen – wie eine Kugel, aber ohne das entsprechende Wundtrauma. Sie besteht aus einem kristallinen Nervengift, das alle willkürlichen Bewegungsabläufe lähmt. Er kann atmen, blinzeln, sein Herz arbeitet normal weiter – er kann sich nur nicht bewegen. So bleibt er mindestens eine Stunde lang außer Gefecht.«

»Seid ihr alle verrückt?«, rief Rebecca aus, während sie Puls und Atmung kontrollierte. Beide waren normal, aber Long war in tiefe Bewusstlosigkeit gesunken. Er schien nicht nur zu schlafen, sondern war völlig schlaff, sodass seine Muskeln sich wie halb volle Wasserballons anfühlten. Das machte Rebecca noch wütender. »Sie können uns hier nicht wie Kriminelle rausschleppen ...«

»Das können und werden wir tun«, unterbrach Briggs sie gelassen. »Beziehungsweise werden Sie und Major Seaver ihn zu dem unten wartenden Fahrzeug schleppen, das uns zu unserem wartenden Jet hinausbringt, der uns zur Elliott Air Force Base bringt. Machen Sie Gunnery Sergeant weitere Schwierigkeiten, lähmt er auch Sie, bevor seine Männer und er Sie irgendwie zu unserem Bus runterschleppen.«

»Als ihr eingewilligt habt, diese Armbänder zu tragen, Leute, habt ihr euch damit einverstanden erklärt, zu Dreamland und dem HAWC zu gehören, solange sie bestehen und solange ihr existiert!«, sagte Dave Luger. »Ich weiß, dass General McLanahan euch das vor der ersten Landung bei uns erklärt hat. Bei uns gibt's keine Besucher – so wenig wie Abkommandierungen aus oder nach Dreamland.«

»Genau wie im ›Hotel California‹, Jungs, bloß umgekehrt«, fügte Hal breit grinsend hinzu. »Gehen könnt ihr jederzeit, aber ihr könnt nie auschecken.«

»Das ist doch lächerlich!«, explodierte Rebecca Furness. »Sie wollen uns nach Dreamland mitnehmen? Sofort? Ohne Befehl, ohne Vorbereitungen, ohne Vorwarnung? Was ist mit unserem Leben, unseren Familien, unseren Karrieren?«

»Sie sind alle drei dienstverpflichtet worden«, antwortete Dave. »Major Seaver hat seinen Partnern mitgeteilt, er mache für längere Zeit Urlaub – tatsächlich sind wir so frei gewesen, sie in seinem Namen zu benachrichtigen. Oberstleutnant Furness, Sie und Oberstleutnant Long sind nach wie vor in der Nevada Air National Guard, auch wenn Ihre Staffel außer Dienst gestellt worden ist. General Bretoff hat Ihrer Abkommandierung nach Dreamland zugestimmt. Wir sorgen dafür, dass jemand sich um Ihr Haus oder Ihre Wohnung kümmert, die Rechnungen bezahlt und Ihren Hund füttert.«

»Was verdammt lästig ist«, fügte Briggs hinzu. »Wie kann man bloß so dämlich sein, als lediger Soldat Haustiere zu halten? Wer hätte sich um sie gekümmert, wenn die Staffel im Einsatz verlegt worden wäre? Schämen Sie sich! Oberstleutnant Long braucht wirklich eine strenge Belehrung über Haustierhaltung.«

»Später, Hal«, wehrte Luger ab. »Sonst noch irgendwelche Klagen, Leute? Hebt sie euch fürs Flugzeug auf, falls ihr noch welche habt. Packt jetzt an und seht zu, dass ihr Long runterschafft.« Der große, bösartig wirkende Gunnery Sergeant, der am Koppel Reservemagazine mit richtiger Munition trug, beaufsichtigte Longs Abtransport über die Treppe in den Hangar hinunter.

Unten stand ein dunkelblauer Kleinbus mit undurchsichtigen Scheiben, in dem Annie Dewey wartete. Sie machte sorgenvoll runde Augen, während sie beobachtete, wie Long in den Bus getragen wurde. »Was ist Long Dong zugestoßen?«, fragte sie beunruhigt.

»Er hat seine große Klappe nicht halten können«, erklärte Rinc ihr.

Wenig später setzte der Bus sie auf der anderen Seite des Reno-Tahoe International Airports vor einem Hangar ab, in dem ein von zwei Männern in Zivil bewachtes Geschäftsreiseflugzeug Gulfstream IV stand. Sie bestiegen die Maschine, ohne von Neugierigen beobachtet werden zu können; dann wurde die Gulfstream IV ins Freie gezogen, rollte zum Start, raste die Startbahn entlang und hob ab. Keine halbe Stunde später landete sie in Dreamland und rollte dort zu einer anderen Hangarreihe hinter den Hangars, in denen vermutlich die Bomber B-1B standen.

»Ich will sofort General McLanahan sprechen«, verlangte Rebecca. »Dass er uns diese Mikrochips hat einpflanzen lassen, gibt ihm noch lange kein Recht, uns aus Reno zu entführen und hierher zu verschleppen.«

»Bitte sehr«, sagte Dave Luger gelassen.

»Was?«

»Also los, reden Sie mit ihm.«

»Wie?«

»Sie wissen doch, dass Sie verdrahtet sind«, erklärte Dave ihr. »Wir können alles hören, was Sie sagen. Der Mikrochip ist nicht nur ein Sender für physiologische Daten und GPS-Koordinaten, sondern empfängt und sendet auch wie ein Funkgerät.«

»Er kann alles mithören, was ich sage?«

»Versuchen Sie's selbst. Sagen Sie, wer Sie sind und mit wem Sie sprechen möchten.«

Rebecca sah zu Rinc und Annie hinüber, dann zuckte sie mit den Schultern und sagte laut: »Oberstleutnant Furness für General McLanahan. Bitte melden.« Keine Antwort. Als Dave Luger ihr zunickte, versuchte sie es erneut: »General McLanahan?«

»Hier Patrick, Rebecca. Freut mich, dass Sie wieder bei uns sind.«

»Ein Computer analysiert Ihre Anfrage, ruft den anderen Teilnehmer und stellt die Verbindung her – das dauert manchmal ein paar Sekunden«, warf Dave ein.

»Wie kann ich ihn ohne Kopfhörer, ohne Lautsprecher hören?«

»Das ist etwas kompliziert, aber der Mikrochip liest und übersetzt Nervenimpulse, die mit Hören und Sprechen zusammenhängen«, erklärte Patrick ihr. »Wenn wir sagen, dass Sie jetzt verdrahtet sind, meinen wir das ernst. Auf sehr rudimentärer, aber sehr realer Ebene können wir sogar Ihre Gedanken lesen.«

Rebecca schluckte erstaunt – diese Vorstellung war zu abwegig, um sofort verständlich zu sein. »Können meine Leute an unserem Gespräch teilnehmen?«, fragte sie.

»Klar«, sagte Patrick. »Bitte Major Seaver und Hauptmann Dewey mit General McLanahan verbinden.« Er wartete einen Augenblick, bevor er fragte: »Könnt ihr mich alle gut hören, Leute?«

Ihre verblüfften Mienen waren Antwort genug. »Verdammt!«, rief Rinc aus. »Echt unglaublich!«

»Ich denke, dass das ›ja‹ heißen soll«, fuhr Patrick fort. »Alle mal herhören, Leute. Wir haben keine Zeit zu verlieren. Sie erhalten heute und morgen eine gründliche Einweisung. Übermorgen verlegen Sie.«

»Verlegen? Wohin?«

»Ihre B-1B werden gegenwärtig umgerüstet und verbessert«, sagte Patrick, ohne auf die Frage einzugehen. »Wir arbeiten Tag und Nacht, damit sie rechtzeitig fertig werden.«

»Wo sind Sie, Sir?«, fragte Dewey.

»Das darf ich Ihnen vorerst nicht sagen«, antwortete Patrick ausweichend. »Sobald Sie unterwegs sind, werden Sie eingehend informiert. Bis dahin …«

»Hören Sie, General«, unterbrach Rebecca ihn. »Ich wollte mit Ihnen über die rüden Methoden Ihrer Leute sprechen. Mir gefällt nicht, dass Ihre Männer bei mir reingeplatzt sind, und mir gefällt erst recht nicht, dass Ihre Kommandos meine Jungs mit Nervengas außer Gefecht setzen. Ich verlange eine Erklärung! Sie können uns drohen, wie Sie wollen, aber Sie können uns nicht dazu zwingen, mit unseren Maschinen irgendwelche Einsätze für Sie zu fliegen.«

»Verstanden«, sagte Patrick. »Bitte Oberstleutnant Briggs und Oberstleutnant Luger zuschalten ... Dave, Hal, könnt ihr die Besatzung zum Hangar Foxtrott begleiten? Natürlich auch wieder durch die Schleuse.«

»Wird gemacht«, bestätigte Luger. »Alle bitte mitkommen.« Er führte die drei Offiziere der Air Guard zu einem bereitstehenden Van – Long war noch immer bewusstlos, wurde jetzt aber von einem Sanitäter überwacht, während die Wirkung des Nervengifts abklang –, der sie in wenigen Minuten zu den Hangars brachte, in denen die Bomber B-1B der Nevada Air National Guard standen. Wie bei ihrer ersten Ankunft mussten sie vielfältige Kontrollen passieren, zu denen Handabdruck- und Irisdiagnose und eine Röntgenschleuse gehörten, die implantierte Abhörmikrofone, Waffen oder Mini-Recorder aufspüren sollte.

»Lauter Scheiß«, murmelte Rebecca, »bloß damit wir unsere eigenen Flugzeuge sehen dürfen.«

»Das sind jetzt *unsere* Flugzeuge«, hörte sie Patrick in ihrem Kopf sagen.

»Sind Sie das, General McLanahan?«, fragte Rebecca, die vor der scheinbar aus dem Nichts kommenden Stimme erschrak. »Hören Sie mir noch immer zu, General?«

»Die Verbindung besteht, bis Sie sie trennen«, erklärte Patrick ihr. »Die Bomber stehen im Hangar am Ende des Korridors vor Ihnen. Dort warten mehrere Ingenieure und Techniker, um Ihnen die Modifikationen zu erläutern.«

»Wieso sind das jetzt *Ihre* Flugzeuge?«

»Gouverneur Gunnison und General Bretoff haben uns die Maschinen unbegrenzt lange zur Verfügung gestellt«, antwortete Dave Luger. »Tatsächlich bauen wir sie um, seit Ihre Staffel bei der

Einsatz-Zertifizierung durchgefallen ist. Sie müssen sofort lernen, wie man sie nach dem Umbau fliegt. Ihre ersten Kampfeinsätze beginnen übermorgen.«

»Sie setzen weiterhin voraus, dass wir mitmachen wollen«, wandte Rebecca ein. »Wenn ich daran denke, wie wir heute Morgen behandelt worden sind und wie wenig Unterstützung wir von Ihnen und Ihrer Organisation erhalten haben, stimme ich dafür, Ihnen zu sagen, Sie sollen sich zum Teufel scheren.«

»Ich würde es bedauern, Sie zu verlieren, aber wenn Sie nach unserer kleinen Besichtigungstour nicht mitmachen wollen, nehme ich Ihnen die Armbänder ab und schicke Sie nach Hause«, sagte Patricks körperlose Stimme in ihren Köpfen. »Der Chip müsste herausoperiert werden, aber ich verspreche Ihnen, dass er ohne die Armbänder völlig passiv und hundertprozentig sicher ist. Ich trage meinen seit vielen Jahren. Abgemacht?«

Rebecca, die weiter skeptisch wirkte, gab keine Antwort, sondern trat an einen Schaukasten an der Wand, der ihre Aufmerksamkeit erregte. Er enthielt Fotos, Andenken, Luftfahrtkarten und weitere Erinnerungsstücke, darunter auch das Steuerhorn einer B-52. Rinc und Annie begutachteten die Ausstellungsstücke ebenfalls.

Was Rebecca Furness' Aufmerksamkeit am meisten fesselte, war die große WAC-Luftfahrtkarte und eine bemerkenswerte Bleistiftkopie eines Vordrucks 200, des alten zweiseitigen SAC-Flugplanvordrucks, der den Flug eines Bombers B-52 von Dreamland nach Kawasnja in der Sowjetunion mit Zwischenlandung in Anadyr an der Beringstraße beschrieb. Auf der Karte waren dreieckige Positionsmarken eingezeichnet, neben denen Zeit, Kurs, Geschwindigkeit über Grund, Wind oder Abdrift angegeben waren. Der Vordruck 200 trug ein Datum aus dem Jahr 1988, war sehr sorgfältig ausgefüllt und enthielt sogar die errechneten Kurse, als habe jemand versucht, den Standardvordruck aus dem Gedächtnis genau wiederzugeben.

Rebecca blieb vor Staunen der Mund offen stehen, als sie die Namen der Besatzungsmitglieder auf diesem Flugplan las: Brad Elliott, Pilot; John Ormack, Kopilot; Patrick McLanahan, Radarnavigator; David Luger, Navigator; Wendy Tork, EMC-Offizier; und

Angelina Pereira, Bombenschütze. Die meisten dieser Namen waren in der U.S. Air Force Legenden – in aller Welt bekannte Piloten, Ingenieure oder Waffenkonstrukteure. Und hier waren sie auf diesem geheimnisvollen, mit der Hand gezeichneten Flugplan vereinigt!

»Kawasnja – das war die sibirische Laserstellung zur Satellitenbekämpfung, nicht wahr?«, fragte Rebecca. »Die durch einen Unfall zerstört wurde? Die Russen haben behauptet, wir hätten sie bombardiert, aber nach allgemeiner Überzeugung ist ihr Reaktor hochgegangen.« Sie starrte Luger verblüfft an. »Sie … *Sie haben sie bombardiert?*«

»Mit 'ner gottverdammten B-52«, sagte Rinc atemlos. »Hier ist ein Foto von ihr … Ich *glaube,* dass das eine B-52 mit spitzem Bug und Stealthjägerheck ist. Und das hier muss ein Steuerhorn aus dem Cockpit sein. Sie sind auf dem Höhepunkt des Kalten Kriegs mit einem Bomber B-52 tief in die Sowjetunion hinein vorgestoßen und haben ihre wichtigste geheime Militäreinrichtung bombardiert?«

»Wie ich höre, haben Sie unsere kleine Ausstellung entdeckt«, sagte Patrick. »Seien Sie vorsichtig mit Ihren Fragen – dadurch können Sie tiefer und tiefer in den Mysterien von Dreamland versinken, und wer einmal drinnen ist, kann nie wieder hinaus.

Wir können diese Besichtigungstour sofort beenden. Dann zeigt Oberstleutnant Luger Ihnen nicht, was in den Hangars steht. Sie haben mehr gesehen, als diejenigen zu sehen bekommen, die nicht an diesem Programm beteiligt sind, und Sie sind die ersten Air-Guard-Offiziere, die jemals einen Fuß nach Dreamland gesetzt haben. Aber sobald Sie dort hineingehen, kann ich Sie nicht wieder in die Freiheit entlassen. Die Armbänder bleiben lebenslänglich dran. Sie können vielleicht wieder ein fast normales Leben in der Air Guard führen, aber es wird immer durch die hier gültigen Sicherheitsmaßnahmen beschränkt sein. Sobald Sie durch die Tür vor Ihnen treten, hört sie *immer* irgendjemand ab.«

»Ich … ich weiß nicht recht, ob ich das will«, murmelte Annie Dewey. Sie spielte geistesabwesend mit ihrem Armband und rieb sich dann die Stelle, wo der Mikrochip implantiert worden war.

»Ich weiß nicht, ob ich mir diese Störung meines Privatlebens antun will.«

»Sie ist sich und mir gegenüber ehrlich«, stellte Patrick fest. »Das möchte ich Ihnen allen dringend empfehlen. Wie General Samson schon gesagt hat, ist Ihr zukünftiges Leben beschissen. Vielleicht dürfen Sie nach Reno zurück und weiter bei der Nevada Guard fliegen, aber der Große Bruder beobachtet Sie trotzdem. Sie werden ständig überwacht – nicht nur Sie, sondern auch Ihre Angehörigen, Ihre Freunde, Ihre Kollegen und jeder andere, der Kontakt mit Ihnen hat. Aber dafür haben Sie an etwas teil, das außergewöhnlich, aufregend und fast mystisch ist. Wir dürfen die heißesten Jets fliegen, die heißesten Waffen erproben. Wir marschieren hier nicht an der Spitze des Fortschritts, sondern sind ihm schon eine bis zwei Generationen *voraus.*«

Er machte eine nachdenkliche Pause, dann fügte er ruhig hinzu: »Vielleicht retten Sie ein paar Menschenleben; vielleicht müssen Sie miterleben, wie Ihre Freunde eines grässlichen Todes sterben. Vielleicht können Sie die Welt davor bewahren, in Flammen aufzugehen; vielleicht sind Sie gezwungen, illegale oder unmoralische Dinge zu tun, weil die Folgen eines Scheiterns zu schrecklich wären, und hassen dann die Welt, in der Sie leben, weil Sie sie ruiniert haben. Vielleicht helfen Sie mit, Geschichte zu schreiben; vielleicht sterben Sie allein und in einem Gefecht, das aus amerikanischer Sicht nie stattgefunden hat. Haben Sie Glück, werden Ihre sterblichen Überreste geborgen und auf einem Wüstenfriedhof beigesetzt, den niemals jemand besucht, weil er offiziell nicht existiert. Aber im Normalfall hören *Sie* einfach auf, zu existieren.«

Während sie der körperlosen Stimme in ihren Köpfen zuhörten, wechselten Furness, Seaver und Dewey Blicke, aus denen Überraschung und Traurigkeit sprach. Sie hatten das Gefühl, in eine finstere Höhle zu starren und darüber nachzudenken, ob sie sich hineinwagen sollten. Die einfache Tür am Ende des Korridors erschien ihnen wie ein Portal zu einer anderen Welt. Die drei Offiziere starrten einander an und versuchten, einen Entschluss zu fassen. Diesmal würde Rebecca ihnen die Entscheidung nicht abnehmen können.

Schließlich zuckte Rinc Seaver mit den Schultern. »Mein Gott,

General«, sagte er, »wie sollen wir nein sagen, wenn Sie die Sache so darstellen? Ich bin dabei.«

»Hol's der Teufel – ich auch!«, sagte Rebecca. Zu ihrer Erleichterung hatte Rinc Seaver sich zuerst gemeldet – sie hatte schon befürchtet, sein Kampfwille habe darunter gelitten, dass er ihr seine Schwäche bekannt hatte. Sie atmete auf, weil er wieder ganz der Alte zu sein schien.

»Ich mache auch mit«, sagte John Long. Während sie dagestanden und über ihre Zukunft nachgedacht hatten, war er von Hal Briggs begleitet lautlos in den Korridor gekommen. Jetzt funkelte er Seaver an. »Aber nur, wenn ich nicht mit diesem Scheißkerl fliegen muss.«

»Mir nur recht«, sagte Rinc sofort.

»Keinen Streit an diesem Ort!«, knurrte Patrick, der in dem fast 3000 Meilen entfernten Besprechungsraum aufgesprungen war, mit blitzenden Augen und angespannten Nackenmuskeln. »Wagen Sie nicht einmal, in diesem Korridor ihre verdammten *Stimmen* zu erheben, sonst komme ich zurück und jage Sie beide mit Fußtritten in die Wüste hinaus! Dieser Ort ist heilig wie eine Kirche. Der Fußboden, auf dem Sie stehen, ist geheiligter Boden. Das haben Sie zu respektieren, verdammt noch mal! Ist das klar? *Haben Sie verstanden?«*

»Ja, Sir«, murmelte Long.

»Ja, Sir«, sagte Rinc. »Entschuldigung, Sir.«

»Sie fliegen beide, mit wem *wir* Sie einteilen«, stellte Patrick fest. »Ich denke, es wird Zeit, ein paar Unklarheiten zu beseitigen. Oberstleutnant Long, der Unfall war nicht Seavers Schuld. Er hat sein Möglichstes getan. Er ist ein guter Pilot. Lassen Sie ihn seine Arbeit tun. Seaver, Sie jagen Gespenster, die nicht gejagt zu werden verdienen. Sie müssen sich angewöhnen, sich vor jedem Start ganz auf Ihre Besatzung und Ihren Auftrag zu konzentrieren. Sie glauben, etwas beweisen zu müssen. Das müssen Sie nicht. Sie müssen nur Ihre Arbeit tun und Ihre Teamkameraden unterstützen. Allein *das* ist wichtig. Hören Sie auf, sich den Kopf darüber zu zerbrechen, was andere denken oder fühlen. Damit machen Sie sich das Leben nur noch schwerer, als es in Dreamland ohnehin ist. Haben Sie verstanden?«

»Ja, Sir«, antworteten Long und Seaver eingeschüchtert.

»Hauptmann Dewey? Machen Sie auch mit? Sie können hinausgehen und darüber nachdenken, Tom oder Ihre Eltern anrufen, wenn Sie wollen.«

»Sie wissen also von Tom, Sir?«, fragte Annie, als spreche sie mit einem unsichtbaren Freund.

»Hey, für einen städtischen Möchtegern-Cowboy ist er ein ganz netter Kerl«, warf Hal Briggs ein.

»Großer Gott, Heels, wir haben natürlich auch von ihm gewusst – und keine Spitzel oder Abhörmikrofone gebraucht, um das rauszukriegen«, erklärte Rebecca ihr lächelnd. »Er sieht super aus, aber unter seinen tollen Locken steckt verdammt wenig Gehirn. Bleiben Sie bei uns. Wenn wir zusammenhalten, kann uns nichts passieren.«

Annie Dewey gab sich einen Ruck. »Ich bin dabei«, sagte sie entschlossen.

»Sehr gut«, meinte Patrick zufrieden. »Oberstleutnant Luger, führen Sie die neuen Megafortress-Besatzungen bitte in Hangar eins.« Er stellte sich die Fotos, Luftfahrtkarten und sonstigen Erinnerungsstücke in dem Schaukasten vor, berührte Brad Elliots Bild flüchtig mit den Fingerspitzen und begrüßte sein neues Luftkampfteam dann aus 3000 Meilen Entfernung mit hochgereckten Daumen. »Seht euch jetzt eure neuen Flugzeuge an, Aces.«

7

Verteidigungsministerium,
Seoul, Vereinigte Republik Korea
(einige Tage später)

»Meldungen aus der Provinz Chagang Do, Herr Minister«, berichtete Generalstabschef An Ki-sok, als er den Telefonhörer auflegte. Er war im Dienstzimmer von Verteidigungsminister Kim Kun-mo, einem pensionierten General. »Unser Infanteriebataillon in Pjorbai wird angegriffen. Mindestens zwei, möglicherweise drei Bataillone Infanterie sind mit Panzerunterstützung über die Grenze vorgestoßen. Kanggje ist bereits eingeschlossen, und chinesische Truppen dringen in die Stadt vor. Die Verbindung ist vor zehn Minuten abgerissen – unser Militärlager Pjorbai kann bereits überrannt sein.«

»Eine chinesische Invasion?«, rief General Kim aus. »So *schnell?*«

»Ja, Herr Minister«, bestätigte General An. »Unsere Aufklärungsflüge ergeben folgendes Bild: mindestens ein Bataillon Infanterie und zwei Bataillone Panzer greifen Kanggje an; drei, vielleicht vier weitere Bataillone Panzer und zwei Bataillone Infanterie stoßen aus J'an und Waichagoumen nach Süden vor. Hauptsächlich leichte Panzerverbände und schnell bewegliche motorisierte Infanterie, die aber durch starke Fliegerkräfte, Kampfhubschrauber und schwere Panzer unterstützt werden.«

»Halten Sie es für möglich, dass die Chinesen kommunistischen Rebellen innerhalb Koreas zur Hilfe kommen wollen?«, fragte Kim. »Vielleicht ist dieser Vorstoß zeitlich mit den beiden Raketenstarts abgestimmt, die letzte Nacht über der Provinz Hwanghae zur Selbstzerstörung der von den Rebellen abgeschossenen Raketen geführt haben.«

»Durchaus möglich«, bestätigte An. »Kim Jong-il schwingt von Peking aus immer bombastischere Reden. Er hat den Rebellen zum Abschuss ihrer Raketen gratuliert und jedem, der gegen uns kämpft, chinesische Hilfe versprochen. Wollte er mit Unterstützung Chinas eine Gegenoffensive beginnen, wäre die Provinz Chagang Do der beste Ausgangspunkt dafür.«

»Sie haben es auf die Waffenlabors abgesehen«, stellte Kim fest, während er nach dem Hörer des Telefons griff, das ihn direkt mit dem Blauen Haus, dem Präsidentenpalast in Seoul, verband. »Besetzen sie diese Einrichtungen, erbeuten sie große Mengen ABC-Waffen und machen uns die Entwicklung weiterer Waffen dieser Art unmöglich.«

»Das dürfen wir nicht zulassen!«, sagte An nachdrücklich. »Wir haben zu schwer gekämpft, um uns alles so schnell wieder entreißen zu lassen! Wir müssen handeln! Wir ...«

»Präsident Kwon«, meldete der Präsident der Vereinigten Republik Korea sich am Telefon.

Kim hob eine Hand, um den Generalstabschef zum Schweigen zu bringen. »Herr Präsident, hier General Kim. Ich rufe aus dem Verteidigungsministerium an. Soeben wird gemeldet, dass chinesische Truppen in die Provinz Chagang Do einmarschiert sind. Sie scheinen Kanggje eingenommen zu haben.«

»Was? Chinesische Truppen? Wie viele? Wo?«

»Offenbar sind zwei Brigaden nach Kanggje vorgestoßen und haben das Militärlager Pjorbai eingenommen«, berichtete Kim. »Die Verbindung zur Provinz ist seit einer Viertelstunde abgerissen.« Der Verteidigungsminister überflog eine Meldung, die ein Offizier ihm hinlegte, schluckte trocken und sprach weiter: »Herr Präsident, Aufklärungsflüge zeigen massive chinesische Vorstöße über die Grenze. Außer den schätzungsweise zwei Brigaden, die Kanggje eingenommen haben, überschreiten weitere zwei Brigaden mit starker Luftunterstützung die Grenze. Von unserem in Pjorbai stationierten Siebten Bataillon kommt keine Meldung mehr – anscheinend ist es von den Chinesen überrannt worden.«

»Ist die Hauptstoßrichtung der Angreifer schon zu erkennen?«, fragte der Präsident. »Worauf können sie es abgesehen haben?«

Er machte eine kurze Pause, dann fragte er leise: »Auf die Forschungsstätten? Auf die Waffenlabors?«

»Vermutlich, Herr Präsident«, bestätigte Kim. »Wir müssen um jeden Preis verhindern, dass die Chinesen Kanggje und die Waffenlabors einnehmen. Bekommen kommunistische Rebellen ABC-Waffen in die Hände und können sie gegen uns einsetzen, könnten die Verluste unvorstellbar hoch sein. Aber wir dürfen die Waffenlabors nicht opfern. Mit Bomben oder Granaten würden wir sie beschädigen oder zerstören – oder die Chinesen würden uns das Zerstörungswerk abnehmen.« Nun herrschte sekundenlang Schweigen, bis Kim in strengem Tonfall halblaut sagte: »Jetzt ist der Augenblick gekommen, eine Waffe einzusetzen, die den Feind tötet, ohne Gebäude oder Einrichtungen zu beschädigen.«

»Wovon reden Sie überhaupt, Kim?«

»Von einem Schlag mit subatomaren oder chemischen Waffen gegen die Chinesen, Herr Präsident«, antwortete der Verteidigungsminister. »Genau dafür sind diese Waffen gedacht, genau dafür hat Nordkorea sie in seinem Arsenal gehabt – um uns vernichten zu können, ohne unsere Städte, unsere Fabriken, unsere militärische und zivile Infrastruktur zu zerstören. Uns bleibt keine andere Wahl, Herr Präsident. Verlieren wir die Provinz Chagang Do mit sämtlichen militärischen Einrichtungen an die Chinesen und die kommunistischen Rebellen, sind letztlich alle unsere Städte gefährdet.«

»Ich bin nicht davon überzeugt, dass ein solcher Angriff notwendig ist, General.«

»Und ich halte ihn für notwendiger denn je, Herr Präsident«, sagte Kim nachdrücklich. »Wir haben nicht sicher gewusst, ob die Chinesen Seoul und Pusan angegriffen haben – diesmal steht fest, dass sie über die Grenze vorgestoßen sind. Sie haben unsere Flugzeuge angegriffen und unsere Vorposten überrannt; sie versuchen offenbar, unsere Waffenlabors einzunehmen. Das dürfen wir nicht zulassen! Aber unsere Forschungseinrichtungen müssen intakt bleiben. Das ist nur durch den Einsatz von Spezialwaffen zu erreichen.

Die Wirkung von Angriffen mit chemischen Waffen oder Neutronenwaffen bleibt auf ein sehr kleines Gebiet beschränkt«, fuhr

Kim fort. »Das Nervengas Vx ist hoch wirksam, aber es zersetzt sich rasch, was bedeutet, dass unsere Truppen schon nach wenigen Tagen ungefährdet ins Zielgebiet einrücken können. Subatomare Waffen entwickeln im Umkreis von einigen hundert Metern um den Nullpunkt große Zerstörungskraft, aber außerhalb dieses Gebiets treten praktisch keine Sachschäden auf. Sie wirken im Umkreis von drei Kilometern tödlich und rufen im Umkreis von sechs Kilometern Verletzungen hervor, ohne Gebäude und Anlagen zu beschädigen. Wir können …«

»Ich kann nicht glauben, dass wir überhaupt darüber diskutieren!«, rief Präsident Kwon. »Das ist verrückt! Das ist Wahnsinn!«

»Herr Präsident, die Chinesen haben gewusst, welchen Gefahren sie sich durch diese Invasion aussetzen«, sagte Kim. »Schlagen wir nicht sofort mit geballter Kraft zurück, riskieren wir, dass die Chinesen unsere Forschungsstätten, die Provinz Chagang Do und danach vielleicht ganz Korea erobern. Was haben Sie also vor, Herr Präsident?«

Präsident Kim zögerte. »Welche Meldungen liegen von unseren Truppen in Kanggje vor?«, fragte er. »Sind sie gefangen genommen? Gefallen? Welchen Umfang hat der chinesische Vorstoß?«

»Aus Kanggje kommen weiterhin keine Meldungen«, berichtete Kim, »aber unsere Luftaufklärung zeigt, dass starke chinesische Infanterie- und Panzerverbände an vielen Stellen die Grenze überschreiten. Je länger wir warten, Herr Präsident, desto schwieriger wird es, die Angreifer zurückzuschlagen.«

Der Verteidigungsminister hörte Kwon laut fluchend mit der Faust auf seinen Schreibtisch schlagen, während er versuchte, Ordnung in das Chaos aus Ängsten und Emotionen in seinem Inneren zu bringen. Der Angriff auf Pusan hatte ihn dazu gezwungen, schwere Vergeltungsschläge gegen die chinesischen Verbände im Raum Changbai zu genehmigen – aber dieser Fall lag anders, völlig anders.

»Ich … darüber muss ich erst nachdenken«, murmelte Kwon unbehaglich. »Ich brauche mehr Informationen. Rufen Sie mich an, sobald Sie mehr über den Status unserer Truppen im Raum Kanggje wissen und genauere Angaben über die chinesischen Invasionstruppen in Chagang Do haben.« Er legte auf, bevor Kim etwas hinzufügen konnte.

»Verdammter Feigling!«, fluchte Kim, als er den Hörer auf die Gabel knallte. »Wir haben gewaltig viel riskiert, um die Halbinsel wieder zu vereinigen; wir besitzen die Mittel, um sie zu halten oder jeden zurückzuschlagen, der sie uns wegnehmen will – aber jetzt reagiert Kwon zögerlich und ängstlich. Ausgerechnet jetzt bekommt er kalte Füße!« Er stand auf und ging vor seinem Schreibtisch auf und ab. »Lässt Kwon zu, dass die chinesische Volksbefreiungsarmee sich in Chagang Do festsetzt«, sagte er zu General An, »wäre es nach dem Abzug fast aller US-Truppen nur noch eine Frage der Zeit, wann sie die gesamte Halbinsel kontrollieren würden.«

»Erkennt er nicht, in welch gefährlicher Lage wir uns befinden?«, fragte An rhetorisch. »Die beiden letzte Nacht abgebrochenen Raketenstarts, die unbestätigten Meldungen über einen Bomber über Mittelkorea und jetzt Flugzeuge und Panzer südlich der Grenze – das alles weist eindeutig auf eine beginnende chinesische Invasion hin.« Er sah zu Kim hinüber, dann sagte er: »Herr Minister, vielleicht würde es sich lohnen, den Ministerpräsidenten und den Außenminister aufzusuchen. Vielleicht können wir sie davon überzeugen, wie wichtig es ist, sofort zu handeln.«

Kim blieb stehen und starrte den Generalstabschef prüfend an. »Interessant«, sagte er nach einer nachdenklichen Pause. »Und was ist, wenn die beiden mit uns übereinstimmen, General? Wenn sie wie wir der Ansicht sind, dass ein kraftvoller Gegenschlag geführt werden muss?«

»Dann … dann sollten wir handeln«, antwortete An. Was er sagte, klang freimütig, aber doch nüchtern – nur sein Blick verriet mehr Engagement, weit mehr Elan. »Wir sollten tun, was zum Schutz der Republik erforderlich ist.«

»Und was ist mit Präsident Kwon?«

»Der Präsident ist ein wahrer Patriot, ein wahrer Visionär, die Verkörperung des Geistes des koreanischen Volkes«, sagte An. »Ich bewundere diesen Mann, der die Revolution gelenkt und die lange ersehnte Wiedervereinigung verwirklicht hat. Aber wenn es ihm an Kampfgeist mangelt, sollte er bereit sein, zur Seite zu treten, damit an seiner Stelle die Krieger über das Schicksal der Vereinigten Republik Korea entscheiden können.«

»Man merkt, dass Ihre Worte von Herzen kommen, General«, stellte Kim fest. »Ich stimme völlig mit Ihnen überein. Aber was ist, wenn er nicht beiseite treten will?«

»Dann«, sagte An einfach, als spreche er von einer offenkundigen Tatsache, »sind wir durch unseren Eid verpflichtet, den Befehl zu übernehmen.«

Oval Office im Weißen Haus;
Washington, D.C.
(einige Stunden später)

»Dieser Invasion ging keine Provokation voraus, sie ist völlig ungerechtfertigt und könnte einen weltweiten Atomkrieg auslösen!«, donnerte der Präsident der Vereinigten Staaten. Bei ihm im Oval Office waren Sicherheitsberater Freeman, Verteidigungsminister Chastain, der Vorsitzende der Vereinten Stabschefs Balboa und Vizepräsidentin Whiting. Er sprach mit Zhou Chang-li, dem chinesischen Botschafter in Washington. »Wir können von Glück sagen, dass Präsident Kwon keinen Gegenangriff befohlen hat.«

»In der Tat«, antwortete Botschafter Zhou. Der Diplomat – mit 61 Jahren recht jung für einen Führungsposten im chinesischen diplomatischen Dienst – wirkte geistesabwesend und gelangweilt. »Der hätte das endgültige Aus für die Vereinigte Republik Korea bedeutet, denke ich.«

»War das scherzhaft gemeint, Herr Botschafter?«

»Nein, Sir. Ich habe nur eine Tatsache festgestellt«, erwiderte Zhou gleichmütig. »Die illegale Regierung der Republik Korea hat ein Abkommen über den Abzug ausländischer Streitkräfte unterzeichnet. Dazu gehörte, dass unsere Truppen nicht aufgehalten oder durchsucht werden durften. Dagegen hat Korea verstoßen. Zweitens war vereinbart, es dürfe keine weiteren Feindseligkeiten geben. Korea hat auch dieses Abkommen gebrochen und …«

»Korea hat geglaubt, es sei von China angegriffen worden«,

warf Philip Freeman ein. »Das war ein tragischer Irrtum – aber eben nur ein Irrtum, kein bewusster Akt der Aggression.«

»Das sehen wir bei allem Respekt anders, General Freeman«, sagte Zhou. »Kwon hat unsere Truppen überfallen lassen, um seine Macht zu demonstrieren. Er hat genau gewusst, dass die angegriffenen Verbände keine ballistischen Raketen besaßen – unsere Raketentruppen, selbst die mobilen Einheiten, stehen weit hinter der Grenze. Er nimmt wenig Rücksicht auf Menschenleben. Sein Überfall war eine abscheuliche Tat, für die er bestraft zu werden verdient.«

Martindale schüttelte den Kopf. »›Doppeltes Unrecht ergibt kein Recht‹, besagt ein altes Sprichwort, Herr Botschafter«, antwortete er. »Ich rede von Kanggje, von der Provinz Chagang Do. Chinesische Soldaten sind an mehreren Stellen zu Zehntausenden über die koreanische Grenze vorgestoßen. Sie haben Teile dreier Provinzen besetzt und die Straßen- und Nachrichtenverbindungen zu drei koreanischen Großstädten unterbrochen. China scheint den Vereinigungsvertrag brechen und Korea besetzen oder vernichten zu wollen. Welche Rechtfertigung gibt es für das alles?«

»Wir machen uns natürlich Sorgen wegen etwaiger Vergeltungsmaßnahmen Südkoreas«, sagte Zhon, als liege diese Antwort auf der Hand. »Präsident Kwon und seine Berater sind offenbar geistesgestört. Er hat den bedauerlichen Raketenangriff nordkoreanischer Rebellen auf seine Großstädte als Entschuldigung für einen feigen Überfall auf friedliche chinesische Grenztruppen benutzt. Alle Welt weiß, dass dieser Raketenangriff völlig ungerechtfertigt war. Die Raketen, die seine Großstädte getroffen haben, sind nicht aus China gekommen. Trotzdem hat er einen Raketenangriff befohlen, der Tausende von Opfern, von denen die meisten in ihren Betten schliefen, gefordert hat. Das war eine unglaublich barbarische Tat, für die Kwon zur Rechenschaft gezogen werden muss! Wir sind verständlicherweise besorgt, er könnte als Nächstes unsere Zivilbevölkerung mit Raketen angreifen.«

»Deshalb haben Sie beschlossen, als Vergeltungsmaßnahme gleich drei koreanische Provinzen zu besetzen?«, fragte Verteidigungsminister Chastain. »Allein in der Provinz Chagang Do stehen bereits über fünfunddreißigtausend Mann, die mit jeder

Stunde über den Jalu hinweg weiter verstärkt werden. Das sieht nach einer Invasionsstreitmacht aus, Herr Botschafter, und ruft Erinnerungen an 1950 wach. Nach Ihren Angriffen auf die Philippinen und Taiwan, Sir, fürchtet die Welt natürlich, China könnte die gesamte Halbinsel erobern wollen. Ist diese Angst berechtigt?«

»In Korea stehen nur Sicherungstruppen, nicht mehr«, behauptete Botschafter Zhou. »Ehrlich gesagt, Sir, fürchten wir die Koreaner. Wir fürchten Präsident Kwon. Wir trauen ihm durchaus zu, in Nordostasien einen Atomkrieg zu entfesseln.«

»Unsinn!«, wehrte Chastain ab. »Kwon hat wiederholt versichert, er wünsche Frieden. Er will nur, dass Korea sich in Ruhe und ohne Einmischung von außen entwickeln kann.«

»Und er ist bereit, dafür das Leben von Millionen Unbeteiligter zu riskieren?«, fragte Zhou. »Mr. President, was würden Sie an unserer Stelle tun? Würden Sie etwa untätig zusehen, wenn in Ihrem Hinterhof über Nacht eine unberechenbare Atommacht entstünde? Oder würden Sie um jeden Preis um Frieden kämpfen? Wir haben uns dafür entschieden, um Frieden zu kämpfen.«

»Indem Sie einen souveränen Staat überfallen?«

»In der Provinz Chagang Do war bekanntlich die nordkoreanische ABC-Waffenentwicklung konzentriert, und dort haben auch die meisten Raketenversuche stattgefunden«, sagte Botschafter Zhou. »In der Provinz stehen neun Rüstungsbetriebe, mehrere Raketentestgelände, vier Abschussrampen für Interkontinentalraketen und drei Kernreaktoren, von denen jeder waffenfähiges Plutonium erzeugen kann. Außerdem gibt es dort einen riesigen unterirdischen Komplex mit Waffenlabors, Lagerräumen, Abschussvorrichtungen und Unterkünften für Wachpersonal. Alle diese Einrichtungen sind zu wichtig, als dass wir riskieren dürften, sie einem offenkundig geistesgestörten Gegner wie Kwon Kichae zu überlassen.

Die sicherste Alternative war, die militärischen Einrichtungen zu besetzen, das Forschung, Entwicklung und Produktion dienende Material abzutransportieren und die Einrichtungen nach ihrer Zerstörung wieder zu räumen. Nichts anderes haben wir vor.« Zhou fixierte den Präsidenten mit aufrichtigem Blick. »Das ist die Wahrheit, Mr. President. China wünscht nur Frieden. Es stimmt, dass wir Nordkorea bei der Entwicklung seiner Massenvernichtungswaffen geholfen haben. Nordkorea brauchte Wirtschaftshilfe, und wir wollten sicherstellen, dass unser Einfluss den der Russen übertraf. Durch die Einrichtung von Waffenlabors konnten wir einfach und wirkungsvoll erreichen, dass Nordkorea in unserem Einflussbereich blieb.«

»Und was ist mit den anderen Vorstößen über die Grenze?«, fragte der Präsident. »*Vier Brigaden* allein in der ersten Stunde auf dem Vormarsch?«

»Ich bin Diplomat, kein Soldat«, wehrte Zhou ab. »Von militärischer Taktik verstehe ich nichts. Aber ich versichere Ihnen, dass unser einziges Ziel die Zerstörung der Produktionsstätten für ABC-Waffen in der Provinz Chagang Do ist. Vielleicht dienen die anderen Vorstöße dazu, die Koreaner aufzusplittern und zu täuschen. Greifen sie unsere Truppen in Chagang Do mit Nuklearwaffen an, könnten die anderen Verbände vielleicht ihre Aufgabe übernehmen. Wir kennen das Potential dieser geheimen Rüstungsfabriken, Sir. Behielte Korea die Möglichkeit, dort neue Waffen zu entwickeln oder das existierende Arsenal zu modernisieren, wäre diese Bedrohung für unser Land absolut unerträglich.«

»Sie meinen, das Risiko, dass die koreanische Revolution auf China übergreifen könnte, wäre unerträglich?«, fragte Martindale. Zhou schien sich unbehaglich zu winden und sah zu Boden, als fühle er sich bei einer Lüge ertappt. »Sie wissen so gut wie wir, dass Korea weder China noch sonst jemanden bedrohen kann, dass selbst Atomwaffen die von Korea ausgehende Gefahr nicht vergrößern. Aber China kann keine erfolgreiche Revolution an seinen Grenzen dulden, weil sie eine ähnliche Revolution in *China* auslösen könnte.«

»Darum geht es hier nicht, Sir …«

»O doch, darum geht es sehr wohl!«, stellte der Präsident fest. »In mehreren chinesischen Provinzen gab es schon immer Autonomiebestrebungen. Geht Peking nicht gegen ein Korea vor, das Atomwaffen besitzt, unternimmt es vielleicht auch nichts gegen die Innere Mongolei, Xinjiang oder Tibet. Vielleicht haben Sie geglaubt, Vietnam, den Philippinen oder Taiwan beweisen zu müssen, dass Sie in Asien weiter den Ton angeben. Vielleicht fällt es

Peking angesichts der Demokratisierungswelle in Asien immer schwerer, Proteste und Unruhen zu unterdrücken, ohne Militär einsetzen zu müssen!«

»Derartige Spekulationen sind zwecklos!«, erwiderte Zhou schroff. »Mr. President, ich habe die Position meiner Regierung rückhaltlos offen und ehrlich dargelegt. China ist besorgt, Korea könnte mit erbeuteter chinesischer Technologie weitere Massenvernichtungswaffen entwickeln, deshalb haben wir Schritte unternommen, um sicherzustellen, dass sie diese Technologie nicht weiter nutzen können.

Ich versichere Ihnen, dass wir in friedlicher Absicht kommen«, fuhr Zhou fort. »Wir wollen nur Frieden. Wir beabsichtigen, alle Unterlagen und Materialien zur Waffenproduktion aus der Provinz Chagang Do abzutransportieren und dann dafür zu sorgen, dass die Koreaner die Waffenlabors, Rüstungsbetriebe und Testgelände nicht mehr nutzen können. Wir werden nur militärische Einrichtungen zerstören. Meine Regierung ist sogar bereit, Korea für etwaige Schäden an zivilen Einrichtungen Schadenersatz zu zahlen. Aber wir *werden* unser Vorhaben durchführen. Kwon sagt, er werde Krieg führen, um uns aus Korea zu vertreiben. Wir sind zum Krieg bereit, um zu verhindern, dass Kwon noch mehr Massenvernichtungswaffen in die Hände fallen. Ich denke, wir wissen alle, wie diese Konfrontation ausgehen würde.«

»Her Botschafter, hören Sie mir bitte gut zu«, sagte Präsident Martindale. »Die Vereinigten Staaten waren sofort bereit, dem Frieden eine Chance zu geben, als Korea durch eine fast unblutige Revolution wieder vereinigt wurde. Wir haben alles getan, was von uns verlangt wurde: Wir haben das Land verlassen, wir haben unsere Stützpunkte geräumt und sind abgerückt. Das haben wir getan, um China und der Welt zu beweisen, dass wir Vertrauen haben und vertrauenswürdig sind. Solange der Konflikt in Korea zwischen Koreanern ausgetragen wurde, waren wir bereit, uns dort herauszuhalten.

Aber seit chinesische Truppen auf koreanischem Boden stehen, ist das kein interner Konflikt mehr. Ich fühle mich getäuscht und hintergangen. Das amerikanische Volk hat darauf vertraut, dass ich Koreas Freiheit sichern würde. Das war meine Pflicht gegenüber vielen tausend Amerikanern, die in den fünfziger Jahren gefallen sind, um Freiheit und Demokratie in Korea zu verteidigen. Ich habe China vertraut, aber es hat mein Vertrauen enttäuscht. Jetzt sind meine Landsleute und die Schatten der im Koreakrieg Gefallenen kurz davor, sich von mir abzuwenden.«

»Mr. President, ich ...«

»Reden Sie nicht, Herr Botschafter, sondern hören Sie mir zu«, fuhr Martindale aufgebracht fort. »Solange chinesische Truppen auf koreanischem Boden stehen, ist mein Versprechen, mich nicht in innere Angelegenheiten Koreas einzumischen, null und nichtig. Ich verspreche Ihnen jetzt sogar das genaue Gegenteil: Ich garantiere Ihnen, dass ich alle ausländischen Truppen auf koreanischem Boden mit allen verfügbaren Mitteln angreifen werde. Das Leben jedes Soldaten, den Ihr Land nach Korea entsandt hat, liegt jetzt in meinen Händen, ist Ihnen das klar?«

»Sie wagen es, den Soldaten der Volksbefreiungsarmee so leichtfertig zu drohen, Sir?«, fragte Zhou, der sich bemühte, im Brustton gerechter Empörung zu sprechen. »Mein Land hat Kriege geführt, die länger gedauert haben, als die Vereinigten Staaten überhaupt *existieren!*«

»Herr Botschafter, wir haben die letzten zwei Jahre seit der Taiwankrise damit verbracht, Ihre Streitkräfte zu analysieren«, sagte Verteidigungsminister Chastain. »Wir kennen Ihre Stärken und Schwächen vermutlich besser als Sie selbst. China ist ein gefährlicher Gegner. Aber wir haben Sie daran gehindert, Taiwan zu erobern, und wir werden Sie daran hindern, Korea zu besetzen – mit allen verfügbaren Mitteln.«

Botschafter Zhou griff nach seinem Aktenkoffer, stand auf und wollte gehen; an der Tür blieb er jedoch erneut stehen. »Mr. President, Madam Vizepräsidentin, Gentlemen, ich bitte Sie ein letztes Mal: Mischen Sie sich nicht ein. Wir beabsichtigen nicht, Korea zu provozieren oder in einen Krieg zu verwickeln. Aber wenn China damit rechnen muss, dass unser Nachbar Korea offen Revolution und Aufruhr predigt und chinesische Dissidenten mit Atomwaffen zu unterstützen droht, werden wir handeln. Und wir werden jeden Staat, der die Koreaner unterstützt, ebenfalls als Todfeind betrachten.«

»Wir schätzen keine Drohungen, Herr Botschafter«, antwortete Martindale unwillig. »Bestellen Sie Staatspräsident Jiang und dem Politbüro, dass China bereits den Fehler gemacht hat, Nordkorea aufzurüsten und beim Aufbau seiner Rüstungsindustrie zu unterstützen. Da diese Einrichtungen nicht mehr Ihrer Kontrolle unterstehen, haben Sie kein Recht, sich dort einzumischen. Frieden zeugt Frieden, Herr Botschafter, und Konflikt zeugt Konflikt. Chinesische Truppen stehen auf koreanischem Boden und haben Tausende von Koreanern getötet oder gefangen genommen. Wollen Sie wirklich Frieden, ist das der falsche Ansatz.

Meine Forderung ist einfach: Ziehen Sie sofort Ihre Truppen aus Korea ab. Sehen wir die chinesischen Verbände innerhalb einer Stunde beschleunigt nach Norden abrücken, spreche ich mit Präsident Kwon und bringe ihn dazu, auf Angriffe gegen Ihre sich zurückziehenden Truppen zu verzichten. Beginnt der Rückzug nicht innerhalb einer Stunde, werden die Aggressoren vernichtet. So einfach ist das.«

Zhou Chang-li schwieg. Er tarnte seine verdrießliche Miene mit einer tiefen Verbeugung, dann verließ er den Raum.

Der Präsident setzte sich wieder an seinen Schreibtisch und machte eine kurze Pause, um die Anspannung loszuwerden und seine Gedanken zu sammeln. »Na, hat das nicht *wunderbar* geklappt? China hat offen zugegeben, dass es eine koreanische Provinz für unbestimmte Zeit besetzen will.«

»Wie wird Kwon darauf reagieren?«, fragte die Vizepräsidentin. »Er hat bewiesen, dass er zu allem im Stande ist. Wahrscheinlich macht er sämtliche Einrichtungen in Chagang Do mit allen verfügbaren Waffen platt.«

Martindale starrte gedankenverloren aus dem Fenster. »Und ich kann es ihm nicht verübeln«, sagte er dann. »Ließe sich beweisen, dass Kwon China mit Raketen angegriffen hat, obwohl er wusste, dass der erste Raketenangriff nicht von dort gekommen ist, wäre das unentschuldbar. Aber er hat auch gezeigt, dass er entschlossen ist, Korea mit allen zur Verfügung stehenden Mitteln zu verteidigen. Ich glaube Zhou, wenn er sagt, dass China Kwon fürchtet. Sogar *ich* fürchte Kwon, obwohl ich nicht glaube, dass er Raketen auf uns gerichtet hat. Vielleicht tut China tatsächlich nur, was Zhou angekündigt hat: Es zerstört die Waffenlabors, brennt alles nieder und tritt den Rückzug an.«

»Darüber wäre ich nicht einmal unglücklich«, gab Freeman zu. »Die Frage ist nur: Wer tut den nächsten gefährlichen Schritt? Weicht Kwon vor der chinesischen Übermacht zurück? Und welche Waffen setzt er ein, wenn er es nicht tut?«

»Und was zum Teufel machen wir inzwischen?«, fragte der Präsident. »Riskieren wir eine Eskalation, indem wir weitere Flugzeugträger entsenden? Was tun wir, wenn China und Korea anfangen, sich mit Atomraketen zu beschießen? Ist der Einsatz unserer Streitkräfte nicht viel zu riskant?«

»Unser bester Tipp sind jetzt McLanahan und das Programm Coronet Tiger zur Abwehr ballistischer Raketen«, antwortete Sicherheitsberater Freeman. »Kann er dafür sorgen, dass alle den Kopf einziehen und über Korea oder China keine weiteren pilzförmigen Wolken aufsteigen, bleibt uns vielleicht genug Zeit, diesen Konflikt zu entschärfen.«

»Wie steht es mit der Verlegung von McLanahans Einheit?«, fragte Chastain.

»Die Wartungsmannschaften sind auf Ihre Anweisung hin sofort in Marsch gesetzt worden«, berichtete Freeman. »Gleichzeitig sind die Besatzungen der Nevada Air National Guard zurückgerufen und ihre Bomber einsatzbereit gemacht worden. Die Maschinen sind gestern spät abends gestartet.« Er sah zu Balboa hinüber. »Wegen einiger Verstöße der B-1B-Piloten bei ihrer Überprüfung hat Admiral Balboa bedauerlicherweise das Programm Coronet Tiger gestoppt und die dafür bewilligten Mittel eingefroren. Daher muss McLanahan mit weniger Maschinen auskommen, als ursprünglich vorgesehen waren.«

»Aber wie ich sehe, haben Samson und McLanahan meine Befehle ignoriert und trotzdem weitergemacht«, sagte der Vorsitzende der Vereinten Stabschefs. »Ich habe befohlen, bis zum Abschluss der eingeleiteten Untersuchung das Programm zu stoppen und die Bomber der Air National Guard zurückzugeben. Stattdessen haben sie den Staat Nevada dazu bequatscht, ihnen diese Flugzeuge für je einen Dollar pro Jahr zu überlassen. Für einen gottverdammten *Dollar!*«

»Die Flugzeuge gehören Nevada, Admiral...«

»Und Samson hat eine Viertelmilliarde Dollar dafür ausgegeben, um sie gegen meinen Befehl umzurüsten«, fuhr Balboa aufgebracht fort. »Wann hören wir endlich auf, diese Kerle im HAWC für glatte Befehlsverweigerung zu belohnen? Die Lancelot ist nur eingeschränkt erprobt und erst ein Mal richtig getestet worden – illegal gegen Schiffe der Navy, möchte ich hinzufügen. Und was ist mit diesen Besatzungen der Air National Guard? Ich habe Arthur und Philip von ihren Verstößen bei der Einsatz-Zertifizierung berichtet. Diese Leute sind undiszipliniert und gefährlich!«

Admiral Balboa sah zu Freeman hinüber. Er wusste, dass der Präsident sich viel öfter mit Philipp Freeman beriet als mit ihm; er wusste auch, dass Martindale eine Vorliebe für Geheimprogramme hatte, von der die Öffentlichkeit oder der Kongress nichts zu erfahren brauchten. Aber die Tatsache, dass er wusste, was der Präsident bevorzugte, bedeutete noch längst nicht, dass Balboa ihm genau das empfehlen musste, wie Freeman es oft tat.

»Sir, ich habe größten Respekt vor den Generalen Samson und McLanahan und weiß, dass Sie sie auch sehr schätzen. Sie sind wahre Patrioten. Aber sie operieren weit außerhalb der festgelegten Befehlswege. Wegen der strikten Geheimhaltung dort draußen kann nicht einmal ich HAWC-Projekte steuern. Wenn diese Leute nicht mir unterstehen, wem unterstehen sie dann? Muss der Präsident der Vereinigten Staaten ein paar Piloten der Air National Guard, die Tausende von Meilen entfernt sind, direkte Befehle erteilen? So ist das eigentlich nicht gedacht, Sir.«

Balboa machte eine Pause, überlegte kurz, wie er sich ausdrücken sollte – er wusste recht gut, dass der Präsident nichts auf Samsons Vorgänger kommen ließ –, und fuhr fort: »Bei allem Respekt glaube sich wirklich, Sir, dass Samson und McLanahan sich von Brad Elliotts schnodderiger Gleichgültigkeit haben anstecken lassen. Das beweisen ihre ungenehmigte und potenziell gefährliche Erprobung einer Plasmafeld-Waffe in der Nähe von US-Kriegsschiffen und ihre stillschweigende Billigung des Verhaltens der B-1B-Piloten der Air National Guard bei Übungseinsätzen. Ich bin der Überzeugung, dass diese beiden jeden Einsatzplan und jeden rechtmäßigen Befehl missachten werden, der ihnen nicht in ihren eigenen Kram passt. Und fangen sie erst einmal an, China mit Raketen mit Plasmafeld-Gefechtsköpfen zu beschießen, könnten sie die Welt im Alleingang in einen Atomkrieg stürzen. Ich glaube nicht, dass wir das riskieren dürfen.«

»Ich denke, das ist unfair, Admiral«, sagte Freeman.

Balboa ignorierte ihn. »Mr. President, ich weiß, wie sehr Sie General Elliott und seine Leute geschätzt haben. Aber sie haben sich noch nicht im Einsatz bewährt. Sie wissen nur, was Elliott ihnen seinerzeit beigebracht hat: ›Lieber um Entschuldigung bitten, als um Erlaubnis fragen.‹«

Der Präsident hörte Balboa anfangs mit ernster, nüchterner Miene zu, aber schon nach einiger Zeit begann er leicht zu lächeln. Als Balboa jetzt fertig war, schüttelte er breit lächelnd den Kopf.

»Admiral, Sie reden wirklich nur Unsinn«, stellte Martindale fest. Auf Balboas Gesicht zeichneten sich nacheinander Überraschung, Schock und ohnmächtiger Zorn ab. »Aber Sie haben die ersten Jahre, in denen Brad Elliott das HAWC aufgebaut hat, nicht miterlebt. Ja, sie waren unkonventionell, haben aus der Hüfte geschossen, waren manchmal ungehorsam – nein, sogar *meistens*. Aber zu behaupten, diese Jungs hätten keine Kampferfahrung, beweist nur, wie wenig Sie dazugelernt haben und wie wenig Sie wissen.«

»Das ist keine faire Beurteilung, Sir, aber ich akzeptiere Ihre Kritik«, sagte Balboa mit verkniffener Miene. »Aber gestatten Sie mir eine Frage, Sir: Wie sieht der Befehlsweg aus? Wer erteilt den Besatzungen ihre Befehle? Und wer trägt die Verantwortung, wenn eine dieser verrückten Air-Guard-Besatzungen über Korea oder China abstürzt?«

»Die volle Verantwortung trage wie immer *ich*, Admiral«, antwortete der Präsident. »Das müsste eine große Erleichterung für Sie sein – außer Sie haben schon eine Möglichkeit gefunden, sich von ihnen zu distanzieren. Verschwinden Sie jetzt schleunigst aus meinem Büro, bevor mir einfällt, dass mein höchster Offizier gerade einem unserer fliegenden Verbände das denkbar schlimmste Schicksal gewünscht hat.«

Über dem Süden der Provinz Chagang Do,
Vereinigte Republik Korea
(ehemals Nordkorea)
(am frühen Abend)

»Kontakt!«, rief der Beobachter/Waffenoffizier eines leichten Erdkampf- und Beobachtungsflugzeugs A-37B Dragonfly der *Han-Guk Kong Goon* (Luftwaffe der Vereinten Republik Korea) über die Bordsprechanlage. Seine Lautstärke war überflüssig, denn in dem engen Cockpit saß der Pilot keine 20 Zentimeter links neben ihm. Der Beobachter deutete nach vorn. »Ziel bei zwo Uhr. Eine chinesische Lok ML935 mit sechs Waggons.«

»Kannst du sehen, wie sie besetzt sind?«

Der Beobachter starrte angestrengt durch sein Fernglas. »Wir müssen näher ran«, sagte er schließlich.

»Unsinn, wir wollen nicht zu dicht ran«, widersprach der Pilot. »Vielleicht haben sie Flakgeschütze.«

»Aber wir müssen sie identifizieren, bevor wir eine Patrouille anfordern«, stellte der Beobachter fest. »Los, geh schon runter!«

»Okay«, sagte der Pilot. »Auf los geht's los!« Er schob seine Leistungshebel mit einem Ruck nach vorn, stellte die kleine zweistrahlige Cessna auf die rechte Tragfläche und stieß auf die Lokomotive hinunter.

Die Strecke vor der Lok schien beschädigt zu sein, sodass der Zug festsaß. Die Männer, die das Gleis instand zu setzen versuchten, gingen in Deckung, als sie das hohe Pfeifen der kleinen GE-Triebwerke der herabstoßenden Dragonfly hörten. »Sieht schon mal verdächtig aus«, meinte der Beobachter. Er kontrollierte automatisch den Waffenstatus. Die Bewaffnung der A-37B, einem leichten Erdkampfflugzeug aus der Zeit des Vietnamkriegs, bestand aus einer 7,62-mm-Minigun mit 1500 Schuss im Bug, zwei Waffenbehältern mit Luft-Boden-Raketen »Mighty Mouse« und zwei Behältern mit Raketen zur Zielmarkierung, zu denen noch vier riesige Zusatztanks kamen. Damit wirkte die kleine Cessna schwerfällig und langsam – was sie ganz entschieden auch war.

»Finger weg von den Waffenschaltern!«, warnte ihn der Pilot.

»Wir dürfen auf keinen Fall eine Rakete auf Nichtkombattanten abschießen.«

»Bug ist kalt«, bestätigte der Beobachter.

Aber nicht mehr lange. Als sie weiter auf den Zug hinabstießen, war zu erkennen, dass die Männer, die am Gleis gearbeitet hatten, sich zu einem der Waggons zurückgezogen hatten, dessen Dach sich jetzt öffnete und ein einläufiges Flakgeschütz sehen ließ. »Vorsicht!«, rief der Beobachter. »Das ist eine Typ 93! Links wegkurven!« Die Typ 93 war eine chinesische 37-mm-Flak, eine tödliche Gefahr für jede langsam und tief anfliegende Maschine. Der Pilot legte die Dragonfly in eine steile Linkskurve, hielt den Steuerknüppel gezogen, bis die Überziehwarnung ertönte, und schloss eine Rechtskurve an. Er blieb im Steigflug, um möglichst rasch aus dem Wirkungsbereich der Flak zu kommen.

»Mach Meldung, verdammt noch mal!«, verlangte der Pilot.

»Woher weißt du, dass das Kommunisten waren?«

»Das wissen wir nicht – aber sie wollten uns abschießen«, sagte der Pilot. »Wir brauchen Verstärkung. Los, mach schon Meldung!« Der Beobachter nahm Verbindung mit ihrer Leitstelle auf und gab den Standort des Zuges und seine Beschreibung durch.

»Wir sollen das Ziel für anfliegende Fallschirmjäger markieren, die Lok mit allen Mitteln am Weiterfahren hindern und schwere Waffen eliminieren, die den Fallschirmjägern gefährlich werden könnten«, meldete der Beobachter kurze Zeit später. »Ein Halbzug Fallschirmjäger ist mit einer C-130 Hercules aus Sunch'on hierher unterwegs. Voraussichtliche Ankunftszeit in dreißig Minuten.«

»Der Sprit reicht noch eine Stunde, das kommt also hin«, sagte der Pilot mit einem Blick auf seine Tankanzeige. »Wegen der Lok brauchen wir uns keine Sorgen zu machen, glaube ich – das Gleis ist so beschädigt, dass sie unmöglich weiterfahren kann. Mal sehen, was sich gegen die Typ 93 machen lässt.« Er legte die Dragonfly in eine Linkskurve und flog in 12 000 Fuß in Richtung Zug zurück. »Gib mir zuerst ein paar Zielmarkierer, damit wir sehen, wie sie wirken.«

»Roger«, antwortete der Beobachter. Er betätigte die Waffenschalter. »Zielmarkierer scharf, dein Abzug ist heiß.«

Elf Kilometer vor dem Zug ging der Pilot in einen steilen Sturzflug mit 35 Metern in der Sekunde über und beschleunigte auf 420 Knoten. Bei schwachem Wind und guter Sicht war es ganz einfach, den Waggon mit dem Flakgeschütz im Visier zu behalten. Als der Pilot den Abzug am Steuerknüppel betätigte, raste aus zwei Waffenbehältern unter den Tragflächen je eine Rakete zur Zielmarkierung davon.

»Flak! Flak!«, rief der Beobachter. »Sie schießt!«

Der Pilot feuerte zwei weitere Raketen ab, bevor er links wegkurvte. »Bin weg! Sichern!«, verlangte er atemlos vor Anspannung. Der Beobachter ließ die Waffenschalter der beiden Raketenbehälter wieder nach oben klicken.

»Bug ist kalt!« Der Beobachter verrenkte sich den Hals, um nach hinten zu sehen, während der Pilot wieder in den Horizontalflug überging. »Keine Schäden, keine Flak«, sagte er. »Diesmal haben sie danebengeschossen.« Er kontrollierte das Zielgebiet. In den hellgelben Rauch, der das Ziel markierte, mischte sich schwarzer öliger Qualm, der träge unter dem Waggon mit der Typ 93 hervorquoll. »Ich sehe schwarzen Rauch. Vielleicht haben wir was getroffen.«

»Hast du gesehen, wie die Flak montiert ist?«, fragte der Pilot. »Sie steht auffällig tief im Waggon – praktisch auf dem Wagenboden.«

»Das heißt vermutlich, dass sie nicht sehr beweglich ist«, meinte der Beobachter. »Willst du tief angreifen?«

»Positiv«, sagte der Pilot. »Gib mir die Raketen.«

»Verstanden ... Mighty Mouse scharf, dein Abzug ist heiß.«

Der Pilot ging steil tiefer und fing die Dragonfly kaum 100 Fuß über Grund ab. Selbst in so geringer Höhe war der Zug gut zu erkennen. Das Gelände war leicht hügelig, aber die Bodensicht betrug über zehn Kilometer. Der Pilot schätzte die Entfernung, behielt den qualmenden Waggon am Unterrand seines Visiers und betätigte den Abzug. Zwei Drall stabilisierte Luft-Boden-Raketen mit ausklappbaren Flossen rasten davon und trafen ihr Ziel mittschiffs. »Zwei Volltreffer!«, krähte der Beobachter. Aus dem Waggon schlugen jetzt helle Flammen. »Gut gemacht! Willst du die Minigun?«

»Positiv. Gib mir die Minigun«, verlangte der Pilot.

»Mighty Mouse gesichert... Minigun scharf, dein Abzug ist heiß.«

»Roger«, sagte der Pilot. Die Minigun GAU-2B/A war seine liebste Waffe – wirkungsvoll, aufregend, für Angriffe aus nächster Entfernung. Er nahm den Zug erneut ins Visier... diesmal musste er etwas näher herangehen, aber das war kein Problem. Selbst wenn die Typ 93 ein bisschen höher hätte schießen können, hätte die Geschützbedienung wegen des dichten Qualms nichts sehen können. Aber der Pilot sah alles. Etwas näher... noch etwas näher...

Plötzlich erzitterte die A-37B und wurde abrupt langsamer, als habe sie gerade eine Bauchlandung gemacht. Überall flammten Warnleuchten auf – auch die roten FEUER-Anzeigen an den beiden Feuerlöschhebeln.

»Doppelter Verdichterausfall!«, rief der Beobachter, der hastig ihre Triebwerksanzeigen kontrollierte. »Temperatur rot... Treibstoff max... zwei Brandwarnleuchten! Irgendwas hat uns erwischt! Wir sind getroffen!« Er dachte nicht daran, einen Blick aus dem Cockpit zu werfen, sonst hätte er gesehen, dass beide Triebwerke in Flammen standen.

Bei *zwei* Brandwarnleuchten gab es nur eine mögliche Reaktion: »Fertig machen zum Aussteigen!«, befahl der Pilot, bevor er sich in seinen Sitz zurücklehnte, den Steuerknüppel zog, um möglichst noch etwas Höhe zu gewinnen, und dann mit dem Ruf »Aussteigen!« zwischen seine Beine griff, um den dicken rechteckigen Auslösegriff zu ziehen. Das Kabinendach wurde entriegelt und einige Zentimeter angehoben, damit der Staudruck es nach hinten wegreißen konnte. Zwei Sekunden später zündeten die Schleudersitzraketen und schossen den Piloten aus der brennenden A-37B. Eineinhalb Sekunden später folgte der Beobachter.

Sie waren knapp hoch genug, damit ihre Fallschirme sich voll öffnen und einmal kurz pendeln konnten, bevor sie auf dem Erdboden aufschlugen, ohne sich vorschriftsmäßig abrollen zu können. Trotzdem gelang es Pilot und Beobachter irgendwie, sich ohne Knochenbrüche oder sonstige schwere Verletzungen aufzurappeln. Sie waren mit kaum 100 Meter Abstand voneinander ungefähr drei Kilometer von dem brennenden Zug entfernt hinter einem kleinen, felsigen Höhenzug gelandet.

Beide Männer wurden sofort aktiv, ohne auch nur ein Wort wechseln zu müssen. Sie lösten das Gurtzeug, rafften ihre Fallschirme zusammen, so schnell sie konnten, und stopften sie in Spalten zwischen den Felsen. Dann holten sie sich ihre Notfallausrüstung, die in Taschen, die wie Rucksäcke aussahen, an den Schleudersitzen hing. Jeder nahm nur drei Dinge heraus – Maschinenpistole mit Klappstütze, Reservemagazine und Wasserflasche –, bevor er sich den Rucksack über die Schultern warf. Die Magazine und die Wasserflasche stopften sie in die Taschen ihrer Fliegerkombis, während sie in die nächste Deckung hasteten.

Sobald sie in Deckung waren, peilten sie mit ihren Handgelenkkompassen die Rauchwolke über dem brennenden Zug an und rasteten dann kurz. »Wie ist das passiert?«, fragte der Beobachter. »Was hat uns getroffen?«

»Keine Ahnung«, gab der Pilot zu. »Nicht die Flak, aber vielleicht ein abseits aufgestellter Schütze mit einer von der Schulter abgeschossenen Fla-Rakete.« Er zeigte nach Süden. »Wir müssen schleunigst weg von hier«, stellte er fest. »Die Hercules mit den Fallschirmjägern muss bald kommen.«

»Wir müssen sie warnen!«, sagte der Beobachter. »Wer uns abgeschossen hat, holt als Nächstes den Transporter runter!« Er zog sein Notfunkgerät aus der Fliegerkombi und schaltete es ein. Der Pilot starrte ihn an, dann nickte er wortlos. Sobald sie funkten, das wussten sie beide, konnte der Feind durch Kreuzpeilung ihre Position feststellen. Aber wenn sie keine Warnung absetzten, würde der Tod von 30 Fallschirmjägern und einer Hercules-Besatzung sie bis an ihr Lebensende verfolgen.

»Samtek Sieben, Samtek Sieben, hier Patrouille Drei-Vier auf dem Boden, kommen.«

»Patrouille Drei-Vier, hier Samtek, höre Sie fünf, bestätigen Sie Eins-Zulu.»

»Charlie«, antwortete der Beobachter nach einem Blick auf seine kleine Schlüsselkarte. Nachdem auch der C-130-Kopilot den richtigen Codebuchstaben genannt hatte, meldete der Beobachter: »Samtek, wir sind von unbekannten Feindkräften abgeschossen worden – vermutlich mit einer Stinger oder dergleichen. Die Landezone ist heiß, ich wiederhole, Landezone heiß. Drehen Sie ab und schicken Sie uns Unterstützung. Verstanden?«

»Verstanden, Drei-Vier«, bestätigte der Kopilot. »Jäger und Jagdbomber sind unterwegs, voraussichtliche Ankunftszeit vier. Können Sie Abholpunkt Lotus – wiederhole, Lotus – erreichen, wartet dort Hilfe.«

»Roger«, sagte der Beobachter erleichtert. Nichts richtete eine abgeschossene Besatzung mehr auf als das Bewusstsein, Kameraden in der Nähe zu haben, die bereit waren, ihr Leben zu riskieren, um sie zu retten. »Unsere voraussichtliche Ankunftszeit bei Lotus: sieben.« Auch für Zeitangaben benutzten sie einen einfachen Code, um dem Feind keinen Hinweis auf ihren Standort zu geben.

»Alles Gute, Drei-Vier«, wünschte ihnen der C-130-Kopilot noch. »Samtek Sieben, Ende.«

»Jetzt aber los!«, rief der Pilot, und die beiden rannten auf die etwa 200 Meter entfernte nächste Deckung zu.

Ungefähr nach halber Strecke hörten sie ein tiefes, lautes, anschwellendes Röhren, das auf sie zugerast kam. Als sie aufsahen, wussten sie sofort, dass sie so gut wie tot waren. Sie erkannten zwei leichte Jagdbomber Q-5 aus chinesischer Produktion, die in flachem Sturzflug auf sie herabstießen.

»Chinesen!«, sagte der Beobachter. »So weit südlich unserer Grenze? Chinesische Jagdbomber über unserem Gebiet?« Die Q-5 mussten sie abgeschossen haben und flogen jetzt an, um ihnen den Rest zu geben.

Der Pilot sprach in sein Notfunkgerät. »Samtek Sieben, Samtek Sieben, hier Drei-Vier. Zwei chinesische Jagdbomber Q-5 greifen uns an. Schlage vor, dass Sie schnellstens abdrehen und Unterstützung anfordern! Hören Sie mich?«

»Höre Sie fünf, Drei-Vier«, bestätigte der Hercules-Kopilot. »Danke für die Warnung. Jetzt Schluss mit der Funkerei und volle Deckung!«

Aber dafür war es längst zu spät. Der letzte Gedanke von Pilot und Beobachter war, dass die dämlichen chinesischen Hundesöhne unsinnig viele Bomben für sie vergeudeten: Die beiden Jagdbomber Q-5 warfen dicht hintereinander je zwei Schüttbomben. Verdammt viel Aufwand, nur um eine arrogante Dragonfly-Besatzung zu killen, die zu dumm gewesen war, um den Luftraum hinter sich nach feindlichen Flugzeugen abzusuchen. Der Angriff verlief mit eindrucksvoller Präzision – aber eine Bombe wäre mehr als genug gewesen.

Ohne Bomben unter den Tragflächen flog die chinesische Q-5, ein Nachbau des alten sowjetischen Jagdbombers MiG-19, nicht mehr schwerfällig, sondern wieder wie ein Jäger. Nach ihrem Angriff im Tiefflug stiegen beide Maschinen auf 4000 Meter. Der Führende sah zu seinem Rottenflieger hinüber und stellte fest, dass auch er seine Bomben geworfen hatte. Nun, dann waren sie also beide wieder Jäger.

»Han 301, hier Leitstelle«, funkte ihr Jägerleitoffizier. »Wir haben ein langsames Luftziel, Höhe unbekannt, dreiundzwanzig Kilometer südlich Ihrer Position. Ihr Befehl lautet: Abfangen und zerstören. Bestätigen!«

Der Rottenführer las seine Entfernung zur Leitstelle ab, kontrollierte seine Position anhand markanter Geländemerkmale und verglich sie mit der Karte auf seinem Kniebrett. Er befand sich rund 30 Kilometer innerhalb Koreas im ehemals nordkoreanischen Luftraum. Theoretisch war das eine Verletzung des koreanischen Luftraums, eine Kriegshandlung. Aber da China die Vereinigte Republik Korea noch nicht anerkannt hatte, betrachtete es diesen Luftraum nach wie vor als Teil der Demokratischen Volksrepublik Korea, deren Präsident und Regierung gegenwärtig in Peking residierten, um politischer Verfolgung zu entgehen. Außerdem hatte Korea durch seinen Raketenüberfall auf chinesische Truppen in der Provinz Janggang Do China praktisch den Krieg erklärt. Deshalb war ein Vorstoß noch tiefer nach Korea hinein keine große Affäre.

»Han 301, verstanden«, bestätigte der Rottenführer. Er drehte nach Süden ab und schaltete sein Suchradar ein. Der Jägerleitoffizier, dessen mobile Radarstation unmittelbar nördlich der Grenze stand, hielt ihn über die Position des Luftziels auf dem Laufenden, bis es tiefer ging und von seinem Radar nicht mehr erfasst werden konnte.

Aber die chinesischen Jagdflieger brauchten seine Hinweise bald nicht mehr. Schon nach wenigen Minuten sichtete der führende Q-5-Pilot die große Transportmaschine: eine C-130 Hercules mit schwarz-braunem Tarnanstrich, die in kaum 100 Metern über Grund dem hügeligen Gelände folgte. »Leitstelle, H-301 hat Ziel in Sicht, setzt Abfangen fort.« Seine Meldung blieb jedoch ohne Antwort – er war längst zu tief und zu weit von der Leitstelle entfernt, um noch gute Funkverbindung zu haben.

Unwichtig. Der Pilot hatte das Ziel in Sicht und würde es mühelos abschießen können. Er schaltete sein Radar ab, das nur zur Entfernungsmessung diente, wählte die 20-mm-Maschinenkanone aus, gab in seiner mechanischen Blickfelddarstellung – in diesem 30 Jahre alten Vogel gab es keine raffinierte elektronische Blickfelddarstellung, die auch überflüssig war – den Vorhaltewinkel ein, kontrollierte nochmals alle Schalter und begann in Schussposition zu gleiten. Als die Tragflächen der C-130 das Rechteckvisier auszufüllen begannen, ließ er seinen Zeigefinger zum Abzug hinabgleiten und…«

»Eins!« Das war die entsetzte Stimme seines Rottenfliegers, der auf der Einsatzfrequenz rief: *»Jagdrakete! Sofort links weg!«*

Der chinesische Pilot ignorierte die Warnung: Er kam gerade in Schussweite. Aber im nächsten Augenblick spürte er einen Schlag, dann begannen seine Instrumente wild zu kreiseln, Warnleuchten blinkten durcheinander, und sein enges Cockpit füllte sich mit dichtem schwarzen Rauch. Er wurde kurz durch einen weiteren Lichtblitz abgelenkt – der Feuerball, mit dem sein Rottenflieger in der Luft explodierte –, bevor er widerstrebend Leistungshebel und Steuerknüppel losließ, um den Schleudersitz zu betätigen.

Nach ihrem Sturzflug schlug seine Q-5 fast mit Schallgeschwindigkeit auf und zerschellte. Er hatte den Entschluss zum Aussteigen nur drei Sekunden zu spät gefasst.

»Zwei Abschüsse!«, funkte Brigadegeneral Patrick McLanahan. »Gut gemacht, Rebecca.«

Rebecca Furness war eigenartig zu Mute. Sie hatte natürlich schon früher feindliche Maschinen mit Lenkwaffen abgeschossen: Ihr Aufklärer RF-111G Vampire war zur Selbstverteidigung mit

Jagdraketen Sidewinder bewaffnet gewesen, die sie im russisch-ukrainischen Konflikt hatte einsetzen müssen. Aber das war Selbstverteidigung gewesen – ein Mittel, um sich die feindlichen Jäger vom Hals zu halten, bis man sein Ziel erreicht hatte. Dies hier war anders. Diesmal waren sie die Jäger.

Rebecca und drei weitere Besatzungen hatten vier EB-1C Megafortress von Dreamland nach Adak auf den Aleuten überführt. Nach der vorgeschriebenen Ruhepause wurden die Besatzungen in ihre neue Aufgabe eingewiesen, und drei Maschinen starteten gemeinsam, um über Korea zu patrouillieren, während die vierte und fünfte Megafortress später folgten, um eine Ablösung im Achtstundenrhythmus zu beginnen, damit immer möglichst viele EB-1C über Korea waren.

»Alles in Ordnung, Oberstleutnant?«, fragte McLanahan die Pilotin. Patrick saß in der Adak Naval Air Station im virtuellen Cockpit. Nach vier Stunden Dienst im VC würden Nancy Cheshire und er Fortress Four übernehmen und Rebecca über dem Norden Koreas ablösen. Vier Stunden später würde die nächste Besatzung mit Fortress Five starten, und diese Wechsel würden weitergehen, bis das Unternehmen irgendwann abgebrochen wurde.

»Ich … ich glaube schon.«

»Auch nach dem dritten oder vierten Abschuss wird nichts leichter«, sagte Patrick, der aus Erfahrung ihre Gedanken erriet. »Alles wird im Gegenteil noch alptraumhafter. Das liegt vermutlich daran, dass unsere Technik so rasch, so effizient arbeitet. Die chinesischen Jäger Q-5 waren siebzehn Meilen entfernt. Sie hätten auch fünfundzwanzig Meilen weit entfernt sein können.«

»Für uns gibt es keine fairen Kämpfe mehr, nicht wahr?«

»Faire Kämpfe? Das war ein fairer Kampf, Oberstleutnant. Näher sollten Sie an keinen Jäger herankommen – nicht mal an eine dreißig Jahre alte Kiste wie die Q-5. Hätten Sie sie verfehlt, und der Pilot hätte die Maschine herumgezogen und Sie in Sicht bekommen, hätten Sie vielleicht eine Chance von fünfzig zu fünfzig gehabt, das Japanische Meer und eigenen Feuerschutz zu erreichen, bevor er Sie runtergeholt hätte. Wären beide hinter Ihnen her gewesen, würde ich Ihre Chancen mit zwanzig zu achtzig ansetzen. Fünfzig zu fünfzig ist großzügig – neunzig zu zehn wäre immer erstrebenswert.«

»Hey, warum so verkrampft, Leute?«, fragte Nancy Cheshire, die als Pilotin im VC saß. »Rebecca hat ihre Sache sehr gut gemacht! Der erste richtige Luftkampf einer Megafortress, und sie erzielt zwei Abschüsse! Aber Scottie hat vermutlich auch etwas damit zu tun gehabt.«

»Vielen Dank, Chessie«, sagte Major Paul Scott, Rebecca Furness' Mission Commander auf dem rechten Sitz der Megafortress. Wie Cheshire war er ein HAWC-Veteran, der noch viele Einsätze mit der alten EB-52 – der B-52-Version der Megafortress – geflogen hatte. Er überzeugte sich nochmals davon, dass ihre Waffen gesichert waren, bevor er hinzufügte: »Vielleicht ein bisschen, aber das Hauptverdienst liegt bei der Megafortress.«

»Sie dürfen sich ab und zu etwas Befriedigung anmerken lassen, Scottie«, erklärte sie ihm. »Wie wär's mit ›Klasse!‹ oder so ähnlich? Wir haben gerade eine koreanische Hercules mit zwei bis drei Dutzend Fallschirmjägern gerettet.«

»Ich werd es mir durch den Kopf gehen lassen, Nancy!«, versprach Paul ihr. »Radarschirm frei. Links vierzig, damit wir in unser Gebiet zurückkommen, Rebecca.« Sie patrouillierten über dem Raum Kanggje und überwachten die chinesischen Vorstöße über die Grenze in die Provinz Chagang Do hinein.

Wenige Sekunden später wurden sie auf der Einsatzfrequenz gerufen. »Fortress, hier Iroquois«, sagte eine Stimme in ihren Kopfhörern. »Ziele bei eins-eins-null, Höhe dreißig, auf Nordwestkurs mit vier-acht-null Knoten auf Fortress One zu.« Hinter dem Rufzeichen »Iroquois« verbarg sich der »Hinterausgang« der EB-1B, der Kreuzer USS *Grand Island,* ein 9500 Tonnen großer Lenkwaffenkreuzer der *Ticonderoga*-Klasse, der mit der USS *Boone,* einer Lenkwaffenfregatte der *Perry*-Klasse, vor der koreanischen Küste kreuzte. »Wir zählen acht – wiederhole acht – Ziele. Sie überfliegen die Küste südlich der äußersten SAM-Reichweite.«

Die USS *Grand Island* bewachte das Japanische Meer und die Abflugrouten der Megafortress. Sie überwachte mit ihrem dreidimensionalen Langstreckenradar SPY-1B den Luftraum in 200 Meilen Umkreis, vom Meeresspiegel bis zum Rand des Weltraums hinauf. Außer mit Fla-Raketen SM-2MR Standard war sie als erstes US-Kriegsschiff mit Lenkwaffen Standard Block 4A zur Bekämpfung von ballistischen Raketen bewaffnet. Darüber hinaus hatte der Kreuzer Marschflugkörper Tomahawk zur Bekämpfung von Landzielen und Lenkwaffen Harpoon zur Bekämpfung von Schiffszielen an Bord. Auch die *Boone* war mit Lenkwaffen Standard und Harpoon bewaffnet, aber sie begleitete die Grand Island als U-Bootjäger und hatte dafür zwei ASW-Hubschrauber und insgesamt 30 Torpedos an Bord, von denen 24 zur Bewaffnung der Hubschrauber gehörten.

»Die Japaner wollen anscheinend wieder mitspielen«, kommentierte Patrick. »Hey, Jungs, ich hab was für euch! In Pjöngjang Nord starten Flugzeuge in Richtung Kanggje. Bleiben tief. Vermutlich Jagdbomber. Auch in Seoul startet ein Verband schneller Maschinen. Sieht so aus, als wollten die beiden Formationen sich vereinigen.«

»Und das hier ist bestimmt ihr Ziel«, sagte Paul Scott in Fortress One. Er hatte gerade sein letztes LADAR-Bild mit frisch übermittelten NIRTSat-Daten aktualisiert. Nun zeigte es ihnen eine lange Kolonne schwerer Fahrzeuge auf der Fernstraße zwischen Kanggje und Anju. »Die chinesischen Panzer fahren schnell. Sie sind schon zwanzig Meilen südlich von Holch'on, fast an der Südgrenze der Provinz. Sie ... Wow, der Computer identifiziert sie als schwere Panzer. Eine ungefähr drei Meilen lange Panzerkolonne auf der Überlandstraße. Und ich sehe weitere schwere Panzer, die rechts und links der Fernstraße in jeweils zehn Meilen breiter Front vorstoßen. Das sind über zwanzig Meilen verteilt mindestens zweihundert Panzerfahrzeuge.«

»Kann das System sie identifizieren?«

Der Computer verglich die vom LADAR ermittelten Abmessungen mit den gespeicherten Fahrzeugdaten, ohne zu einem eindeutigen Ergebnis zu kommen. »Dort draußen fährt alles Mögliche herum: chinesische Panzer vom Typ 59 und 69, sowjetische T-53, Schützenpanzer, Sturmgeschütze ... einfach alles. Wir müssten ein bisschen näher herangehen. Zehn Meilen sollten reichen.«

»Ich gebe die Meldung trotzdem schon mal an HAWC und

NRO weiter«, entschied Patrick. »Übrigens scheint ihr beim letzten Scan noch etwas entdeckt zu haben.« Er hatte die LADAR-Darstellung im virtuellen Cockpit auf volle 50 Meilen Radius vergrößert und so mehrere chinesische Jäger auf Südkurs entdeckt. »Der Computer identifiziert sie als größeren Verband von J-6, die jetzt über die Grenze fliegen«, sagte Patrick. Die J-6, ein Nachbau des sowjetischen Jägers MiG-19 FARMER, war der häufigste Jäger der zahlenmäßig starken chinesischen Luftwaffe. »Sieht nach vier Viererketten aus. Die Chinesen suchen offenbar Streit.«

»Richtig«, warf David Luger ein. »Die Chinesen rücken offenbar auf breiter Front mit Panzern vor, die jetzt Luftunterstützung bekommen. Also kann es heute Nacht noch spannend werden.«

»Großartig!«, sagte Rebecca und zog ihre Gurte noch fester. »Hier oben bin ich mir ziemlich sicher vorgekommen – bis jetzt. Auf einmal fühle ich mich völlig schutzlos.«

»Treibstoff habt ihr noch für mindestens eine Stunde bis zum Nachtanken«, stellte Patrick fest. »Elektrik, Hydraulik, Druckluft, Schwerpunkt – alles im grünen Bereich. Sieht so aus, als wollten die Jäger in mittlerer Höhe bleiben. Wollt ihr höher gehen?«

»Von mir aus gern«, antwortete Rebecca.

»Also los!«, entschied Patrick. In weniger als fünf Minuten waren sie auf 34 000 Fuß gestiegen, mindestens 10 000 Fuß höher als die chinesischen Jäger. Auch die japanischen MiG-29 waren jetzt tiefer als die Megafortress. »Das HAWC hat unsere Alarmmeldung an Space Command und Pacific Command weitergeleitet«, fuhr Patrick fort. »Wir haben den chinesischen Vorstoß zuerst gemeldet – gut gemacht, Leute. *Grand Island* und *Boone* hören in Echtzeit mit und sind beide klar zum Gefecht.«

Patrick und Nancy wechselten einen Blick. Beide spürten, wie die Aufregung und Spannung mit jeder Minute stieg.

»Okay, wir hören gerade den landesweiten Luftalarm mit, der im Klartext an die gesamten koreanischen Streitkräfte hinausgeht«, berichtete Patrick. »Überall werden die Radare von Luftverteidigungsstellungen aktiviert… wir müssten uns jeden Augenblick einklinken können. Ich rechne damit, dass die Radarabdeckung der gesamten Halbinsel in wenigen Minuten vollständig ist.«

Als die Luftschlacht sich entwickelte, wurde rasch klar, dass die

Koreaner in jeder Beziehung hoffnungslos in der Defensive waren. Obwohl sie die Flugzeuge der ehemaligen nordkoreanischen Luftwaffe – ein Konglomerat aus einigen wenigen modernen Jagdbombern MiG-23, Jägern MiG-29 und vielen älteren Jägern aus chinesischer Produktion – mit den modernen westlichen Jägern und Jagdbombern der ehemaligen südkoreanischen Luftwaffe kombiniert hatten, waren die Koreaner zumindest zahlenmäßig weit unterlegen.

Koreanische Jagdbomber F-16CJ führten den Hauptangriffsverband an. Sie blieben in 15 000 Fuß – außerhalb des Wirkungsbereichs der feindlichen Flak – und präsentierten sich als einladende Ziele. Damit sollten sie das Feuer chinesischer Fla-Lenkwaffen oder zumindest feindliche Suchradare auf sich ziehen, um sie mit ihren Luft-Boden-Raketen AGM-88 HARM zur Radaransteuerung bekämpfen zu können.

Aber die chinesischen Infanterie- und Panzerverbände fielen nicht auf diese List herein. Sie wussten, dass die koreanischen F-16 keine Ziele hatten, solange ihre Radare ausgeschaltet blieben. Die F-16 flogen bis über die Panzerkolonnen, ohne dass auch nur ein Gewehrschuss auf sie abgegeben worden wäre. So blieb ihnen nichts anderes übrig, als über dem Vormarschgebiet zu kreisen und auf Gelegenheitsziele zu warten. Einige Piloten versuchten, Panzer und Sturmgeschütze im Tiefflug mit Schüttbomben anzugreifen; diese Maschinen wurden von chinesischer Flak mit optischen Visieren und Restlichtverstärkern oder Fla-Raketen mit IR-Suchköpfen bekämpft. Nachdem die Koreaner dabei vier Jagdbomber verloren hatten, mussten sie sich zurückziehen.

Die nächste koreanische Angriffswelle bestand aus Jagdbombern F-16 Block 52 mit fernsehgesteuerten Abwurflenkwaffen AGM-65D Maverick zur Panzerbekämpfung, denen Jagdbomber MiG-23 mit panzerbrechenden Bomben und Raketen zur Zielmarkierung folgten. Aber inzwischen hatten weitere chinesische Verbände mit Jägern J-6 das Kampfgebiet erreicht, wo sie den Koreanern sechsfach überlegen waren. Trotz ihrer zahlenmäßigen Unterlegenheit erzielten die koreanischen Piloten eindrucksvolle Erfolge, aber ihre Jagdraketen waren bald verschossen, ohne dass die Zahl der chinesischen J-6 sich merklich verringert hätte.

Deshalb dauerte es nicht lange, bis die koreanischen Jagdflieger nach Süden ausweichen mussten. Mehrere Verbände koreanischer Jagdbomber F-4E Phantom II versuchten, Chagang Do zu umfliegen und dann von Westen aus anzugreifen, aber sie wurden von chinesischen Jägern aus Dandong abgefangen und ebenfalls zurückgeschlagen. Beide Seiten hatten nur eine Hand voll Maschinen verloren, aber das Ergebnis war trotzdem kein Patt: Jedes Flugzeug, das die Koreaner verloren, stellte einen erheblichen Teil ihrer Luftstreitkräfte dar, während die Chinesen für jeden abgeschossenen Jäger vier weitere in den Kampf schicken konnten.

Obwohl Chinesen und Koreaner etwa gleich viele Maschinen verloren, war die erste koreanische Gegenoffensive ein völliger Fehlschlag. Die starken chinesischen Infanterie- und Panzerverbände in den drei nördlichen Grenzprovinzen Koreas hatten kaum einen Kratzer abbekommen.

Kontroll- und Lagezentrum,
Osan, Vereinigte Republik Korea
(ehemals Südkorea)

»Fünf F-16 und sechs F-4 abgeschossen oder beschädigt, Herr Minister«, fasste der Operationsoffizier des Kontroll- und Lagezentrums zusammen. »Nach ersten Meldungen sind lediglich dreizehn chinesische Panzer und neun Sturmgeschütze getroffen worden. Unser Waffenverbrauch liegt bei über zweihundert Abwurflenkwaffen Maverick, vierzig Lenkwaffen zur Radaransteuerung und über hundert Bombensätze. Die zurückgekommenen Flugzeuge werden jetzt wieder betankt und bewaffnet.«

»Solche Verluste sind völlig inakzeptabel!«, tobte Verteidigungsminister Kim. »Fünf Prozent! Fünf Prozent unserer Jagdbomber *allein* beim ersten Gegenangriff abgeschossen oder beschädigt! Wie sollen wir bei solchen Verlusten den Feind über die Grenze zurückwerfen?«

»Wir verstärken die taktische Aufklärung und überarbeiten die Zielliste, Herr Minister«, antwortete Generalstabschef An. »Aber über der Provinz Chagang Do hat die chinesische Luftwaffe jetzt eine starke zahlenmäßige Überlegenheit. Die chinesischen Jäger verwickeln unsere F-16 nicht in Luftkämpfe – sie schießen nur und flüchten, schießen und flüchten. Das können sie tun, weil sie wissen, dass jeder Jäger, der das Kampfgebiet verlässt, durch vier oder fünf weitere Jäger ersetzt wird. Wozu sollten sie riskieren, im Luftkampf mit unseren besser ausgebildeten Piloten und moderneren Maschinen abgeschossen zu werden?«

»Was wollen Sie dagegen unternehmen, General?« fragte Kim scharf.

»Ohne bessere Fotoaufklärung lässt sich nachts nicht viel machen«, sagte General An bedrückt. »Nur ein Drittel unserer F-16 kann Abwurflenkwaffen Maverick tragen – und sie können ihren Kampfauftrag nicht richtig erfüllen, wenn wir nicht die Luftherrschaft haben. Sobald es Tag ist, können wir die Jäger F-5 *Chegong-ho* in den Kampf schicken und unsere Jagdbomber Hawk und Mohawk einsetzen.« An machte eine Pause, dann schüttelte er resigniert den Kopf. »Aber das wird nicht viel nützen«, gestand er ein. »Die chinesische Luftwaffe ist unserer qualitativ unterlegen, aber ihre numerische Überlegenheit zählt, selbst wenn unsere Piloten noch so gut kämpfen. Wir müssen damit rechnen, die Luftherrschaft über Chagang Do nicht mehr zurückgewinnen zu können.«

»Das ist inakzeptabel! Völlig inakzeptabel!«, brüllte Kim noch einmal. »Wir haben zu hart gekämpft und sind zu weit gekommen, um uns jetzt zurückschlagen zu lassen. Was taugen wir als Nation, wenn wir nicht einmal unser eigenes Land vor einer Invasion schützen können?« Das rote Telefon vor ihm klingelte. Kim ignorierte es eine halbe Minute lang und warnte auch General An mit strengem Blick davor, etwa nach dem Hörer zu greifen. Schließlich meldete der Verteidigungsminister sich doch: »Was gibt's?«

»Hier ist der Präsident«, sagte Kwon Ki-chae zornig. »Was geht im Norden vor? Mein Stab meldet mir, dass wir die chinesischen Truppen angreifen!«

»Ich hatte keine andere Wahl, Herr Präsident«, behauptete Kim. »Ich habe Jagdbomber eingesetzt, um die Spitze der chinesischen Panzerverbände mit konventionellen Waffen angreifen zu lassen. Außerdem habe ich Stärke und Verteilung der feindlichen Luftabwehr in der Provinz Chagang Do sondieren lassen.«

»Alles ohne mich um Erlaubnis zu fragen!«, rief Kwon erregt. »Sie stellen diese Angriffe sofort ein, General! Haben Sie verstanden?«

»Herr Präsident, wir haben durch chinesische Angriffe bereits elf Flugzeuge verloren«, stellte Kim nüchtern fest. »Die Chinesen stoßen weiter nach Süden vor und dürften bald aus der Provinz Chagang Do ausbrechen. Morgen um diese Zeit können sie mit vier Panzerbrigaden in den Außenbezirken von Pjöngjang stehen. Bringen wir ihren Vormarsch nicht zum Stehen, schlagen sie in drei Tagen in Seoul die Eingangstür des Blauen Hauses ein.«

»General, begreifen Sie denn nicht, dass wir nicht hoffen können, die chinesische Volksbefreiungsarmee mit militärischen Mitteln zu besiegen?«, fragte Präsident Kwon ungläubig. »Haben Sie vergessen, was sich in unserem eigenen Land abgespielt hat? Unseren großen Sieg über den Kommunismus haben wir nicht durch Gewalt, sondern durch den Einsatz von Vernunft und Wahrheit errungen. Das nordkoreanische Regime wurde nicht durch unsere militärische Macht gestürzt, sondern weil das Volk die Diktatur abgeschüttelt hat, von der es allmählich ausgehungert wurde.«

»Ich weiß recht gut, wodurch wir die Kommunisten besiegt haben, Herr Präsident«, antwortete Kim mit leiser, monotoner Stimme.

»Wieso leiden Sie dann unter diesen Anfällen von Größenwahn, General Kim?«, fragte Kwon scharf. »Glauben Sie wirklich, wir könnten China einschüchtern, nur weil wir ein paar Jäger, Geschütze und Atomwaffen erbeutet haben? Der kleinste chinesische Militärbezirk verfügt über doppelt so viele Soldaten, Flugzeuge und Panzer wie unser *ganzes Land!*

Wir sind ein friedliches Land, Kim, nicht weil wir klein und hilflos sind, sondern weil wir als Koreaner zur Friedensliebe erzogen wurden«, fuhr Kwon fort. »Wir haben keine Offensivstreitmacht, weil wir nie eine besitzen wollten! Wir hätten diese ABC-Waffen aus der Hand geben sollen. Wir hätten sie nie behalten dürfen!«

»Damit China uns wieder besetzen kann?«, wandte Kim ein.

»Haben wir die Wiedervereinigung erkämpft, nur um uns ein paar Wochen später einer vermeintlichen Übermacht kampflos zu ergeben?«

»Heute herrschen andere Verhältnisse als 1895 oder 1945«, fuhr Kwon fort. »Begreifen Sie das denn nicht? Die Eroberung anderer Länder ist weniger wichtig, als wirtschaftlich und technologisch wettbewerbsfähig zu bleiben. China braucht unser Land nicht. Aber Sie – wir – tun weiter so, als herrsche in China noch die Ming-Dynastie, als wollten Kriegsherrn aus dem kaiserlichen Japan uns erneut annektieren. Die Chinesen wären bereit gewesen, in aller Ruhe abzuwarten, ob auf der koreanischen Halbinsel Frieden und Stabilität einkehren würden – solange sie nicht mit ABC-Waffen bedroht wurden. Als wir diese Waffen behalten haben, sind wir für China zu einer Bedrohung geworden.«

»Wir haben diese Waffen zum Schutz unserer Grenzen vor der chinesischen Volksbefreiungsarmee und als Garantie für unsere Sicherheit behalten«, stellte Kim fest. »Wir wussten, dass wir nicht hoffen konnten, uns gegen Chinas zahlenmäßige Übermacht verteidigen zu können. China ist unbesonnen genug, das Leben von Millionen seiner Bürger und Soldaten aufs Spiel zu setzen, nur um die Provinz Chagang Do zu erobern – aber das braucht *uns* nicht zu kümmern.

Unser Weg ist vorgezeichnet: Wir müssen unsere Drohung wahr machen, Massenvernichtungswaffen einzusetzen, um den chinesischen Vormarsch aufzuhalten. Herr Präsident, ich ersuche Sie um Ihre Startcodes für unsere atomaren, biologischen und chemischen Waffen.«

»Sie … Sie sind *übergeschnappt*, Kim …«

»Ich bin *Realist*, Herr Präsident!«, wehrte der Verteidigungsminister schroff ab. »Ich versuche Korea zu retten, statt seiner Vernichtung zuzusehen! Ich bin im Befehlszentrum und leite die Operationen unserer Truppen gegen die chinesischen Invasoren, statt in meinem behaglichen Arbeitszimmer oder irgendeinem Geheimbunker zu sitzen, die Hände zu ringen und auf Frieden zu hoffen. Auf meinen Befehl werden zwölf ballistische Raketen Scud B und sechs Nodong 1 zum Einsatz gegen die feindlichen Brigaden in Chagang Do und in der chinesischen Provinz Jilin startklar gemacht. Weitere Ziele sind die Flugplätze Dandong, Fushun und Shenjang, der Panzerstützpunkt Linjiang und die Kriegshäfen Luda und Qingdao. Außerdem habe ich zwei Raketen Nodong-2 fürs Kommandozentrum der Volksbefreiungsarmee bestimmt …«

»*Peking?*«, fragte Kwon entsetzt. »Sie … Sie wollen Peking mit *Atomwaffen* angreifen?«

»Ich weiß, dass Ihnen das als drastisches, kaum vorstellbares Mittel erscheinen muss«, sagte Kim erstaunlich ruhig. »Aber wenn wir die geringste Hoffnung haben wollen, die chinesische Dampfwalze daran zu hindern, Korea zu überrollen, müssen wir jetzt handeln. Ich brauche Ihre Ausführungscodes, Herr Präsident, und ich brauche sie sofort. Sie müssen sie mir am Telefon vorlesen – wenn Sie wollen, kann ich Ihnen gleich jemanden schicken, der Ihnen behilflich ist, die Codes zu aktualisieren. Der hiesige Erste Controller schreibt sie mit und überprüft sie anschließend. Sobald sie mit meinen Codes kombiniert sind, kann der Angriff beginnen.«

»Meine Codes bekommen Sie *niemals*, Kim!«, protestierte Kwon. »Glauben Sie wirklich, ich würde einen Angriff genehmigen, der Millionen und Abermillionen Opfer fordern kann? Sie sind wahnsinnig! Ich befehle Ihnen, das Kommandozentrum augenblicklich zu verlassen, sonst lasse ich Sie verhaften! Ich entHebe Sie Ihres Amts!«

»Das können Sie nicht!«

»Ich hab es bereits getan«, stellte Kwon fest. »Sie sind nicht mehr Verteidigungsminister. Ich lasse das Dekret sofort ausfertigen.« Damit legte er auf.

Kim Kun-mo war leicht schwindlig, als er den Hörer auflegte. Dieser Hundesohn, dachte er wütend, hat mich rausgeschmissen! Wir befinden uns mitten im Krieg gegen das kommunistische China, und er *schmeißt mich raus?* »Das kann er nicht!«, brüllte Kim. »Das darf ich nicht zulassen!« Er griff nach dem Hörer des Telefons, das ihn mit dem Ersten Controller verband.

»Herr Minister?«

»Lassen Sie das Zentrum zur Verteidigung einrichten, General«, wies Kim ihn an. »Vollschutz gegen ABC-Waffen. Volle

EMI-Schutzmaßnahmen. Kommunikation nur über das abgeschirmte analoge Befehlsnetz.«

»Zu Befehl«, sagte der Erste Controller knapp. »Schalte auf interne Stromversorgung um, lege digitale Kommunikation und Datenfernübertragung still.«

Wenige Sekunden später flackerten die Deckenleuchten und erloschen dann bis auf eine Hand voll Sicherheitsleuchten mit Batteriebetrieb. Gleichzeitig begann die Luft anders zu riechen – modrig, aber trocken wie in einem Sarkophag. Das Zentrum war jetzt völlig von der Außenwelt abgeschnitten und wurde mit wieder aufbereiteter Innenluft versorgt. Als Energiequelle dienten Akkusätze, die aufgeladen wurden, solange die externe Stromversorgung funktionierte; falls es draußen zu einer Kernwaffendetonation kam, würden sofort Notstromaggregate anspringen.

Kim stand von seinem Schreibtisch auf und sah ins Lage- und Kontrollzentrum hinunter, das jetzt mit nur noch wenigen beleuchteten Konsolen in fast völliger Dunkelheit lag. Die Aktivitäten waren jedoch keineswegs eingestellt. Techniker waren dabei, die Arbeitsplätze durch analoge Kommunikationsmittel – einfache Feldfernsprecher aus dem Koreakrieg – zu verbinden und die jetzt dunklen Großbildschirme durch altmodische Wandtafeln zu ersetzen. Falls in der Nähe eine Kernwaffe detonierte, verminderte die Umstellung von digitaler Breitbandkommunikation auf das speziell abgeschirmte analoge Befehlsnetz die Gefahr eines völligen Ausfalls aller Fernmeldeeinrichtungen …

… und isolierte das Zentrum von Präsident Kwon Ki-chae, zumindest für kurze Zeit. Die Frage war nun: Würde die Zeit reichen?

Vizepräsident Pak Chung-chu stürmte ins Büro des Präsidenten. »Kein Mensch hat mich benachrichtigt!«, rief er atemlos. »General Kim und General An haben einen Gegenangriff versucht, der fehlgeschlagen ist, und jetzt stoßen die Chinesen ungehindert weiter nach Süden vor!«

»General Kim hat anscheinend den Verstand verloren«, behauptete Kwon erregt. »Er hat um meine Startcodes gebeten – nein, er hat sie *gefordert* –, damit er China mit ABC-Waffen angreifen kann. Als Ziele hat er bereits mehrere chinesische Städte festgelegt, *darunter auch Peking!* Ist das nicht unglaublich? Kim will *Peking* mit zwei Nuklearsprengköpfen mit dreihundertfünfzig Kilotonnen Sprengkraft angreifen! Er muss übergeschnappt sein!«

»Welchen Befehl haben Sie ihm stattdessen erteilt, Herr Präsident?«, wollte Pak wissen.

»Ich habe ihm befohlen, das Kontroll- und Lagezentrum zu verlassen, weil ich ihn seines Amtes enthoben habe!«, sagte Kwon aufgebracht. »Ich will diesen Verrückten nicht in meiner Befehlszentrale haben! Ich werde sofort einen Nachfolger für ihn bestimmen.«

»Aber was ist mit den Chinesen?«, fragte Pak hörbar verängstigt. »In den Meldungen heißt es, drei Panzerbrigaden seien von Kanggje aus auf dem Marsch nach Süden. In zwei bis drei Tagen können sie Anju eingenommen haben! Oberhalb des vierzigsten Breitengrads haben die Chinesen die absolute Luftherrschaft. Was sollen wir nur tun?«

»Wir verhandeln mit Staatspräsident Jiang«, sagte Kwon. »Versuchen wir, die chinesische Volksbefreiungsarmee aufzuhalten, müssen wir nur mit noch höheren Verlusten rechnen. Außerdem haben die Amerikaner vertraulich mitgeteilt, dass China nur die Waffenlabors in Chagang Do zerstören und sich anschließend wieder aus Korea zurückziehen will. Über diesen Plan bin ich ehrlich gesagt nicht einmal unglücklich.«

»Das dürfen Sie nicht zulassen, Herr Präsident – Sie dürfen die Chinesen nicht ohne Gegenwehr in Korea einmarschieren lassen«, sagte Pak energisch. »Unabhängig davon, welche Verluste sie bei unserem Raketenangriff erlitten haben, war allein der Vorstoß über unsere Grenze eine Kriegshandlung. Und dass wir untätig zusehen, wie sie unsere militärischen Einrichtungen und Waffenlabors zerstören und als Beute fortschleppen, was ihnen gefällt, ist nicht recht! Das muss verhindert werden!«

»Und wie sollen wir das machen, Herr Pak?«, fragte Kwon. »Ich habe bereits an die Vereinten Nationen appelliert. Die Vereinigten Staaten haben beantragt, dass der Sicherheitsrat in einer Sondersitzung über die chinesische Invasion berät. Die Vereinigten Staaten haben uns erneut aufgefordert, alle Massenvernichtungswaffen abzuliefern, und angeboten, dafür ein System zur Grenzüberwachung zu installieren, das ohne US-Truppen auf unserem Boden auskommt. Ich werde diese Maßnahmen im Parlament zur Abstimmung stellen und bin sicher, dass sie breite Zustimmung ...«

»Das ist alles ganz schön und gut für die Zukunft – falls die Chinesen uns erlauben, eine Zukunft zu *haben*«, unterbrach Pak ihn. »Herr Präsident, Sie müssen *zurückschlagen!* Sie haben dem koreanischen Volk versprochen – vor allem uns Nordkoreanern, die nie wieder unter Tyrannei und Diktatur leiden sollten –, es zu beschützen und vor Schaden zu bewahren. Deshalb müssen Sie jetzt handeln! Selbst wenn Ihr Versuch wie General Kims nächtlicher Gegenangriff fehlschlägt, müssen Sie handeln.«

»Aber was ist, wenn koreanische Flieger und Soldaten bei dem Versuch fallen, die chinesischen Horden aufzuhalten?«, fragte Kwon. »Ihr Tod wäre sinnlos und tragisch. Ihre ...«

»Sie täuschen sich, Herr Präsident«, sagte Pak eindringlich. »Diese Flieger und Soldaten sind dort, weil sie dort sein und für ihr Land kämpfen wollen. Sie vertrauen darauf, dass wir sie bei der Verteidigung ihres Vaterlands anleiten. Diese Verantwortung können und dürfen wir nicht abgeben – nicht an die Vereinten Nationen, nicht an die Vereinigten Staaten, an niemanden. Sie müssen den Befehl erteilen, Herr Präsident.«

»Welchen Befehl? Ich habe meinen Sicherheitsberater und die Befehlshaber der Teilstreitkräfte konsultiert. Sie wissen keine andere Lösung, als mit amerikanischer Unterstützung mit China zu verhandeln.«

»Sie wissen, welcher Befehl gegeben werden muss«, erklärte Pak ihm eindringlich. »Das wissen Sie genau! Sie müssen mit Spezialwaffen angreifen.« Kwons Augen drohten aus ihren Höhlen zu quellen, als sehe er ein aus dem Grab auferstandenes Gespenst. »Sie müssen die chinesische Kriegsmaschinerie in Korea *und* China zerschlagen. General Kim ist nicht übergeschnappt. Er weiß, dass wir handeln müssen. Nur Sie können verhindern, dass ...«

»Nein!«, Kwons Stimme kippte vor Erregung fast über. »Ich

gebe diese Codes niemals her! Lieber will ich sterben, als für den Tod von Hunderttausenden, vielleicht Millionen armer Seelen verantwortlich zu sein!«

Pak starrte ihn sekundenlang an, dann schüttelte er den Kopf. Er drückte eine Taste der Gegensprechanlage auf Kwons Schreibtisch. »Schicken Sie bitte den Attaché herein.« Im nächsten Augenblick betrat ein Heeresoffizier, der einen gewöhnlichen schwarzen Aktenkoffer trug, das Büro des Präsidenten. Er legte den Aktenkoffer auf den Schreibtisch, drehte ihn etwas, damit Kwon die Schlösser vor sich hatte, löste den Schlüssel von der Stahlkette an seinem linken Handgelenk und trat einen Schritt zurück. »Herr Präsident, öffnen Sie den Aktenkoffer«, wies Pak ihn an.

»Nein«, widersprach Kwon. Der junge Offizier sah mit wachsender Verwirrung von einem der beiden führenden Männer seines Landes zum anderen.

Pak Chung-chu griff in seine Jacke und zog eine nordkoreanische Pistole Typ 64 mit aufgeschraubtem, 15 Zentimeter langen Schalldämpfer heraus. Der Offizier holte erschrocken tief Luft und wollte seine eigene Pistole ziehen, aber Pak riss seine Waffe hoch, drückte ab und traf ihn aus drei Metern Entfernung ins Herz. Der Offizier brach tot zusammen.

»Sie… Sie haben ihn erschossen!«, rief Kwon entsetzt. »Sie Schwein! Der arme Kerl war unschuldig! Er war nur ein Kurier…«

»Heute Nacht werden viele sterben – er war nur einer davon«, wehrte Pak kalt ab. Er trat an die Leiche, hob den zu Boden gefallenen Schlüssel auf und steckte ihn in eines der Schlösser des Aktenkoffers. »Jetzt sind Sie dran, Herr Präsident. Aufsperren!«

»Sonst erschießen Sie mich auch, Herr Pak?«, fragte Kwon. »Sie scheinen heute Nacht in Killerlaune zu sein.«

»In der Tat«, sagte Pak und schoss Kwon Ki-chae ins Herz. Nach dem durch das 7,62-mm-Geschoss ausgelösten, kurzen Schmerz breitete sich auf Kwons Gesicht ein Ausdruck friedvoller Erleichterung aus, als er zusammensackte und starb.

Pak löste den zweiten Schlüssel von Kwons Handgelenk und sperrte den Aktenkoffer auf, der einen Satz aus 25 bedruckten

Karten enthielt. Dann durchsuchte er Kwons Taschen, bis er eine kleine Karte mit detaillierten Anweisungen gefunden hatte. Wer für den Inhalt des Aktenkoffers verantwortlich war, erhielt jeden Morgen eine neue Codezahl; seine Aufgabe war es dann, diese Zahl mit der aktuellen Datum-Zeit-Gruppe zu kombinieren, woraus sich die Nummer einer der 25 Karten in dem Aktenkoffer ergab.

Der Präsident hatte seine Aufgabe nie allzu ernst genommen, denn schließlich musste Verteidigungsminister Kim diesen Vorgang wiederholen, bevor der Code in die Computer des Kontroll- und Lagezentrums eingegeben wurde. Deshalb hatte Kwon die jeweilige Codezahl im Allgemeinen direkt auf die Karte mit den Anweisungen zur Entschlüsslung geschrieben – ein eklatanter Verstoß gegen die Geheimhaltungsvorschriften, weil jeder, der diese Zahl kannte, den Einsatzbefehl geben konnte. Aber es war typisch für Kwon Ki-chae, dass er sich um solche Kleinigkeiten nie gekümmert hatte. Genau wie Pak erwartet hatte, stand die Codezahl tatsächlich auf der kleinen Karte vermerkt.

Nachdem Pak die aktuelle Datum-Zeit-Gruppe mit der Codezahl kombiniert und so die Karte mit dem jetzt gültigen Einsatzcode gefunden hatte, musste er das Befehlszentrum anrufen und den Einsatzcode und die zur Feststellung der richtigen Karte benutzte Datum-Zeit-Gruppe durchgeben. Die beiden Codes wurden dann dem Ersten Controller übermittelt, der sie in den Startcomputer eingab. Stimmten sie überein und waren sie innerhalb von sechs Minuten ermittelt worden, ließ der Computer zu, dass die Raketeneinheiten über ihr eigenes Kommandonetz die Startbefehle erhielten.

Pak wählte Kim Kun-mos Nummer im Kommando- und Lagezentrum. »Es ist so weit, General«, sagte er ernst. »Der Ausführungscode folgt…« Dann las er ihm den Code und die Datum-Zeit-Gruppe vor.

»Sie haben das Richtige getan … Herr Präsident«, bestätigte Kim aufgeregt, bevor er den Hörer auflegte und sich beeilte, seinen Code zu ermitteln, bevor die Zeit ablief.

»Das Richtige… Herr Präsident. Das Richtige… Herr Präsident.« Pak Chung-chu lächelte bei diesen Worten. Sie klangen gut. Sie klangen sogar sehr gut. Er hatte viel zu erledigen, vieles wieder einzurenken, viele Versprechen zu erfüllen, viele Befürchtungen zu zerstreuen.

Seine erste Amtshandlung bestand daraus, dass er neben der Leiche des tapferen Visionärs Kwon Ki-chae, des ersten Präsidenten der Vereinigten Republik Korea, niederkniete, die Mündung seiner Pistole Typ 64 in den Mund nahm und sich eine Kugel ins Gehirn jagte.

Über Mittelkorea
(zur gleichen Zeit)

»Hey, Boss, sollen wir nicht runtergehen und etwas unternehmen?«, fragte Rinc Seaver. Die Amerikaner hatten die sich unter ihnen entwickelnde Luftschlacht auf den Displays ihrer Supercockpits verfolgt und staunten über die sinnlos hohen Verluste an Menschen und Material in so unglaublich kurzer Zeit. »Ich schlage vor, ein paar Wolverines einzusetzen – die würden die chinesischen Panzer bald zum Stehen bringen.«

»Ich bin ganz Ihrer Meinung, Major«, sagte Patrick. »Genesis, hier Fortress Zero, wie hören Sie mich?«

»Ich höre Sie fünf«, antwortete Generalleutnant Terrill Samson, der den Einsatz über Korea vor dem abgespeckten VC-System in seinem Dienstzimmer in Dreamland verfolgte. »Das wollte ich gerade vorschlagen, Leute. Ihr habt grünes Licht, wiederhole, grünes Licht.«

Während sie ihre Displays beobachteten, erschienen nacheinander kleine dreieckige Zielsymbole in den Cockpits und in Adak. Jedes dieser Symbole symbolisierte eine Fahrzeugkolonne innerhalb des Wirkungsbereichs eines Marschflugkörpers Wolverine. Der Angriffscomputer errechnete blitzschnell den Anflugkurs, der die beste Wirkung der Gefechtsköpfe jeder Wolverine garantierte, und verteilte die Ziele auf die einzelnen Flugzeuge. Das Ergebnis lag den Besatzungen nach wenigen Sekunden vor.

»Anscheinend ist vorläufig Schluss mit der Raketenkillerei«, meinte Rebecca.

»Denkt daran, dass ihr nach dem Abwurf zusehen müsst, schleunigst in Reichweite der Grand Island zu kommen«, ermahnte Patrick sie. »Eure Maschinen sind selbst mit geöffneten Bombenklappen kaum zu orten, aber die Wolverines sehr wohl, und ihr braucht über eine halbe Minute, um sie abzuwerfen. Dann habt ihr sofort die bösen Kerle am Hals.«

Die Marschflugkörper Wolverine wurden aus großer Höhe abgeworfen. Seaver und Long mussten nach Norden fliegen, um zu den anderen aufzuschließen, während Furness und Scott erst auf Ostkurs bleiben und dann nach Westen zurückfliegen würden, um ihren Abwurf mit den anderen zu koordinieren. Alle drei Bomber EB-1C Megafortress erreichten ihre Abwurfpunkte jedoch in Abständen von weniger als zehn Sekunden. Sie setzten ihre nachgeschleppten Köder ein, unmittelbar bevor sie in den Wirkungsbereich der mobilen Fla-Raketen unter ihnen gelangten. In optimaler Entfernung für ihr Angriffsprofil regneten aus den geöffneten Bombenklappen Marschflugkörper Wolverine auf die chinesischen Panzerkolonnen im Süden der Provinz Chagang Do hinab. Jede Megafortress warf aus dem Revolvermagazin in der hinteren Bombenkammer in Abständen von neunzig Sekunden je sechs Wolverines ab, sodass zwei Marschflugkörper für Folgeangriffe zurückblieben.

Jede AGM-177 Wolverine beschrieb einen kleinen Bogen vom Ziel weg, während sie im Sturzflug tiefer ging und ihr kleines Düsentriebwerk anließ. Sobald sie dem ersten Ziel näher kam, ging sie in weniger als 100 Fuß über Grund in den Horizontalflug über, in dem sie mit ihrem GPS-Empfänger, einem Computer für Geländevergleiche und ihrem Millimeterwellen-Radar navigierte. Dreißig Sekunden vor dem Aufschlag machte die Cruise Missile eine Radaraufnahme des Zielgebiets, korrigierte ihren Anflugkurs entsprechend und fing dann an, Zielaufnahmen an McLanahan und die beiden anderen im VC auf der Adak Naval Air Station zu übermitteln. So konnten die Besatzungen sich ausschließlich darauf konzentrieren, ihre Bomber zu fliegen. Musste der Kurs eines Marschflugkörpers im letzten Augenblick minimal korrigiert werden, konnten die drei das von ihrem virtuellen Cockpit in Adak aus erledigen.

Jede Wolverine hatte drei Bombenkammern mit jeweils zehn BLU-108/B »Shredder« mit Sensorzündung. Jede Shredder setzte vier Projektile frei, die sich selbstständig Ziele suchten und mit einem auf doppelte Schallgeschwindigkeit beschleunigten Bolzen aus geschmolzenem Kupfer selbst massiven Panzerstahl durchschlugen. Die Reichweite dieser Projektile betrug eine halbe Meile.

Die Wirkung war vernichtend. Im Umkreis von einer halben Meile wurde jedes Fahrzeug zerstört, das kleiner als ein Panzer war. Der Kupferbolzen durchschlug mühelos bis zu drei Zentimeter Stahl, aber sobald er die erste Schicht durchschlagen hatte, war er so weit abgekühlt, dass er im Inneren des Fahrzeugs keine weitere mehr durchschlagen konnte. Traf er dort erneut auf Metall – meistens die Bodenplatte –, zerlegte er sich in Tausende von winzigen Kupferkugeln, die mit Schallgeschwindigkeit auseinander spritzten. Wer sich im Inneren eines getroffenen Fahrzeugs aufhielt, wurde augenblicklich durchsiebt. Panzern erging es kaum besser. Traf der Kupferbolzen nicht ihre Oberseite, die meistens aus etwas dünnerem Stahl bestand, bohrte er sich durch die äußere Panzerung und blieb dann stecken, wobei er Treibstofftanks hochgehen ließ, Munitionsmagazine in die Luft jagte oder Getriebe zerlegte.

Solche tödlichen Angriffe wiederholten sich, während die Marschflugkörper Wolverine die langen Panzer- und LKW-Kolonnen entlangflogen. Geländewagen wurden ebenso getroffen wie mobile Flak, Versorgungsfahrzeuge und Mannschaftstransporter. Ein Shredder-Bolzen, der im Motorraum eines Dieselfahrzeugs einschlug, verwandelte den Motor und seinen Treibstofftank sofort in einen riesigen, weiß glühenden Feuerball, der die Fahrzeuginsassen sekundenschnell verschlang.

War die dritte Bombenkammer leer, erfasste jeder Marschflugkörper Wolverine mit seinem Millimeterwellen-Radar ein letztes großes Ziel. Die Besatzung des virtuellen Cockpits bekam es kurz durch seine IR-Fernsehkamera zu sehen, nahm notfalls geringe Kursänderungen vor und steuerte die Cruise Missile dann ins letzte Ziel. Selbst ohne Sprengkopf und nur mit etwas Resttreibstoff beladen entwickelte eine 400 Kilogramm schwere Lenkwaffe, die mit fast 300 Knoten anflog, ungeheure Zerstörungskraft.

Jede EB-1C Megafortress drehte eilig ab, sobald der letzte Marschflugkörper Wolverine abgeworfen war: Leistungshebel in Leerlaufstellung zurück, Steilkurve von den chinesischen Kolonnen weg, Fahrt weiter zurücknehmen bis zur besten Drehgeschwindigkeit und dann Leistungshebel langsam wieder nach vorn schieben, um diese Geschwindigkeit beizubehalten, bis die Drehung abgeschlossen war.

Die Besatzungen konnten auf ihren Displays die Wirkung der Shredder-Projektile mit Sensorzündung nicht beobachten – sie sahen nur den letzten Aufschlag jeder Wolverine. »Die Dinger scheinen ziemlich gut zu funktionieren«, sagte John Long auf der Einsatzfrequenz. »Wieso haben wir sie dann noch nicht als Standardbewaffnung?«

»Weil wir für eine Wolverine vier konventionelle Abwurflenkwaffen oder sieben AGM-84 SLAM kaufen können«, antwortete Paul Scott. Er schaltete auf die Bordsprechanlage um. »Achtung, neue Bedrohung, Zielsuchradar, kombiniertes Golf-India-Hotel-Band, vier Uhr, zwanzig Meilen, scheint eine SA-6 zu sein... Scheiße, Höhenfinder aktiviert ... Störsender eingeschaltet, wir müssen schnellstens runter, Rebecca, und zusehen, dass wir...«

Im nächsten Augenblick setzte zur Warnung ein schrilles DIEDELDIEDELDIEDEL ein. »Raketenstart! Düppel raus! TERFLW-Modus ein, rechts wegkurven!« Rebecca aktivierte sofort das Terrainfolgesystem, und die Megafortress stürzte mit 150 Metern pro Sekunde dem Erdboden entgegen. Gleichzeitig legte Rebecca sie in eine steile Rechtskurve und schob die Leistungshebel ruckartig nach vorn in Nachbrennerstellung. Sie verringerte ihre Höhe in mehreren Schritten zügig auf 200 Fuß, um unter die Mindesthöhe der SA-6 zu kommen. Der nachgeschleppte Köder sendete sofort Störsignale und fuhr kleine Flossen aus, durch die sich sein Radarquerschnitt auf das Zehnfache der Megafortress vergrößerte.

Sie spürten ein kurzes Beben, das die Maschine durchlief und rasch wieder abklang. »Scheiße, das war nahe«, sagte Paul. »Den Köder hat's erwischt. Ich lasse die Nummer zwei abrollen.«

Als es im Cockpit wieder ruhig wurde, weil das Radar der SA-6 abgeschaltet wurde, war der Erdboden unter ihnen plötzlich mit winzigen Lichtpunkten übersät. »Flak!«, rief Paul. »Steigen! Können wir nach links ausweichen?«

»Dort steht auch überall Flak!«, meldete Rebecca laut. Sie konnte nicht wegkurven, um der Flak zu entgehen – wohin sie auch sah, schienen Leuchtspurgeschosse nach ihnen zu greifen. Also blieb nur die Flucht nach oben. Rebecca schaltete das Terrainfolgesystem aus, schob die Leistungshebel in Nachbrennerstellung nach vorn, legte die Tragflächen so weit wie möglich an und zog die Maschine nach oben. »Fortress One ist defensiv, wir steigen, um von der Flak um uns herum wegzukommen!«

Im nächsten Augenblick erhielt die EB-1C einen schweren Schlag und wurde so stark durchgerüttelt, dass Rebecca ihre Instrumente nicht mehr ablesen konnte. Sie ging in 15 000 Fuß in den Horizontalflug über. Das Rumpeln und die Vibrationen wurden schwächer, hörten aber nicht ganz auf. »Uns hat's erwischt! Uns hat's erwischt!«, meldete Rebecca über Funk. »Kaum noch Beschleunigung… Scheiße, Triebwerk eins ist ausgefallen! Brandwarnung! Lege Nummer eins still!«

»Höhe halten, Rebecca, erst mal Höhe halten«, sagte Nancy Cheshires Stimme in ihrem Kopfhörer. »Ich kümmere mich um Ihre Anzeigen. Etwas ziehen… okay, das genügt. Lassen Sie mich Ihre Systeme überprüfen. Scottie, Sie helfen mir dabei.« Kurze Zeit später berichtete Nancy: »Okay, sieht so aus, als sei die linke Tragfläche getroffen. Die Austrittstemperatur ist weiter hoch, also brennt es dort vermutlich noch. Sie verlieren Treibstoff aus der linken Tragfläche, und ich glaube, dass die Vibrationen von beschädigten Klappen kommen, sodass Sie Ihre Tragflächen vorläufig im Winkel von sechsunddreißig Grad lassen sollten. Ich pumpe jetzt Treibstoff aus der linken Fläche in den vorderen Zwischentank und die vorderen Rumpftanks um; das bedeutet, dass Sie manuell nachtrimmen müssen, aber wir helfen Ihnen, die richtige Schwerpunktlage einzuhalten. Wir können…« Sie wurde durch eine weitere Radarwarnung unterbrochen, die eine SA-6 bei drei Uhr anzeigte. »Linkskurve auf eins-sechs-null, Rebecca, damit ihr von der eben aufgetauchten SA-6 wegkommt! Falls nötig, Nachbrenner benutzen.«

»Worauf warten wir noch, Long Dong? Geben Sie's ihnen mit

einem dieser Dinger!«, verlangte Rinc. Als John Long das Laser-Radar aktivierte, erschienen die Positionen der mobilen 27-mm- und 57-mm-Flakbatterien unter Fortress One auf dem Supercockpit-Display. Während Rinc auf die Flakkonzentration zuhielt, wählte John drei Fla-Batterien aus, bestimmte die mobile SA-6-Abschussvorrichtung als letztes Ziel und warf einen Marschflugkörper Wolverine ab. Keine Minute später waren drei Fla-Batterien von einem Hagel aus glühenden Kupferbolzen durchsiebt, und der mobile Fla-Raketenkomplex stand in hellen Flammen.

»Für Sie ist Schluss für heute, Rebecca«, ordnete Patrick an. »Sie halten Kurs null-acht-fünf, steigen auf eins-neun-tausend und fliegen die *Grand Island* an. Wir lassen Sie in ihrem SAM-Wirkungsbereich kreisen, bis ein Tanker Sie auffüllen und die Schäden begutachten kann.«

»Ich begleite sie«, sagte Rinc sofort.

»Negativ. Sie patrouillieren weiter, Rinc, bis ...«

»*Ich begleite sie,* habe ich gesagt!«, widersprach der Pilot nachdrücklich. »Wir lassen unsere Rottenflieger nicht im Stich. Mit ist es scheißegal, ob die ganze koreanische Halbinsel in Flammen aufgeht – ich begleite die beiden.«

Einige Minuten später setzte Rinc sich mit seiner Megafortress dicht neben die linke Tragfläche von Fortress One. »Wie sieht's aus?«, fragte Rebecca auf der Einsatzfrequenz. »Die Vibrationen sind noch immer zu spüren. Sie scheinen von dieser Seite zu kommen. Und die Maschine rollt sehr schwerfällig.«

»Sieht beschissen aus, Go-Fast«, sagte Long Dong, der den Bomber durch eine Nachtsichtbrille begutachtete. »Ein Spoiler ist halb ausgefahren oder hochgebogen, ein Teil des inneren Querruders hat sich durch die Tragfläche gebohrt. Sie sollten versuchen, eine längere Landebahn als Adak zu finden – Sie kommen mit angelegten Tragflächen, nur drei Triebwerken und ohne Querruder und Bremsklappen an.«

»Wir sind schon dabei, die Genehmigung für Kadena einzuholen«, warf Patrick ein. »Dort stehen dreitausendsechshundert Meter zur Verfügung. Offiziell ist der Platz für Kampfflugzeuge gesperrt, aber das ist mir scheißegal – wir landen trotzdem in Kadena. Notfalls ...«

»Hey, Leute, seht ihr, was ich sehe?«, unterbrach Nancy Cheshire ihn. »Was machen die Panzer dort unten?«

»Sie kehren offenbar um!«, sagte David Luger an Bord von Fortress Two. »Die chinesischen Panzer marschieren nach Norden zurück! Sehen Sie das, Genesis? Sehen Sie das?«

»Roger, Fortress Two«, bestätigte Terrill Samson aufatmend. »Das melde ich sofort nach Washington weiter. Ich sehe sie in ganz Nordkorea auf dem Rückzug.«

»Auch die mobilen Überwachungsradare sind abgeschaltet«, meldete John Long. »Sie scheinen ihre Krallen eingezogen zu haben. Mann, das ist unglaublich. Sie haben ... Augenblick! Ich habe ein Jägerradar ... ein ›Flash Dance‹ im India-Band ... Scheiße! Das sind MiG-31 – zwei Stück!« Die russische MiG-31 Foxhound, einer der schnellsten und kampfstärksten Jäger der Welt, war speziell für das Abfangen von überschallschnellen Bombern und Marschflugkörpern im Tiefflug konstruiert. »Der Krieg scheint vorbei zu sein, aber anscheinend hat jemand vergessen, das den Jägern sagen.«

High Technology Aerospace Weapons Center,
Groom Lake, Nevada
(zur gleichen Zeit)

»Sir, was soll das heißen, dass niemand die koreanische Führungsspitze erreichen kann?«, fragte Generalleutnant Terrill Samson scharf. »Wollen Sie damit sagen, dass wir mit niemandem aus der koreanischen Militärführung reden können?«

»Terrill, wir können in ganz Korea niemanden in führender Position erreichen«, bestätigte Admiral Balboa, der Vorsitzende der Vereinten Stabschefs. »Alle Verbindungen zu ihrem Kontroll- und Lagezentrum sind unterbrochen – sie haben es mit EMI-Schutzmaßnahmen und vollem Schutz gegen ABC-Waffen hermetisch abgeriegelt. Und wenn wir versuchen, das Blaue Haus oder sonst jemanden in Seoul zu erreichen, ist niemand bereit, mit uns zu reden.«

»Sir, wir haben die Bestätigung, dass die Chinesen sich aus Korea zurückziehen«, sagte Samson. »Wir müssen jetzt sicherstellen, dass Präsident Kwon den Finger vom roten Knopf nimmt und keine Vergeltungsschläge gegen die zurückgehenden chinesischen Verbände anordnet.«

»Wir tun unser Bestes, General«, versicherte Balboa ihm. »Ich schlage vor, dass Sie Ihre Leute schnellstens abziehen. Sehen die Chinesen sie dort oben, vermuten sie am Ende noch, sie seien Bestandteil eines koreanischen Gegenschlags. Sie sollten ... Augenblick!« Balboa meldete sich erst nach einigen Minuten wieder: »Noch mehr schlechte Nachrichten, General. Präsident Kwon und Vizepräsident Pak sind im Büro des Präsidenten erschossen aufgefunden worden.«

»Was?«

»Pak scheint Kwon erschossen und anschließend Selbstmord verübt zu haben«, berichtete der Admiral. »Und wir müssen damit rechnen, dass die Ausführungscodes für die koreanischen Atomraketen weitergegeben worden sind. Der Aktenkoffer mit den Codes war offen, die Entschlüsslungskarte des Präsidenten ausgefüllt und die richtige Codekarte aus dem Koffer entnommen. Die automatische Gesprächsaufzeichnung beweist, dass Pak jemanden im Kontroll- und Lagezentrum Osan angerufen hat.«

»Das bedeutet, dass der dortige Kommandeur die Hälfte der Ausführungscodes besitzt«, stellte Samson fest. »Hält der Verteidigungsminister sich dort auf, besitzt er die zweite Hälfte und kann nach Belieben voll funktionsfähige Raketen mit Nuklearsprengköpfen abschießen.«

»Und das vielleicht schon bald, General«, erklärte Balboa ihm grimmig. »Sind Ihre Leute über Korea in Position?«

»Ja, Sir.«

»Nun, dann können wir nur hoffen, dass Ihr Plan funktioniert und sie alle Raketen abschießen können, die Kim einzusetzen beschließt«, meinte Balboa. »Melden Sie sich, sobald sich was Neues ergibt, Terrill. Ich muss jetzt schnellstens den Präsidenten informieren.«

Terrill Samson legte nachdenklich den Hörer auf. Was zum Teufel ging dort drüben vor? Würde Verteidigungsminister Kim China tatsächlich mit Atomraketen angreifen?

Samson fragte sich, ob jemand auf die Idee gekommen war, es mit der direkten Methode zu versuchen. Warum nicht einfach dort anrufen, wenn das Kontroll- und Lagezentrum Osan nur noch über das Festnetz zu erreichen war? Da es früher von Amerikanern und Koreanern gemeinsam betrieben worden war, musste er irgendwo die Telefonnummer haben. Er rief sein Telefonverzeichnis im Computer auf und fand tatsächlich zwei Nummern. Sein erster Anruf übers Defense Satellite Network kam nicht durch – der elektromagnetische Impuls einer Kernwaffendetonation hätte dieses Netzwerk lahm gelegt –, aber als er die normale Telefonnummer wählte, meldete sich ein Mann, der Koreanisch sprach.

»Ich möchte den Ersten Controller sprechen«, sagte Samson.

Der Mann wechselte mühelos vom Koreanischen ins Englische über. »Wer sind Sie? Woher haben Sie diese Nummer?«

»Hier ist Generalleutnant Terrill Samson, United States Air Force. Ich rufe von der Elliott Air Force Base in Nevada an. Verbinden Sie mich bitte sofort mit dem Dienst tuenden Ersten Controller.«

»Eingehende Gespräche dürfen nur in Ausnahmefällen durchgestellt werden. Für das Zentrum ist höchste Alarmstufe befohlen.«

»Ja, ich weiß. Ich habe mit Washington und Seoul gesprochen. Sie haben das Kontroll- und Lagezentrum abgeriegelt, obwohl die chinesischen Truppen sich auf dem Rückzug befinden. Ich möchte wissen, was Sie damit bezwecken.«

»Rückzug?«, wiederholte der Mann hörbar überrascht. »Die Chinesen befinden sich auf dem Rückzug?«

»Mit allen Verbänden. Haben Sie das nicht gewusst?« Keine Antwort. »Wer ist der Erste Controller?« Samson zermarterte sich das Gehirn, um auf einen Namen zu kommen. »Unmittelbar nach der Wiedervereinigung hat Oberst Sung Hye-gu bei Ihnen Dienst getan… Ich möchte ihn sprechen. Oder General An oder General Kim, wenn sie Dienst haben. Die Sache ist sehr dringend.«

»Oberst Sung am Apparat«, sagte der Mann. »Ich erinnere mich jetzt an Sie. Sie sind der schwarze Generalleutnant mit dem Spitznamen Earthmover. Mir war nur der Name Ihres Stützpunkts kein Begriff.«

»Was geht bei Ihnen vor, Oberst?«

»Ich kann Sie nicht mit General Kim verbinden«, erklärte Sung ihm. Nach kurzer Pause fragte er: »Die Chinesen ziehen sich zurück? Auf ganzer Linie?«

»Ja, unsere Aufklärungsmittel zeigen einen vollständigen Rückzug«, antwortete Samson. »Brauchen Sie eine Bestätigung dafür? Soll ich Ihnen Beweise schicken? Sagen Sie mir, womit ich Sie überzeugen kann, Oberst.«

»General, Verteidigungsminister Kim hat Raketenangriffe mit ABC-Waffen auf China befohlen«, sagte Oberst Sung.

»*Was* hat er getan?«

»Er hat Raketenangriffe mit ABC-Waffen befohlen«, wiederholte Sung. »Auf Ziele in China – auch auf Peking. Die Genehmigung dafür hat er von Präsident Kwon erhalten – oder vielmehr von Vizepräsident Pak …«

»Präsident Kwon und Vizepräsident Pak sind tot, Oberst«, stellte Samson fest. »Pak hat Kwon offenbar dazu gezwungen, ihm den Ausführungscode zu geben, bevor er den Präsidenten und anschließend sich selbst erschossen hat. Minister Kims Raketenangriff ist durch nichts gerechtfertigt und vermutlich illegal – Kim kann alles arrangiert haben, um China angreifen oder sich selbst zum Präsident aufschwingen zu können. Dieser Angriff muss abgeblasen werden!«

»Ich … ich weiß nicht, was ich tun soll«, sagte Sung unsicher.

»Hören Sie mir bitte gut zu, Oberst«, forderte Samson ihn auf. »Sie müssen Minister Kim oder General An daran hindern, China erneut mit Raketen anzugreifen. Ich habe Spezialflugzeuge über Korea: schwere Stealthbomber mit höchst wirkungsvollen Waffen, die Ihr Kontroll- und Lagezentrum zerstören können. Sie haben den Auftrag, ballistische Raketen abzuschießen, die von China oder Korea gestartet werden, aber sie können auch stark verteidigte Bodenziele angreifen. Sie haben die chinesischen Panzerbrigaden erfolgreich angegriffen und zum Rückzug gezwungen.

Ich habe den Auftrag, Ihr Kontroll- und Lagezentrum notfalls mit allen verfügbaren Mitteln anzugreifen, um weitere Raketenstarts zu verhindern. Erhalte ich keine entsprechenden Zusicherungen, bleibt mir nichts anderes übrig, als einen Angriff zu befehlen, Oberst. Sie müssen versuchen, Minister Kim irgendwie an der Ausführung seines Vorhabens zu hindern. Haben Sie das verstanden?«

Aber dann merkte er, dass die Verbindung mit Osan unterbrochen war. Samson wusste nicht, wie lange Sung ihm schon nicht mehr zuhörte.

Was konnte er tun? Er hatte einige der wirkungsvollsten Waffen der Welt zur Verfügung, aber er war trotzdem machtlos. Er konnte nichts …

Er konnte nichts tun – aber die EB-1C Megafortress konnten etwas unternehmen.

Terrill Samson rief einen digitalisierten Plan des koreanischen Flugplatzes Osan auf und studierte ihn. Sein letzter Besuch in Osan lag schon vier Jahre zurück, aber er vertraute darauf, dass sich nicht viel verändert hatte.

Das Kontroll- und Lagezentrum lag weit von den Start- und Landebahnen entfernt in einer abgelegenen Ecke des Flugplatzes. Dort stand nur ein schmuckloser, von einem hohen Stacheldrahtzaun umgebener zweigeschossiger Zweckbau mit Tarnanstrich. Als Samson die Darstellung vergrößerte, sah er ungefähr 50 Meter vom Eingang des Gebäudes entfernt einen einzelnen Baum stehen.

Damit waren alle Zweifel beseitigt. Samson hatte von diesem berühmten einzelnen Kirschbaum gehört, der einst das bedrohteste Angriffsziel der Welt gewesen war. Die Nordkoreaner hatten angeblich Tausende von Bomben, Lenkwaffen und Raketen für diesen Baum bestimmt, denn 30 Meter unter ihm lag – durch gewachsenen Fels, Stahl, Beton und Kevlar gesichert und zusätzlich durch Stoßdämpfer geschützt – das Kontroll- und Lagezentrum Osan, das militärische Herz Koreas. Terrill Samson legte ein elektronisches Fadenkreuz über diesen Kirschbaum und ließ den Computer seine exakten geografischen Koordinaten und die Ortshöhe bestimmen.

Jetzt war eine weitere Waffe auf diesen kleinen Baum gerichtet.

An Bord der Bomber EB-1C Megafortress
(zur gleichen Zeit)

»Fortress One und Three, ihr habt Banditen bei fünf Uhr, fünfzig Meilen, Höhe ... Scheiße, Höhe fünfundvierzigtausend, Geschwindigkeit siebenhundert, Entfernung rasch abnehmend. Radar ›Flash Dance‹ ... verdammt, das sind zwei MiG-31!«, meldete David Luger. »Fortress One, links wegkurven. Wir versuchen, das Impuls-Doppler-Radar der Foxhound zu stören ...«

Aber bevor die beiden EC-1B Megafortress mit Ausweichmanövern beginnen konnten, warnte eine Computerstimme die Besatzungen vor Raketenstarts. »Ich sehe Starts von ballistischen Raketen in Korea!«, rief John Long. »Korea hat Raketen gestartet!«

»Rebecca ... die Jäger ... Ich bleibe bei euch für den Fall, dass sie ...«

»Los, hinter diesen Raketen her, Rinc! Holt sie runter!«, befahl Rebecca ihm. Sie wusste, dass sie ihre Nachbrenner nicht benutzen durfte, weil das einen Triebwerksbrand hätte auslösen können, und wegen der geringen Anstellwinkel der Tragflächen von 36 Grad nicht steil genug steigen konnte, um eine Rakete zu verfolgen. »Ich fliege zur *Grand Island* weiter! Dort sind wir sicher!«

Die Piloten der beiden unbeschädigten Bomber schoben ihre Leistungshebel nach vorn in Nachbrennerstellung und steuerten die gestarteten Raketen an. Mit weniger als der Hälfte ihres ursprünglichen Treibstoffs und erheblich verminderter Waffenlast stiegen die EB-1C höllisch schnell.

»Gut so, Annie«, sagte David Luger. »Etwas mehr rechts ... etwas höher ...«

»Höchstens noch fünfzehn Sekunden, Dave!«, meldete Annie Dewey. Sie ließ die Megafortress mit 50 Metern in der Sekunde weitersteigen und hielt auf die Stelle am Nachthimmel zu, an der die koreanischen Raketen vermutlich vor ihnen auftauchen würden. »Fahrt geht auf vierhundert zurück ... dreihundertfünfzig ...«

»Lenkwaffe eins weg… Magazin dreht sich… Lenkwaffe zwo weg … Lenkwaffe drei weg!« Annie schwenkte die Tragflächen ganz nach vorn, um die Überziehgeschwindigkeit möglichst zu verringern, bis sie auch die dritte Lancelot mit einem Feuerschweif davonrasen sah. Dann drückte sie sofort nach und schwenkte die Tragflächen zurück, um Fahrt aufzunehmen – nur zwei Sekunden später hätte sie gegen einen Strömungsabriss ankämpfen müssen.

Rinc und John gelang es, vier Lenkwaffen Lancelot abzuschießen: eine auf eine ballistische Rakete, die sich noch unter ihnen befand, und drei auf Raketen, die sie im Steigflug verfolgen mussten. Aber Rinc dachte kaum an Erfolg oder Misserfolg ihrer Angriffe. Er konnte nur daran denken, dass sie Rebecca, die von zwei MiG-31 Foxhound verfolgt wurde, allein gelassen hatten…

»Wir haben zwei Raketen verfehlt!«, rief Patrick McLanahan im virtuellen Cockpit auf der Einsatzfrequenz. »Wir haben zwei verfehlt. Takedown, haben Sie verstanden?«

»Verstanden, Fortress«, bestätigte der Pilot der NK-135 »Cobra Spear«. Die NK-135 war ein fliegender Laserprüfstand, der vom Air Weapons Research Center der U.S. Navy in China Lake, Kalifornien, betrieben wurde. »Takedown hat die Ausreißer in Sicht, und wir halten die Lassos bereit. Melden uns in ein paar Minuten wieder.«

»Takedown« war die Codebezeichnung für das ursprünglich von der U.S. Navy begonnene Lancelot-Programm zur Abwehr ballistischer Raketen. Die ersten Laser zur Erfassung solcher Flugkörper wurden zu Testzwecken in ein umgerüstetes Verkehrsflugzeug Boeing 707, die NK-135, eingebaut. Außerdem wurde ein Seeaufklärer P-3 Orion mit den ursprünglichen Lancelot-Lenkwaffen ausgerüstet – nicht mit modifizierten Abwurflenkwaffen AGM-69A SRAM der Air Force, sondern mit modifizierten Jagdraketen AIM-54 Phoenix der Navy. Das Programm war abgebrochen worden, aber die beiden Flugzeuge und ihre Waffen standen noch zur Verfügung und würden jetzt nutzbringend eingesetzt werden.

Als die ballistischen Raketen der Koreaner in den Nachthimmel aufstiegen, erfasste die NK-135 sie mit ihrem Laser-Radar. Da das LADAR der Navy sich nicht an Bord eines strategischen Bombers, sondern eines Verkehrsflugzeugs befand, hatte es viel mehr Leistung und Reichweite als das LADAR einer EB-1C Megafortress. Sobald die koreanischen Raketen erfasst waren, wurden die Zielinformationen an die P-3 Orion weitergegeben, die sich von Aufhängepunkten unter ihren Tragflächen vier ABM-54 abschoss.

Der erste scharfe Einsatz der von der Navy entwickelten Lenkwaffen ABM-54 zur Bekämpfung ballistischer Raketen war ein voller Erfolg: Die beiden für Peking bestimmten Nodong 1 wurden abgefangen und zerstört.

Sobald die letzte Lancelot davongerast war, ging Rinc in den Horizontalflug über und hielt auf die anfliegenden chinesischen Jäger MiG-31 zu.

»Scorpions scharf machen, Long Dong!«, rief er. »Wir müssen sie erwischen, bevor sie angreifen!«

Aber bevor die beiden Bomber EB-1C Megafortress auch nur mit Ausweichmanövern beginnen konnten, eröffneten die MiGs das Feuer aus großer Entfernung mit radargesteuerten Jagdraketen R-33. »Lenkwaffenstart! Jagdraketen Amos unterwegs! Sie haben aus gut vierzig Meilen Entfernung geschossen ... Zwei weitere Raketen unterwegs! Sie haben's auf euch beide abgesehen! Fortress Three, rechts wegkurven!«

»Rebecca?«, fragte Rinc auf der Einsatzfrequenz.

»Haut ab, Rodeo!«, befahl sie ihnen. »Ich weiche aus, so gut ich kann! Los, haut endlich ab!« Rinc blieb nichts anderes übrig, als im Sturzflug tiefer zu gehen.

Eine weniger beruhigende Eigenschaft des Laser-Radars der Megafortress war, dass es alles in nüchternen, gut erkennbaren Details darstellte – auch ihre noch verbleibende Lebenszeit. Das LADAR verfolgte die großen Jagdraketen R-33 Amos nicht nur mühelos, sondern berechnete auch ihren Flugweg und die restliche Flugzeit, die in ihrem Fall ungefähr 70 Sekunden betrug. Sie konnten so eng kurven, so schnell fliegen und so tief gehen wie nur möglich – die R-33 blieben so unbeirrbar auf Kurs, dass ihre projizierten Flugwege sich stets in der Bildschirmmitte kreuzten.

»Putzen Sie die Scheißdinger weg, Long Dong!«, forderte Rinc ihn auf. Long, der ihre Jagdraketen AIM-120 Scorpion AMRAAM bereits feuerbereit gemacht hatte, schoss je zwei auf die anfliegenden R-33 und je zwei auf die MiG-31 ab, als sie Sekunden später in Reichweite kamen ...

... aber obwohl die R-33 große Ziele darstellten, waren sie wendig und zu schnell für die Scorpions, die zur Bekämpfung nur halb so schneller Flugzeuge gebaut waren. Alle auf die Jagdraketen abgeschossenen AIM-120 verfehlten die R-33. Ihre letzte Hoffnung waren jetzt die auf die beiden Mig-31 abgeschossenen Scorpions: Trafen sie oder zwangen sie die MiGs zu Ausweichmanövern, sodass sie die Bomber nicht mehr mit ihrem Radar erfassten, würden die R-33 einfach auf ihrem letzten Kurs weiterfliegen und ihr eigenes Radar einschalten. Sahen sie ein Ziel, würden sie es ansteuern; erfassten sie keines, würden sie sich selbst zerstören. Das war ihre einzige ...

Am Himmel über Rinc und John erschien plötzlich eine riesige silbern strahlende Kugel – und verschwand so rasch wieder, dass die beiden glaubten, sie sich nur eingebildet zu haben. Rinc kurvte erneut steil links weg und stieß gleichzeitig weitere aktive Köder aus, um zu versuchen, die R-33 abzulenken. Diesmal klappte es. Die Jagdraketen flogen geradeaus weiter und detonierten in einigen Meilen Entfernung, ohne Schaden anzurichten.

»Rebecca! Alles in Ordnung?«, fragte Rinc laut.

»Alles okay!«, bestätigte Rebecca. »Die R-33 haben uns verfehlt! Sie haben uns plötzlich nicht mehr erfasst! Wie ist das gekommen?«

»Hey, Leute, die Lancelots sind auch erstklassige Jagdraketen«, funkte Dave Luger aus Fortress Two. »Und unsere hatte zufällig einen Plasmafeld-Gefechtskopf. Wohin kommt man wohl, wenn man in eine Plasmafeld-Explosion gerät?«

»Hoffentlich in die Plasmafeld-Hölle«, sagte Rinc. »Fortress Zero, können wir jetzt Fortress One zurückbegleiten? Wir haben alle nicht mehr übermäßig viel Treibstoff.«

»Noch nicht«, sagte General Terrill Samson. »Hier spricht Genesis. Seht auf eure Zieldarstellung. Ich habe ein letztes Ziel für euch …«

»Keine … von … ihnen?«, keuchte Verteidigungsminister Kim ungläubig. »*Keine* hat ihr Ziel getroffen?«

»Keine Rakete hat auch nur den Scheitelpunkt ihrer Bahn erreicht«, bestätigte Oberst Sung, der Erste Controller im Kontroll- und Lagezentrum Osan. »Alle haben Störungen gemeldet … oder die Übermittlung von Bahndaten hat einfach aufgehört.«

»Wie ist das möglich?«, brüllte Kim los. »Wie kann so was passieren?« Er war vor Zorn außer sich – aber er zwang sich dazu, Ruhe zu bewahren. »Sofort die nächste Salve vorbereiten!«, befahl er. »Diesmal eine doppelte! Ich will, dass alle Ziele der ursprünglichen Liste mit je zwei Gefechtsköpfen angegriffen werden! Nein … nein, lieber mit dreien.«

»Mit dreien? Drei Kernsprengköpfe für jedes Ziel?«

»Funktionieren sie nicht zuverlässig oder werden sabotiert, brauchen wir mindestens drei, um alle Ziele sicher zu vernichten!«, sagte Kim laut. »Und jetzt ans Werk! Sehen Sie drei … nein, vier, *vier* Raketen für jedes Ziel vor. *Sofort!*«

»General!«, meldete ein Radartechniker. »Feindliche Flugzeuge im Anflug! Unsere Patriot- und Hawk-Batterien feuern bereits!«

Verteidigungsminister Kim hastete zu dem Radarschirm, einer altmodischen 24-Zoll-Kathodenstrahlröhre – da diese alten Röhrengeräte weniger empfindlich auf elektromagnetische Impulse reagierten, standen einige noch hier im Kommando- und Lagezentrum. Auf dem Radarschirm waren mehrere Ziele mit Datenblocks dargestellt, die Höhe und Geschwindigkeit angaben.

»Schnell anfliegende Ziele aus Südwest, sehr tief, Entfernung hundertzehn Kilometer. Sie machen keine Ausweichbewegungen … sie fliegen geradeaus an.«

»Dann sind sie um so leichter abzuschießen«, sagte Kim. »Alle verfügbaren Batterien sollen …«

»General! Weitere Ziele aus Südosten im Anflug! Ebenfalls sehr tief, sechshundert Knoten, Entfernung fünfundneunzig Kilometer.«

»Massive chinesische Angriffe«, stellte Kim fest. »Lassen Sie sofort die ballistischen Raketen starten, General An! Ich verlange…«

»Sir! Weitere anfliegende Ziele, langsam und tief… Ich habe ein weiteres Ziel… in großer Höhe, hundert Kilometer östlich, vierhundert Knoten.«

»Ein chinesisches Kommando- oder Überwachungsflugzeug«, sagte General An. »Vermutlich leitet es den Angriff.«

»Nein, das sind *amerikanische* Kampfflugzeuge, Herr Minister!«, meldete Oberst Sung aufgeregt.

»Woher wollen Sie das wissen, Oberst?«

»Ich habe einen Anruf von Generalleutnant Terrill Samson entgegengenommen«, antwortete Sung. »Er ist der Kommandeur der geheimen Waffenerprobungsstelle der U.S. Air Force. Ich weiß einiges über ihn. Er hat mitgeteilt, er habe über Korea Stealthbomber mit Spezialwaffen im Einsatz, die ballistische Raketen *und* unser Zentrum vernichten können. Und er hat mich gewarnt, dass er sie angreifen lassen wird, wenn keine Antwort von uns eingeht.«

»Was zum Teufel haben Sie mitten im Gefecht am Telefon zu suchen?«, fragte Kim Kun-mo erregt. »Dafür könnte ich Sie an die Wand stellen lassen!«

»Sie sind getäuscht worden, Oberst«, behauptete General An. »Die Chinesen sind jederzeit im Stande, den Namen eines amerikanischen Generals und seinen Dienstort in Erfahrung zu bringen und sich eine Geschichte dieser Art auszudenken.«

»Das weiß ich, General«, bestätigte Sung. »Aber er hat mir auch erklärt, seine Bomber hätten die chinesischen Panzerverbände angegriffen und zum Rückzug gezwungen.«

»*Was?* Die Chinesen ziehen sich zurück?«

»Das muss verifiziert werden«, antwortete Sung, »aber ich denke, wir sollten mit unserem zweiten Raketenangriff warten, bis es verifiziert ist.«

»Unsinn!«, brüllte Kim. »Wir schieben keinen Angriff auf, um irgendwas zu verifizieren – erst recht nicht Informationen, die Sie von irgendjemandem, der sich als amerikanischer General ausgegeben hat, am Telefon bekommen haben!«

»Herr Minister, Samson hat mir auch mitgeteilt, dass seine Bomber Waffen tragen, die ballistische Raketen abschießen können, und dass er Befehl hat, sie gegen von China oder Korea gestartete Raketen einzusetzen.«

»Lächerlich! Von solchen Wunderwaffen habe ich noch nie gehört!«

»Außerdem hat er gesagt…«

»Oberst, Sie sind Ihres Postens enthoben«, entschied Verteidigungsminister Kim. »Verschwinden Sie sofort aus meinem Befehlszentrum! General An, Sie bestimmen einen neuen Ersten Controller und lassen die Startvorbereitungen beschleunigen. Wachen, schafft diesen leichtgläubigen, unfähigen Offizier hinaus!«

»Aber er hat gesagt, dass seine Bomber Waffen tragen, die unser Zentrum zerstören können!«, rief Sung, als zwei Wachposten auf ihn zutraten und nach seinen Armen griffen. »Nehmen wir keine Verbindung zu den anfliegenden Maschinen auf, werden wir vernichtet!«

»Schafft den Kerl raus!«

Die beiden Posten wollten Sung an den Oberarmen packen, aber er wich aus, entriss einem der Männer das umgehängt getragene Gewehr und richtete es auf Kim. »Ich lasse nicht zu, dass Sie Wahnsinniger uns in den Tod schicken!«, rief er und drückte ab.

Bevor General An den Verteidigungsminister zu Boden reißen konnte, durchsiebte ein Feuerstoß Kims linke Körperhälfte und seinen Rücken. Sung schwang die Mündung in Richtung Startkonsole, aber ein weiterer Wachposten erschoss ihn, bevor er noch einmal abdrücken konnte.

»Fortress Two ist defensiv! Patriot!«, rief Annie Dewey. Sie flogen Osan aus Südwesten durch den Sektor an, der am stärksten verteidigt wurde. Dort waren sie ohne Vorwarnung zwischen zwei Patriot-Batterien geraten, die fast gleichzeitig das Feuer eröffnet hatten.

»Achtung, Fortress Two, euer Defensivsystem ist offenbar defekt«, funkte Patrick McLanahan. »ECM-Köder, Schleppköder und alle Störsender sind ausgefallen. Seht zu, dass ihr dort wegkommt!«

»Hinter uns sind vier Patriots her!«, stellte Dave Luger fest. »Klar versuchen wir, von ihnen wegzukommen!«

»Rechts wegkurven, Annie, damit ich schießen kann«, forderte Rinc sie auf der Einsatzfrequenz auf.

Rinc Seaver und John Long hatten ihre Marschflugkörper Wolverine in maximaler Entfernung abgeworfen, aber sie hatten ihre Ziele noch nicht getroffen. Jetzt zog Rinc die Maschine steil hoch. »Was haben Sie vor?«, fragte John Long.

»Sehen Sie zu, dass Sie diese Patriots erfassen, Long Dong!«, rief Seaver nur.

Als Long den Darstellungsbereich seines Supercockpit-Displays vergrößerte, zeigte das LADAR ihm die anfliegenden Fla-Raketen Patriot. »Weiter nach Norden ausholen, Annie«, verlangte Rinc. Auf dem Bildschirm war deutlich zu sehen, wie die Patriots ihren Kurs ebenfalls nach rechts änderten. Die Raketen zielten in einer ballistischen Kurve nicht auf den Bomber selbst, sondern auf einen Punkt im Luftraum, an dem das Flugzeug sich ihrer Berechnung nach befinden würde, wenn sie ihn erreichten.

»Was zum Teufel haben Sie vor, Seaver?«, wiederholte Long.

»Ich will die Patriots runterholen, sie Annie vom Hals schaffen«, antwortete Rinc. »Machen Sie vier Scorpions bereit!« Das Supercockpit-Display zeigte ihnen die voraussichtlichen Flugwege von Annies EB-1C und der vier Fla-Raketen. Als die Patriots einkurvten, zielte Rinc mit dem Bug seiner Megafortress auf den Kreuzungspunkt der beiden Flugwege, wartete noch einen Augenblick, bis er in Reichweite der AIM-120 Scorpion war und rief dann: »*Schuss!* Annie, *sofort* links weg!« Gleichzeitig schoss John Long ihre letzten vier Scorpions auf die Fla-Raketen ab.

Annie kurvte steil links weg. Im selben Augenblick aktivierten die Patriots für den Endanflug ihr eigenes Zielsuchradar und erfassten ihre Ziele. Alle vier Patriots erzielten Volltreffer … sie holten je eine Scorpion vom Himmel.

»Die sind erledigt!«, rief John befriedigt. »Gut gemacht! Aber jetzt wird's Zeit, den Angriff durchzuziehen, damit wir abhauen können!«

»Fortress One, Lenkwaffenstart«, sagte Rebecca, und Paul Scott schoss ihre beiden letzten Lancelots ab – nicht auf ballistische Raketen, sondern auf das Kontroll- und Lagezentrum Osan, dessen Koordinaten sie von General Samson im HAWC erhalten hatten.

»Fortress Two, Lenkwaffenstart«, funkte Dave Luger.

»Fortress Three, Lenk…«

In diesem Augenblick begann auf dem Supercockpit-Display eine Raketenwarnung zu blinken, und sie hörten ein langsames *diedeldiedeldiedel* in ihren Kopfhörern. »Zielsuchradar und Höhenfinder aktiviert!«, meldete John Long. »Offenbar eine I-Hawk, elf Uhr, sechs Meilen, im Wirkungsbereich! Kurs halten! Kurs halten! Lancelot-Countdown läuft! Störsender eingeschaltet, Schleppköder funktioniert.«

»Start abbrechen! Abbrechen!«, verlangte Rinc. »Wir müssen abhauen, bevor die I-Hawk uns erfasst!«

»Kurs halten, verdammt noch mal!«, widersprach Long energisch. »In zwanzig Sekunden können wir abhauen! Das ist ein Befehl, Seaver! Kurs halten!«

Das Revolvermagazin hatte die erste Lenkwaffe Lancelot in Abschussposition gebracht, und der Countdown lief, als die Warnung RAKETENSTART aufflammte, während der Warnton in ihren Kopfhörern zu einem hektischen *diedeldiedeldiedel* wurde. »Raketenstart!«, rief der Pilot. Als er aus dem linken Cockpitfenster sah, konnte er beobachten, wie die erste Fla-Rakete des in Amerika gebauten Luftabwehrsystems Hawk mit einem Feuerschweif aufstieg und auf sie zuraste. Sie schien so nahe zu sein, dass Rinc glaubte, sie müssten die Hawk-Stellung überflogen haben, obwohl sie noch über 40 Meilen von ihr entfernt waren.

Die Lancelot verließ die Bombenkammer, zündete den Raketenmotor ihrer ersten Stufe und ließ die Megafortress hinter sich. *»Rechts weg! Schnell!«*, rief Long.

Aber dafür war es zu spät. Die Hawk hatte den winzigen Radarquerschnitt der Megafortress angesteuert, und als die Lancelot die Bombenkammer verließ, erfasste sie sofort dieses scheinbar größere Ziel. Die Fla-Rakete traf die Lancelot, als sie erst gut eine halbe Meile vor dem Bomber war. Der Plasmafeld-Gefechtskopf detonierte nicht, aber die 400 Kilogramm Festtreibstoff gingen hoch...

...und die Megafortress flog direkt durch den Feuerball.

»Scheiße! Uns hat's erwischt!«, rief Seaver. Das Cockpit war von gleißend hellem Licht erfüllt und Sekunden später verqualmt.

»Rinc? Hören Sie mich?« Das war Patrick McLanahan. »*Sofort* links weg! Eine weitere Hawk ist gestartet! Ich aktiviere eure ECM! *Sofort* links weg!«

Als Rinc links wegkurven wollte, fiel sein Blick auf das Supercockpit-Display. Die Patriot-Systeme der Koreaner hatten alle auf ihr Kommando- und Lagezentrum Osan abgeschossenen Lancelots angegriffen und heruntergeholt! Rinc hatte die letzte Rakete mit Plasmafeld-Gefechtskopf.

Auf der Konsole zwischen ihnen leuchtete eine Brandwarnung nach der anderen auf. »Zwei... nein, drei Brandwarnungen!«, meldete John Long.

»Aussteigen, Long Dong«, befahl Rinc ihm. »Machen Sie, dass Sie rauskommen!«

Long starrte Seaver durch den dichter werdenden Qualm an. Er schien noch etwas sagen zu wollen, aber dann warf er sich in seinen Schleudersitz zurück und zog die Auslösegriffe.

Kurz bevor Long hinausgeschossen wurde, stellte Rinc seinen eigenen Schleudersitz von AUTO auf MANUELL um. Er würde in der Maschine bleiben, bis er seine letzte Lancelot abgeschossen hatte.

Im selben Augenblick stellte der taktische Offizier der Hawk-Batterie fest, dass das Ziel nach der Detonation weiterflog, und befahl sofort, eine weitere I-Hawk darauf abzuschießen.

Rinc verfolgte, wie die Angriffscomputer die Bombenklappen halb öffnen ließen – da die Lenkwaffen Lancelot einzeln aus einem Revolvermagazin ausgestoßen wurden, brauchten die Klappen nicht ganz geöffnet zu werden – und die letzte Lancelot freigaben. Die Lancelot fiel aus der Megafortress, ihr Leitwerk wurde ausgeklappt und stabilisierte die Lenkwaffe im Luftstrom, der Raketenmotor der ersten Stufe wurde gezündet, und die Lancelot stieg auf einer ballistischen Bahn in den Nachthimmel auf.

»Rinc!«, hörte er jemanden rufen. Das war Rebecca. »Los, raus mit dir! Aussteigen!«

»Was machen Sie noch im Cockpit, Rinc?«, funkte Patrick. »Sofort raus, verdammt noch mal. *Aussteigen! Aussteigen!*«

Der Qualm im Cockpit hatte sich verzogen, als Longs Ausstiegsluke abgesprengt worden war, sodass Rinc jetzt wieder alles deutlich sehen konnte. Er beobachtete den Start der zweiten I-Hawk – und stellte fest, dass sie sofort die Verfolgung seiner letzten Lancelot aufnahm.

Das werden wir ja sehen!, sagte sich Rinc. Er begann steil zu steigen, schwenkte die Tragflächen der Megafortress ganz nach vorn und fuhr das Fahrwerk und alle Klappen und Spoiler aus, wodurch sich der Radarquerschnitt des Bombers um etwa 10 000 Prozent vergrößerte. Die anfliegende I-Hawk konnte er nicht mehr sehen, aber das spielte nun keine Rolle mehr – er hatte sein Möglichstes getan.

»Rinc, was machst du?«, rief Rebecca besorgt. »Steig aus! Worauf wartest du noch?«

Dieser Einsatz war zu Ende. Es wurde Zeit, von hier zu verschwinden. »Bis gleich, Sweetheart«, antwortete er über Funk. »Kannst schon mal ein kaltes Bier für mich aufmachen.« Rinc griff nach den Auslösehebeln …

Die Fla-Rakete I-Hawk traf das Seitenleitwerk der Megafortress und sprengte es mit dem größten Teil des Hecks ab. Der Bomber ging in einen sanften Gleitflug über und begann langsam zu rollen.

Während der zweiten Rolle sah Rinc nur wenige Meilen vor der Megafortress einen Lichtpunkt aufblitzen, der rasend schnell zu einer hell leuchtenden silbernen Kugel anwuchs, die den Nachthimmel ausfüllte. Im Inneren dieser Silberkugel schien flüssiges Feuer zu brodeln, aber ihre Oberfläche war makellos glatt wie poliert. Er betätigte den Schleudersitz und wurde aus dem abstürzenden Bomber in die vor seinen Augen weiterwachsende künstliche Sonne geschossen.

Rinc hatte erwartet, als Demonstration der ungeheuren Gewalten, die hier am Werk waren, vulkanische Hitze zu spüren und Donnerschläge zu hören. Stattdessen hatte er eher das Gefühl, in ein unbeschreiblich weiches Kissen zu fallen. Er spürte, wie die silberne Kugel ihn umgab, ihn liebkoste, ihn in der anderen Dimension in ihrem Inneren willkommen hieß …

EPILOG

Battle Mountain, Nevada
(mehrere Wochen später)

Rebecca Furness' Cessna P210 hielt mit quietschenden Reifen auf der von Rissen durchzogenen Betonlandebahn. Sie hatte wie üblich genau auf den verblassten weißen Ziffern der Landebahnrichtung aufgesetzt, obwohl das hier kaum eine Rolle spielte – vor ihr lagen noch über 3300 Meter Landebahn. Sie bog an der ersten Abzweigung ab und rollte über das riesige Vorfeld zu den von Wind und Wetter mitgenommenen Hangars und dem alten Stabsgebäude hinüber.

»Ich wusste gar nicht, dass dieser Platz noch offen ist«, sagte John Long. Als Folge seines Ausstiegs mit dem Schleudersitz trug er noch immer eine Nackenstütze, hatte das linke Knie bandagiert und würde erst in ein paar Wochen wieder flugtauglich sein. Auf seinem Schoß lag ein aufgeschlagenes Flugplatzhandbuch. »Hier steht, dass es am Platz eine Staffel der staatlichen Forstbehörde und eine Zapfsäule gibt, an der man mit Kreditkarten tanken kann.« Als Rebecca keine Antwort gab, sah John zu ihr hinüber. Sie hatte die kleine einmotorige Cessna einwandfrei geflogen, schien aber in Gedanken eine Million Meilen weit entfernt zu sein …

… oder genauer gesagt: 11 000 Meilen weit, in Korea.

Rebecca rollte zu der Zapfsäule mit Selbstbedienung hinüber, stellte den Motor ab und stieg mit Long in den hellen Sonnenschein und die kühle, frische Bergluft aus. Der Flugplatz lag in einem Tal zwischen zwei Bergketten, deren höchster Gipfel nur zehn Meilen südwestlich des Platzes weitere 1500 Meter hoch aufragte. Hier und dort waren einzelne Privatmaschinen abgestellt, und neben dem alten Stabsgebäude parkten mehrere Autos. Ansonsten schien der Platz verlassen zu sein. An der langen Front des Stabsgebäudes war eine verblasste Inschrift zu lesen: *Willkommen auf der Tuscarora Army Air Corps Base, Battle Mountain, Nevada, Platzhöhe 4532 ft.*

»Wahrscheinlich sind hier im Zweiten Weltkrieg Bomberbesatzungen ausgebildet worden«, meinte John. Er sah sich um. »Muss wegen der Berge schwierig gewesen sein, aber der Platz liegt jedenfalls verdammt einsam.«

Rebecca blieb schweigsam – tatsächlich hatte sie kaum ein Wort gesagt, seit sie John auf dem Reno-Tahoe Airport abgeholt hatte, um mit ihm in der Cessna nach Battle Mountain zu fliegen. Sie war zum Stabsgebäude unterwegs, aber dann sah sie, dass die Schiebetore des alten Holzhangars im Nordosten des Platzes geöffnet waren, und marschierte wortlos darauf zu. Long folgte ihr leicht hinkend.

Wie sich bald zeigte, standen die Tore offen, weil in dem Hangar ein Flugzeug stand: die Gulfstream IV, die Rebecca und die anderen aus Reno nach Dreamland zurückgebracht hatte. Im Hangar erwarteten sie General Terrill Samson, Patrick McLanahan, David Luger, Nancy Cheshire, Hal Briggs und zu ihrer Überraschung auch Annie Dewey.

»Hübsche P210«, sagte Patrick, als sie mit Long in den Hangar kam. »Ich habe schon überlegt, ob ich mir eine kaufen sollte. Gefällt sie Ihnen?«

Rebecca zuckte mit den Schultern. »Sie sind in Ordnung«, sagte sie, während sie Patrick die Hand schüttelte.

»Über eine B-1B geht eben doch nichts, was?«, fragte Patrick lächelnd. Rebecca blieb ernst. »Gehört sie Ihnen?«

»Sie hat Rinc gehört«, sagte sie hölzern. »Ich … ich hab sie mir geliehen.«

Annie trat auf Rebecca zu und umarmte sie herzlich. »Alles in Ordnung, Boss?«, fragte sie.

»Eigentlich nicht«, gab Rebecca zu. Nach einem prüfenden Blick zu Dave Luger hinüber wandte sie sich wieder Annie zu und zog lächelnd die Augenbrauen hoch. »Du und Oberstleutnant Luger?«

»Verlieben kann man sich zu den unpassendsten Zeiten und an den komischsten Orten«, sagte Annie. »Sieht so aus, als wären wir dafür bestimmt, auch privat ein Team zu bilden.« Rebecca drückte ihr die Hand, um sie zu beglückwünschen.

»Willkommen, Oberstleutnant«, dröhnte General Samson zur Begrüßung. »Freut mich, dass Sie herkommen konnten.« Rebecca schüttelte ihm und den anderen die Hand. »Wie geht's Ihnen, Oberstleutnant Long?«

»Viel besser, danke, Sir.«

»Gut«, sagte Samson. »Nun, ich bin sicher, dass Sie alle die erfreuliche Nachricht gehört haben, dass China und Korea endlich diplomatische Beziehungen aufgenommen und Botschafter ausgetauscht haben. Was Sie vielleicht nicht erfahren haben, ist, dass China beschlossen hat, sämtliche Grenztruppen abzuziehen. Auch die Koreaner haben ihre Truppen abgezogen. Das Gleiche gilt für die russisch-koreanische Grenze.«

Rebecca äußerte sich nicht dazu.

»Weitere gute Nachrichten: Bei den ersten landesweiten Wahlen ist Ministerpräsident Lee Kyong-sik zum Staatspräsidenten gewählt worden. Ein Nordkoreaner ist Vizepräsident. Damit sieht es so aus, als könnte sich das kleine Land nach allem, was es durchgemacht hat, auf einen friedlichen Wiederaufbau konzentrieren.«

»Hat es peinliche Fragen wegen des … äh … Schlusspunkts in Osan gegeben?«, fragte John Long.

»Massenhaft«, antwortete Patrick. »Aber die Antwort hat wie immer ›Kein Kommentar‹ gelautet – außer dem Präsidenten gegenüber, versteht sich. Aber er hat politische Sorgen und macht sich Gedanken wegen seiner Wiederwahl, deshalb hat er nicht allzu viel gefragt.«

»Was ist in Osan passiert?!«

Terrill Samson zuckte mit den Schultern. »Das Kommando- und Lagezentrum der Koreaner wurde zerstört. Nach ersten Berichten soll dieser Teil des Stützpunkts Osan einfach … verschwunden sein. Aber das ist natürlich *unmöglich.*« Er grinste wie ein Krokodil, das einen Leckerbissen sieht. »Später haben die Koreaner dort winzige Mengen Fallout entdeckt und den Stützpunkt geräumt. Jetzt ist von einer subatomaren Detonation die Rede, die von einem amerikanisch-chinesischen Wissenschaftlerteam untersucht wird. Ein Mitglied dieses Teams ist ein Freund von uns. Vorläufig kann niemand sagen, wie lange es dauern wird, bis erste konkrete Untersuchungsergebnisse vorliegen …«

»Weil Ihr ›Freund‹ dafür sorgt.«

»Schön, dass Sie allmählich mitbekommen, wie unsere kleine Welt funktioniert, Oberstleutnant«, sagte Samson. »Auf ihrem Rückzug aus der Provinz Chagang Do haben die Chinesen zufällig die meisten koreanischen Labors für ABC-Waffen zerstört, sodass Korea auf diesem Sektor praktisch entwaffnet ist. Der neue Präsident hat zugesichert, die restlichen Waffen vernichten zu lassen. Das wird sich zeigen.

Aber wir sind aus einem bestimmten Grund hier. Ich habe gehört, dass Sie das Angebot der Air National Guard, Kommandeur der March Air Reserve Base zu werden, abgelehnt haben, Rebecca. Darf ich den Grund dafür erfahren?«

Sie schüttelte den Kopf, dann sah sie zu Boden. »Ich hatte keine Lust darauf, Sir, das war alles.«

»Mit Ihrer Fliegerei ist also Schluss?«, fragte Samson. »Mit dem Militär auch?«

»Ich denke schon.«

Der General zuckte mit den Schultern, dann sah er sich um. »Schade«, meinte er bedauernd. »Mir tut's immer Leid, gute, zähe, aggressive Kommandeure zu verlieren.«

»Zäh und aggressiv zu sein, hat uns nicht viel genützt, nicht wahr, Sir?«

»Es hat uns den Sieg und den Frieden gebracht«, stellte Samson fest. »Sie haben Ihre Leute gut ausgebildet; sie haben Ihren Auftrag ausgeführt und sind siegreich heimgekehrt. Für Krieger kann es keine bessere Belohnung geben. Sie sollten stolz auf sich und Ihre Leute sein.« Keine Antwort. »Das 163rd Air Refueling Wing sucht noch immer einen neuen Kommodore, Rebecca. Möchten Sie zu den Tankern, lege ich gern ein gutes Wort für Sie ein.«

»Nein, vielen Dank, Sir.«

»Viele weitere gute Einheiten dort draußen brauchen Kommandeure«, sagte Patrick McLanahan. »Ich habe sogar von einer

Einheit der Nevada Air National Guard gehört, die einen Kommandeur sucht.«

Rebecca sah zu Patrick auf – sie wusste, dass es nur eine Einheit der Nevada Air National Guard gab: ihre jetzt aufgelöste ehemalige Staffel. »Was haben Sie gesagt, Sir?«

»Ich habe gehört, dass geplant ist, zwanzig Bomber B-1B Block G auf einem neu einzurichtenden Stützpunkt im Norden Nevadas zu stationieren«, fuhr Patrick fort. »Genauer gesagt hier auf dem Battle Mountain Airport. Ich habe gehört, dass diese neue B-1B-Einheit, das 111th Bombardment Wing, auf der Tonopah Air Force Base üben soll, bis der neue Stützpunkt eingerichtet und die Bomber umgerüstet sind. Sie werden keine EB-1C Megafortress sein, aber ihre wichtigsten Verwendungen wären Bekämpfung der feindlichen Luftabwehr, Abwehr ballistischer Raketen und Angriffe mit Abwurflenkwaffen aus größeren Entfernungen.«

»Was halten Sie davon, Rebecca?«, fragte Samson. »Dabei gäbe es viele Probleme zu lösen: unter Zeitdruck arbeiten, neue Fluglehrer ausbilden, einen neuen Stützpunkt einrichten, ein neues Geschwader aufstellen, im Kongress um Haushaltsmittel kämpfen …«

»Ich … ich denke, das wäre großartig, Sir«, sagte Rebecca mit leuchtenden Augen. »Wo könnte man sich als Interessent für diese Aufgabe melden?«

»Oh, ich glaube, der General nimmt Bewerbungen gleich jetzt entgegen«, sagte Hal Briggs mit seinem berühmten Lächeln. »Und ich glaube, dass Sie in der Schlange an erster Stelle stehen.«

Danksagung

Mein ganz spezieller Dank gilt zwei ganz besonderen Luftkriegern:

Dank an Luftwaffengeneral a.D. Mike Loh, ehemals Kommandeur des Air Combat Command, für seine Anregungen, Erläuterungen und Vorschläge. Er ist und bleibt Amerikas eifrigster und maßgeblichster Befürworter des schweren Bombers, strategischer Luftstreitkräfte und einer starken nationalen Verteidigung.

Dank auch an Oberst Will Fraser, ehemals Kommodore des Twenty-eighth Bomb Wing (28. Bombergeschwader), Ellsworth AFB, South Dakota, für seine Ermutigung und Unterstützung.

Dank an Oberst Anthony Przybyslawski, Kommodore Twenty-eighth Bomb Wing, Ellsworth AFB; Oberst Tim Bailey, stellvertretender Kommodore; Oberst Richard Newton, Chef der Operationsabteilung; Oberstleutnant Sloan Butler, Staffelchef Twenty-eighth Operational Support Squadron; Oberstleutnant Stephen »Taz« Wolborsky, Staffelchef Thirty-seventh Bomb Squadron; und Stabsoberfeldwebel Paul Hammett, Senior Enlisted Adviser, Twenty-eighth Bomb Wing, die sich die Zeit genommen haben, mir die Einsatzgrundsätze der B-1B und den Auftrag des Bombergeschwaders zu erläutern.

Dank allen Technikern und Fachleuten des Bombergeschwaders, die mir ihre Fähigkeiten, ihren Stolz und ihre Professionalität bewiesen haben: Hauptmann Scott Marsfield, Sergeant Jerry Long und Senior Airman Ryan Schod, Lebenserhaltungssysteme; Oberfeldwebel Robert »Chico« Cortez, Ausbilder für Waffenwarte; Stabsfeldwebel Keith Malone, Waffenwart; und allen übrigen Männern und Frauen des Geschwaders für die aufgewendete Zeit und ihre Unterstützung.

Mein besonderer Dank gilt einer Besatzung der Thirty-seventh

Bomb Squadron, deren Gast ich auf einem spektakulären Flug mit der B-1B zum Powder River sein durfte: Hauptmann Dave »Trooper« Johnson, Flugzeugkommandant; Hauptmann Jason »PITA« Combs, Kopilot; Hauptmann Chris »CK« Butler, OSO; und Hauptmann Tom »Opie« Woods, DSO. Diese Tiger bewiesen mir wirklich, wie glücklich wir uns schätzen können, dass sie im Dienst sind, um unser Land zu verteidigen.

Last, not least gilt mein ganz besonderer Dank Oberfeldwebel Steve Merrill, PR-Abteilung Twenty-eighth Bomb Wing (28. Bombergeschwader), für seine Sachkunde, seine Fürsorglichkeit und seine Professionalität bei der Organisation und Durchführung meiner eingehenden Besichtigung des Twenty-eighth Bomb Wing.

Dank auch an Michael Rascher und Nancy Dewey für ihre spontanen Akte der Großzügigkeit und Güte.